文 / 白 / 对 / 照

太平廣記

六

［北宋］李昉 等 编纂
谦德书院 译

团结出版社

图书在版编目（CIP）数据

文白对照太平广记 / (北宋) 李昉等编纂；谦德书院译. -- 北京：团结出版社, 2022.10

ISBN 978-7-5126-9290-9

Ⅰ.①文… Ⅱ.①李… ②谦… Ⅲ.①笔记小说—小说集—中国—北宋②《太平广记》—译文 Ⅳ.①I242.1

中国版本图书馆CIP数据核字(2022)第001044号

出版：团结出版社

（北京市东城区东皇城根南街84号 邮编：100006）

电话：（010）65228880　65244790（传真）

网址：www.tjpress.com

Email：65244790@163.com

经销：全国新华书店

印刷：北京天宇万达印刷有限公司

开本：145×210　1/32

印张：286.75

字数：8200千字

版次：2022年10月　第1版

印次：2022年10月　第1次印刷

书号：978-7-5126-9290-9

定价：880.00元（全十四册）

目 录

卷第一百九十六　豪侠四

卷第一百九十七　博物

卷第一百九十八　文章一

卷第一百九十九　文章二

卷第二百　文章三

卷第二百一 才名好尚附

卷第二百二 儒行 怜才 高逸

卷第二百三　乐一

卷第二百四　乐二

卷第二百五　乐三

卷第二百六　书一

卷第二百七　书二

卷第二百八 书三

卷第二百九 书四

卷第二百一十　画一

卷第二百一十一　画二

卷第二百一十二　画三

卷第二百一十七 卜筮二

卷第二百一十八 医一

卷第二百一十九 医二

卷第二百二十 医三

卷第二百二十一 相一

卷第二百二十二 相二

卷第二百二十三 相三

卷第二百二十四 相四

卷第二百二十五　伎巧一

卷第二百二十六　伎巧二

卷第二百二十七
伎巧三绝艺附

卷第二百二十八　博戏

卷第二百二十九　器玩一

卷第二百三十　器玩二

卷第一百九十六—卷第二百三十

卷第一百九十六　豪侠四

田膨郎　宣慈寺门子　李龟寿　潘将军　贾人妻　荆十三娘
许　寂　丁秀才

田膨郎

唐文宗皇帝尝宝白玉枕，德宗朝于阗国所贡，追琢奇巧，盖希代之宝。置寝殿帐中，一旦忽失所在。然禁卫清密，非恩渥嫔御莫有至者，珍玩罗列，他无所失。上惊骇移时，下诏于都城索贼。密谓枢近及左右广中尉曰："此非外寇所入，盗当在禁掖。苟求之不获，且虞他变。一枕诚不足惜，卿等卫我皇宫，必使罪人斯得。不然，天子环卫，自兹无用矣。"内宫惶栗谢罪，请以浃旬求捕。大悬金帛购之，略无寻究之迹。圣旨严切，收系者渐多，坊曲闾里，靡不搜捕。

有龙武二蕃将王敬弘尝蓄小仆，年甫十八九，神彩俊利，使之无往不届。敬弘曾与流辈于威远军会宴，有侍儿善鼓胡琴。四座酒酣，因请度曲。辞以乐器非妙，须常御者弹之，钟漏已传，取之不及，因起解带。小仆曰："若要琵琶，顷刻可至。"敬弘曰："禁鼓才动，军门已锁，寻常汝起不见，何见之谬也？"既而就饮数巡，小仆以绣囊将琵琶而至，座客欢笑。南军去左广，往复三十余里，入夜且无行伍，既而倏忽往来，敬弘惊异如失。时又搜捕严急，意以盗窃疑之。

田膨郎

唐文宗皇帝曾经非常珍惜一个白玉枕。这个白玉枕是唐德宗的时候于阗国上贡的，白玉枕巧夺天工，是稀世珍宝。唐文宗把白玉枕放在了寝宫的帐子里。一天早上，白玉枕忽然不知道上哪里去了。然而禁卫把守得十分严密，除了那些被恩宠的嫔妃之外，没有能到唐文宗寝宫的。但是寝宫里奇珍异宝应接不暇，其他的却什么也没有丢。唐文宗恐惧了很长时间，下诏让人在都城里寻找贼人，私下对身边的大臣和侍卫说道："这不是外面的盗贼，贼人应该在宫廷里。如果真的抓不到，那就想想别的办法。一个枕头倒没有什么可惜的，只是你们守卫我的皇宫，一定要抓住罪人。否则，我堂堂一个天子的守卫，从此就变成摆设了。"禁卫战战栗栗，向皇帝谢罪，请求皇上批下几天去追捕贼人。禁卫们悬赏了很多钱，但是一点儿踪影都没找到。但是圣旨严肃、急迫，抓了很多人，街上、巷里，没有没搜捕到的。

有一个叫王敬弘的龙武二蕃将，曾经养了几个僮仆，年纪刚十八九岁，神采奕奕，一表人才，王敬弘派他们办事，无往不利。王敬弘曾经在威远军和同事会宴，有一个善于奏琴的侍儿在场。当时四座都喝得大醉，便请这个侍儿弹上一曲。侍儿以乐器不好为由推辞了，就让经常弹曲的人来弹。当时已经开始传夜漏了，来不及找其他乐师，王敬弘便起身要睡觉去。王敬弘的僮仆说道："如果您要好琵琶，我马上就能给您取来。"王敬弘说道："刚才门禁的鼓已经敲响了，军门已经锁上了，平常你也没办法把它拿来。你怎么还说上胡话了？"便起身喝了几巡酒。只见僮仆用绣袋装着琵琶来了，满座欢笑。南军到左广，来回有三十多里的行程，到了晚上，没有军队，便快速地来往两军。王敬弘大惊失色。当时皇宫里搜捕得又急，王敬弘猜测自己的僮仆便是盗窃之人。

宴罢及明，遽归其第。引而问之曰："使汝累年，不知跻捷如此。我闻世有侠士，汝莫是否？"小仆谢曰："非有此事，但能行耳。"因言父母皆在蜀川，顷年偶至京国，今欲却归乡里，有一事欲报恩。偷枕者早知姓名，三数日当令伏罪。敬弘曰："如此事，即非等闲，遂令全活者不少。未知贼在何许，可报司存掩获否？"小仆曰："偷枕者田膨郎也。市廛军伍，行止不恒，勇力过人，且善超越。苟非便折其足，虽千兵万骑，亦将奔走。自兹再宿，候之于望仙门，伺便擒之必矣。将军随某观之，此事仍须秘密。"

是时涉旬无雨，向晓埃尘颇甚，车马腾践，跬步间人不相睹。膨郎与少年数辈，连臂将入军门，小仆执毬杖击之，欻然已折左足。仰而窥曰："我偷枕来，不怕他人，唯惧于尔。既此相值，岂复多言。"于是舁至左右军，一款而伏。上喜于得贼，又知获在禁旅，引膨郎临轩诘问，具陈常在营内往来。上曰："此乃任侠之流，非常之窃盗。"内外囚系数百人，于是悉令原之。小仆初得膨郎，已告敬弘归蜀。寻之不可，但赏敬弘而已。（出《剧谈录》）

宣慈寺门子

宣慈寺门子不记姓氏，酌其人，义侠徒也。唐乾符二年，韦昭范登宏词科，昭范乃度支使杨严懿亲。及宴席帟幕器皿之类，假于计司，严复遣以使库供借。其年三月，宴于曲江亭子。供帐之盛，罕有伦拟。时进士同日有宴，都人观者甚众。饮兴方酣，俄睹酒宴已散，到了第二天早上，王敬弘马上就回到家，叫来僮仆问道："我驱使你这么多年，不知道你身手这么矫捷。我听说世上有侠客存在，莫非你就是？"僮仆推辞道："没有的事。我只是走路很快。"便讲起自己的父母全都在蜀地，前几年偶然来到京城，如今想要回到乡里，有一件事，以偿还恩情。僮仆早就知道偷枕头的贼人的姓名，几天就可以抓住他。王敬弘说道："这种事不是一般的事情，为了完成命令被抓走的人也不少。不知道贼人藏在什么地方？我可以报告给有司让他们去查吗？"僮仆说道："偷枕头的人叫田膨郎，无论是集市还是军队，田膨郎都能走得特别快，勇猛、力气都要超过常人，还善于超越别人。如果没有打断他的腿，即使千军万马，也追不上他。两夜之后，我们在望仙门等他，伺机抓住他。您随我前来，这事还需您保守秘密。"

当时十多天没下雨，清晨的尘土遍地飘扬，车马如飞一般行驶，又激起很多飞沙，一步之外看不见人。田膨郎和几个少年挽着手臂，要进入军营的门，僮仆用球棍打田膨郎，一下便打断了他的左脚。田膨郎仰头看僮仆道："我偷了枕头，不怕别人，只怕你来抓我。既然你都来了，那我还多说什么呢？"僮仆便命人把田膨郎抬进中军，田膨郎诚实地承认了。皇上听说抓到了贼人，十分高兴，又听说是在禁卫军里抓到的，便叫来田膨郎在房中盘问他。田膨郎把在营中外来的事情全都禀告了皇上。皇上说道："这是侠客之流，不是一般的窃贼啊！"在宫内外被抓起来的好几百人都被赦免了。僮仆刚抓住田膨郎，就告诉王敬弘自己回蜀地了。皇上没有找到僮仆，只是赏赐了王敬弘而已。（出《剧谈录》）

宣慈寺门子

宣慈寺门子，姓名不详，以此人生平考量，应该是个侠义之士。唐乾符二年，韦昭范中了宏词科的进士。韦昭范是度支使杨严的亲戚。因此韦昭范用的宴席的幕布、器皿，都从计司处借用，杨严再让库房借给韦昭范。当年三月，韦昭范在曲江亭子设宴。宴会的盛大，基本没有能比得上这次的。当时有一个进士在同一天设摆宴席，京一少年跨驴而至，骄悖之状，傍若无人。于是俯逼筵席，张目引颈及肩，复以巨棰柂筑佐酒。谑浪之词，所不能听。诸子骇愕之际，忽有于众中批其颊者，随手而堕。于是连加殴击，又夺所执棰，棰之百余。众皆致怒，瓦砾乱下，殆将毙矣。当此之际，紫云楼门轧然而开，有紫衣从人数辈驰告曰："莫打！"传呼之声相续。又一中贵驱殿甚盛，驰马来救。复操棰迎击，中者无不面仆于地，敕使亦为所棰。既而奔马而反，左右从而俱入门，门亦随闭而已。坐内甚忻愧，然不测其来，又虑事连宫禁，祸不旋踵，乃以缗钱束素，召行殴者讯之曰："尔何人？与诸郎君阿谁有素？而能相为如此。"对曰："某是宣慈寺门子，亦与诸郎君无素，第不平其下人无礼耳。"众皆嘉叹，悉以钱帛遗之。复相谓曰："此人必须亡去，不然，当为擒矣。"后旬朔，坐中宾客多有假途宣慈寺门者，门子皆能识之，靡不加敬。竟不闻有追问之者。（出《摭言》）

李龟寿

唐晋公白敏中，宣宗朝再入相。不协比于权道，唯以公谅宰大政。四方有所请，碍于德行者，必固争不允，由是征镇忌焉。而志尚典籍，虽门施行马，庭列凫钟，而寻绎未尝倦。于永宁里第别构书斋，每退朝，独处其中，欣如也。居一日，将入斋，唯所爱卑脚犬花鹊从。既启扉，而花鹊连吠，衔公衣却行，叱去复至。既入阁，花鹊仰视，吠转急。公亦疑之，乃于匣中拔千金剑，按于膝上。向空祝曰："若有异类阴物，可出相见。吾乃丈夫，岂慑于鼠辈而相逼耶？"言讫，欻有一物自梁间坠地，乃人也。朱鬟，衣短后城去看宴席的人很多。喝得正上头，忽然看到一个少年骑驴前来，十分骄傲，旁若无人。少年来到宴席，瞪大眼睛，伸出脖子和肩膀，又将巨锤放在柱子旁边请求喝酒。嘴里说着放浪的话，让人耳不忍闻。众人正惊讶的时候，忽然在人群里出了一个打少年脸的人，随手就打了上去。于是便连连殴打此人，又夺走了这个人的锤子，打了他好几百下。众人都十分愤怒，乱扔瓦片掷打此少年，几乎要把少年打死。这时，紫云楼门忽然打开，有几个穿着紫色衣服的随从急忙告诉众人说："不要打！"呼喊之声不绝于耳。又来了一个贵族，骑着一匹非常华丽的马，来救这个少年。路人便又拿着锤迎击，被打中的全都头朝下摔了下去。宣读诏命的使者也被此人打下马去。然后这些人便骑着马跑了，随从也都跟着进了楼门，楼门也随即关上了。座下的人都又高兴又羞愧，然而不知道这个人从哪里来，又恐怕得罪宫里的人，引火烧身，便拿着财物，召来行凶的人问道："你是什么人？你和哪个人有交情，能做到这个地步？"此人回答道："我是宣慈寺门子，和各位素不相识，只是因这个人无礼愤愤不平而已。"众人便十分嘉许，全都赠给此人财物。又彼此相顾说道："这个人必须逃跑，不然就会被抓住。"后来十天之后，座下宾客有很多在宣慈寺门借住的，宣慈寺门子全能认识，还对他们礼遇有加。最后竟然没有听说有人追问宣慈寺门子的。（出《摭言》）

李龟寿

唐朝的晋公白敏中，在唐宣宗一朝时再次被授予宰相一职。白敏中不想和那些玩弄权术的人为伍，只凭借公正、坦诚主持国政。四方不合德行的请愿，白敏中一定会争执，不会同意。因此各路藩镇都很忌惮白敏中。白敏中向来喜好典籍，即使有很多客人或公事，白敏中也不会忘记读书。便从永宁里的宅子建了一个书斋，每次退朝的时候，便自己坐在书斋里，十分高兴。白敏中每次入斋，都会待上一天，只有喜欢的一些宠物、植物才会带进书斋。有一天白敏中打开书斋，喜鹊全都不停地叫，衔着白敏中的衣服要离开。白敏中把它呵斥退了，喜鹊便又回来衔着白敏中的衣服。白敏中进了书斋，喜鹊叫衣，色貌黝瘦。顿首再拜，唯曰死罪。公止之，且询其来及姓名。对曰："李龟寿，卢龙塞人也。或有厚赂龟寿，令不利于公。龟寿感公之德，复为花鹊所惊，形不能匿。公若舍龟寿罪，愿以余生事公。"公谓曰："待汝以不死。"遂命元从都押衙傅存初录之。明日诘旦，有妇人至门，服装单急，曳履而抱持襁婴，请于阍曰："幸为我呼李龟寿。"龟寿出，乃妻也。且曰："讶君稍迟，昨夜半自蓟来相寻。"及公薨，龟寿尽室亡去。（出《三水小牍》）

潘将军

京国豪士潘将军住光德坊忘其名，众为潘鹘硉也，本家襄汉间。常乘舟射利，因泊江壖。有僧乞食，留止累日，尽心檀施。僧归去，谓潘曰："观尔形质器度，与众贾不同。至于妻孥，皆享厚福。"因以玉念珠一串留赠之："宝之，不但通财，他后亦有官禄。"既而迁贸数年，遂镪均陶郑。其后职居左广，列第于京师。常宝念珠，贮之以绣囊玉合，置道场内，每月朔则出而拜之。一旦开合启囊，已亡珠矣。然而缄封若旧，他物亦无所失。于是夺魄丧精，以为其家将破之兆。有主藏者，常识京兆府停解所由王超，年且八十，因密话其事。超曰："异哉，此非攘窃之盗也。某试为寻之，未知果得否。"

得越来越急切。白敏中也十分怀疑，便从匣子里抽出一把千金宝剑，按在自己的膝盖上，向空中祷告道："如果有异类或阴间的人物，可以出来见一见面。我作为一个大丈夫，怎么会怕你们呢？"白敏中才说完，突然有东西从大梁掉在地上，白敏中一看，原来是个人。此人鬓发赤红，穿着一件短风衣，长得又黑又瘦。此人在地上磕了两个响头，只称自己是死罪。白敏中让他停下，并询问他的籍贯和姓名。此人回答道："我叫李龟寿，是卢龙塞人。有人给我财物，让我对您不利。我感念您的恩德，又因为被花鹊惊到，无法藏身。如果您能赦免我的罪过，我愿意把余生奉献给您。"白敏中对他说道："我可以免除你的死罪。"便命令元从都押衙傅存初录用了李龟寿。到了第二天早上，有一个妇人来到白敏中家门，衣服穿得很急，拖着鞋、抱着孩子，在偏门请命道："请您帮我叫一下李龟寿。"李龟寿出门一看，原来是自己的妻子。李龟寿的妻子说道："您恐怕会觉得我有点儿晚了。我是昨天晚上从蓟县来的。"等到白敏中去世之后，李龟寿全家也都离开了。（出《三水小牍》）

潘将军

京城里面有一位很有豪气的潘将军，住在光德坊。忘记了他的名字，众人称他潘鹘硉，他的老家本来在襄阳、汉口一带。潘将军经常坐船做生意，因此便把船停在江边。正好碰到一个僧人前来化缘，潘将军留了他好几天，尽心尽力给僧人施舍。僧人离开之时，对潘将军说："看你外表和气度，和一般的商人不一样。你的妻子儿女，应该都能享到你的福气。"便留下一串玉质念珠送给潘将军，说："此念珠不仅能给潘将军带来财运，之后还能有官爵俸禄。"之后潘将军到处做生意，做了几年，富可敌陶朱公、郑弦。然后潘将军担任左广一职，在京城置办了房产。潘将军一直很珍惜念珠，用绣花的袋子和玉做的盒子珍藏它，放在道场内，每月月初都要前去跪拜。一天早上，潘将军打开盒子和袋子，念珠已经丢了，但是上面的封条还完好无损，其他的东西也没有丢。潘将军因此像丢魂少魄一样，以为这是自己家道中落的征兆。有一个主管藏此念珠的人，认识京兆府停解超他日曾过胜业坊北街。时春雨初霁，有三鬟女子，可年十七八。衣装褴褛，穿木屐，于道侧槐树下。值军中少年蹴踘，接而送之，直高数丈。于是观者渐众。超独异焉，而止于胜业坊北门短曲，有母同居，盖以纫针为业。超时因以他事熟之，遂为舅甥。居室甚贫，与母同卧土榻，烟爨不动者，往往经于累日。或设殽羞，时有水陆珍异。吴中初进洞庭橘，恩赐宰臣外，京辇未有此物。密以一枚赠超云："有人于内中将出。"而禀性刚决，超意甚疑之。如此往来周岁矣。

超一旦携酒食与之从容，徐谓曰："舅有深诚，欲告外甥，未知何如？"因曰："每感重恩，恨无所答。若力可施，必能赴汤蹈火。"超曰："潘军失却玉念珠，不知知否？"微笑曰："从何知之？"超揣其意不甚藏密，又曰："外甥忽见寻觅，厚备缯彩酬赠。"女子曰："勿言于人，某偶与朋侪为戏，终却送还，因循未暇。舅来日诘旦于慈恩寺塔院相候，某知有人寄珠在此。"

超如期而往，顷刻至矣。时寺门始开，塔户犹镤。谓超曰："少顷仰观塔上，当有所见。"语讫而走，疾若飞鸟。忽于相轮上举手示超，欻然携念珠而下曰："便可将还，勿以财帛为意。"超送诣潘，具述其旨。因以金玉缯帛，密为之赠。明日访之，已空室矣。冯缄给事尝闻京师多任侠之徒。及为尹，密询左右，引超具述所由王超。王超年纪已经将近八十岁了。此人便把此事偷偷告知王超。王超说："这实在是太奇怪了。这不是偷窃能够偷走的。我试着帮潘将军找找，不知道能不能找到。"

有一天，王超曾经罗锅胜业坊北街。当时春雨刚停，有一个打了三个髻的女子，年纪大概十七八岁，衣衫褴褛，穿着木鞋，在路旁槐树底下休息。当时军中少年在玩蹴鞠，女子接住了球，把球踢了出去，踢出好几丈高。因此看球的人就越来越多。王超只觉得这个女子奇怪。后来得知，女子住在胜业坊北门的小巷里，跟母亲一起居住，以针线活糊口。王超当时借着别的事情和女子相熟，便相认为舅舅、外甥女。女子家中十分贫寒，和母亲一起住在土床上，经常好几天开不了锅。有人设摆了一个酒宴，上面有各种山珍海味。吴中当时进贡了一批洞庭橘，除了皇上恩赐给众大臣的以外，京城吃不到洞庭橘。女子便偷偷送给王超，说道："这是有人从皇宫里拿出来的。"此女子性格十分刚烈，王超便开始怀疑她。如此来往了一年左右。

一天早上，王超带着酒菜和女子从容吃饭，缓缓地对女子说道："舅舅我有一句话实在想告诉你，不知道方便不方便？"女子便回答道："我时常感念您的恩德，只是遗憾不知道怎么报答。如果是我力所能及的，我赴汤蹈火也会帮您办到。"王超说道："潘将军丢了念珠，不知道你知道吗？"女子笑着说道："您是从哪得知的？"王超揣摩女子的意图，似乎并不是很想瞒着自己，便又说道："你要是能帮我找到，我有厚礼相赠。"女子说道："您不要对别人说。是我偶然和朋友闹着玩才偷来的，之后要还回去，但是因为各种事情没有时间。您明天早上在慈恩寺等着我，我料定有人把念珠寄存在那里。"

王超如期而至，送念珠的人马上就到了。当时寺门刚刚打开，但是窗户还锁着呢。女子对王超说道："一会儿您抬头看塔上面，应该能看到一些东西。"说完便像鸟一样飞走了。忽然，女子在楼上举手示意王超，立刻带着念珠就下来了，说道："现在就可以还回去了。不用送什么财物。"王超便把念珠送到了潘将军处，把事情的大概情况告知了潘将军。因此潘将军准备下了各种财物，要送给女子。可王超

其语。将军所说，与超符同。(出《剧谈录》)

贾人妻

唐余干县尉王立调选，佣居大宁里。文书有误，为主司驳放。资财荡尽，仆马丧失，穷悴颇甚，每丐食于佛祠。徒行晚归，偶与美妇人同路，或前或后依随。因诚意与言，气甚相得。立因邀至其居，情款甚洽。翌日谓立曰："公之生涯，何其困哉！妾居崇仁里，资用稍备，傥能从居乎？"立既悦其人，又幸其给，即曰："仆之厄塞，阽于沟渎，如此勤勤，所不敢望焉，子又何以营生？"对曰："妾素贾人之妻也。夫亡十年，旗亭之内，尚有旧业。朝肆暮家，日赢钱三百，则可支矣。公授官之期尚未，出游之资且无，脱不见鄙，但同处以须冬集可矣。"立遂就焉。

阅其家，丰俭得所。至于扃镤之具，悉以付立。每出，则必先营办立之一日馔焉，及归，则又携米肉钱帛以付立，日未尝阙。立悯其勤劳，因令佣买仆隶。妇托以他事拒之，立不之强也。周岁，产一子，唯日中再归为乳耳。凡与立居二载，忽一日夜归，意态遑遑，谓立曰："妾有冤仇，痛缠肌骨，为日深矣。伺便复仇，今乃得志。便须离京，公其努力。此居处，五百缗自置，契书在屏风中。室内资储，一以相奉。婴儿不能将去，亦公之子也，公其念之。"言讫，收泪而别。

第二天再去拜访的时候，女子已经人去楼空了。冯缄给事曾经听说京城里有很多侠客，等到冯缄做了府尹，便向身边人询问此事。冯缄的手下带来了王超，王超把经过告诉了冯缄。潘将军所说的，和王超所说的基本一致。（出《剧谈录》）

贾人妻

唐朝，余干县的县尉王立被调选，在大宁里寄居。因为文书出现问题，被主管官员呵斥、解职。因此钱财花光了，仆人、马匹也全都作鸟兽散，因为贫穷憔悴不堪，只好总到佛堂去要饭。有一天晚上步行回家的时候，偶然和一个十分美丽的女子同行，王立时而在前时而在后地与女子搭话。女子便认真地和他讲话，二人气味相投。王立便邀请女子到自己的家，对待女子十分热情。第二天，女子对王立说道："你的生活过得太困难了！我住在崇仁里，我家的钱还算够用。你能来和我一起住吗？"王立既喜欢女子，又觉得获得女子的资助很幸运，便说道："我的运气差到不行。您如此诚恳，这是我不敢企望的。你又拿什么生活呢？"女子说道："我本来是一个商人的妻子。我丈夫已经过世十年了，在势力范围之内，还给我留下一点旧业。我早上去到市集，晚上回到家中，忙活一阵子，一天能挣三百钱左右，那我的日子就能过下去了。您如今既不知道什么时候能当上官，又没有外出游学的钱，如果您不觉得我家脏乱，就在我家留到冬季吧。"王立便搬去和女子住在了一起。

王立一看女子的家，该阔绰的阔绰，该节俭的节俭，处理得十分得当。至于家里的各种钥匙，全都交给了王立。女子每次出门之前，一定会把王立的一日三餐都做好；等到女子回到家，便又会拿出买的东西和挣来的钱交给王立，每天都不曾遗忘。王立看她太过劳累，便让女子买几个仆人。女子用其他理由拒绝了，王立也没有勉强。过了一年，女子生了一个儿子，只是白天回家喂养孩子两次。女子一共跟王立住了两年，忽然，一天晚上女子回到家，神态十分惊恐，对王立说道："我有冤仇没有报。它让我痛入骨髓，已经好长时间了。我一直在等待时间报仇雪恨，如今终于把仇报了。我马上就要离开京立不可留止，则视其所携皮囊，乃人首耳。立甚惊愕，其人笑曰："无多疑虑，事不相萦。"遂挈囊逾垣而去，身如飞鸟。立开门出送，则已不及矣。方徘徊于庭，遽闻却至。立迎门接俟，则曰："更乳婴儿，以豁离恨。"就抚子。俄而复去，挥手而已。立回灯褰帐，小儿身首已离矣。立惶骇，达旦不寐。则以财帛买仆乘，游抵近邑，以伺其事。久之，竟无所闻。其年立得官，即货鬻所居归任。尔后终莫知其音问也。（出《集异记》）

荆十三娘

唐进士赵中行家于温州，以豪侠为事。至苏州，旅舍支山禅院。僧房有一女商荆十三娘，为亡夫设大祥斋。因慕赵，遂同载归扬州。赵以气义耗荆之财，殊不介意。其友人李正郎弟三十九有爱妓，妓之父母，夺与诸葛殷。李怅怅不已。时诸葛殷与吕用之幻惑太尉高骈，恣行威福。李惧祸，饮泣而已。偶话于荆娘，荆娘亦愤惋，谓李三十九郎曰："此小事，我能为郎仇之。旦请过江，于润州北固山六月六日正午时待我。"李亦依之。至期，荆氏以囊盛妓，兼致妓之父母首，归于李。复与赵同入浙中，不知所止。（出《北梦琐言》）

城了，你要勉力求官啊！这个房子是我花了五百缗钱置办的，房契藏在屏风里。屋子里的钱财全都送给你了。婴儿我不能带走，那也是你的儿子，希望你能好好教育他。”说完，女子便和王立洒泪而别了。

王立根本无法留住她，再仔细看女子手里拿着的袋子，里面装的是人头。王立大吃了一惊。女子笑道：“你不用多想，这件事不会连累到你。”便带着口袋跳出围墙离开了。王立要出门送送女子，已经来不及了。正在屋子内徘徊的时候，忽然听到女子回来了。王立从门前迎接，女子说道：“让我再喂喂孩子，让我减轻一点离别的遗憾。”便前去看儿子了。不久，女子又离开了，只是挥手作别。王立回去掌灯一看，小孩儿已经身首异处了。王立十分害怕，一晚上没能睡着。便用钱买来仆人和车子，在附近的城市游玩，以此寻找女子。寻找了很长时间，也没能听说一点蛛丝马迹。当年，王立便任了官，是卖了之前的房子才回到任上的。从此再也没能找到女子的音讯。（出《集异记》）

荆十三娘

唐进士赵中行在温州定居，经常行侠仗义。有一次赵中行到了苏州，在支山禅院留宿。当时僧房有一个叫荆十三娘的女商人，给自己过世的丈夫办法事，因为慕赵中行行侠仗义之名，便和赵中行坐一辆车返回扬州。赵中行因为行侠仗义，花了荆十三娘一些钱，荆十三娘一点也没有介意。荆十三娘的朋友李正郎的弟弟李三十九有一个特别喜欢的妓女，妓女的父母却把妓女抢走，送给了诸葛殷，李三十九因此十分惆怅。当时诸葛殷和吕用之迷惑太尉高骈，肆意作威作福。李三十九因为担心引火上身，只是自己一个人哭。李正郎偶然间把此事告诉了荆十三娘，荆十三娘也觉得十分愤慨，便对李三十九郎说道：“这是小事，我能给你报仇。明天早上你就过长江，六月六日中午在润州北固山上等我。”李三十九郎同意了。到了当天，荆十三娘用口袋装着妓女，又把妓女父母的首级拿来，还给了李三十九郎。之后便和赵中行一起进入浙中地界，不知去向。（出《北梦琐言》）

许寂

蜀许寂少年栖四明山，学《易》于晋征君。一旦有夫妇偕诣山居，携一壶酒。寂诘之，云：“今日离剡县。”寂曰：“道路甚遥，安得一日及此。”颇亦异之。然夫甚少，而妇容色过之，状貌毅然而寡默。其夕，以壶觞命许同酌。此丈夫出一拍板，遍以铜钉钉之。乃抗声高歌，悉是说剑之意，俄自臂间抽出两物，展而喝之，即两口剑。跃起，在寂头上盘旋交击，寂甚惊骇。寻而收匣之，饮毕就寝。迨晓，乃空榻也。至日中，复有一头陀僧来寻此夫妇。寂具道之。僧曰：“我亦其人也，道士能学之乎？”时寂按道服也。寂辞曰：“少尚玄学，不愿为此。”其僧傲然而笑，乃取寂净水拭脚。徘徊间不见。尔后再于华阴遇之，始知其侠也。

杜光庭自京入蜀，宿于梓潼厅。有一僧继至，县宰周某与之有旧，乃云：“今日自兴元来。”杜异之。明发，僧遂前去。宰谓杜曰：“此僧仍鹿卢跅，亦侠之类也。”诗僧齐己于沩山松下，亲遇一僧，于头指甲下抽出两口剑，跳跃凌空而去。（出《北梦琐言》）

丁秀才

朗州道士罗少微顷在茅山紫阳观寄泊。有丁秀才者亦同寓于观中，举动风味，无异常人，然不汲汲于仕进。盘桓数年，观主亦善遇之。冬之夜，霰雪方甚，二三道士围炉，有肥羜美酝之羡。丁

许寂

蜀地的许寂少年时在四明山居住，跟着晋徵君学习《周易》。一天，有一对夫妇一起来山里拜访，拿着一壶酒。许寂向他们询问情况，这对夫妇回答道：“我们今天才离开剡县。”许寂说道：“剡县离这里那么远，一天怎么能到呢？”便觉得夫妇二人十分奇异。丈夫年纪还小，做妻子的容貌要比丈夫好看，看起来十分坚毅，而且寡言少语。当天晚上，夫妇二人带着酒壶酒杯找许寂一起喝酒。丈夫拿出一副拍板，用铜钉钉住，之后便放声高歌，唱的全是和剑相关的内容。不久，丈夫又从双臂间抽出两个东西，边打开边大喊，许寂一看，原来是两口宝剑。夫妇二人便一跃而起，在许寂头上盘旋交手，许寂又惊又怕。不久，夫妇二人又把剑收回匣子里，喝完了酒，就回去睡觉了。到了早上，许寂一看，床已经空了。到了中午，又有一个僧人来找这对夫妇。许寂把详细情况告诉了僧人。僧人说道：“我也是这类人。道士你能跟我学艺吗？”当时许寂正穿着道服。许寂推辞道：“我从小就学玄学，不想学这个。”僧人便高傲一笑，取来许寂那儿干净的水擦脚。许寂徘徊一会儿的工夫，僧人就不见了。之后许寂在华阴又遇到了僧人，才知道僧人原来是侠客。

杜光庭从京城到蜀地，在梓潼的官厅里住下。有一个僧人和杜光庭前后脚到达梓潼，县令周某和这位僧人是旧交，便对杜光庭说道：“僧人是今天从兴元来的。”杜光庭非常惊奇。到了第二天，僧人便离开了。周县令对杜光庭说道：“这个人穿的是鹿卢蹻，他也是一位侠客。”诗僧齐己曾经在沩山的松树下面遇到一个僧人，这个僧人从大拇指甲下抽出两口剑，便跳起来在空中飞远了。（出《北梦琐言》）

丁秀才

朗州的道士罗少微曾经在茅山紫阳观寄居过。当时有一个丁秀才，也在观中寄居，他的举动和性格，跟常人没什么区别，只是对当官一事没有太大兴趣。丁秀才在紫阳观停留了很长时间，观里的住持曰："致之何难。"时以为戏。俄见开户奋袂而去。至夜分，蒙雪而回，提一银榼酒，熟羊一足，云浙帅厨中物。由是惊讶欢笑，掷剑而舞，腾跃而去，莫知所往，唯银榼存焉。观主以状闻于县官。诗僧贯休《侠客诗》云："黄昏风雨黑如磐，别我不知何处去。"得非江淮间曾聆此事而构思也？（出《北梦琐言》）

对他很好。有一个冬夜，天上正飘着雪，两三个道士围在炉子旁边，想要吃肥羊、喝美酒。丁秀才说道："这有何难？"当时人们都以为丁秀才在开玩笑。只见丁秀才打开窗户，一甩袖子，便离开了。到了晚上，丁秀才冒着雪回来，提着一银榼的酒和一只熟羊，说是浙江元帅厨房里的食物。因此大家又惊又笑，丁秀才舞剑助兴，之后便跳出窗户离开了，没人知道他的去向，只有那个银榼还在。紫阳观的住持便把情况告诉了县官。诗僧贯休有一首《侠客诗》写道："黄昏风雨黑如磐，别我不知何处去。"恐怕这首诗就是贯休听到此事才构思出来的吧！（出《北梦琐言》）

卷第一百九十七　博物

东方朔

汉武帝时，尝有独足鹤。人皆不知，以为怪异。东方朔奏曰："此《山海经》所谓毕方鸟也。"验之果是。因敕廷臣皆习《山海经》。《山海经》，伯翳所著，刘向编次作序。伯翳亦曰伯益。《书》曰："益典朕虞。"盖随禹治水，取山海之异，遂成书。（出《尚书故实》）

刘　向

贰负之臣曰危，与贰负杀窫窳。帝乃梏之疏属之山。桎其右足，反缚两手与发，系之山上，在关提西北，郭璞注云：汉宣帝使人发上郡磐石，石室中得一人，徒裸，被发反缚，械一足。以问，群臣莫知。刘向按此言之。宣帝大惊，由是人争学《山海经》矣。（出《山海经》）

胡　综

胡综博物多识。吴孙权时，有掘地得铜匣长二尺七寸，以琉璃为盖，雕缕其上，得一白玉如意，所执处皆刻龙虎及蝉形。时莫能识其所由者。权以综多悉往事，使人问之。综云："昔秦始皇东游，以金陵有天子气，乃改县名。并掘凿江湖，平诸山阜，处处辄埋宝物，以当王土之气。事见于《秦记》，此盖是乎？"众人咸叹其洽闻，而怅然自失。（出《胡综别传》）

东方朔

汉武帝时，曾经有一只只有一个脚的鹤。人们都不知道它是什么，当作怪异之事。东方朔上奏道："这就是《山海经》中所说的毕方。"汉武帝叫人核实，果然如此，于是汉武帝便让群臣全都观看《山海经》。山海经是伯翳所写，刘向整编、作的序。伯翳也叫伯益。《尚书》写道："让益担任朕虞一职。"大概是当年伯翳随大禹治水，把各个地方的山海记录下来，写成了这本书。（出《尚书故实》）

刘　向

贰负有一个叫危的手下，和贰负一起杀了契窳。帝便把危绑在了疏属山上，用脚镣锁住了他的右脚，把他的双手和头发反绑在一起，把他锁在了山上，在关提山的西北面。郭璞注解道："汉宣帝派人挖掘上郡的磐石，在石室里抓到一个人，脚光着，披头散发，双手被绑到后边，一只脚被绑在山上。汉宣帝便问群臣，群臣没有一个知道的。刘向便依照《山海经》，说这个人叫作危。汉宣帝大惊，从此人们争着抢着学习《山海经》。"（出《山海经》）

胡　综

胡综广览事物，博学多闻。吴孙权在位的时候，有人挖地挖出一个铜盒子。盒子长二尺七寸，盖子是琉璃做的，上面雕着花纹。盒子里面有一个白玉如意，把手上刻画着龙、虎和蝉的形状。当时没人知道盒子是从哪来的。孙权知道胡综很了解古代典故，便派人询问胡综。胡综说道："当初秦始皇东游，认为金陵有天子气象，便把县名改为金陵，并且到处开凿山川，埋下宝物，以此抵消掉金陵的王气。

张华

魏时，殿前钟忽大鸣，震骇省署。华曰："此蜀铜山崩，故钟鸣应之也。"蜀寻上事，果云铜山崩。时日皆如华言。（出《小说》）

又

晋陆士衡尝饷张华，于时宾客盈座。华开器，便曰："此龙肉也。"众虽素伏华博闻，然意未知信。华曰："试以苦酒灌之，必有异。"试之，有五色光起。士衡乃穷其所由，鲊主曰："家园中积茅下，得一白鱼，质状殊常，以作鲊过美，故以饷陆。"（出《世说》）

又中朝时，有人畜铜澡盘，晨夕恒鸣如人扣，以白张华。华曰："此盘与洛钟宫商相谐，宫中朝暮撞，故声相应。可镳令轻，则韵乖，鸣自止也。"依言，即不复鸣。（出《小说》）

又武库内有雄雉，时人咸谓为怪。华云："此蛇之所化也。"即使搜除库中，果见蛇蜕之皮。（出《小说》）

又吴郡临平岸崩，出一石鼓，打之无声，以问华。华曰："可取蜀中桐材，刻作鱼形，扣之则鸣矣。"即从华言，声闻数十里。（出《小说》）

又惠帝时，有得一鸟毛长数丈。华见而叹曰："此所谓海凫

此事在《秦记》上有记载。这大概就是《秦记》上所说的宝物吧。”众人都对胡综的博闻发出感叹，怅然若失。（出《胡综别传》）

张华

魏时，宫殿前的大钟忽然响了很大声，省署内外一片惊慌。张华说道：“这是蜀地的铜山崩塌了，因此殿前的铜钟响应山崩。”不久蜀地发来报告，果然说及铜山崩塌一事，时间、日期都和张华所说一样。（出《小说》）

又

晋朝的陆机曾经请张华吃饭，当时宾朋满座。张华打开食器，就说道：“这是龙肉。”众人虽然一向佩服张华的博闻，但是却有点不信。张华说道：“可以试着用苦酒浇在上面，一定会出现异象。”众人尝试了一下，食盒里便出现了五色光芒。陆机便去寻找龙肉的来源。烹鱼的人说道：“我家院子的茅草下面，我找到一条白鱼，长得十分奇特。因为味道实在是太美了，便送给了陆机。”（出《世说》）

又：晋朝时，有一个人家里有一个铜制澡盆，每天早晚都像人敲一样响。主人便把此事告诉了张华。张华说道：“这个澡盆和洛阳的钟频率一样，宫中早晚撞钟，因此你家的铜盆就跟着响。你把澡盆铸得轻一点，频率就不一致了，你家的澡盆就不响了。”主人按照张华的话重新铸造了澡盆，果然就不再响了。（出《小说》）

又：武库内出现了一只雄性的野鸡，当时人都觉得很奇怪。张华说道：“这只野鸡是蛇变的。”便派人去搜查武库，果然在里面找到了蛇蜕下的皮。（出《小说》）

又：吴郡临平的悬崖崩裂，从中出现了一个石鼓，敲击之后却发不出来声音。人们便来询问张华。张华说道：“可以取来蜀郡中的梧桐木做木材，刻成鱼的形状，再敲鼓的时候，鼓就响了。”人们便按照张华所说的做，敲出来的声音可以传到几十里之外。（出《小说》）

又：晋惠帝的时候，有人得到了一根几丈长的鸟的羽毛。张华一

毛。此毛出则天下土崩。”果如其言。（出《异苑》）

又洛中有一洞穴深不可测。有一妇人欲杀夫，谓夫曰：“未曾见此穴。”夫自过视之。至穴，妇推夫坠穴。至底，妇掷饭物，如欲祭之。此人当时颠坠恍惚，良久乃苏。得饭食之，气力稍强。周惶觅路，乃得一穴。匍匐从就，崎岖反侧。行数十里，穴小宽，亦有微明，遂得宽平广远之地。步行百余里，觉所践如尘，而闻秔米香，啖之芬美，过于充饥。即裹以为粮，缘穴行而食。此物既尽，复遇如泥者，味似向尘，又赍以去。所历幽远，里数难测。就明旷而食所赍尽，便入一都。郛郭修整，宫馆壮丽。台榭房宇，悉以金魄为饰。虽无日月，明逾三光。人皆长三丈，被羽衣，奏奇乐，非世所闻也。便告请求哀，长人语令前去，从命进道。凡遇如此者九处。最后所至，苦告饥馁。长人入，指中庭一大柏树，近百围，下有一羊，令跪捋羊须。初得一珠，长人取之。次捋又取，后捋令啖食，即得疗饥。请问九处之名，求停不去。答曰：“君命不得停，还问张华当悉。”此人便复随穴而行，遂得出交郡。往还六七年间，即归洛，问华，以所得二物视之。华云：“如尘者是黄河龙涎；泥是昆山下泥；九处地仙名九馆；羊为痴龙；其初一珠，食之与天地等寿，次者延年，后者充饥而已。”（出《幽明录》）

见就叹息道：“这就是人们所说的海凫毛。这根羽毛一出现，天下就要土崩瓦解了。”后来果如张华所说。（出《异苑》）

又：洛水有一个深不可测的洞窟。有一个妇人想要杀了自己的丈夫，就对丈夫说道：“我还从来没有见过这种洞穴。”她的丈夫便要自己进洞去看。到了洞穴，妇人把丈夫推进了洞底，妇人又往下扔了一些食物，像要祭奠他一样。这名男子掉在地上，精神恍惚，过了很长时间才苏醒。男子看到食物，把它吃了，力气变得稍微大了一点，便赶紧从四周寻找出路，找到了一个洞穴。男子匍匐着进了洞穴，弯弯曲曲地爬了几十里，洞穴才变得稍微宽了一点，也能看见一点光，找到了一个平坦空旷的空地。男子又步行了一百多里路，忽然觉得脚下踩的像尘土一样，但是味道却像糯米的香味，吃起来十分美味，比平常那些充饥的食物都好上无数。男子便装了一些当作干粮，顺着洞穴往前走。等到这个东西吃完，又有踩着像泥的东西，味道颇似尘土。男子便又装了一些带走当作干粮。男子走了很长时间的路，不知道到底走了多远，终于走到了一个明亮、开旷的地方，食物也吃完了，就进入了一个大城市。城池的内外城墙十分整洁，房屋十分华丽，各个宅子都用金箔作装饰。虽然没有太阳和月亮，但是胜似太阳和月亮。城里的人都有三丈多高，穿着羽衣，奏着奇怪的音乐，不是当世所能听到的。男子便向这些大人哭诉。大人便让他回到洞穴。男子进了九处这种洞穴，最后到了城池后，苦苦地向大人哭诉饿得不行了。大人便带着他进了一个地方，直接来到中庭的大柏树下面，大柏树估计有一百围大小。柏树下面有一只羊，大人让男子跪着捋羊的须子。刚开始得到一个珠子，被大人拿走了；之后男子又捋了捋羊的胡须，又得到了一个珠子，又被大人拿走了；之后男子又捋了捋羊的胡须，又得到一个珠子，大人让男子把它吃掉，男子因此才得以充饥。男子因此向大人请教九个地方的名字，请求在城中停留，不想离开了。大人说道：“你命里不能停在这儿。回去之后，你去问张华，他会知道。”男子便只好再次沿着洞穴行进，走出交州。来往了六七年，才回到洛阳。男子向张华请教，把得到的两件食物给张华看。张华说道：“像尘土一样大的是黄河龙的口水，泥是昆山下的泥，九处又豫章有然石，以水灌之便热，用以烹煮，可使食成。热尽，下可以冷水灌之更热，如此无穷。世人贵其异，不能识其名。雷焕元康中入洛，乃赍以示华。华云："此所谓'然石'。"（出《异物志》）

又嵩高山北有大穴空，莫测其深。百姓岁时每游其上。晋初，尝有一人误坠穴中。同辈冀其傥不死，试投食于穴。坠者得之为粮，乃缘穴而行。可十许日，忽旷然见明。又有草屋一区，中有二人，对坐围棋，局下有一杯白饮。坠者告以饥渴，棋者曰："可饮此。"坠者饮之，气力十倍。棋者曰："汝欲停此不？"坠者曰："不愿停。"棋者曰："汝从西行数十步，有一井，其中多怪异，慎勿畏，但投身入中，当得出。若饥，即可取井中物食之。"坠者如其言。井多蛟龙，然其坠者，辄避其路。坠者缘井而行，井中有物若青泥，坠者食之，了不复饥。可半年许，乃出蜀中。因归洛下，问张华。华曰："此仙馆，所饮者玉浆，所食者龙穴石髓也。"（出《小说》）

束 皙

晋武帝问尚书郎挚仲治："三月三日曲水，其义何旨？"答曰："汉章帝时，平原徐肇以三月初生三女，至三日而俱亡。一村以为怪，乃相推之水滨盥洗，因流以滥觞。曲水之义，盖起此也。"帝地方叫作九馆，那只羊叫作痴龙。第一个珠子，吃了之后能与天地同寿，第二个珠子可以延长寿命，第三个珠子就只能充饥而已。”（出《幽明录》）

又：豫章有种然石头，用水一浇就会发热，可以用来做饭。等到烧完了之后，再用冷水浇在上面，会变得更热。可以这样无穷无尽。当时人都以它奇异的功能把它当作宝物，却不知道它的名字。雷焕在元康年间进入洛阳，便带着它给张华看。张华说道：“这就是人们所说的‘然石’。”（出《异物志》）

又：嵩山的北面有一个空洞的大洞穴，没人知道它有多深。百姓在过年的时候总会到上面游玩。晋朝初年，曾经有一个人不小心掉进了洞穴里。同辈的人想，这个人或许没有死，便试着把食物扔了下去。掉下去的人以此为粮食，便顺着洞穴向别的地方走。走了十几天，忽然看到了光亮。又看见有一个草屋，里面有两个人对着坐下围棋，棋盘下面有一杯白色的饮品。掉下去的人便跟两个下棋的人说自己又渴又饿。下棋的人说道：“可以把它喝了。”掉下去的人喝完之后，力气变得比以前大了很多。下棋的人说道：“你愿意留在这儿吗？”此人回答道：“我不愿意。”下棋的人便说：“你从这儿向西走几十步，有一口井，里面有很多奇怪的事物，你千万不要害怕，只要跳进井中，你就能出去了。如果你饿了，可以吃井里的东西。”此人按照下棋的人所说行事，井里有很多蛟龙，然而看到此人，全都给他让路。此人便沿着井行路。井中有一些像青泥一样大东西，此人吃了之后，完全不再饥饿。走了半年多，才走到蜀中之地。此人便返回了洛阳，询问张华。张华说道：“你到的地方是仙馆，你所喝的是玉浆，所吃的是龙穴的石髓。”（出《小说》）

束 皙

晋武帝问尚书郎挚虞道：“三月三日曲水流觞有什么典故？”挚虞回答道：“汉章帝的时候，平原的徐肇在三月初生了三个姑娘，到三月三日就全都夭折了。一村的人认为很奇怪，互相推攘到水边清洗污秽，便有了曲水流觞。曲水流觞的习俗应该是从这儿来。”晋武曰："若如所谈，便非嘉事也。"尚书郎束皙进曰："仲冶小生，不足以知此，臣请说其始。昔周公城洛邑，因流水以泛酒。故逸诗云：'羽觞随东流。'又秦昭王三日上巳置酒河曲，见金人自渊而出，奉水心剑曰：'今君制有西夏，乃秦霸诸侯。'乃因此处立为曲水。二汉相沿，皆为盛业。"帝曰："善。"赐金五十斤，而左迁仲冶为阳城令。（出《续齐谐记》）

沈约

梁武帝多策事。因有贡径寸栗者，帝与沈约策栗事。帝得十余事，约得九事。及约出，人问今日何不胜。约曰："此人忌前，不让必恐羞死。"时又策锦被事。（出《卢氏杂说》）

又天监五年，丹阳山南得瓦物，高五尺，围四尺，上锐下平，盖如合焉。中得剑一，瓷具数十，时人莫识。沈约云："此东夷罨盂也，葬则用之代棺。此制度卑小，则随当时矣。东夷死则坐葬之。"武帝服其博识。语在《江右杂事》。（出《史系》）

虞世南

唐太宗令虞世南写《列女传》，屏风已装，未及求本，乃暗书之，一字无失。（出《国史异纂》）

又太宗常出行，有司请载副书以从。帝曰："不须，虞世南此行秘书也。"

帝说道："如果是这样，那确实不是什么好事。"尚书郎束皙上奏道："挚虞孺子的见识，还不足以知道三月三日的典故。我请求和您谈论一下曲水流觞的来由。当初周公在洛阳城，因为用流水漂起酒杯，说道：'羽觞随东流。'又有秦昭王在三月三日上巳节在河的弯曲处摆下酒宴，见到一个从河里出来的铜人，拿着水心剑说道：'如今您已经有西部的地盘了，秦将会称霸诸侯。'秦昭王便在此处设立曲水，两汉继承了曲水流觞的习俗，全都十分鼎盛。"晋武帝说道："好。"便赐给束皙五十斤金，把挚虞贬为阳城令。（出《续齐谐记》）

沈约

梁武帝很喜欢赌博。当时有上供栗子的人，梁武帝便以此和沈约赌博。梁武帝赢了十次，沈约赢了九次。等到沈约出来，有人问道："今天为什么没赢？"沈约说道："梁武帝嫉妒比他强的人，如果我不让着他，他一定会觉得特别耻辱。"当时梁武帝又拿被子赌博。（出《卢氏杂说》）

又：梁武帝天监五年的时候，有人在丹阳山南边得到一个瓦制的物品，高五尺，周长四尺，上面尖，下面平，像一个盒子。在里面找到了一把剑和几十个瓷器。当时的人都不知道这是什么。沈约说道："这是东夷的盒子，下葬的时候用它代替棺材。这种盒子很小，是当时的风俗。东夷人如果死了，就坐着下葬在这个盒子里。"梁武帝十分佩服沈约的见识。这件事出自《江右杂事》这本书。（出《史系》）

虞世南

唐太宗让虞世南在屏风上写下《列女传》，当时屏风已经装好了，但是没来得及找《列女传》的文本。虞世南便默写了下来，一字不差。（出《国史异纂》）

又：唐太宗曾经出行，有司请求找一个善于写字的人跟随。唐太宗说道："不需要。虞世南就是我这次出行的秘书。"

傅奕

唐贞观中，有婆罗门僧言得佛齿，所击前无坚物。于是士女奔凑，其外如市。傅奕方卧病，闻之，谓其子曰："非佛齿。吾闻金刚石至坚，物莫能敌，唯羚羊角破之。汝可往试焉。"僧缄縢甚严，固求，良久乃见。出角叩之，应手而碎，观者乃止。今理珠玉者用之。（出《国史异纂》）

郝处俊

唐太宗问光禄卿韦某，须无脂肥羊肉充药。韦不知所从得，乃就侍中郝处俊宅问之。俊曰："上好生，必不为此事。"乃进状自奏："其无脂肥羊肉，须五十口肥羊，一一对前杀之，其羊怖惧，破脂并入肉中。取最后一羊，则极肥而无脂也。"上不忍为，乃止。赏处俊之博识也。（出《朝野佥载》）

孟诜

唐孟诜，平昌人也，父曜明经擢第，拜学官。诜少敏悟，博闻多奇，举世无与比。进士擢第，解褐长乐尉，累迁凤阁舍人。时凤阁侍郎刘袆之卧疾，诜候问之，因留饭，以金碗贮酪。诜视之惊曰："此药金，非石中所出者。"袆之曰："主上见赐，当非假金。"诜曰："药金仙方所资，不为假也。"袆之曰："何以知之？"诜曰："药金烧之，其上有五色气。"遽烧之，果然。袆之以闻。则天以其近臣，不当旁稽异术，左授台州司马，累迁同州刺史。每历官，多烦政，人吏殆不堪。薄其妻室，常曰："妻室可烹之以啖客。"人

傅 奕

唐朝贞观中期，有一个婆罗门僧人说自己得到一颗佛齿，没有比它更坚硬的东西。因此男男女女全都前去观看，僧人的家门外像市场一样热闹。傅奕当时卧病在床，听说此事，就对自己的儿子说道："这不是佛齿。我听说金刚石最为坚硬，没有事物可以击碎它，只有羚羊的角能把它打碎。你可以去试试。"僧人把佛齿藏得很紧。傅奕的儿子百般恳请，过了很长时间，僧人才把佛齿拿出来。傅奕的儿子便拿出了羚羊角，随手就把佛齿敲碎了，围观的人这才散了。如今加工玉器都用金刚石加工。（出《国史异纂》）

郝处俊

唐太宗问光禄卿韦某人，想要没有肥肉的肥羊肉当作药材。韦某人不知道从哪弄来，就去侍中郝处俊的家里问郝处俊。郝处俊说道："陛下有好生之德，一定不会要这种药材的。"便自己写疏上奏："这种没有肥肉的肥羊肉，需要拿五十口肥羊在一只羊前面一个一个杀死。这只羊十分害怕，肥肉便裂解融入肉里了。最后这只羊，一定没有肥肉，而且还特别肥美。"唐太宗不忍这样做，就不要这味药材了，还因为郝处俊的博闻赏赐了他。（出《朝野佥载》）

孟 诜

唐朝的孟诜是平昌人。父亲孟曜是明经科的进士，曾经担任过学官。孟诜少年时就很聪明，十分有悟性，博闻强识，多有奇语，与他同时代的人没有人能比得过他。后来孟诜进士及第，从长乐县尉开始仕官，累次升迁，担任凤阁舍人。当时凤阁侍郎刘祎之卧病，孟诜前去探望，刘祎之便留下孟诜在自己家里吃饭，用金碗装着酥酪。孟诜一见，十分惊讶，说道："这是药物炼成的金子，不是石头里面出来的。"刘祎之说道："这是皇上赏赐下来的金碗，应该不是假的。"孟诜说道："这种药物炼成的金子是用仙方炼的，不是假的。"刘祎之说道："怎么能辨别这个是药物炼成的？"孟诜说道："这种药金，

多议之。（出《御史台记》）

唐文宗

唐文宗皇帝听政暇，博览群书。一日，延英顾问宰臣："《毛诗》云：'呦呦鹿鸣，食野之苹。'苹是何草？"时宰相李珏、杨嗣复、陈夷行相顾未对。珏曰："臣按《尔雅》，苹是藾萧。"上曰："朕看《毛诗疏》，苹叶圆而花白，丛生野中，似非藾萧。"又一日问宰臣："古诗云：'轻衫衬跳脱。'跳脱是何物？"宰臣未对。上曰："即今之腕钏也。"《真诰》言，安姑有斫粟金跳脱，是臂饰。（出《卢氏杂说》）

贾耽

唐贾耽好地理学。四方之使，乃是蕃虏来者，而与之坐，问其土地山川之所终始。凡三十年，所闻既备，因撰《海内华夷图》。以问其郡人，皆得其实，事无虚词。（出《卢氏杂说》）

段成式

唐段成式词学博闻，精通三教。复强记，每披阅文字，虽千万言，一览略无遗漏。尝于私第凿一池，工人于土下获铁一片，怪其异质，遂持来献。成式命尺，周而量之，笑而不言。乃静一一烧就会出五色的光。”刘祎之立刻去烧了一下，果然和孟诜说的一样，便上奏给了皇帝。武则天因为孟诜是近臣，觉得他不应该学这些旁门左道，便把他贬为台州司马，之后又升迁为台州刺史。每次在任上的时候，他的政务都十分繁琐，百姓、官吏都苦不堪言。孟诜还很轻视他的妻子，经常说：“我的妻子可以做成食物给客人吃。”人们因此都对他议论纷纷。（出《御史台记》）

唐文宗

唐文宗皇帝经常用处理完政事的闲暇时光博览各种书籍。一天，唐文宗在延英殿询问宰相道：“‘呦呦鹿鸣，食野之苹’里面的‘苹’是什么草？”当时的宰相李珏、杨嗣复、陈夷行面面相觑，没有回答。之后李珏回答道：“我想了想，苹应该是藾萧。”唐文宗说道：“我看《毛诗疏》上面写，苹草是圆叶子、白花，在野草中成堆而生，应该不是藾萧。”又有一天，唐文宗问群臣道：“古诗里说：‘青衫衬跳脱。’‘跳脱’是什么东西？”群臣没有人回答。唐文宗说道：“就是今天手腕上的手镯。《真诰》说过，安姑有斫粟金跳脱，是一种手臂上的饰品。”（出《卢氏杂说》）

贾　耽

唐朝的贾耽非常喜欢地理学。四方的使者，即使是从番地来的胡人，和贾耽坐在一起，贾耽总会问他们土地山川从哪而起、从哪而止。贾耽一共研究了三十年，觉得自己的见闻足够写书了，便写了《海内华夷图》。人们拿着此图问当郡的人，所述都与此图相符，没有半点虚言。（出《卢氏杂说》）

段成式

唐朝的段成式在词学上见闻很广，精通儒释道三教之文。不仅如此，段成式的记忆力也十分好，每次看书的时候，即使有一千万字，段成式也能一览无余。段成式曾经在自己家凿一个池子，工人室，悬铁其室中之北壁。已而泥户，但开一牖方才数寸，亦缄鐍之。时与近亲辟牖窥之，则有金书两字，以报十二时也。其博识如此。（出《南楚新闻》）

成式多禽荒，其父文昌尝患之。复以年长，不加面斥其过，而请从事言之。幕客遂同诣学院，具述丞相之旨，亦唯唯逊谢而已。翌日，复猎于郊原，鹰犬倍多。既而诸从事各送兔一双，其书中征引典故，无一事重叠者。从事辈愕然，多其晓其故实。于是齐诣文昌，各以书示之。文昌方知其子艺文该瞻。山简云："吾年四十，不为家所知。"颇亦类似。（出《玉堂闲话》）

江陵书生

江陵南门之外，雍门之内，东垣下有小瓦堂室一所，高尺许，具体而微。询其州人，曰："此息壤也。"鞠其由，曰："数百年前，此州忽为洪涛所漫，未没者三二版。州帅惶惧，不知所为。忽有人白之曰：'洲之郊墅间，有一书生博读甚广，才智出人。请召询之。'及召问之：'此是息壤之地，在于南门。仆尝读《息壤记》云："禹湮洪水，兹有海眼。泛之无恒，禹乃镌石，造龙之宫室，置于穴中，以塞其水脉。"后闻版筑此城，毁其旧制，是以有此怀襄之患。请掘而求之。'果于东垣之下，掘数尺，得石宫室，皆已毁损。荆帅于是重葺，以厚壤培之。其洪水乃绝。"今于其上又起屋宇，志其处所。旋以《息壤记》验之，不谬。（出《玉堂闲话》）

在土里得到一个铁板，觉得铁板的质地很奇怪，便拿来献给了段成式。段成式拿来尺子，量了量铁板的大小，笑而不语。便让人打扫出一个房间，把铁板悬挂在房间北边的墙壁上。之后段成式又命人把窗户泥上，只开一个小窗口，有几寸大小，也用锁锁着。当时段成式和亲近的朋友一起打开窗户窥视，上面有两个用铜写的字，以此来报时。段成式博识如此。（出《南楚新闻》）

段成式经常出去打猎，他的父亲段文昌曾经很担心，又因为段成式已经长大了，不好当面呵斥，就让自己的手下和段成式说。段文昌手下的幕僚便一同前往学院，把段文昌的想法告诉段成式，段成式也只是说了声谢谢而已。第二天，段成式便又去郊外的平原打猎，鹰和猎犬比以前多了一倍。之后又送了段文昌的幕僚一人一对兔子，信里所征引的典故，没有一件事是重叠的。幕僚们全都十分惊讶，都对段成式广知典故大为称赞。便全去拜访段文昌，把段成式给他们的信给段文昌看。段文昌这才知道段成式颇有文采。山简也说过：“我四十岁的时候，家里人都不知道我看了很多书。”和段成式一事类似。（出《玉堂闲话》）

江陵书生

江陵南门外面的雍门之内，在东边城墙下面，有一个很小的瓦房，有一尺多高，具体而微。有人问州里的人这是什么建筑，州里的人说道：“这是息壤。”此人又问这个建筑的来由，州里人回答道：“几百年前，这个州突然被洪水淹了。州刺史十分惊恐，不知道该怎么办。忽然有个人对州刺史说道：‘在州府的郊外，有一排小房子，里面有一个书生，读了很多的书，才智高于常人，您可以询问他。’州刺史召来这个书生，便询问应对之策。书生说道：‘这是在南门的息壤之地。我曾经读过《息壤记》，上面写道：“当年大禹治水的时候，这儿曾经有个海眼，经常没有规律地泛滥。大禹便刻了石像，造了一个龙宫，放在了海眼里，以此堵住了水流。”后来听说要修此城的城墙，把以前的城墙毁掉了，因此才有洪水泛滥之祸。请您试着发掘一下息壤。’州刺史果然在东边城墙之下，挖下几尺深，找到了一个龙

宫，当时已经被毁掉了。州刺史便重新修葺了龙宫，用很厚的土层埋了起来，然后洪水才停。”如今又在龙宫上面建了一个建筑，标志了这个处所。此人随即用《息壤记》核验州里人所说的话，说的确实不假。（出《玉堂闲话》）

卷第一百九十八　文章一

司马相如

汉司马相如赋诗，时人皆称典而丽，虽诗人之作，不能加也。扬子云曰："长卿赋不似从人间来，其神化所至耶？"子云学相如之赋而弗逮也，故雅服焉。相如为《上林赋》，意思萧散，不复与外物相关。控引天地，错综古今。忽然而睡，跃然而兴。几百日而后成。其友人盛览字长卿，牂牁名士，尝问以作赋。相如曰："合纂组以成文，列锦绣而为质，一经一纬，一宫一商，此赋之迹也。赋家必包括宇宙，总览人物，斯乃得之于内，不可得而博览。"乃作《合组歌》《列锦赋》而退，终身不敢言作赋之心矣。（出《西京杂记》）

谢朓

梁高祖重陈郡谢朓诗。常曰："不读谢诗三日，觉口臭。"（出《谈薮》）

沈约

梁奉朝请吴均有才器，常为《剑骑》诗云："何当见天子，画地取关西。"高祖谓曰："天子今见，关西安在焉？"均默然无答。均又为诗曰："秋风泷白水，雁足印黄沙。"沈隐侯约语之曰："印

司马相如

西汉司马相如写的诗赋，当时的人都说典雅华丽，即使是诗人的作品，也比不上司马相如的作品。扬雄说道："司马相如的赋不是从人间来的吧？是神变出来的吧？"扬雄学习司马相如的赋，但是水平没有司马相如高，因此一直很佩服司马相如。司马相如写《上林赋》的时候，没有什么意识，和外物几乎隔绝。便想到天地、古今各种事物。有时忽然就睡着了，有时忽然就醒了。写了几百天，终于写成了《上林赋》。司马相如有一个叫盛览的朋友，字长卿，是牂牁的名士，曾经来问司马相如如何作赋。司马相如回答道："把天地的万事万物连接成文章，按照经纬、宫商的顺序去排布，这就是写赋的方式。写赋的人一定要博览宇宙的万事万物，然后才能写出精髓，不能只是单纯的列举。"盛览写了一首《合组歌》和一首《列锦赋》，便不再作赋，终身不敢谈作赋的想法了。（出《西京杂记》）

谢　朓

梁高祖特别看中陈郡谢朓的诗，经常说："如果我三天没有读谢朓的诗，就觉得嘴里没有什么滋味。"（出《谈薮》）

沈　约

梁朝的奉朝请吴均很有才华，曾经写过一首《剑骑诗》，说道："何当见天子？画地取关西。"梁武帝对吴均说道："如今你见到天子了，关西在哪儿呢？"吴均默然不语。吴均又写了一首诗道："秋风泷白水，雁足印黄沙。"沈约对吴均说道："'印黄沙'一语太险。"

黄沙语太险。”均曰：“亦见公诗云‘山樱发欲然’。”约曰：“我始欲然，即已印讫。”（出《谈薮》）

庾信

梁庾信从南朝初至，北方文士多轻之。信将《枯树赋》以示之，于后无敢言者。时温子昇作《韩陵山寺碑》，信读而写其本。南人问信曰：“北方文士何如？”信曰：“唯有韩陵山一片石堪共语。薛道衡、卢思道少解把笔。自余驴鸣狗吠，聒耳而已。”（出《朝野佥载》）

王勃

唐王勃每为碑颂，先磨墨数升，引被覆面而卧。忽起，一笔书之，初不点窜。时人谓之“腹藁”。（出《谈薮》）

卢照邻

唐卢照邻字昇之，范阳人。弱冠，拜邓王府典签，王府书记，一以委之。王有书十二车，照邻总披览，略能记忆。后为益州新都县尉，秩满，婆娑于蜀中，放旷诗酒，故世称王、杨、卢、骆。照邻闻之曰：“喜居王后，耻在骆前。”时杨之为文，好以古人姓名连用，如张平子之略谈，陆士衡之所记，潘安仁宜其陋矣，仲长统何足知之，号为“点鬼簿”。骆宾王文好以数对，如“秦地重关一百二，汉家离宫三十六”，时人号为“算博士”。如卢生之文，时人莫能评其得失矣。惜哉，不幸有冉耕之疾，著《幽忧子》以释愤焉。文集二十卷。（出《朝野佥事》）

吴均说道："我看您的诗里也写道：'山樱发欲然'。"沈约说道："我刚开始'欲然'（想要燃烧），您的诗就已经'印'完了。"（出《谈薮》）

庾信

南朝梁的庾信从南朝刚到北朝的时候，北方的文人都很轻视庾信。庾信拿出《枯树赋》给他们看，之后就没人敢轻视庾信了。温子升写《韩陵山寺碑》的时候，庾信读完之后把它抄了下来。南朝人问庾信："北朝的文士怎么样？"庾信说道："只有韩陵山一个石碑可以一起谈论文学，薛道衡、卢思道还算能写，其他的全都是驴叫、狗吠这种聒噪的声音而已。"（出《朝野佥载》）

王勃

唐朝的王勃每次写碑文、颂的时候，都要先磨上几升墨，拿起被子盖住脸躺上一会儿。之后忽然坐起，一气呵成，不会写错一个字。当时的人称这种写作方式为"腹稿"。（出《谈薮》）

卢照邻

唐朝的卢照邻字升之，是范阳人。卢照邻刚弱冠的时候，被授予邓王府典签一职，王府文本相关的事务，全都交给了卢照邻。邓王有十二车书，卢照邻经常去浏览，基本上都能记下来。后来卢照邻又担任了益州新都县的县尉。任职期满，便在蜀中一带游玩，在诗、酒里放纵。因此世称王杨卢骆。卢照邻听说之后，说道："我以能身居王勃之后高兴，但是又以在骆宾王前面为耻辱。"当时杨炯写文章，喜欢连用人名，比如"张平子之略谈、陆士衡之所记；潘安仁宜其陋矣、仲长统何足知之"这种句子。因此人们称杨炯为"点鬼簿"。骆宾王的文章喜欢用数字对仗，比如"秦地重关一百二，汉家离宫三十六"这种句子，当时人因此把骆宾王称为"算博士"。但是像卢照邻的文章，当时的人没人能找到特别大的问题。可惜的是，卢照邻

崔融

唐国子司业崔融作武后册文，因发疾而卒。时人以为二百年来无此文。（出《国史纂异》）

张说

唐张说、徐坚同为集贤学士十余年，好尚颇同，情契相得。时诸学士凋落者众，说、坚二人存焉。说手疏诸人名，与坚同观之。坚谓说曰：“诸公昔年皆擅一时之美，敢问艺之先后？”说曰：“李峤、崔融、薛稷、宋之问之文，皆如良金美玉，无施不可。富嘉谟之文，如孤峰绝岸，壁立万仞，丛云郁兴，震雷俱发，诚可异乎？若施之于廊庙，则为骇矣。阎朝隐之文，则如丽色靓妆，衣之绮绣，燕歌赵舞，观者忘忧。然类之风雅，则为俳矣。”坚又曰：“今之后进，文词孰贤？”说曰：“韩休之文，有如大羹玄酒，虽雅有典则，而薄于滋味。许景先之文，有如丰肌腻体，虽秾华可爱，而乏风骨。张九龄之文，有如轻缣素练，实济时用，而窘于边幅。王翰之文，有如琼林玉斝，虽烂然可珍，而多有玷缺。若能箴其所短，济其所长，亦一时之秀也。”（出《大唐新语》）

崔曙

唐崔曙应进士举，作《明堂火珠》诗，续有佳句曰：“夜来双月满，曙后一星孤。”其言深为工文士推服。既夭殁，一女名“星

得了和冉伯牛一样的不治之症，因此写了《幽忧子》来泄愤。卢照邻有二十卷文集。（出《朝野佥载》）

崔融

唐朝国子司业崔融奉命撰写《武后册文》，发病身亡。当时的人认为两百年以内没有这么好的文章。（出《国史纂异》）

张说

唐朝的张说和徐坚同时担任了十多年集贤院学士，两个人爱好很相似，情谊也很投缘。当时集贤院的学士很多都被贬了，但是张说和徐坚还留在朝堂。张说写了好几个人的名字，让徐坚一起看。徐坚对张说说道："这些人以前都是一个时代的英杰，敢问他们的文采谁在前谁在后？"张说说道："李峤、崔融、薛稷和宋之问四个人的文章都是金玉一般美好的作品，无可挑剔。富嘉谟的文章像一个孤立的山峰一样壁立千仞，给人一种雷雨交加的感觉，可以说是异于常人了吧？但是要让富嘉谟写宫廷应酬的文章，那恐怕有点太可怕了。阎朝隐的文章就像一个美人画着特别漂亮的妆，穿着锦绣一样的衣服，唱着歌跳着舞，能让看他文章的人忘记忧愁。但是比起这些风雅之士，就稍微显得俗气。"徐坚又说道："如今的后来人，谁的文章写得好？"张说说道："韩休的文章，就像大菜、清酒一样，虽然十分典雅，但是滋味寡淡。许景先的文章就像很丰满的美人，虽然秾丽可爱，但是缺少风骨。张九龄的文章就像布匹，经济实用，但是却不修边幅。王翰的文章就像琼林和玉斝一样，虽然闪闪发光，十分值得珍贵，但是总是有瑕疵。如果他们能发挥长处，补足短处，那他们也将成为一时的文坛领袖。"（出《大唐新语》）

崔曙

唐朝的崔曙参加客居考试，写了一首《明堂火珠诗》，续写的诗里面有一个好句子道："夜来双月满，曙后一星孤。"这句话被追求

星”而无男，当时咸异之。（出《明皇杂录》）

王维

唐王维好释氏，故字摩诘。性高致，得宋之问辋川别业，山水胜绝，今清凉寺是也。维有诗名，然好取人章句。如“行到水穷处，坐看云起时”，人以为《含英集》中诗也。“漠漠水田飞白鹭，阴阴夏木啭黄鹂”，乃李嘉佑诗也。（出《国史补》）

李翰

唐李翰文虽宏畅，而思甚苦涩。晚居阳翟，常从邑令皇甫曾求音乐。思涸则奏乐，神全则缀文。（出《国史补》）

顾况

唐顾况在洛，乘间与一二诗友游于苑中。流水上得大梧叶，上题诗曰：“一入深宫里，年年不见春。聊题一片叶，寄与有情人。”况明日于上游，亦题叶上，泛于波中。诗曰：“愁见莺啼柳絮飞，上阳宫女断肠时。君恩不禁东流水，叶上题诗寄与谁。”后十日余，有客来苑中寻春，又于叶上得一诗，故以示况。诗曰：“一叶题诗出禁城，谁人愁和独含情。自嗟不及波中叶，荡漾乘风取次行。”（出《本事诗》）

卢渥

中书舍人卢渥应举之岁，偶临御沟，见一红叶，命仆搴来。叶上及有一绝句，置于巾箱。或呈于同志。及宣宗既省宫人，初不

工整的文人深深推崇。崔曙过世之后，只有一个叫“星星”的女儿，没有儿子，当时的人都觉得很奇怪。（出《明皇杂录》）

王维

唐朝的王维喜欢佛教，因此表字摩诘。王维秉性清高，得到了宋之问在辋川的一套别产，山水美不胜收，就是如今的清凉寺。王维写诗写得非常好，但是喜欢取用别人的诗句。比如“行到水穷处，坐看云起时”，人们都认为这是《含英集》里的诗句。再如“漠漠水田飞白鹭，阴阴夏木啭黄鹂”，是李嘉佑的诗句。（出《国史补》）

李翰

唐朝的李翰文章写得虽然气势磅礴、措辞流畅，但是其中表达的感情却十分苦涩。李翰晚年在阳翟居住，曾经向县令皇甫学习音乐。没有思路了就奏乐，等到灵感来了就开始写文章。（出《国史补》）

顾况

唐朝的顾况在洛阳的时候，总会在闲时和一两个诗友在苑中游览。一天，顾况在流水上捡了一片梧桐树叶，上面写着一首诗道：“一入深宫里，年年不见春。聊题一片叶，寄与有情人。”顾况第二天到上游，也写了一首诗，让它在水上漂着。诗写道：“愁见莺啼柳絮飞，上阳宫女断肠时。君恩不断东流水，叶上题诗寄与谁。”十多天后，有一个人到苑中看春景，又在叶子上面找到一首诗，便拿给顾况看。诗写道：“一叶题诗出禁城，谁人愁和独含情。自嗟不及波中叶，荡漾乘风取次行。”（出《本事诗》）

卢渥

中书舍人卢渥参加科举当年，偶然经过皇宫的河沟，看到河上漂着一片叶子，便让仆人把叶子拿来。卢渥一看，叶子上面有一首绝句，诏，许从百官司吏，独不许贡举人。渥后亦一任范阳，独获其退宫人，睹红叶而吁怨久之曰："当时偶题随流，不谓郎君收藏巾箧。"验其书迹，无不讶焉。诗曰："流水何太急，深宫尽日闲。殷勤谢红叶，好去到人间。"（出《云溪友议》）

唐德宗

唐德宗每临朝，多令征四方丘园才能学术直言极谏之士。由是题笔贡艺者满于阙下。上多亲自考试，故绝请托之门。是时文学相高，公道大振，得路者咸以推贤进善为意。上试制科于宣政殿，或有乖谬者即浓点笔抹之，或称旨者翘足朗吟。翌日，即遍示宰臣学士曰："此皆朕门生也。"公卿大夫已下，无不服上藻鉴。宏词独孤绶试《放驯象赋》。及进其本，上览，称叹久之。因吟其词云："化之式孚，则必爱乎来献；物或违性，斯用感于至仁。"上甚嘉之，故特书第三等。先是代宗朝，文单国累进驯象三十有二，上悉令放于荆山之南。而绶不斥受献，不伤放弃，上赏为知去就也。（出《杜阳杂编》）

贞元五年，初置中和节，御制诗，朝臣奉和。诏写本赐戴叔伦于容州，天下荣之。（出《国史补》）

就把它放进了盒子里，有时还会给朋友看一看。唐宣宗裁减宫人数量，一开始允许宫女嫁给百官，只是不允许嫁给举人。卢渥曾经在范阳任职，恰巧找到了一个退宫的宫人。宫人看到红叶，叹息了好长时间，说道："当时我偶然题写的诗句，让它随水漂去，没想到让您收藏在盒子里了。"卢渥便核对了笔迹，众人没有不惊讶的。诗是这么写的："流水何太急，深宫尽日闲。殷勤谢红叶，好去到人间。"（出《云溪友议》）

唐德宗

唐德宗上朝，经常命令群臣征召四方隐居的有才能、懂学术、直言敢谏的人。因此馆阁之下都是展示自己才能的人。唐德宗经常亲自考试，便绝了走后门这条路。当时有才能的人地位十分高，公平之道蔚然成风，得了功名的人全都向唐德宗推荐贤才。唐德宗在宣政殿主考，觉得写得不好的就用浓墨批改，觉得符合心意的便翘着脚大声朗诵。第二天，便会告诉各个大臣、学士："这都是我的门生。"公卿、大夫和以下的士人，没有不佩服唐德宗的文采和知人善任的。宏词科考试中，独孤绶写了一篇《放驯象赋》。等主考官把试卷呈上来，唐德宗看过之后，称赞了好长时间，便大声朗读道："化之式孚，则必爱乎来献，物或违性，斯用感于至仁。"皇上认为独孤绶写得很好，便特地把他提拔为第三等。之前，唐代宗一朝的时候，文单国累次进贡了三十二头驯象，唐德宗命令把他们全都放回荆山的南边。独孤绶既没有不支持接受这些驯象，也没有说把驯象放回荆山有问题。唐德宗便赏赐了独孤绶，因为他懂得进退之道。（出《杜阳杂编》）

又：贞元五年，唐德宗第一次设立中和节。当时唐德宗做了一首诗，各个朝臣都来唱和。唐德宗下诏把这些诗录下来，到容州赐给戴叔伦。天下以此为荣。（出《国史补》）

戎昱

唐宪宗皇帝朝，以北狄频侵边境，大臣奏议："古者和亲，有五利而无千金之费。"帝曰："比闻有一卿，能为诗而姓氏稍僻，是谁？"宰相对曰："恐是包子虚、冷朝阳。"皆不是也。帝遂吟曰："山上青松陌上尘，云泥岂合得相亲。世路尽嫌良马瘦，唯君不弃卧龙贫。千金未必能移姓，一诺从来许杀身。莫道书生无感激，寸心还是报恩人。"侍臣对曰："此是戎昱诗也。京兆尹李銮拟以女嫁昱，令其改姓，昱固辞焉。"帝悦曰："朕又记得《咏史》一篇，此人若在，便与朗州刺史。武陵桃源，足称诗人之兴咏。"圣旨如此稠叠，士林之荣也。其《咏史》诗云："汉家青史内，计拙是和亲。社稷依明主，安危托妇人。岂能将玉貌，便欲静胡尘。地下千年骨，谁为辅佐臣。"帝笑曰："魏绛之功，何其懦也？"大臣公卿，遂息和戎之论者矣。(出《云溪友议》)

李端

唐郭暧尚升平公主，盛集文士，即席赋诗。公主帷而观之。李端中宴诗成，有"荀令何郎"之句，众称绝妙。或谓宿构，端曰："愿赋一韵。"钱起曰："请以起姓为韵。"复有"金埒铜山"之句。暧大喜，出名马金帛为赠。是会也，端擅场；送丞相王缙之镇幽朔，韩翃擅场；送丞相刘晏之巡江淮，钱起擅场。(出《国史补》)

戎昱

唐宪宗皇帝一朝，因为北方少数民族经常侵犯边境，大臣上奏议论道："古代和亲的政策，有五点利处，还不用花特别的钱。"唐宪宗说道："我之前听说有一个人擅长写诗，但是姓氏稍微生僻一点。是谁来着？"宰相回答道："恐怕是包子虚、冷朝阳吧。"说得全都不对。唐宪宗便吟诗道："山上青松陌上尘，云泥岂合得相亲，世路尽嫌良马瘦，唯君不弃卧龙贫。千金未必能移姓，一诺从来许杀身。莫道书生无感激，寸心还是报恩人。"侍臣说道："这是戎昱的诗。当初京兆尹李銮瞿打算把女儿嫁给戎昱，让戎昱改姓，被戎昱坚决地推辞了。"唐宪宗十分高兴，说道："我还记得他写过有一篇咏史诗。如果戎昱还活着，就封他个朗州刺史吧！和武陵桃源在一起，足以和他的诗兴相称了。"圣恩如此浩荡，是士人们的荣幸。戎昱的咏史诗是这么写的："汉家青史上，计拙是和亲。社稷依明主，安危托夫人。岂能将玉貌，便拟静胡尘。地下千年骨，谁为辅佐臣。"唐宪宗便说道："你看看当初魏绛的功绩。你们怎么这么懦弱呢？"因此大臣们就不再提和亲的事了。（出《云溪友议》）

李端

唐朝的郭暧娶了升平公主，经常叫来很多文人，在席上吟诗作赋。升平公主挂起帷幔，在后面看这些人吟诗作赋。李端在吃席的时候就写完了，得到了一句带有"荀令何郎"的句子，众人拍案叫绝。有人说李端是前一天晚上写的，李端说道："我愿意再写一首。"钱起说道："就拿我的姓氏当韵脚吧！"又写出了"金埒铜山"这样的句子。郭暧十分高兴，便把名马和财物送给李端。这次宴会上，李端表现优良；送丞相王缙出京镇守幽州的宴会上，韩翃如鹤立鸡群；送丞相刘晏巡查江淮一带的宴会上，钱起表现不凡。（出《国史补》）

韩翃

唐韩翃少负才名。侯希逸镇青淄，翃为从事。后罢府，闲居十年。李勉镇夷门，又署为幕吏。时韩已迟暮，同职皆新进后生，不能知韩，共目为恶诗韩翃。翃殊不得意，多辞疾在家。唯末职韦巡官者，亦知名士，与韩独善。一日夜将半，韦扣门急。韩出见之，贺曰："员外除驾部郎中，知制诰。"韩大愕然曰："必无此事，定误矣。"韦就座曰："留邸状报，制诰阙人，中书两进名，御笔不点出。又请之，德宗批曰：'与韩翃'。时有与翃同姓名者，为江淮刺史。又具二人同进。御笔复批曰：'春城无处不飞花，寒食东风御柳斜。日暮汉宫传腊烛，轻烟散入五侯家。'又批云：'与此韩翃'。"韦又贺曰："此非员外诗也？"韩曰："是也。"是知不误矣。质明而李与僚属皆至。时建中初也。（出《本事诗》）

杨凭

唐京兆尹杨凭，兄弟三人皆能文，为学甚苦。或同赋一篇，共坐庭石，霜积襟袖，课成乃已。（出《传载》）

符载

唐符载字厚之，蜀郡人，有奇才。始与杨衡、宋济栖青城山习业。杨衡擢第，宋济先死，无成。唯载以王霸自许，耻于常调。韦皋镇蜀，辟为支使。虽曰受知，尚多偃蹇。皋尝于二十四化设醮，请撰斋词。于时陪饮于摩诃池，载离席盥漱，命小吏十二人捧砚，人分两题。缓步池间，各授口占，其敏速也如此。刘阚时为金吾仓

韩 翃

唐朝的韩翃年轻时就很有名气。侯希逸当时在青州、淄州镇守，聘韩翃担任从事。后来侯希逸被罢免，韩翃便赋闲十年。李勉镇守夷门的时候，韩翃又暂任幕下小吏。当时韩翃已经老了，同事们都是新被提拔的后生，都不知道韩翃的名声，一起写诗嘲讽韩翃。韩翃十分不高兴，便多托词疾病告假在家。只有职位最卑微的韦巡官，也是知名人士，和韩翃十分友善。有一天半夜，韦氏急忙扣韩翃家门，韩翃便出来迎接韦氏。韦氏贺喜道："你被授予驾部郎中，担任主考官了。"韩翃大惊，说道："不可能有这种事。一定是搞错了。"韦氏便进屋坐下，说道："陛下的文书批示在这儿。当时知制诰一职有空缺，中书两次推荐，唐德宗都没有同意。中书再次请示，唐德宗才批示道：'选韩翃吧。'当时有一个和韩翃同名的人，担任江淮刺史，中书又把二人同时推荐给唐德宗。唐德宗又批示道：'春城无处不飞花，寒食东风御柳斜。日暮汉宫传蜡烛，轻烟散入五侯家。'又批示道：'就给写这首诗的韩翃'。"韦氏便又祝贺道："这难道不是你的诗吗？"韩翃说："确实。"这才知道确实没有弄错。到了第二天早上，李勉和同事全去了韩翃家。当时是建中初年。（出《本事诗》）

杨 凭

唐朝的京兆尹杨凭兄弟三人都善于写文章，学习十分刻苦，有时三人同写一篇赋，一起坐在庭院的石头上，霜都打到衣服袖子了，也要写完这篇赋才肯起身。（出《传载》）

符 载

唐朝的符载，字厚之，是蜀地人士，身怀奇才。一开始和杨衡、宋济在青城山一起修习学业。之后杨衡中了举，宋济先过世了，没有什么功业。只有符载向来以身怀王霸之自许，耻于和常人一样。韦皋镇守蜀地的时候，任命符载为支使。虽然符载受到韦皋的知遇之恩，但还是很傲慢。韦皋曾经在二十四化设摆斋醮之礼，请符载帮忙撰曹参军，始依皋焉。载与撰真赞云："矫矫化初，气杰文雄。灵螭出水，秋鹗乘风。行义则固，辅仁乃通。他年良觌，麟阁之中。"及皋卒，阚总留务，载亦在幕中。及阚败，载亦免祸。（出《北梦琐言》）

王建

唐王建初为渭南县尉，值内官王枢密者，尽宗人之分。然彼我不均，复怀轻谤之色。忽因过饮，语及桓灵信任中官，起党锢兴废之事。枢密深憾其讥，诘曰："吾弟所有宫词，天下皆诵于口。禁掖深邃，何以知之？"建不能对。故元稹以尝有宫词，诏令隐其文。朝廷以为孔光不言温树者，慎之至也。及王建将被奏劾，因为诗以让之，乃脱其祸也。建诗曰："先朝行坐镇相随，今上春宫见长时。脱下御衣偏得著，进来龙马每交骑。常承密旨还家少，独奏边情出殿迟。不是当家频向说，九重争遣外人知。"（出《云溪友议》）

裴度

唐宪宗以玉带赐裴度，临薨却进。门人作表，皆不如意。公令子弟执笔，口占曰："内府之珍，先朝所赐。既不敢将归地下，又不合留在人间。"闻者叹其简切而不乱。（出《因话录》）

写祭文。当时符载在摩诃池陪酒，听到委任，符载便离开席子前去洗漱，命令十二个小吏捧着砚台，让两个人同时负责抄录。符载便在池间慢慢地走来走去，告诉每一个人应该写什么。符载的文思敏捷到了这种程度。刘阐当时担任金吾仓曹参军，此时才来依附韦皋。符载便给韦皋写赞道："矫矫化为，气杰文雄。灵螭出水，秋鹗乘风。行义则固，辅仁乃通。他年良觌，麟阁之中。"等到韦皋去世，刘阐总管事务，符载也在刘阐手下担任幕僚。刘阐败亡，符载并没有被波及。（出《北梦琐言》）

王建

唐朝的王建担任渭南县尉的时候，本来和内官王枢密是同宗。但是王建因为自己和王枢密地位不同，便颇怀轻视、诽谤之态。有一次王建喝多了，说及汉桓帝、汉灵帝信任宦官、兴党锢之祸一事。王枢密觉得王建所言十分刺耳，便盘问道："你所写的那些宫词，天下人吟诵不绝于口。但是禁中深邃，他们是如何得知的呢？"王建无法回答。当初元稹曾经写过很多宫词，皇帝下诏不让这些词在宫外流传。朝廷认为，西汉的孔光连温室殿中所种的树都不肯说，是因为保密工作要一再小心。等到王建要被弹劾的时候，王枢密便用宫词一事责备王建，王建因此才得以脱身。王建的诗是这么写的："先朝行坐镇相随，今上春宫见长时。脱下御衣偏得著，进来龙马每交骑。常承密旨还家少，独奏边情出殿迟。不是当家频向说，九重争遣外人知。"（出《云溪友议》）

裴度

唐宪宗曾经赐给裴度一条玉带，等到裴度将要过世时，想把玉带交还给唐宪宗。裴度的门人所写的奏章，都不能让裴度满意。裴度便让后辈拿着笔，口里说道："内府之珍，先朝所赐，既不敢将归地下，又不合留在人间。"听到的人都感叹裴度所说的简要、真切而不乱。（出《因话录》）

白居易

唐白居易有妓樊素善歌，小蛮善舞。尝为诗曰：“樱桃樊素口，杨柳小蛮腰。”年既高迈，而小蛮方丰艳，因《杨柳词》以托意曰：“一树春风万万枝，嫩于金色软于丝。永丰坊里东南角，尽日无人属阿谁。”及宣宗朝，国乐唱是词，上问：“谁词，永丰在何处？”左右具以对。遂因东使，命取永丰柳两枝，植于禁中。自感上知其名，且好尚风雅，又为诗一章，其末句云：“定知此后天文里，柳宿光中添两星。”后除苏州刺史，自峡沿流赴郡。时秭归县繁知一，闻居易将过巫山，先于神女祠粉壁大署之曰：“苏州刺史今才子，行到巫山必有诗。为报高唐神女道，速排云雨候清词。”居易睹题处畅然，邀知一至曰：“历阳刘郎中禹锡，三年理白帝，欲作一诗于此，怯而不为。罢郡经过，悉去千余诗，但留四章而已。此四章者，乃古今之绝唱也，而人造次不合为之。沈佺期诗曰：‘巫山高不极，合沓状奇新。暗谷疑风雨，幽崖若鬼神。月明三峡曙，潮满九江春。为问阳台客，应知入梦人。’王无兢诗曰：‘神女向高唐，巫山下夕阳。徘徊作行雨，婉娈逐荆王。电影江前落，雷声峡外长。霁云无处所，台馆晓苍苍。’李端诗曰：‘巫山十二重，皆在碧空中。回合云藏日，霏微雨带风。猿声寒渡水，树色暮连空。愁向高唐去，千秋见楚宫。’皇甫冉诗曰：‘巫峡见巴东，迢迢出半空。云藏神女馆，雨到楚王宫。朝暮泉声落，寒暄树色同。清猿不可听，偏在九秋中。’”白居易吟四篇诗，与繁生同济，而竟不为。（出《云溪友议》）

白居易

唐朝的白居易有一个善于歌唱的艺妓，名叫樊素；还有一个善于跳舞的艺妓，名叫小蛮。白居易曾经写过一句诗，道：“樱桃樊素口，杨柳小蛮腰。”后来白居易年老了，而小蛮年华正好，便用杨柳词寄托自己的想法：“一树春风万万枝，嫩于金色软于丝。永丰坊里东南角，尽日无人属阿谁。”等到唐宣宗一朝的时候，国乐演唱这首诗，唐宣宗便问道：“这是谁的诗？永丰坊在哪儿？”身边侍卫把情况报告给了唐玄宗。唐宣宗便派人上洛阳，命令使者拿来永丰坊里柳树的两根枝条，在宫禁中种下。白居易感激唐宣宗承认自己诗的名气，便又写了一首诗，道：“定知此后天文里，柳宿光中添两星。”后来白居易被任命为苏州刺史，从三峡乘船道苏州赴任。当时秭归县令繁知一听说白居易要路过巫山，便预先在神女祠的墙壁上写了几行大字道：“苏州刺史今才子，行到巫山必有诗。为报高唐神女道，速排云雨候清词。”白居易一看所题的诗，心中十分痛快，便邀请繁知一，道：“历阳郎中刘禹锡在白帝当了三年官，一直想在这儿写一首诗，但是因为胆怯没敢作诗。自古以来，被罢官经过此地的人，写下了一千多首诗，如今只留下了四首。这四首诗确实是古今绝唱，人们根本不敢造次地作诗。沈佺期的诗写道：‘巫山高不极，合沓状奇新。暗谷疑风雨，幽崖若鬼神。月明三峡曙，潮满九江春。为问阳台客，应知入梦人。’王无兢的诗写道：‘神女向高唐，巫山下夕阳。徘徊作行雨，婉娈逐荆王。电影江前落，雷声峡外长。霁云无处所，台馆晓苍苍。’李端的诗写道：‘巫山十二重，皆在碧空中。回合云藏日，霏微雨带风。猿声寒渡水，树色暮连空。愁向高唐去，千秋见楚宫。’皇甫冉的诗写道：‘巫峡见巴东，迢迢出半空。云藏神女馆，雨到楚王宫。朝暮泉声落，寒暄树色同。清猿不可听，偏在九秋中。’”白居易吟完了这四首诗，和繁知一一起过了江，最终也没有写诗。（出《云溪友议》）

元和沙门

唐元和中，长安有沙门，不记名。善病人文章，尤能捉语意相合之处。张籍颇恚之，冥搜愈切。思得句曰：“长因送人处，忆得别家时。”径往夸扬。乃曰：“此应不合前辈意也。”僧笑曰：“此有人道了也。”籍曰：“向有何人？”僧冷吟曰：“见他桃李发，思忆后园春。”籍因抚掌大笑。（出《摭言》）

元和沙门

唐元和年间，长安有一个僧人，经常挑别人文章里的毛病，尤其善于发现意境是否与古人相合的问题。张籍十分憎恨此人，便暗中凑出几句诗。之后，张籍终于想出了两句诗道：“长因送人处，忆得别家时。”便直接前往僧人家炫耀，说道：“这应该没有前辈跟我所写的相近了。”僧人笑道：“这已经有人说过了。”张籍说道：“之前有什么人说过吗？”僧人突然吟道：“见他桃李发，思忆后园春。”张籍便抚掌大笑。（出《摭言》）

卷第一百九十九 文章二

杜 牧 天峤游人 谭 铢 周匡物 王 播 朱庆余 唐宣宗
温庭筠 李商隐 刘 瑑 郑 畋 司空图 高 蟾

杜 牧

唐白居易初为杭州刺史，令访牡丹花。独开元寺僧惠澄近于京师得之。始植于庭，栏门甚密，他处未之有也。时春景方深，惠澄设油幕覆其上，牡丹自此东越分而种之也。会徐凝从富春来，未知白，先题诗曰：“此花南地知难种，渐愧僧闲用意栽。海燕解怜频睥睨，胡蜂未识更徘徊。虚生芍药徒劳妒，羞杀玫瑰不敢开。唯有数苞红幞在，含芳只待舍人来。”白寻到寺看花，乃命徐同醉而归。时张祜榜舟而至，甚若疏诞。然张徐二生未之习隐，各希首荐焉。白曰：“二君论文，若廉白之斗鼠穴，胜负在于一战也。”遂试《长剑倚天外》赋、《余霞散成绮》诗，试讫解送，以凝为元，祜次之。

张曰：“祜诗有‘地势遥尊岳，河流侧让关’。多士以陈后主‘日月光天德，山河壮帝居’。此徒有前名矣。”又祜题《金山寺》诗曰：“树影中流见，钟声两岸闻。”虽綦毋潜云“塔影挂青汉，钟声和白云”，此句未为佳也。白又以祜宫词，四句之中皆数对，何足奇乎？然无徐生云：“今古长如白练飞，一条界破青山色。”祜叹曰：“荣辱纠纷，亦何常也。”遂行歌而迈，凝亦鼓枻而归。自是二生终身偃仰，不随乡试矣。

先是李林宗、杜牧，与白辇不较文，具言元白诗体舛杂，而为清苦者见嗤，因兹有恨。白为河南尹，李为河南令，道上相遇。

杜 牧

唐朝的白居易刚担任杭州刺史的时候，派人前去寻找牡丹花。只有开元寺的僧人惠澄在京城旁找到了牡丹。白居易这才把牡丹花栽在庭子里，栏杆围了好几层，其他地方都没有。当时刚刚春深，惠澄拿了一块布盖在上面。从此以后，牡丹花才开始在杭州种植。当时正赶上徐凝从富春赶来，不知道是白居易种的，便先题诗道："此花南地知难种，渐愧僧闲用意栽。海燕解怜频睥睨，胡蜂未识更徘徊。虚生芍药徒劳妒，羞杀玫瑰不敢开。唯有数苞红幞在，含芳只待舍人来。"白居易不久也到寺里看花，便让徐凝一起会饮，一起回去。当时张祜乘舟赶到，十分放荡。然而张祜、徐凝二人都想要考取功名，全都希望白居易举荐自己。白居易便道："你们二位论文，就像廉颇和白起在鼠穴中会战一样，胜负在此一举。"便让二人试着写《长剑依天外》赋和《余霞散成绮》诗。考完之后，二人把文章送给白居易，以徐凝为第一名，张祜居于其次。

张祜说道："我的诗里有'地势遥尊岳，河流侧让开'之句，欣赏的人都说陈后主的'日月光天德，山河壮帝居'空有在前的名声。另外，我题金山寺的诗有'树影中流见，钟声两岩闻'之语，即使綦毋潜写的'塔影挂青汉，钟声和白云'，也算不上是好句子。"白居易则认为："张祜的宫词里，虽然四联都是对子，但是也不足为奇。就不如徐凝的'今古长如白练飞，一条界破青山色'。"张祜叹息道："这些因为荣耀、耻辱发生的纠纷，实在是太常见了。"便唱着歌走了。徐凝也划着船离开了。从此张、徐终身隐居，再也没有参加乡试。

之前，李林宗和杜牧、白居易在京城讨论过诗文，详细地说过元白诗派诗人所作之诗的驳杂问题，因而被苦吟诗派的诗人嘲笑，尹乃乘马，令则肩舆，似乖趋事之礼。李尝谓白为嗫嚅公，闻者皆笑。乐天之名稍减矣。白曰：“李直木，林宗字也。吾之猘子也，其锋不可当。”

后杜牧守秋浦，与张祜为诗酒之友，酷吟祜宫词。亦知钱塘之岁，白有非祜之论，尝不平之。乃为诗二道以高之曰：“谁人得似张公子，千首诗轻万户侯。”又云：“如何故国三千里，虚唱歌词满六宫。”张诗曰：“故国三千里，深宫二十年。一声何满子，双泪落君前。”此为祜得意之语也。李杜已下，盛言其美者，欲以苟异于白而曲成于张也。故牧又著论：“言近有元白者，喜为淫言媟语，鼓扇浮嚣。吾恨方在下位，未能以法治之。”斯亦敷佐于祜耳。（出《云溪友议》）

天峤游人

麻姑山，山谷之秀，草木多奇。有邓先客至延康，四五代为国道师，而锡紫服。洎死，自京归葬是山，云是尸解也。然悉为丘陇，松柏相望，词人经过，必当兴咏，几千首矣。忽有一少年，偶题一绝，不言姓字，但云天峤游人耳。后来观其所刺，无复为文。且邓氏之名，因斯稍减矣。诗曰：“鹤老芝田鸡在笼，上清那与俗尘同。既言白日升仙去，何事人间有殡宫。”（出《云溪友议》）

因此心里十分怨恨。白居易当时担任河南府尹，而李林宗担任河南县令，二人在路上相遇。白居易作为府尹骑着马，李林宗担任县令却坐着马车，似乎和礼法相悖。李林宗曾经称呼白居易为"嗫嚅公"，听到的人都嘲笑白居易。白居易的名声也因此变小了一些。白居易说道："李直木林宗的字就像我家的一条疯狗，锋芒不可当。"

后来杜牧曾经到秋浦为官，和张祜成了诗酒之交，特别喜欢吟唱张祜的宫词。杜牧也曾经听说过白居易曾经非议过张祜，常常为张祜打抱不平，便写了两首诗来赞扬张祜，写道："谁人得似张公子，千首诗轻万户侯。"又写道："如何故国三千里，虚唱歌词满六宫。"张祜的诗曾经写过："故国三千里，深宫三十年。一声何满子，双泪落君前。"这是张祜的得意之作。李林宗、杜牧之下，想要称赞张祜诗写得好的，都说张祜的诗和白居易的迥然不同，以此来赞扬张祜。因此杜牧又曾经发表过一些言论，说："近世元白诗派的人总喜欢以一些不入流的话入诗，让浮躁之风甚嚣尘上。我只是遗憾我的地位太低，不能用国法来惩治这些人。"这也是在帮着张祜说话。（出《云溪友议》）

天峤游人

麻姑山十分秀丽，草木十分奇特。有一个叫邓先的人到延康客居，做了四五代的国师，还被赐予紫衣。等到他死之后，从京城返回家乡，葬在了麻姑山，说这叫"尸解"。然而麻姑山全都是坟丘，路两旁都是松树、柏树，每次诗人路过，一定会诗兴大发，咏上几句。题写麻姑山的诗有几千首。忽然有一个少年，偶然在上面题了一首绝句，只说自己是天峤游人而已。后来人们看到他所题的诗，再也没有人在麻姑山题诗的了。而且邓氏的名声，也因此慢慢变小了。诗写道："鹤老芝田鸡在笼，上清那与俗尘同。既言白日升仙去，何事人间有殡宫。"（出《云溪友议》）

谭铢

真娘者，吴国之佳人也，比于钱唐苏小小。死葬吴宫之侧。行客感其华丽，竞为诗题于墓树，栉比鳞臻。有举子谭铢者，吴门之秀士也，因书一绝。后之来者，睹其题处，稍息笔矣。诗曰："武丘山下冢累累，松柏萧条尽可悲。何事世人偏重色，真娘墓上独题诗。"（出《云溪友议》）

周匡物

周匡物字几本，漳州人。唐元和十二年，王播榜下进士及第，时以歌诗著名。初周以家贫，徒步应举，落魄风尘，怀刺不偶。路经钱塘江，乏僦船之资，久不得济，乃于公馆题诗云："万里茫茫天堑遥，秦皇底事不安桥。钱塘江口无钱过，又阻西陵两信潮。"郡牧出见之，乃罪津吏。至今天下津渡，尚传此诗讽诵。舟子不敢取举选人钱者，自此始也。（出《闽川名士传》）

王播

唐王播少孤贫，尝客扬州惠照寺木兰院，随僧斋食。后厌怠，乃斋罢而后击钟。后二纪，播自重位，出镇是邦，因访旧游。向之题名，皆以碧纱罩其诗。播继以二绝句曰："三十年前此院游，木兰花发院新修。如今再到经行处，树老无花僧白头。""上堂未了各西东，惭愧阇黎饭后钟。三十年来尘扑面，如今始得碧纱笼。"（出《摭言》）

谭铢

真娘是吴国的美人，和钱塘的苏小小齐名。真娘死后，被埋葬在吴宫旁边。行人因为真娘坟墓的华丽有感而发，争着在墓旁的树上题诗，鳞次栉比。有一个叫谭铢的举子，是吴地的秀才，在树上写了一首绝句。后来人看到谭铢的诗，题诗的人就慢慢变少了。诗写道："武丘山下冢累累，松柏萧条尽可悲。何事世人偏重色，真娘墓上独题诗。"（出《云溪友议》）

周匡物

周匡物，字几本，是漳州人。唐元和十二年，周匡物在王播主考的时候进士及第。当时周匡物以诗闻名当世。之前，周匡物因为家中贫寒，只好走路去京城参加科举，十分落魄，心里总是有怨言。周匡物路过钱塘江，没有钱坐船，很长时间不知道怎么过河，就在公馆题诗道："万里茫茫无堑遥，秦皇底事不安桥。钱塘江口无钱过，又阻西陵两信潮。"郡守听说了就出面接见周匡物，加罪于渡口的小吏。至今天下的渡口还都流传着这首诗讽刺那些不修桥的官吏。划船的人从此就不敢收举子的钱了。（出《闽川名士传》）

王播

唐朝的王播幼年时，父亲就去世了，家里十分贫穷，曾经在扬州惠照寺木兰院寄居，跟着僧人一起吃斋饭。后来僧人们厌烦了王播，便先吃饭、后敲钟了。二十四年后，王播当了大官，成为当地的行政长官，便回到寺院前去游览，发现自己之前题的诗都被绿色的纱布罩住了。王播因此又题了两首绝句，道："三十年前此院游，木兰花发院新修。如今再到经行处，树老无花僧白头。"又道："上堂未了各西东，惭愧闻黎饭后钟。三十年来尘扑面，如今始得碧纱笼。"（出《摭言》）

朱庆余

唐朱庆余遇水部郎中张籍知音，索庆余新旧篇什数通，吟改只留二十六章。籍置于怀抱而推赞之。时人以籍重名，无不缮录讽咏，遂登科第。初庆余尚为谦退，作《闺意》一篇，以献张曰：“洞房昨夜停红烛，待晓堂前拜舅姑。妆罢低声问夫婿，画眉深浅入时无。”籍酬之曰：“越女新妆出镜心，自知明艳更沉吟。齐纨未足人间贵，一曲菱歌敌万金。”由是朱之诗名，流入四海内矣。（出《云溪友议》）

唐宣宗

唐宣宗朝，前进士陈玩等三人应博士宏词，所司考定名第及诗赋论。上于延英殿诏中书舍人李藩等问曰：“凡考试之中，重用字如何？”藩对曰：“赋忌偏枯庸杂，论失褒贬是非，诗则缘题落韵，其间重用文字，乃是庶几，亦非有常例也。”又曰：“孰诗重用字？”对曰：“钱起《湘灵鼓瑟》诗云：‘善抚云和瑟，常闻帝子灵。冯夷空自舞，楚客不堪听。逸韵谐金石，清音发杳冥。苍梧来怨慕，白芷动芳馨。流水传湘浦，悲风过洞庭。曲终人不见，江上数峰青。’中有二不字。”上曰：“钱起虽重用字，他诗似不及起。虽谢朓云：‘洞庭张乐地，潇湘帝子游。云去苍梧远，水还江汉流’之篇，无以比也。”其宏词诗重用字者登科。起诗便付《史选》。（出《云溪友议》）

宣宗因重阳，赐宴群臣，有御制诗。其略去：“款塞旋征骑，和戎委庙贤。倾心方倚注，叶力共安边。”宰臣以下应制皆和。上曰：“宰相魏謩诗最出。”其两联云：“四方无事去，神豫抄秋来。

朱庆余

唐朝的朱庆余把水部郎中张籍当成知音。张籍要来朱庆余的很多新旧诗作，经过琢磨修改后，只留下了二十六篇。张籍把这些诗抱在怀里，碰到人就跟人推荐、称赞这些诗。当时的人因为张籍注重名气，每每修改自己的作品，便全中了举人。当初，朱庆余为了谦虚，曾经写过一篇《闺意》，献给张籍。诗写道："洞房昨夜停红烛，待晓堂前拜舅姑。妆罢低声问夫婿，画眉深浅入时无？"张籍回了他一首诗道："越女新妆出镜心，自知明艳更沉吟。齐绔未足人间贵，一曲菱歌敌万金。"从此朱庆余诗歌的名声，便传遍了四海。（出《云溪友议》）

唐宣宗

唐宣宗一朝，前进士陈玩等三人参加宏词科考试，有司为了排名，便考了他们诗赋理论这一块。唐宣宗在延英殿召来中书舍人李藩等人，问道："考试时，如果用字重复了怎么样？"李藩回答道："作赋最忌讳生僻、枯燥、平庸、杂乱，忌讳议论的时候没有褒贬是非的立场。作诗则按照题目决定押韵，如果作诗过程中有重复的字，很正常，这都是常规情况。"唐宣宗又道："谁的诗重用字过？"李藩回答道："钱起《湘灵鼓瑟》诗写道：'善抚云和瑟，常闻帝子灵。冯夷空自舞，楚客不堪听。逸韵谐金石，清音发杳冥。苍梧来怨慕，白芷动芳馨。流水传湘浦，悲风过洞庭。曲终人不见，江上数峰青。'诗里有两个'不'字。"唐宣宗说道："钱起虽然重用了'不'字，但是其他的诗似乎不如钱起的。即使是谢朓'洞庭张乐地，潇湘帝子游。云去苍梧远，水还江汉流'这首诗，也没法比得上钱起这首。"因此，这次宏词科考试中，诗里用重字的人也有被选上的。钱起的这首诗便载入了史册。（出《云溪友议》）

又：唐宣宗趁着重阳节宴请群臣。唐宣宗在此际写了一首诗，大概内容如下："欸塞旋征骑，和戎委庙贤。倾心方倚注，叶力共安边。"宰相以下的各个大臣都来和诗。唐宣宗说道："宰相魏謩的诗

八水寒光起，千山霁色开。”上嘉赏久之。魏蹈舞拜谢，群寮耸视，魏有德色，极欢而罢。（出《抒情诗》）

温庭筠

唐温庭筠字飞卿，旧名岐。与李商隐齐名，时号“温李”。才思艳丽，工于小赋。每入试，押官韵作赋，凡八叉手而八韵成。多为邻铺假手，号曰“救数人”也。而士行有缺，搢绅薄之。

李义山谓曰：“近得一联句云：‘远比赵公，三十六年宰辅’，未得偶句。”温曰：“何不云，‘近同郭令，二十四考中书。’”宣宗尝试诗，上句有“金步摇”，未能对，遣求进士对之。庭筠乃以“玉条脱”续也，宣宗赏焉。又药有名“白头翁”，温以“苍耳子”对。他皆此类也。

宣帝爱唱《菩萨蛮》词，丞相令狐绹假其修撰，密进之，戒令勿他泄，而遽言于人，由是疏之。

温亦有言云：“中书内坐将军。”讥相国无学也。宣皇好微行，遇于逆旅，温不识龙颜，傲然而诘之曰：“公非长史司马之流耶？”帝曰：“非也。”又曰：“得非大参簿尉之类耶？”帝曰：“非也。”谪为坊城尉。其制词曰：“孔门以德行为先，文章为末。尔既德行无取，文章何以补焉。徒负不羁之才，罕有适时之用。”竟流落而死也。

豳国公杜悰自西川除淮海，庭筠诣韦曲林氏林亭，留诗云：

写得好。”其中有两联最好：“四方无事去，神豫抄秋来。八水寒光起，千山霁色开。”唐宣宗欣赏了很长时间。魏謩手舞足蹈拜谢唐宣宗的恩宠，众人都高看魏謩一眼，魏謩也因此有得意之色。君臣欢饮一夜才回家。（出《抒情诗》）

温庭筠

唐朝的温庭筠，字飞卿，曾用名叫温岐。温庭筠和李商隐齐名，当时人们把他们称为“温李”。温庭筠才思敏捷，文风艳丽，擅长写抒情小赋。每次考试，温庭筠要押官韵时，叉八次手，八段文字就写完了。因此温庭筠多给邻座的同学当枪手，被人称为“救数人”。但是温庭筠的德行有所不善，士人们很瞧不起他。

李商隐曾经对温庭筠说：“近来我得到一个上联：‘远比赵公，三十六年宰辅’，没能找到好的下联。”温庭筠说道：“为什么不用‘近同郭令，二十四考中书。’来对呢？”唐宣宗曾经试着写诗，上句有“金步摇”，不知道怎么对下联，便向进士们请教。温庭筠便用“玉条脱”对仗。唐宣宗因此赏赐了温庭筠。又有一种药叫“白头翁”，温庭筠就用“苍耳子”来对。这种事情还有不少。

唐宣宗喜欢唱《菩萨蛮》，丞相令狐绹曾经借温庭筠的作品上奏给皇上，告诉温庭筠不要说出去，温庭筠却立刻说了出去，因此便开始疏远温庭筠。

温庭筠也曾经说过：“中书里面坐了一个将军。”以此讥讽令狐绹没有学问。唐宣宗喜欢微服出游，在旅馆遇见了温庭筠。温庭筠不知道是唐宣宗，便傲慢地问道：“你是长史、司马一类的官吗？”唐宣宗说道：“不是。”温庭筠又说道：“难道你是参军、主簿、县尉这类的官吗？”唐宣宗说道：“也不是。”之后温庭筠就被贬为坊城卫了。诏命上说：“读书人应该以德行为主，以文章为辅。如今你没有德行，文章对你的人品也于事无补。空有狂放不羁的才量，却很难应用到实事上。”最后温庭筠只落得流落四方而死的下场。

豳国公杜悰从西川被调任到淮海，温庭筠前去拜访林氏的林亭，留了一首诗：“卓氏炉前金线柳，随家堤畔锦帆风。贪为两地

“卓氏炉前金线柳，隋家堤畔锦帆风。贪为两地行霖雨，不见池莲照水红。”豳公闻之，遗绢千匹。吴兴沈徽云：“温曾于江淮为亲表檟楚，由是改名庭筠。又每岁举场，多为举人假手。”侍郎沈询之举，别施铺席，授庭筠，不与诸公邻比。翌日，于帘前请庭筠曰：“向来策名者，皆是文赋托于学士。某今岁场中，并无假托，学士勉旃。”因遣之，由是不得意也。（出《北梦琐言》）

李商隐

唐李商隐字义山，为彭阳公令狐楚从事。彭阳之子绹，继有韦平之拜，似疏商隐，未尝展分。重阳日，商隐诣宅，于厅事上留题。其略云：“十年泉下无消息，九日樽前有所思。郎君官重施行马，东阁无因许再窥。”相国睹之，惭怅而已。乃扃闭此厅，终身不处也。（原缺出处，今见《北梦琐言》卷七）

刘 瑑

唐刘瑑字子全，幼苦学，能属文，才藻优赡。大中初，为翰林学士。是时新复河湟，边上戎事稍繁。会院中诸学士或多请告，瑑独当制。一日近草诏百函，笔不停缀，词理精当。夜艾，帝复召至御前，令草《喻天下制》。瑑濡毫抒思，顷刻而告就。迟明召对，帝大嘉赏，因而面赐金紫之服。瑑以文学受知，不数年，卒至大用。

其《告喻制》曰：“自昔皇王之有国也，何尝不文以守成，武以集事，参诸二柄，归于大宁。朕猥荷丕图，思弘景业。忧勤戒行霖雨，不见池莲照水红。”豳国公听说之后，送给温庭筠一千匹绢。吴兴的沈徽曾经说过：“温庭筠在江淮一带曾经被父母鞭打过，因此才改名温庭筠。另外，每年科考的时候，温庭筠经常帮人当枪手。”侍郎沈询主考的时候，给温庭筠单设了一组铺席，不让他和其他考生在一个考场里。第二天，沈询在帘子前对温庭筠客气地说道：“之前那些中举之人，都是托了你的笔才能考中进士。如今我的考场里，并无需要借你之笔的人。你好自为之吧。”便把温庭筠打发走了。温庭筠从此郁郁不得志。（出《北梦琐言》）

李商隐

唐朝的李商隐，字义山，曾经担任彭阳公令狐楚的从事。令狐楚的儿子令狐绹子承父爵之后，便有些疏远李商隐，李商隐因此无处施展。李商隐到令狐楚家去拜访，在厅中题了一首诗，道：“十年泉下无消息，九日樽前有所思。郎君官重施行马，东阁无因许再窥。”令狐绹看到之后，又羞愧又烦恼，便锁上了这个大厅，终身没有再来过。（原缺出处，今见《北梦琐言》卷七）

刘 瑑

唐朝的刘瑑，字子全，幼年时便苦学，十分有文采。大中初年，担任翰林学士一职。当时朝廷刚刚收复了河湟一带，边境上的战事不断。正赶上翰林院里的学士们都请求参军，只有刘瑑一个人管理诏书，一天将近要起草一百多封诏书，都没有时间把笔放下，写得也是又精准又妥当。夜晚即将结束，皇帝又把刘瑑叫到面前，让他写一份昭告天下的诏书。刘瑑沾湿了毛笔，酝酿好了情绪，马上就写了出来。黎明的时候，皇帝把刘瑑叫来，刘瑑把写好的诏书给皇帝看，皇帝十分高兴，因此当面赏赐刘瑑一身紫衣。刘瑑因此闻名天下，不出几年时间，果然成为了大器。

他告喻天下的诏书写道：“自昔皇王之有国也，何尝不文以守成，武以集事，参诸二柄，归于大宁。朕猥荷丕图，思弘景业。忧勤戒惕，四载于兹。每念河湟土疆，绵亘遐阔。天宝末，犬戎乘我多难，无力御奸，遂纵腥膻，不远京邑。事更十叶，时近百年。卿士献能，靡不竭其长策。朝廷下议，皆亦听其直词。尽以不生边事为永图，且守旧地为明理。荏苒于是，收复无由。今者天地储祥，祖宗垂祐，将士等栉沐风雨，暴露郊原。披荆榛而刁斗夜严，出豺狼而穹庐晓破。动皆如意，古无与京。念此诚勤，宜加宠赏。”词不多载。（出郑处诲所撰《刘瑑碑》）

郑畋

马嵬佛堂，杨妃缢所。迩后才士经过，赋咏以道其幽怨者，不可胜纪。皆以翠翘香钿，委于尘泥，红凄碧怨，令人伤悲。虽调苦词清，无逃此意也。丞相郑畋为凤翔从事日，题诗曰：“肃宗回马杨妃死，云雨虽亡日月新。终是圣朝天子事，景阳宫井又何人。”观者以为真辅国之句。（出《阙史》）

司空图

唐晋国公裴度讨淮西，题名于华岳庙之阙门。后司空图题诗纪之曰：“岳前大队赴淮西，从此中原息战鼙。石阙莫教苔藓上，分明认取晋公题。”（出《摭言》）

高蟾

唐高蟾诗思虽清，务为奇险，意疏理寡，实风雅之罪人。薛能谓人曰：“傥见此公，欲赠其掌。”然而落第诗曰：“天上碧桃和露种，日边红杏倚云栽。芙蓉生在秋江上，不向东风怨未开。”盖守寒素之分，无躁竞之心，公卿间许之。先是胡曾有诗云：“翰苑何曾休嫁女，文昌早晚罢生儿。上林新桂年年发，不许平人折一枝。”罗隐亦多怨刺，当路子弟忌之，由是蟾独策名也。前辈惕，四载于兹。每念河湟土疆，绵亘遐阔。天宝末，犬戎乘我多难，无力御奸，遂纵腥膻，不远京邑。事更十叶，时近百年。卿士献能，靡不竭其长策。朝廷下议，皆亦听其直词。尽以不生边事为永图，且守旧地为明理。荏苒于是，收复无由。今者天地储祥，祖宗垂琢，将士等栉沐风雨，暴露效野。披荆榛而刀斗夜严，出豺狼而穹庐晓破。动皆如意，古无与京。念此诚勤，宜加宠赏。”文辞便不再繁琐地记载了。（出郑处诲所撰《刘琢碑》）

郑　畋

马嵬坡的佛堂是杨贵妃上吊自杀的地方。之后经过马嵬坡，通过写诗表达自己幽怨的人，数不胜数，都觉得香消玉殒实在太令人悲伤了。即使论调苦涩、文笔清新，也难脱离怜香惜玉的立意。丞相郑畋担任凤翔从事的时候，在马嵬坡题过一首诗：“肃宗回马杨妃死，云雨虽亡日月新。终是圣朝天子事，景阳宫井又何人。”听到这首诗道人认为这才是真正的辅国之臣能写出来的句子。（出《阙史》）

司空图

唐朝的晋国公裴度征讨淮西时，把名字题写在华山庙门上。后来司空图题诗纪念道：“岳前大队赴淮西，从此中原息战鼙。石阙莫教苔藓上，分明认取晋公题。”（出《摭言》）

高　蟾

唐朝高蟾的诗虽然清新流畅，但是经常想出奇制胜，导致意味寡淡，实在是诗文之罪人。薛能对人说：“如果我见到他，我一定给他几巴掌。”然而高蟾落第的诗写道：“天上碧桃和露种，日边红杏倚云栽。芙蓉生在秋江上，不向东风怨未开。”大概是当时高蟾坚守寒门平常淡泊之心，不浮躁、不争奇斗胜，因此公卿都很赞扬这首诗。之前，胡曾曾写过一首诗：“翰苑何曾休嫁女，文昌早晚罢生儿。

李贺歌篇，逸才奇险。虽然，尝疑其无理。杜牧有言：“长吉若使稍加其理，即奴仆命骚人可也。”是知通论不相远也。（出《北梦琐言》）

上林新桂年年发，不许平人折一枝。”罗隐也经常因为积怨写诗讽刺，所以当时掌权的士族都很忌惮罗隐。因此只有高蟾中了举人。之前李贺的诗，可以说是有超人的才华、写诗出奇用险，有人认为李贺的诗不追求意味。杜牧说过：“如果李贺的诗有路数，那奴仆之流也能称为诗人了。”由此可知，各路文士的评判都是差不多的。（出《北梦琐言》）

卷第二百　文章三

李蔚

唐丞相李蔚镇淮南日，有布素之交孙处士，不远千里，径来修谒。蔚浃月留连。一日告发，李敦旧分，游河祖送，过于桥下，波澜迅激，舟子回跋，举篙溅水，近坐饮妓，湿衣尤甚。李大怒，令擒舟子，荷于所司。处士拱而前曰："因兹宠饯，是某之过，敢请笔砚，略抒荒芜。"李从之，乃以《柳枝词》曰："半额微黄金缕衣，玉搔头袅凤双飞。从教水溅罗裙湿，还道朝来行雨归。"李览之，释然欢笑，宾从皆赞之。命伶人唱其词，乐饮至暮，舟子赦罪。更有李嵘献诗云："鸡树烟含瑞气凝，凤池波待玉山澄。国人久倚东关望，拟筑沙堤到广陵。"后果入相。（出《抒情诗》）

卢渥

唐左丞相卢渥，轩冕之盛，近代无比，伯仲四人咸居显列。乾符初，母忧服阕。渥自前中书舍人拜陕府观察使。又旬日，其弟绍自前长安令除给事中。又旬日，弟沆自前集贤校理除左拾遗。又旬日，弟沼自畿尉迁监察御史。诏书叠至，士族荣之。及赴任陕郊，洛城自居守分司朝臣已下，互设祖筵，遮于行路，洛城为之

李蔚

唐朝的丞相李蔚镇守淮南的时候，有一个布衣朋友孙处士不远千里前来拜见。李蔚因此流连了很长时间。一天，孙处士说要离开，李蔚为了故交，在河边祭路神，给孙处士送行。二人经过桥下时，浪忽然变得汹涌起来。划船的人想要往回划，举起桨的时候，激起许多水花，把在旁喝酒的妓女的衣服都给打湿了。李蔚因此大发雷霆，令人抓住划船的人，把他交给有司。孙处士拱手上前说道："是我想让您为我饯行，才惹下此祸。我恳请向您要一副笔墨，以此略表我心中的怅然之情。"李蔚同意了。孙处士便写了一首柳枝词道："半额微黄金缕衣，玉搔头袅凤双飞。从教水溅罗裙湿，还道朝来行雨归。"李蔚看完，十分释然地大笑起来，宾客、侍从们都赞不绝口。李蔚便让优伶演唱这首诗，一同欢饮到了晚上。划船的人也被赦免了。还有一个叫李嵘的人，也献了一首诗，道："鸡树烟含瑞气凝，凤池波待玉山澄。国人久依东关望，拟筑沙堤到广陵。"后来李蔚果然入京做了宰相。（出《抒情诗》）

卢渥

唐朝左丞相卢渥家族地位的显赫，近代以来无人可以比拟，兄弟四人全都身居高位。乾符初年，卢渥因为母亲去世服丧。后来，卢渥又从之前的中书舍人被授予陕府观察使。又过了十天左右，卢渥的弟弟卢绍从长安县令被升职为给事中。又过了十天左右，卢渥的弟弟卢沆从集贤校理被任命为左拾遗。又过了十天左右，卢渥的弟弟崔沼从京畿县尉被升职为监察御史。诏书陆陆续续地送到卢氏一族，一空。都人观者架肩击毂，盛于清明洒扫之日。自临都驿以至于行，凡五十里，连翩不绝。有白须传卒，呜指叹曰："老人为驿吏垂五十年，阅事多矣，而未曾见祖送之盛有如此者。"时士流窃语，以此日在家者为耻。渥有《题嘉祥驿》诗曰："交亲荣饯洛城空，善戏戎装上将同。星使自天丹诏下，雕鞍照地数程中。马嘶静谷声偏响，旆映晴山色更红。到后定知人易化，满街棠树有遗风。"诗版后为易定帅王存尚书碎之。（出《唐阙史》）

韩定辞

唐韩定辞为镇州王镕书记。聘燕帅刘仁恭，舍于宾馆，命试幕客马或延接。马有诗赠韩曰："燧林芳草绵绵思，尽日相携陟丽谯。别后巏嵍山上望，羡君时复见王乔。"或诗虽清秀，然意在征其学问。韩亦于座上酬之曰："崇霞台上神仙客，学辨痴龙艺最多。盛德好将银笔术，丽词堪与雪儿歌。"座内诸宾靡不钦讶称妙句，然亦疑其银笔之僻也。

他日，或复持燕帅之命，答聘常山，亦命定辞接于公馆。时有妓转转者，韩之所眷也。每当酒席，或频目之。韩曰："昔爱晋文公分季隗于赵衰，孙伯符辍小乔于公瑾，盖以色可奉名人。但虑倡姬不胜贤者之顾，愿垂一咏，俾得奉之。"或援笔，文不停缀，作《转转之赋》。其文甚美，咸钦其敏妙，遂传于远近。

卢氏一族为此感到光荣。等到卢渥到陕地郊外任职的时候，洛阳的大小官员一起设宴迎接卢渥，把路都挡住了，洛阳城因此万人空巷。洛阳城的人为了观看这场盛宴，人们比肩接踵，车轮相撞，比清明祭扫时的热闹场面还要盛大。从洛阳驿馆起到卢渥任职之处止，宴会长大约五十里，连绵不绝。有一个须发皆白的驿馆小吏，摇着手指叹息道："老夫在这儿当了近五十年的小吏了，见的场面多了去了，但是还从来没有见过送人上任有如此盛大的场面。"后来士人们聊起这件事，都以这一天在家闲居为耻。卢渥曾经在嘉祥的驿站题过《题嘉祥驿》诗道："交亲荣饯洛城空，善戏戎装上将同。星使自天丹诏下，雕鞍照地数程中。马嘶静谷声偏响，旆映清山色更红。到后定知人易化，满街棠树有遗风。"诗版后来被易定帅王存砸碎了。（出《唐阙史》）

韩定辞

唐朝的韩定辞曾经在镇州王镕的手下担任书记，前去聘请燕帅刘仁恭，把他安置在宾馆。刘仁恭便命令幕僚马彧前去迎接韩定辞。马彧赠给韩定辞一首诗，道："燧林芳草绵绵思，尽日相携陟丽谯。别后巏嵍山上望，羡君时复见王乔。"马彧的诗虽然清新秀丽，但是用意确实在试探韩定辞的学问如何。韩定辞便也在座上送了马彧一首诗，道："崇霞台上神仙客，学辨痴龙艺最多。盛德好将银笔术，丽词堪与雪儿歌。"座上的各个客人没有不惊讶这首诗、称这首诗为妙语的，但是怀疑"银笔"这一典故十分生僻。

有一天，马彧又带着刘仁恭的命令回访王镕，王镕又派韩定辞在公馆迎接马彧。当时有一个名妓叫转转，是韩定辞宠爱的姬妾。每次酒席上，韩定辞都会用眼色示意转转。韩定辞说道："古时晋文公把季隗分给赵衰，孙策把小乔嫁给周瑜，都是用美色侍奉有才之士。只是担心我家转转不能入您的法眼，希望您能题诗一首，让她以此侍奉您。"马彧便拿着笔不停地写，写了一篇《转转之赋》，文辞十分华丽，宾客们都钦佩这篇赋的文采。《转转之赋》因此远近驰名。

或从容问韩以雪儿银笔之事，韩曰："昔梁元帝为湘东王时，好学著书。常记录忠臣义士及文章之美者，笔有三品。或以金银雕饰，或用斑竹为管。忠孝全者用金管书之，德行清粹者用银笔书之，文章赡丽者以斑竹书之。故湘东之誉，振于江表。雪儿者，李密之爱姬，能歌舞，每见宾僚文章，有奇丽入意者，即付雪儿叶音律以歌之。"又问"痴龙"出自何处？定辞曰："洛下有洞穴，曾有人误堕于穴中。因行数里，渐见明旷。见有宫殿人物凡九处。又见有大羊，羊髯有珠，人取而食之，不知何所。后出以问张华曰：'此地仙九馆也。大羊者，名曰痴龙耳。'"定辞复问或："巏嵍之山，当在何处？"或曰："此隋君之故事，何谦光而下问？"由是两相悦服，结交而去。（出《北梦琐言》）

姚岩杰

姚岩杰，梁公元崇之裔孙也。童丱聪悟绝伦，弱冠博通坟典。慕班固、司马迁为文，时称大儒。常以诗酒放逸江左，尤肆凌忽前达，旁若无人。唐乾符中，颜标典鄱阳郡，鞠场公宇初构，请岩杰纪其事。文成，灿然千余言。标欲刊去一两字，岩杰大怒，标不能容。时已勒石，遂命覆碑于地，磨于其文。岩杰以一篇纪之曰："为报颜公识我么，我心唯只与天和。眼前俗物关情少，醉后青山入梦多。田子莫嫌弹铗恨，甯生休唱饭牛歌。圣朝若为苍生计，也合公车到薜萝。"

卢肇牧歙州，岩杰在婺源，先以著述寄肇。肇知其使酒，以手书褒美，赠以束帛。辞云："兵火之后，郡中凋弊，无以迎逢大马彧向韩定辞询问“雪儿银笔”的典故，韩定辞说道：“当初梁元帝还是湘东王的时候，十分喜欢学习，还写了《金楼子》，曾经记录忠臣、义士和好文章，他们的笔有三个等级，有的用金银进行装饰，有的用竹子作为笔管。忠孝双全的人用金的笔管，德行优良的人用银的笔管，文章富丽堂皇的用竹子的笔管。因此湘东王的美誉，便在江表流传。雪儿是李密的爱姬，能歌善舞，每次看到宾客、官员有好的文章，李密就把它拿给雪儿，让雪儿依照音律演唱。”马彧又问及“痴龙”出自何处，韩定辞说道：“洛阳有个洞穴，曾经有一个人不小心掉在了洞里，走了几里路，洞穴才慢慢开阔起来。此人见到了九个房屋，又见到有一只大羊，羊的胡子上有珍珠，这个人便把珍珠吃了。此人不知道这是什么地方，出来之后，便问张华，张华说道：‘这是地仙九馆。大羊的名字叫痴龙。’”韩定辞又问马彧“巏嵍之山”在哪，马彧说道：“这是隋君的旧事，您肯定知道，又何必谦虚下问呢？”因此韩定辞、马彧都十分高兴、佩服，结交之后才离开。（出《北梦琐言》）

姚岩杰

姚岩杰是梁公姚元崇的孙子，小时候便聪明绝伦，到了弱冠，已经通晓各种典籍，时常羡慕班固、司马迁的文笔，当时人都称姚岩杰为大儒。姚岩杰经常在江左纵情诗酒，十分喜欢褒贬古人，旁若无人。唐乾符年间，颜标管理鄱阳郡，郡府的一些设施刚刚建好。颜标便请姚岩杰前来记录此事。姚岩杰写完文章，有一千多字跃然纸上。颜标想要删去几个字，姚岩杰大怒，颜标不能容忍。当时石头已经刻好，颜标就让人把石碑弄倒，把上面的字都磨掉。姚岩杰便写了一首诗记录道：“为报颜公识我么，我心唯只与天和。眼前俗物关情少，醉后青山入梦多。田子莫嫌弹铗恨，宁生休唱饭牛歌。圣朝若为苍生计，也合公车到薜萝。”

卢肇管理歙州时，姚岩杰身在婺源，便先把自己的作品寄给了卢肇。卢肇知道姚岩杰喜欢喝酒，便亲手写了信赞扬他的作品，还赠给他钱财，既而推辞道：“打完仗之后，歙州凋敝不堪，没办法迎接贤。”岩杰复以长笺激之，肇不得已，迓至郡斋，待如公卿礼。既而日肆傲睨，轻视于肇。肇常以篇咏夸于岩杰曰：“明月照巴天。”岩杰大笑曰：“明月照一天，奈何独言巴天耶？”肇渐不得意。无何，会于江亭。时蒯希逸在席，卢请目前取一事为酒令，尾有乐器之名。肇令曰：“远望渔舟，不阔尺八。”岩杰遽饮酒一器，凭栏呕哕。须臾，即席，还令曰：“凭栏一吐，已觉空喉。”其侮慢倨傲如此。（出《摭言》）

狄归昌

唐僖宗幸蜀，有词人于马嵬驿题诗云：“马嵬烟柳正依依，重见鸾舆幸蜀归。泉下阿蛮应有语，这回休更泥杨妃。”不出名氏，人仰奇才。此即侍郎狄归昌诗也。（出《抒情诗》）

杜荀鹤

唐杜荀鹤尝吟一联诗云：“旧衣灰絮絮，新酒竹篘篘。”或话于韦庄，庄曰：“我道印将金镞镞，帘用玉钩钩。”庄后西蜀为相。（出《北梦琐言》）

武臣有文

曹景宗

梁曹景宗累立军功。天监初，征为右卫将军。后破魏军振旅，帝于华光殿宴饮联句。左仆射沈约赋韵，景宗不得韵，意色不平，启求赋诗。帝曰：“卿伎能甚多，人才英拔，何必止在一诗。”景宗已醉，求作不已。诏令赋“竞病”两字。景宗便操笔而成曰：“去时您。”姚岩杰便用一封长信谩骂卢肇。卢肇不得已，只好把姚岩杰迎到郡斋里，按照对待公卿的礼节对待他。自此，姚岩杰日益轻视卢肇。卢肇曾经用一篇文章夸赞姚岩杰，说他是“明月照巴天”，姚岩杰听完之后大笑道：“明月能够照亮整个天空，为什么只照亮巴地的天空？”卢肇便渐渐不高兴了。不久之后，姚岩杰和卢肇在江亭聚会。当时蒯希逸在席，卢肇请用眼前一件事物作为题目创作酒令，要求句尾必须有乐器之名。卢肇的酒令说道：“远望渔舟，不阔尺八。”姚岩杰马上就喝了一杯酒，靠着栏杆疯狂呕吐。过了一会儿，姚岩杰又回到席上，回了一个酒令道：“凭栏一吐，已觉空喉。”姚岩杰傲慢到这种程度。（出《摭言》）

狄归昌

唐僖宗到蜀地避难，有人在马嵬的驿馆题诗道：“马嵬烟柳正依依，重见銮舆幸蜀归。泉下阿蛮应有语，这回休更泥杨妃。”人们都不知道是谁写的，只是觉得这首诗文采斐然。其实这就是侍郎狄归昌写的。（出《抒情诗》）

杜荀鹤

唐朝的杜荀鹤曾出过一联诗道：“旧衣灰絮絮，新酒竹篘篘。”有人把此诗告诉了韦庄。韦庄说道：“那我就写‘印将金锁锁，帘用玉钩钩。’”后来韦庄在西蜀当了宰相。（出《北梦琐言》）

武臣有文

曹景宗

南朝梁的曹景宗屡立战功，天监初年，被任命为右卫将军，后来又大破魏军，士气大振，梁武帝便在华光殿和大臣们宴饮、赋诗。左仆射沈约负责分韵，曹景宗没有得到韵，有点愤愤不平，便告知梁武帝想要赋诗。梁武帝说道：“你有很多擅长的东西，人才是不是有才

儿女悲，归来笳鼓竞。借问行路人，何如霍去病？”帝欣不已，于是进爵为公。（出《曹景宗传》）

高昂

北齐高昂字敖曹，胆力过人，姿彩殊异。其父次同，为求严师教之。昂不遵师训，专事驰骋。每言男儿当横行天下，自取富贵，谁能端坐读书，作老博士也。其父以其昂藏敖曹，故名字之。东魏末，齐神武起义，昂倾意附之，因成霸业，除侍中司徒，兼西南道大都督。

而敖曹酷好为诗，雅有情致，时人称焉。常从军，与相州刺史孙腾作《行路难》曰：“卷甲长驱不可息，六日六夜三度食。初时言作虎牢停，更被处置河桥北。回首绝望便萧条，悲来雪涕还自抑。”又有《征行》诗曰：“垅种千口羊，泉连百壶酒。朝朝围山猎，夜夜迎新妇。”顷之，其弟季式为齐州刺史，敖曹发驿以劝酒。乃赠诗曰：“怜君忆君停欲死，天上人间无可比。走马海边射游鹿，偏坐石上弹鸣雉。昔时方伯愿三公，今日司徒羡刺史。”余篇甚多，此不复载。（出《谈薮》）

贺若弼

隋贺若弼字辅伯，少有大志。骁勇便弓马，解属文，涉书记，有重名。及隋文受禅，阴有平江南之志。访可任者，高颎荐弼有文武才干，拜总管，委以平陈之事，若弼欣然以为己任。与寿州总管源雄并为重镇。若弼遗诗曰：“交河骠骑幕，合浦伏波营。勿使麒麟上，无我二人名。”献平陈十策，称上旨。开皇九年，大举伐陈，能，又不是会不会写诗就能决定的。”当时曹景宗已经喝醉了，一定要赋诗。梁武帝便下诏，让曹景宗分得“竞、病”二字。曹景宗拿起笔就写道：“去时儿女悲，归来笳鼓竞。借问行路人，何如霍去病？”梁武帝欢欣不已，便让曹景宗进爵为公。（出《曹景宗传》）

高昂

北齐的高昂字敖曹，胆量很大，力气超乎常人，外表也与众不同。高昂的父亲高次同为高昂找了一个严师教导高昂，高昂不遵从老师的教诲，经常出去骑马打猎，经常说：“男儿应该横行天下，求取富贵，怎能只在家里端坐读书，做一辈子书生？”高次同认为高昂气宇轩昂，因此便起了这个名和字。东魏末年，北齐神武皇帝起义，高昂倾心交付，帮助高欢成就霸业，被任命为侍中、司徒，兼任西南道大都督。

高昂还特别喜欢写诗，十分有情致，当时的人都说高昂诗写得好。高昂从军的时候，曾经给相州刺史孙腾写了一首《行路难》，道：“卷甲长驱不可息，六日六夜三度食。初时言作虎牢停，更被处置河桥北。回首绝望便萧条，悲来雪涕还自抑。”又有一首《征行诗》写道：“垅种千口羊，泉连百壶酒。朝朝围山猎，夜夜迎新妇。”不久，高昂的弟弟高季式担任齐州刺史，高昂在驿站送行劝酒，就赠给弟弟一首诗，道：“怜君忆君停欲死，天上人间无可比。走马海边射游鹿，偏坐石上弹鸣雉。昔时方伯愿三公，今日司徒羡刺史。”高昂还写了很多其他的诗，这儿就不多记载了。（出《谈薮》）

贺若弼

隋朝的贺若弼字辅伯，年少时就有很大的志向，十分骁勇，擅长弓马，能写文章、做书记的事，有很高的名声。隋文帝接受禅让之后，隐隐有图谋江南陈朝的想法，便寻找可以任用的人。高颎推荐贺若弼，说他文武双全，很有才能，隋文帝便把贺若弼拜为总管，将平南陈的事宜交给了他。贺若弼十分高兴，把平陈当作了自己的重任。贺若弼和寿州总管源雄都是一方重镇，贺若弼便送给管源雄一首诗

以若弼为行军总管，俘陈叔宝。（出《贺若弼传》）

李 密

隋李密，蒲山公宽之子也。初授亲卫大都督，非其所好，称疾而归。大业中，佐杨玄感起兵。及玄感败，密间行入关，亡抵平原。贼帅郝孝德不礼之，遭饥馑，至削树皮而食。乃诣睢阳，舍于村中，变名姓称刘知远，聚徒教授。经数月，不得志。乃为五言诗曰："金风扬秋节，玉露凋晚林。此夕穷途士，郁陶伤寸心。眺听良多感，慷慨独沾襟。沾襟何所为，怅然怀古意。秦俗犹未平，汉道将何冀。樊哙市井屠，萧何刀笔吏。一朝时运合，万古传名谥。寄言世上雄，虚生真可愧。"诗成，泣下数行。义宁元年，密僭据洛口，会群盗百万，筑坛称魏公。建元二年，密自巩洛，鼓行伐隋，兵败归唐，授光禄卿。（出《河洛记》）

高崇文

唐相高崇文本蓟门之骁将也，以讨刘阐功，授西川节度使。一旦大雪，诸从事吟赏有诗。崇文遽至饮席，笑曰："诸君自为乐，殊不见顾鄙夫，鄙夫武人，亦有一咏雪诗。"乃口占曰："崇文崇武不崇文，提戈出塞旧从军。有似胡儿射飞雁，白毛空里落纷纷。"诗多中的，皆谓北齐敖曹之比。太尉骈，即其孙也。（出《北梦琐言》）

道："交河骠骑幕，合浦伏波营。勿使麒麟上，无我二人名。"后来贺若弼上奏了平陈十策，十分符合隋文帝的想法。开皇九年，隋文帝兴兵伐陈，任命贺若弼为行军总管，俘获了陈后主陈叔宝。（出《贺若弼传》）

李密

隋朝的李密是蒲山公李宽的儿子。一开始，朝廷授予李密亲卫大都督一职，不是李密喜欢的职位，便称自己得了病告假回乡了。大业年间，李密帮助杨玄感起兵反隋。等到杨玄感败亡，李密便抄小路出关，逃跑到了平原地带。贼人的统帅郝孝德不礼遇李密，李密饥饿又没有粮食，只好削树皮作为食物。后来李密前往睢阳，在村中住下，改名换姓，称自己为刘知远，集聚军队教授兵法。如此过了几个月，李密也没能成功，便作了一首五言诗道："金风飐秋节，玉露凋晚林。此夕穷途士，郁陶伤寸心。眺听良多感，慷慨独沾襟。沾襟何所为，怅然怀古意。秦俗犹未平，汉道将何冀。樊哙市井屠，萧何刀笔吏。一朝时运合，万古传名谥。寄言世上雄，虚生真可愧。"写完这首诗，李密便哭了起来。义宁元年，李密占据洛口，当时李密的军队有百万之众，筑起祭坛，自称魏公。建元二年，李密从巩洛带军队征讨隋军，兵败，归顺了唐朝，被授予光禄卿之职。（出《河洛记》）

高崇文

唐朝的宰相高崇文本来是蓟门的一员勇将，凭借讨伐刘阐的功劳，被授予西川节度使。一天早上，天上下起了大雪，高崇文的各个从事都在咏雪吟诗。高崇文不久便到了席上，笑着说道："你们在这儿有说有笑，都不考虑考虑我。我虽然是一个武人，但是也有一首咏雪诗。"便随口说道："崇文崇武不崇文，提戈出塞旧从军。有似胡儿射飞雁，白毛空里落纷纷。"诗意非常到位，众人都把高崇文比作北齐的高昂。太尉高骈就是高崇文的孙子。（出《北梦琐言》）

王智兴

唐侍中王智兴，初为徐州节度使，武略英特，有命世之誉。幕府既开，所辟皆是名士。一旦从事于使院会饮，与宾朋赋诗，顷之达于王。王乃召护军俱至。从事因屏去翰墨，但以杯盘迎接。良久问之曰："适闻判官与诸贤作诗，何得见某而罢？"遽令却取笔砚，以彩笺数幅陈席上。众宾相与持疑。俟行觞举乐，复曰："本来欲观制作，非以饮酒为意。"时小吏亦以笺翰置于王公之前，从事礼为揖让。王曰："某韬钤发迹，未尝留心章句。今日陪奉英髦，不免亦陈愚悬。"于是引纸援毫，顷刻而就云："三十年来老健儿，刚被郎官遣作诗。江南花柳从君咏，塞北烟尘我自知。"四座览之，惊叹无已。时文人张祜亦预此筵。监军谓之曰："观兹盛事，岂得无言？"祜即席为诗以献云："十年受命镇方隅，孝节忠规两有余。谁信将坛嘉政外，李陵章句右军书。"智兴览之笑曰："褒饰之词，可谓过当矣。"左右或言曰："书生之徒，务为谄佞。"智兴叱之曰："有人道我恶，汝辈又肯否？张秀才海内名士，岂云易得。"天下人闻，且以为王智兴乐善矣。驻留数旬，临岐赠绢千匹。（出《剧谈录》）

高 骈

唐高骈幼好为诗，雅有奇藻，属情赋咏，横绝常流，时秉笔者多不及之。故李氏之季，言勋臣有文者，骈其首焉。集遇乱多亡，今其存者盛传于时。其自赋《言怀》诗曰："恨乏平戎策，惭登拜将坛。手持金钺重，身挂铁衣寒。主圣匡扶易，恩深报效难。三

王智兴

唐朝的侍中王智兴一开始担任徐州节度使，武略出奇，人们都说他行军打仗的计策能冠一时。王智兴设立幕府后，所征召的都是名士。一天，王智兴的从事们在院子里会饮，和宾客朋友一起赋诗。之后就有人告诉王智兴。王智兴便带着护军一起到了宴席上。从事们便撤去了笔墨，只用杯子、盘子迎接王智兴。过了很久，王智兴问各位从事道："我刚才听说判官和各位贤士在吟诗作赋，为什么知道我来就把笔墨撤下去了？"王智兴便令人回去把笔墨拿来，还在桌子上放了几张彩纸。各个宾客都十分怀疑王智兴的举动。等到喝酒、奏乐的时候，王智兴又说道："我的来意就是想看各位写的诗，不是为了喝酒。"当时小吏把纸笔放在王智兴的桌子上，从事们都很谦虚地辞让。王智兴说："我从行伍出身，以前没怎么留心过文章。今日我陪各位名士一起饮宴，不免也写上一首诗。"便拿来纸张，立刻在上面写道："三十年来老健儿，刚被郎官遣作诗。江南花柳从君咏，塞北烟尘我自知。"座上宾客看到，都十分惊叹。当时文人张祜也参加了这场宴会。监军对张祜说道："您看到了这种场面，怎么能不发表点言论呢？"张祜便在席上献诗一首，道："十年受命镇方隅，孝节忠规两有余。谁信将坛嘉政外，李陵章句右军书。"王智兴看过之后，笑道："您夸奖得太过了。"侍卫有人说道："这些书生想要谄媚地巴结您。"王智兴呵斥他道："难道别人说我的坏话，你们才要肯定吗？张秀才是海内的名士，他的评论哪里是那么好得到的？"天下的人听说后，都认为王智兴喜欢听人夸他。王智兴在此留了很长时间，临别时送了张祜一千匹绢。（出《剧谈录》）

高　骈

唐朝的高骈小时候就喜欢写诗，总是有奇思妙想。高骈纵情写作，才华横溢，当时写诗的人很多都赶不上他。唐末文臣写诗的，高骈当是第一。因为战乱，高骈的集子很多都散佚了，如今留下的诗都被世人传送。他为自己写的《言怀》诗写道："恨乏平戎策，惭登拜边犹未静，何敢便休官。”《二女庙》诗云：“帝舜南巡去不还，二妃幽怨水云间。当时珠泪垂多少，直到而今竹尚斑。”又《咏雪》云：“六月花飘入户时，坐看修竹变琼枝。逡巡好上高楼望，盖尽人间恶路歧。”又《听歌》诗：“公子邀欢月满楼，佳人揭调唱伊州。便从席上秋风起，直到萧关水尽头。”又《寄僧筇竹杖》诗云：“坚轻筇竹枝，一杖有九节。寄与沃州僧，闲步秋山月。”（出谢蟠《杂说》）

罗昭威

梁邺王罗昭威世为武人，有胆决，喜尚文学，雅好儒生。于厅所之侧，别立学舍，招延四方游士，置于其间，待以恩礼。每旦视事之暇，则与诸儒讲论经义。聚书万余卷，于学舍之侧，建置书楼，纵儒士随意观览，己亦孜孜讽诵。当时藩牧之中，最获文章之誉。每命幕客作四方书檄，小不称旨，坏裂抵弃，自襞笺起草，下笔成文。虽无藻丽之风，幕客多所不及。又僻于七言诗，每歌酒宴会，池亭游览，靡不赋咏，题之屋壁。江南有罗隐者，为两浙钱镠幕客，有文学。昭威特遣使币交聘，申南阮之敬。隐悉以所著文章诗赋，酬寄昭威。昭大倾慕之，乃目其所为诗曰罗江东。今邺中人士，有讽诵者。尝自为《太厅记》，亦微有可观。（出《罗昭威传》）

赵延寿

伪辽丞相赵延寿，德均之子也，仕唐为枢密使。清泰末，自将坛。手持金钺重，身挂铁衣寒。主圣匡扶易，恩深报效难。三边犹未静，何敢便休官。”《二女庙》诗写道：“帝舜南巡去不还，二妃幽怨水云间。当时珠泪垂多少，直到而今竹尚斑。”又有一首《咏雪》诗写道：“六月花飘入户时，坐看修竹变琼枝。逡巡好上高楼望，盖尽人间恶路歧。”又有一首《听歌》诗写道：“公子邀欢月满楼，佳人揭调唱伊州。便从席上秋风起，直到萧关水尽头。”又有一首《寄僧筇竹杖诗》诗写道：“坚轻筇竹枝，一杖有九节。寄与沃州僧，闲步秋山月。”（出谢蟠《杂说》）

罗昭威

梁邺王罗昭威家族世代都是武人，十分有胆量，喜欢结交儒生。因此，罗昭威便在厅旁修建了一个学舍，招纳四方游学的文人，把他们安置在学舍里，对他们礼遇有加。每天早上办完事有空，便和各个儒生讲论经书义理。罗昭威搜集了一万多卷书，建造了一个放书的楼，让儒生们随意观看，自己也孜孜不倦地背诵。当时各路藩镇之中，罗昭威文章的名声最好。罗昭威每次命令幕僚写信、写檄文，稍微有一点不合心意，便把这些纸全都撕毁、扔掉，自己裁纸起草，下笔成章。虽然辞藻并不华丽，但是很多幕僚的文章都比不过罗昭威。罗昭威又喜欢七言诗，每次歌酒宴会的时候，或者是到风景名胜游览的时候，很少不赋诗、咏诗，还总在墙上题诗。江南有一个叫罗隐的人，当时在两浙钱镠处做幕僚，文采斐然。罗昭威以此特地派使者带着重礼前去聘请，表达自己的敬慕之情。罗隐便把自己所写的文章、诗赋全都寄给罗昭威。罗昭威一见这些诗，就更加倾心罗隐，看着罗隐写的诗，称呼罗隐为“罗江东”。当今邺地的人士，还有年罗隐的诗的。罗昭威曾经自己写过一篇《太厅记》，也算很可观了。（出《罗昭威传》）

赵延寿

辽国的丞相赵延寿，是赵德均的儿子，当初曾经在唐朝做过枢太原陷虏，耶律德光用为伪丞相，综国事。晋少主失政，延寿道戎王为乱。凡数年之间，盗有中夏，实延寿赞成之力也。延寿将家子，幼习武略。即戎之暇，时复以篇什为意，亦甚有雅致。尝在虏庭赋诗曰：“黄沙风卷半空抛，云动阴山雪满郊。探水人回移帐就，射雕箭落着弓抄。鸟逢霜果饥还啄，马渡冰河渴自跑。占得高原肥草地，夜深生火折林梢。”南人闻者，往往传之。（出《赵延寿传》）

密使。清泰末年，自从太原被契丹人攻占，耶律德光便在辽国担任丞相一职，主管国事。当时后晋的少主政策失误，邀请赵延寿带着辽国国君到中原作乱。一共花了几年时间，辽国就占据了中原，实际上是赵延寿辅佐才导致的。赵延寿本是将门虎子，从小学习武略。打仗的闲暇时光，赵延寿总是喜欢看各种书，十分有雅致。赵延寿曾经在辽国的朝廷上赋诗道："黄沙风卷半空抛，云动阴山雪满郊。探水人回移帐就，射雕箭落著弓抄。鸟逢霜果饥还啄，马渡冰河渴自跑。占得高原肥草地，夜深生火折林梢。"南面的人听说此事，往往传诵不绝于口。（出《赵延寿传》）

卷第二百一　才名好尚附

才名

上官仪

高宗承贞观之后，天下无事，上官仪独持国政。尝凌晨入朝，巡洛水堤，步月徐辔，咏诗曰："脉脉广川流，驱马历长洲。鹊飞山月曙，蝉噪野风秋。"音韵清亮，群公望之若神仙。（出《国史异纂》）

东方虬

左史东方虬每云："二百年后，乞与西门豹作对。"尤工诗。沈佺期以工诗著名，燕公张说尝谓之曰："沈三兄诗，直须还他第一。"（出《国史异纂》）

苏　颋

苏颋少聪俊，一览千言。景龙二年六月二日，初定内难，准颋为中书舍人，在太极后阁。时颋尚年少，初当剧任，文诏填委，动以万计，时或忧其不济。而颋手操口对，无毫厘差失。主书韩礼、谭子阳转书诏草，屡谓颋曰："乞公稍迟，礼等书不及，恐手腕将废。"中书令李峤见之，叹曰："舍人思若涌泉，峤等所不测也。"（出《谭宾录》）

才名

上官仪

唐高宗承袭贞观之治以后，国家太平没有战事，上官仪独揽国家政事。曾经在凌晨上早朝时，沿着洛水河堤，牵着马儿在月下散步，吟着：“脉脉广川流，驱马历长洲。鹊飞山月曙，蝉噪野风秋。”声调韵律和谐，声音清脆嘹亮。文武大臣们看他就像看见神仙一样。（出《国史异纂》）

东方虬

左史东方虬经常说：“两百年以后，我希望和西门豹对诗。”东方虬非常擅长写诗。沈佺期因为擅长写诗而著名，燕国公张说曾经这么说：“和沈佺期的诗相比，应当是他第一。”（出《国史异纂》）

苏颋

苏颋小时候聪明卓异，可以一次浏览上千字。景龙二年六月二日，刚刚平定内乱，苏颋被提拔为中书舍人，任职于太极殿后阁。当时苏颋年龄很小，初次担此重任，堆积的文书，动辄数以万计，当时有人担心他无法胜任。但是苏颋手上翻着口头回答，没有一点错误。主管文书的韩礼、谭子阳转述在诏书中，多次对苏颋说：“希望你稍微慢一点，韩礼等人来不及书写，害怕手腕将会废损。”中书令李峤看见这情况，感叹说：“中书舍人文思像泉水一样涌出。这是我们料

李邕

李邕自刺史入计京师。邕素负才名，频被贬斥。皆以邕能文养士，贾生、信陵之流。执事忌胜，剥落在外。人间素有声称，后进不识。京洛阡陌聚看，以为古人，或将眉目有异，衣冠望风，寻访门巷。又中使临问，索其新文，复为人阴中，竟不得进改。天宝初，为汲郡北海太守。性豪侈，不拘细行，驰猎纵逸。后柳勣下狱，吉温令勣引邕，议及休咎。厚相赂遗，词状连引，敕初顺之。罗希奭驰往，就郡决杀之。

邕早擅才名，尤长碑记。前后所制，凡数百首；受纳馈送，亦至巨万。自古鬻文获财，未有如邕者。（出《谭宾录》）

李华

李华以文学名重于天宝末。至德中，自前司封员外，起为相国李梁公岘从事，检校吏部员外。时陈少游镇维扬，尤仰其名。一旦，城门吏报华入府。少游大喜，簪笏待之。少顷，复白云："已访萧功曹矣。"颖，功曹士也。（出《摭言》）

李白

李太白初自蜀至京师，舍于逆旅。贺监知章闻其名，首访之。既奇其姿，又请所为文，白出《蜀道难》以示之。读未竟，称叹数

想不到的啊！”（出《谭宾录》）

李邕

李邕从刺史到京城听候考核。李邕向来享有才华和名望，却经常遭到贬谪。都因为李邕善于属文，网罗人才，是贾谊、信陵君一类的人。官员妒忌他超过自己的名望，因此使他流落在外。李邕在世间向来有名声，后辈却不认识他。京城的很多人聚集围观，认为他是前人，有的认为他长相特别，名门望族都想瞻仰风采，寻找探问门庭里巷。又有宦官亲往问候，索要他新写的文章，故尔后来又被人中伤，最终不能升迁。天宝初年，成为汲郡北海太守。李邕性情强横放纵，不拘小节，驱马行猎，恣纵放荡。后来柳勣因罪入狱，吉温让柳勣牵连李邕，议论他的善恶。重重地贿赂交情深厚的人，述说李邕的罪行，朝廷按照诉状下达了诏书。罗希奭驰马赶去，到了汲郡就决定杀了他。

李邕早年享有才名，尤其擅长碑文。他的一生所写的诗文，总共有几百首，受取馈赠数目极大。从古至今卖文章获得钱财，没有像李邕那样的。（出《谭宾录》）

李华

李华因为他的声名在天宝末年受到重视。到了至德年间，从前司升为员外郎，提拔任用为宰相李岘的从事，任检校吏部员外郎。当时陈少游驻守扬州，特别仰慕他的才名。一天，城门的官吏报告说李华已经到了扬州，陈少游特别开心，用对待官员的礼节对待他，过了一会儿，再次报告说：“李华已经去拜谒萧功曹了。”萧颖士就是萧功曹。（出《摭言》）

李白

李白刚刚从巴蜀到长安，住在旅馆里。秘书监贺知章听闻他的声名，首先拜访了他，又请他拿出自己的文章，李白拿出《蜀道难》给四，号为谪仙人。白酷好酒，知章因解金龟换酒，与倾尽醉，期不间日，由是称誉光赫。贺又见其《乌栖曲》，叹赏苦吟曰："此诗可以泣鬼神矣。"曲曰："姑苏台上乌栖时，吴王宫里醉西施。吴歌楚舞欢未毕，西山犹衔半边日。金壶丁丁漏水多，起看秋月堕江波，东方渐高奈乐何。"或言是《乌夜啼》，二篇未知孰是。又《乌夜啼》曰："黄云城边乌欲栖，归飞哑哑枝上啼。机中织锦秦川女，碧纱如烟隔窗语。停梭向人问故夫，欲说辽西泪如雨。"

白才逸气高，与陈拾遗子昂齐名，先后合德。其论诗云："梁陈已来，艳薄斯极。沈休文又尚以声律，将复古道，非我而谁欤！"玄宗闻之，召入翰林。以其才藻绝人，器识兼茂，便以上位处之，故未命以官。尝因宫人行乐，谓高力士曰："对此良辰美景，岂可独以声伎为娱。倘时得逸才词人吟咏之，可以夸耀于后。"遂命召白。时宁王邀白饮酒，已醉。既至，拜舞颓然。上知其薄声律，谓非所长。命为宫中行乐五言律诗十首。白顿首曰："宁王赐臣酒，今已醉。倘陛下赐臣无畏，始可尽臣薄技。"上曰："可。"既遣二内臣掖扶之，命研墨濡笔以授之。又命二人张朱丝栏于其前。白取笔抒思，略不停缀，十篇立就。更无加点，笔迹遒利，凤跱龙拏，律度对属，无不精绝。其首篇曰："柳色黄金嫩，梨花白雪香。玉楼巢翡翠，珠殿宿鸳鸯。选妓随雕辇，征歌出洞房。宫中谁第一，飞燕在昭阳。"玄宗恩礼极厚，而白才行不羁，放旷坦率，乞归故山。玄宗亦以非廊庙器，优诏许之。

他。还没有读完，就赞叹了很多次，宣称他是谪仙人。李白特别喜欢喝酒，贺知章因此解下金龟抵押换酒，和他一起喝醉。几乎从未间断，因此，他们的声誉光辉显赫。贺知章又看见他的《乌栖曲》，一边赞叹一边反复吟咏说："这首诗可以让鬼神哭泣了。"《乌栖曲》诗如下："姑苏台上乌栖时，吴王宫里醉西施。吴歌楚舞欢未毕，西山犹衔半边日。金壶丁丁漏水多，起看秋月坠江波，东方渐高奈乐何。"有人说这是《乌夜啼》，两篇不知道谁是真的。另一首《乌夜啼》说："黄云城边乌欲栖，归飞哑哑枝上啼。机中织锦秦川女，碧纱如烟隔窗语。停梭向人问故夫，欲说辽西泪如雨。"

李白才华俊逸，有骨气，和右拾遗陈子昂齐名，一前一后，两人同德。他的诗论说："梁陈以来，诗风绮靡艳丽到了极点。沈约又只是推崇声律，将要恢复古诗文之道的，除了我还有谁呢！"唐玄宗听说了他的才名，把他召进翰林院。因为他才华过人，气度与才识都非常好，就用贵客的礼仪对待他，所以没有任命他做官。宫人行乐，唐玄宗对高力士说："对着这样的良辰美景，怎么能仅仅只是拿歌舞技艺作为娱乐呢？如果这时候得到一位才华横溢的词人吟咏，可以向后世夸耀。"于是命令传唤李白。当时宁王正邀请李白喝酒，已经喝醉了。到达之后，朝拜时乏力欲倒。唐玄宗知道他轻视声律，说不是他所擅长的，令宫中行乐的人排演十首五言律诗。李白叩首下拜说："宁王赏赐酒给我喝，现在我已经醉了，陛下您赐我无罪，才能让我尽情表现出我微薄的技艺。"唐玄宗说："可以。"又派了两个宦官用手扶着他，令人给他研墨润笔，又命令两个人在他面前摆放朱丝栏。李白拿笔运思，中间一点也没有停顿，十篇诗很快就完成了，更没有涂改的地方，笔迹遒劲流畅，书法气势雄壮，律法和撰句，没有一个不精妙绝伦。它的第一篇是："柳色黄金嫩，梨花白雪香。玉楼巢翡翠，珠殿宿鸳鸯。选妓随雕辇，徵歌出洞房。宫中谁第一，飞燕在昭阳。"唐玄宗对他的礼遇非常优厚，但是李白的才思和行为都是放荡不羁的，豪放旷达坦诚率真，他上书请求回到以前的山川。唐玄宗也认为他不是能够担当国家重任的人才，用嘉奖的诏书应允了他的请求。

尝有醉吟诗曰："天若不爱酒，酒星不在天。地若不爱酒，地应无酒泉。天地既爱酒，爱酒胡愧焉。三杯通大道，五斗合自然。但得酒中趣，勿为醒者传。"更忆贺监知章诗曰："欲向东南去，定将谁举杯。稽山无贺老，却棹酒船回。"后在浔阳，复为永王璘延接，累谪夜郎。时杜甫赠白诗二十韵，多叙其事。白后放还，游赏江表山水。卒于宣城之采石，葬于谢公青山。范传正为宣歙观察使，为之立碑，以旌其隧。初白自幼好酒，于兖州习业，平居多饮。又于任城县构酒楼，日与同志荒宴其上，少有醒时。邑人皆以白重名，望其重而加敬焉。（出《本事诗》）

好尚

房 琯

苏州洞庭，杭州兴德寺。房太尉琯云："不游兴德洞庭，未见佳处。"寿安县有喷玉泉石溪，皆山水之胜绝者也。贞元中，琯以宾客辞为县令，乃刬翳荟，开径隧，人闻而异焉。

太和初，博陵崔蒙为主簿，标准于道周，人方造而游焉。又颜太师真卿刻姓名于石，或置之高山之上，或沉之大洲之底，而云："安知不有陵谷之变耶？"（出《传记》）

韩 愈

韩愈好奇，与客登华山绝峰。度不能返，发狂恸哭，为书遗华阴令。令百计取之，乃下。

又李氏子为千牛，与其侪类登慈恩寺浮图。穷危极险，跃出李白曾经喝醉了吟诵一首诗是："天若不爱酒，酒星不在天。地若不爱酒，地应无酒泉。天地既爱酒，爱酒不愧天。三杯通大道，五斗合自然。但得酒中趣，勿为醒者传。"更有回忆秘书监贺知章的诗说："欲向东南去，定将谁举杯。稽山无贺老，却棹酒船回。"后来在浔阳，再次为永王李璘引荐接纳，其后又被贬谪到夜郎。当时杜甫赠给李白的诗二十韵，大多数是叙述他的事情。李白后来被放还，游玩江表的山水。在宣城的采石去世，葬在谢公青山。范传正作为宣歙观察使，为他立碑，用来旌表他的道路。李白小时候爱喝酒，在兖州攻习学业，平时喝得就比较多。又在任城县建了一个酒楼，每天和志同道合的人在上面沉溺于宴饮，很少有醒的时候。同邑的人都因为李白有很大的名望而更加敬重他。（出《本事诗》）

好尚

房 琯

苏州有洞庭山，杭州有兴德寺。太尉房琯说："没有游览过兴德寺和洞庭湖，你就没有见过美丽的景色。"寿安县有喷泉石溪，都是山水风景的绝妙之处。贞元年间，房琯因为宾客辞做县令，铲掉丛生的杂草，开通甬道，人们听说后感到非常惊异。

太和初年，崔蒙作为博陵的主簿，在道旁作标记准许，人们才造访这里游玩。又有太师颜真卿在石头上刻下姓名，有的放在大山上，有的沉在峡谷的底部，说："怎么知道没有山陵和峡谷的变换呢？"（出《传记》）

韩 愈

韩愈喜欢猎奇，和客人攀登华山的顶峰。度量着不能返回，精神失常，放声大哭，写了书信留给华阴县令，县令百般设法取道，才能够下山。

又有一个孩子叫李千牛，和他的同伴登上慈恩寺塔。非常危险，槛外，失身而坠，赖腰带挂钉，为风所摇，久而未落。同登者惊倒槛中，不能复起。院僧遥望急呼，一寺悉出以救之，乃连衣为绳，久之取下。经宿而苏。（出《国史补》）

李约

兵部员外郎李约，汧公之子也。以近属宰相子，而雅爱玄机。萧萧冲远，德行既优。又有山林之致，琴道酒德词调，皆高绝一时。一生不近女色，性喜接引人物，而不好俗谈。晨起草裹头，对客蹙融，便过一日。多蓄古器，在润州尝得古铁一片，击之精越。又养一猨名"生公"，常以之随。逐月夜泛江，登金山，击铁鼓琴，猨必啸和。倾壶达夕，不俟外宾，醉而后已。约曾佐李庶人锜浙西幕。约初至金陵，于府主庶人锜坐，屡赞招隐寺标致。一日，庶人宴于寺中。明日，谓约曰："十郎尝夸招隐寺，昨游宴细看，何殊州中？"李笑曰："某所赏者疏野耳，若远山将翠幕遮，古松用彩物裹，腥膻涴鹿掊泉，音乐乱山鸟声，此则实不如在叔父大厅也。"庶人大笑。约性又嗜茶，能自煎。谓人曰："茶须缓火炙，活火煎。活火谓炭火之焰火也。"客至，不限瓯数，竟日执持茶器不倦。曾奉使行硖石县东，爱渠水清流，旬日忘发。（出《因话录》）

陆鸿渐

太子文学陆鸿渐，名羽，其生不知何许人。竟陵龙盖寺僧姓陆，于堤上得一初生儿，收育之，遂以陆为氏。及长，聪俊多闻，学已经跃到栏杆外面，身体失去平衡，摇摇欲坠，幸好有腰带挂住塔上的钉子，被风吹得飘摇，很久没有落下。和他同时登塔的被惊吓到倒在栏杆里，不能够再次起身。院中的僧侣远远看见，大声呼救，整个寺庙的僧人全都被惊动出来救他，于是把衣服接起来当作绳子，很久之后才把他救下，经过一夜才苏醒过来。（出《国史补》）

李约

兵部员外郎李约，是汧国公的儿子，因为是皇室宗亲地位接近宰相的儿子，特别喜爱奥妙的道理。冷落凄清，冲和高远，道德和品性也特别好，又对山林颇有兴致，他的琴、道、酒、德、词、调，在当时都是极高的。他的一生不近女色，喜欢结交人物，但不喜欢谈论当下。早晨起来草草地拾掇一下，和客人下棋就是一天。收集了很多古代的器具，在润州曾经得到一片古铁，击打它声音清越。又养了一个猨名字叫生公，经常带着它随行。适逢月夜泛舟江上，登上金山，击打铁片弹琴，猨一定用啸声应和。一壶又一壶一直喝到天亮，不等待外宾，直接喝醉了才作罢。李约曾经作为浙西幕僚帮助庶人李锜。李约刚刚到金陵，在府主庶人李锜家坐，多次赞叹招隐寺景色优美。一天，庶人李锜在寺中宴请他。第二天，对李约说："你曾经赞赏招隐寺，昨天宴游的时候仔细地看了，和州中有什么不一样的吗？"李约笑着说："我所赞赏的是旷野，如果用翠幕把远山遮挡住，用彩带把古松裹住，用音乐把山鸟的声音都扰乱了，就不如在叔父的大厅了。"李锜大笑。李约喜欢喝茶，能够自己煎茶。对别人说："茶必须慢火炙烤，活火煎制。活火就是炭火的焰火。"客人到了，不限杯数，整日手拿着茶具不感觉厌倦。曾经奉命出使硖石县东部，因为他喜爱清澈的溪水，在这里十几天忘了出发。（出《因话录》）

陆鸿渐

太子文学陆鸿渐，名叫羽，他的生身父母不知道是什么人。竟陵龙盖寺的僧人姓陆，在大堤上得到一个刚刚出生的孩子，收养了他，赡辞逸，恢谐谈辩，若东方曼倩之俦。鸿渐性嗜茶，始创煎茶法。至今鬻茶之家，陶为其像，置于锡器之间，云宜茶足利。至太和，复州有一老僧，云是陆僧弟子，常讽歌云："不羡黄金垒，不羡白玉杯，不羡朝入省，不羡暮入台。唯羡西江水，曾向晋陵城下来。"鸿渐又撰《茶经》二卷，行于代。今为鸿渐形者，因目为茶神。有交易则茶祭之，无以釜汤沃之。（出《传载》）

独孤及

常州独孤及，末年尤嗜鼓琴，得眼病不理，意欲专听。（出《传载》）

杜兼

杜兼尝聚书万卷，每卷后必自题云："倩俸写来手自校，汝曹读之知圣道，坠之鬻之为不孝。"（出《传载》）

李德裕

李德裕与同列款曲。或有征所好者，德裕言："已喜见未闻新书策。"崔魏公铉好食新馇头，以为珍美。从事开筵，先一日前，必到使院索新煮馇头也。杜豳公悰每早食馈饭干脯。崔侍中安潜好看斗牛。虽各有所美，而非近利。与夫牙筹金埒，钱癖谷堆，不其远乎！（出《北梦琐言》）

潘彦

咸亨中，贝州潘彦好双陆，每有所诣，局不离身。曾泛海，遇所以把陆当作他的姓氏。等到长大时，聪明俊秀，博学多闻，学识广博，辞藻华丽，言语诙谐，像是东方朔一类的人。陆鸿渐特别喜爱喝茶，发明了煎茶法。直到现在卖茶的人家，用陶土烧制成他的像放置在锡器中间，说可以让他们的茶获得很大的利益，到了太和年间，复州有一个老僧，说是陆僧的弟子，经常吟唱一首讽刺的诗："不羡黄金垒，不羡白玉杯，不羡朝入省，不羡暮入台。唯羡西江水，曾向晋陵城下来。"陆鸿渐又撰写了《茶经》二卷，世代流传。现在的人塑造陆鸿渐的塑像，是把他看作茶神，有交易的时候就用茶祭奠他，没有交易时就用壶中热水供奉他。（出《传载》）

独孤及

常州有个名叫独孤及的人，老年时特别喜欢弹琴，患了眼病也不在意，他的想法是专注聆听琴音。（出《传载》）

杜 兼

杜兼曾经收集到万卷书，每卷的后面一定会亲自题词："倩俸写来手自校，汝曹读之知圣道，坠之鬻之为不孝。"（出《传载》）

李德裕

李德裕和朝中大臣殷勤应酬，有人询问他喜好是什么，李德裕说："我喜欢看见没见过的书。"魏国公崔铉喜欢吃刚煮的馄头，认为那是珍馐美味。每次设宴，一定在前一天到使院索要刚煮的馄头。豳国公杜悰每天早晨吃蒸熟的饭和肉干，侍中崔安潜喜欢看斗牛。虽然他们各自有自己的爱好却并不贪图眼前利益。和那些用象牙制作筹码、用钱币铸成界垣、爱好敛钱、将它堆积如山的人，不是相差很远吗！（出《北梦琐言》）

潘 彦

咸亨年间，贝州有位名叫潘彦的人喜欢玩双陆，每次出去，都会

风船破。彦右手挟一板，左手抱双陆局，口衔双陆骰子。二日一夜至岸，两手见骨，局终不舍，骰子亦在口。（出《朝野佥载》）

宋之愻

洛阳县丞宋之愻性好唱歌，出为连州参军。刺史陈希古者，庸人也。令之愻教婢歌，每日端笏立于庭中，呦呦而唱。其婢隔窗从而和之，闻者无不大笑。（出《朝野佥载》）

朱前疑

兵部郎中朱前疑貌丑，其妻有美色。天后时，洛中殖业坊西门酒家，有婢蓬头垢面，伛肩皤腹，寝恶之状，举世所无。而前疑大悦之，殆忘寝食。乃知前世言宿瘤蒙爱，信不虚也。夫人世嗜欲，一何殊性。前闻文王嗜昌独，楚王嗜芹菹，屈到嗜芰，曾皙嗜羊枣，宋刘雍嗜疮痂。本传曰："雍诣前吴兴太守孟灵休，灵休脱袜，粘炙疮痂坠地，雍俯而取之餐焉。宋明帝嗜蜜渍䱥蛦，每啖数升。"是知海上逐臭之谈，陈君爱丑之说，何其怪欤？天与其癖也。（出《朝野佥载》）

鲜于叔明

剑南东川节度鲜于叔明好食臭虫，时人谓之蟠虫。每散，令人采拾得三五升，即浮之微热水中，以抽其气尽。以酥及五味熬之，卷饼而啖，云其味实佳。（出《乾𦠆子》）

将它带在身边。有一次出海，船被风吹破了。潘彦右手夹着一块木板，左手抱着双陆的棋盘，嘴里含着双陆的骰子。两天一夜漂到岸边，两只手能见到骨头，棋盘却始终没有丢弃，骰子也在嘴里。（出《朝野佥载》

宋之瑟

洛阳县令宋之瑟喜欢唱歌，任职连州参军。连州刺史陈希古，是一个庸人。他让宋之瑟教婢女唱歌，每天拿着笏板在庭院中悠悠地唱着。他的婢女隔着窗户跟着他唱，听到的人没有一个不大笑的。（出《朝野佥载》）

朱前疑

兵部郎中朱前疑的容貌丑陋，他的妻子有美丽的容颜。武则天当政的时候，洛阳城中殖业坊的西门酒家，有一个蓬头垢面的婢女，两肩突出，肚子大，她就寝时丑恶的模样，是世上没有的。但朱前疑却非常喜欢她，甚至到了废寝忘食的地步。于是知道前代人说的宿瘤女受丈夫喜爱的故事，是真实可信的。世上各种嗜好和欲望，多么不同啊！以前听闻周文王爱吃菖蒲做的泡菜，楚王爱吃以醢酱腌渍的芹菜，屈原爱吃菱，曾晳爱吃羊枣，宋代的刘雍爱吃疮痂。《本传》说："刘雍去拜访前吴兴太守孟灵休，孟灵休脱掉袜子，所粘连的疮痂掉在地上，刘雍俯下身子把它捡起来吃了。宋明帝爱吃蜂蜜腌渍的蠐螬，每次都要吃好几升。"因此知道海上逐臭的论谈，陈君爱丑的旧闻，是多么怪异啊！这是上天给他们的怪癖啊！（出《朝野佥载》）

鲜于叔明

剑南东川节度使鲜于叔明酷爱吃臭虫，当时的人叫它蟠虫。每次散朝以后，都叫人找三五升，立即把它们浮在微热的水中，用来抽尽它们的气。用酥油和五味煎熬它，放进饼里卷着吃，说它的味道非常

权长孺

长庆末，前知福建县权长孺犯事流贬。后以故礼部相国德舆之近宗，遇恩复资。留滞广陵多日，宾府相见，皆鄙之。将诣阙求官，临行，群公饮饯于禅智精舍。

狂士蒋传知长孺有嗜人爪癖。乃于步健及诸佣保处，薄给酬直，得数两削下爪。或洗濯未精，以纸裹。候其酒酣进曰：“侍御远行，无以饯送，今有少佳味，敢献。”遂进长孺。长孺视之，忻然有喜色，如获千金之惠，涎流于吻，连撮啖之，神色自得，合座惊异。（出《乾𦠆子》）

好。（出《乾𦠆子》）

权长孺

长庆末年，前知福建县权长孺因为触犯刑法被流放贬谪。后来因为与旧礼部相国权德舆近亲的缘故，得到朝廷的恩典恢复原来的官职。权长孺滞留在广陵很多天，宾客在府中见到他都会鄙视他。权长孺将要到京城谋求官职，临走的时候，大家在禅智寺院设宴为他送行。

狂士蒋传知道权长儒有吃人指甲的怪癖。在步卒和各位佣工之间，给了少许酬金，得了好几两剪了的指甲。有的并没有洗干净，用纸裹上。等到他酒喝得尽兴时献上，并说："侍御您今天远行，没有什么可以相送的，现在有少许的美味，斗胆献上。"于是把它送给权长孺。权长孺看到它，脸上露出了喜悦的笑容，就像获得了千金的恩惠，口水都流出来了，连忙撮着吃下去了，他洋洋自得的样子，让整个宴席上的宾客都大吃一惊。（出《乾𦠆子》）

卷第二百二　儒行　怜才　高逸

儒行

刘献之

后魏刘献之少好学，尤精诗传，泛观子史。见名法之言，掩卷而笑曰："若使杨墨之流，不为此书，千载谁知少也。"又谓所亲曰："观屈原《离骚》之作，自是狂人，死何足惜。"时人有从之学者，献之曰："立身虽百行殊途，准之四科，要以德行为首。子若能入孝出悌，忠信仁让，不待出户，天下自知。傥不能然，虽复下帷针股，蹑履从师，止可博闻强识。不过为土龙乞雨，眩惑将来。其于立身之道何益乎？孔门之徒，初亦未悟。见吾丘之叹，方乃归而养亲。呜呼！先达之人，何自学之晚也！"由是四方学者慕之。叹曰："吾不如庄周樗散远矣！"固以疾辞。（出《谈薮》）

儒行

刘献之

后魏时的刘献之少年时期非常喜爱学习，尤其是精通《诗经》《左传》，广泛涉及子集与史集。他看见名家和法家的言论，就合上书本，笑着说："如果让杨朱、墨子这样的人，不写这样的书，千年之后谁知道缺少它呢？"又对他所亲近的人说："看屈原所作的《离骚》，自然是狂人，死了有什么值得可惜的？"当时的人有跟从他学习的，刘献之说："虽然各行各业建立自身做人处世的基础不同，这四科的准则，要把德行放在首位，你如果能够回家孝顺父母，出外敬爱兄长，忠诚、诚信、仁爱、忍让，还没等到你走出大门，天下人就已经知晓你了。如果不能这样，即使再闭门苦读，以锥刺股，整天跟随师傅学习，只能做到见闻广博，记忆力强。只不过是用土塑造成龙用来祈求下雨，对将来迷乱而失去主张。这个对建立自身做人处世的基础有什么帮助吗？孔子的弟子，一开始也没有领悟到这个道理。听见吾丘子的哀叹，才回去孝顺自己的双亲。唉！德行高、学问深的知名先辈，为什么自身领悟得也这么晚呢！"因此各方的学者都仰慕他。他感叹地说："我的资质与庄周相比差远了！"用身体有病作为理由坚持劝退慕名而来的人。（出《谈薮》）

卢景裕

范阳卢景裕，太常静之子，司空同之犹子。少好闲默，驰骋经史。守道恭素，不以荣利居心，时号居士焉。初头生一丛白毛，数之四十九茎，故偏好《老》《易》，为注解。至四十九岁卒，故小字白头。性端谨，虽在暗室，必矜庄自持。盛暑之月，初不露袒。妻子相对，有若严宾。历位中书侍郎。（出《谈薮》）

萧德言

唐萧德言笃志于学，每开五经，必盥濯束带，危坐对之。妻子谓曰："终日如是，无乃劳乎？"德言曰："敬先师之言，岂惮于此乎！"（出《谭宾录》）

张楚金

张楚金与越石同预乡贡进士，州司将罢越石而贡楚金。楚金辞曰："以顺即越石长，以才即楚金不如。"固请俱退。李勣为都督，叹曰："贡士本求才行，相推如此，何嫌双举？"乃荐擢第。（出《谭宾录》）

怜才

沈约

梁琊邪王筠幼而清隶，文采逸艳，为沈约所赏。及沈为尚书令，筠为郎。谓筠曰："仆昔与王谢诸贤，为文会之赏。自零落以

卢景裕

范阳的卢景裕，是太常丞卢静的儿子，是司空卢同的侄子。年少的时候就安静沉默，涉猎经集和史集。坚守道德规范，恭谨纯朴，不把名利放在心上，当时的人送给他居士的雅号。他刚刚出生时头上有一丛白毛，数了数有四十九根，所以特别偏爱《老子》《易经》，为它们作了注解。到四十九岁的时候去世，所以小名叫作白头。他的品性端正谨慎，即使在幽暗的房屋中，也一定端庄谨慎并自我克制。在炎热的夏天，也从来没有袒露过肌肤。和妻儿相对的时候，就像是对待贵宾一样严谨，官做到了中书侍郎。（出《谈薮》）

萧德言

唐代的萧德言专心致志于学习，每次讲读五经的时候，一定会洗涤和整肃衣带，正襟危坐与之相对，他的妻儿对他说：“每天都这样，岂不是非常劳累吗？”萧德言回答说：“对先人的言论要恭敬，怎么能害怕劳累呢！”（出《谭宾录》）

张楚金

张楚金和越石同时参加乡贡进士的选拔，州司想要罢了越石选择张楚金。张楚金推脱说：“按年龄来说是越石年长，按才华来说我是不如他的。”所以请求全部退出。李勣当时是都督，听到后赞叹说：“乡贡的进士本来是追求才华和德行，相互推让到这个地步，怎么会不满意两个都被举荐呢？”于是把他们都举荐中第了。（出《谭宾录》）

怜才

沈约

梁朝的瑯玡王王筠年少时面容清丽，辞章俊逸华丽，被沈约赏识。等到沈约作为尚书令时，王筠作为尚书郎。他对沈筠说：“我当来，朽疾相继。平生玩好，殆欲都绝。而一文一咏，此事不衰。不意疲暮，复遇盛德。昔伯喈见王仲宣叹曰：‘此王公之孙，吾家书籍万卷，必当相与。’仆虽不敏，请慕斯言。”每商确书史，流阅篇章，毕夜阑景，以为得志之赏。筠历位司徒左长史度支尚书。（出《谈薮》）

唐高宗

胡楚宾属文敏速，每饮酒半酣而后操笔。高宗每令作文，必以金银杯盛酒。令饮，便以杯赐之。（出《谭宾录》）

天后

则天幸龙门，令从官赋诗。左史东方虬诗先成，则天以锦袍赐之。及宋之问诗成，则天称词更高，夺袍以赐之。（出《谭宾录》）

源乾曜

源乾曜因奏事称旨，上悦之。于是骤拔用，历户部侍郎京兆尹以至宰相。异日，上独与高力士语曰：“汝知吾拔用乾曜之速乎？”曰：“不知也。”上曰：“吾以容貌言语类萧至忠，故用之。”对曰：“至忠不尝负陛下乎，陛下何念之深也？”上曰：“至忠晚乃谬计耳，其初立朝，得不谓贤相乎？”上之爱才宥过，闻者莫不感悦。（出《国史补》）

年和王谢等贤才定期举行诗文集会。自从人事衰颓以后，衰老和疾病相继到来。平时的各种爱好，大部分都搁置了。但一个写作诗文，一个吟咏，这两件事的兴致却没有衰退。没有想到到了暮年，再次遇到了深厚的恩德。以前都伯急速拜见王璨感叹说：'这是王公的子孙，我家里若要有一万卷的书籍，一定会赠与他。'我虽然不聪明，但敬仰这样的言语。"每次商讨确定书籍时，王筠都浏览文章，整夜将尽，认为是实现志愿的报赏。王筠历任司徒左长史、度支尚书。（出《谈薮》）

唐高宗

胡楚宾写文章才思敏捷，速度很快，每次都喝到半醉才提笔写字。唐高宗每次让他写文章的时候，一定用金银质地的杯子盛酒。让他喝下，就把杯子赏赐给他。（出《谭宾录》）

天 后

武则天游幸龙门，让跟随的官员即兴写诗。左史东方虬先写成了诗，武则天赏了锦袍给他。等到宋之问写成了诗，武则天称赞他的词彩更胜一筹，夺回锦袍用来赐给他。（出《谭宾录》）

源乾曜

源乾曜因为上奏的事情符合皇帝的意旨，皇帝很开心，因此迅速地提拔升迁，历任户部侍郎、京兆尹直到宰相。有一日，皇帝单独告诉高力士说："你知道我为为什么那么迅速地提拔源乾曜吗？"高力士回答说："不知道。"皇帝说："我因为他的样貌言谈很像萧至忠，所以任用他。"高力士对答说："萧至忠从来没有辜负陛下吗，陛下您为什么如此深深地怀念他呢？"皇帝说："萧至忠晚年的时候才有错误的献策，他在刚刚立朝的时候，能不称之为贤良的宰相吗？"皇帝如此爱惜贤才而宽恕过失，听到的人没有不感到愉悦的。（出《国史补》）

张建封

崔膺性狂，张建封爱其文，以为客，随建封行营。夜中大叫惊军，军士皆怒，欲食其肉，建封藏之。明日置宴，监军曰："某有与尚书约，彼此不得相违。"建封曰："唯。"监军曰："某有请，请崔膺。"建封曰："如约。"逡巡。建封又曰："某亦有请，却请崔膺。"座中皆笑。后乃得免。（出《国史补》）

李实

李实为司农卿，促责官租。萧祐居丧，输不及期。实怒，召至。租车亦至，故得不罪。会有赐与，当为谢状。常秉笔者方有故，实急，乃曰："召衣齐衰者。"祐至，立为草状。实大喜，延英荐之。德宗令问丧期，屈指以待，及释服之明日，自处士拜拾遗。祐有文章，善画，好鼓琴，其拔擢乃偶然耳。（出《国史补》）

韩愈

李贺字长吉，唐诸王孙也。父瑨肃，边上从事。贺年七岁，以长短之歌名动京师。时韩愈与皇甫湜贤贺所业，奇之而未知其人。因相谓曰："若是古人，吾曹不知者。若是今人，岂有不知之理。"会有以瑨肃行止言者，二公因连骑造门，请其子。既而总角荷衣而出。二公不之信，因面试一篇。贺承命欣然，操觚染翰，旁若无人。仍目曰《高轩过》。曰："华裾织翠青如葱，金环压辔摇玲珑。马蹄隐隐声隆隆，入门下马气如虹。云是东京才子，文章巨公。二十八宿罗心胸，殿前作赋声磨空。笔补造化天无功，元精耿

张建封

崔膺性情张狂，张建封喜爱他的文采，把他作为自己的宾客，跟随自己去行军。半夜的时候崔膺忽然大喊惊动了军队，将士们都很愤怒，想要吃他的肉，张建封把他藏起来了。第二天设置宴席，监军说："我和尚书有约定，彼此不能够相互违背。"张建封说："是。"监军说："我有一个请求，请交出崔膺。"张建封说："就按照约定而行。"不一会儿，张建封又说："我也有一个请求，请不要交出崔膺。"在座的人都笑了。因此崔膺才能免去一死。（出《国史补》）

李实

李实是司农卿，职责是催促索要官租。肖祐正处在丧期，没有按时将官租送到。李实大怒，把他召来。运送官租的车辆也一同到了，所以没有获罪。适逢皇帝奖赏他，按礼应当立刻写一个谢恩的奏书。经常代他执笔的人有事正好不在，李实非常着急，于是说："召见穿丧服的人。"肖祐到了之后，立刻草拟了奏书。李实非常开心，向延英殿举荐了他。德宗令人问明他的丧期，掰着手指数日子等待丧期结束，等到他脱下丧服的第二天，由处士官拜拾遗。肖祐有文章留存后世，善于画画，喜欢弹琴，但他被提拔只是偶然罢了。（出《国史补》）

韩愈

李贺，字长吉，是唐代宗室。他的父亲是李瑨肃，是边上从事。李贺七岁的时候，因为能写长短句而在京城声名大噪。当时韩愈和皇甫湜赞赏他所写的诗文。对此十分惊奇但不知道这个人。因此相互说："如果是古人，我辈不知道也就罢了，如果是这个时代的人，怎么能不知道呢？"适逢有人把李瑨肃的住址告诉他们，二位因此一起登门拜访，请出他的儿子。过了一会儿，一个扎着总角穿着荷叶的小孩出来了。二位并不相信，因此要李贺当面试写一篇。李贺很高兴地答应了他们的请求，提笔写作，就像面前没有人一样。自己拟了个耿贯当中。庞眉书客感愁蓬，谁知死草生华风。我今垂翅负天鸿，他日不羞蛇作龙。”二公大惊，遂以所乘马命联镳而还所居，亲为束发。年未弱冠，丁内艰。他日举进士，或谤贺不避家讳，文公时著《辨讳》一篇。不幸未壮室而终。（出《摭言》）

又

韩愈引致后辈，为举科第，多有投书请益者。时人谓之韩门弟子。后官高，不复为也。（出《国史补》）

杨敬之

杨敬之爱才公正。尝知江表之士项斯，赠诗曰：“处处见诗诗总好，及观标格过于诗。平生不解藏人善，到处相逢说项斯。”因此遂登高科也。（出《尚书故实》）

卢肇

王镣富有才情，数举未捷。门生卢肇等，公荐于春官云：“同盟不嗣，贤者受讥。相子负薪，优臣致诮。”乃旌镣嘉句曰：“击石易得火，扣人难动心。今日朱门者，曾恨朱门深。”声闻蔼然。果擢上第。（出《抒情诗》）

题目，叫《高轩过》。诗是：“华裾织翠青如葱，金环压辔摇玲珑。马蹄隐隐声隆隆，入门下马气如虹，云是东京才子，文章巨公。二十八宿罗心胸，殿前作赋声磨空。笔补造化天无功，元精耿耿贯当中。庞眉书客感愁蓬，谁知死草生华风。我今垂翅负天鸿，他日不羞蛇作龙。”两个人感到非常惊奇，于是命令用所乘的马联鞭同进回到所住的地方，亲自给他束起头发。李贺年龄还没到二十岁，遭逢母亲去世。他中进士的那一天，有人诽谤他不避忌祖先和父亲的名讳，为此韩愈当时写了一篇辩“讳”的文章。不幸的是他还没有到壮年就去世了。（出《摭言》）

又

韩愈网罗后辈，为他们举荐科举，于是有很多投交书信请求晋升科举的人。当时的人称呼他们是韩门弟子。后来他的官位升高，就不再这么做了。（出《国史补》）

杨敬之

杨敬之爱惜贤才，做人公正。他曾经听说江表有一个叫项斯的人，就送给他一首诗说：“处处见诗诗总好，及观标格过于诗。平生不解藏人善，到处相逢说项斯。”因为这个，项斯就登科及第了。（出《尚书故实》）

卢　肇

王镣特别有才华，多次参加科举却没有及第。他的门生卢肇等人公开在春时考官的面前举荐他说：“密友不相继承，贤良的人饱受嘲讽。蔺相如反倒负荆请罪，贤德的臣子却遭受打击。”夸奖王镣说：“击打石头容易产生火花，但叩击使人动心却非常困难。现在在权贵人家的人，曾经也非常憎恨权贵人家。”主考官听完述说，变得和蔼亲切了。后来果然登科及第了。（出《抒情诗》）

令狐绹

宣皇坐朝，次对官趋至前，必待气息平匀，上然后问事。令狐绹进李远为杭州刺史，宣皇曰："我闻李远诗云：'长日唯销一局棋。'岂可以临郡哉？"对曰："诗人之言，不足有实也。"仍荐远廉察可任，乃俞之。（出《幽闲鼓吹》）

崔 铉

郑愚尚书，广州人。擢进士第，扬历清显。声甚高而性好华，以锦为半臂。崔魏公铉镇荆南，郑授广南节制。路由渚宫，铉以常礼待之。郑为进士时，未尝以文章及魏公门，至是乃贽所业。魏公览之，深加叹赏曰："真销得半臂也。"（出《北梦琐言》）

高逸

孔稚珪

齐会稽孔稚珪，光禄灵产之子，侍中道隆之孙，张融之内弟。稚珪富学，与陆思晓、谢沦为君子之交。珪不乐世务，宅中草没人。南有山池，春日蛙鸣。仆射王晏尝鸣笳鼓造之，闻群蛙鸣，晏曰："此殊聒人耳。"答曰："我听卿鼓吹，殆不及此。"晏有愧色。历位太子詹事，赠光禄大夫。（出《谈薮》）

李元诚

北齐赵郡李元诚，钜鹿贞公恢之孙，钜鹿简公灵之曾孙。性

令狐绹

唐宣宗临朝听政，下一个对答的官员走到身前时，一定等待他气息平稳，唐宣宗才问询事宜。令狐绹提拔李远作为杭州刺史，唐宣宗说：“我听说李远有诗说‘长日唯销一局棋’，怎么能让他治理州郡呢？”令狐绹回答说：“诗人的话，不能够全部相信啊！”他还举荐李远清廉明察，能够任用，于是唐宣宗应允了。（出《幽闲鼓吹》）

崔铉

尚书郑愚，是广州人。由进士开始擢升，历经仕途做到了显达的官位。他的声名很高但生性喜爱华丽，用锦缎作为半臂的面料。魏国公崔铉镇守荆南，郑愚被任命为广南节制。途经渚宫，崔铉用通常的礼制对待他。郑愚作为进士时，没有把自己的文章送到魏国公的门下，到这时才带来自己的文章。魏国公看了，大加赞赏，说：“真配得上用锦缎作为半臂的面料啊！”（出《北梦琐言》）

高逸

孔稚珪

齐国会稽的孔稚珪，是光禄大夫孔灵产的儿子，是侍中侍郎孔道隆的孙子，是张融之的内弟。孔稚珪富有才学，和陆思晓、谢沦是君子之交。孔稚珪不喜欢社会上的事务，家中的草高得可以把人淹没了。他家的南边有山和池塘，春天会有青蛙叫。仆射王宴曾经吹着胡笳敲着鼓拜访他，听到一群青蛙在叫，王宴说：“这声音太刺耳了。”孔稚珪回答说：“我听你打鼓吹胡笳，还不如这个呢。”王宴脸上有羞愧的神色。孔稚珪历任太子詹事，死后被追授为光禄大夫。（出《谈薮》）

李元诚

北齐赵郡的李元诚，是钜鹿郡贞公李恢的孙子，是钜鹿郡简公放诞，不好世务，以饮酒为务。为太常卿，太祖欲以为仆射，而疑其多酒。子骚谏之，元诚曰："我言作仆射不如饮酒乐，尔爱仆射，宜勿饮酒。"行台尚书司马子如及孙腾，尝诣元诚，其庭宇芜旷，环堵颓圮。在树下，以被自拥，独对一壶，陶然乐矣。因见其妻，衣不曳地。撤所坐在褥，质酒肉，以尽欢意焉。二公嗟尚，各置饷馈，受之而不辞，散之亲故。元诚一名元忠，拜仪同，领卫尉，封晋阳公。卒赠司徒，谥曰文宣。（出《谈薮》）

陶弘景

丹阳陶弘景幼而惠，博通经史。睹葛洪《神仙传》，便有志于养生。每言仰视青云白日，不以为远。初为宜都王侍读，后迁奉朝请。永明中，谢职隐茅山。山是金陵洞穴，周回一百五十里，名曰华阳洞天。有三茅司命之府，故时号茅山。由是自称华阳隐居，人间书疏，皆以此代名。亦士安之玄晏，稚川之抱朴也。惟爱林泉，尤好著述。缙绅士庶禀道伏膺，承流向风，千里而至。先生尝曰："我读外书未满万卷，以内书兼之，乃当小出耳。"齐高祖问之曰："山中何所有？"弘景赋诗以答之，词曰："山中何所有，岭上多白云。只可自怡悦，不堪持寄君。"高祖赏之。（出《谈薮》）

田游岩

唐田游岩初以儒学累征不起，侍其母隐嵩山。甘露中，中宗幸李灵的曾孙。生性放纵不羁，不喜欢社会上的事务，把饮酒作为自己的追求。官职是太常卿，太祖想任命他作为仆射，但又对他喝酒存在疑虑。他的儿子李播劝谏他，李元诚说："我说作为仆射不如喝酒快乐，你喜欢做仆射，最好不要喝酒。"行台尚书司马子如和孙腾，曾经拜访李元诚，他的庭院荒芜空旷，周围的院墙都坍塌了。他在树底下，用被子盖着，自己一个人喝酒，怡然自得。召唤他的妻子，衣服没有拖地。抛开他所坐的床褥去换酒肉，用来欢娱尽兴。二位对此十分赞赏，每个人都拿出自己的补给，李元诚都接受了没有一点推辞，把它们散发给自己的亲朋好友了。李元诚还有一个名字是李元忠。官拜仪同，升为卫尉卿，被封为晋阳公。死后被追封为司徒，谥号是文宣。（出《谈薮》）

陶弘景

丹阳的陶弘景年少时十分聪明，学识渊博。看见葛洪的《神仙传》后，就有养生的意向。每次都说抬头看青云白日的景象，就不认为它很远了。起初他作为宜都王的伴读，后来被升为朝奉请。永明年间，辞官归隐茅山。山上有一个金陵洞穴，方圆一百五十里，名字叫华阳洞天。有茅氏三兄弟所设立的道观，所以叫茅山。从此以后自号华阳隐居，世间相关记载的书籍文字，都用这个代替名字。这也是士子满足于古代圣贤礼教，道家守住质朴淡泊的天性。陶弘景只爱山林泉水，特别喜欢写作撰述。士官和百姓中承受道学倾慕他的人，想接受和继承良好的风尚传统而不远千里前来拜见。先生曾经说："我读的外书还没有到一万卷，如果加上内书，才刚刚出头。"齐高祖问他说："山林中有什么呢？"陶弘景吟诗回答道："山中何所有？岭上多白云。只可自怡悦，不堪持赠君。"齐高祖非常赞赏他。（出《谈薮》）

田游岩

唐代的田游岩一开始用儒学作为晋升的途径但屡考不中，于是

中岳，因访其居，游岩出拜。诏命中书侍郎薛元超入问其母，御题其门曰："隐士田游岩宅"，征拜弘文学士。（出《翰林盛事》）

朱桃椎

朱桃椎，蜀人也。澹泊无为，隐居不仕。披裘带索，沉浮人间。窦轨为益州，闻而召之。遗以衣服，逼为乡正。桃椎不言而退，逃入山中。夏则裸形，冬则以树皮自覆。凡所赠遗，一无所受。织芒屦，置之于路。见者皆曰："朱居士之屦也。"为鬻取米，置之本处。桃椎至夕取之，终不见人。高士廉下车，深加礼敬。召至，降阶与语。桃椎一答，既而便去。士廉每加褒异，蜀人以为美谈。（出《大唐新语》）

卢鸿

玄宗征嵩山隐士卢鸿，三诏乃至。及谒见，不拜，但磬折而已。问其故，鸿对曰："臣闻老子云，礼者忠信之薄，不足可依。山臣鸿，敢以忠信奉上。"玄宗异之，召入赐宴，拜谏议大夫，赐章服，并辞不受。给米百石，绢百匹，送还隐居之处。（出《大唐新语》）

元结

天宝之乱，元结自汝溃，大率邻里南投襄汉，保全者千余家。乃举义师宛叶之间，有婴城捍寇之力。结天宝中师中行子。始在嵩山隐居侍奉母亲。甘露年间，唐中宗游幸中岳嵩山，因而访问他的住处，田游岩出来拜见。下令中书侍郎薛元超进入内室问候他的母亲，亲笔在门上题词：“隐士田游岩宅”，征召授为弘文学士。（出《翰林盛事》）

朱桃椎

朱桃椎，是蜀地人。生性淡泊，追求道家无为，在世隐居而不做官。衣着粗陋，在民间随波逐流。窦轨治理益州时，听说这个人后召见他，赠送给他衣服，强迫他做乡正。朱桃椎没有任何言语，转身逃进了山里。夏天就赤裸身体，冬天就用树皮覆盖身体。只要是别人赠送的东西，他一件也没有接受。编织芒鞋，把它放在路上。看见的人都说：“这是朱居士编织的鞋啊。”这么做是为了卖它取米，将换鞋的米放在原来的地方。朱桃椎到夜晚才取米，始终看不见他本人。高士廉到此为官，对他非常尊敬。召他前来，走下台阶和他说话。朱桃椎一答完就转身离开了。高士廉每次说到这件事都会对他大加赞叹，蜀地人认为这是为人称颂乐道的事。（出《大唐新语》）

卢　鸿

唐玄宗征召嵩山的隐士卢鸿，征召了三次才入朝觐见。等到觐见的时候，不进行跪拜，只是弯腰而已。问他不跪拜的缘故，卢鸿对答说：“我曾经听说，礼，是忠信所轻视的，不能作为忠信的依据。臣卢鸿，能够保证用自己的忠信来侍奉皇上。”玄宗对此非常惊异，召见并赏赐御宴，任命他作为谏议大夫，赏赐他官印朝服，卢鸿一概辞谢，没有接受。于是唐玄宗赠送他一百石米、一百匹绢，把他送回隐居的地方。（出《大唐新语》）

元　结

天宝之乱的时候，元结从汝渍率领乡邻向南投奔襄汉，保全了一千多家人的性命。还在宛叶之间组建义军，立下保卫城池抗击寇

在商於之山称元子，逃难入猗玗之山称猗玗子，或称浪士。渔者呼为聱叟，酒徒呼为漫叟。及为官，呼漫郎。（出《国史补》）

贺知章

贺知章性放旷，美谈笑，当时贤达咸倾慕。陆象先即知章姑子也，知章特相亲善。象先谓人曰："贺兄言论调态，真可谓风流之士。"晚年纵诞，无复规检。自号四明狂客，醉后属词，动成篇卷，文不加点，咸有可观。又善草隶书，好事者共传宝之。请为道士归乡，舍宅为观，上许之。仍拜子为会稽郡司马，御制诗以赠行。（出《谭宾录》）

顾 况

顾况志尚疏逸，近于方外。有时宰曾招致，将以好官命之。况以诗答之曰："四海如今已太平，相公何事唤狂生。此身还似笼中鹤，东望沧溟叫数声。"后吴中皆言况得道解化去。（出《尚书故实》）

陈 琡

陈琡，鸿之子也。鸿与白傅传《长恨词》，文格极高，盖良史也。咸通中，佐廉使郭常侍铨之幕于徐，性尤耿介，非其人不与之交。同院有小计姓武，亦元衡相国之后，盖汾阳之坦床也。乃心不平之，遂挈家居于茅山。与妻子隔山而居，短褐束绦，焚香习禅而已。或一年半载，与妻子略相面焉。在职之时，唯流沟寺长老与之款接，亦具短褐相见。自述《檀经》三卷，今在藏中。临行，留一章与其僧云："行若独轮车，常畏大道覆。止若圆底器，常恐他物贼的功劳。元结在天宝年间师从中行子。开始在商於山自号元子，后来逃难到猗玗的山上称为猗玗子，或者是浪士。打渔的人称他为聱叟。酒鬼们称他为漫叟。等到他当官的时候，称他为漫郎。（出《国史补》）

贺知章

贺知章生性豪放旷达，十分善谈，当时的贤德之人非常仰慕他。陆象先是贺知章族姑的儿子，贺知章对待他特别亲善。陆象先对别人说："贺知章的言谈议论、风调情态，真可以算得上是风流人物。"贺知章晚年放纵怪诞，不再约束自己，自号为四明狂客，喝醉以后写文章，经常成篇成卷，而且都有观赏价值。又擅长草书和隶书，有此爱好的人相互传阅收藏。他自己请求作为道士回乡，将自己的家宅作为道观，皇帝允许了。还任命他的儿子为会稽郡司马。亲自写诗为他送行。（出《谭宾录》）

顾　况

顾况崇尚淡泊超逸，和僧人、道士相互往来。有一次宰相招引他前去，想要任命他为高官。顾况用诗回答他说："四海如今已太平，相公何事唤狂生。此身还似笼中鹤，东望沧溟叫数声。"后来吴中的人都说顾况得道成仙了。（出《尚书故实》）

陈　琡

陈琡，是陈鸿的儿子。陈鸿为白居易《长恨词》作《长恨歌传》。文章的格调非常高，是一个优秀的历史小说。咸通年间，在徐州做幕僚辅佐廉使常侍郭铨之，性情耿直，不是同类人就不和他交往。同院有一个姓武的人喜欢耍小计谋，是宰相武元衡的后人，是汾阳公主的女婿。陈琡对他这种行为心有不平，于是全家迁到茅山去居住。他和妻儿隔着山住着，穿着粗布短衣，用丝带束在腰间，点燃香学习禅道。有时过了一年半载，才和妻儿短短地见上一面。他在官任上的触。行止既如此，安得不离俗。”乾符中，弟琏复佐薛能幕于徐，自丹阳棹小舟至于彭门，与弟相见。薛公重其为人，延请入城。遂坚拒之曰：“某已有誓，不践公门矣。”薛乃携舟造之，话道永日，不宿而去。其志尚之介僻也如此。（出《玉堂闲话》）

孔拯

孔拯侍郎为遗补时，尝朝回值雨，而无雨备，乃于人家檐庑下避之。过食时，雨益甚，其家乃延入厅事。有一叟出迎甚恭，备酒馔亦甚丰洁，公侯家不若也。拯惭谢之，且假雨具。叟曰：“某闲居，不预人事。寒暑风雨，未尝冒也。置此欲安施乎？”令于他处假借以奉之。拯退而嗟叹，若忘宦情。语人曰：“斯大隐者也。”（出《北梦琐言》）

时候，只有流沟寺的长老和他来往，也是穿着粗布短褂和他相见。自己写了三卷檀经，现在还收藏着。在走之前，留下一章送给长老，说：“行若独车轮，常畏大道覆。止若圆底器，常恐他物触。行止既如此，安得不离俗。”乾符年间，他的弟弟陈琏再次在徐州作为幕僚辅佐薛能的时候，他从丹阳划小船到彭门，和弟弟相见。薛能看重他的为人，请他入城。但陈琡坚定地拒绝说：“我自己有誓言，不踏入官府。”于是薛能坐着小船造访他，说了一整天话，没有留宿就离去了。他志向的耿直和孤僻也是这样的。（出《玉堂闲话》）

孔拯

侍郎孔拯作为遗补的时候，曾经上朝后回家遇到下雨，但是并没有准备雨具，于是在人家的屋檐下避雨。到了吃饭的时候，雨下得更大了，那户人家于是请他进入客厅。有一个老人非常恭敬地出来迎接，准备的酒食也非常丰盛洁净，公侯之家也比不上。孔拯非常羞惭地表示谢意，并且想借他的雨具。老人说：“我独居，不参与世间的任何事务。天冷天热、刮风下雨我也没有出去过。雨具放在这里做什么呢？”于是让到其他地方借雨具。孔拯离去后非常感慨，好像忘了自己是官员。对人说：“这个人一定是大隐者。”（出《北梦琐言》）

卷第二百三 乐一

乐

舜白玉琯

舜之时，西王母来献白玉琯。汉章帝时，零陵文学奚景于冷道舜祠下得笙白玉琯。知古以玉为琯，后乃易之以竹为琯耳。夫以玉作音，故神人和，凤凰仪也。（出《风俗通》）

师 延

师延者，殷之乐工也。自庖皇以来，其世遵此职。至师延精述阴阳，晓明象纬，终莫测其为人。世载辽绝，而或出或隐。在轩辕之世，为司乐之官。及乎殷时，总修三皇五帝之乐。抚一弦之琴，则地祇皆升。吹玉律，则天神俱降。当轩辕之时，已年数百岁，听众国乐声，以审世代兴亡之兆。至夏末，抱乐器以奔殷。而纣淫于声色，乃拘师延于阴宫之内，欲极刑戮。师延既被囚絷，奏清商流徵调角之音。司狱者以闻于纣，犹嫌曰："此乃淳古远乐，非余可听悦也。"犹不释。师延乃更奏迷魂淫魄之曲，以欢修夜之娱，乃得免炮烙之害。闻周武王兴师，乃越濮流而逝。或云，其本死于

乐

舜白玉琯

舜帝的死后，西王母前来进献白玉琯。汉章帝的时候，零陵的奚景在泠道的舜祠下得到笙白玉琯。知道古人用玉制作律管，后来将它改成用竹子制作律管了。用玉制作律管，所以能够引来神仙应和，凤凰来作伴。（出《风俗通》）

师 延

师延，是商代的乐工。自从庖牺氏以来，世代承袭这样的职位。到师延的时候能够精确地述说阴阳术数，通晓象数谶纬，人们最终也无法猜透他的为人。他所经历的时间和当世相去甚远，有时出现有时归隐。在轩辕时代，掌持司乐的官职，到了殷商，总览修订三皇五帝时候的音乐。他一弹一弦琴，地神就都升上来了。他一吹玉律，天神就都降临了。他在轩辕时代，就已经几百岁了，听各国的音乐，就能够揣度出兴亡的迹象。到夏朝末年，怀抱着乐器投奔商王。但是纣王沉溺于声色，将师延关押在阴宫（阴宫是囚禁人的场所）里，想要对他施以极刑。师延被囚禁，弹奏清商流徵调角的音乐。看管监狱的人已经在纣王的宫殿中听过了，非常厌恶地说：“这是淳朴

水府。故晋卫之人镌石铸金图画以象其形，立祠不绝矣。（出《王子年拾遗记》）

师旷

师旷者，或云出于晋灵之世。以主乐官，妙辩音律，撰兵书万篇，时人莫知其原裔，出没难详也。晋平公时，以阴阳之学，显于当世。乃薰目为瞽，以绝塞众虑。专心于星筭音律，考钟吕以定四时，无毫厘之异。春秋不记师旷出于何帝之时。旷知命欲终，乃述《宝符》百卷。至战国分争，其书灭绝矣。晋平公使师旷奏清徵，师旷曰："清徵不如清角也。"公曰："清角可得闻乎？"师旷曰："君德薄，不足听之，听之将恐败。"公曰："寡人老矣，所好者音，愿遂听之。"师旷不得已而鼓。一奏之，有云从西北方起；再奏之，大风至，大雨随之。掣帷幕，破俎豆，堕廊瓦。坐者散走，平公恐惧，伏于廊室。晋国大旱，赤地三年，平公之身遂病。（出《王子年拾遗记》）

师涓

师涓者出于卫灵公之世。能写列代之乐，善造新曲，以代古声，故有四时之乐。春有《离鸿》《去雁》《应蘋》之歌；夏有《明晨》《焦泉》《朱华》《流金》之调；秋有《商飙》《白云》《落叶》

久远的音乐，不是我这样的人听了会觉得享受的啊！”还是不释放他。师延于是改弹迷魂淫魄的曲子，用来供纣王长夜欢娱，才免受炮烙之刑的处罚。听闻周武王举兵讨伐，于是跳进濮水去世了。有的人说师延本来死在水府之中。晋国和卫国的人民把他的形象雕刻进石头，熔铸成金像，还不断有人为他建立祠堂。（出《王子年拾遗记》）

师旷

师旷，有人说出生在晋灵公的时代。在宫中任主乐官，能够很精妙地辨别音律。撰写了一万篇兵书，当时没有人知道他的原籍，他的生卒年也很难详细考证。晋平公的时候，他凭借精通阴阳术数而在当时非常有名。他把自己的眼睛熏瞎，为了断绝过多的思虑，把精力集中在星占术和音律上，研究钟吕来断定四季，没有丝毫的差异。《春秋》中没有记载师旷生在哪个帝王统治的时间。师旷知道自己的寿命将要结束，于是写了一百卷《宝符》。到战国群雄纷争的时代，他的书就失传了。晋平公让师旷弹奏清澄的徵音，师旷说：“清澄的徵音不如清澄的角音。”晋平公说：“我能听清澄的角音吗？”师旷说：“大王您的德行薄，不能够听它，听了恐怕有损害。”晋平公说：“我老了，我所喜爱的是音乐，希望最终能听到它。”师旷没有办法，只好勉强弹奏。第一次弹，有乌云从西北方升起；再次弹奏，狂风到来了，大雨也随之来到。大风大雨扯破帘幕，刮破俎豆，使廊檐上的瓦片都掉落下来。坐在下面的人四散逃走。晋平公很害怕，在廊室中趴下。此后，晋国历经三年干旱，晋平公也因此生病了。（出《王子年拾遗记》）

师涓

师涓是出生在卫灵公统治时期的人。能够谱写各个时代的音乐，善于创造新的曲子，用来替代古代的声律，所以才会有关乎四季的音乐。春天有《离鸿》《去雁》《应蘋》这样的音乐；夏天有《明

《吹蓬》之曲；冬有《凝河》《流阴》《沉云》之操。此四时之声，奏于灵公，公沉湎心惑，忘于政事。蘧伯玉谏曰："此虽以发扬气律，终为沉湎靡曼之音，无合于风雅，非下臣宜荐于君也。"灵公乃去新声而亲政务，故卫人美其化焉。师涓悔其违于雅颂，失为臣之道，乃退而隐迹。伯玉焚其乐器于九达之衢，恐后世传造焉。其歌曲湮灭，世代辽远，唯纪其篇目之大意也。（出《王子年拾遗记》）

楚怀王

洞庭之山浮于水上，其下金堂数百间，帝女居之。四时闻金石丝竹之声彻于山顶。楚怀王之时，与群才赋诗于水湄。故云，潇湘洞庭之乐，听者令人难老，虽《咸池》《萧韶》不能比焉。每四仲之节，王尝绕山以游宴。各举四仲之气，以为乐章。惟仲春律中夹钟，乃作轻流水之诗，宴于山南。时中蕤宾，乃作《皓露》《秋霜》之曲。其后怀王好进奸雄，群贤逃越。屈平以忠见斥，隐于沅澧之间。王迫逐不已，乃赴清冷之渊。楚人思慕之，谓之水仙。（出《王子年拾遗记》）

咸阳宫铜人

秦咸阳宫中有铜人十二枚，坐高皆三五尺。列在一筵上，琴筑竽笙，各有所执。皆组绶华采，俨若生人。筵下有铜管，上口高数尺。其一管空，内有绳大如指。使一人吹空管，一人纽绳，则琴晨》《焦泉》《朱华》《流金》这样的曲调；秋天有《商飚》《白云》《落叶》《吹蓬》这样的曲子；冬天有《凝河》《流阴》《沉云》这样的弹奏。这有关四季的音乐，弹奏给晋灵公听，晋灵公沉湎其中而心神迷惑，忘了国家政事。蘧伯玉进谏说："这样虽然是发展和提倡了气韵声律，但终归是让人沉湎其中的轻艳卑弱、奢侈淫靡的音乐，和风、雅不相符合，不是臣子适合推荐给君王听的。"卫灵公于是抛却了新的音律而亲自处理政务了，所以卫国人都赞扬他的变化。师涓后悔他的音乐和雅、颂相违拗，违背了自己作为臣子的道义，于是辞官后隐去了他的踪迹。蘧伯玉在通行各方的地点焚烧了他的乐器，害怕后世的人制造传播。他谱写的歌曲早已经磨灭，只有一些篇目的大意被记录下来了。（出《王子年拾遗记》）

楚怀王

洞庭有一座山在水面上浮起，它的下面有几百件金子筑造的屋子，尧帝的女儿居住在这里。四季都能够听到金石丝竹的声音响彻山顶。在楚怀王的时候，和一群臣子在水边吟诗。所以说，潇湘洞庭的音乐，听到会让人很难老去，即便《咸池》和《萧韶》也是不能相比的。每次到四仲的时间，楚怀王都会环绕洞庭山来进行宴游。依据四仲各自的气韵，创造不同的乐章。只有仲春的音律中有夹钟的音律，用来创作有关轻快的流水的诗赋，在山南游宴。当时正是五月，却演奏《皓露》《秋霜》这样的曲子。在这以后，楚怀王喜欢选拔奸雄，贤良的众臣大都逃跑了，屈原因为忠正而被贬斥，在沅水和澧水之间隐逸。楚王不断地威逼驱逐他，于是跳进了清冷的江水之中。楚国的人思念仰慕他，叫他水仙。（出《王子年拾遗记》）

咸阳宫铜人

秦代的咸阳宫有十二枚铜人，坐高都是三尺，它们列坐在一个大的坐席上，手中各拿着琴、筑、竽、笙，都身着宽大华丽的宽大绶带，俨然活生生的人。筵席下有一个铜管，上面的管口有好几尺高，

瑟竽筑皆作，与真乐不异。（出《西京杂记》）

隋文帝

隋文帝开皇十四年，于翟泉获玉磬十四。悬之于庭，有二素衣神人来击之，其声妙绝。（出《洽闻记》）

唐太宗

唐太宗留心雅正，励精文教。乃命太常卿祖孝孙正宫商，起居郎吕才习音韵，协律郎张文收考律吕。平其散滥，为之折衷。作降神乐，为九功舞，天下靡然向风矣。初孝孙以梁陈旧乐杂用吴楚之音，周齐旧乐多涉胡戎之伎，于是斟酌南北，考以古音，而作大唐雅乐。以十二律，各顺其月，旋相为宫。按《礼记》云："大乐与天地同和。"《诗序》云："太平之音安以乐，其政和。"故制十二和之乐，合三十曲八十四调。祭圜丘以黄钟为宫，方泽以大吕为宫，宗庙以太簇为宫。五郊迎享，则随月用律为宫。初隋但用黄钟一宫，唯扣七钟，余五虚悬而不扣。及孝孙造旋宫之法，扣钟皆遍，无复虚悬矣。时张文收善音律，以萧吉乐谱未甚详悉，取历代沿革，截竹为十二律吹之，备尽旋宫之义。太宗又召文收于太常，令与孝孙参定雅乐。太乐古钟十二，俗号哑钟，莫能通者。文收吹律调之，声乃畅彻。知音乐者咸伏其妙，授协律郎。及孝孙卒，文收始复采三礼，更加厘革，而乐教大备矣。（出《谭宾录》）

中间有一个是空的，里面有一个绳子像手指一样大，让一个人吹空管，另一个人牵引绳子上的纽绊，那么琴瑟竽筑就都演奏起来了，和真的乐器演奏没有不一样的地方。（出《西京杂记》）

隋文帝

隋文帝十四年，在翟泉得到十四枚玉磬，把它们悬挂在庭院中，有两个身着白色衣服的神仙来敲击它，它发出的声音美妙绝伦。（出《洽闻记》）

唐太宗

唐太宗非常留意标准规范，致力于文学教育。又命令太常卿祖孝孙校正宫商之音，起居郎吕才研究音韵，协律郎张文收考订十二律吕。整治散乱浮泛的，调和不合理的。创作了降神乐，编整了九功舞，天下之人纷纷学习，形成了一种风气。一开始祖孝孙认为梁陈的旧曲杂糅了吴楚之地的音乐，周齐的旧曲有很多涉及胡戎的技巧，于是斟酌南北的音乐，用上古音乐考订，来创作大唐的雅乐。将十二律吕，各自顺应它的月份，旋相为宫。按《礼记·乐记》记载：“典雅庄重的音乐和天地同声应和。”《诗序》中说，“太平盛世用安定的音乐，那么它的政治清明。”所以制定了十二和的音乐，总共三十曲八十四调。祭祀环丘坛用黄钟作为宫音，祭地祇就用大吕作为宫音，祭祀宗庙就用太簇作为宫音。五郊设祭，就跟随月份用律作为宫音。起初，隋朝只用黄钟一个宫音，敲击七个，剩下五个只是挂在那里但并不敲击它。等到祖孝孙创造旋宫之法，十二钟律全部敲遍，没有只是悬挂在那里的了。当时张文收特别擅长音律，因为萧吉的乐谱没有非常详尽，于是根据各个朝代的历史沿革，截竹管分为十二律吹奏，旋宫的奥义周备详尽。唐太宗又将张文收召在太常，让他和祖孝孙考订雅乐。太乐古钟有十二音律，别人称它哑钟，没有能够让它全部演奏的。张文收吹奏音律调整它，声音通达透彻。通晓音乐的人都佩服他的技艺精妙，授予他协律郎一职。等到祖孝孙逝世的时

又

润州曾得玉磬十二以献。张率更叩其一曰:“晋某岁所造也。是岁闰月,造磬者法月数,当有十三个,阙其一,宜如黄钟东九尺掘。必得焉。”求之,如言而得。(出《国史异纂》)

又

贞观中,景云见,河水清。张率更制为《景云河清歌》,名曰燕乐,今元会第一奏是也。(出《国史异纂》)

又

太宗之平刘武周,河东士庶歌舞于道,军人相与作《秦王破阵乐》之曲。后编乐府云。

又

《破阵乐》,被甲持戟,以象战事。《庆善乐》,长袖曳屣,以象文德。郑公见奏《破阵乐》,则俯而不视;《庆善乐》,则玩之不厌。(出《国史异纂》)

卫道弼 曹绍夔

乐工卫道弼,天下莫能以声欺者。曹绍夔与道弼偕为太乐,合享北郊。御史怒绍夔,欲以乐不和为罪。杂叩钟磬声,使夔闻,召之无误者,由是反叹伏。洛阳有僧,房中磬子夜辄自鸣。僧以为

候，张文收才重新采集祭祀天、地、宗庙的礼仪，加以整理改革，此后乐教十分完备了。（出《谭宾录》）

又

润州曾经得到十二片玉磬敬献。张文收敲击其中的一片说：“这个是晋代某年制作的。那一年恰逢闰月，造玉磬的人根据月份数量来制作的，应该有十三个，这里欠缺了其中一个，应该去距离黄钟九尺的地方挖掘，一定会得到它。”按照这种方法寻求，果然获取了。（出《国史异纂》）

又

贞观年间，祥云出现，河水澄清。张文收以此写了一首《景云河清歌》，给它命名为燕乐，这次元旦朝会的第一个演奏的就是这首。（出《国史异纂》）

又

唐太宗平定了刘武周的叛乱，河东地区的官员百姓在路途中载歌载舞，军人共同演奏秦王破阵乐的曲子。后来编入了《乐府》。

又

演奏《破阵乐》，穿上铠甲，手持画戟，用来象征战事。演奏《庆善乐》，舞动长袖，拖着鞋子，用来象征礼乐教化。郑国公一听到演奏《破阵乐》，就低头不看；听到演奏《庆善乐》，就一直赏玩，不感到厌烦。（出《国史异纂》）

卫道弼　曹绍夔

乐工卫道弼，是天下人都不能够用声律欺瞒他的人。曹绍夔和卫道弼都是太乐，一起在北郊祭祀。御史迁怒曹绍夔，想要用曲子不相符来作为他的罪行。杂乱地敲击钟磬使它发出声音，让曹绍夔怪，惧而成疾。求术士，百方禁之，终不能已。夔与僧善，来问疾，僧具以告。俄击斋钟，复作声。绍夔笑曰："明日可设盛馔，当为除之。"僧虽不信绍夔言，冀其或效，乃具馔以待之。夔食讫，出怀中错，鑢磬数处而去，其声遂绝。僧苦问其所以，夔云："此声与钟律合，击彼此应。"僧大喜，其疾亦愈。（出《国史异纂》）

裴知古

裴知古奏乐，谓元行冲曰："金石谐和，当有吉庆之事，其在唐室子孙耳。"其月，中宗即位。（出《谭宾录》）

又

知古直太常，路逢乘马者。闻其声，窃言曰："此人即当堕马。"好事者随而观之，行未半坊，马惊殆死。又尝观人迎妇，闻妇珮玉声曰："此妇不利姑。"是日姑有疾，竟亡。善于摄生，开元十二年，年百岁而卒。（出《国史异纂》）

李嗣真

唐朝承周隋离乱，乐悬散失，独无徵音，国姓所阙，知者不敢言达其事。天后末，御史大夫李嗣真密求之不得，一旦秋爽，闻砧声者在今弩营，是当时英公宅。又数年，无由得之。其后徐业听声辨音，召他来之后回答完全没有错误的，因此反而赞叹钦佩了。洛阳有一位僧人，说他房屋中的磬到深夜的时候就自己发出响声。僧人以为有怪物，害怕它最后造成疾病。求助方士，用了很多方法去禁止它，还是没能让它停止。曹绍夔和僧人向来交好，前来问候他的病情，僧人把实情全部告诉他了。于是他过一会儿便敲击寺钟，又再次响起磬的声音。曹绍夔笑着说："明天可以摆一桌盛宴，我一定为你除掉它。"僧人虽然不相信曹绍夔的言论，但仍然希望他的方法有效，于是准备丰盛的饭食招待他。曹绍夔吃完了，拿出怀中的锉，磨去磬的好几处，它的声音就断绝了。僧人极力追问其中的原因，曹绍夔说："这个磬和寺钟的音律相应和，敲击这个另外的那个就会做出回应。"僧人非常高兴，他的病也治愈了。（出《国史异纂》）

裴知古

裴知古弹奏音乐，对元行冲说："金石的声律调和，一定有吉庆的事情发生，这个在唐王朝的子孙中。"过了几个月，唐中宗即位。（出《谭宾录》）

又

裴知古去太常值班的路上遇到一位骑马的人，听到传来的声音，私下小声地说："这个人立刻就会从马上跌落下来。"有好事的人跟着他去观察，还没走到街坊的一半，马受惊后将他摔死。他曾经看别人迎娶新妇，听到新妇所佩戴的玉的声音说："这个新妇对婆婆不利。"她的婆婆有病，这天竟然去世了。他非常擅长养生，唐开元十二年去世，活了一百岁。（出《国史异纂》）

李嗣真

唐王朝承接北周隋朝的战乱而建，悬挂铁磬的架子散失了，没有了徵音，知道这件事的人不敢上报朝廷，武则天末年，御史大夫李嗣真私下寻求也没有得到。一天，秋高气爽，听到在今弩营中的捣反，天后潴其宫。嗣真乃求得丧车一铎，入振之于东南隅，果有应者。遂掘之，得石一段，裁为四具，补乐悬之阙。后享宗庙郊天，挂簨簴者，乃嗣真所得也。（出《独异志》）

宋沇

宋沇为太乐令，知音近代无比。太常久亡徵调，沇考钟律得之。（出《国史补》）

沇为太常丞，尝一日早，于光宅佛寺待漏，闻塔上风铎声，倾听久之。朝回，复止寺舍。问寺主僧曰：“上人塔铃，皆知所自乎？”曰：“不能知。”沇曰：“其间有一是古制。某请一登塔，循金索，试历扣以辨之，可乎？”僧初难后许，乃扣而辨焉。在寺之人，即言往往无风自摇，洋洋有闻，非此耶。沇曰：“是耳。必因祠祭，考本悬钟而应之。”固求摘取而观之，曰：“此沽洗之编钟耳，请且独掇于僧庭。”归太常，令乐工与僧同临之。约其时，彼扣本悬，此果应，遂购而获焉。又曾送客出通化门，逢度支运乘。驻马俄顷，忽草草揖客别。乃随乘行，认一铃，言亦编钟也。他人但觉镕铸独工，不与众者埒，莫知其余。及配悬，音形皆合其度。异乎，此亦识徵在金奏者与。（出《羯鼓录》）

衣声，是当时英国公的宅院。又过了好几年，没有机缘得到。在这以后徐敬业举兵反叛，武则天用水淹了他的宅院。李嗣真于是请求给一辆车一把剑，在府衙的东南方敲击，果然有回声。于是挖掘它，获得一段石，裁成四个，填补了悬挂的架子的缺失。后来举行宗庙祭天的时候，悬挂铁磬的架子，就是李嗣真补上的啊。（出《独异志》）

宋 沇

宋沇身为太乐令，通晓音律，近代无人可以和他相比。太常已经很久没有徵音了，宋沇考订钟律才获取它。（出《国史补》）

宋沇作为太常丞，曾经有一天在光宅佛寺等待上朝，听到塔上有风铃声，宋沇听了很久，上朝回来的时候，再次在寺庙前停止，问住持说："庙里塔上的风铃，您知道它们从哪里来吗？"住持说："不知道。"宋沇说："这中间有一个是古代制作的。我请求登一次寺塔，循着金声的线索，试着敲遍所有塔铃来分辨出它，可以吗？"主持开始很为难，后来允许了，于是宋沇就敲击它加以分辨。寺庙里的人，有人说它常常没有风也能够自行摇动，声音响亮可以听见，难道不是这个吗？宋沇说："是这个。一定是祭祀的原因，敲响对应的悬钟就会让它应和。"宋沇执意请求取下它观察，说："这是沽洗上的编钟，请在早晨的时候将它单独取下放在寺庙的庭院中。"回到太常后，宋沇让乐工和僧人一起在这里观看。过了一会儿，敲击相对应的悬钟，这个果然有回应，于是把它买下来作为一种收获。又曾经送客人从通化门出去，恰巧遇到度支使运乘。宋沇稍稍停了一会儿马，忽然草草地和客人作揖道别。然后随着运乘一起行走，看到一个风铃，说风铃也是编钟。别人只是觉得它熔化铸造的工艺独特，和大多数铃都不一样，不知道还有其他的。宋沇给它配了一个悬钟，音律和形状都符合它的度量。非常奇异啊！这也是认识徵音在金声奏响的人吗？（出《羯鼓录》）

王仁裕

晋都洛下，丙申年春。翰林学士王仁裕夜直，闻禁中蒲牢，每发声，如叩项脑之间。其钟忽撞作索索之声，有如破裂，如是者旬余。每与同职默议，罔知其何兆焉。其年中春，晋帝果幸于梁汴。石渠金马，移在雪宫，迄今十三年矣。索索之兆，信而有征。（出《玉堂闲话》）

李师诲

李师诲者，画番马李渐之孙也。为刘从谏潞州从事。知从谏不轨，遂隐居黎城山。潞州平，朝廷嘉之，就除县宰。曾于衲僧处，得落星石一片。僧云："于蜀路早行，见星坠于前，遂掘之，得一片石，如断磬。其石端有雕刻狻猊之首，亦如磬。有孔，穿绦处尚光滑。岂天上奏乐器毁而坠欤？"此石流转到安邑李甫宅中。（出《尚书故实》）

琴

玙璠乐

秦咸阳宫有琴长六尺，安十三弦，二十六徽。皆七宝饰之，铭曰"玙璠之乐"。（出《西京杂记》）

刘道强

齐人刘道强善弹琴，能作单凫寡鹤之弄。听者皆悲，不能自摄。（出《西京杂记》）

王仁裕

丙申年春天，后晋都城洛阳。翰林学士王仁裕值夜班，听见宫中的悬钟每次发出响声，就像叩击在脖子和脑袋之间，悬钟忽而又撞击产生风吹草动的声音，就像破裂了一般，像这样过了十几天，每次和朝臣悄悄商议，都不知道它代表什么兆示。在这年仲春，后晋果真迁都到开封。将石渠阁和金马阁里的藏书移到雪宫，到现在为止已经十三年了。那产生风吹草动撞击声的征兆，是可靠而且有证据的。（出《玉堂闲话》）

李师诲

李师诲，是画番马图的李渐的孙子，是潞州刘从谏的从事。知道刘从谏图谋不轨，于是隐居到黎城山。潞州叛乱被平定，朝廷嘉奖他，任命他为除县的县令。曾经在外地和尚那里得到一片陨石。和尚说："早起在蜀地的路上行走，看见星星在自己眼前坠落，于是挖掘它，得到一片陨石，像断了的磬。那块陨石的一端有雕刻的狻猊的头部，也像磬一样。有个小孔，穿丝绳的地方还非常光滑。这难道是天上演奏的乐器坏了掉下来的吗？"这块石头后来辗转去到安邑李甫的宅院里。（出《尚书故实》）

琴

玙璠乐

秦代的咸阳宫中有把长六尺的琴，安置了十三根琴弦，二十六根系琴弦的绳。都用七种宝石进行装饰，上面刻着玙璠之乐。（出《西京杂记》）

刘道强

齐国人刘道强善于弹琴，能弹奏出失偶者的乐曲，听到的人都十分悲伤，不能够控制自己。（出《西京杂记》）

赵后

赵后有宝琴曰凤凰，皆以金玉隐起为龙凤螭鸾、古贤烈女之象。亦善为《归凤》《送远》之操焉。（出《西京杂记》）

马融

马融历二郡两县，政务无为，事从其约。在武都七年，南郡四年，未尝按论刑杀一人。性好音乐，善鼓琴吹笛。每气出蜻蛚相和。（出《商芸小说》）

杨秀

隋文帝子蜀王秀，尝造千面琴，散在人间。（出《尚书故实》）

李勉

唐汧公李勉好雅琴，尝取桐梓之精者，杂缀为之，谓之百衲琴。用蜗壳为徽，共间三面尤绝异，通谓之响泉韵磬。弦一上，可十年不断。（出《尚书故实》）

又

勉又取漆筒为之，多至数百张，求者与之。有绝代者，一名响泉，一名韵磬，自宝于家。

又

京中又以樊氏、路氏琴为第一。路氏有房太尉石枕，损处惜而不治。蜀中雷氏斫琴，常自品第。上者以玉徽，次者以宝徽，又

赵后

赵后有一方宝琴，名叫凤凰，琴满身装饰着黄金玉石，雕刻着龙凤螭鸾的暗纹和古代贤良的烈女图像，她也擅长弹奏《归凤》《送远》的曲子。（出《西京杂记》）

马融

马融曾经担任两个州两个县的官员，在政务上没有任何作为，做事只是依据制定的共同条款。在武都七年，南郡四年的任上，从来没有按照刑法杀一个人。他生性喜欢音乐，善于弹琴吹笛，每次他弹琴吹笛的时候，都引来蟋蟀相应和。（出《商芸小说》）

杨秀

隋文帝的儿子蜀王杨秀，曾经制造过一张千面琴，流落在人间。（出《尚书故实》）

李勉

唐代的汧国公李勉喜欢雅琴，曾经选取上好的桐木和梓木，掺杂着拼合在一起，叫它百衲琴。用蜗牛壳作为标志，一共筑成三面，尤为精绝奇妙，通常称为响泉韵磬。只要安置上琴弦，可以十年不断。（出《尚书故实》）

又

李勉又一次取出漆筒制作琴，数量多到几百张，前来的人求取就给他们。其中有两张绝世宝琴，一个叫响泉，一个叫韵磬。自己视为珍宝藏在家中。

又

京城中又将樊氏琴、路氏琴作为第一琴。路氏有房太尉的石枕，破损的地方很可惜不能够修复。蜀中地区的雷氏制作琴，常常自次者以金螺蚌徽。

张弘靖

张相弘靖夜会名家，观郑宥调二琴至切。各置一榻，动宫则宫应，动角则角应。稍不切，乃不应。宥师董庭兰，尤善汎声、祝声。（出《国史补》）

董庭兰

响泉、韵磬，本落樊泽司徒家，后在珠崖宅，又在张彦远宅，今不知流落何处。弹琴近代称贺若夷、甘党。前有董庭兰、陈怀古。怀能况祝二家声，谓大小胡笳也。萧古亦善琴，云：胡笳第四头。犯无射商，遂用其音为萧氏九弄。（出《卢氏杂说》）

蔡 邕

蔡邕在陈留，其邻人有以酒食召邕。比往而酒会已酣焉，客有弹琴者。邕至门，潜听之曰："嘻，以乐召我而有杀心，何也？"遂返。将命者告主人，主人遽自追而问其故。邕具以告。琴者曰："我向鼓弦，见螗螂方向鸣蝉，蝉将去，螗螂为之一前一却。吾心唯恐螗螂之失蝉也，此岂为杀心而声者乎？"邕叹曰："此足以当之矣。"（出《汉书》）

己评价它们的好坏。质量上乘的用玉做标记，稍微差一点的用宝石做标记，再差一点的用螺壳和蚌壳做标记。

张弘靖

宰相张弘靖在夜里拜会名家，非常近距离地观察郑宥给两张琴调音。把它们各自放在一个床榻上，调宫音就响应宫音，动角音就响应角音。只要有一点没有切中，就不会有回应。郑宥的老师董庭兰，尤其擅长沉声、祝声。（出《国史补》）

董庭兰

响泉、磬韵，原本是流落到大司徒樊泽的家中的，后来在珠崖家，再后来在张彦远家，现在不知道流落到哪个地方了。近代弹琴好的人有贺若夷、甘党。在此之前有董庭兰、陈怀古。陈怀古能够用沉家声、祝家声，就是所说的大胡笳和小胡笳。萧古也善于弹琴，被称为胡笳第四头。犯无射商，于是用它的音写成萧氏九弄。（出《卢氏杂说》）

蔡邕

蔡邕在陈留的时候，他的邻居用酒食招待他。等到他去酒宴的时候，大家已经十分酣畅了，客人之中有弹琴的。蔡邕到了门口，偷偷地听琴声，说："嘻！用音乐招待我却暗藏杀心，这是为什么呢？"于是就回去了。领命的人告诉主人这件事，主人亲自急速追到他家问他这其中的缘故。蔡邕把全部情况告诉了他。弹琴的人说："我弹琴的时候，看见螳螂正在转向鸣叫的蝉，蝉即将离去，螳螂随着它一进一退，我的心里害怕螳螂丢失了蝉，这怎么能说是心存杀人的想法而用琴声表达出来呢？"蔡邕说："这足以称之为杀心了。"（出《汉书》）

于頔

于司空頔常令客弹琴。其嫂知音，听于帘下。叹曰："三分之中，一分筝声，二分琵琶声。无本色韵。"（出《国史补》）

韩皋

韩皋生知音律。尝观弹琴，至《止息》，叹曰："妙哉，稽生之为是也。"其当晋魏之际，其音主商。商为秋声，秋也者，天将摇落肃杀，其岁之晏乎。又晋承金运之声也，此所以知魏之季，而晋将代之也。慢其商弦，以宫同音，是臣夺君之义也。此所以知司马氏之将篡也。司马懿受魏明帝顾托，后反有篡夺之心。自诛曹爽，逆节弥露。王陵都督扬州，谋立楚王彪。毌丘俭、文钦、诸葛诞，前后相继为扬州都督，咸有匡复魏室之谋，皆为懿父子所杀。叔夜以扬州故广陵之地，彼四人者，皆魏室文武大臣，咸散败于广陵，故名其曲为《广陵散》。言魏氏散亡，自广陵始也。《止息》者，晋虽暴兴，终止息于此也。其哀愤戚惨痛迫切之音，尽在于是。永嘉之乱，是其应乎。叔夜撰此，将贻后代之知音者，且避晋祸，所以托之鬼神也。皋之于音，可谓至矣。（出《卢氏杂说》）

王中散

唐乾符之际，黄巢盗据两京，长安士大夫避地北游者多矣。时有前翰林待诏王敬傲，长安人，能棋善琴，风骨清峻。初自蒲坂历于并。并帅郑从谠，以相国镇汾晋。傲谒之，不见礼。后又之

于頔

司空于頔经常让客人弹琴。他的嫂子通晓音律，在帘幕后面听，感叹地说："三分之中，一分是古筝的声音，二分是琵琶的声音，没有琴声的本色。"（出《国史补》）

韩皋

皋通晓音律，曾经欣赏别人弹琴，弹到《止息》这个曲子的时候，赞叹着说："真精妙啊！这不是嵇康所写的曲子吗？"当时是魏晋交替的时代，它的音律主要是商音。商音是秋天的声音，秋季，自然界将吹落摇撼，天气寒冷，草木凋落，是一年之中比较迟的时候了。再者，晋代金德当运，因此知道这是魏朝的末期，晋朝将取而代之了。将商音的琴弦慢拨，用来变成和宫音一样的，这是臣子想要夺取王位的意思。因此知道司马家族将要篡位。司马懿受魏明帝的照顾得以委以重任，但后来反而有篡位的心思。自从诛杀曹爽开始，叛逆的野心一步步暴露出来。王陵在扬州做都督的时候，密谋拥立楚王曹彪。毋丘俭、文钦、诸葛诞，先后作为扬州都督，都有匡扶魏朝的谋略，都被司马懿父子杀了。嵇康因为扬州是以前广陵的地域，这些人，都是魏朝的文臣武将，都在广陵败退流散，所以给他的曲子命名为《广陵散》。说的是魏朝王室的流散灭亡，都是从广陵开始的。《止息》，晋代是以暴力篡国兴起的，最终也会因这个急速灭亡。这其中蕴含的悲哀愤懑悲痛急切的信息，都在这里了。永嘉之乱，是它的应验。嵇康撰写这首曲子，是要赠送给后代的知音，并且逃避晋代的霍乱，所以假托鬼神。韩皋对于声律的研究，可以说是到达极致了。（出《卢氏杂说》）

王中散

唐朝乾符年间，黄巢攻破了长安和洛阳，长安士大夫逃往北方的很多。当时有一位前翰林待诏叫王敬傲的，长安人士。擅长下棋和弹琴，风格与精神公正刚直。最初从蒲坂到并州，并州的将帅郑从郧，时罗绍戚新立，方抚士卒，务在战争。敬傲在郧中数岁。

时李山甫文笔雄健，名著一方。适于道观中，与敬傲相遇。又有李处士亦善抚琴，山甫谓二客曰：“《幽兰绿水》，可得闻乎？”敬傲即应命而奏之，声清韵古，感动神。曲终，敬傲潸然返袂云：“忆在咸通，王庭秋夜，供奉至尊之际，不意流离于此也。”李处士亦为《白鹤》之操。山甫援毫抒思，以诗赠曰，“幽兰绿水耿清音，叹息先生枉用心。世上几时曾好古，人前何必苦沾襟。”余句未成。山甫亦自黯然，悲其未遇也。王生因别弹一曲，坐客弥加悚敬，非寻常之品调。山甫遂命酒停弦，各引满数杯，俄而玉山俱倒。洎酒醒，山甫方从客问曰：“向来所操者何曲？他处未之有也。”王生曰：“某家习正音，奕世传受。自由德顺以来，待诏金门之下，凡四世矣。其常所操弄，人众共知。唯嵇中散所受伶伦之曲，人皆谓绝于洛阳东市，而不知有传者。余得自先人，名之曰《广陵散》也。”山甫早疑其音韵，殆似神工，又见王生之说，即知古之《广陵散》，或传于世矣。遂成四韵，载于诗集。今山甫集中，只摽李处士，盖写录之误耳。由是李公常目待诏为王中散也。

王生后又游常山，是时节帅王镕年在幼龄，初秉戎钺。方延多士，以广令名。时有李复郎中、莫又玄秘书、萧珣员外、张道古、并英儒才学之士，咸自四集于文华馆。故待诏之琴棋，亦见礼于宾榻。岁时供给，莫不丰厚。王或命挥弦动轸，必大加锡遗焉。

说以相国的名义镇守汾晋。王敬傲去拜见他，但不行礼。后来又去了邺城，当时罗绍戚刚刚被拥立，正安抚士兵，致力于战争。王敬傲在邺城好几年。

当时李山甫文笔强劲有力，在某个地域特别有名。刚巧在道观里，和王敬傲相遇。又有一位李处士也擅长弹琴，李山甫对二位客人说："这其中蕴含的幽兰绿水，能够让我们听出来吗？"王敬傲立刻遵从命令然后弹奏，声音清越，韵律古远，可以感动人的心神。一曲结束之后，王敬傲心情沮丧收回衣袂说："想到当时在咸通年间，一个秋天的夜晚，在王宫的庭院中，侍奉皇帝的时候，没有想到会流落到这个地方。"李处士也弹了《白鹤》曲调。李山甫挥笔书写自己的情思，用诗歌酬答说："幽兰绿水耿清音，叹息先生枉用心。世上几时曾好古，人前何必苦沾襟。"余下的句子还没有写成。李山甫也心情沮丧，悲伤他没有受到重视。王敬傲因为离别弹了一首曲子，在座的客人更加惊惧敬佩，这不是普通的品味格调。李山甫于是让人倒酒，停了拨弦，各自喝了几杯倒满的酒，不一会儿所有的人都喝醉了。等到酒醒了，李山甫才随着客人问道："你之前所弹奏的是什么曲子，在其他地方没有听过。"王敬傲说："我家里传习的雅正的乐声，围棋也是世代传授的。自从德顺年间以来，在天子门下做待诏，已经四个世代了。经常弹奏的乐曲，大家都知道。只有嵇康所传授的曲子，众人都以为在洛阳东市断绝了，却不知道这些曲子有传人。我所弹的曲子来自于先人，称呼它为《广陵散》。"李山甫早就疑惑它的音律声韵，像是神人所作，又听见王敬傲的说法，就知道这是古代的《广陵散》，有人传到当世了。于是写成四韵诗，在诗集中记载。现今的《山甫集》中，只标明李处士，大概是抄写时候的错误吧。从此以后，李山甫常将王待诏看作王中散。

王敬傲后来又游览了常山，当时的节度使王镕非常年幼，初次执掌兵权。正在引进很多人才，用来传播他的名声。当时李夐郎中、莫又玄秘书、萧珣员外、张道古和学识渊博的儒士才人，都从各地汇集在文华馆。所以待诏王敬傲的琴技和棋艺，也在宾客之间受到礼遇。一年四季的供给，没有不丰厚的。皇帝有时让他弹琴，一定有非常丰在常山十数年，甚承礼遇。敬傲每戴危冠，着高屐，优游啸咏而已。冬月亦葛巾单衣，体无绵纩，日醺酣于市，人咸怪异之。闻昭宗返正，辞归帝里，后不知所终。

敬傲又能衣袖中剪纸为蜂蝶，举袂令飞，满于四座，或入人之襟袖，以手揽之，即复于故所也。常时咸疑有神仙之术。

张道古与相善，每钦其道艺，曾著《王逸人传》，为此也。道古名睍，博学。善古文，读书万卷，而不好为诗。曾在张楚梦座上，时久旱，忽大雨，众宾皆喜而咏之。道古最后方成绝句曰："亢旸今已久，喜雨自云倾。一点不斜去，极多时下成。"坐客重其文学之名，而哂其诗之拙也。（出《耳目记》）

瑟

卢中丞迈有宝瑟四，各值数十万。有寒玉、石磬、响泉、和至之号。（出《传记》）

阮 咸

元行冲宾客为太常少卿时，有人于古墓中得铜物似琵琶而身正圆，莫有识者。元视之曰："此阮咸所造乐也。"乃令匠人改以木，为声清雅，今呼为阮咸者是也。（出《国史异纂》）

厚的赏赐。在常山的十几年，受到特别优厚的礼节待遇。王敬傲每次头戴高帽，脚穿高高的登山屐，都只是自在歌咏，悠闲生活。冬月也是戴着葛布做的帽子，穿着单衣，身上没有絮丝绵的衣服，每天酒醉后在街市上酣睡，人们都对他的这种做法感到怪异。听说昭宗返回京都，王敬傲就辞职回到帝都故里，后来不知道去了什么地方。

王敬傲还能在衣袖中把纸张剪裁成蜜蜂蝴蝶的模样，举起袖子让它们飞，飞满了周围，有的飞进人的衣袖，用手抓取它，它就立刻回到原来的地方。当时的人常常怀疑他有仙术。

张道古和他私交甚好，钦佩他的技艺，曾经写过一本《王逸人传》，就是写他的。张道古名叫张睍，知识很广博，擅长古文，书读得非常多，但是不太擅长写诗。曾在张楚梦家做客，当时已经干旱很久了，忽然下了大雨，在座的宾客们都非常喜悦，争相歌咏。张道古最后才写成一首绝句说："亢旸今已久，喜雨自云倾。一点不斜去，极多时下成。"在座的人都很敬重他在文学上的才名，但笑话他的诗歌非常拙劣。（出《耳目记》）

瑟

中丞卢迈有四具瑟，每一个都价值数十万。分别称为寒玉、石磬、响泉、和至。（出《传记》）

阮咸

元行冲的门人作为太常少卿的时候，有人在古墓中得到一个像琵琶但通身相对来说又正又圆的铜制品，当时的人没有认识它的。元行冲看了之后说："这是阮咸所制作的乐器。"于是让工匠用木头进行改制，弹奏出来的声音清越雅正，就是今天称作"阮咸"的乐器。（出《国史异纂》）

又

晋书称阮咸善弹琵琶。后有发咸墓者，得琵琶，以瓦为之。时人不识，以为于咸墓中所得，因名阮咸。近有能者不少，以琴合调，多同之。（出《卢氏杂说》）

又

又说阮咸擅长弹琵琶，后来发掘阮咸墓地的时候，挖出一具用泥瓦制作的枇杷，因为是在阮咸的墓地中获得的，所以称它为阮咸。近代有不少能人异士，用琴伴奏合调，大多时候可以和它共同使用。（出《卢氏杂说》）

卷第二百四　乐二

乐

大　酺

唐玄宗在东洛，大酺于五凤楼下，命三百里内县令、刺史，率其声乐来赴阙者，或谓令较其胜负而赏罚焉。时河内郡守令乐工数百人于车上，皆衣以锦绣，伏厢之牛，蒙以虎皮，及为犀象形状，观者骇目。时元鲁山遣乐工数十人联袂歌《于蔿》，《于蔿》，鲁山之文也。玄宗闻而异之，征其词，乃叹曰："贤人之言也。"其后上谓宰臣曰："河内之人，其在涂炭乎？"促命征还，而授以散秩。每赐宴设酺会，则上御勤政楼。金吾及四军兵士，未明陈仗，盛列旗帜，皆被黄金甲，衣短后绣袍。太常陈乐，卫尉张幕后，诸番酋长就食。府县教坊，大陈山车旱船，寻撞走索，丸剑角抵，戏马斗鸡。又令宫女数百饰以珠翠，衣以锦绣，自帷中出，击雷鼓，为《破阵乐》《太平乐》《上元乐》。又引大象犀牛入场，或拜舞，动中音律。每正月望夜，又御勤政楼观作乐。贵臣戚里，官设看楼。夜阑，即遣宫女于楼前歌舞以娱之。（出《明皇杂录》）

乐

大 酺

唐玄宗在东都洛阳，在五凤楼下聚饮。命令三百里内的县令刺史，带领他的乐工来觐见。有的还命令他们较量出胜负然后进行奖赏惩罚。当时的河内郡守让几百乐工都坐在车上，穿着锦衣华服；在车厢上站立的牛，都披着虎皮，也把它们都装扮成犀牛大象的形状，观看的人非常惊骇。当时元德秀让几十个乐工联唱《于蒍》，《于蒍》是元德秀写的歌词，玄宗听闻之后大为惊异，传旨征取他的歌词，看完之后赞叹说："这是贤德之人的话啊。"在这以后皇帝对宰相说："河内的人，还身在困境之中吗？"紧急命令召请他到朝廷任职，授予他散秩的职位。每每赐宴设置聚饮，皇上就会御临勤政楼。执金吾和四军兵士，天没亮就摆好仪仗。排列旗帜，都身披黄金甲，穿着刺绣的短后衣。太常寺奏乐，卫尉处理幕后。各个番邦的酋长在各府县吃饭。教坊轮番表演：山车旱船，寻撞走索，丸剑角抵，戏马斗鸡。又让几百宫女用翠珠装饰，穿着锦衣华服，从帷幔中走出，敲击大鼓，演奏《破阵乐》《太平乐》《上元乐》。又牵引大象犀牛进入场地，有的拜有的舞，每个动作都跟随音律。每次到正月十五的晚上，又会登临勤政楼观看所作乐曲。显贵的大臣和外戚，官

梨园乐

天宝中，玄宗命宫女数百人为梨园弟子，皆居宜春北院。上素晓音律，时有马仙期、李龟年、贺怀智皆洞知律度。安禄山自范阳入觐，亦献白玉箫管数百事，皆陈于梨园。自是音响殆不类人间。（出《谭宾录》）

太真妃

太真妃多曲艺，最善击磬。拊搏之音，玲玲然多新声，虽太常梨园之能人，莫能加也。玄宗令采蓝田绿玉琢为磬，尚方造簨簴流苏之属，皆以金钿珠翠珍怪之物杂饰之。又铸金为二狮子，拿攫腾奋之状，各重二百余斤，以为趺。其他彩绘缛丽，制作精妙，一时无比也。及上幸蜀回京师，乐器多亡失，独玉磬偶在。上顾之凄然，不忍置于前，促令载送太常寺。至今藏于太乐署正声库者是也。（出《开天传信记》）

天宝乐章

天宝中，乐章多以边地为名。若《凉州》《甘州》《伊州》之类是焉。其曲遍繁声，名入“破”。后其地尽为西蕃所没破，乃其兆矣。（出《传载录》）

韦 皋

韦皋镇西川，进《奉圣乐》曲，兼与舞人曲谱同进。到京，于

方特地陈设观看的阁楼。等到夜深人静的时候，就在楼前派遣宫女唱歌跳舞用来愉悦他们。（出《明皇杂录》）

梨园乐

天宝年间，唐玄宗让几百宫女作为梨园弟子，都住在宜春宫的北院，唐玄宗向来通晓音律，当时马仙期、李龟年、贺怀智都通晓音律。安禄山从范阳入朝觐见，献上几百件白玉箫管，都陈放在梨园。从此发出的声响都不像是人间声乐。（出《谭宾录》）

太真妃

杨玉环会很多技艺，最擅长敲击玉磬。敲击乐器的声音，大多新颖美妙，即使是太常寺梨园有才能的人，也不能够超过她。玄宗命人采集蓝田玉雕琢成玉磬，尚署制作簨簴、流苏之类的东西，用金钿、珠翠、珍奇异宝错综地装饰。又铸造了两个金狮子，呈现擒拿抓取、腾跃奋飞的情状，各自重达二百多斤，作为底座。其他的彩绘炫彩夺目，制作精巧绝伦，一时之间没有能够比得上的。等到唐玄宗从蜀地重新回到长安，乐器大多毁坏丢失了，只有玉磬还在。唐玄宗看着它神色凄然，不忍心把它摆放在自己面前，急促地命人把它运送到太常寺。至今还收藏在太乐署正声库里的就是这个了。（出《开元传信记》）

天宝乐章

天宝年间，乐章多用边疆的地域命名。像《凉州》《甘州》《伊州》这一类就是这样的，这些乐曲基本都用繁声，名字里加入“破”。后来这些地域都被西胡之人攻破，这个是它的预兆啊！（出《传载录》）

韦皋

韦皋镇守西川，向皇帝献上乐曲，和舞者与曲谱一同进京，到了

留邸按阅，教坊数人潜窥，因得先进。（出《卢氏杂说》）

于 頔

于司空頔因韦太尉奉圣乐，亦撰《顺圣乐》以进。每宴，必使奏之。其曲将半，行缀皆伏，而一人舞于中央。幕客韦绶笑曰："何用穷兵独舞。"虽诙谐，亦各有为也。頔又令女妓为佾舞，雄健壮妙，号《孙武顺圣乐》。（出《国史补》）

文 宗

文宗善吹小管。时法师文溆为入内大德，一日得罪流之。弟子入内，收拾院中籍入家具辈，犹作法师讲声。上采其声为曲子，号《文溆子》。（出《卢氏杂说》）

沈阿翘

文宗时，有宫人沈阿翘为上舞《河满子》，声词风态，率皆宛畅。曲罢，上赐金臂环，即问其从来，阿翘曰："妾本吴元济之妓。元济败，因以声得为宫娥。"遂自进白玉方响云："本吴元济所有也。"光明洁泠，可照十数步。言其槌即犀也，凡物有声，乃响其中焉。架则云檀香也，而文彩若云霞之状，芬馥著人，则弥月不散。制度精妙，故非中国所有。上因令阿翘奏《凉州曲》，音韵清越，听者无不怆然。上谓之曰："天上乐。"仍选内人，与阿翘为弟子。（出《杜阳杂编》）

京师，在所停留的官邸中展卷阅览，教坊中有几个人偷看，所以才能够先呈献给皇帝。（出《卢氏杂说》）

于 頔

司空于頔由于韦皋向皇上进献乐曲，也写了《顺圣乐》进献。每次宴请的时候，一定让乐工弹奏它，乐曲进行到一半的时候，所有的舞队行列都匍匐在地，只有一个人在中间独舞。门客韦绶笑着说：“为什么用穷兵独舞呢？”虽然是诙谐的说法，也是各有目的的。于頔又让女舞姬舞蹈助兴，舞姿强劲有力、壮观精妙，名称是《孙武顺圣乐》。（出《国史补》）

文 宗

唐文宗非常擅长吹奏小管。当时的法师文漵作为进入宫廷内讲学的高僧，有一天得罪了朝廷被流放了。他的弟子进入他的寝室内，收拾院子里的东西，登记家具一类，就好像法师的讲经声，皇上采集他的声韵作为曲子，取名叫《文漵子》。（出《卢氏杂说》）

沈阿翘

唐文宗的时候，有一位叫沈阿翘的宫女为皇上献上舞蹈《何满子》。她的声音、所唱歌词、风韵姿态，都非常婉转流畅。一曲唱完，唐文宗赐给她一个金臂环，立即问她从何而来，阿翘说：“我本来是吴元济的舞姬，吴元济失败以后，凭借声音才成为宫女。”于是自行将白玉制作的方响交给唐文宗，说：“这本来是吴元济所拥有的。”这白玉方响光洁明亮，可以照十几步。有人说它的槌是犀牛角的，只要物体发出声音，它都会在中间形成回响。它的支架是檀香木做的，上面的装饰的花纹像云霞的形状，香气扑人，过了一个月也不会散去。它的做工精致巧妙，本来不是中原地区制造的。唐文宗因此让沈阿翘演奏《凉州曲》，声调、韵律清脆激越，听到的人没有一个不感到凄然。唐文宗说：“这是天上的乐曲。”于是挑选了几名宫女，给沈

懿宗

懿宗一日召乐工，上方奏乐为《道调弄》，上遂拍之。故乐工依其节，奏曲子，名《道调子》。十宅诸王，多解音声。倡优杂戏皆有之，以备上幸其院，迎驾作乐。禁中呼为“音声郎君”。（出《卢氏杂说》）

王令言

隋炀帝幸江都时，乐工王令言子自内归。令言问其子：“今日所进曲子何？”曰：“《安公子》。”令言命其子奏之，曰：“汝不须随驾去，此曲子无宫声，上必不回。”果如其言。（出《卢氏杂说》）

宁王献

西凉州俗好音乐，制新曲曰《凉州》。开元中，列上献之，上召诸王于便殿同观焉。曲终，诸王拜贺，蹈舞称善，独宁王不拜。上顾问之，宁王进曰：“此曲虽佳，臣有所闻焉。夫音也，始之于宫，散之于商，成之于角徵羽，莫不根蒂而袭于宫商也。斯曲也，宫离而少，徵商乱而加暴。臣闻宫君也，商臣也。宫不胜则君势卑，商有余则臣事僭。卑则逼下，僭则犯上。发于忽微，形于音声；播之于咏歌，见之于人事。臣恐一日有播越之祸，悖逼之患，莫不兆于斯曲也。”上闻之默然。及安史乱作，华夏鼎沸，所以见宁王审音之妙也。（出《开天传信记》）

阿翘作为弟子。（出《杜阳杂编》）

懿 宗

有一天唐懿宗召见乐工，皇帝弹奏《道调弄》，用手打节拍，所以乐工依据节奏，弹奏曲子，称它为《道调子》。十宅中居住的诸王，大多通晓音律。表演歌舞技艺和从事杂技的人都有，用来准备当皇帝驾临他们庭院的时候，奏乐恭迎。宫中的人称他是“音声郎君”。（出《卢氏杂说》）

王令言

隋炀帝驾临江都的时候，乐工王令言的儿子从宫内回家。王令言问他的儿子：“今天进献的是什么曲子？”儿子回答：“《安公子》。”王令言让他的儿子演奏它，说：“你不必跟随皇帝去江都了，这个曲子没有宫声，皇帝一定回不来。”果然和他说的一样。（出《卢氏杂说》）

宁王献

西凉州有喜欢音乐的风尚，写了一首新的曲子取名叫《凉州》。开元年间，依次进献给皇帝，皇帝于是召集各位王侯在别殿一同观赏。曲子结束了，各位王侯敬贺，都称赞曲子很好，只有宁王不上前拜见。皇帝回头问他，宁王回答说：“这首曲子虽然很好听，我也有所耳闻。但是它的音律，从宫音开始，到商音结束，中间是由角徵羽组成的。没有不开始和结尾都是由宫音和商音的结合。这个曲子，开头脱离宫音并应用较少，徵音和商音混乱而且更加狂暴。我听说宫音是代表君主，商音是代表臣子。宫音声势不大，那么君主的威力就比较卑弱，商音有余，那么臣子就有僭越的事情。卑弱就会被逼下君位，僭越就会犯上作乱。从细微之处兴起，形成于声音，传播在歌咏之中，在人情事理之中表现。我害怕有一天有流亡不定的祸端，悖逆犯上逼迫君王的祸患，没有不在这个曲子中出现征兆的。”皇帝听完之

王仁裕

后唐清泰之初，王仁裕从事梁苑，时范公延光师之。春正月，郊野尚寒，引诸幕寮，饯朝客于折柳亭。乐则于羽，而响铁独有宫声，洎将掺执，竟不谐和。王独讶之，私谓戎判李大夫式、管记唐员外献曰："今日必有诪张之事，盖乐音不和。今诸音举羽，而独扣金有宫声。且羽为水，宫为土，水土相克，得无忧乎？"于时筵散，朝客西归。范公引宾客，绁鹰火，猎于王婆店北。为奔马所坠，不救于荒陂。自辰巳至午后，绝而复苏。乐音先知，良可至矣。（出《玉堂闲话》）

歌

秦青 韩娥

薛谈学讴于秦青，未穷青之技，自谓尽之，遂辞去归。秦青弗止，饯于郊衢，抚节悲歌，声振林木，响遏行云。谈谢求返，终身不敢言归。秦青顾谓其友曰："昔韩娥东之齐，匮粮。过雍门，鬻歌假食。既去而余音绕梁，三日不绝，左右以其人弗去。过逆旅，旅人辱之。韩娥因曼声哀哭，一里老幼悲愁涕泣相对，三日不食。遽追而谢之，娥复曼声长歌，一里老幼喜欢抃舞，弗能自禁。乃厚赂而遣之。故雍门之人，至今善歌善哭，效娥之遗声也。"（出《博物志》）

后沉默了。等到安史之乱爆发了，中原大地时局动荡，可以见到宁王辨别音调的精妙。（出《开天传信记》）

王仁裕

后唐清泰初年，王仁裕作为梁苑的从事，当时范延光驻守在这里。春季正月，郊外还很冷，邀请各位幕僚，在折柳亭饯别朝中使者。曲子使用的是羽调，但是用以敲击发响的精铁只有宫声，到将要把它抓住的地步，竟然不互相调和。只有王仁裕对此十分惊讶，私下告诉戎判大夫李式，管记员外唐献说："今天一定有欺诳的事情出现，因为所奏音乐不和谐。现在所奏各个音律都是羽调，但是只有敲击精铁发出的是宫声，并且羽调主水，宫调主土，水与土是互相克制的，能没有忧患吗？"在这时候，宴饮结束了，朝廷来的使者向西回去了。范延光邀请宾客，皇帝牵着鹰与狗，在王婆店的北边狩猎，被奔跑的马摔到昏死过去，在荒凉的斜坡上没人救治。从辰巳时到午后，才从昏死的状态中苏醒。从音律中预知事情发生的征兆，可以说非常精确了。（出《玉堂闲话》）

歌

秦青　韩娥

薛谈跟随秦青学唱歌，还没有学完唱歌的技巧，就认为自己已经学完了，于是辞别秦青回去了。秦青没有阻止。在城外的大道给她饯行，打着拍子凄凉悲伤地歌吟，声音振动树木，响亮高妙，能阻止流动的云。薛谈认错后请求让她重回师门，一生也不敢再说自己已经懂得了唱歌。秦青后来对朋友说："以前韩娥向东到齐国，粮食没有了。过了雍门，卖歌求食。唱完离去但是歌声缠绕梁间，过了三天都没有断绝，周围的人都以为她还没有离去。经过旅舍时，有旅客侮辱她。韩娥因此拉长声音痛哭，一里之内的所有人都面带愁容相对哭泣，三天不吃饭。急速追赶上她去道歉，韩娥于是再次拉长声音

戚夫人

汉戚夫人善为翘袖折腰之舞，歌《出塞》《入塞》《望归》之曲。侍婢数百人皆为之，后宫齐唱，常入云霄。（出《西京杂记》）

李龟年

唐开元中，乐工李龟年、彭年、鹤年兄弟三人皆有才学盛名。彭年善舞，鹤年、龟年能歌，尤妙制《渭川》。特承顾遇，于东都大起第宅。僭侈之制，逾于公侯。宅在东都通远里，中堂制度，甲于都下。今裴晋公移于定鼎门南别墅，号绿野堂。其后龟年流落江南，每遇良辰胜赏，为人歌数阕，座中闻之，莫不掩泣罢酒。则杜甫尝赠诗，所谓“歧王宅里寻常见，崔九堂前几度闻。正值江南好风景，落花时节又逢君。”崔九堂殿中监崔涤，中书令湜之弟也。（出《明皇杂录》）

又

开元中，禁中初重木芍药，即今牡丹也。《开元天宝花木记》云，禁中呼木芍药为牡丹。得四本，红、紫、浅红、通白者。上因移植于兴庆池东沉香亭前。会花方繁开，上乘照夜白，太真妃以步辇从。诏特选梨园弟子中尤者，得乐十六部。李龟年以歌擅一时之名，手捧檀板，押众乐前，将歌之，上曰：“赏名花，对妃子，焉用旧乐词为？”遂命龟年持金花笺，宣赐李白，立进《清平调》辞三章。白欣然承旨，犹苦宿酲未解，因援笔赋之。辞曰：“云想衣裳歌唱，一里之内的所有人高兴到手舞足蹈，不能自控。就赠给她丰厚的礼品并送他上路。雍门的人，到现在也擅长歌唱与哭泣，这是韩娥留下声音的功用啊！”（出《博物志》）

戚夫人

汉代的戚夫人擅长跳举袖折腰的舞蹈，唱《出塞》《入塞》《望归》的曲子。她有几百个侍女都为她服务，整个后宫齐声唱歌，歌声响彻云霄。（出《西京杂记》）

李龟年

唐代开元年间，乐工李龟年、李彭年、李鹤年三个人都很有才识学问，享有很高的名望。李彭年善于跳舞，李鹤年、李龟年擅长唱歌，尤其精妙的是创作了《渭川》。因为受到赏识而有特别的待遇，在洛阳大兴宅院，奢侈过度，超越了公侯的范围。宅子在洛阳通远里，中堂的规格，在京都是第一。如今晋公裴度搬到了定鼎门南的别墅，称为绿野堂。后来李龟年流落江南，每次遇到美好的时光，快意地观赏，就替别人唱几支歌，在座的人听了之后，没有不掩面哭泣，停止喝酒的。杜甫曾经赠他一首诗，就是：“岐王宅里寻常见，崔九堂前几度闻。正值江南好风景，落花时节又逢君。”崔九堂就是殿中监崔涤、中书令崔湜的弟弟。（出《明皇杂录》）

又

开元年间，宫中开始重视木芍药，就是现在的牡丹。《开元天宝花木记》中记载，宫中称呼木芍药为牡丹。得到四个品种，红色，紫色，浅红，纯白。唐玄宗于是将其移植在兴庆池的沉香亭前面。恰逢花开得很茂盛，唐玄宗骑着照夜白，杨玉环乘着步辇跟随。下令特别选调梨园弟子中非常优秀的人，制作十六部乐曲。李龟年因为擅长唱歌而名噪一时，手中捧着檀板，站在所有乐工前面，将要歌唱的时候，唐玄宗说：“欣赏名花，对着妃子，怎么能用旧的曲子和歌词呢？”于花想容，春风晓拂露华浓。若非群玉山头见，会向瑶台月下逢。一支红艳露凝香，云雨巫山枉断肠。借问汉宫谁得似，可怜飞燕倚新妆。名花倾国两相欢，长得君王带笑看。解释春风无限恨，沉香亭北倚栏杆。”龟年遽以辞进。上命梨园弟子，约略调抚丝竹，遂促龟年以歌。太真妃持玻璃七宝盏，酌西凉州蒲桃酒，笑领歌意甚厚。上因调玉笛以倚曲，每曲遍将换，则迟其声以媚之。太真饮罢，敛绣巾重拜上。龟年常语于五王，独忆以歌得自胜者，无出于此，抑亦一时之极致耳。上自是顾李翰林，尤异于他学士。会高力士终以脱靴为深耻。异日，太真妃重吟前词，力士戏曰：“此为妃子怨李白，深入骨髓，何反拳拳如是？”太真因惊曰：“何翰林学士能辱人如斯？”力士曰：“以飞燕指妃子，是贱之甚矣。”太真颇深然之。上尝三欲命李白官，卒为宫中所捍而止。（出《松窗录》）

李衮

李衮善歌于江外，名动京师。崔昭入朝，密载而至。乃邀宾客，请第一部乐及京邑之名倡，以为盛会。昭言有表弟，请登末座，令衮弊衣而出，满座嗤笑之。少顷命酒，昭曰：“请表弟歌。”座中又笑。及喉啭一声，乐人皆大惊曰：“是李八郎也。”罗拜之。（出《国史补》）

是让李龟年拿描金笺，宣李白觐见，让他立刻写三首清平调的歌词。李白高兴地接受了旨意，喝醉了没有醒酒，顺势拿起笔就写。歌词是这样的：“云想衣裳花想容，春风晓拂露华浓。若非群玉山头见，会向瑶台月下逢。一支红艳露凝香，云雨巫山枉断肠。借问汉宫谁得似，可怜飞燕倚新妆。名花倾国两相欢，长得君王带笑看。解释春风无限恨，沉香亭北倚栏杆。”李龟年非常快速地将这些词献上。唐玄宗命令梨园弟子大致地弹奏丝竹，便催促李龟年以此歌唱。杨贵妃手持玻璃七宝盏，倒上来自西凉州的葡萄酒，满含笑意地领略歌中深厚的情意。唐玄宗依着曲调吹奏玉笛来应和，每次曲子快结束要更换时，就会延长玉笛声用来取悦杨贵妃。杨贵妃唱完之后，收起绣巾重新拜谢唐玄宗。李龟年经常告诉五王，独自回忆凭借歌曲得以超越自我的，没有比这个更好的了，也是一时的极致了。唐玄宗从此以后看待李白，更是和其他学士不一样。恰逢高力士因为脱靴事件作为深重的耻辱。第二天，杨贵妃重新吟唱之前的歌词，高力士开玩笑说：“我还以为贵妃您怨恨李白到极为深重的程度，为什么反而如此诚恳、深切？”杨贵妃非常惊讶，说：“为什么翰林学士能侮辱人到如此地步？”高力士说：“用飞燕代指贵妃您，是非常轻视您了。”杨贵妃深以为然。唐玄宗曾经三次想要任命李白为官员，最终因为在宫中遭到阻拦而停止。（出《松窗录》）

李衮

李衮因为擅长唱歌而在江南很有名，在京城也声名显赫。崔昭谒见天子，秘密地把他带到京城。于是邀请客人，约请梨园首席乐师以及京城中有名的娼妓，用作盛大的宴会。崔昭说他有一个表弟，想请他进入末座，让李衮穿着破衣服出来，在座的宾客都嘲笑他。过了一会儿命令斟酒，崔昭说：“请让我表弟为大家唱一支歌。”在座的人又是一番嘲笑，等到他唱出声音，乐工们都大惊说：“是李八郎。”都围着向他揖拜。（出《国史补》）

韩会

韩会善歌，绝妙。名辈号为四夔，会为夔头。（出《国史补》）

米嘉荣

歌曲之妙，其来久矣。元和中，国乐有米嘉荣、何戡，近有陈不嫌。不嫌子意奴，一二十年来，绝不闻善唱，盛以拍弹行于世。拍弹起于李可久。懿宗朝恩泽曲子，《别赵十》《哭赵十》之名。刘尚书禹锡与米嘉荣诗云："三朝供奉米嘉荣，能变新声作旧声。于今后辈轻前辈，好染髭须事后生。"又自贬所归京，《闻何戡歌》曰："二十年来别帝京，重闻天乐不胜情。旧人唯有何戡在，更请殷勤唱渭城。"（出《卢氏杂说》）

笛

昭华管

秦咸阳宫有玉笛长二尺三寸，二十六孔。吹之则见车马山林，隐隐相次，息亦不见，名曰"昭华之管"。（出《西京杂记》）

唐玄宗

玄宗尝坐朝时，以手指上下按其腹。朝退，高力士进曰："陛下向来数以手指按其腹，岂非圣体小不安耶？"玄宗曰："非也。吾昨夜梦游月宫，诸仙娱余以上清之乐。流亮清越，殆非人所闻也。酣醉久之，合奏清乐，以送吾归。其曲凄楚动人，杳杳在耳。吾向以玉笛寻，尽得矣。坐朝之际，虑或遗忘，故怀玉笛，时以上下寻之，非不安也。"力士再拜贺曰："非常之事也，愿陛下为臣一

韩 会

韩会擅长唱歌，歌声美妙绝伦。在当时名号声望很大，被称为四夔，韩会是夔头。（出《国史补》）

米嘉荣

歌曲的精妙，由来已久了。元和年间，国乐有米嘉荣、何戡，近来有陈不嫌。陈不嫌的儿子陈意奴，在一二十年间从来没有听说过他擅长唱歌，盛传他凭借拍弹闻名于世。拍弹兴起于李可及。唐懿宗年间恩惠赏赐这样的曲子，如《别赵十》《哭赵十》等曲子都负有盛名。刘禹锡的《与米嘉荣》诗中说："三朝供奉米嘉荣，能变新声作旧声。于今后辈轻前辈，好染髭须事后生。"后来刘禹锡又从被贬的处所回到京城，《闻何戡歌》中说："二十年来别帝京，重闻天乐不胜情。旧人唯有何戡在，更请殷勤唱渭城。"（出《卢氏杂说》）

笛

昭华管

秦代的咸阳城有个玉笛长二尺三寸，有二十六个孔，如果吹奏它就会看见车马和山林隐隐约约接连出现，如果停止了就看不见了，称它叫"昭华之管"。（出《西京杂记》）

唐玄宗

唐玄宗上朝的时候，用手指上下按压他的腹部，早朝退下之后，高力士进言说："您多次用手指按腹部，难道是您的身体不舒服吗？"玄宗说："不是的。我昨天夜晚梦里游览了月宫，各位仙人演奏了使我十分愉快的仙乐。声音流转响亮，清脆悠扬，大概是人间听不到的啊。沉醉在里面很久，众仙又一起演奏仙乐，送我归来。那支曲子凄凉悲伤，十分感人，隐约还在耳边。我之前用玉笛寻找记录，都记下来了。在上朝的时候，担心有的遗忘了，所以怀中藏着玉笛，不时奏之。”上试奏，其音寥寥然，不可名也。力士又奏拜，且请其名。上笑曰：“此曲名《紫云回》。”载于乐章，今太常刻石在焉。（出《开天传信记》）

汉中王瑀

汉中王瑀为太卿。早起朝，闻永兴里人吹笛，问是太常乐人否。曰：“然。”已后因阅乐而唤之，问曰：“何得某日卧吹笛耶？”（出《传记》）

李 謩

李舟好事尝得村舍烟竹，截为笛，坚如铁石，以遗李謩。謩吹笛，天下第一。月夜泛江，与同舟人吹，寥亮逸发。俄有客于岸，呼舟请载。既至，请笛而吹，甚为精妙，山石可裂。謩平生未尝见。及入破，呼吸盘擗，应指粉碎。客散，不知所之。舟人著记，疑其蛟龙也。謩尝秋夜吹笛于瓜州，楫载甚隘。初发调，群动皆息；及数奏，微风飒然立至。有顷，舟人贾客，有怨叹悲泣之声。（出《国史补》）

又

謩，开元中吹笛为第一部，近代无比。有故，自教坊请假至越州，公私更宴，以观其妙。时州客举进士者十人，皆有资业，乃醵二千文同会镜湖，欲邀李生湖上吹之，想其风韵，尤敬人神。以费地上下寻找，并不是身体有所不适。”高力士再次敬贺说：“这不是寻常的事情，希望陛下为我演奏一回。”唐玄宗试着演奏一回，它的音律深邃，不能用言语叙述。高力士再次参拜，并且请唐玄宗为它命名。唐玄宗笑着说：“这个曲子名叫《紫云回》。”被记载在乐章中，现今太常寺刻石上还存在。（出《开天传信记》）

汉中王瑀

汉中王瑀在太卿的职位上。早晨起来上朝的时候，听见永兴里有人吹笛子，问是不是太常里的乐工。回答说：“是的。”此后，因为查阅音律而召请他，问：“你怎么在某天躺着吹笛呢？”（出《传记》）

李　謩

李舟有种爱好，曾经遇到村子里的竹林截断作为笛子，坚硬得像铁石一般。把它赠送给李謩。李謩吹的笛音，名列天下第一。在月夜泛舟江上，和同在一条船上的人一起吹笛子，笛音清越响亮，神情超逸而容光焕发。有旅客在岸边，呼叫请求搭载。到了之后，请他吹笛子，笛音十分精致美妙，可以分裂山上的石头。李謩平生从没有见过。等到进入破音的时候，呼吸充沛，笛子随着手指碎裂。客人散去，不知道他去哪里了。船夫记事，怀疑他是蛟龙。秋天的夜里李謩曾经在瓜州吹笛子，船只能载人的地方比较狭隘。刚开始出声的时候，所有动静都停止了；等到吹了好几次之后，飒飒微风突然到来。过了一会儿，船上面进入一位商客，有悲叹哭泣的声音。（出《国史补》）

又

李謩，在开元年间是笛子吹得最好的人，在近代没有人能和他相比。因为有事，从教坊请假到越州，官方、私人交替宴请他，想要观察他吹笛的精妙之处。当时越州的客人有十个人中进士，都有自多人少，遂相约各召一客。会中有一人，以日晚方记得，不遑他请。其邻居有独孤生者年老，久处田野，人事不知，茅屋数间，尝呼为独孤丈。至是遂以应命。

到会所，澄波万顷，景物皆奇。李生拂笛，渐移舟于湖心。时轻云蒙笼，微风拂浪，波澜陡起。李生捧笛，其声始发之后，昏曀齐开，水木森然，仿佛如有鬼神之来。坐客皆更赞咏之，以为钧天之乐不如也。独孤生乃无一言，会者皆怒。李生为轻己，意甚忿之。良久，又静思作一曲，更加妙绝，无不赏骇。独孤生又无言。邻居召至者甚惭悔，白于众曰："独孤村落幽处，城郭稀至，音乐之类，率所不通。"会客同诮责之，独孤生不答，但微笑而已。李生曰："公如是，是轻薄为？复是好手？"独孤生乃徐曰："公安知仆不会也？"坐客皆为李生改容谢之。独孤曰："公试吹《凉州》。"至曲终，独孤生曰："公亦甚能妙，然声调杂夷乐，得无有龟兹之侣乎？"李生大骇，起拜曰："丈人神绝，某亦不自知，本师实龟兹人也。"又曰："第十三叠误入水调，足下知之乎？"李生曰："某顽蒙，实不觉。"独孤生乃取吹之。李生更有一笛，拂试以进。独孤视之曰："此都不堪取，执者粗通耳。"乃换之，曰："此至入破，必裂，得无吝惜否？"李生曰："不敢。"遂吹。声发入云，四座震栗，李生蹙踖不敢动。至第十三叠，揭示谬误之处，敬伏将拜。及入破，笛遂败裂，不复终曲。李生再拜。众皆帖息，乃散。明旦，李生并会客皆往候之，至则唯茅舍尚存，独孤生不见矣。越人知者皆访之，竟不知其所去。（出《逸史》）

己的资产家业，于是凑了两千文，一起在镜湖饮酒，想要邀请李謩在湖上吹笛，欣赏他的风采，更可以警醒人。因为费用多人员少，于是相互约定每个人各自邀请一个客人。宴会中有一个人，等到晚上的时候才记起需要邀请一个人，已经没有时间去请其他人了。他的邻居中有一位姓独孤的人年纪已经很大了，长期生活在乡村田野间，不知道人情世故，有几间茅屋，曾经被称为独孤丈。事已至此，于是只有请他来赴宴。

到了宴会所在的地方，万顷碧波，景物都很奇异。李謩拂拭笛子，船渐渐地划到了湖中央。当时云是轻薄朦胧的，微风吹拂着流水，水上的波纹立马就兴起了。李謩捧着笛子，笛子的声音开始发出之后，昏暗和呜咽同时到来，湖水和林木阴森得可怕，好像是有鬼神到来。在座的客人更是赞扬歌咏他，认为天上的音乐也不如他吹出来的。但姓独孤的人却一言不发，在场的人都非常愤怒。李謩因为他轻视自己，心中很是忿忿不平。过了很久，静静地思索着写出了一首曲子，比之前的那一首更加精妙，在座的人没有一个不欣赏惊骇的。可姓独孤的人还是一言不发。邀请他来这儿的邻居非常惭愧后悔，告诉众人说："独孤丈的村子处在安静无人的地方，城里的人很少到那儿。音律乐曲一类的东西，一律不知道。"到宴会的客人一同讥诮责备他，姓独孤的人没有回答，只是微笑罢了。李謩说："你现在这样，是在轻视我吗？还是说你是高手？"姓独孤的人这才缓缓地说："你怎么知道我不会呢？"在座的人都因为李謩改变神色而让姓独孤的人道歉。独孤说："你试着吹一曲《凉州》。"到曲子结束的时候，姓独孤的人说："你吹得也很绝妙，但是声调中掺杂了少数民族的音乐，莫非有龟兹地区的朋友吗？"李謩大为惊骇，起身拜见说："老人家您真的神通广大啊，我是没有自知之明，我的师傅确实是龟兹地区的人。"又说："第十三叠误弹成了水调，你知道吗？"李謩说："我愚钝，实在是没有察觉。"姓独孤的人于是取笛子吹奏。李謩还有一个笛子，就把它擦拭干净献给他。独孤看着他说："这些笛子都不足以拿过来，吹它们的都是稍稍懂些笛子的。"于是更换了它，说："这个曲子在入破的时候，一定会裂开，你会不会吝惜呢？"李莫说：

许云封

许云封，乐工之笛者。贞元初，韦应物自兰台郎出为和州牧，非所宜愿，颇不得志。轻舟东下，夜泊灵璧驿。时云天初莹，秋露凝冷，舟中吟瓢，将以属词。忽闻云封笛声，嗟叹良久。韦公洞晓音律，谓其笛声，酷似天宝中梨园法曲李謩所吹者。遂召云封问之，乃是李謩外孙也。

云封曰："某任城旧土，多年不归。天宝改元，初生一月。时东封回，驾次至任城，外祖闻某初生，相见甚喜，乃抱诣李白学士，乞撰令名。李公方坐旗亭，高声命酒。当垆贺兰氏年且九十余，邀李置饮于楼上。外祖送酒，李公握管醉书某胸前曰：'树下彼何人，不语真吾好。语若及日中，烟霏谢成宝。'外祖辞曰：'本于李氏乞名，今不解所书之语。'李公曰：'此即名在其间也。树下人是木子，木子李字也。不语是莫言，莫言謩也。好是女子，女子外孙也。语及日中，是言午，言午是许也。烟霏谢成宝，是云出封中，乃是云封也。即李謩外生许云封也。'后遂名之。某才始十年，身便孤立，因乘义马，西入长安。外祖悯以远来，令齿诸舅学业。谓某性知音律，教以横笛，每一曲成，必抚背赏叹。值梨园法部置小部音声，凡三十余人，皆十五以下。天宝十四载六月日，时

“不敢。”于是独孤开始吹奏。声音直上云霄，在座的人都震惊惶恐，李謩局促不安，不敢动弹。到第十三叠的时候，揭示了错误的地方，敬重畏服，将要拜倒。等到入破的时候，笛子就毁坏了，无法吹到曲子结束。李謩再次拜服。所有的人都信服了，于是客人散去了。第二天早晨，李謩和在座的客人一起前往拜访他。到那里的时候只有茅屋还在，姓独孤的人不在了。越州只要知道他的人都去问过了，竟然都不知道他去哪里了。（出《逸史》）

许云封

许云封，是乐工中吹笛子的人。贞元初年，韦应物离开兰台郎的职位出任和州牧，并非他想要出任的官职，因此不能施展自己的抱负。乘着小船顺流向东，夜间停泊在灵壁驿站。当时天空刚刚高而亮洁，露水冷却凝固，在船中放着吟瓢，将用它来写作。忽然听到许云封的笛声，叹息了很久。韦应物通晓音律，说他的笛音特别像天宝年间李謩吹的梨园法曲。于是邀请许云封前来询问，竟然是李謩的外孙。

许云封说：“我的故居在任城，已经很多年没有回去了。天宝年间改变年号，我刚刚出生一个月。当时去东岳泰山封禅回途的路上，御驾第二天到任城。外祖父听说我刚刚生下来，见到我很是欢喜，于是抱我去见李白学士，请求他为我起一个名字。李白当时坐在酒楼里，高声命人添酒。煮酒的贺兰氏已经九十多岁了，在楼上摆下酒宴邀请李白。外祖父亲自送酒，大醉的李白握着笔在我的胸前写下：‘树下彼何人，不语真吾好。语若及日中，烟霏谢成宝。’外祖父推辞说：‘我本来是想请求你起一个名字的，现在我不知道你所写的话。’李白说：‘这就是名在其中啊。树下人是木子，木子就是李，不语是莫言，莫言就是謩。好是女子，女子就是外孙。语及日中，是言午，言午就是许。烟霏谢成宝，是云出封中，就是云封。意思就是李謩外孙许云封。’后来就用这个名字来称呼我。我十岁刚开始，就已经孤身一人。因此乘坐官驿的马，向西进入长安。外祖父怜悯我远道而来，让我同时跟随几个舅舅学习。说我天生通晓音律，教我吹横骊山驻跸，是贵妃诞辰，上命小部音声，乐长生殿。仍奏新曲，未有名。会南海进荔枝，因以曲名《荔枝香》。左右欢呼，声动山谷。其年安禄山叛，车驾还京。自后俱逢离乱，漂流南海，近四十载。今者近访诸亲，将抵龙丘。”

韦公曰：“我有乳母之子，其名千金，尝于天宝中受笛李供奉，艺成身死，每所悲嗟。旧吹之笛，即李君所赐也。”遂囊出旧笛。云封跪捧悲切，抚而观之曰：“信是佳笛，但非外祖所吹者。”乃为韦公曰：“竹生云梦之南，鉴在柯亭之下，以今年七月望前生，明年七月望前伐。过期不伐，则其音窒；未期而伐，则其音浮。浮者外泽中干，干者受气不全，气不全则其竹夭。凡发扬一声，出入九息。古之至音者，一叠十二节，一节十二敲。今之名乐也，至如落梅流韵，感金谷之游人，折柳传情，悲玉关之戍客，诚为清响，且异至音，无以降神而祈福也。其已夭之竹，遇至音必破，所以知非外祖所吹者。”韦公曰：“欲旌汝鉴，笛破无伤。”云封乃捧笛吹《六州遍》，一叠未尽，騞然中裂。韦公惊叹久之，遂礼云封于曲部。（出《甘泽谣》）

吕乡筠

洞庭贾客吕乡筠常以货殖贩江西杂货，逐什一之利。利外有笛。每次学成一首曲子，一定抚摸着我的脊背加以赞叹称赏。适逢梨园法部设立少年歌舞乐队，总共三十多人，都是十五岁以下的，天宝十四年六月的一天，当时玄宗皇帝出巡在骊山暂时休息，贵妃的生辰时，唐玄宗命令少年歌舞队在长生殿奏乐，仍旧是演奏新的曲子，还没有名字。适逢南海进献荔枝，所以给曲子取名《荔枝香》。左右的欢呼声震动山谷。当年安禄山发动叛乱，唐玄宗返回京城。从此以后所碰到的都是战乱，漂泊辗转到南海，已经将近四十年了。现今我要在周围探访我的各个亲人，将要抵达龙丘。”

韦应物说：“我乳母有一个儿子，名叫千金，曾经在天宝年间拜李謩为老师。学艺成功之后却去世了，每次想到这儿都会悲伤叹息。以前所吹的笛子，就是李謩所赠送的。”于是从行囊中取出一支旧的笛子。许云封跪着捧接，脸上是深切的悲伤，一边抚摸一边观看说：“确实是好笛子，但并非是我外祖父所吹奏的。”于是为韦应物解释说：“竹子生长在云梦泽南岸，在柯亭下面挑选。应该在今年七月十五之前生长，明年七月十五之前砍伐，过了日期还没有砍伐，那么它的音就会阻塞不通。如果没到日期就砍伐，那么它的音就会浮躁。音浮躁就会外面润泽但里面干涩，干涩还有关受气不全，受气不全那么竹子就会夭折。笛子只要吹一声，就会由笛孔出入九次。古代最美妙的音乐，一叠有十二节，一节有十二敲。现今有名的乐曲，至于经久不绝的感人乐曲《梅花落》，可以感动金谷园的游人，《折杨柳》传递情感，可以使玉门关守卫的士兵悲伤。确实可以发出清亮的响声，并且和最美妙的音乐有所不同，无法使神灵降临而祈福。这样已经夭折的竹子，遇到最美妙的音乐一定会破损，所以知道并不是外祖父吹的笛子。”韦应物说：“想要识别你的鉴定，笛子吹破了也没有事。”于是许云封捧着笛子吹奏《六州遍》，一叠还没有吹完，突然从中见裂开。韦应物惊叹了很久，于是在曲部厚待许云封。（出《甘泽谣》）

吕乡筠

洞庭地区的商客吕乡筠经常将商品卖给江西杂货，取十分之一的羡，即施贫亲戚，次及贫人，更无余贮。善吹笛，每遇好山水，无不维舟探讨，吹笛而去。

尝于中春月夜，泊于君山侧，命樽酒独饮，饮一杯而吹笛数曲。忽见波上有渔舟而来者，渐近，乃一老父鬓眉皤然，去就异常。乡筠置笛起立，迎上舟。老父维渔舟于乡筠舟而上，各问所宜。老父曰："闻君笛声嘹亮，曲调非常，我是以来。"乡筠饮之数杯，老父曰："老人少业笛，子可教乎？"乡筠素所耽味，起拜，愿为末学。老父遂于怀袖间出笛三管：其一大如合拱，其次大如常人之蓄者，其一绝小如细笔管。乡筠复拜请老父一吹，老父曰："其大者不可发，次者亦然，其小者为子吹一曲。不知得终否。"乡筠曰："愿闻其不可发者。"老父曰："其第一者在诸天，对诸上帝，或元君，或上元夫人，合上天之乐而吹之。若于人间吹之，人消地拆，日月无光，五星失次，山岳崩圮，不暇言其余也。第二者对诸洞府仙人、蓬莱姑射、昆丘王母、及诸真君等，合仙乐而吹之，若人间吹之，飞沙走石，翔鸟坠地，走兽脑裂，五星内错，稚幼振死，人民缠路，不暇言余也。其小者，是老身与朋侪可乐者。庶类杂而听之，吹的不安。未知可终曲否。"言毕，抽笛吹三声，湖上风动，波涛沆瀁，鱼鳖跳喷，乡筠及童仆恐耸詟栗。五声六声，君山上鸟兽叫噪，月色昏昧，舟楫大恐。老父遂止。引满数杯，乃吟曰："湖中老人读黄老，手援紫藟坐翠草。春至不知湘水深，日暮忘却巴陵道。"又饮数杯，谓乡筠曰："明年社，与君期于此。"遂棹渔舟而去，隐隐渐没于波间。至明年秋，乡筠十旬于筠山伺之，终不复见也。（出《博异志》）

盈利，盈利之外还有富余的，就赠送给贫困的亲戚，再有多余的就赠送给贫困的人，没有多余的积蓄。他擅长吹笛子，每次遇到美丽的山水景色，没有不系船停泊，探幽寻胜，吹着笛子离去的。

曾经在中春的月夜，在君山的一侧停泊，倒一杯酒独自喝，喝一杯就吹好几首曲子。忽然看见水波上驶来一艘小船，渐渐靠近，发现是一个双鬓和眉毛都已经白了的老翁，行为举动异于常人。吕乡筠起身放下笛子，迎面上了小船。老翁把渔船系在吕乡筠的船上岸，各自问候妥当。老翁说："听见你的笛声非常响亮，曲调不同寻常，所以我过来了。"吕乡筠喝了几杯，老翁说："我年轻的时候以吹笛为职业，可以让我教教你吗？"吕乡筠平素就对此有深切的体味，起身拜师，愿意作为后学。于是老翁从怀抱里拿出三支笛子。其中最大的一个相当于合抱，第二大的就像常人用的一般大，其中一个特别小像细毛管一样。吕乡筠再次拜请老翁吹一次，老翁说："其中最大的不能吹，第二大的也一样，其中最小的为你吹一曲。不知道是不是能够演奏到结束。"吕乡筠说："我想听到不能够吹奏的笛子的乐曲声。"老翁说："其中的第一个在天上，对着各位上帝，或者元君，或者上元夫人，调和上天的音乐来吹奏的。如果在人间吹奏它，将会人世消亡，大地开裂，日月没有光泽，五星失去次序，山岳崩塌，没有空闲时间说其他的后果。其中第二大的事对着各位洞府里的仙人、蓬莱的神仙、昆山的王母和各位真君应和仙乐吹奏的，如果在人世间吹奏，就会飞沙走石，使飞翔的鸟儿坠落地面，让兽类大脑开裂，五星向内交叉，幼童被振死，人民没有时间应付，其他的后果也没有时间说了。这中间最小的，是我和同辈之间可以互相娱乐的。万物都可以听，会被吹得不安分。不知道能不能够把一支曲子吹完。"老人说完之后，抽取笛子吹了三声，湖面上开始起风，波浪随风摆动，湖中的鱼和鳖如喷发般跳跃。吕乡筠和童仆都很惶恐。到第五六声的时候，君山上鸟兽鸣叫聒噪，月色昏暗不明，船上的人大惊。老翁于是停止了。倒满了好几杯酒，于是吟唱道："湖中老人读黄老，手援紫藟坐翠草。春至不知湘水深，日暮忘却巴陵道。"又喝了几杯，对吕乡筠说："明年秋社的时候，和你相约在这里。"于是调转渔船离开了，

觱篥

李蔚

咸通中，丞相李蔚拜端揆日。自大梁移镇淮海，政绩日闻。未期周，荣加水土，移风易俗，甚洽群情。洎彭门乱常之后，藩镇疮痍未平，公按辔恭己而治之。补缀颓毁，整葺坏纲，功无虚日。以其郡寡胜游之地，且风亭月观，既以荒凉，花圃钓台，未惬深旨。一旦，命于戏马亭西，连玉钩斜道，开创池沼，构葺亭台。挥斤既毕，号曰“赏心”。栽培花木，蓄养远方奇禽异畜，毕萃其所。芳春九旬，居人士女得以游观。一旦，闻浙右小校薛阳陶，临押度支运米入城。公喜其姓名，有同曩日朱崖李相左右者，遂令试询之，果是旧人矣。公甚喜，如获古物，乃命衙庭小将代押运粮，留止别馆。一日，公召阳陶游，询其所闻，及往日芦管之事，薛因献朱崖李相、陆畅、元、白所撰歌一轴。公益喜之。次出芦管，于兹亭奏之。其管绝微，每于一觱篥中，常容三管也。声如天际自然而来，情思宽闲。公大加赏之，亦赠其诗不记，终篇云：虚心纤质雁衔余，凤吹龙吟定不如。于是锡赉甚丰。出其二子，皆授牢盆倅职。初公构池亭毕，未有嘉名，因目曰“赏心”。诸从事以公近讳，盖赏字有尚字也。公曰：“宣父言征不言在，言在不言征。且非内官宫妾，何避其疑哉！”遂不改作。其亭自秦毕乱逆，乃为刍豢之地。嗟呼！公孙弘之东阁，刘屈氂后为马厩，亦何异哉！（出《桂苑丛谭》）

渐渐消失在波涛之中了。等到第二年的秋天，吕乡筠十月在筠山等他，却最终没有看见他。（出《博异志》）

觱篥

李蔚

咸通年间，是丞相李蔚官拜宰相的日子。李蔚从大梁迁移镇守淮海，政绩名声一天天传扬，到这里还没到一年，治理水土，转移风气，改变习俗，与群众的情感十分融洽。从彭门之乱之后，藩镇割据的创伤还没有抚平，李蔚拉住马缰，恭肃己身来治理这个地方。修补毁坏的地方，整治混乱的纲常，做这些工作没有间断的日子。因为这个郡县很少有游览的地方，并且亭子和月榭已经十分荒凉了，花圃和钓台又不切合深切的旨意。一天早晨，他下令让人在戏马亭的西边，连接玉钩斜的道路，创建池沼，构建修葺亭台楼阁。工程完成后，叫它“赏心亭”。在湖边栽培花草树木，并从别的地方收集奇珍异兽，都放置在这里。春暖花开之时，平民百姓和官宦士女都可以在这里游览观赏。一天早晨，听说浙右的小校薛阳陶，临时担任度支运送米进入城内。李蔚喜欢他，认为他和以前的李德裕差不多。于是让人试着去问他，果然是和旧同事有关的人。李蔚非常欢喜，就像得到了宝物一样，于是命令衙门里的士兵代替他押送粮食，留他在驿馆里。一天，李蔚邀请薛阳陶游玩，询问他一路所见所闻，以及以前和芦笳相关的事。薛阳陶因此献上一轴李德裕、陆畅、元稹、白居易所写的歌。李蔚更加欢喜了。又拿出芦管，在这个亭子吹奏。这个管子特别小。在一个觱篥中，经常能放三个芦管。声音就像是天上飘来的，情意宽阔僻静。李蔚对此非常赞赏，也赠送了他一首诗，没有记载下来，整篇是说：“小小的芦管中间是说虚空的，大雁衔着都绰绰有余，即使是凤凰鸣叫长龙吟啸都不如他所吹奏的曲子。”于是给了他很丰厚的赏赐，并让他的两个儿子担任了盐政的副职。起初李蔚构建亭台楼阁完毕以后，没有好的名字，因为视觉感受而将它命名为：“赏心”。他的下属

从事认为李蔚犯了名讳，因为赏字有尚字。李蔚说：“孔子说征兆就不说存在，说存在就讲征兆。况且又不是宦官宫女，有什么疑忌要避的呢？”于是没有改名字。这间亭子自从秦毕反叛以后，成为豢养牲畜的地方了。唉！公孙弘的东阁，刘屈牦后来将它作为了马厩，这两者结局又有什么差别呢！（出《桂苑丛谭》）

卷第二百五　乐三

羯鼓

羯鼓出外夷乐。以戎羯之鼓，故曰羯鼓。其音主太簇一均。龟兹部、高昌部、疏勒部、天竺部皆用之。次在都昙鼓、答腊鼓之下，都昙鼓，状腰鼓而小。答腊者，即揩鼓也。鸡娄鼓之上。蹂如漆桶，山桑木为之。下以牙床承之，击用两杖。其声焦杀鸣烈，尤宜促曲急破，作戟杖连碎之。又宜高楼玩景，明月清风，凌空透远，极异众乐。杖用黄檀狗骨花椒等木。须至干紧，绝湿气而复柔腻。干取发越响，腻取战袅健举。卷用刚铁，铁当精炼，卷当至匀。若不刚，即应绦高下，抽捩不停。不匀，即鼓面缓急，若琴徽之敂病矣。

（出《羯鼓录》）

羯鼓

羯鼓，出自于外族乐器。因为是戎族和羯族的鼓，所以叫作羯鼓。它的音主要是阳律第二律一度。龟兹部、高昌部、疏勒部、天竺部用的都是它。依次排在都昙鼓、答腊鼓的下面，都昙鼓形状像腰鼓但要小一些。答腊就是揩鼓。鸡娄鼓的上面。围成漆桶的样子。用山桑木制成。下面用牙床盛放，击鼓用两个鼓槌。声音急促，气势盛大，尤其适合演奏急、快节奏的曲调。又适合放在高楼上赏玩景致，明月高挂，清风徐来，凌驾到天空，极目远眺。和其他乐器有极大的不同。鼓槌用的是黄檀、狗骨、花椒等木材制作成的。必须等到木材发干发紧的时候，杜绝潮湿之气，使它恢复到柔韧滑腻的状态。干燥的状态下敲出的鼓声才清脆响亮，而滑腻是使羯鼓能奏出如同战马奔跑的蹄声。圈鼓身漆桶时要用硬的铁，铁要经过精炼，圈卷时应该均匀。铁如果不刚硬，则鼓边上下不齐，松紧不一。圈卷时不均匀，则鼓皮有紧有松，敲击时受力不匀衡。就像弦乐器的琴弦系得不好而使琴声散逸不准一样。这样的鼓，敲出的声音也会不符合音律。（出《羯鼓录》）

玄宗

唐玄宗洞晓音律，由之天纵。凡是管弦，必造其妙。若制作调曲，随意即成。不立章度，取适短长；应指散声，皆中点指。至于清浊变转，律吕呼召，君臣事物，迭相制使，虽古之夔旷，不能过也。尤爱羯鼓，常云："八音之领袖，诸乐不可为比。"尝遇二月初，诘旦，巾栉方毕，时宿雨始晴，景色明丽，小殿内亭，柳杏将吐。睹而叹曰："对此景物，岂可不与他判断之乎。"左右相目，将命备酒，独高力士遣取羯鼓。上旋命之，临轩纵击一曲，曲名《春光好》，上自制也。神思自得。及顾柳杏，皆已发拆，指而笑谓嫔嫱内官曰："此一事，不唤我作天公可乎？"皆呼万岁。又制《秋风高》，每至秋空迥澈，纤翳不起，即奏之。必远风徐来，庭叶徐下，其妙绝入神如此。（出《羯鼓录》）

玄宗尝伺察诸王，宁王夏中挥汗鞔鼓，所读书乃龟兹乐谱也。上知之，喜曰："天子兄弟，当极此乐。"（出《酉阳杂俎》）

又

汝阳王琎，宁王长子也，姿容妍美，秀出藩邸。玄宗特钟爱焉，自传授之。又以其聪悟敏慧，妙达其旨，每随游幸，顷刻不舍。琎尝戴砑绢帽打曲，上自摘红槿花一朵，置于帽上。其二物皆极滑，久之方安。遂奏《舞山香》一曲，而花不坠。本色所谓定头项，难在不摇动也。上大喜笑，赐金器。因夸曰："花奴，琎小名。姿质明莹，肌发光细，非人间人，必神仙谪坠也。"宁王谦谢，随而

玄宗

唐玄宗通晓音律，这是上天赋予的才能。只要是管弦，一定能够奏出它的奇妙之处。如果是制作调度曲子，十分容易就写成了。没有设立任何章法制度，截取适合的长短；随着手指的调度散发出声音，都可以跟随节拍。至于清浊音色的变转，乐律的呼应，君与臣，事和物，相继制约，即使是古代的夔与师旷，也是不能够超过的。唐玄宗特别爱敲羯鼓，常常说："羯鼓是八音的领袖，其他乐器是不能和它相比的。"曾经在二月初的清晨，玄宗刚刚盥洗完毕，当时下了一夜的雨刚刚转成晴天，景色非常美丽。小殿的内亭，柳树和杏树将要吐芽。玄宗看到之后感叹着说："对着这样的景物，难道能够不欣赏吗？"身边的人相互观看，认为将要命令他们摆酒设宴，只有高力士派人取来羯鼓。唐玄宗随即命令他把它摆放在窗户边，演奏一曲，曲子名称为《春光好》（唐玄宗自己谱的曲子），神色间非常得意。等到再次看向柳树杏树的时候，都已经发芽。指着它笑着对嫔妃宦官说："看见这一件事，不叫我天公，可以吗？"在场的人都大呼万岁。又谱了一曲《秋风高》，每到秋季，天空高远清澈，没有一丝浮云的时候，就会演奏它。此刻，一定会有秋风从远处吹来，庭院里的叶子徐徐落下，技艺的绝妙和高超可以到达这样的地步。（出《羯鼓录》）

唐玄宗曾经暗中侦查各位王侯。宁王在盛夏的中午流汗蒙鼓。他读的书是龟兹的乐谱。唐玄宗知道了，高兴地说："真的是我的兄弟，应当深探这个音乐。"（出《酉阳杂俎》）

又

汝阳王李琎，是宁王的长子。容貌美丽。在各个诸侯宅邸中非常出色。唐玄宗特别钟爱他，亲自传授他羯鼓。又因为他聪颖敏捷，能够很精妙地领悟其中的要旨，每次跟随唐玄宗游幸，一会儿也不舍得离开他。李琎曾经头戴砑绢帽击打鼓曲，唐玄宗亲自摘了一朵红槿花，放在帽子上。这两个物品都很光滑，过了很久才戴上。于是演奏了一曲《舞山香》，但是花却没有坠落。它的特色就是固定在头，困短斥之。上笑曰："大哥不必过虑，阿瞒自是相师。夫帝王之相，且须英特越逸之气，不然，有深沉包育之度。花奴但秀迈人，悉无此状，固无猜也。而又举止闲雅，当更得公卿间令誉耳。"宁王又谢之。而曰："若于此，臣乃输之。"上曰："若此一条，阿瞒亦输大哥矣。"宁王又谦谢。上笑曰："阿瞒赢处多，太哥亦不用扮揖。"众皆欢贺。玄宗性俊迈，酷不好琴，曾听弹正弄，未及毕，叱琴者曰："待诏出去。"谓内官曰："速召花奴将羯鼓来，为我解秽。"

又

黄幡绰亦知音，上曾使人召之，不时至。上怒，络绎遣使寻捕之。绰既至，及殿侧，闻上理鼓，固止谒者，不令报。俄顷，上又问侍官："奴来未？"绰又止之。曲罢，复改曲，才三数十声，绰即走入。上问何处来，曰："有亲故远适，送至城外。"上颔之。鼓毕，上谓曰："赖稍迟，我向来怒意，至必祸焉。适方思之，长入供奉五十余日，暂一日出外，不可不许他东西过往。"绰拜谢毕，内官有相偶语笑者，上诘之，具言绰寻至，听鼓而候其时入。上问绰，绰语上方怒，其解怒之际，皆无少差误。上奇之，复厉声谓之曰："我心脾骨下事，安有侍官奴听小鼓能料之耶？今且谓我如何？"绰遂走下阶，面北鞠躬，大声曰："奉敕监金鸡。"上大笑而止。（并出《羯鼓录》）

难的地方在于不摇动。唐玄宗非常欢喜，赐给他金器。因而夸赞说："李琎容貌光莹亮洁，肌肤细腻光洁，并不是人间的孩子，一定是神仙坠落在人间。"宁王谦虚地道谢，随即就小小地斥责了李琎。唐玄宗说："大哥你不用过多考虑，我自认为是相师。帝王的相貌，必须得显现非常英俊奇特的气质，要不然就是有沉稳包容的气度。李琎只是俊秀超逸的人，从来没显示出这种情状，所以我对他没有任何猜忌。况且他还举止安适高雅，当然更应该获得公卿间美好的名声啊。"宁王又谦逊地拜谢谢了唐玄宗，说："如果是这个，我输给了皇上。"唐玄宗说："如果是这一条，我也输给了大哥。"宁王再次拜谢。唐玄宗笑着说："我赢的地方多，大哥也不用这样谦逊。"所有的人都欢庆祝贺。唐玄宗天生俊秀超逸，特别不喜欢琴。曾经正听着弹琴，还没等到结束，斥责弹琴的人说："出去等待诏令。"对宦官说："快请李琎带着羯鼓过来，替我解解污秽之气。"

又

黄幡绰也是知晓音律的人，唐玄宗曾经让人召请他，过了很长时间还没有到。唐玄宗生气了，不断地派人寻找并逮捕他。黄幡绰到后，来到大殿的一侧，听见唐玄宗正在练习鼓曲，所以阻止了要传报的人，不让他进去传报。过了一会儿，唐玄宗又问宦官："他来了吗？"黄幡绰又制止了他。一曲结束，又一次更改曲谱，仅仅三十几声，黄幡绰就走进去了。唐玄宗问他从什么地方来，回答说："有一位亲朋故交出远门，我把他送到城外。"唐玄宗点点头。击鼓结束之后，唐玄宗对他说："有人稍稍来迟，我从来都会生气，到这儿必定大祸临头。刚才我稍加思考，你此次供奉时间长达五十天，只是有一天暂时到宫外，不能不允许他和别人有什么来往。"黄幡绰拜谢结束，宦官们有相互间窃窃私语并且偷笑的。唐玄宗责问他们，他们详细地回答说找到黄幡绰到达后，听了很长时间的鼓并且等待恰当的时机进入的实情。唐玄宗问黄幡绰，黄幡绰说唐玄宗刚才处于盛怒之中，他消解怒气的时候，都会没有什么错误。唐玄宗对此很好奇，于是再次大声对他说："我的心脾是骨头以下的，怎么能是你听小

宋璟

宋开府璟虽耿介不群，亦深好声乐，尤善羯鼓。始承恩顾，与玄宗论鼓事曰：“不是青州石末，即是鲁山花瓮。撚小碧上，掌下须有朋去声。肯声，据此乃是汉震第一鼓也。且磉用石末花瓮，固是腰鼓。掌不朋去声。肯声，是以手指，非羯鼓明矣。”第二鼓者，左以杖，右以手指。璟又谓上曰：“头如青山峰，手如白雨点，按此即羯鼓之能事。山峰取不动，雨点取其急。”玄宗与璟兼善两鼓也，而羯鼓偏好，以其比汉震稍雅细焉。开府之家悉传之。东都留守郑叔明祖母，即开府之女。令尊贤里郑氏第有小楼，即宋夫人习鼓之所也。（出《羯鼓录》）

李龟年

李龟年善羯鼓，玄宗问卿打多少枚。对曰：“臣打五十杖讫。”上曰：“汝殊未，我打却三竖柜也。”后数年，又闻打一竖柜，因锡一拂枚羯鼓卷。（出《传记》）

曹王皋

嗣曹王皋有巧思，精于器用。为荆州节度使，有羁旅士人怀二卷，欲求通谒。先启于宾府，观者讶之曰：“岂足尚耶。”士曰：“但启之，尚书当解矣。”及见，皋捧而叹曰：“不意今日获逢至宝。”指其刚匀之状，宾坐唯唯，或腹非之。皋曰：“诸公未必小的鼓声就能够料想到的呢？现在你再说说我想怎么样？”黄幡绰于是走下台阶，面朝北方鞠躬，大声说：“奉皇帝的命令监管大赦之典。”唐玄宗大笑后就不再为难他。（并出《羯鼓录》）

宋璟

开府仪同三司宋璟，虽然性格耿直不合群，但也特别喜欢音乐，擅长击打羯鼓。刚开始受到唐玄宗的重用，和唐玄宗讨论羯鼓的事说：“不是青州石末出产，就是鲁山花瓷出产。搓捻上面的浅青色的地方，手掌下会有鼓声，据此可以判定是排名第一的汉震鼓。并且柱下的石礅用的是青州石末鲁山花瓷，一定是腰鼓。掌下没有鼓声，是用手指，很明显不是羯鼓。”第二鼓，左边用鼓槌，右边用手指。宋璟又对唐玄宗说：“头像青山峰，手像白雨点，能按照这个击鼓就是羯鼓的能手。”说像山峰是取其不动的意思，说雨点是取它急促的含义。唐玄宗和宋璟都是擅长击打两种鼓，但都偏爱羯鼓，因为它比汉震鼓稍微典雅秀气。宋璟家世代相传，东都留守郑叔明的祖母，就是宋璟的女儿。现在的尊贤里的郑氏宅邸有一座小楼，就是宋夫人练习打鼓的场所。（出《羯鼓录》）

李龟年

李龟年擅长击打羯鼓，唐玄宗问：“你打坏了多少鼓槌？”回答说：“我打坏了五十个鼓槌。”唐玄宗说：“你还没有赶得上我，我已经打坏三竖柜了。”在此后几年间，玄宗又听说李龟年打坏了一竖柜鼓槌，因此，赐了一卷羯鼓录。（出《传记》）

曹王皋

曹王李皋有灵巧的构想，精通各种用具。在荆州节度使的任上，有个旅行的士人怀里抱着两卷，请求通报拜谒。李皋先给幕僚们看，看的人非常惊讶说：“这哪里值得向上呈报呢？”这个人说：“只要打开它，就一定会明白的。”等到见到的时候。李皋捧着它感叹说：

信。”命取食柈，自选其极平者。遂重二卷于柈心，以油注卷满，而油不浸漏，相盖契际也。皋曰：“此必开元天宝中供御卷，不然无以至此。”问其所自，客曰：“先人在黔，得于高力士家。”众方深伏。（原缺出处，据本书卷二百三十一作出《羯鼓录》）

李琬

广德中，蜀客前双流县丞李琬者亦能之。调集至长安，居务本里，尝夜闻羯鼓，曲颇工妙。于月下步寻，至一小宅，门户极卑隘。叩门请谒，谓鼓工曰：“君所击者，岂非耶婆色鸡乎？一本作耶婆娑鸡。虽至精能，而无尾何也？”工大异之曰：“君固知音者，此事无有知。某太常工人也，祖父传此艺，尤能此曲。近者张儒入长安，其家流散，父没河西，此曲遂绝。今但按旧谱数本寻之，竟无结尾之声，因夜夜求之也。”琬曰：“曲下意尽乎？”工曰：“尽。”琬曰：“意尽即曲尽，又何索焉？”工曰：“奈声不尽何？”琬曰：“可言矣，夫曲有如此者，须以他曲解之，方可尽其声也。夫耶婆娑鸡当用屈柘急遍解。”工如所教，果相谐协，声意皆尽。如柘枝用浑解，甘州用急了解之类也。工泣而谢之。即言于寺卿，奏为主簿。后累官至太常少卿宗正卿。（出《羯鼓录》）

“没有想到今天能获得最珍贵的宝物。”用手指着它钢质均匀的样子，在座的宾客点头，有的在心里嘀咕。李皋说：“各位未必相信我所说的。”命令拿食盘来，自己选取了中间非常平的。于是将两卷重叠放在食盘中间，用油把卷中间注满，但油却没有漏出来。它们契合得很好。李皋说：“这一定是唐玄宗年间进贡到宫中的御卷，否则不会达到这种地步。”问他这个是哪里来的，客人说：“我的祖先在贵州，在高力士家得到的。”大家这才深深佩服李皋的能力。（原缺出处，据本书卷二百三十一作出《羯鼓录》）

李琬

广德年间，蜀地的前双流县令李琬也是能击鼓的人。朝廷将他调到长安城，住在长安务本里。曾经在夜间听羯鼓，曲子比较精妙。在月光下边走边寻找，到了一处小屋，门非常低矮狭窄。敲门请求拜谒，李琬对敲鼓的人说：“你所击打的，难道不是耶婆娑鸡吗？虽然技巧已经达到精通熟练的地步，但为什么没有结尾呢？”敲击的人大为惊异，说：“你一定是通晓音律的人，这件事没有人知道。我是太常里的工匠，祖父传给我这个技艺，尤其擅长敲这个曲子。最近，因为张儒进入长安，这个家就流转分散了，父亲在河西去世，这个曲子因此失传了。如今我按照几本旧的曲谱去寻找它，竟然没有结尾的谱子，所以才每夜都在寻求。”李琬说：“曲子的意思有没有尽啊？”敲鼓的人说：“尽了。”李琬说：“意思尽了就是曲子尽了。又为什么要寻找它呢？”敲鼓的人说：“奈何它的声音没有尽啊。”李琬说：“这说得倒是，曲谱中有这种情况的，需要用其他的曲谱来消解它，才可以让它的声尽。耶婆娑鸡应当用屈柘急遍消解。”敲鼓的人如他所教的做了，果然互相和谐，声音和意思都尽了。就像柘枝用浑消解，甘州用急了消解这一类。敲鼓的人含泪多谢了他。李琬回朝后立即向寺卿报告，向朝廷请奏作为主簿。后来，他连续迁官到太常少卿宗正卿。（出《羯鼓录》）

杜鸿渐

代宗朝，宰相杜鸿渐亦能羯鼓。永泰中为三副元帅西川节度使。至成都，李琬有削杖者在蜀，一杖献鸿渐。鸿得之，示与众曰："此尤物也，当衣衾中收贮积时矣。"匠曰："某于脊沟中养者十年。"及出蜀至利州西界，望嘉驿路入汉川矣。自西南来，始会嘉陵江，颇有山水景致。其夜月色又佳，乃与从事杨炎、杜惊辈登驿楼望江月。行酒宴语曰："今日出艰危猜迫，外即不辱命于朝廷，内即免中祸于微质。即保此安步，又瞰此殊境，安得不自贺乎？"遂命家僮取鼓与板笛，以所得杖奏数曲。四山猨鸟，皆惊飞嗷走。从事悉异之曰："昔夔之搏拊，百兽舞庭，此岂远耶。"鸿渐曰："若某于此，稍曾致力，犹未臻妙，尚能及是。况至圣御天，贤臣考乐，飞走之类，何有不感。"因言此有别墅近花岩阁，每遇风景清明，即时或登阁奏此。初见群羊牧于川下，忽数头踯躅不已，某不谓之以鼓然也。及止鼓亦止，复鼓之亦复然，遂以疾徐高下而节之，无不应之而变。旋有二犬，自其家走而吠之。及群羊侧，遂渐止声仰首，若有所听。少选，又复宛颈摇尾，亦从而变态。是知率舞固无难矣。近士林中无习之者，唯仆射韩皋善，亦不甚露。为鄂州节度使时，闻于黄鹤楼一两习而已。（出《羯鼓录》）

杜鸿渐

在唐代宗当政的时候，宰相杜鸿渐也擅长敲击羯鼓。永泰年间，出任三副元帅西川节度使。到成都的时候，李琬把在蜀地为母亲守丧的时候所用的桐木杖中的一根，送给了杜鸿渐。杜鸿渐得到它之后，把它展示给大家看，并说："这是很珍贵的物品啊，应该在衣服中收存了很长时间了。"工匠说："我在脊沟中养了十年了。"等到走出蜀地到利州西边的界限，看见嘉驿路直入汉川。从西南方向到这里，才开始汇入嘉陵江，风景比较好。这天月色比较好，于是又和杨炎、杜悰一类人登上驿楼欣赏江月的景色。在酒宴上说："今天我们从艰难危险、猜忌迫害之中走出来，对外没有愧对朝廷的任命，对内可以免却因为细小的过错带来的灾祸。既能够保证此时的缓步徐行，又能够窥看如此不同于外界的所在，怎么能够不自行庆贺一下呢。"于是命令家里的童仆拿来鼓和板笛，用所获得的桐木杖敲击了好几曲。周围山中的猿猴和鸟儿，都惊叫着逃走了。大家都很惊异地说："以前夔弹奏的时候，百兽在庭院中舞蹈，这次为什么会逃走呢？"杜鸿渐说："像我刚刚这样，只是稍稍用了一点力量，还没有达到精妙的境界，只能达到这样的效果。何况乐曲先圣击打的是控御天道，统治天下的音乐，贤明的臣子研究音乐，飞禽走兽，怎能没有感触呢？"因而说这里有别墅接近花岩阁，每次适逢风景明艳的时候，他会登上阁楼击打羯鼓。初次看见群羊在山下散放，忽然其中的几头羊来回走动，我没有认为它们是因为击鼓才这样。等到鼓停止了它也停止了，再次击打羯鼓它就还会行走，于是我忽快忽慢忽高忽低地击鼓，没有不随着它变化而变化的。过了一会儿有两条狗，从家里走并叫了几声，等到它走到羊群旁边的时候，就渐渐停止吠叫声抬起头，就像在听什么一样。过了一会儿，又转头摇尾巴，也跟从音乐而变换节奏。知道它的节奏去舞蹈就没有什么难演奏的了。现在士林中间已经没有练习这个的了，只有仆射韩皋擅长，也没有怎么显露过。在作为鄂州节度使的时候，在黄鹤楼听见他演奏过一两遍罢了。

（出《羯鼓录》）

铜鼓

蛮夷之乐，有铜鼓焉。形如腰鼓，而一头有面，鼓面圆二尺许。面与身连，全用铜铸。其身遍有虫鱼花草之状，通体均匀，厚二分以来。炉铸之妙，实为奇巧。击之响亮，不下鸣鼍。贞元中，骠国进乐，有玉螺铜鼓。玉螺皆螺之白者，非琢玉所为也。即知南蛮酋首之家，皆有此鼓也。

张直方

咸通末，幽州张直方贬龚州刺史。到任后，修葺州城，因掘土，得一铜鼓。满任，载以归京。到襄汉，以为无用之物，遂舍延寿庆院，用大木鱼悬于斋室。今见存焉。（并出《岭表录异》）

郑续

僖宗朝，郑续镇番禺日，有林蔼者为高州太守。有牧儿因放牛，闻田中有蛤鸣，蛤即是虾蟆。牧童遂捕之。蛤跳入一穴，掘之深大，即蛮酋冢也。蛤乃无踪，穴中得一铜鼓。其色翠绿，土蚀数处损缺。其上隐起，多铸蛙黾之状。疑其鸣蛤，即鼓精也。遂状其缘由，纳于广帅，悬于武库，今尚存焉。（出《岭表录异》）

琵琶

罗黑黑

太宗时，西国进一胡善弹琵琶，作一曲，琵琶弦拨倍粗。上

铜鼓

少数民族的乐器中，有种叫铜鼓。形状像腰鼓一样，但是只有一头有面鼓，面圆大约有二尺。鼓面和鼓身相连接，全是用铜铸造的。它的全身装饰着花鸟虫鱼的花纹，全身厚薄均匀，厚度约二分。铸造实际上特别巧妙，敲打它十分响亮，和鼍鼓的响声不相上下。贞元年间，骠国进献的乐器中，有玉螺铜鼓。玉螺全都是白螺，不是玉雕琢成的。如此便知道南方少数民族首领的家中，都有这种鼓。

张直方

咸通末年，幽州刺史张直方被贬为龚州刺史。到达任上后，他修葺龚州城墙，挖土的时候，得到一面铜鼓。任期到了后，带着这面鼓返回了京城。到达襄汉后，他认为是没有用的东西，于是把它送给延寿庆寺院，用大木鱼悬挂在斋室后，直到今天还可以看见它挂在那里。（并出《岭表录异》）

郑续

唐僖宗执政时，郑续镇守番禺，有一个叫林蔼的人出任高州太守。有个牧童因为放牛，听见田地里有蛤蟆的鸣叫，于是去捕捉它，蛤蟆跳到一个洞穴之中，牧童跟着它越挖越大，发现是南方少数民族首领的墓地，蛤蟆已经没有踪影了，牧童在洞穴中获得了一个铜鼓，它的颜色是翠绿的，因为被土侵蚀多个地方有缺损。它的上面有鼓起的暗纹，大多数熔铸的是蛙和黾的形状。怀疑这是鸣叫的蛤蟆，就是鼓精。于是写下它的由来，上交给郑续，悬挂在武库，现今还存在。（出《岭表录异》）

琵琶

罗黑黑

唐太宗的时候，西域的国家进献一个善于弹琵琶的胡人，写了一每不欲番人胜中国，乃置酒高会，使罗黑黑隔帷听之，一遍而得。谓胡人曰："此曲吾宫人能之。"取大琵琶，遂于帷下，令黑黑弹之，不遗一字。胡人谓是宫女也，惊叹辞去。西国闻之，降者数十国。（出《朝野佥载》）

裴洛儿

贞观中，弹琵琶裴洛儿始废拨用手，今俗所谓搊琵琶是也。（出《国史异纂》）

杨妃

开元中，有中官白秀贞自蜀使回，得琵琶以献。其槽逻皆桫檀为之，温润如玉，光耀可鉴。有金缕红文，影成双凤。杨妃每抱是琵琶，奏于梨园。音韵凄清，飘如云外。而诸王贵主，自虢国以下，竞为贵妃琵琶弟子。每受曲毕，皆广有进献。（出《谭宾录》）

段师

古琵琶弦用鹍鸡筋。开元中，段师能弹琵琶，用皮弦。贺怀智破拨弹之，不能成声。（出《酉阳杂俎》）

汉中王瑀

汉中王瑀见康昆仑弹琵琶，云琵声多，琶声少，亦未可弹五十四弦大弦也。自下而上谓之琵，自上而下谓之琶。（出《传记》）

首曲子，他的琵琶弦拨比一般的要粗一倍。唐太宗不想胡人超过中原人，于是摆设酒宴，把罗黑黑放在帘幕后面让他听，只听一遍就领会了。告诉胡人说："这首曲子我宫中的人能够弹奏。"拿大琵琶过来，放在帷幕下，让罗黑黑弹奏，没有漏掉一个音符。胡人说是宫女，惊叹着告辞回去了。西域的国家听说后，投降的人有几十个国家。（出《朝野佥载》）

裴洛儿

贞观年间，裴洛儿在弹琵琶的时候停止弹拨而用手指，这就是现在的抽琵琶。（出《国史异纂》）

杨妃

开元年间，宦官白秀贞从蜀地出使回宫，得到一个进献的琵琶。它的槽逻是用逻杪檀木做的，温润得像玉一样，光洁明亮得可以像镜子一样映照。上面有金色的丝线红色的纹饰，暗影呈双凤。杨贵妃每次抱着这个琵琶，在梨园演奏的时候，它的音韵凄凉清丽，好像是飘在云外。各位王侯与尊贵的公主，在虢国夫人以下，都争着相当杨贵妃的弟子，每次教授曲子完毕，都有很多的礼品呈上。（出《谭宾录》）

段师

古时候的琵琶是用鹍鸡筋作弦的。开元年间，段师擅长弹琵琶，用的是皮弦。贺怀智用破拨的方法弹奏它，不能够发出完整的曲调声。（出《酉阳杂俎》）

汉中王瑀

汉中王李瑀欣赏康昆仑弹琵琶，说弹奏出的琵声多，琶声少，也不能弹奏五十四弦的宫声弦啊。自下而上拨弹叫琵声，自上而下拨弹叫琶声。（出《传记》）

韦应物

韦应物为苏州刺史，有属官，因建中之乱，得国工康昆仑琴瑟琵琶。至是送官，表进入内。（出《国史补》）

宋沇

宋开府孙沇有音律之学。贞元中，进乐书二卷，德宗览而嘉焉。又知是璟之孙，遂召赐对坐，与论音乐，喜。数日，又召至宣徽，张乐使观焉。曰："有舛误乖滥，悉可言之。"沇曰："容臣与乐官商榷讲论，具状条奏。"上使宣徽使教坊与乐官参议。数日然后奏进，乐工多言沇不解声律，不审节拍，兼又瞶疾，不可议乐。上颇异之，又宣召见。对曰："臣年老多疾，耳实失聪。若迨于音律，不至无业。"上又使作乐，曲罢，问其得失，承禀舒迟，众工多笑之。沇顾笑，忿怒作色，奏曰："曲虽妙，其间有不可者。"上惊问之，即指一琵琶云："此人大逆戕忍，不日间即抵法，不宜在至尊前。"又指一笙云："此人神魂已游墟墓，不可更令供奉。"上大骇焉，令主者潜伺察之。既而琵琶者为同侪告讦，称其六七年前，其父自缢，不得端由。即今按鞫，遂伏罪。笙者乃忧恐不食，旬日而卒。上转加钦重，面赐章服，累召对。每令察乐，乐工悉惴恐胁息，不敢正视。沇懼罹祸，辞病而退。（出《羯鼓录》）

韦应物

韦应物作为苏州刺史的时候，有一个下属，因为建中之乱，得到国手康昆仑的琴、瑟、琵琶。到这里送给官衙，韦应物替他写奏章，送进皇宫。（出《国史补》）

宋沇

开府宋璟的孙子宋沇有音律方面的造诣。贞元年间，进献两卷乐书，唐德宗读了之后很是赞赏。又知道是宋璟的孙子，于是召见他并赏赐他坐在对面的位置，和他谈论音乐，非常开心。过了几天，又把他召到宣徽院，演奏音乐让他观看。说："有差错和错杂不当的，都可以说出来。"宋沇说："请让我和乐官商量讨论，然后分列条陈上奏。"唐德宗派遣宣徽院让教坊和乐官参与并讨论。过了几天之后呈上奏折，乐工之中大多数人说宋沇不了解声律，不推究节奏，再加上有眼病，不能够参与评议音律。唐玄宗很是惊讶，再次宣他觐见。宋沇回答说："我年纪大了，身体多病，耳朵确实聋了。如果是音律的评议，还不至于没有业绩。"皇帝又让乐工们演奏音乐，等到演奏结束的时候，问有什么过失的地方，他又禀告得非常慢，各位乐工又嘲笑他。宋沇看到他们的嘲笑，脸上出现愤怒的神色，上奏说："曲子虽然非常精妙，但演奏曲子的人中间有不能够在这儿的。"唐德宗非常惊异，因而询问他，他立即指着一位弹琵琶的人说："这个人大逆不道，非常残忍，没多久就会认罪伏法，不适合在皇上您面前。"又指着一位吹笙的人说："这个人的魂魄已经在坟墓旁游荡了，不能够再让他在皇上您面前侍奉了。"唐德宗大为惊骇，让主管人偷偷观察他。不久，弹琵琶的那个人被同行揭发他的个人隐私，说在六七年前，他的父亲上吊自杀，没有任何缘由，现在审查，才认罪。吹笙的人因为忧虑惊恐而吃不下饭，过了几天就去世了。唐德宗更加敬重宋沇，当面赐给他礼服，多次召见他和自己对坐。每次让他审视音乐的时候，各位乐工都惴栗恐惧，收敛气息，不敢和他正面对视。宋沇害怕遭遇祸端，就以生病为理由辞官归隐了。（出《羯鼓录》）

皇甫直

蜀将皇甫直别音律。击陶器，能知时月，好弹琵琶。元和中，尝造一调，乘凉，临水池弹之。本黄钟而声入蕤宾，因更弦，再三奏之，声犹蕤宾也。直甚惑不悦，自意不祥。隔日又奏于池上，声如故。试弹于他处，则黄钟也。直因切调蕤宾，夜复鸣于池上，觉近岸波动，有物激水如鱼跳，及下弦则没矣。直遂集客车水，竭池穷泥，索之数日，泥下丈余，得铁一片，乃方响蕤宾铁也。（出《酉阳杂俎》）

王沂

王沂者平生不解弦管。忽旦睡，至夜乃寤。索琵琶弦之，成数曲。一名《雀啅蛇》，一名《胡王调》，一名《胡瓜苑》。人不识闻，听之者莫不流泪。其妹请学之，乃教数声，须臾总忘，不复成曲。（出《朝野佥载》）

关别驾

昭宗末，京都名娼妓儿，皆为强诸侯所有。供奉弹琵琶乐工，号关别驾。小红者，小名也。梁太祖求之，既至，谓曰："尔解弹手不采桑乎？"关俯而奏之。及出，又为亲近者，俾其弹而饮酒。由是失意，不久而殂。复有琵琶石潨者号石司马，自言早为相国令狐绹见赏，俾与诸子涣、沨，连水边作名。乱后入蜀，不隶乐籍，多游诸大官家，皆以宾客待之。一日会军校数员，饮酒作欢，石潨以胡琴在坐非知音者，喧哗语笑，殊不倾听。潨乃扑檀槽而诟曰："某曾为中朝宰相供奉，今日与健儿弹而不我听，何其苦哉。"于

皇甫直

蜀地的将领皇甫直擅长辨别音律。敲击陶器，能知道它烧制的时间。喜欢弹奏琵琶。元和年间，曾经创作了一首曲子，乘凉的时候，在池塘旁边弹奏了它。本来是黄钟的声律却进入了蕤宾的声律，因此更改了琴弦，再三演奏它，黄钟声律还是像蕤宾的声律。皇甫直非常困惑，很不高兴，认为这是不吉祥的预兆。过了一天又在池塘旁边演奏它，声音依然像以前一样。试着在其他地方弹奏，就是黄钟的声律。皇甫直于是切调成蕤宾的声律，夜里再次在池塘边弹奏，感觉离岸边近的地方有水波在涌动，有物体像鱼一样激荡水波，等到松弛琴弦的时候就没有声音了。皇甫直于是集中庄客从池塘向外部抽水，池塘抽干了之后又把塘泥挖尽了，在泥的下方一丈多的地方，得到一片铁，这就是发出蕤宾音律的方响。（出《酉阳杂俎》）

王沂

有个人叫王沂，他一生从来没有接触音律。有一天早晨睡觉，到夜里才睡醒。醒来后寻找琵琶弹奏出了好几曲。一个名为《雀啅蛇》，一个名为《胡王调》，还有一个名为《胡瓜苑》。人们没有听过，听到的人没有不流眼泪的。他的妹妹请求，于是教了她一些曲调，过了一会儿总是忘记，不再能够组成一支曲子。（出《朝野佥载》）

关别驾

唐昭宗末年，京城里的有名的歌姬，都让诸侯强行占去，有一位在皇帝面前弹琵琶的女乐工，人称关别驾。小红，是她的小名。梁太祖向唐昭宗索求她，等到了那儿，说："你明白弹琵琶的手是不采桑的吧？"关别驾屈身低头弹奏。等到出来，朱温又让她给亲近的人弹琵琶与陪客喝酒，从此之后不得志，不久之后就去世了。还有一位擅长弹琵琶的人，人称石司马的石潨，说早些时候自己被宰相令狐绹所欣赏，让他和宰相的几个儿子令狐涣、令狐沨、令狐连在水边演奏名曲。在安史之乱后进入蜀地，没有进入乐户的名籍，大多数在

时识者叹讶之。（出《北梦琐言》）

王氏女

王蜀黔南节度使王保义，有女适荆南高从诲之子保节。未行前，暂寄羽服。性聪敏，善弹琵琶。因梦异人，频授乐曲。所授之人，其形或道或俗，其衣或紫或黄。有一夕而传数曲，有一听而便记者。其声清越，与常异，类于仙家《紫云》之亚也。乃曰："此曲谱请元昆制序，刊石于甲寅之方。"其兄即荆南推官王少监贞范也，为制序刊石。所传曲，有《道调宫》《王宸宫》《夷则宫》《神林宫》《蕤宾宫》《无射宫》《玄宗宫》《黄钟宫》《散水宫》《仲吕宫》；商调，《独指泛清商》《好仙商》《侧商》《红绡商》《凤抹商》《玉仙商》；角调，《双调角》《醉吟角》《大吕角》《南吕角》《中吕角》《高大殖角》《蕤宾角》；羽调，《凤吟羽》《背风香》《背南羽》《背平羽》《应圣羽》《玉宫羽》《玉宸羽》《风香调》《大吕调》。其曲名一同人世，有《凉州》《伊州》《胡渭州》《甘州》《缘腰》《莫靼》《项盆乐》《安公子》《水牯子》《阿滥泛》之属。凡二百以上曲。所异者，徵调中有《湘妃怨》《哭颜回》。当时胡琴不弹徵调也。王适高氏，数年而亡，得非谪坠之人乎。孙光宪子妇即王氏之侄也，记得一两曲，尝闻弹之，亦异事也。（出《北梦琐言》）

达官人家奔走，都用对待宾客的礼仪招待他。一天，和几位军中的副官，喝酒作乐。石潨拿着琵琶，在场的人不知道缘由的人，大声谈笑，都不听他的弹奏。石潨见状怕打琵琶上的槽格，骂道："我曾经是大唐宰相的供奉，今天给各位副官弹奏却不听我弹奏什么，我是多么可怜啊！"这时候认识的人都感到惊讶且为他叹息。（出《北梦琐言》）

王氏女

前蜀的黔南节度使王保义，有一个女儿嫁给了荆南高从诲的儿子高保节。在离开前，暂时身穿道服。她天生聪慧机敏，擅长弹奏琵琶。因为梦见奇人，多次教授她乐曲，他们的形貌，有时是道人，有时是俗人，他们穿的衣服有时是紫色，有时是黄色。有时一晚上教授几首曲子，有的一听就记得曲调。它的声音清丽悦耳，和平常听到的有很大的不同，比较接近于仙家的乐曲《紫云》。于是王保义说，这个曲谱请元昆作序，在甲寅方向的石头上刊刻。他的兄长就是荆南的推官，少监王贞范，替她找人作序刊刻。她所传下来的曲子有《道调宫》《王宸宫》《夷则宫》《神林宫》《蕤宾宫》《无射宫》《玄宗宫》《黄钟宫》《散水宫》《仲吕宫》。商音有，《独指泛清商》《好仙商》《侧商》《红绡商》《凤抹商》《玉仙商》。角音有，《双调角》《醉吟角》《大吕角》《南吕角》《中吕角》《高大殖角》《蕤宾角》。羽音有，《凤吟羽》《背风香》《背南羽》《背平羽》《应圣羽》《玉宫羽》《玉宸羽》《风香调》《大吕调》。它的曲名还有和人间相同的，有《凉州》《伊州》《胡渭州》《甘州》《缘腰》《莫靼》《项盆乐》《安公子》《水牯子》《阿滥泛》之类，一共两百多首曲子。所不同的是，徵调中有《湘妃怨》和《哭颜回》。当时的琵琶不能弹奏徵调。王氏女嫁给高家后，几年就去世了，难道她不是因为贬谪而坠落到凡间的吗？孙光宪儿子的妻子就是王氏女的侄女，她还记得其中的一两首，曾经听她弹奏过，也算是一桩奇闻了。（出《北梦琐言》）

五弦

赵 辟

赵辟弹五弦，人或问其术，辟曰：“吾之于五弦也，始则神遇之，终则天随之。方吾浩然，眼如耳，目如鼻，不知五弦为辟，辟之为五弦也。”（出《国史补》）

箜篌

徐月华

魏高杨王雍美人徐月华能弹卧箜篌，为《明妃出塞》之声。有田僧起能吹笳为《壮士歌》《项羽吟》。将军崔延伯出师，每临敌，令僧起为《壮士》声，遂单马入阵。（出《酉阳杂俎》）

五弦

赵辟

赵辟擅长弹奏五弦琴。有人问他弹奏的方法，赵辟说："弹奏五弦琴对我来讲，开始是神人传授，最后发展跟随天意，才养成我的浩然之气，眼睛和耳朵鼻子一样，不知道五弦琴是我，还是我是五弦琴。"（出《国史补》）

箜篌

徐月华

徐月华，北魏高阳王元雍的美人，擅长弹奏卧箜篌，曲名是《明妃出塞》。还有一个名叫田起的僧人能够吹胡笳，吹奏的是《壮士歌》《项羽吟》。将军崔延伯带领军队时，每次和敌人对阵，都让田起吹奏《壮士歌》，然后单枪匹马闯入对方阵营。（出《酉阳杂俎》）

卷第二百六　书一

古 文　大 篆　籀 文　小 篆　八 分　隶 书　章 草
行 书　飞 白　草 书　汲冢书　李 斯　萧 何　蔡 邕
崔 瑗　张 芝　张 昶　刘德升　师宜官　梁 鹄　左 伯
胡 昭　锺 繇　锺 会　韦 诞

古 文

按古文者，黄帝史苍颉所造也。颉首有四目，通于神明。仰观奎星圜曲之势，俯察龟文鸟迹之象，博采众美，合而为字，是曰“古文”。《孝经援神契》云：“奎主文章，苍颉仿象是也。”（出《书断》）

大 篆

按大篆者，周宣王太史史籀所作也。或云，柱下史始变古文，或同或异，谓之篆。篆者传也，传其物理，施之无穷。甄酆定六书，三曰篆书。八体书法，一曰大篆。又《汉书·艺文志》《史籀》十五篇，并此也。以此官制之，用以教授，谓之史书，凡九千字。（出《书断》）

籀 文

周太史史籀所作也，与古文大篆小异，后人以名称书，谓之籀文。《七略》曰：“《史籀》者，周时史官教学童书也，与孔氏壁中古文体异。”甄酆定六书，二曰奇字是也。（出《书断》）

古文

上古时代的文字，是皇帝的史官仓颉创造的。仓颉的头上长着四只眼睛，能通神灵。他抬头可以观察奎星环绕曲折的态势，低头可以观察出龟甲上的花纹、鸟类的足迹，广泛采集各种优点和好处，综合在一起就创造了文字，这就是所说的古文字。《孝经援神契》上的记录说："奎星主管文运，仓颉仿制图文形状才创造出文字。"（出《书断》）

大篆

大篆，是周宣王的太史官史籀发明的。有人说，史籀开始改变上古文字，有的相同，有的不一样，称呼它为篆文。篆，就是传，记下它的内部的规律或道理，可以推广到无极限。甄酆审定六书，第三个是篆书。八体书法，第一个是大篆。又有《汉书·艺文志》《史籀》十五篇的记载，都是这样的，凭借官方制定的文字，用它来教授学生，叫作史书，总共九千字。（出《书断》）

籀文

（籀文）是周宣王时期的太史官创造的，和上古文字大篆有点区别，后世的人用他的名字来称呼，叫它籀文。《七略》中说："《史籀》，是周代的时候史官教学童的文字，与孔子家墙壁中的古文字不一样。"甄酆审定六书的时候，第二个奇字所说的就是它了。（出《书断》）

小 篆

小篆者，秦丞相李斯所作也。增损大篆，异同籀文，谓之小篆，亦曰秦篆。（出《书断》）

八 分

按八分者，秦时人上谷王次仲所作也。王愔云：“王次仲始以古书方广，少波势。”建初中，以隶草作楷法，字方八分，言有模楷。始皇得次仲文，简略，赴急疾之用。甚喜。遣使召之，三征不至。始皇大怒，制槛车送之，于道化为大鸟飞去。（出《书断》）

隶 书

按隶书者，秦下邽人程邈所作也。邈字元岑，始为县吏，得罪，始皇幽系云阳狱中。覃思十年，益小篆方圆，而为隶书三千字，奏之。始皇善之，用为御史。以奏事烦多，篆字难成，乃用隶字。以为隶人佐书，故曰隶书。（出《书断》）

章 草

按章草，汉黄门令史史游所作也。卫恒、李诞并云：“汉初而有草法，不知其谁。”萧子良云：“章草者，汉齐相杜操，始变藁法。”非也。王愔云：“元帝时，史游作《急就章》。解散隶体，粗书之。汉俗简惰，渐以行之是也。”（出《书断》）

小篆

小篆，是秦代的丞相李斯发明的。他在大篆的基础上进行增删，让它和籀文有所差别，称呼它为小篆，也叫秦篆。（出《书断》）

八分

八分，是秦代时候的上谷人王次仲发明的。王愔说：“王次仲一开始在古文字基础上将字形变得方正宽阔，减少字迹的波磔笔势。”建初年间，以隶草为基础创造出了楷书写法，字形的方正始于八书，说它有楷书的标准的。秦始皇得到王次仲的文字，十分简单，可以在情势紧急的情况下使用，非常高兴。派遣使者去召请他，三次召请都不去，秦始皇特别生气，用槛车遣送他，他在途中化成大鸟飞走了。（出《书断》）

隶书

隶书，是秦代的下邽人程邈创造的。程邈字元岑，一开始是一个县官，获罪后被秦始皇幽禁在云阳监狱中。深思十年，渐渐把小篆的匀圆变为方正，写出了三千字的隶书，将它呈奏给秦始皇。秦始皇认为它很好，就任命他作为御史。因为所奏事情繁杂，篆书难以速成，就改用隶书。隶书因为是坐过牢的人创造的，因此称为隶书。（出《书断》）

章草

章草，是汉代黄门令史游创作的。卫恒、李诞都说：“汉代初年就有草书，不知道谁发明的。”萧子良说：“章草，是汉代的齐相杜操开始变换写法的。”这种说法不对。王愔说：“汉元帝的时候，史游写出了《急就章》。解散了隶书的书写方式，可以快速地书写出来。汉代的风尚是疏略怠惰，因此这种书法渐渐流传开来。”（出《书断》）

行书

按行书者，后汉隶川刘德升所造也。行书即正书之小变，务从简易，相闻流行，故谓之行书。王愔云：“晋世以来，工书者多以行书著名。锺元常善行书是也。尔后王羲之、献之，并造其极焉。”（出《书断》）

飞白

按飞白者，后汉左中郎蔡邕所作也。王隐、王愔并云：“飞白变楷制也。本是宫殿题署，势既劲，文字宜轻微不满，名为飞白。”王僧虔云：“飞白、八分之轻者。邕在鸿都门，见匠人施垩帚，遂创意焉。”（出《书断》）

草书

按草书者，后汉征士张伯英所造也。梁武帝《草书状》曰：“蔡邕云：‘昔秦之时，诸侯争长，羽檄相传，望烽走驿，以篆隶难，不能救急，遂作赴急之书，盖今之草书是也。’”（出《书断》）

汲冢书

汲冢书，盖魏安釐王时，卫郡汲县耕人，于古冢中得之。竹简漆书科斗文字，杂写经史，与今本校验，多有异同。耕人姓不。不字呼作彪，其名曰淮，出《春秋后序》《文选》中注。（出《尚书故实》）

行书

行书，是后汉隶川的刘德升创造的。行书是由正楷稍稍变化得来的，致力于从简易出发，人们相互听说，很快就传开了，所以叫它行书。王愔说："从晋代以来，擅长书法的人大多凭借行书闻名于世。钟元常就很擅长行书，在这以后王羲之、王献之同时创造了行书的极致。"（出《书断》）

飞白

飞白，是后汉的左郎中蔡邕所写的。王隐、王愔都说："飞白是从楷书当中变化得来的，本来是存在在宫殿中的题名中的，笔力雄浑，文字的字形应该有轻微的不饱满，称它为飞白。"王僧虔说："飞白，是八分的轻写。蔡邕在鸿都门，看见工匠在粉刷墙壁，才有这样的启发创造。"（出《书断》）

草书

草书，是后汉的隐士张伯英创造的。梁武帝的《草书状》说："蔡邕说：'从前在秦代的时候，诸侯争霸，插着鸟羽的军事文书相互传递消息，看着烽火台上的指示，骑着马的信使快速奔驰，因为篆书和隶书的书写有一定难度，不能够解救危急，于是就写能够奔赴急难的书体，就是现在的草书。'"（出《书断》）

汲冢书

汲冢书，是在魏安厘王的时候，有一个卫郡汲县的农民，在古冢中得到它。竹简上是用漆书写的篆体文字，写的内容夹杂着经史，和现在的版本相比较，有很多不一样的地方。那个农民姓不。"不"字念"彪"，它又名"淮"，出自《春秋后序》《文选》中的注释。（出《尚书故实》）

李斯

秦丞相李斯曰："上古作大篆，颇行于世，但为古远，人多不能详。今删略繁者，取其合体，参为小篆。"斯善书，自赵高已下，咸见伏焉。刻诸名山，碑玺铜人，并斯之笔。书秦望纪功石，乃曰："吾死后五百三十年，当有一人，替吾迹焉。"（出蒙恬《笔经》）

斯妙篆，始省改之为小篆，著《苍颉篇》七章。虽帝王质文，世有损益，终以文代质，渐就浇醨。则三皇结绳，五帝画象，三王肉刑，斯可况也。古文可为上古，大篆为中古，小篆为下古。三古为实，草隶为华。妙极于华者羲、献，精穷其实者籀、斯。始皇以和氏之璧，琢而为玺，令斯书其文。今泰山峄山及秦望等碑，并其遗迹。亦谓传国之伟宝，百世之法式。斯小篆入神，大篆入妙。李斯书，知为冠盖，不易施乎。（出《书评》，并出《书断》）

萧何

前汉萧何善篆籀。为前殿成，覃思三月，以题其额。观者如流，何使秃笔书。（出羊欣《笔阵图》）

蔡邕

后汉蔡邕字伯喈，陈留人。仪容奇伟，笃孝博学，能画善音，明天文术数。工书，篆隶绝世。尤得八分之精微，体法百变，穷灵

李斯

秦代的丞相李斯说："上古时代创造的大篆，在世上很是流行，但是因为这种文字离现在太遥远了，人们大多不认识。现在删掉或简化它繁杂的部分，留存其中合理的部分，参考它发明了小篆。"李斯擅长书法，从赵高往下，都被他折服了。将它们刻在各个名山之上，石碑、玺印、铜人上所刻的字，都是李斯的手笔。书写秦望纪功石，说的是："我死之后的五百三十年，应当有一个人，能够替代我的手书。"（出蒙恬《笔经》）

李斯知道大篆的妙处，才能够从中反省创改出小篆，写了七章《仓颉篇》。虽然帝王的文华与质朴，每个朝代都会有增减，但最终以文华取代了质朴，渐渐形成浮薄不厚的社会风气。那么三皇结绳记事，五帝把人物或故事刻在图上，夏商周的王施加在罪犯身上的残酷刑罚，这些都是李斯可以参照的。古文可以划分在上古时期，大篆是中古时期，小篆是下古时期。三古时期的文字是表现内容，草书和隶书是表现形式。表现形式中最为精妙的是王羲之、王献之，精于探讨表现内容的是史籀、李斯。秦始皇用和氏璧雕琢成玉玺，让李斯书写小篆。现今泰山、峄山和秦望等碑石，都有他的遗迹。也成了传世的国宝，后代的标准范式。李斯小篆写得神采飞扬，大篆结构精妙。李斯的书法，使人们知道它是很好的，却不容易施行。（出《书评》，并出《书断》）

萧何

东汉的萧何擅长写大篆。在前殿简称的时候，深思了三个月，用来题写它的匾额。前来观看的人特别多，萧何用的是秃笔书写的。（出羊欣《笔阵图》）

蔡邕

东汉的蔡邕，字伯喈。是陈留人。仪表容貌奇伟不凡，特别孝顺又博学多才，擅长绘画，通晓音律，又知道天文和术数。精通书法，尽妙，独步今古。又创造飞白，妙有绝伦。伯喈八分飞白入神，大篆小篆隶书入妙。女琰甚贤，亦工书。伯喈入嵩山学书，于石室内得一素书，八角垂芒，篆写李斯并史籀用笔势。伯喈得之，不食三时，乃大叫喜欢，若对数十人。伯喈因读诵三年，便妙达其旨。伯喈自书五经于太学，观者如市。（出羊欣《笔法》）

蔡邕书，骨气风透，精爽入神。（出袁昂《书评》，并出《书断》）

崔瑗

崔瑗字子玉，安平人。曾祖蒙，父骃。子玉官至济北相，文章盖世，善章草书。师于杜度，媚趣过之，点画精微，神变无碍，利金百练，美玉天姿，可谓冰寒于水也。袁昂云："如危峰阻日，孤松一枝。"王隐谓之"草贤"，章草入神，小篆入妙。（出《书断》）

张芝

张芝字伯英，性好书。凡家之衣帛，皆书而后练。尤善章草，又善隶书。韦仲将谓之"草圣"。又云："崔氏之肉，张氏之骨。"其章草急就章字，皆一笔而成。伯英章草行入神，隶书入妙。（出《书断》）

伯英书，如汉武爱道，凭虚欲仙。（出袁昂《书评》）

他的篆书和隶书冠绝当世。尤其是深谙八分书的精妙细微之处，他的格局法式非常多变，已经能够穷尽其中的灵巧神妙了，从古到今，无与伦比。又创造了飞白，精妙之处，在当时是没有能和它相比的。蔡邕的八分飞白境界精妙，大篆小篆进入神妙之境。他的女儿蔡琰也十分贤良，也精于书法。蔡邕进入嵩山学习书法，在石室中得到一部素书，八个角散发光芒，篆书记载着李斯和史籀的用笔和走势。蔡邕得到它之后，一天都没有吃饭，大喊着喜欢，就好像对着几十人。蔡邕诵读了三年这本书，就已经领略了其中的要旨。蔡邕在太学手书的《五经》，观看的人就如同集市上一样多。（出羊欣《笔法》）

蔡邕的书法，笔势雄健，充分透现，精妙灵动，使人入迷。（出袁昂《书评》，并出《书断》）

崔瑗

崔瑗字子玉，他是安平人。曾祖崔蒙，父亲是崔骃。崔瑗一直做官做到济北相，文章举世无双，擅长书写章草。师从杜度，意趣更为优美动人，一点一画精细入微，神思变化流畅无阻，像是经历了多次锤炼的锋利的兵器，天然生成的美玉，可以说是超过他老师的书法造诣了。袁昂说："崔瑗的书法就像是高峰阻挡了太阳，只有一枝孤松。"王隐称它为"草贤"，章草境界精妙，小篆进入了神妙之境。（出《书断》）

张芝

张芝字伯英，天性爱好书法。只要是家里的衣服，都是先练习书法然后再漂洗，特别擅长章草，又擅长隶书。韦诞叫他"草圣"，又说他的书法是"崔氏之肉""张氏之骨"。他的章草为了应急需而匆促写成，所有的字都是一笔写成。张芝的章草和行书境界精妙，小篆进入了神妙之境。（出《书断》）

张芝的书法，就像汉武帝爱好道学，已经是凌空飘逸的了。（出袁昂《书评》）

张昶

张昶字文舒，伯英季弟。为黄门侍郎，尤善章草。书类伯英，时人谓之“亚圣”。文舒章草入神，八分入妙，隶入能。（出《书断》）

刘德升

刘德升字君嗣，颍川人。桓、灵世以造行书擅名。即以草创，亦甚妍美。风流婉约，独步当时。胡昭、锺繇，并师其法。世谓锺繇善行狎书是也。而胡书体肥，锺书体瘦，亦各有君嗣之美也。（出《书断》）

师宜官

师宜官，南阳人。灵帝好书，征天下工书于鸿都门者数百人。八分称宜官为最，大则一字径丈，小则方寸千言。甚矜能而性嗜酒，或时空至酒家，因书其壁以售之，观者云集。酤酒多售，则铲灭之。后为袁术将钜鹿耿球碑。术所立，宜官书也。（出《书断》）

宜官书，如雕翅未息，翩翩自逝。（出袁昂《书评》）

梁鹄

梁鹄字孟皇，安定乌氏人。少好书，受法于师宜官。以善八分书知名，举孝廉为郎，亦在鸿都门下，迁选部郎。灵帝重之。魏武甚爱其书，常悬帐中，又以钉壁，以为胜宜官也。于时邯郸淳亦得次仲法，淳宜为小字，鹄宜为大字，不如鹄之用笔尽势也。（出《书断》）

张昶

张昶字文舒，是张芝的第三个弟弟。官拜黄门侍郎，尤其擅长章草的书写。他的书法和张芝很像，当时的人称他为“亚圣”。张昶章草境界精妙，八分进入神妙之境，还能书写隶书。（出《书断》）

刘德升

刘德升字君嗣，是颍川人。汉桓帝、汉灵帝的时代因为创造行书而闻名，时人立即以它为基础创造草书，也非常美丽，韵味柔美，在当时独步天下。胡昭、钟繇都是师从于他，当时的人说钟繇擅长写行书，但是胡昭的书法字体肥大，钟繇的书法字体纤瘦，他们都从刘德升的字体中吸取了优点。（出《书断》）

师宜官

师宜官，是南阳人。汉灵帝喜爱书法，征集天下精于书法的数百人到鸿都门，师宜官的八分书体是最好的。大的字可以一个直径达到一丈，小的可以在方寸之间写一千字。师宜官非常恃才傲物，非常喜欢饮酒，有时候空手去酒家，就在墙壁上写字来出售买酒，围观的人非常多。喝足之后，酒卖得多，就铲去它。后来为袁术写了巨鹿《耿球碑》。这是袁术立的碑，师宜官所书。（出《书断》）

师宜官的书法，就像没有收的鲲鹏展翅，轻快落下。（出袁昂《书评》）

梁鹄

梁鹄，字孟皇，安定乌氏人。少年时代就非常喜爱书法，在师宜官那里学习。凭借擅长八分书而有名，因孝廉被举荐为侍郎，也在鸿都门下，后来升任选部郎。灵帝非常看重他。魏武帝非常喜欢他的书法，经常把他的书法悬挂在帐篷中，又把它钉在墙壁上，认为他的字已经超过师宜官了。那时，邯郸淳也领悟到王次仲的笔法，邯郸淳善于写小字，梁鹄善于写大字，写尽气势方面邯郸淳不如梁鹄。（出《书断》）

左伯

左伯字子邑，东莱人，特工八分，名与毛弘等列，小异于邯郸淳。亦擅名汉末，又甚能作纸。汉兴，有纸代简。至和帝时，蔡伦工为之，而子邑尤得其妙。故萧子良答王僧虔书云："子邑之纸，妍妙辉光；仲将之墨，一点如漆；伯英之笔，穷声尽思。"妙物远矣，邈不可追。（出《书断》）

胡昭

胡昭字孔明，颍川人。少而博学，不慕荣利。有夷、皓之节，甚能籀书，真行又妙。卫恒云："胡昭与锺繇，并师于刘德升，俱善草行。而胡肥锺瘦，尺牍之迹，动见模楷。"羊欣云："胡昭得张芝骨，索靖得其肉，韦诞得其筋。"张华云："胡昭善隶书，茂先与荀勖共整理记籍。又立书博士，置弟子教习，以锺胡为法，可谓宿士矣。"（出《书断》）

锺繇

魏锺繇字元常。少随刘胜入抱犊山，学书三年。遂与魏太祖、邯郸淳、韦诞等议用笔。繇乃问蔡伯喈笔法于韦诞，诞惜不与。乃自捶胸呕血，太祖以五灵丹救之得活。及诞死，繇令人盗掘其墓，遂得之，由是繇笔更妙。繇精思学书，卧画被穿过表，如厕终日忘归。每见万类，皆书象之，繇善三色书，最妙者八分。（出羊欣《笔阵图》。）

左伯

左伯，字子邑，东莱人，特别善于写八分书，名声与毛弘等人并列，和邯郸淳有一点差别。在汉代末年就已经很有名了，又特别会制造纸张。汉代兴起的时候，已经有纸张替代竹简了。到汉和帝的时候，蔡伦改进了造纸的技术，佐伯特别能领悟其中的奥妙。所以萧子良在回答王僧虔的书信中说："左伯的纸，非常光辉美妙；韦诞的墨，只是一点，也像漆一样浓厚；张芝制作的笔，可以写尽人的声思。"美妙的事务已经离我很远了，远到不可追寻。（出《书断》）

胡昭

胡昭，字孔明，颍川人，小时候就博学多才，不追名逐利。有伯夷和商山四皓的气节，特别擅长写篆书，真书和行书也非常好。卫恒说："胡昭和钟繇，都是跟随刘德升学习的，都擅长写草书和行书。然而胡昭的字体肥大，钟繇的字体纤瘦，在竹简上留下的墨迹，都是后人学习的楷模。"羊欣说："胡昭得到张芝书法的风骨，索靖得到了他的形态，韦诞得到了他的结构。"张华说："胡昭擅长写篆书，茂先与荀勖共同整理他的笔记、书籍，又设立书法博士，招收弟子教他们学习书法，用钟繇胡昭的字体作为标准，可以说是他们是一代名士了。"（出《书断》）

锺繇

北魏时期的锺繇，字元常。少年时代曾经跟随刘胜进入抱犊山，学习了三年书法。就和魏太祖、邯郸淳、韦诞等人议论书法。锺繇于是问韦诞借《蔡伯喈笔法》，韦诞非常珍惜它，没有借给锺繇。锺繇气得捶胸吐血，魏太祖用五灵丹把他救活了。等到韦诞死后，锺繇让人盗掘他的陵墓，才得到了那部笔法，自此以后，锺繇的书法更加精妙。锺繇精心思考，学习书法，躺着的时候用手指在被子上画，穿透表面。上厕所会忘记回来。每次看见各类事物，都会用书法将它们描画下来，锺繇擅长三色书，最为精通的是八分书。（出羊欣《笔阵图》）

繇尤善书于曹喜、蔡邕、刘德升。真书绝世，刚柔备焉。点画之间，多有异趣。可谓幽深无际，古雅有余。秦汉以来，一人而已。虽古之善政遗爱，结人于心，未足多也，尚德哉。若其行书，则羲之、献之之亚。草书则卫、索之下。八分则有《魏受禅碑》。称此为最也。太和四年薨，迨八十矣。元常隶行入神，草八分入妙。（出《书断》）

锺书有十二种，意外巧妙，实亦多奇。（出袁昂《书评》。

锺会

锺会字士季，元常子。善书，有父风。稍备筋骨，美兼行草，尤工隶书。遂逸致飘然，有凌云之志。亦所谓“剑则干将镆铘焉”。会尝诈为荀勖书，就勖母锺夫人取宝剑。兄弟以千万造宅，未移居。勖乃潜画元常形象，会兄弟入见，便大感恸。勖书亦会之类也，会隶行草章草并入妙。（出《书断》）

韦诞

魏韦诞字仲将，京兆人，太仆之子，官至侍中。伏膺于张伯英，兼邯郸淳之法。诸书并善，题署尤精。明帝凌云台初成，令仲将题榜。高下异好，宜就点正之。因危惧，以戒子孙，无为大字楷法。袁昂云：“如龙拏虎据，剑拔弩张。”张茂先云：“京兆韦诞、诞子熊、颍川锺繇、繇子会、并善隶书。”初，青龙中，洛阳许邺三都，宫观始就。诏令仲将大为题署，以为永制。给御笔墨，皆不任用。因奏：“蔡邕自矜能书，兼斯、喜之法，非纨素不妄下笔。夫锺繇尤其擅长仿照曹喜、蔡邕、刘德升。他的真书是当世一绝，刚柔兼备。点画之中，大多有和别人不一样的意味。可以说是幽静深远得没有边界，古朴典雅。从秦汉以来，只有一个人罢了。虽然古代的帝王的政治清明，被后世追怀，用心凝聚民众，也没有这么多，这是崇尚道德的结果啊。如果要论他的行书，则可以排在王羲之、王献之的后面。他的草书在卫恒、索靖之下。八分书则有魏武帝的《魏受禅碑》，后人称它为八分书之最。他在太和四年去世，快有八十岁了。锺繇隶书和行书境界精妙，草书和八分书进入神妙之境。（出《书断》）

锺繇留下来的书法有十二种，他的运笔特别巧妙，出人意料，实际上所留作品很多，也有很多奇异的。（出袁昂《书评》）

锺会

锺会，字士季，是锺繇的儿子。精通书法。有父亲的遗风。已经稍稍具备了筋骨，行书和草书都很漂亮，尤其精通隶书。由此使得他的书法飘逸超脱，有远大的志向。这也就是所谓的“铸剑就要铸造干将莫邪”。锺会曾经伪造荀勖的书信，到荀勖的母亲锺夫人的地方拿宝剑。兄弟二人因为建筑房屋需要很多铅笔，因而没有移居。荀勖偷偷画锺繇的图像，锺会看见了，深受感动。荀勖的书法也是锺会一类的，他会隶书和行书，草书和章草都进入神妙之境。（出《书断》）

韦诞

魏国的韦诞，字仲将，是京兆人，太仆韦端的儿子。做官做到侍中侍郎。从学于张芝，兼学邯郸淳的笔法。各种书体都擅长，尤其擅长题匾。魏明帝刚建成凌云台，让韦诞题名。字的高下位置有一点不好，应该当即修正它。因为害怕，以此告诫他的子孙，不要再写大楷。袁昂说：“像是龙与虎互相争斗，笔力雄健。”张茂先说：“京兆的韦诞、韦诞的儿子韦熊、颍川的钟繇、钟繇的儿子钟会、都擅长隶书。”建国初期，青龙年间，洛阳、许昌、邺三个都城。宫殿刚刚建成，下令韦诞题书署名，作为永久的法度。赐给他御用的笔墨，都不欲善其事，必利其器。若用张芝笔、左伯纸及臣墨，兼此三者，又得臣手，然后可以逞径丈之势，方寸千言。然草迹之妙，亚乎索靖也。”嘉平五年卒，年七十五。仲将八分、隶书、章草、飞白入妙，小篆入能。兄康字元将，工书。子熊字少李亦善书。时人云，名父之子，克有二事。世所美焉。（出《书断》）

又云，魏明帝凌云台成，误先钉榜，未题署。以笼成诞，辘轳长絙引上，使就榜题。去地二十五丈，诞危惧，诫子孙，绝此楷法。（出《书法录》）

去用。因此有人上奏说："蔡邕认为自己很擅长书法，他的笔法中兼有李斯、曹喜的特点，不是细绢绝不随便下笔。想要把事情做好，一定要事先准备好非常好的器具。如果用张芝制作的笔、佐伯制造的纸，以及我制造的墨，有了这三样东西，又有我的手，这样就可以发挥直径一丈的字的气势，也可以在方寸之间写一千字。然而草书的妙处，比索靖要次一点。"在嘉平五年的时候去世，享年七十五。韦诞的八分书、隶书、章草、飞白进入神妙的境界，小篆已经是很擅长的了。他的哥哥韦康，字元将，精通书法。儿子韦熊，字少季，也很擅长书法。当时的人说："著名书法家的儿子，很少有第二种事业的。这是世人所称道的。"（出《书断》）

又有一说，魏明帝凌云台刚刚建成，错误地先把匾额钉在墙上了，没有题名。用笼子装着韦诞，再用辘轳将他拉到城楼上，让他写匾额。匾额离地有二十五丈，韦诞非常害怕，告诫子孙，断绝练习大楷。（出《书法录》）

卷第二百七 书二

王羲之

晋王羲之字逸少，旷子也。七岁善书。十二，见前代《笔说》于其父枕中，窃而读之。父曰："尔何来窃吾所秘？"羲之笑而不答。母曰："尔看用笔法。"父见其小，恐不能秘之，语羲之曰："待尔成人，吾授也。"羲之拜请："今而用之，使待成人，恐蔽儿之幼令也。"父喜，遂与之。不盈期月，书便大进。卫夫人见，语大常王策曰："此儿必见用笔诀，近见其书，便有老成之智。"涕流曰："此子必蔽吾名。"晋帝时，祭北郊文，更祝板，工人削之，笔入木三分。三十三，书《兰亭序》，三十七，书《黄庭经》。书讫，空中有语："卿书感我，而况人乎，吾是天台文人。"自言真胜锺繇。羲之书多不一体。（出羊欣《笔阵图》）

逸少善草、隶、八分、飞白、章行，备精诸体，自成一家法。千变万化，得之神功。逸少隶、行、草、章草、飞白五体，俱入神，八分入妙。妻郗氏甚工书。有七子，献之最知名。玄之、凝之、徽之、操之并工草。（出《书断》）

王羲之

东晋的王羲之，字逸少，王旷的儿子。七岁就已经擅长书法了。十二岁，在他父亲的枕头中看见前朝的《笔说》，就偷偷拿去阅读了。父亲说："你为什么来盗窃我的秘密？"王羲之笑了笑，没有回答。母亲对他说："你在看如何使用笔法。"父亲见他还小，恐怕不能够明白其中的奥秘，对王羲之说："等到你成人了，我再教授你。"王羲之拜托请求说："我现在就要学习使用这种笔法，如果等到长大成人，恐怕会埋没我小时候的才华。"父亲王旷特别高兴，于是便给了他。不到一个月，书法的功力就大有长进。卫夫人看见了，就对太常王策说："这个孩子一定见过用笔诀窍的书，最近看他的书法，已经有功夫深到的智慧了。"卫夫人流着泪说："这个孩子一定会超过我。"晋帝的时候，在城北郊区祭祀，更换写祝文的木板，工人在削木板的时候发现，墨迹已经洇入木板的三分之一处。三十三次书写《兰亭序》，三十七次书写《黄庭经》。写完了，空中传来话语："你的书法感动了我，更何况是人呢，我是天上的文人。"自己说自己是真圣钟繇。王羲之的书法大多不是一种书体。（出羊欣《笔阵图》）

王羲之擅长草书、隶书、八分书、飞白、章行，各家书体都完备，自成一种风格。变化非常之多，就好像得到了神灵的功力。王羲之隶书、行书、草书、章书、飞白五种书体都已经境界精妙，八分书已经进入神妙之境。他的妻子郗氏也非常精通书法。有七个儿子，王献之最为有名。王玄之、王凝之、王徽之、王操之都精通草书。（出《书断》）

又

羲之，书以章草答庾亮。示翼，翼见，乃叹伏。因与羲之书云：“吾昔有伯英章草八纸，过江颠沛，遂乃亡失。常叹妙迹永绝，忽见足下答家兄书，焕若神明，顿还旧观。”

羲之罢会稽，住蕺山下。旦见一老姥，把十许六角竹扇出市。王聊问：“比欲货耶，一枚几钱？”答云：“二十许。”右军取笔书扇，扇五字。姥大怅惋云：“老妇举家朝餐，俱仰于此，云何书坏。”王答曰：“无所损，但道是王右军书字，请一百。”既入市，人竞市之。后数日，复以数扇来诣，请更书，王笑而不答。

又云，羲之曾自书表与穆帝，专精任意。帝乃令索纸色类，长短阔狭，与王表相似。使张翼写效，一毫不异，乃题后答之。羲之初不觉，后更相看，乃叹曰：“小人乱真乃尔。”

羲之性好鹅，山阳昙禳村有一道士养好者十余。王清旦乘小船，故往看之。意大愿乐，乃告求市易，道士不与。百方譬说，不能得之。道士言性好道，久欲写河上公《老子》，缣素早办，而无人能书。府君若能自书老子《道》《德》各两章，便合群以奉。羲之停半日，为写毕。笼鹅而归，大以为乐。

又尝诣一门生家，设佳馔供给，意甚感之，欲以书相报。见有一新棐几，至滑净，王便书之，草正相半。门生送王归郡，比还家，其父已刮削都尽，儿还去看，惊懊累日。（出《图书会粹》）

又

王羲之，用章草回答庾亮的书信。庾亮展示给庾翼看，庾翼看见了，就被折服了。因此写给王羲之一封信说："我以前有张芝八纸章草，因为渡江颠沛流离，于是就丢失了。经常感叹绝妙的墨迹就这样永远看不见了，忽然看见你回复兄长的书信，它所焕发的鲜明光彩，就像是有神明一般，顿时就还原了以前的观感。"

王羲之辞去了会稽的职务，住在蕺山下。早晨看见一个老太太，拿着十几个六角竹扇在集市上卖。王羲之闲聊之中问："这些扇子都想卖吗？一把扇子多少钱？"答道："二十多。"王羲之拿出笔在扇子上题字，每把扇子上写了五个字。老太太非常可惜地说："我全家的早饭都指着这个呢，你怎么给我写坏了呢？"王羲之回答道："没有什么大碍，只要说是王右军写的字，钱一百。"老太太拿着它进入市集后，人们都抢着买。过了几天，再次用好几把扇子来拜见，请求他再题字，王羲之笑笑，没有回答。

又说，王羲之曾经写了一个奏折给晋穆帝，书写随意，专一求精。晋穆帝就让人寻找相似的纸，无论长短阔窄，和王羲之的奏表相似。让张翼仿照着写，一点也不能不同，在题好名之后作为给王羲之答谢。王羲之一开始没有察觉，后来反复观看之后，感叹道："这个无名小卒仿写可以达到以假乱真的地步了。"

王羲之天生喜欢鹅，在山阳昙礦村有一个道士养了十几只鹅。王羲之早晨的时候乘坐小船，特意前往去看鹅。看完之后，十分喜欢，于是请求他进行交易，道士不给。百般劝说，还是不能够得到。道士说自己天性喜欢道学，想写河上公的《老子》很久了，白色的细绢早就置办好了，但是没有人可以写。你如果能亲自书写老子《道经》和《德经》各两章，我就全送给你。王羲之停留了半天，为他书写完毕。赶着鹅回去了，感到特别快乐。

又曾经造访一个门生的家，门生摆了一桌丰盛的菜肴招待他，王羲之非常感谢，想要用书法作回报。看见有一个香榧木做的茶几，特别光滑、干净，王羲之便在上面写字，草书和正楷各占一半。门生送王羲之回去，等到回家的时候，他的父亲将上面的文字都已经刮削干

又

晋穆帝永和九年暮春三月三日尝游山阴。与太原孙统承、公孙绰兴、公广汉王彬之道生、陈郡谢安石、高平郗昙重熙、太原王蕴叔仁、释支遁道林，并逸少子凝、徽、操之等四十一人，修祓禊之礼。挥毫制序，兴乐而书。用蚕茧纸鼠须笔，遒媚劲健，绝代更无。凡二十八行，三百二十四字，字有重者皆别体，就中“之”字最多。（出《法书要录》）

王献之

王献之字子敬，尤善草隶。幼学于父，习于张芝。尔后改变制度，别创其法。率尔师心，冥和天矩。初，谢安请为长史。太元中，新起太极殿。安欲使子敬题榜，以为万代宝，而难言之。乃说韦仲将题灵云台之事。子敬知其旨，乃正色曰：“仲将魏之大臣，宁有此事。使其有此，知魏德之不长。”安遂不之逼。

子敬年五六岁时学书，右军从后潜掣其笔，不脱。乃叹曰：“此儿当有大名。”遂书《乐毅论》与之，学竟能极。小真书可谓穷微入圣，筋骨紧密，不减于父。如大则尤直而寡态，岂可同年。唯行草之间，逸气过也。及论诸体，多劣右军。总而言之，季孟差耳。子敬隶、行、草、章草、飞白五体，俱入神，八分入能。（出《书断》）

净了，儿子回头再看，后悔了好几天。（出《图书会粹》）

又

晋穆帝永和九年，暮春三月初三曾经游览山阴。和太原的孙统承、孙绰兴、广汉的王彬之、陈郡的谢安、高平的郗昙、太原的王叔仁、和尚支盾，及王羲之的儿子王凝之、王徽之、王操之等四十一个人，一起修祓禊。挥动毛笔写序言，随着兴致乐趣所在而书写，用的是蚕茧纸鼠须笔，笔力苍劲妩媚，冠绝当代，再没有第二个人。总共二十八行，三百二十四个字，字有重叠的，都是不一样的书体，在这之中，“之”字最多。（出《法书要录》）

王献之

王献之，字子敬，特别擅长写草书和隶书。小时候跟随父亲学习，后来跟随张芝。在此以后改变了书体的章法，重新创造了其他章法，率性随心不拘泥于成法，暗自贴合自然法则。刚开始的时候，谢安请求拜他为长史。太元年间，新建了太和殿。谢安想要让王献之题写匾额，以此作为后世的传世之宝，但却很难开口。于是说韦诞题写灵云台的事。王献之知道他的意思，于是持严正的态度说：“韦诞，是魏的大臣，怎么会有这样的事？假设有这样的事情发生，应该是知道魏朝的仁政不长了。”谢安于是不再逼他。

王献之五六岁的时候学习书法，王羲之从后面抽他的笔，抽不掉。于是感叹道：“这个孩子应该有很大的名声。”于是手书《乐毅论》送给他。王献之竟然可以模仿到极致。小楷的真书可以说是探究精微，达到高超玄妙的境界，字体结构紧密，和他父亲相比也毫不逊色。如果是大楷就特别僵硬，变化很少，怎么可能和父亲相提并论。只有在行草中的飘逸之气超过王羲之，其余的各种书体大多要次于王羲之写的。总体来说，是介于上下之间的等级。王献之隶书、行书、草书、章草、飞白五种书体，都已经是境界精妙了。八分书也写得非常好。（出《书断》）

又

羲之为会稽，子敬出戏。见北馆新白土壁，白净可爱。子敬令取扫帚，沾泥汁中，以书壁。为方丈一字，晻暖斐亹，极有势好。日日观者成市。羲之后见，叹其美，问谁所作，答曰："七郎。"羲之于是作书与所亲云："子敬飞白大有，直是图于此壁。"子敬好书，触遇造玄。有一好事年少，故作精白纸械，着往诣子敬。便取械书之，草正诸体悉备，两袖及标略周，自叹北来之合。年少觉王左右有凌夺之色，如是掣械而走。左右果逐及于门外，斗争分裂，少年才得一袖而已。子敬为吴兴，羊欣父不疑为乌程令。欣时年十五六，书已有意。为子敬所知，往县。入欣斋，著新白绢裙昼眠。子敬乃书其裙幅及带，欣觉欢乐，遂宝之，后以上朝廷。（出《图书会粹》）

又

献之尝与简文帝书十许纸，最后题云："下官此书甚合作，愿聊存之。"此书为桓玄所宝。玄爱重二王，不能释手。乃撰缣素及纸书正行之尤美者，合为一帙。尝置左右，及南奔，虽甚狼狈，犹以自随。将败，并没于江。（出《法书要录》）

王 脩

王脩字敬仁，仲祖之子，官至著作郎。少有秀令之誉，年十六

又

王羲之在会稽做官的时候，王献之做过一件好玩的事，看见北馆新的白土的墙壁，干净可爱。王献之让人拿来扫帚，把它沾在泥水中，用来写在墙上，一个字一丈见方。非常有气势。每天观察的人非常多。王羲之后来看见了，赞叹它的美丽，问是谁写的。别人回答：“是七郎。”王羲之于是写信给他的亲人说：“王献之的大楷飞白已经很有造诣了，正是他在墙壁上写的。”王献之喜欢书法，他遇到的已经达到玄妙的境界。有一个喜欢多事的少年，故意做了一个纯白的纸质机械，拿着它前去造访王献之。王献之就拿了纸旗子在上面书写，草书、正楷等各种书体都有，两个袖子和旗子稍微周正，说自己是从北而来和他合作的。少年觉得王献之的仆人有想要抢夺的神色，因此他就带着纸质的机械逃跑了。王献之的仆人果然追他到门外，在争斗之中纸被拉扯坏了，少年只得到了一个袖子罢了。王献之写了《吴兴帖》，羊欣的父亲羊不疑是乌程县令。羊欣那时候年纪有十五六岁，书法已经有一定意境了。被王献之知道了，去往他所在的乌程县。进入羊欣的家门，看见他穿着新的白娟裙在白天睡觉。王献之于是在他的裙幅和裙带上写字，羊欣觉得特别欢快，把它当成宝藏，后来又呈献给朝廷。（出《图书会粹》）

又

王献之曾经给简文帝写了十几页字，最后题词说：“我的这些书体十分合乎法度，希望您可以保存。”这些书法被桓玄视为珍宝。桓玄非常珍视王羲之、王献之的书法，达到不能够放下的地步。于是编辑细绢和纸张上正楷和行书中特别好的部分，合成一卷。经常放在身旁，等到向南奔逃的时候，虽然很狼狈，但还是随身携带。快要失败的时候，和它一起沉入江底。（出《法书要录》）

王脩

王脩，字敬仁，是王仲祖的儿子，做官做到著作郎。少年时代有著《贤令论》。刘真长见之，嗟叹不已。善隶行书，尝就右军求书。乃写《东方朔画赞》与之。王僧虔云：“敬仁书殆穷其妙，王子敬每看，咄咄逼人。”昇平元年卒，年二十四岁。始王导爱好锺氏书，丧乱狼狈，犹衣带中藏尚书宣示。过江后，以赐逸少。逸少乞敬仁。敬仁卒，其母见此书平生所好，以入棺。敬仁隶行入妙，殷仲堪书，亦敬仁之亚也。（出《书断》）

荀舆

荀舆能书，尝写狸骨方。右军临之，至今谓之《狸骨帖》。（出《尚书故实》）

谢安

谢安字安石，学正于右军。右军云：“卿是解书者，然知解书为难。”安石尤善行书，亦犹卫洗马，风流名士，海内所瞻。王僧虔云：“谢安入能书品录也。”安石隶行草并入妙。兄尚字仁祖、万石，《法书要录》万石作弟万字安石。并工书。（出《书断》）

王廙

晋平南将军后侍中王廙，右军之叔父，工隶飞白，祖述张卫法。复索靖书七月二十六日一纸，每宝玩之。遭永嘉丧乱，乃四叠缀衣中以渡江。今蒲州桑泉令豆卢器得之，叠迹犹在。（出《图史异纂》）

美善的声誉，十六岁写了《贤令论》。刘真长看见这篇文章后，不停地赞叹。擅长写隶书和行书，曾经给向王羲之求教书法。王羲之就写了《东方朔画赞》给他。王僧虔说："王脩的书法已经将书法的精妙都写尽了，王献之每次看到的时候，都觉得咄咄逼人。"他在升平元年去世，去世时二十四岁。开始时王导喜欢钟氏书法，在战乱中艰难窘迫的时候，还在衣服里藏着钟繇的《宣示表》。等渡过江以后，把它赠给了王羲之，后来王羲之又送给了王脩，王脩去世后，他的母亲看他平时特别喜欢这个书法，就将它们放进了棺材，王脩隶书、行书已经进入神妙之境，殷仲堪的书法，也在王脩之下。（出《书断》）

荀 輿

荀輿擅长书法，曾经写过狸骨方。王羲之临摹过它。现在的人叫它为《狸骨帖》。（出《尚书故实》）

谢 安

谢安，字安石，在王羲之门下学习楷书。王羲之曾经说："你是知书的人，当然知道知书很有难度。"谢安非常擅长写行书，也像卫玠一样，是潇洒放达的文人，被四海之内的人瞻仰。王僧虔说："谢安能够进入精于书法的名录。"谢安的隶书、行书、草书都能够进入神妙之境。他的哥哥谢尚字仁祖、万石，《法书要录》中万石作弟万，字安石。也精于书法。（出《书断》）

王 廙

东晋平南将军后侍中王廙，是王羲之的叔父，擅长写隶书和飞白，效仿张芝和卫夫人的笔法，又得到索靖所写的一张七月二十六日的纸张，每次都拿出来像珍宝一样赏玩。遭遇永嘉之乱，于是将它折叠四次缝到衣服中来渡江。当代人蒲州的桑泉令豆卢器得到它的时候，折叠的痕迹还在。（出《图史异纂》）

戴安道 康昕

晋戴安道隐居不仕。总角时，以鸡子汁溲白瓦屑作郑玄碑，自书刻之。文既奇丽，书亦绝妙。又有康昕，亦善草隶。王子敬尝题方山亭壁数行，昕密改之，子敬后过不疑。又为谢居士题画像，以示子敬，嗟叹以为奇绝矣。昕字君明，外国人，官临沂令。（原缺出处，明抄本作出《书断》）

韦昶

晋韦昶字文林，仲将兄康字元将，凉州刺史之玄孙。官至颍川太守散骑常侍。善古文大篆及草，状貌极古。亦犹人则抱素，木则封冰，奇而且劲。太元中，孝武帝改治宫室及庙诸门，并欲使王献之隶草书题榜，献之固辞。及使刘瓌以八分书之，后又以文休以大篆改八分焉。或问王右军父子书名，以为云何，答曰："二王自可谓能，未知是书也。"又妙作笔，王子敬得其笔，叹为绝世。义熙末卒，年七十余。文休古文、大篆、草书并入妙。（出《书断》）

萧思话

宋萧思话，兰陵人。父源，冠军琅琊太守。思话官至征西将军左仆射。工书，学于羊欣，得具体法。虽无奇峰壁立之秀，连冈尽望，势不断绝，亦可谓有功矣。王僧虔云："萧全法羊，风流媚好，殆欲不减，笔力恨弱。"袁昂云："羊真孔草，萧行范篆，各一时之妙也。"（出《书断》）

戴安道 康昕

晋朝的戴安道隐居不做官。在他年少的时候，用鸡蛋汁调和白瓦屑写郑玄碑。自己书写自己刻碑，文章新奇瑰丽，书法也非常精妙。又有一位名叫康昕的人，也很擅长草书和隶书。王献之曾经在方山亭的墙壁上题写了几行字，康昕私下把它改了，王献之后来经过的时候一点也没有怀疑。又给谢居士题写了画像，展示给王献之看，王献之感叹不已，认为是非常奇异精妙的。康昕，字君明，是胡人，做官做到临沂令。（原缺出处，明抄本作出《书断》）

韦 昶

晋代的韦昶，字文林，韦诞的哥哥字元将，凉州刺史的玄孙。做官做到颍川太守爵位是散骑常侍。擅长写古文大篆和草书，形状和样式都极为古朴，就像人保持淳朴的本心，像木头被冰封，非常奇异且坚劲。太元年间，孝武帝改建宫廷皇室和宗庙的各个门，并且想让王献之用隶书和草书题匾额，王献之非常坚定地推辞了。后来让刘瑰用八分书题写，后来又让韦昶将八分书改成大篆。有人问王羲之书法的名声，认为他们怎么样。韦昶回答说：“二王自然可以说擅长，但是我不了解他们的书法。”又很擅长制作毛笔，王献之得到他的笔，赞叹它是冠绝当世的。在义熙末年去世，享年七十多岁。他的书体古文、大篆、草书都已经达到神妙之境了。（出《书断》）

萧思话

南宋人萧思话，是兰陵人。父亲萧源之，官封冠军将军、琅琊太守。萧思话官封征西将军、左仆射。擅长书法，跟随羊欣学习，领悟了他所有的笔法特点。虽然没有像高峰一样耸立的俊秀，却像是连绵不断的山岗，笔势不断绝，也可以说很有功力了。王僧虔说：“萧思话完全效法羊欣，俊逸美好，一点儿也没有缩减，只是笔力比较弱。”袁昂说：“羊欣的楷书、孔琳的草书、萧思话的行书，范晔的篆书，都是当时的精妙之作。”（出《书断》）

王僧虔

琅琊王僧虔博通经史，兼善草隶。太祖谓虔曰：“我书何如卿？”曰：“臣正书第一，草书第三；陛下草书第二；正书第三。臣无第二，陛下无第一。”上大笑曰：“卿善为词也。然天下有道，丘不与易也。”虔历左仆射尚书令，谥简穆公。

僧虔长子慈，年七岁，外祖江夏王刘义恭，迎之入中斋，施实宝物，恣其所取，慈唯取素琴一张孝子图而已。年十岁，共时辈蔡约入寺礼佛。正见沙门等谶悔，约戏之曰：“众僧今日何乾乾。”慈应声答曰：“卿如此不知礼，何以兴蔡氏之宗。”约，兴宗之子也。谢超宗见慈学书，谓之曰：“卿书何如虔公？”答云：“慈书与大人，如鸡之比凤。”超宗，凤之子。慈历侍中，赠太常卿，约历太子詹事。（出《谈薮》）

又

齐高帝尝与王僧虔赌书毕，帝曰：“谁为第一？”僧虔对曰：“臣书人臣中第一，陛下书帝中第一。”帝笑曰：“卿可谓善自谋矣。”（出《南史》）

王 融

宋末，王融图古今杂体，有六十四书。少年仿效，家藏纸贵。而风鱼虫鸟，是七国时书。元长皆作隶字，故贻后来所诰。湘东王遣沮阳令韦仲定为九十一种，次功曹谢善勋增其九法，合成百体。其中以八卦为书焉，一以太为两法，径丈一字，方寸千言。（出《法书要录》）

王僧虔

琅琊人王僧虔广泛地通晓经史知识，并精通草书和隶书。太祖曾经对王僧虔说：“我的书法和你的相比怎么样？”回答说：“我的正楷可以称得上第一，草书可以称得上第三；陛下您草书第二，正楷第三。我没有第二，陛下您没有第一。”太祖大笑说：“你太擅长说话啦，但是孔子说如果天下太平，我就不和你们一起共事了。”王虔做官做到左仆射尚书令，追加谥号“简穆公”。

王僧虔的长子王慈，七岁的时候，外祖父江夏王刘义恭把他迎接到了正厅，拿出很多宝物，随便他拿什么。王慈只是拿了一张孝子图。十岁的时候，和同辈的蔡约一起进寺庙礼佛。正好看见僧人们在忏悔，蔡约戏谑地说：“各位僧侣今天为什么如此敬慎？”王慈回答说：“你这样不懂得礼仪，拿什么振兴蔡氏宗庙？”蔡约，是蔡兴宗的儿子。谢超宗看见王慈在学习书法，对他说：“你的书法相比王僧虔来说怎么样？”回答说：“我的书法和大人相比，就像小鸡和凤凰相比。”谢超宗，是谢凤的儿子。王慈官拜侍中，获赠太常卿。蔡约官拜太子詹事。（出《谈薮》）

又

南齐高帝曾经和王僧虔赌写书法，结束后，齐高帝说：“谁是第一？”王僧虔说：“我的书法在臣子中算是第一，陛下的书法在皇帝中算是第一。”齐高帝笑着说：“你可以说是善于为自己谋算的人了。”（出《南史》）

王融

南朝宋代末年，王融摹拟古今书法的各种体例，有六十四种。少年们都争相效法，家中收藏的纸因而贵重了起来。风、鱼、虫、鸟，是当时齐国的书法，王融把它们写成了隶书，因为要给后来人勉励。湘东王派遣韦诞将书体定位九十一种，在这以后，功曹谢善勋又增加了九种书体，共合成了一百种书体。这中间用八卦作为书体，一

萧子云

梁萧子云字景乔。武帝谓曰："蔡邕飞而不白，羲之白而不飞。飞白之间，在卿斟酌耳。"尝大书萧字，后人匣而宝之。传至张氏宾护，东都旧第有萧斋，前后序皆名公之词也。（出《尚书故实》）

武帝造寺，令萧子云飞白大书萧字，至今萧字存焉。李约竭产，自江南买归东洛，建一小亭以玩，号曰"萧斋"。（出《国史补》）

萧 特

海盐令兰陵萧特善草隶，高祖赏之曰："子敬之书，不如逸少；萧特之迹，逐过其父。"（出《谈薮》）

僧智永

陈永欣寺僧智永，永师远祖逸少。历纪专精，摄斋升堂，员草唯命。智永章草及草书入妙，行入能。兄智楷亦工书，丁觇亦善隶书。时人云："丁真永草。"（出《书断》）

又

智永尝于楼上学书，业成方下。（出《国史纂异》）

梁周兴嗣编次千字文，而有王右军者，人皆不晓。其始乃梁

切以太为两个极端，一种是直径为一丈的大字，一个是在方寸之间能写一千字。（出《法书要录》）

萧子云

南朝梁代的萧子云，字景乔。梁武帝对他说："蔡邕的草篆飞而不白，王羲之的草篆白而不飞。飞白的笔法，你是如何考量的呢？"萧子云曾经写了一个大的"萧"字，后来的人把它放在匣子里作为珍宝。后来传到了张宾护，在他东都的旧宅里有一个萧斋，前后的东西墙都是名家的题词。（出《尚书故实》）

梁武帝建造寺庙，让萧子云用飞白体写一个大"萧"字，到现在这个萧字还在。李约倾其家产，从江南把这个萧字买回东洛，建造了一座小亭子赏玩，这座小亭子叫"萧斋"。（出《国史补》）

萧特

兰陵的海盐令萧特擅长写草书和隶书，梁高祖赞扬他说："王献之的书法比不上王羲之，但萧特的书法超过了他的父亲。"（出《谈薮》）

僧智永

南陈永欣寺的僧人智永，师承他的远祖王羲之。对各朝各代的书法都擅长。书法技艺入门时恭敬有礼，用楷书和草书，听从吩咐。智永的章草和草书已经进入神妙之境，行书已经十分擅长。他的哥哥智楷很擅长书法，丁觇擅长隶书，当时的人说："丁觇的楷书，智永的草书。"（出《书断》）

又

智永曾经在一座楼上学习书法，等学成了才走下楼。（出《国史纂异》）

南朝梁代的周兴嗣编辑《千字文》，而有一个王羲之，人们都不武教诸王书，令殷铁石于大王书中，榻一千字不重者，每字片纸，杂碎无序。武帝召兴嗣谓曰："卿有才思，为我韵之。"兴嗣一夕编缀进上，鬓发皆白，而赏锡甚厚。右军孙智永禅师，自临八百本，散与人外，江南诸寺各留一本。永公住吴兴永欣寺，积学书，后有秃笔头十瓮，每瓮皆数千。人来觅书，并请题额者如市。所居户限为穿穴，乃用铁叶裹之，谓为铁门限。后取笔头瘗之，号为"退笔冢"，自制铭志。（出《尚书故实》）

常居永欣寺阁上临书，所退笔头，置之于大竹簏。簏受一石余，而五簏皆满。（出《法书要录》）

僧智果

隋永欣寺僧智果，会稽人也。炀帝甚善之。工书铭石，其为瘦健，造次难类。尝谓永师云："和尚得右军肉，智果得骨。夫筋骨藏于肤肉，山水不厌高深。而此公稍乏清幽，伤于浅露。若吴人之战，轻进易退，勇力而非武，虚张夸耀，无乃小人儒乎。"智果隶、行、草入能。（出《书断》）

知道他是谁。这件事情开始是梁武帝想让众位王子王孙学习书法，让殷铁石在王羲之的书法中拓下了一千个不重复的字，每一张纸的字，杂乱无章。梁武帝召见周兴嗣对他说：“你才思敏捷，替我把它们组成韵文。”周兴嗣一夜就编好送给梁武帝，两鬓和头发都变白了。梁武帝给他的赏赐特别丰厚。王羲之的七世孙智永禅师，临摹八百本，散发给外人，江南的寺庙每个都留存一本。智永禅师住在吴兴的永欣寺，积存了学习书法的秃笔头，后来有十坛，每坛都有几千枝。找上门来寻书或者请他题匾额的像集市上的人一样多。他住的地方的门槛都被踏穿了，于是用铁片包裹起来，称它为铁门槛。后来拿出秃笔头埋葬了，称它为“退笔冢”，自己写了铭文记录。（出《尚书故实》）

智永经常居住在永欣寺的阁楼上临摹书法，他所写秃的笔头，放在大竹箱里，每个竹箱可以承受一石多，五个竹箱都被盛满了。（出《法书要录》）

僧智果

隋朝永欣寺的僧人智果，是会稽人。隋炀帝对他特别和善。精通书法和石刻。他的书体瘦硬劲健，书写紧迫，很难判断出像谁。曾经对智永禅师说：“您学到了王羲之书法的形态。智果学到了王羲之书法的筋骨。筋骨是藏在皮肤和肉的下面的，山和水都不会满足于高峻和幽深，但是他的书法稍稍缺乏清丽幽远的气质，被浅显损害了。就像吴国人的战斗，轻易进攻和退兵，仅仅只有勇气是不能称作军事战斗的，虚张声势、自我夸耀，这不是没有远大见识，只追求眼前小功利的儒者吗？”智果的隶书、行书、草书都比较擅长。（出《书断》）

卷第二百八 书三

唐太宗

唐太宗贞观十四年，自真草书屏风，以示群臣。笔力遒劲，为一时之绝。尝谓朝臣曰："书学小道，初非急务。时或留心，犹胜弃日。凡诸艺业，未有学而不得者也，病在心力懈怠，不能专精耳。"又云："吾临古人之书，殊不学其形势，惟在骨力。及得骨力，而形势自生耳。"尝召三品已上，赐宴于玄武门。帝操笔作飞白书，众臣乘酒，就太宗手中相竞。散骑常侍刘洎，登御床引手，然后得之。其不得者，咸称洎登床，罪当死，请付法。太宗笑曰："昔闻婕妤辞辇，今见常侍登床。"（出《尚书故实》）

购《兰亭序》

王羲之《兰亭序》。僧智永弟子辨才，尝于寝房伏梁上，凿为暗槛，以贮《兰亭》。保惜贵重于师在日。贞观中，太宗以听政之暇，锐志玩书。临羲之真草书帖，构摹备尽，唯未得《兰亭》。寻讨此书，知在辨才之所。乃敕追师入内道场供养，恩赉优洽。数日后，因言次，乃问及《兰亭》，方便善诱，无所不至。辨才确称往日侍奉先师，实常获见，自师没后，荐经丧乱，坠失不知所在。既而不获，遂放归越中。后更推究，不离辨才之处。又敕追辨才入内，

唐太宗

贞观十四年，唐太宗在屏风上写了楷书和草书，把它展示给大臣们看。他的笔力劲健，冠绝一时。曾经对众位大臣们说："书法是小小的学问，刚开始不能够急于求成。时时留心，一定可以胜过那些轻易放弃的人。世上种种技艺，没有用心去学但学不成功的，弊端在于自己的精神松懈和身体懒惰，不能够专心从而使技艺精进的。"又说："我临摹古人的书法作品，并非是学它的形貌体势，而是专注于他的笔力。等到学成笔力之后，它的形态和体势就自然而然生成了。"唐太宗曾经召集三品以上的官员，在宣武门摆宴。唐太宗持笔写飞白书，各位大臣乘着酒兴，就从唐太宗手中夺过笔互相竞争。散骑常侍刘洎，爬上龙床，伸手从唐太宗的手中得到笔，没有得到笔的人，都说刘洎爬上龙床，他的罪行应当处死，请求唐太宗按照法律规定惩罚。唐太宗笑着说："从前听说班婕妤推辞上辇侍奉君王，如今看见散骑常侍爬上龙床夺笔。"（出《尚书故实》）

购《兰亭序》

王羲之写了《兰亭序》。僧人智永的弟子辨才，曾经在卧室的房梁上偷偷凿了一个暗舱，用来贮藏《兰亭序》。珍视保护的程度比智永禅师在的时候还要深。贞观年间，唐太宗凭借主持国政的闲暇时间，意志坚决地玩赏书法。临摹王羲之的楷书和草书的字帖，购买募集王羲之的字帖已经周备详尽，只有《兰亭序》没有收集到。寻找讨问这本书的下落，才知道在辨才的住所。于是下令追认他作为师傅进入道场供奉，恩惠和赏赐都很优厚。几天后，因为说到了书法作品的次第，于是问到了《兰亭序》，就循循善诱，没有不用的手段。辨重问《兰亭》。如此者三度，竟靳固不出。上谓侍臣曰："右军之书，朕所偏宝。就中逸少之迹，莫如《兰亭》。求见此书，劳于寤寐。此僧耆年，又无所用。若得一智略之士，设谋计取之必获。"尚书左仆射房玄龄曰："臣闻监察御史萧翼者，梁元帝之曾孙。今贯魏州莘县，负才艺，多权谋，可充此使，必当见获。"太宗遂召见，翼奏曰："若作公使，义无得理。臣请私行诣彼，须得二王杂帖三数通。"太宗依给。

翼遂改冠微服，至洛潭。随商人船，下至越州。又衣黄衫，极宽长潦倒，得山东书生之体。日暮入寺，巡廊以观壁画。遇辨才院，止于门前。辨才遥见翼，乃问曰："何处檀越？"翼就前礼拜云："弟子是北人，将少许蚕种来卖。历寺纵观，幸遇禅师。"寒温既毕，语议便合。因延入房内，即共围棋抚琴，投壶握槊，谈说文史，竟甚相得。乃曰："白头如新，倾盖如旧。今后无形迹也。"便留夜宿，设缸面药酒果等。江东云缸面，犹河北称瓮头，谓初熟酒也。酣乐之后，请宾赋诗。辨才探得来字韵，其诗曰："初酝一缸开，新知万里来。披云同落寞，步月共徘徊。夜久孤琴思，风长旅雁哀。非君有秘术，谁照不燃灰。"萧翼探得招字韵，诗曰："邂逅款良宵，殷勤荷胜招。弥天俄若旧，初地岂成遥。酒蚁倾还泛，心猨躁似调。谁怜失群翼，长苦业风飘。"妍蚩略同，彼此讽咏，恨相知之晚。通宵尽欢，明日乃去。辨才云："檀越闲即才坚持说以前侍奉智永禅师的时候，确实常常见到，自从智永禅师去世后，所存的经书在战乱时候，不知道流落到哪里去了。唐太宗见没有获知它的下落，就放他回越中地区。后来再次推究《兰亭序》的下落，得出它一定在辨才的周围。下令追赶辨才再次把他召进宫内，重新追问《兰亭序》的下落。就这样反复再三，辨才竟然吝惜固守，不肯说出。唐太宗对身边的侍奉的臣子说："王羲之的书法，是我偏爱的宝物，这其中王羲之的墨迹，都不如《兰亭序》。我想见到这本字帖，以至于无时无刻不在想方设法。这位僧人已经是老年人，又没有什么用处。如果能够得到一个有智谋的人，筹划计谋去获取它就一定能得到。"左仆射尚书房玄龄说："我听说监察御史萧翼，是梁元帝的曾孙。现在在他的祖籍魏州莘县，多才多艺，擅长权谋，可以担当此次使命，一定能有所收获。"唐太宗于是召见他，萧翼上奏说："如果作为公开的使者，此次前行既没有公义也不占理。我请求私下前去拜访他，还需要有几通王羲之和王献之的帖子。"唐太宗按照他所说的把帖子给他了。

萧翼于是脱下华丽的衣服改穿平民服装，到了洛潭。跟随商人的行船，到了越州。又改穿华丽的衣袍，特别宽又特别长，以致脚步不稳，一副山东书生的体态。傍晚进入寺庙，一边巡视长廊，一边观察壁画。等走到辨才的院子时，在门前停止了。辨才远远地看见萧翼，就问道："施主从何而来？"萧翼上前行礼说道："我是北方来的，拿了一些蚕种到这里来售卖。经过这座寺庙就放眼观看，有幸遇到了禅师。"两个人寒暄结束后，言谈议论特别合拍。于是请他进入内室，就一同下棋弹琴，玩投壶握槊，谈论文学历史，竟然十分投合。于是说："朋友相交甚久，彼此还不了解，就像新交的朋友一样，偶然结识的新朋友，就像友谊深厚的老朋友一样。从今以后不需要外露的行为举止了。"于是夜间就留他住宿在寺庙里，摆着缸面、药酒、果盘等。江东人说缸面就像河北人说的瓮头一样，说的是刚刚熟的酒。喝得酣畅淋漓之后，请萧翼为此作诗一首。辨才拿的是来字韵脚，他的诗是："初酝一缸开，新知万里来。披云同落寞，步月共徘徊。夜久孤琴思，风长旅雁哀。非君有密术，谁照不燃灰。"萧翼的更来。”翼乃载酒赴之。兴后作诗，如此者数四。诗酒为务，其俗混然。

经旬朔，翼示师梁元帝自书《职贡图》，师嗟赏不已。因谈论翰墨，翼曰：“弟子先传二王楷书法，弟子自幼来耽玩，今亦数帖自随。”辨才欣然曰：“明日来，可把此看。”翼依期而往，出其书以示辨才。辨才熟详之曰：“是即是矣，然未佳善也。贫道有一真迹，颇是殊常。”翼曰：“何帖？”才曰：“《兰亭》。”翼笑曰：“数经乱离，真迹岂在，必是响榻伪作耳。”辨才曰：“禅师在日保惜，临亡之时，亲付于吾。付受有绪，那得参差。可明日来看。”及翼到，师自于屋梁上槛内出之。翼见讫。故驳瑕指颣曰：“果是响榻书也。”纷竞不定。自示翼之后，更不复安于伏梁上。并萧翼二王诸帖，并借留置于几案之间。辨才时年八十余，每日于窗下临学数遍，其老而笃好也如此。自是翼往还既数，童第等无复猜疑。后辨才出赴邑汜桥南严迁家斋，翼遂私来房前。谓童子曰：“翼遗却帛子在床上。”童子即为开门。翼遂于案上，取得《兰亭》及御府二王书帖，便赴永安驿。告驿长陵愬曰：“我是御史，奉敕来此。今有墨敕，可报汝都督知。”都督齐善行闻之，驰来拜谒。萧翼因宣示敕旨，具告所由。善行走使人召辨才，辨才仍在严迁家未还寺。遽见追乎，不知所以。又遣云，侍御须见。及师来见御史，乃是房中萧生也。萧翼报云：“奉敕遣来取《兰亭》，《兰亭》今已得矣，故唤师来别。”辨才闻语而便绝倒，良久始苏。

是招字韵脚，诗是：“邂逅款良宵，殷勤荷胜招。弥天俄若旧，初地岂成遥。酒蚁倾还泛，心猨躁似调。谁怜失群翼，长苦业风飘。”他们的优劣之处大致相同，互相讽和吟咏，产生了相见恨晚的遗憾。一整夜尽情欢乐，第二天才离开。辨才说：“施主有空闲的时候就可以到这里来。”萧翼就带着酒赴约。喝到酣畅之后就吟诗作对，就这样过了四次。以吟诗和喝酒作为自己的要务。他们的习惯浑然一体。

经过十多天，萧翼向辨才禅师展示了梁元帝手书的《职贡图》，辨才禅师赞叹不已。因此谈论到了书法，张翼说：“弟子的祖先传给弟子二王的楷书字帖，弟子从小拿来赏玩，现在也拿着几个字帖随身携带。”辨才高兴地说：“明天来的时候，可以在这里把玩赏看。”萧翼依照所约定的前往，把书帖拿出来展示给辨才看。辨才仔细地端详之后说：“确实是他们的作品，但还不是他们的好作品。我有一张他们的真迹，可以说很不寻常。”萧翼说：“什么字帖？”辨才说：“《兰亭序》。”萧翼笑着说：“经过了几次战乱流离，真迹怎么可能还在，一定是向拓得来的假作品。”辨才说：“禅师在的时候特别爱惜，他临走的时候亲手交给我的。交付和受理有次序，怎么会有差错，可以明天再来看。”等到萧翼到的时候，辨才禅师将它从屋梁上的暗仓内拿出来。萧翼看到这里，故意反驳指出缺点说：“果然是向拓的作品。”两人争论了很长时间也没有定论。自从展示给萧翼看之后，辨才再也不把它放在横梁上了。和萧翼的二王的杂帖一起放在案几上。辨才当时已经八十多岁了，每天在窗户旁边临摹学习好几遍，他年老了，但他的酷爱却还是那样。自从萧翼来往的次数多了，童仆们也不再有什么猜忌了。后来辨才禅师外出到邑汜桥南严迁家里，萧翼私自来到变辨才的房门前。对童子说：“我把手绢丢在床上了。”童子立即为他开了门。萧翼于是在案几上，拿到了《兰亭序》和帝王府库的二王的字帖，就赶往永安驿站。告诉官驿的长官陵诉说：“我是御史，奉皇命来到这个地方。现在有墨敕，可以上报给你的都督知道。”都督齐善行听说后，骑着马飞奔来拜见。萧翼就宣读圣旨，告诉他全部的缘由。齐善行差使人去召唤辨才，但辨才仍然在严迁的家里，还没有返回寺庙。突然看见有人来追他，不知道为什么。

翼便驰驿南发，至都奏御，太宗大悦。以玄龄举得其人，赏锦彩千段；擢拜翼为员外郎，加五品，赐银瓶一、金缕瓶一、马脑碗一、并实以珠。内厩良马两匹，兼宝装鞍辔。宅庄各一区。太宗初怒老僧之秘吝，俄以其年耄，不忍加刑。数月后，仍赐物三千段，谷三千石，便敕越州支给。辨才不敢将入己用，乃造三层宝塔。塔甚精丽，至今犹存。老僧因惊悸患重，不能强饭，唯歠粥，岁余乃卒。

帝命供奉榻书人赵模、韩道政、冯承素、诸葛真等四人，各榻数本，以赐皇太子诸王近臣。贞观二十三年，圣躬不豫，幸玉华宫含风殿。临崩，谓高宗曰："吾欲从汝求一物，汝诚孝也，岂能违吾心耶，汝意何如？"高宗哽咽流涕，引耳而听受制命。太宗曰："吾所欲得《兰亭》，可与我将去。"后随仙驾入玄宫矣。今赵模等所榻在者，一本尚直钱数万也。（出《法书要录》）

又

一说王羲之尝书《兰亭会序》。隋末，广州好事僧得之。僧有三宝，宝而持之。一曰右军《兰亭》书，二曰神龟，以铜为之，龟腹受一升，以水贮之，龟则动四足行，所在能去。三曰如意。以铁为文，光明洞彻，色如水晶。太宗特工书，闻右军《兰亭》真迹，求之得其他又派遣人告诉他，监察御史需要见他。等到辨才禅师前来拜见御史的时候，发现他是曾经出现在自己房间里的萧翼。萧翼告诉他说：“我奉皇命前来拿《兰亭序》，现在已经得到《兰亭序》，所以召唤你前来拜别。”辨才禅师听见这样的话就晕倒在地，很长时间才苏醒过来。

萧翼于是骑马从驿站往南出发，到京城上奏皇上，唐太宗大为喜悦。因为房玄龄举荐人才得当，赏赐了千段彩锦给他；将萧翼升为员外郎，官加物品，赏赐给他一个银瓶、一个金缕瓶、一个玛瑙碗，并用珠子填满它们。赏赐宫内马厩中的两匹宝马，安装上用宝石点缀的鞍和辔。宅第和农庄各一个区域。唐太宗刚开始非常生气辨才的吝惜，过了一会儿又因为他年事已高，不忍心施加刑法。过了几个月，仍然赐给他三千段物品、三千石粮食，下令让越州府支付给他。辨才不敢将这些物品收给自己用，就建造了三层宝塔。宝塔非常精致华丽，到现在依然存在。辨才因为惊怕疾病加重，不能强行吃饭，只能喝粥，过了一年多就去世了。

唐太宗命令朝廷御用的拓书人赵模、韩道政、冯承素、诸葛真四个人，各自拓摹好几本，用来赏赐给皇太子、各位王公大臣。贞观二十三年，唐太宗身体患病，临幸玉华宫含风殿。临近去世的时候，对唐高宗说：“我想要向你索求一件东西，你确实是很孝顺，怎么会违背我的心意呢？你意下如何？”唐高宗哽咽着流下了眼泪，耳朵凑上去听唐太宗的敕命。唐太宗说：“我想要的东西是《兰亭序》，可以让它跟随我而去。”说完后唐玄宗就去世了。现今赵模等人所拓摹的《兰亭序》还在的，一本还能够价值数万钱。（出《法书要录》）

又

一个说法是王羲之曾经写过《兰亭会序》。隋朝末年，广州有一个好事的僧人得到了它。这个僧人有三样宝物，持有且珍重它。一个是王羲之的《兰亭序》的书法，第二个是神龟，用铜制作的，神龟的腹部可以容纳一升，用水贮藏在里面，神龟就可以驱动四只脚行走。能去他所在的地方，第三个是如意。用铁写成文字：光明透彻，色泽就像水晶一本，若第一本，知在广州僧，而难以力取。故令人诈僧，果得其书。僧曰："第一宝亡矣，其余何爱？"乃以如意击石，折而弃之；又投龟一足伤，自是不能行矣。（出《纪闻》）

汉王元昌

唐汉王元昌，神尧之子，善行书。诸王仲季并有能名，韩王、曹王，亦其亚也。曹则妙于飞白，韩则工于草行。魏王、鲁王，亦韩王之伦也。（出《书断》）

欧阳询

唐欧阳询字信本，博览今古，官至银青光禄大夫率更令。书则八体尽能，笔力劲险。高丽爱其书，遣使请焉。神尧叹曰："不意询之书名，远播夷狄。"真观十五年卒，年八十五。询飞白、隶、行、草入妙，大篆、章草入能。（出《书断》）

又

率更尝出行，见古碑索靖所书。驻马观之，良久而去。数步，复下马伫立。疲则布毯坐观，因宿其傍，三日而后去。今开通元宝钱，武德四年铸，其文乃欧阳率更书也。（出《国史异纂》）

样。唐太宗特别擅长书法，听说王羲之的《兰亭序》的真迹，索求到了真迹，知道在广州僧人那里，但很难以蛮力得到，所以让别人骗僧人，果然得到了他的书。僧人说："第一的宝物丢失了，其他的宝物又有什么可以爱惜的呢？"于是用如意敲打石头，打断了就丢弃了；又投掷神龟，让它的一只脚损伤了，从此以后自然不能行走了。（出《纪闻》）

汉王元昌

唐代的汉王李元昌，是李渊的儿子，擅长行书。诸王之中的第二位、第三位皇子都有擅长书法的声名，韩王、曹王，都比不上他。曹王的飞白书已经进入神妙之境，韩王则擅长草书和行书。魏王、鲁王也是韩王一类的人啊。（出《书断》）

欧阳询

唐欧阳询，字信本，广泛地阅览古今各类图书，做官做到银青光禄大夫率更令。书法上各种书体都擅长，笔力峻拔有力。高丽国特别喜欢他的书法，派遣使者请他来。李渊感叹说："没想到欧阳询书法的声名已经远远传到外族了。"在贞观十五年去世，享年八十五。欧阳询飞白书、隶书、行书、草书都进入神妙之境，大篆和章草已经十分擅长。（出《书断》）

又

欧阳询有一次外出，看见索靖所写的字刻在古碑上。停下马观看它，很久才离去。走了几步，又再次跳下马站在那里看。累的时候就铺一个布毯坐着观看，晚上睡在这里，三天后才离开。现今的开元通宝钱币，是武德四年铸造的，上面的字就是欧阳询写的。（出《国史异纂》）

欧阳通

唐欧阳通，询子。善书，瘦怯于父。常自矜能书，必以象牙犀角为笔管，狸毛为心，覆以秋兔毫；松烟为墨，末以麝香；纸必须坚薄白滑者乃书之，盖自重其书。薛纯陀亦效欧草，伤于肥钝，亦通之亚也。（出《朝野佥载》）

虞世南

虞世南字伯施，会稽人也，仕隋为秘书郎。炀帝知其才，嫉其鲠直，一为七品十余年。仕唐至秘书监。文皇曰："世南一人，遂兼五绝。一曰博学，二曰德行，三曰书翰，四曰词藻，五曰忠直。有一于此，足谓名臣，而世南兼之。"行草之际，尤所偏工。本师于释智永，及其暮齿，加以遒逸。卒年八十九。伯施隶草行入妙。（出《书断》）

褚遂良

褚遂良，河南人。父亮，太常卿。遂良官至仆射，善书。少则伏膺虞监，长则师祖右军，真书甚得其媚趣。显庆中卒，年六十四。遂良隶、行入妙，亦尝师受史陵。然史亦有古直，伤于疏瘦也。（出《书断》）

又

遂良问虞监曰："某书何如永师？"曰："吾闻彼一字直五万，官岂得若此者？"曰："何如欧阳询？"虞曰："闻询不择纸笔，皆

欧阳通

唐朝的欧阳通，是欧阳询的儿子，精通书法，他的字比他父亲的字瘦弱。常常自夸精通书法，他的毛笔是用象牙犀角作为笔管、用狸子毛作为笔芯，外围盖上秋天兔子的毫毛；他的墨使用松烟作为原料，中间加入麝香沫。纸必须是坚硬透薄洁白光滑的，这样他才会在上面书写，他非常看重自己的书法。薛纯陀也效仿欧阳的草书，缺点在于肥厚呆滞，成就在欧阳通之下。（出《朝野佥载》）

虞世南

虞世南，字伯施，是会稽人，在隋代官拜秘书郎。隋炀帝知道他的才干，但憎恨他的耿直，七品官一做做了十几年。在唐朝做官做到秘书监。文皇说："虞世南一个人，身兼五项绝学。第一是博学，第二是德行，第三是擅长书法，第四是词藻，第五是忠心耿直。有一个在身上，就足够称为是名臣了，但是虞世南全部都有。"他特别擅长行书和草书之间的书体，本来师从于僧人智永，等到他老年的时候，加入了健劲而逸致的风格。去世时享年八十九。虞世南的草书和行书已经进入神妙的境界。（出《书断》）

褚遂良

褚遂良，是河南人，父亲褚亮，官拜太常卿。后来褚遂良做官做到仆射，擅长书法。年少的时候拜虞世南为师，长大后又学王羲之，楷书颇有王羲之优美动人的意趣。在显庆年间去世，享年六十四岁。褚遂良隶书和行书已经进入神妙的境界，也曾经拜史陵为师。但是史陵的书法过于古朴方正，过于清瘦是他笔法的硬伤。（出《书断》）

又

褚遂良问虞世南："我的书法和智永禅师比怎么样？"回答说："我听说他一个字价值五万钱，你的难道能达到这个地步？"褚遂能如志，官岂得若此？”褚曰：“既然，某何更留意于此。”虞曰：“若使手和笔调，遇合作者，亦深可贵尚。”褚喜而退。（出《国史异纂》）

薛 稷

薛稷，河南人，官至太子少保。书学褚，尤尚绮丽媚好。肤肉得师之半矣，可谓河南公之高足，甚为时所珍尚。稷隶行入能。（出《书断》）

又

稷外祖魏徵家，富图籍，多有虞褚旧迹。锐精模效，笔态遒丽。当时无及之者。又善画，博采古迹，埒于秘书。（出《谭宾录》）

高正臣

高正臣，广平人，官至卫尉卿。习右军之法，睿宗爱其书。张怀素之先，与高有旧，朝士就高乞书，或凭书之。高常为人书十五纸，张乃戏换其五纸，又令示高，再看不悟。客曰：“有人换公书。”高笑曰：“必是张公也。”乃详观之，得其三纸。客曰：“犹有在。”高又观之，竟不能辨。高尝许人书一屏障，逾时未获。其人乃出使淮南，临别，大怅惋。高曰：“正臣故人在申州，正与仆书一类，公可便往求之。”遂立申此意。陆柬之尝为高书告身，高常嫌之，不将入秩。后为鼠所伤，乃持示张公曰：“此鼠甚解正臣意。”风调不合，一至于此。正臣隶行草入能。（出《书断》）

良再问："和欧阳询相比呢？"虞世南说："听说欧阳询不挑选纸和笔，无论如何都能够随心所欲，你难道能够达到这样的地步吗？"褚遂良说："既然如此，我为什么要再把注意力放到纸和笔上呢？"虞世南说："如果让手和笔协调，互相配合的话，这也是难能可贵的啊！"褚遂良非常开心地退下了。（出《国史异纂》）

薛稷

薛稷，是河南人，做官做到太子少保。书法学习褚遂良的笔法，特别推崇妍媚浓丽的风格。字的形式体态上学到了一半，可以说是褚遂良的高徒了。他的书法颇被当时的人珍视和推崇，薛稷擅长写隶书和行书。（出《书断》）

又

薛稷的外祖父魏征家中，收藏了很多的图书典籍，其中有比较多的虞世南和褚遂良的真迹。他专心致志地仿效，笔势形态遒劲俊逸。当时没有人能够比得上他。又非常擅长作画，广泛地采集前人的作品，作品数量能和秘书监相比了。（出《谭宾录》）

高正臣

高正臣，是广平人，做官做到卫尉卿。学习王羲之的笔法，唐睿宗特别喜欢他的书法。张怀素的祖先，和高家有旧交，朝中的人有的通过张怀素求得高正臣的书法，或者就任凭他写什么。高正臣经常给人写十五张纸，于是张怀素换了其中五张纸，又让人拿给他看，高正臣再三看了也没有看出这是什么意思。客人说："有人换了你的书法。"高正臣笑着说："一定是张怀素了。"于是仔细观察它们，认出了其中的三页纸。客人说："这中间还有他的字迹。"高正臣再次观察，竟然辨认不出。高正臣曾经许诺给别人写一个屏风，等到时间过了也没有写。这个人要被派遣到淮南，临别的时候，他特别惆怅惋惜。高正臣说："我的一位故交好友在申州，和我写的字体是一样的，

王绍宗

王绍宗字承烈，官至秘书少监。祖述子敬，钦羡柬之。其中小真书，体象尤异。其行书及章草，次于真。常与人书云："鄙夫书翰无工者，特由水墨之积习。恒精心率意，虚神静思以取之。"每与吴中陆大夫，论及此道，明朝必不觉已进。陆后与密访知之，嗟赏不少。"将余比虞七，以虞亦不临写故也，但心准目想而已。闻虞眠布被中，恒手画腹皮，与余正同也。"承烈隶行草入能。（出《书断》）

郑广文

郑虔任广文博士。学书而病无纸，知慈恩寺有柿叶数间屋，遂借僧房居止。日取红叶学书，岁久殆遍。后自写所制诗并画，同为一卷封进。玄宗御笔书其尾曰："郑虔三绝。"（出《尚书故实》）

李阳冰

李阳冰善小篆，自言斯翁之后，且至小生，曹喜、蔡邕不足言。开元中，张怀瓘撰《书断》，阳冰、张旭并不载。绛州有篆字与古不同，颇为怪异。李阳冰见之，寝卧其下，数日不能去。验其书你可以前往让他写。”于是立马写信给那个人申明其中的含义。陆柬之曾经为高正臣写了一份授官的文凭，高正臣常常嫌弃它，就是不去做官。这份文书后来被老鼠啃坏了，于是拿着它展示给张怀素看，并说：“这只老鼠非常了解我的心意。”陆柬之和高正臣的品格、情调不一样，才会这样。高正臣隶书、草书、行书都很擅长。（出《书断》）

王绍宗

王绍宗，字承烈，做官做到秘书少监。效法王献之的笔法，钦慕陆柬之的书法。他所写的小楷，形象特别怪异。他的行书和章草，比他的楷书要差一点。经常对学习书法的人说：“见识浅薄的人学习书法没有精通，是因为他长久形成临摹笔迹的习惯。应该下定决心全心全意去领会，凝神沉下心来思考领悟它的笔法。”王绍宗每次和吴中大夫谈论这个道理，第二天必定不知不觉中就有了进步。陆大夫后来通过密访知道，多次夸赞了王绍宗。王绍宗说：“把我和虞世南相提并论，是因为虞世南也不临帖，但是能够做到心里想什么，眼睛就能准确地出现。听说虞世南睡在布毯里，总是用手在肚子上写字，正是和我一样啊。”王绍宗隶书、行书、草书都擅长。（出《书断》）

郑广文

郑虔官拜广文博士。学习书法但苦于没有纸张，知道慈恩寺有柿子叶堆满了好几间屋子，于是借了僧人的房间居住在这里。每天拿红叶学习书法，时间长了红叶就全都用完了。后来写自己的应制诗和画，把它们放在一起呈奏。唐玄宗亲自在它的末尾写上：“郑虔三绝。”（出《尚书故实》）

李阳冰

李阳冰善于写小篆，自己说从李斯之后，直到新学后进，曹喜、蔡邕是不值得言说的。开元年间，张怀瓘撰写《书断》，李阳冰和张旭并没有记载。绛州有篆书和古代的不同，特别怪异。李阳冰见到之

是唐初，不载书者名姓。碑有“碧落”二字，时人谓之碧落碑。（出《国史补》）

张旭

张旭草书得笔法，后传崔邈、颜真卿。旭言：“始吾闻公主与担夫争路，而得笔法之意；后见公孙氏舞剑器而得其神。”饮醉辄草书，挥笔大叫。以头揾水墨中而书之，天下呼为“张颠”。醒后自视，以为神异，不可复得。后辈言笔札者，欧虞褚薛。或有异论，至长史无间言。（出《国史补》）

又

旭释褐为苏州常熟尉。上后旬日，有老父过状，判去。不数日复至。乃怒而责曰：“敢以闲事，屡扰公门。”老父曰：“某实非论事，但睹少公笔迹奇妙，贵为箧笥之珍耳。”长史异之，因诘其何得爱书。答曰：“先父受书，兼有著述。”长史取视之，信天下工书者也。自是备得笔法之妙，冠于一时。（出《幽闲鼓吹》）

僧怀素

长沙僧怀素好草书，自言得草圣三昧。弃笔堆积，埋于山下，号曰“笔冢”。（出《国史补》）

后，卧睡在它的下面，好几天没有离去，考证出它书写在唐朝初期，没有记载书写人的姓名。碑上刻着“碧落”两个字，当时的人叫它碧落碑。（出《国史补》）

张旭

张旭对草书笔法领悟颇深，后来传给崔邈和颜真卿。张旭说：“开始我听说公主和担夫抢占道路，而得到笔法的意境；后来看见公孙大娘舞剑而领悟了神韵。”张旭喝醉了就写草书，挥动毛笔的时候大喊大叫。把头沉浸在墨汁中用头书写，世上的人都叫他张颠。醒了之后审视自己所写的草书，认为是神妙奇异的，不能够再次写出。后代的人说到书法，就是虞世南、欧阳修、褚遂良、薛稷，还有不一样的评论，但到张旭的时候就没有不一样的言论。（出《国史补》）

又

张旭脱去短衣作为苏州常熟县尉。上任后十几天，有一位老翁递上奏状，张旭判他离去。过了没几天又来。张旭生气地责怪他：“你竟敢用微不足道的小事屡次叨扰公堂？”老翁说：“我实在不是来理论事情的，我是看见你的笔迹十分神妙，是可以放在箧笥中珍藏的宝物。”张旭觉得很诧异，因此问他为什么如此喜爱书法。老翁回答说：“我的父亲教授书法，还有自己的著作。”张旭让他拿来一看，于是相信了他的父亲是擅长书法的人。从此以后，他更是领悟了笔法的妙处，冠绝当世。（出《幽闲鼓吹》）

僧怀素

长沙的僧人怀素喜欢写草书，说自己得到了草圣张芝笔法中的要领。他所写废的笔被堆积起来，埋在山下，起了称号叫“笔塚。”（出《国史补》）

卷第二百九　书四

杂编

程邈已下

秦狱吏程邈善大篆，得罪始皇，囚于云阳狱。增减大篆篆体，去其繁复，始皇善之，出为御史。名书曰“隶书”。扶风曹喜，后汉人，不知其官。善篆隶，小异李斯，见师一时。陈留蔡邕，后汉人，左中郎将。善篆，采喜之法。真定直父碑文，犹传于世，篆者师焉。杜陵陈遵，后汉人，不知官。善篆隶，每书，一坐皆惊，时人谓为“陈惊坐”。上谷王次仲，后汉人，作八分楷法。师宜官，后汉，不知何许人。宜官为大字方一丈，小字方寸千言。耿球碑是宜官书。甚自矜重，或空至酒家，先书其壁，观者云集，酒因大售。至饮足，削书而退。安定梁鹄，后汉人，官至选部尚书，乃师宜官法。魏武重之，常以书悬帐中。宫殿题署，多是鹄手也。（出王僧虔《名书录》）

邯郸淳已下

陈留邯郸淳为魏临淄侯文学。得次仲法，名在鹄后。毛弘，

杂编

程邈已下

秦代的狱卒程邈擅长写大篆，因为得罪了秦始皇，被囚禁在云阳狱。程邈增减大篆的篆体结构，把它繁琐复杂的地方去掉。秦始皇开始善待他，任命他为御史。给这种书体起名叫“隶书”。扶风的曹喜，是后汉人，不知道他的官职。擅长写篆书和隶书，和李斯有一点差别，一时风靡，被人效法。陈留的蔡邕，是后汉人，官拜左中郎将。擅长写篆书，采用的是曹喜的笔法。贞定直父碑的碑文，还在世上流传，是摹写篆文的人的老师。杜陵的陈遵，后汉人，不知道他的官职。擅长篆书和隶书，每次书写的时候，在座的人都会大吃一惊。当时的人称它是“陈惊坐”。上谷的王次仲，后汉人，创造了八分书。师宜官，后汉人，不知是哪里人。师宜官可以写直径为一丈的大字，也可以在方寸之间写一千个小字。耿球碑是师宜官写的，他特别看重自己。有时候有空到酒家，先在墙壁上写字，观看的人非常多，酒也因此出售得特别多。等到喝饱了，就把墙壁上的字铲去然后离开。安定的梁鹄，是后汉人，做官做到选部尚书，他学的是师宜官的笔法。魏武帝非常看重他，经常把他的书法悬挂在自己的军帐中。宫殿中匾额，大多数也是梁鹄题写的。（出王僧虔《名书录》）

邯郸淳已下

陈留的邯郸淳官任魏临淄侯。深得王次仲笔法要领，声名在梁鹄的后面，毛弘，是梁鹄的弟子。他擅长写比较罕见的八分书，当时鹄弟子。秘书八分，皆传弘法。又有左子邑，与淳小异，亦有名。京兆杜度为魏齐相，始有草名。安平崔瑗，后汉济北相，亦善草书。平符坚，得摹崔瑗书，王子敬去，极似张伯英。瑗子湜官至尚书，亦能草。弘农张芝高尚不仕，善草书，精劲绝伦。家之衣帛，必先书而后练。临池学书，池水尽墨。每书云："匆匆不暇草。"时人谓为"草圣"。芝弟昶，汉黄门侍郎，亦能草。今世人所云芝书者，多是昶也。（出王僧虔《名书录》）

姜诩已下

姜诩、梁宣、田彦和及司徒韦诞，皆伯英弟子，并善草。诞最优，魏宫馆宝器，皆是诞书。魏明帝起凌云台，误先钉榜，而未之题。以笼盛诞，辘轳引上书之，去地二十五丈。诞甚危惧，乃戒子孙，绝此楷法。子少季亦有能称。罗晖、赵恭不详何许人，与伯英同时，见称西州。而矜许自与，众颇惑之。伯英与朱宽书自叙云："上比崔、杜不足，下方罗、赵有余。"河间张起亦善草书，不及崔张。刘德升善为行书，不详何许人。颍川锺繇，魏太尉。同郡胡昭、公车徵，二家俱学于德升。而胡书肥，锺书瘦。有三体，一曰铭石之书，最妙者也；二曰章程书；三曰狎书，相闻者也。繇子会，镇西将军。绝能学人书，改易邓艾上章，事莫有知者。河东魏觊，魏尚书仆射。善草及古文，略尽其妙，草体微瘦，而笔迹精熟。觊子瓘为晋太保，采芝法，以觊法参之。更为草藁，藁是相闻书也。瓘子恒亦善书，博识古文字。燉煌索靖，张芝姊子孙，晋征西司马，亦善草。陈国何元公亦善草书。吴人皇象能草，世称沉著痛快。荥阳陈畅，晋秘书令史，善八分。（出《名书录》）

的人都传习毛弘的笔法。又有左子邑和淳小异，也是很有名的。京兆人杜度是汉章帝时的齐相，开始有草书的声名。安平的崔瑗，是后汉的济北相，也很擅长草书。平定苻坚，得以描摹崔瑗的书法，王献之去看，觉得特别像张芝的书法。崔瑗的儿子崔湜做官做到尚书，也非常擅长草书。弘农郡的张芝品行高洁不愿做官，擅长草书，笔法精妙、笔力劲健，没有人可以和他相比。家里的布料，一定是先用来写字然后煮洗干净。靠近池塘学习书法，池水也全变成了墨色。每次书写的时候都说："时间来不及只能写得潦草。"当时的人称呼他为"草圣"，他的弟弟张昶，是汉代的黄门侍郎，也擅长写草书。现在世上人所说是张芝书写的字帖，大多是张昶写的。（出王僧虔《名书录》）

姜诩已下

姜诩、梁宣、田彦和和司徒韦诞，都是张芝的弟子，他们都擅长草书，司徒韦诞最为优秀，魏朝的宫殿馆阁以及珍贵的器物的题词，都是韦诞写的。魏明帝建造凌云台，产生失误，先把牌匾钉在城墙上了，但还没有题词，就用笼子装着韦诞，用绳子牵引他上去书写，距离地面二十五丈，韦诞特别害怕，于是告诫他的子孙，断绝练习这种大楷。他的儿子韦熊也有值得称道的优点。罗晖、赵恭不知道是什么地方的人，和张芝同时代，在西州很出名。但是，他们骄傲自夸，大家都比较疑惑。张芝在和朱宽的通信中评价自己的书法说："我向前比崔瑗和杜度有不足的地方，向后比罗晖、赵恭有余。"河间的张起也非常擅长草书，但比不上崔瑗和张芝。刘德升擅长写行书，不知道是哪里人。颍川的钟繇，是魏国的太尉。同郡的胡昭、公车徵，两个人都学的刘德升的笔法。但是胡昭的书体肥厚，钟繇的书体清瘦。有三种书体，一个是铭文，是最精妙的；二是八分书；三是行书。彼此非常接近。钟繇的儿子钟会，是镇西将军。他的独特之处是能够模仿人的笔迹，他改写了邓艾上奏的奏章，这件事没有人知道。河东的魏觊，魏国的尚书仆射。擅长草书和古文字，稍稍通晓它们的奥妙，他的草书稍微显得清瘦，但是笔迹精妙熟练。魏觊的

王羲之

王羲之《告誓文》，今之所传即其藁本。不具年月日朔。其真本维永和十年三月癸卯九月辛亥，刘禹锡《嘉话录》癸卯九月辛亥作癸卯朔九日辛亥，此有脱误。而书亦真。开元初，润州江宁县瓦棺寺修讲堂，匠人于鸱吻内竹筒中得之，与一沙门。至八年，县丞李延业求得上岐王，王以献上。留内不出。或云，其后却借岐王。十二年，王家失火，图书悉为灰烬，此书亦见焚矣。（出《国史异纂》）

王 廙

王廙，羲之之叔也，善书画。尝谓右军曰："吾诸事不足道，唯书画可法。"晋明帝师其画，王右军学其书。（出《尚书故实》）

潞州卢

东都顷年创造防秋馆，穿掘多蔡邕鸿都学所书石经，后洛中人家往往有之。王羲之《借船帖》，书之尤工者也。故山北卢匡，宝惜有年。卢公致书借之，不得。云："只可就看，未尝借人也。"卢除潞州，旌节在途，才数程，忽有人将书帖就卢求售。阅之，乃《借船帖》也。惊异问之，云："卢家郎君要钱，遣卖耳。"卢叹异儿子魏瓘是晋代的太保，采用张芝的笔法，用魏觊的笔法参照。更改成草稿，底稿是行书。魏瓘的儿子魏桓也非常擅长书法，通晓古文字。敦煌的索靖，张芝姐弟的孙子，晋朝的征西司马，也非常擅长草书。陈国的何元也十分擅长草书，吴国人皇象擅长草书，世人称他的草书笔力沉着，给人酣畅淋漓的感觉。荥阳的陈畅，晋朝的秘书史令，擅长八分书。（出《名书录》）

王羲之

王羲之的《告誓文》，现在所流传的是它的底稿。没有注明具体的年月日。它的真迹上有“维永和十年三月癸卯九月辛亥”，刘禹锡《嘉话录》癸卯九月辛亥作癸卯朔九日辛亥，此有脱误。它的书体也是真书。开元初年，润州江宁县瓦棺寺修理讲堂，工匠在屋脊两端的兽形装饰物里的竹筒中获得它，交给了一个和尚。到开元八年的时候，县令李延业求得了它。上交给岐王，岐王又把它交给了皇帝，留在内宫没有出去过。有的人说，在这以后被岐王借去。开元十二年，岐王家里失火，所藏的图书全部化为灰烬，这本字帖也已经被烧了。（出《国史异纂》）

王　廙

王廙，王羲之的叔父，善于书法。曾经对王羲之说：“我其他事情都不值得说，只有书画还可以供别人效仿。”晋明帝学习他的画法，王羲之学习他的书法。（出《尚书故实》）

潞州卢

东都洛阳有一座花了一年建造的防秋馆，它穿凿挖掘出很多蔡邕在鸿都门学时所刻的石经，后来洛阳人的家中都有这些石经文。王羲之的《借船帖》，书法特别精妙。所以山北的卢匡，已经收藏它好几年了。卢公写信给他借《借船帖》，没有得到。说：“只能就近观赏，还从来没有借给别人过。”卢公升到潞州做官，在路途中打着旌移时，不问其价，还之。后不知落于何人。京师书侩孙盈者，名甚著。盈父曰仲容，亦鉴书画，精于品目。豪家所宝，多经其手，真伪无所逃焉。公《借船帖》，是孙盈所蓄，人以厚价求之，不果。卢公时其急切，减而赈之，日久满百千，方得。卢公韩太仲外孙也，故书画之尤者，多阅而识焉。（出《尚书故实》）

桓玄

晋书中有饮食名“寒具”者，亦无注解处。后于《齐民要术》并《食经》中检得，是今所谓“馓饼”。桓玄尝盛陈法书名画，请客观之。客有食寒具，不濯手而执书画，因有污，玄不怿。自是会客不设寒具。（出《尚书故实》）

褚遂良

贞观十年，太宗谓魏徵曰：“世南没后，无人可与论书。”徵曰：“褚遂良后来书流，甚有法则。”于是召见。太宗尝以金帛购王羲之书迹，天下争赍古书，诣阙以献，时莫能辨其真伪。遂良备论所出，咸为证据，一无舛误。十四年四月二十三日，太宗为真草书屏风，以示群臣。笔力遒利，为一时之绝。购求得人间真行，凡二百九十纸，装为七十卷，草书二十纸，装为八十卷。每听政之暇，时阅之。尝谓朝臣曰：“书学小道，初非急务。时或留心，亦胜弃日。凡诸艺，未尝有学而不得者也。病在心力懈怠，不能专精和节，才走了几程路，忽然有人拿着字帖向卢公出售。看过之后，知道它是《借船帖》，非常诧异地询问他，说“卢家人需要钱，派我来把它卖了。”卢公感叹世事的变化，没有问他价格，就还给他了。后来这本字帖不知道流落到谁的手里了。京城有一个买卖书籍字画的中间人叫孙盈，声名特别大。孙盈的父亲叫孙仲容，也会鉴定书画，精通精贵物品的名录。富豪人家的宝物，大多经过他的手，是真是假从来没有逃得过的。卢公的《借船帖》，是孙盈收藏的，别人用高价购买，没有结果。卢公当时遇到主人家形势紧急，减价卖出用来筹集资金，等时间长了才有上万钱，这才得到了它。卢公是韩太仲的外孙，所以书画之中的精品，他看多了，也就认识了。（出《尚书故实》）

桓玄

在记载中有一个名叫“寒具”的饮食，没有注解的地方。后来在《齐民要术》和《食经》中检阅到，是现在所说的“馓饼”。桓玄曾经陈列出自己家收藏的有名的书法和绘画作品，请客人观赏。客人中有吃寒具的，没有洗手就拿书画，因此沾染上了污渍，桓玄很不高兴。从此，再也不会在客人到来的时候摆上寒具了。（出《尚书故实》）

褚遂良

贞观十年，唐太宗和魏征说：“自从虞世南去世以后，没有人可以和我谈论书法了。”魏征说：“褚遂良是书法上的后进之人，非常有造诣。”于是唐太宗召见了褚遂良。唐太宗曾经用金和帛求购王羲之书法真迹，天下的人争相进宫送给唐太宗字帖，当时的人没有能够辨别它们的真伪的。褚遂良所说出的详细理论，都可以作为鉴定的证据，从来没有错误的。贞观十四年四月二十三日，唐太宗在屏风上写了楷书和草书，展示给大臣们看。他的笔力遒劲，冠绝当世。求购到世间的楷书和行书，总共二百九十张纸，装订成七十卷，草书二十张，装订成八十卷。每次坐朝之后的闲暇时间，常常阅读。曾经对朝

耳。今人学古人之书，殊不学其形势，唯在求其骨力。得其形势，笔力自生。”（出《谭宾录》）

《兰亭》真迹

太宗酷学书法。有大王真迹三千六百纸，率以一丈二尺为一轴。宝惜者独《兰亭》为最，置于座侧，朝夕观览。尝一日，附耳语高宗曰：“吾千秋万岁后，与吾《兰亭》将去也。”及奉讳之日，用玉匣贮之，藏于昭陵。（出《尚书故实》）

王方庆

龙朔二年四月，高宗自书与辽东诸将。许敬宗曰：“陛下书法之妙，臣谓锺王不过是矣。”上谓凤阁侍郎王方庆曰：“卿家合有书法？”方庆奏曰：“臣十代再从伯祖羲之，先有四十余纸。贞观十二年，先臣进讫。有一卷，臣近已进讫。臣十一代祖导，十代祖洽，九代祖询，八代祖昙首，七代祖僧绰，六代祖仲宝，五代祖骞，高祖规，曾祖褒，并九代三从伯祖晋中书令献之。已下二十八人书，共十卷，见在。”上御武成殿召群臣，取而观之。仍令凤阁舍人崔融作序，自为宝章集，以赐方庆，朝野荣之。（出《谭宾录》）

堂上的大臣们说:“书法是小小的学问,刚开始的时候不能够急于求成。时时留心,一定可以胜过那些轻易放弃的人。世上种种技艺,没有用心去学但学不成功的,弊端在于自己的精神松懈和身体懒惰,不能够专心从而使技艺精进。现在人学习古人的书法,不要过于注重它的形态笔势,而是要注重它的笔力筋骨。得到它的笔力筋骨,形态笔势就自然而然生成了。”(出《谭宾录》)

《兰亭》真迹

唐太宗特别喜欢学习书法。有王羲之的真迹三千六百张纸,都是用一丈二尺作为一轴,最为珍视的是《兰亭序》,放在坐榻的一侧,早晚都要观赏。曾经有一天,靠在唐高宗的耳朵旁边说:“我去世后,把《兰亭序》和我一同埋葬。”等到他去世的那天,用玉匣子把它装起来,收藏在昭陵。(出《尚书故实》)

王方庆

龙朔二年四月,唐高宗亲自写信给辽东地区的各位将领。许敬宗说:“陛下书法精妙,我认为钟繇、王羲之也不过如此。”唐高宗对凤阁侍郎王方庆说:“你家有多少书法真迹?”王方庆上奏说:“我家十代从伯祖王羲之,先有四十多张纸。贞观十二年,先祖已经把它们都献给朝廷了。我最近也进献了一卷。我的第十一代祖先王导、第十代祖先王洽、第九代祖先王询、第八代祖先王昙首、第七代祖先王僧绰、第六代祖先王仲宝、第五代祖先王祖骞、高祖王规、曾祖王褒和九代三从伯祖先中书令王献之之下二十八人的书法,总共十卷,现在依然还在。”唐高宗驾临武城殿召见众位大臣,取出那十卷字帖共同观赏。还让凤阁舍人崔融给它作了一篇序言,亲自用玉玺给它们盖上印章,用来赏赐王方庆。朝廷和民间以此为荣。(出《谭宾录》)

二王真迹

开元十六年五月，内出二王真迹及张芝、张昶等书，总一百六十卷，付集贤院。令集字拓两本进，赐诸王。其书皆是贞观中，太宗令魏徵、虞世南、褚遂良等定其真伪。右军之迹，凡得真行二百九十纸，装为七十卷；草书二千纸，装为八十卷。小王、张芝等迹，各随多少勒帙。以“贞观”字为印，印缝及卷之首尾。其草迹，又令褚遂良真书小字，帖纸影之。其中古本，亦有是梁隋官本者。梁则满骞、徐僧权、沈炽文、朱异，隋则江总、姚察等署记。太宗又令魏褚等，卷下更署名以记之。其《兰亭》本，相传云在昭陵玄宫中。《乐毅论》，长安中太平公主奏借出外拓写，因此遂失所在。五年，敕陆元悌、魏哲、刘怀信等检校换褾。每卷分为两卷，总见在有八十卷，余并失坠。元悌又割去前代记署，以己之名氏代焉。玄宗自书“开元”二字，为印记之。右军凡一百三十卷，小王二十八卷，张芝、张昶各一卷。右军真行书，惟有《黄庭》《告誓》等卷存焉。又得滑州人家所藏右军《扇上真尚书宣示》，及小王行书《白骑遂》等二卷。其书有贞观年旧摽织成字。（出《谭宾录》）

八 体

张怀瓘《书断》曰：“篆、籀、八分、隶书、章草、草书、飞白、行书，通谓之八体，而右军皆在神品。右军尝醉书数字，点画类龙爪，后遂有龙爪书。如科斗、玉箸、偃波之类，诸家共二十五般。”（出《尚书故实》）

二王真迹

唐玄宗开元十六年五月，宫内拿出二王的真迹和张芝、张昶等人的字帖，总共一百六十卷，全都交付集贤苑。让他们集字拓写两本进献，赏赐给各位王侯。这些字帖都是贞观年间，唐太宗让魏征、虞世南、褚遂良等人鉴定过它的真伪。王羲之的真迹，楷书、行书一共得到二百九十张纸，装订成七十卷；草书两千张纸，装订成八十卷。王献之、张芝等人的字迹，各自跟随他们纸张的多少装订成册。用“贞观”二字作为印记，印的地方是装订的缝隙处和卷首卷尾。他们草书的真迹，又让褚遂良用楷书写小字，用帖纸去影印。这中间的古本，还有的是梁朝、隋朝官府刻印或收藏的。梁朝的是满骞、徐僧权、沈炽文、朱异，隋朝的就是江总、姚察等人的记录。唐太宗又让魏征、褚遂良等人，在卷册下再加上署名用来记录这件事。其中的《兰亭序》，据传闻在昭陵的地宫中。《乐毅论》，京师的太平公主上奏借出去拓写，此后就不知所踪了。五年后，陆元悌、魏哲、刘怀信等人检验校对重新装裱。把每卷分成两卷，总共还存在八十卷，其余的都丢失了。陆元悌又把前朝的署名记录全都割去，用自己的姓名替代。唐玄宗亲自书写“开元”两个字，作为它的印记。王羲之总共有一百三十卷，王献之总共有二十八卷。张芝和张昶各存有一卷。王羲之的楷书、行书，只有《黄庭》《告誓》等卷存在了。又得到滑州人家所收藏的王羲之的《扇上真尚书宣示》，以及王献之的行书《白骑遂》等两卷。这本字帖上有旧标志“贞观年”。（出《谭宾录》）

八　体

张怀瓘的《书断》中说：“篆书、籀书、八分书、隶书、章草书、草书、飞白书、行书，通常人们叫他们八体，而王羲之的书体全都已经出神入化。王羲之曾经喝醉了写了好几个字，字的点画像龙爪一样，后来才有了龙爪书。像科斗、玉箸、偃波一类的字体，各家总共二十五种。”（出《尚书故实》）

李 都

李都荆南从事时，朝官亲熟。自京寓书，踪甚恶。李寄诗戏曰："草缄千里到荆门，章草纵横任意论。应笑锺张虚用力，却教羲、献枉劳魂。惟堪爱惜为珍宝，不敢留传误子孙。深荷故人相厚处，天行时气许教吞。"（出《抒情诗》）

东都乞儿

大历中，东都天津桥有乞儿，无两手，以右足夹笔，写经乞钱。欲书时，先用掷笔高尺余，以足接之，未尝失落。书迹官楷书不如也。（出《酉阳杂俎》）

卢弘宣

李德裕作相日，人献书帖。德裕得之执玩，颇爱其书。卢弘宣时为度支郎中，有善书名。召至，出所获者书帖，令观之。弘宣持帖，久之不对。德裕曰："何如？"弘宣有恐悚状曰："是某顷年所临小王帖。"太尉弥重之。（出《卢氏杂说》）

岭南兔

岭南兔，尝有郡牧得其皮。使工人削笔，醉失之，大惧。因剪己须为笔，甚善。更使为之，工者辞焉。诘其由，因实对。遂下令，使一户输人须。或不能致，辄责其直。（出《岭南异物志》）

李 都

李都在当荆南从事的时候，和朝中的官员都很亲密，从京城的住所寄出去一封信，字迹很差。李都写诗嘲讽说："草缄千里到荆门，章草纵横任意论。应笑钟张虚用力，却教羲、献枉劳魂。惟堪爱惜为珍宝，不敢留传误子孙。深荷故人相厚处，天行时气许教吞。"（出《抒情诗》）

东都乞儿

大历年间，东都洛阳的天津桥边有个讨饭的小孩，没有双手，用右脚夹着笔，写经文乞讨钱财。想要书写的时候，先用脚把笔扔一尺多高，用脚接着它，没有掉落过。连官方的楷书也不比不上他的笔迹。（出《酉阳杂俎》）

卢弘宣

李德裕作为宰相时，别人进献书帖给他。李德裕拿在手里把玩，比较喜欢那些书帖。卢弘宣当时是度支郎中，有擅长书法的声名。李德裕召请他前来，拿出所得到的字帖，让他观赏。卢弘宣手拿书帖，很久都不回答。李德裕说："怎么样？"卢弘宣惊悚地说："是我以前所临摹的王献之的书帖。"李德裕听了之后更加珍视这个书帖了。（出《卢氏杂说》）

岭南兔

岭南兔，曾经有一个郡的行政长官得到它的皮。让工匠削了做毛笔的笔尖，工匠却因为喝醉了把兔皮丢了。特别害怕。于是把自己的胡子剪了作为毛笔，非常好用。让他再做一支，工匠却推辞没有做。长官责问他这么做的理由，工匠只好如实相告。于是下令，让每家送人的胡须，有的没办法送来，就责令他们把等值的钱币送来。（出《岭南异物志》）

卷第二百一十 画一

烈 裔

秦有烈裔者，骞霄国人。秦皇帝时，本国进之。口含丹墨，噀壁以成龙兽。以指历地如绳界之，转手方圆，皆如规度。方寸内有五岳四渎，列国备焉。善画龙凤，轩轩然唯恐飞去。（出《王子年拾遗记》）

敬 君

齐敬君善画。齐王起九重台，召敬君画。君久不得归，思其妻，遂画真以对之。齐王因睹其美，赐金百万，遂纳其妻。（出刘向《说苑》）

毛延寿

前汉元帝，后宫既多，不得常见。乃令画工图其形，按图召幸之。诸宫人皆赂画工，多者十万，少者不减五万。唯王嫱不肯，遂不得召。后匈奴求美人为阏氏，上按图召昭君行。及去召见，貌美压后宫。而占对举止，各尽闲雅。帝悔之，而业已定。帝重信于外国，不复更人。乃穷按其事，画工皆弃市。籍其家，资皆巨万。画工杜陵毛延寿为人形，丑好老少，必得其真。安陵陈敞，新丰刘白、龚宽并工牛马众势，人形丑好，不逮延寿。下杜阳望亦善画，尤善布色，同日弃市。京师画工，于是差希。（出《西京杂记》）

烈裔

有一个叫烈裔的人，是骞霄国人，在秦始皇的时候，他的国家将他进献给秦国。他的嘴里含着朱墨和黑墨，喷到墙壁上就可以画成龙兽的形象。用手指丈量土地就像是绳子界定一样，手的旋转画出的方形和圆形，就像是使用工具画出来的一样。在方寸之间有五岳和四渎，各个国家都齐备了。擅长画龙和凤，害怕它突然飞走。（出《王子年拾遗记》）

敬君

齐国的敬君擅长绘画，齐王建造了九重台，召请敬君绘画。敬君很长时间不能回家，思念他的妻子，所以画了一幅真人的摹像天天对着她。齐王因为看见她很美，所以赏赐了他一百万黄金，把他的妻子纳入宫中。（出刘向《说苑》）

毛延寿

前代汉元帝的时候，后宫的嫔妃特别多，汉元帝没办法经常见到。于是让画工画出她们的样子，按照图画去召见临幸。各位嫔妃都贿赂画工，多的有十万钱，少的也不少于五万钱。只有王嫱不愿这么做，所以得不到召见。后来匈奴请求娶一位美人作为他们君王的妻子，汉元帝依照图像召见王昭君作为前去和亲的人。等到召见前去的时候，发现她的美貌胜过后宫所有的人。并且应对的姿态和风度，都非常娴静文雅。汉元帝非常后悔，但是事情已经成为定局。汉元帝把对外族的诚信上看得很重，没有再更换人选。但是却对这件事情追根究底，所有的画工都被处死了。抄没他们的家产，每个画工家

赵岐

后汉赵歧字邠卿，京兆杜陵人，多才艺，善画。自为寿藏于郢城中。画季札、子产、晏婴、叔向四人居宾位，自居主位，各为赞诵。献帝建安六年，官至太常卿。（出范晔《后汉书》）

刘褒

后汉刘褒，桓帝时人。曾画云台阁，人见之觉热；又画北风图，人见之觉凉。官至蜀郡太守。（出张华《博物志》）

张衡

后汉张衡字平子，南阳西鄂人。高才过人，性聪，明天象，善书。累拜侍中，出为河间王相，年六十二。昔建州满城县山有兽名“骇神”，豕身人首，状貌丑恶，百鬼恶之。好出水边石上，平子往写之，兽入水中不出。或云，此兽畏写之，故不出。遂去纸笔，兽果出。平子拱手不动，潜以足指画之。今号“巴兽潭”。（出郭氏《异物志》）

徐邈

魏徐邈字景山，性嗜酒，善画。魏明帝游洛水，见白獭爱之，都有数目极大的资产。杜陵的画工毛延寿画人的图像，丑、老、美、少，都画得非常真实。安陵的陈敞、新丰的刘白、龚宽的并工画牛马很有气势，但画人像的丑、美，比不上毛延寿。再次一点的杜阳望也很擅长画画，尤其擅长调色，在同一天也被处死。京城的画工，在这时就很稀缺了。（出《西京杂记》）

赵岐

后汉赵岐，字邠卿，京都杜陵地区的人，才艺非常多，擅长画画，自己给自己画了一幅寿像藏在郢城中。画上有季札、子产、晏婴、叔向四个人在宾客的座位，他把自己画在主人的座位，每个人都向他祝寿。在汉献帝建安六年，做官做到太常卿。（出范晔《后汉书》）

刘褒

后汉刘褒，汉桓帝统治时期的人，曾经画云台阁，人们见到之后感觉热；又画了北风图，这回人们见到之后感到清凉了。他做官做到蜀郡太守。（出张华《博物志》）

张衡

后汉的张衡，字平子，是南阳西鄂人，他的才学高过很多人，天性聪明，知晓天象，擅长书法。多次升官到侍中，出任河间王刘间的国相，活了六十二岁。以前建州满城县的山上有一只名字叫“骇神”的兽，猪的身体人的头，长得非常丑。百鬼都害怕他，喜欢在水边的石头上出没，张衡想把它画出来，它就进入水中不出来了。有的人说，这只怪兽害怕被画下来，所以不出来。于是拿走纸和笔，它果然出来了。张衡两手合于胸前，偷偷用脚画它。今天人们叫它“巴兽潭”。（出郭氏《异物志》）

徐邈

魏朝的徐邈，字景山，天性喜欢喝酒，善于画画。魏明帝在洛水不可得。邈曰："獭嗜鲻鱼，乃不避死。"遂画板作鲻鱼，悬岸。群獭竞来，一时执得。帝嘉叹曰："卿画何其神也。"答曰："臣未尝执笔，所作者自可庶几。"（出《齐谐记》）

曹不兴

谢赫云："江左画人吴曹不兴，运五千尺绢画一像，心敏手疾，须臾立成。头面手足，胸臆肩背，无遗失尺度。此其难也，唯不兴能之。"陈朝谢赫善画，尝阅秘阁，叹伏曹不兴所画龙首，以为若见真龙。（出《尚书故实》）

卫协

晋卫协。《抱朴子》云："卫协、张墨、并为画圣。孙鸿之《上林苑图》，协踪最妙。又《七佛图》，人不敢点眼睛。"恺之论画云："《七佛》与《烈女》，皆协之迹，壮而有情势。《毛诗北风图》亦协手，巧密于情思。"此画短卷，长装八分。张彦远题云："元和，宗人惟素将来，余大父答以名马精绢二百匹，惟素后却又将货与韩愈。韩之子昶借与相国段文昌，却以模本归于昶。会昌元年见段家本，后于襄州从事见韩家本。"谢赫云："古画皆略，至此始精。六法颇为兼善，虽不备该形似而有气韵，陵跨群雄，旷代绝笔。在第一品曹不兴下，张墨、荀勖上。"（出《名画记》）

游玩的时候，看见水里出现了白獭，十分喜欢，但得不到它。徐邈说："白獭特别喜欢鲻鱼，到了可以连死都不避让的程度。"于是用木板画鲻鱼。悬挂在岸边。果然，一群白獭竞相过来，不一会儿就捕获一只。魏明帝赞叹说："你的绘画真的很神妙啊。"徐邈回答说："我不曾拿笔画画，画的希望还可以。"（出《齐谐记》）

曹不兴

谢赫说："江左的吴地有一个画画的人叫曹不兴，在五千尺的绢布上画一幅人像，心思敏捷，手速很快，不一会儿就可以完成。人物的头、脸、手、脚、胸、肩、背，没有不按照尺寸来的。这是它的难处，只有曹不兴能做到。"陈朝的谢赫擅长画画，曾经看过曹不兴的密室，叹服于曹不兴所画出来的龙头，认为自己见到了真龙。（出《尚书故实》）

卫协

晋朝有一个人叫卫协。《抱朴子》中说："卫协、张墨并称为画圣。孙鸿之的《上林苑图》，是卫协笔法最好的一幅。又有一幅《七佛图》，人们不敢点它的眼睛。"顾恺之评论他的画说："《七佛》和《烈女》这两幅画，都是卫协的笔迹，人物壮美有意趣。《毛氏北风图》也出自卫协，构思新巧在于人物的情态上。"这幅画是短卷，长装裱达到八分。张彦远题词说："元和年间，同族的人惟素拿着这幅画前来，我的祖父答应用两百匹名马和精致的绢布来交换，惟素后来又把它卖给韩愈，韩愈的儿子韩昶又把它借给了相国段文昌，但段文昌还给韩昶的却是摹本。会昌元年的时候看见段家本，后来又在襄州的从事家见到韩家本。"谢赫说："古画都是简朴的，到这时候才变得精致。画画的六法都已经很好了，虽然没有具备应该有的形体相似但是却具备神韵，在各家之上。他的画技当今是没人能比得上的。在第一品曹不兴的下面，在张墨、荀勖的上面。"（出《名画记》）

王献之

晋王献之字子敬，少有盛名，风流高迈。草隶继父之美，妙于画。桓温尝请画扇，误落笔，就成乌驳悖牛，极妙绝。又书《驳牛赋》于扇上，此扇义熙中犹在。(出《名画记》)

顾恺之

晋顾恺之字长康，小字虎头，晋陵人。多才气，尤工丹青，傅写形势，莫不妙绝。谢安谓长康曰："卿画自生人已来未有。"又云："卿画苍苍，古来未有。"曾以一橱画暂寄桓玄，皆其妙迹所珍秘者，封题之。其后玄闻取之，诳云不开。恺之不疑被窃，直云："妙画通神，变化飞去，犹人之登仙也。"

恺之有三绝：才绝、画绝、痴绝。又尝悦一怜女，乃画女于壁，当心钉之。女患心痛，告于长康，康遂拔钉，乃愈。又尝欲写殷仲堪真，仲堪素有目疾，固辞。长康曰："明府无病，若明点瞳子，飞白拂上，便如轻云蔽日。"画人物，数年不点目睛。人问其故，答曰："四体妍蚩，本无关于妙处。传神写貌，正在阿堵之中。"又画裴楷真，颊上乃加三毛，云："楷俊郎，有鉴识。具此，观之者定觉殊胜。"嵇康赠以四言诗，画为图。常云："手挥五弦易，目送归鸿难。"又画谢幼舆于一岩中，人问其故。云："一丘一壑，此子宜置岩壑中。"长康又尝于瓦棺寺北殿内画维摩居士，画毕，光辉月余。《京师寺记》云，兴宁中，瓦棺寺初置僧众，设刹会，请朝贤士庶宣疏募缘。时士大夫莫有过十万者，长康独注百万。长康素贫，众以为大言。后寺僧请勾疏，长康曰："宜备一

王献之

东晋的王献之，字子敬，年少的时候就已经声名远播了，才华出众，气度高雅。草书和隶书承继了父亲的精美，画画非常神妙。桓温曾经请他画画，落笔的时候产生了误差，他就势画成毛色青白相杂的牛，非常精妙。又在扇子上题写了《驳牛赋》，这把扇子义熙年间还在。（出《名画记》）

顾恺之

晋朝的顾恺之字长康，小字虎头，是晋陵人。有很高的才学，特别擅长画画，涂抹事物的形貌，没有不精妙的。谢安对长康说："自从人类诞生以来还没有和你的画能够匹敌的。"又说："你的画十分苍劲。从古以来就没有和你一样的。"在桓玄那里暂时寄放了一橱柜的书画，都是他珍藏的没有公之于世的绝妙珍品，并贴上封条。后桓玄听说后拿了书画，骗他说没有打开过，顾恺之没有怀疑画作被盗窃，只是说："这些画绝妙到可以通达于神明，变化之后飞走了，就像人变成神仙一样。"

顾恺之有三样冠绝于世：才绝、画绝、痴绝。曾经欣赏一位可怜的女子，就把她画在墙壁上，在心那里钉了下去。女子得了心痛的病，把这件事告诉了长康，于是长康把钉子拔掉了。女子就这样痊愈了。又曾经想画殷仲堪的肖像，殷仲堪向来有眼病，所以推辞了。长康说："眼睛没有病，如果把您的眼睛点出来，就像飞白轻拂上去，好像轻轻的云将太阳盖住一样。"他画人物，多年不画眼睛。别人问他这样做的缘故，回答说："四肢的美好和丑恶，本来和神妙之处就没有关系，能够画出形神样貌的关键在于眼睛。"又画了裴楷的肖像，面颊上加了三根毛。说："裴楷外形俊朗，有审查辨识的能力，具备这样的特点，看到这幅画的人一定认为他不一般。"嵇康赠给他四言诗，他将四言诗画成一幅画。他经常说："手挥五弦很容易，但做到目送归鸿却很困难。"又将谢幼舆画到一个岩石中。别人问他其中的缘故。他说："一个山丘一个沟壑，这个人适合放在岩石沟壑壁。”闭户不出一月余，所画维摩一躯工毕。将欲点眸子，乃谓僧众曰：“第一日观者，请施十万；第二日观者，请施五万；第三日观者，可任其施。”及开户，光照一寺。施者填咽，俄而及百万。刘义庆《世说》云：“桓大司马每请长康与羊欣讲论画书，竟夕忘疲。”（出《名画记》）

又

《清夜游西园图》，顾长康画。有梁朝诸王跋尾处云，图上若干人并食天厨。贞观中，褚河南诸贤题处具在。本张惟素家收得，至相国张公弘靖。元和中，宣惟素并锺元常写《道德经》，同进入内。后中贵人崔谭峻自禁中将出，复流传人间。惟素子周封前泾州从事在京，一日有人将此图求售，周封惊异之，遽以绢数匹易得。经年，忽闻款门甚急。问之，见数人同称，仇中尉愿以三百素绢，易公《清夜图》。周封惮其迫胁，遽以图授之。明日，果赍绢至。后方知诈伪，乃是一豪士求江淮大监院。时王淮判盐铁，酷好书画，谓此人曰：“为余访得此图，然遂公所请。”因为计取耳。及王家事起，复流一粉铺家。郭侍郎承嘏阍者以钱三百市得。郭公卒，又流传至令狐家。宣宗尝问相国有何名画，相国其以图对。后进入内。（出《尚书故实》）

中。”长康又曾经在瓦棺寺的北殿中画维摩居士像，长康画完之后，光华四射，一个多月才消失。《京师寺记》中说：“兴宁年间，瓦棺寺感刚刚住下僧人，设置佛会，请朝堂中的贤才和世上的百姓听诵读祝祷文用来化缘。当时的士大夫中没有人捐超过十万钱的，长康独自捐了百万钱。长康向来很贫困，别人都以为他撒谎了。后来寺里的僧人请他勾疏，长康说：‘应该准备一面墙壁。’一个多月闭门不出，他画的维摩居士像身体结束了。将要点画眼睛，对众位僧人说：‘第一天看的人，请让他们布施十万钱；第二天看的人，请他们布施五万；第三天看的人，可以随心意布施。’等到开门的时候，光辉照满了寺院。布施的人填满了寺院，过了一会儿就到了百万钱。”刘义庆《世说新语》中说：“桓温每次请长康和羊欣整夜讨论书画，连疲劳都会忘记。”（出《名画记》）

又

《清夜游西园图》，是顾恺之画的。梁朝诸王在画尾题跋说：“图上很多人在一起吃天子的庖厨。”贞观年间，褚遂良等人的题词都在。本来是由张惟素收藏，一直传到相国张弘靖。元和年间，宣帝召见张惟素把此画和钟繇写的《道德经》一同进献。后来宦官崔潭峻将它从宫中带出来，再次在世上流转。张惟素的儿子前泾州从事张周封在京城的时候，一天，有人拿着这幅画售卖，张周封对此感到十分惊异，急速地用几匹绢布换来了。过了一年，忽然听到有人在急切地敲门。问他什么事。听到好几个人一起告诉他，仇中尉愿意用三百匹白绢，换他的《清夜游西园图》。张周封害怕他胁迫，很快地把图给他了。第二天，果然把白绢送来了。后来才知道是谎称欺诈他的，原来是个豪绅请求江淮大监院这一职位，当时的王淮是盐铁判官，特别喜欢书画，对这个人说：“你能替我找到《清夜游西园图》，我就能够满足你的请求。”因此替他用计谋取得这幅画。等到王淮一家因为事发，这幅画再次流向一个粉铺家里。郭侍郎委托宫中祭祀的看门人用三百钱获得。郭侍郎去世后，又流转到令狐家。唐玄宗曾经问相国有什么有名的画作，相国回答说家里有这幅图。后来这

顾光宝

顾光宝能画。建康有陆溉，患疟经年，医疗皆无效。光宝常诣溉，溉引见于卧前，谓光曰："我患此疾久，不得疗矣，君知否？"光宝不知溉患，谓溉曰："卿患此，深是不知。若闻，安至伏室。"遂命笔，以墨图一狮子，令于外户榜之。谓溉曰："此出手便灵异，可虔诚启心至祷，明日当有验。"溉命张户外，遣家人焚香拜之。已而是夕中夜，户外有窸窣之声，良久，乃不闻。明日，所画狮子，口中臆前，有血淋漓，及于户外皆点焉。溉病乃愈，时人异之。（出《八朝画录》）

王 廙

晋王廙字世将，琅琊临川人。善属词，攻书画。过江后，为晋朝书画第一。音律众妙毕综。元帝时为左卫将军，封武康侯。时镇军谢尚于武昌乐寺造东塔，戴若思造西塔，并请廙画。（出《名画记》）

王 濛

晋王濛字仲祖，晋阳人。放诞不羁，书比廙翼。丹青甚妙，颇希高远。尝往驴肆家画辆车。自云："我嗜酒好肉善画，但人有饮食美酒精绢，我何不可也？"特善清谈，为时所重。（出《名画记》）

幅画被进献给皇帝。(出《尚书故实》)

顾光宝

顾光宝擅长画画。建康这个地方有个叫陆溉的人,得了疟疾有一年了。所有的医治都没有效用。顾光宝经常拜访陆溉,陆溉把他招引到窗前,对顾光宝说:“我得这个病很久了,没有得到治疗,你知道吗?”顾光宝不知道陆溉的病,对陆溉说:“你得了这个病,我是真的不知道。如果听说了,怎么会让你在床上躺这么久。”于是让人拿来笔,用墨画了一头狮子,让人贴在外面的门上,对陆溉说:“此番出手就会灵验的,可以在心里真诚祷告,明天就会应验了。”陆溉命人张贴在户外,又让家人烧香参拜它。已经是这天的半夜了,窗外有窸窸窣窣的声音,过了很久,又听不见了。第二天,嘴里和胸前,有淋漓的鲜血,延伸到整个窗外都是溅出来的血点。陆溉的病痊愈了,当时的人都感到惊诧。(出《八朝画录》,明抄本作出《八朝穷怪录》)

王 廙

晋朝的王廙,字世将,是琅琊临川人,善于写词,主攻书法和绘画。过了长江之后,是晋朝书法和绘画的第一人。音律和其他艺术都通晓。晋元帝的时候官任左卫将军,被封为武康侯。当时镇守的军将谢尚在武昌的乐寺建造东塔,戴若思造西塔,都请了王廙画画。(出《名画记》)

王 濛

晋王濛,字仲祖,是晋阳人,行为放纵,不受约束。书法比王慄谨慎、恭谨,绘画非常精妙,很是追求高远的风格,曾经去驴市画灵车。王濛自我嘲讽说:“我特别喜欢喝酒吃肉喜欢画画,只要有人拿出食物、好酒、精美的绢布,我为什么不能给他画画呢?”王濛非常善于说清新高雅的言论,被当时的人看重。(出《名画记》)

戴逵

晋戴逵字安道，谯郡铚县人。幼年已聪明好学，善琴攻画。为童儿时，以白瓦屑鸡卵汁和溲作郑玄碑，时称绝妙。庾道季看之，语逵云："神犹太俗，卿未尽耳。"逵曰："唯务允当，免卿此语。"（出《名画记》）

又

戴安道幼岁，在瓦棺寺内画。王长史见之曰："此童非徒能画，亦终当致名，但恨吾老，不见其盛耳。"（出《世说杂书》）

宗炳

宋宗炳字少文，善书画，好山水。西涉荆巫，南登衡岳。因结宇衡山，以疾还江陵。叹曰："老疾俱至，名山恐难遍游，当澄怀观道，卧以游之。"凡所游历，皆图于壁，坐卧向之。（出《名画记》）

黄花寺壁

后魏孝文帝登位初，有魏城人元兆能以九天法禁绝妖怪。先邺中有军士女年十四，患妖病累年，治者数十人并无据。一日，其家以女来谒元兆所止，谒兆。兆曰："此疾非狐狸之魅，是妖画也。吾何以知？今天下有至神之妖，有至灵之怪，有在陆之精，有在水之魅，吾皆知之矣。汝但述疾状，是佛寺中壁画四天神部落中魅也，此言如何？"其女之父曰："某前于云门黄花寺中东壁画东方神下乞恩，常携此女到其下。又女常惧此画之神，因夜惊

戴逵

晋朝的戴逵，字安道，谯郡铚县人。小时候就已经很好学了，擅长弹琴和绘画。在他还是一个孩童的时候，用白瓦屑、鸡蛋汁掺和写郑玄碑的时候，当时的人认为它是精妙绝伦的。庾龢看了之后，对戴逵说："神韵还是过于俗气，您还没有发挥自己的全部心力。"戴逵说："我一定会将它写得更适当，让你免去此番说话。"（出《名画记》）

又

戴逵年少的时候，在瓦棺寺内画画。王长史看到之后说："这个孩子并不是只能画画，总有一天能够成名，只可惜我老了，看不见他盛名远播的时候了。"（出《世说杂书》）

宗炳

宋代的宗炳，字少文，擅长书法和绘画，喜爱山水。向西跋涉到荆江巫峡，向南登上过衡山。因此在衡山脚下建造了房屋，此后因为疾病才回到江陵。叹息着说："衰老和疾病都来了，有名的山峰恐怕难以全部游览了。应当让思绪澄净以观法之道。"凡是他游历的地方，都在墙壁上画出来，无论是坐着还是躺着都面对着它们。（出《名画记》）

黄花寺壁

后魏的孝文帝登上皇位的初期，有一位魏城的名叫元兆的人能够用九天执法让妖怪彻底杜绝。先前在军中的一位军士有一位十四岁的女儿，得了因为妖怪引起的病已经好几年了，几十位治疗他的人都没有任何办法。一天，这家人因为女儿的病来拜访元兆。元兆说："这不是狐狸的鬼魅，是妖怪的画在作祟。我为什么知道呢？现在天下有修炼成神的妖精，有修炼成灵的妖怪，有在陆地上的妖精，有在水中的鬼魅。这些是我都知道的。你刚刚叙述的疾病情状，是魇，梦恶鬼来，持女而笑，由此得疾。”兆大笑曰：“故无差。”因忽与空中人语，左右亦闻空中有应对之音。良久，兆向庭嗔责之云：“何不速曳，亟持来。”左右闻空中云：“春方大神传语元大行，恶神吾自当罪戮，安见大行？”兆怒，向空中语曰：“汝以我诚达春方，必请致之。我为暂责，请速镤致之。”言讫，又向空中语曰：“召二双牙八赤眉往要，不去闻东方。”左右咸闻有风雨之声，乃至。兆大笑曰：“汝无形相，画之妍致耳，有何恃而魅生人也。”兆谓其女曰：“汝自辨其状形。”兆令见形，左右见三神皆丈余，各有双牙长三尺，露于唇口外，衣青赤衣。又见八神俱衣赤，眼眉并殷色，共扼其神，直逼轩下。蓬首目赤，大鼻方口，牙齿俱出，手甲如鸟，两足皆有长毛，衣若豹鞹。其家人谓兆曰：“此正女常见者。”兆令前曰：“尔本虚空，而画之所作耳，奈何有此妖形？”其神应曰：“形本是画，画以象真，真之所示，即乃有神。况所画之上，精灵有凭可通，此臣所以有感。感之幻化，臣实有罪。”兆大怒，命侍童取罐瓶受水，淋之尽，而恶神之色不衰。兆更怒，命煎汤以淋，须臾神化，如一空囊。然后令掷去空野，其女于座即愈，而父载归邺。

复于黄花寺寻所画之处，如水之洗，因而骇叹称异。僧云敬佛寺的壁画里的四位天神部落中的鬼魅，这番话怎么样？”这位女孩的父亲说：“我之前在云门的黄花寺东边墙壁上的神灵下祈求恩惠，经常带女儿到它的下面。因为女儿经常害怕这幅画的神灵，因此夜间被魇梦所惊，梦见恶鬼的到来，抓住她大笑，因此得了这个病。”元兆大笑说：“所以没有任何误差。”接着忽然和空中的人说话。身边的人也听见空中有应答的声音。过了很长时间，元兆面向庭院嗔怪斥责道：“为什么不快点过去，把它捉拿来？”身边的人听见空中的人回答说：“春方大神传话给元大行，恶神我自己会根据罪行惩罚，怎么要去见元大行？”元兆非常生气，向空中说道：“你将我的诚意传达给春方大神，一定要请求他给予我。我要在短时间里惩罚它，请把它快点锁着带来。”说完之后，又对空中说：“召请三维双牙，两位赤眉过去，不用回报给春方大神听了。”身边的人都听见有风雨的声音。元兆大笑说：“你没有修成身形，画上画得很美丽罢了，你依仗什么来魅惑活人呢？”元兆对她的父亲说：“你自己辨认他的形状。”元兆让他看见鬼魅的形貌，周围的人看见三位神灵都一丈过高，每个人都有两个长三尺的牙齿露在嘴唇的外面，穿着青红相间的衣服。又看看见八位神灵都穿着红衣，眼睛和眉毛都是红色的，一同按着它的元神，迫使它朝着窗户。它乱蓬蓬的头发下有红色的眼睛，大大的鼻子，方形的嘴巴，牙齿全都露在外面，手上的指甲像鸟的爪子，两只脚都有长长的毛发，衣服像是豹子皮制成的。她的家人对元兆说：“这正是我女儿经常看见的。”元兆让它上前说：“你本来是一片虚空，是画上画成了这样，为什么有这样的形象呢？”它的主神说：“形体本来是画作，但画得非常逼真，画像逼真所显示的，就会有元神。何况在画的墙壁上，精灵就有东西可以依附了，这就让我有了情感，情感的幻化让我确实犯下了罪行。”元兆特别生气，让童子拿一罐装满的水，把它全倒完了，但恶神的神色没有衰减，元兆更加生气，命令童子用煎制的热水泼它，过了一会儿就没有了，就像一个空空的袋子。然后让童子把它扔到空旷的田野中，他的女儿在座位上就立即病愈了，然后父亲把她带回了邺城。

再次到黄花寺寻找那幅画所在之处，像被水洗过一样，因此特见而问曰："汝此来见画叹称，必有异耶，可言之。"其人曰："我女患疾，为神所扰。今元先生称是此寺画作妖。"乃指画处所洗之神，僧大惊曰："汝亦异人也。此寺前月中，一日昼晦，忽有恶风玄云，声如雷震，绕寺良久，闻画处如擒捉之声。有一人云，势力不加元大行，不如速去，言讫，风埃乃散，寺中朗然，晚见此处一神如洗。究汝所说，正符其事。"兆即寇谦之师也。（出林登《博物志》）

别惊骇，连连称奇。僧人云敬见到这种情况问他说："你此番前来看见画赞叹称奇，一定有不同寻常的事，你可以说说。"那个人说："我的女儿得了病，被恶神困扰，现在元先圣说是这间寺庙的壁画作怪。"于是指画被洗掉的神灵。僧人大吃一惊说："你也是不一般的人啊。这间寺庙在上月，有一天白天昏暗不已，忽然有一股邪风卷着黑云，声音像打雷一样响，环绕着寺庙很久，听闻画的地方有擒拿的声音，有一个人说，势力没有元大行厉害，不如快走。说完了，风和尘埃才散去。寺庙重新回到了晴朗的样子，晚上看见这个地方一个神像是被水洗过一样。推究你所说的，正是符合这件事。"元兆，就是寇谦的老师。（出林登《博物志》）

卷第二百一十一　画二

宗测

南齐宗测字敬微，炳之孙也，代居江陵，不应招辟。骠骑将军豫章王嶷请为参军，测答曰："何得谬伤海凫，横斤山木？"性善书画，传其祖业，志欲游名山。乃写祖炳所画《尚子平图》于壁。隐庐山，居炳旧宅。画阮籍遇孙登于行障上，坐卧对之。又永业寺佛影台，皆称臻绝。（出《南齐记》）

袁蒨

齐袁蒨，陈郡人。时南康郡守刘缯妹为鄱阳王妃，伉俪甚笃。王为齐明帝所诛，妃追伤过切，心用恍惚，遂成痫病，医所不疗。袁蒨善图写，画人面，与真无别。乃令画王形象，并图王平生所宠姬，共照镜，状如偶寝。密令媪奶示妃，妃见乃唾之，因骂曰："斫老奴晚！"于是悲情遂歇，病亦痊除。（出谢赫《画品》）

梁元帝

梁元帝常画圣僧，武帝亲为作赞。任荆州刺使时，画《蕃客入朝图》，帝极称善。具《梁书》。又画《职贡图》，并序外国贡献之

宗测

南齐的宗测，字敬微，是宗炳的孙子，世代居住在江陵。不应召朝廷去做官。豫章的骠骑将军王嶷请他担任参军，宗测回答说："为什么要挫伤海上的飞鸟，乱砍山上的树木呢？"他天生擅长书法和绘画。传承了祖先的事业，立志要游览天下的名山。于是把祖父宗炳画的《尚子平图》画在墙壁上。在庐山隐居，住在宗炳的老宅子里。在移动的围屏上画阮籍和孙登相遇图，坐着和躺着都对着它。又为永业寺的佛影台画过画。人们都称颂他的画作已经冠绝当世了。（出《南齐记》）

袁蒨

袁蒨，是齐朝的陈郡人，当时南康的郡守刘缯的妹妹是鄱阳王的妃子，他们夫妻的情感特别好。鄱阳王被齐明帝诛杀了。王妃因为过度追忆感伤，神志不清，因此得了瘾病。医生也无法治疗。袁蒨非常擅长画画。画人像，和真的没有什么区别。于是让他画鄱阳王和鄱阳王生平宠爱的妃子的人像，一同映照在镜子上，情状就像一起睡觉。袁蒨悄悄地让奶妈展示给王妃看，王妃看见之后，朝它吐了一口唾沫，而且骂道："怎么不早把这老不羞杀了呢！"从而悲伤的情绪逐渐平静，她的病也痊愈了。（出谢赫《画品》）

梁元帝

梁元帝曾经画过圣僧，梁武帝亲笔为他题写像赞。梁元帝在担任荆州刺史的时候，画的《蕃客入朝图》，梁武帝极力夸赞。《梁

事。序具本集。又《游春苑》《白麻纸画鹿图》《师利像》《鸖鹤》《陂池芙蓉》《醮鼎图》，并有题印传于代。(出《名画记》)

陶弘景

梁陶弘景字通明，明众艺，善书画。武帝尝欲征用，隐居画二牛：一以金靴头牵之，一则逶迤就水草。梁武知其意，遂不以官爵逼之。(出《名画记》)

张僧繇

梁张僧繇，吴人也。天监中，为武陵王国将军吴兴太守。武帝修饰佛寺，多命僧繇画之。时诸王在外，武帝思之。遣僧繇传写仪形，对之如面也。江陵天皇寺，明帝置，内有柏堂，僧繇画卢舍那像及仲尼十哲。帝怪问："释门内如何画孔圣？"僧繇曰："后当赖此耳。"及后周灭佛法，焚天下寺塔，独此殿有宣尼像，乃不毁拆。又金陵安乐寺画四龙，不点眼睛。每云："点之即飞去。"人以为妄诞，因请点之。须臾，雷电破壁，二龙乘云腾上天，未点睛者见在。初吴曹不兴图青溪龙，僧繇见而鄙之，乃广其像于龙泉亭。其画留在秘阁，时未之重。至太清中，雷震龙泉亭，遂失其壁，方知神妙。

又画《天竺二胡僧》。因侯景乱，散拆为二。一僧为唐右常侍陆坚所宝。坚疾笃，梦胡僧告云："我有同侣，离拆多年，今在洛书》上有详细记载。又画了《职贡图》，并给它写了外族进献的事作为画序。序收录具体在本集中。后来又画了《游春苑》《白麻纸画鹿图》《师利像》《鹳鹤》《陂池芙蓉》《醮鼎图》，还有题词和印章流传后世。（出《名画记》）

陶弘景

陶弘景，字通明。通晓各种艺术，擅长书法和绘画。梁武帝曾经想征召他进入朝廷。他隐居的时候画了两头牛：一头是用金笼头牵引着，一头任意地在水边吃草。梁武帝知道了他的想法，于是就没有用官位逼他出任了。（出《名画记》）

张僧繇

张僧繇，是梁朝时吴地的人。在天监年间，出任武陵王的封国将军，担任吴兴地区的太守。梁武帝改造佛寺，大多任命张僧繇为它作画。当时各位皇子都奉命在外，梁武帝非常思念他们，派遣张僧繇画出他们的人像，面对画像就像面对他们。江陵的天皇寺，是梁武帝修建的，里面有柏堂。张僧繇画了卢舍那的佛像和孔子的十个高徒的画像，梁武帝非常奇怪地问："佛门之内为什么要画孔圣人的像？"张僧繇说："以后佛寺会依赖这个得以存在。"等到后来后周翦灭佛教的时候，把天下的寺庙都烧了，只有这个有孔子像的佛寺没有被拆除。又在金陵的安乐寺画了四条龙，但没有点画它们的眼睛。每次都说："点画眼睛之后它们就会飞走。"别人以为他说大话，就让他给龙点画上眼睛。不一会儿，天空中有雷电击破了墙壁，两条龙驾着祥云飞上了天。没有点画眼睛的龙还在墙壁上。刚开始的时候曹不兴画清溪龙，张僧繇看见之后非常鄙视，于是把像张贴在了龙泉亭。画留在密室中，当时的人并没有看重。等到太清年间，有雷击中龙泉亭，因此失去这面墙壁，才知道了画的神妙所在。

又画了《天竺二胡僧》。因为侯景之乱，被拆散成了两个部分。一个僧人被唐代的右常侍陆坚收藏。陆坚的疾病非常严重的时候，阳李家。若求合之，当以法力助君。”陆以钱帛，求于其处，果购得之。疾亦寻愈。刘长卿为记述之。其张画所有灵感，不可具载。（出《名画记》）

又润州兴国寺，苦鸠鸽栖梁上秽污尊容。僧繇乃东壁上画一鹰，西壁上画一鹞，皆则首向檐外看，自是鸠鸽等不复敢来。（出《朝野佥戴》）

高孝珩

北齐高孝珩，世宗第二子，封广宁郡王尚书大司徒同州牧，博涉多才艺。尝于厅壁画苍鹰，观者疑其真，鸠雀不敢近。又画《朝士图》，当时妙绝。为周师所虏，授开府，封县侯。孝珩亦善音律。周武宴齐君君臣，自弹琵琶，命孝珩吹笛。（出《名画记》）

杨子华

北齐杨子华，世祖时，任直阁将军员外散骑侍郎。常画马于壁。夜听，闻啼啮长鸣，如索水草声。图龙于素，舒之辄云气萦集。世祖重之，使居禁中。天下号为画圣，非有诏，不得与外人画。时有王子冲善棋通神，号为二绝。（出《名画记》）

刘杀鬼

北齐刘杀鬼与杨子华同时，世祖俱重之。画斗雀于壁间，帝梦见胡僧告诉他说："我有一个僧侣同伴，离散多年，现在在洛阳的李姓人家。如果你能请求将我们合二为一，我会用法力帮助你。"陆坚用钱财和绢帛，在李姓人家购求，果然买到了。他的病不久就好了。刘长卿给他记下了这件事。他的那张画所具有的灵力，不能够全部记述。（出《名画记》）

又：润州的兴国寺，苦于鸠鸽一类的鸟在房梁上栖息让客人的面容遭受污秽。于是张僧繇在东面的墙壁上画了一只老鹰，在西面的墙壁上画了一只鹞，都侧头向屋檐外看。从此以后鸠鸽一类的就不再敢飞来了。（出《朝野佥载》）

高孝珩

北齐的高孝珩，是齐世宗的第二个儿子，被封为广宁郡王大司徒同州牧。涉猎很广，多才多艺。曾经在厅堂的墙壁上画了一只苍鹰，观看的人怀疑它是真的苍鹰，鸠鸽麻雀之类的鸟儿不敢靠近。又画了一幅《朝士图》，在当时精妙至极，冠绝一时。后被北周军队所俘获，授予他开府的权力，封他为县侯。高孝珩也很擅长音律。周武帝摆宴宴请北齐的君臣，亲自弹奏琵琶，命令高孝珩吹笛子。（出《名画记》）

杨子华

北齐有个人叫杨子华，在齐世祖的时候，出任直阁将军员外散骑侍郎。曾经在墙壁上画马。夜里倾听的时候，听见马咬叫长鸣，就像是吃草喝水的声音。在白绢上画龙，展开后有云雾萦绕在上面。齐世祖非常看重他，让他住在宫中。天下的人称他为画圣。如果不是有皇帝的诏令，不能给别人画画。当时有一个王子冲，善于下棋，像是有神灵帮助一样，当时的人称他们为"二绝"。（出《名画记》）

刘杀鬼

北齐有一个叫刘杀鬼的人和杨子华是同时代的人，齐世祖对他

见之，以为生，拂之方觉。常在禁中，锡赉巨万。任梁州刺史，名见《北齐书》。（出《名画记》）

郑法士

隋田杨与郑法士同于京师光明寺画小塔。郑图东壁北壁，田图西壁南壁，杨画外边四面，是称“三绝”。杨以簟蔽画处，郑窃观之，谓杨曰：“卿画终不可学。何劳障蔽？”郑托以婚姻，有对门之好，又求杨画本。杨引郑至朝堂，指以宫阙衣冠、人马车乘曰：“此是吾之画本也。”由是郑深伏。光明寺改为大云寺，在长安怀远里也。（出《名画记》）

阎立德

唐贞观三年，东蛮谢元深入朝。冠乌熊皮冠，以金络额，毛帔以裳，为行縢，著履。中书侍郎颜师古奏言：“昔周武王治致太平，远国归款。周史乃集其事为《王会篇》。今圣德所及，万国来朝。卉服鸟章，俱集蛮邸。实可图写贻于后，以彰怀远之德。”从之，乃命立德等图画之。又赵郡李嗣真《论画》，其上品之第三，序右相博陵子阎立本，洎其兄工部尚书大安公立德之画曰：“大安博陵，难兄难弟。自江右陆谢云亡，北朝子华长逝，象人之妙，实为中兴。至如万国来庭，奉涂山之玉帛，百蛮朝贡，接应门之序位，折旋矩规，端簪奉笏之仪，魁诡谲怪、鼻饮头飞之俗，莫不尽该豪末，备得精神。”（出《谭宾录》）

们都特别看重。刘杀鬼在墙壁间画斗雀，齐世祖看到了，以为是真的，用手拂拭之后才发觉是画的。刘杀鬼常年在宫中，被赏赐了很多的财物。官拜梁州刺史，他的事迹在《北齐书》中可以看到。（出《名画记》）

郑法士

隋朝时，有田氏、杨氏和郑法士一同在京师的光明寺画小塔。郑法士画墙壁的东面和北面，田氏画西面和南面，杨氏画外面墙壁的四面。因此称他们为“三绝”。杨氏用竹席遮盖画的地方，郑法士偷偷观察他，对杨氏说：“你的画也没有什么可以学习的，还有什么好遮盖的呢？”郑法士后来和他结为亲家，有门当户对的好处，又求杨氏的画本。杨氏把郑法士引到朝堂之上，把宫阙衣饰、来往的行人车马指给他看，说：“这是我的画本。”自此以后，郑法士被折服。光明寺改名为大云寺，在长安的怀远里。（出《名画记》）

阎立德

唐太宗贞观三年，东蛮的谢元深入朝觐见，头上戴着乌熊皮制成的帽子，用金络装饰额头，用毛帔作为衣裳，戴着护具，穿着鞋。中书侍郎颜师古上奏说：“以前周武王治国创造了太平天下，边远的小国都来归附。周朝的史官就汇集他的事件写成《王会篇》。现在皇上的恩泽所惠及的地方，各个国家都来朝贺。穿着用絺葛做的衣服，上面绣着鸟形花纹，都聚集在少数民族的旅馆里，确实有必要把它们画出来留给后来的人，用来彰显陛下您怀柔远方的恩德。”唐太宗听从了他的意见，就命令阎立德等人把它们画出来。又有赵郡的李嗣真写了《论画》，在上品第三中叙说了右相博陵阎立本，及他的哥哥工部尚书大安公阎立德的画说：“阎立德和阎立本是难兄难弟。自从江北的陆谢云、北朝的杨子华逝去后，画人像的精妙，到这时候可以称之为中兴了。至于像万国来朝见，奉送上涂山的玉和锦帛，众多少数民族来进贡，接应时候的顺序，曲行动作的规矩、端簪捧笏的礼

阎立本

唐太宗朝，官位至重，与兄立德齐名。尝奉诏写太宗真容，后有佳手，传写于玄都观东殿前间，以镇九五冈之气，犹可以仰神武之英威也。立德创《职贡图》，异方人物，诡怪之状。立本画国王粉本在人间。昔南北两朝名手，不足过也。时南山有猛兽害人，太宗使骁勇者捕之，不得。虢王元凤忠义奋发，自往取之，一箭而毙。太宗壮之，使立本图状。鞍马仆从，皆写其真，无不惊服其能。有《秦府十八学士》《凌烟阁功臣》等图，亦辉映前古。唯《职贡》《卤簿》等图，与立德同制之。俗传慈恩画功臣，杂手成色，不见其踪。其人物鞍马、冠冕车服，皆神也。李嗣真云："师郑法士，实亦过之。后有王知慎、师范，甚有笔力。阎画神品。"（出《唐画断》）

太宗尝与侍臣泛春苑，池中有异鸟随波容与。太宗击赏数四，诏座者为咏，召阎立本写之。阁外传呼云"画师阎立本"。时为主爵郎中，奔走流汗，俯临池则，手挥丹青，不堪愧赧。既而戒其子曰："吾少好读书，幸免墙面。缘情染翰，颇及侪流，唯以丹青见知。躬厮养之务，辱莫大焉。汝宜深戒，勿习此也。"至高宗朝，阎立本为右丞相，姜恪以边将立功为左相。又以年饥，放国子学生归，又限令史通一经。时人为之语曰："左相宣威沙漠，右相驰誉丹青。三馆学生放散，五台令史明经。"（出《大唐新语》）

仪，还有奇异怪诞的用鼻子饮酒、用头碰撞的习俗，没有不被画得细致入微的，全都具有神韵。”（出《谭宾录》）

阎立本

阎立本在唐太宗在位的时代，官职已经达到特别高的位置了，和哥哥阎立德声名齐平。曾经奉诏令画唐太宗的真人像。后来有一位高手，在玄都观东殿前临摹，用来镇压其产生的皇帝灵气，也可以用来瞻仰其英勇威武。阎立德创作了《职贡图》，来自异国的人物，状貌都非常奇异怪诞。阎立本画国王的画稿流落在民间。昔日南北朝的高手，没有足以超过他们的。当时南山有猛兽侵害百姓，唐太宗派遣勇猛的人捕捉它，没有捕捉到。虢王王元凤忠心耿直，情绪高涨，亲自前往捕捉，一箭就击毙了它。唐太宗赞赏他，让阎立本把他捕捉的状貌画出来。画中的鞍马和仆人，都画得像真的一样，没有人不佩服他的画技。他画的图有《秦府十八学士》《凌烟阁功臣》等，光辉能照耀前代后世。只有《职贡》《卤簿》等图，是和阎立德一起画的。民间流传在慈恩寺所画的功臣，是其他人画出来的，没有他们绘画的踪影。他画的人物、车马、衣饰、车饰，都是神品。李嗣真说：“向郑法士学习绘画，实际上是超过他的。后来有王知慎，师从阎立本，非常有笔力。阎立本的画是神妙之作。”（出《唐画断》）

唐太宗曾经和侍奉的臣子泛游春苑，池中有不一样的鸟随着波浪悠闲自得。唐太宗四次击节赞赏，诏令在座的人为它歌咏，诏令阎立本把它画出来。楼阁外传令人呼号“画师阎立本”。阎立本当时是主爵郎中，汗流满面跑到池边，俯下身子靠近池塘边，手里拿着笔画画，这样的羞愧让他不能承受。不久之后他告诫儿子说：“我小时候特别喜欢读书，幸好不是不学无术，有感而发的时候就将它通过笔墨表达出来。还算是能够比得上同辈，但只是因为画画而被别人知晓。却让我像供驱使的仆人一样亲自侍奉别人，这样的屈辱是非常大的。你应该引以为戒，不要学习画画。”到了唐高宗的时代，阎立本被封为右丞相，姜恪因为在边疆立功而成为左相。因为饥荒，放国子监的学生们回家，又规定令史们必须通晓一本经书。当时的人为此作立本家代善画。至荆州，视张僧繇旧迹曰：“定虚得名耳。”明日及往，曰：“犹是近代佳手。”明日又往，曰：“名下定无虚士。”坐卧观之，留宿其下，十日不能去。

又梁张僧繇作《醉僧图》。道士每以此嘲僧，群僧耻之。于是聚钱数十万，货阎立本作《醉道士图》。今并传于代。（出《国史异纂》）

薛稷

天后朝，位至少保。文章学术，名冠当时。学书师褚河南。时称买褚得薛不落节。画踪阎令。秘书省有《画鹤》，时号一绝。会旅游新安郡，遇李白。因留连，书永安寺额，兼画西方像一壁。笔力潇洒，风姿逸发，曹张之亚也。二妙之迹，李翰林题赞见在。又闻蜀郡多有画诸佛菩萨青牛之像，并居神品。（出《唐画断》）

尉迟乙僧

唐尉迟乙僧，土火罗国胡人也。贞观初，其国王以丹青巧妙，荐之阙下云：“其国尚有兄甲僧，未有见其画踪。”乙僧今慈恩寺塔前面中间功德，叉凹垤花，西面中间千手千眼菩萨，精妙之极。光宅寺七宝台后面画降魔像，千怪万状，实奇踪也。然其画功德人物花草，皆是外国之象，无中华礼乐威仪之德。（出《唐画断》）

了打油诗说："左相宣威沙漠，右相驰誉丹青。三馆学生放散，五台令史明经。"（出《大唐》）

阎立本家世代擅长绘画。到荆州的时候，看张僧繇留下来的旧迹说："一定是只有虚名。"第二天再去的时候，说："这是近代的绘画好手。"第二天又去，说："盛名之下一定没有浪得虚名的人。"等到第二天再去，睡在它的旁边，十天都没能够离开。

又有梁朝张僧繇画的《醉僧图》一幅，道士每次拿这个来嘲笑僧人的时候，众僧都以这个作为耻辱。于是聚集了十万钱，让阎立本画《醉道士图》。现今一并世代流传。（出《国史异纂》）

薛稷

在武则天执政的时候，薛稷官拜少保。他的文章和学术，冠绝当世。学书法师从褚遂良。当时号称，买褚遂良的书法或得到薛稷的书法是不会减省的。他的画宗法阎立本。秘书省有他的《画鹤》，当时号称一绝。适逢他在新安郡游赏，遇到了李白。因此在此地逗留，题写了永安寺的匾额，同时还在寺庙的一面墙壁上画了西方极乐世界的佛像。他的笔力俊逸洒脱，所画人物神情超逸容光焕发，仅次于曹不兴和张僧繇。这两幅画的精妙笔法，李白的题词中能够见证。又听说蜀郡有很多神佛、菩萨和青牛的画像，一并被称为神妙之作。（出《唐画断》）

尉迟乙僧

唐代的僧人尉迟乙，是土火罗国的胡人。贞观初年，他的国家因为他的绘画特别精妙，向唐朝推荐他说："他们的国家还有他的哥哥僧人尉迟甲，还没有人见过他画功。"僧人尉迟乙现今在慈恩寺塔前面中间的功德图，所绘制的张开的凹垤花西面中间的千手千眼的菩萨，精巧绝伦。光宅寺的七宝台的后面画的降魔图像，千奇百怪，实在是奇怪的笔法啊。然而他画出来的做佛事的情状、人物、花草，都是异域的风格，没有中国礼乐庄严的仪态。（出《唐画断》）

王 维

唐王右丞维家于蓝田玉山，游止辋川。兄弟以科名文学冠绝当代，故时称朝廷左相笔，天下右丞诗者也。其画山水松石，踪似具生，而风标特出。今京都千福寺西塔院有掩障，一画枫戍，一图辋川。山谷郁盘，云水飞动，意出尘外，怪生笔端。常自题诗云："夙世谬词客，前身应画师。"其自负也如此。慈恩寺东院，与毕庶子郑广文，各画一小壁。时号"三绝"。故庾右丞宅，有壁图山水兼题记，亦当时之妙也。山水松石，妙上上品。（出《唐画断》）

又维尝至招国坊庾敬休宅，见屋壁有画《奏乐图》，维熟视而笑。或问其故，维曰："此《霓裳羽衣曲》第三叠第一拍。"好事者集乐工验之，无一差者。（出《国史补》）

李思训

唐开元中，诸卫将军李思训，子昭道为中舍，俱得山水之妙。时人云"大李将军""小李将军"是也。思训格品高奇，山川绝妙。鸟兽草木，皆其能。中舍之图，山水鸟兽，甚多繁巧。智思笔力不及也。天宝中，玄宗召思训，画大同殿壁兼掩障。异日因奏对，诏云："卿所画掩障，夜闻水声。通神之佳手，国朝山水第一。"思训神品，昭道妙上品。（出《唐画断》）

王 维

唐代的右丞相王维把家迁到蓝田玉山，在辋川定居。他们兄弟凭借科举声名在当时无与伦比，所以当时称朝廷中左丞相的文章、天下间右丞相的诗。他所画的山水松石，笔迹所到之处具体生动，而且格调突出。现今京都千福寺的西塔院有遮掩的影壁，一个上面画的是枫戎，另一个上面画的是辋川。山谷曲折幽深，云和水飘飞灵动，意韵超然世外，不寻常就这样从笔端滋生出来。曾经自题一首小诗说："夙世谬词客，前身应画师。"他是如此自命不凡。在慈恩寺的东院，和毕庶子、郑广文，每个人各画一面墙壁。当时的人称他们为"三绝"。在已经去世的庾右丞的宅院里的墙壁上画了一幅山水画，同时还有题记，也是当时的神妙之作。他的山水松石，是神妙之作中的上上品。（出《唐画断》）

又：王维曾经到招国坊的庾敬休的宅院里，看见屋里的墙壁上有一幅《奏乐图》。王维注目细看之后笑了。有人问他笑的原因，王维说："这是《霓裳羽衣曲》的第三叠第一拍。"有好事的乐工检验它，没有一点差别。（出《国史补》）

李思训

唐朝开元年间，武卫大将军李思训的儿子李昭道官任中书舍人，在绘画技法上完全领悟了山水的精妙。当时人说的"大李将军""小李将军"就是他们了。李思训的绘画格调高雅，风格独特，画山水妙绝一时。鸟兽草木，都是他擅长的。李昭道的绘画，山水鸟兽，有很多繁复巧妙的地方。构思和笔法都不如他的父亲。天宝年间，唐玄宗诏令李思训，画大同殿的墙壁和影壁。第二天，他因事上朝，玄宗皇帝对他说："你所画的影壁，夜间能听得见流水的声音。你是能够通达神灵的高手，是我朝山水画的第一名。"李思训所画的是神妙之作，李昭道所画的是精妙的上乘之作。（出《唐画断》）

韩幹

唐韩幹，京兆人也。唐玄宗天宝中召入供奉。上令师陈闳画马，怪其不同，诏因诘之。奏云："臣自有师。陛下内厩马，皆臣之师也。"上甚异之。其后果能状飞龙之质，尽喷玉之奇。九方之识既精，伯乐之相乃备。且古之画马，有《周穆王八骏图》；国朝阎立本画马，似模展郑。多见筋骨，皆擅一时之名，未有希代之妙。开元后，四海清平。外域名马，重译累至。然而砂碛且遥，蹄甲多薄。玄宗遂择其良者，与中国之骏，同颁马政。自此内厩有"飞黄""照夜""浮云""五方"之乘。奇毛异状，筋骨既健，蹄甲皆厚。驾御历险，若舆辇之安，驰骤应心，中韶頀之节。是以陈闳貌之于前，韩幹继之于后。写渥洼之状，不在水中。移騕褭之形，出于天上。韩故居神品。陈兼写真，居妙品上。宝应寺三门神，西院北方天王，佛殿前面菩萨，西院佛像，宝圣寺北院二十四圣等，皆其踪也。画马高会菩萨西院鬼神等神品。（出《唐画断》）

又幹闲居之际，忽有一人朱衣玄冠而至。幹问曰："何得及此。"对曰："我鬼使也。闻君善图良马，愿赐一匹。"幹立画焚之。数日因出，有人揖而谢曰："蒙君惠骏足，免为山川跋涉之劳，亦有以酬效。"明日，有人送素缣百匹，不知其来。幹收而用之。（出《独异志》）

建中初，曾有人牵马访医。称马患脚，以二千求治。其马毛色骨相，马医未尝见。笑曰："君马酷似韩幹所画者，真马中固无

韩幹

唐朝的韩幹，是京兆人。唐玄宗天宝年间被召进宫供奉。唐太宗诏令画师陈闳画马，很奇怪他们画的不一样，因此诏令他进宫诘问。韩幹上奏说："我自然有我的老师。皇上您马厩里的马，都是我的老师。"唐太宗对此感到十分惊诧，他果然能画出飞龙的神韵，画出马势的雄猛。已经精通九方皋相马的知识，具备了伯乐相马的技能。自古以来有关马的画，有《周穆王八骏图》；本朝的阎立本画马，好像是模仿展、郑。大多是画出它的筋骨，都是因此而有一时的名声，但没有世所罕有的精妙之作。开元年间，四海之内国泰民安。异域的名马，辗转接连来到。但是久经沙漠，路途遥远，马蹄的甲壳大多很轻薄。唐玄宗于是选择其中的优良品种，和中原的名马，一起管理。从此以后，宫内的马厩有"飞黄""照夜""浮云""五方"之类的坐骑。这些马毛色和形貌比较奇特，不仅筋骨强健，而且马蹄的甲壳都很厚。乘坐他们经历险境，就像乘坐着步辇一样安逸，驰骋十分得心应手，暗合雅正的古乐。所以陈闳画出形貌在前，韩幹在他后面传承。画神马的情状，不是在水中。把騕褭的情状，移到天上。韩幹画的马因此位居神妙之作。陈闳兼有写真，位居精妙之作的上品。宝应寺的三个门神、西院的北方天王、佛殿前面的菩萨、西院的佛像，宝圣寺北院的二十四圣等，都是他画出来的。画出马高会的菩萨、西院的鬼神等神妙之作。（出《唐画断》）

又：韩幹闲居在家的时候，忽然有一个戴着黑色头冠穿着红衣的人来访。韩幹问他说："你来这里有什么贵干呢？"那个人回答说："我是鬼差。听说你擅长画良马，希望你能够赐给我一匹。"韩幹立刻画了一匹马烧了。过了几天因事外出，有个人对他作揖并谢他说："多亏你赐给我一匹好马，免了我跋山涉水的辛劳，也有赏赐你功劳的薪资。"第二天，有人送了一百匹白色的绢帛，不知道从何而来。韩幹把它收下并且使用了它。（出《独异志》）

建中初年，有人牵着马寻访马医。说是马得了脚病，愿意用两千钱求得治疗。他的马的毛色和骨相，马医之前没有见过。笑着说："你的马特别像韩幹画的，真马之中一定是没有的。"因此请马的也。”因请马主绕市门一匝，马医随之。忽值韩幹，幹亦惊曰：“真是吾设色者。”乃知随意所匠，必冥会所肖也。遂摩挲。马若蹶，因损前足，幹心异之。至舍，视其所画马本，脚有一点黑缺。方知画通灵矣。马医所获钱，用历数主，乃成泥钱。（出《酉阳杂俎》）

主人绕门市一圈，马医和他一起。忽然遇到韩幹。韩幹也特别惊诧地说："真的是我画的马啊。"于是知道随意画的马，一定是被暗中效仿了。就用手抚摸着马。马好像折损了，因为前脚受伤了。韩幹心中非常诧异。等回到家，看他所画的马，脚有一处黑缺，才知道是他的画通神了。马医得到的报酬，几经转手，全变成了泥钱。（出《酉阳杂俎》）

卷第二百一十二　画三

吴道玄　冯绍正　张　藻　陈　闳　韦无忝　卢稜伽　毕　宏
净域寺　资圣寺　老君庙　金桥图　崔圆壁

吴道玄

唐吴道玄字道子，阳翟人也，少孤贫。天授之性，年未弱冠，穷丹青之妙。浪迹东洛，玄宗知其名，召入供奉。大略宗师张僧繇千变万状，纵横过之。两都寺观，图画墙壁四十余间，变像即同，人相诡状，无一同者。其见在为人所睹之妙者。上都兴唐寺御注金刚经院，兼自题经文。慈恩寺塔前面文殊普贤，西面降魔盘龙等。又小殿前门菩萨，景公寺地狱帝释龙神，永寿寺中三门两神，皆妙绝当时。朱景玄云："有旧家人尹老年八十余，尝云：'见吴生画中门内神，圆光最在后，一笔成。当时坊市老幼，日数百人，竞候观之。缚阑，施钱帛与之齐。及下笔之时，望者如堵。风落电转，规成月圆，喧呼之声，惊动坊邑。或谓之神也。'"又景公寺老僧玄纵云："吴生画此地狱变成之后，都人咸观，皆惧罪修善。两市屠沽，鱼肉不售。"又开元中驾幸东洛。吴生与裴旻、张旭相遇，各陈所能。裴剑舞一曲，张书一壁，吴画一壁。都邑人士，一日之中，获睹三绝。又画玄元庙，五圣千官，宫殿冠冕，势倾云龙，心若造化，故杜员外甫诗云"妙绝动宫墙"也。又玄宗天宝中，忽思蜀中嘉陵江山水，遂假吴生驿递，令往写貌。及回日，帝问其状。奏云："臣无粉本，并记在心。"遣于大同殿图之，嘉陵江三百里山水，一日而毕。时有李将军山水擅名，亦画大同殿壁，数月方毕。玄宗云："李思训数月之功，吴道玄一日之迹，皆极其妙也。"又画殿内五龙，鳞甲飞动，每欲大雨，即生烟雾。吴生常持《金刚经》，自此识本身。当天宝中，有杨庭光与之齐名。潜画吴生真于讲席。

吴道玄

唐代人吴道玄，字道子，是阳翟人。年少的时候孤苦贫寒。上天授予他才能，还没到弱冠之年，就已经完全领悟到绘画的精妙之处了。后来流浪到东都洛阳，唐玄宗知道他的声名，把他召入宫内作为供奉。他的画基本上是师法张僧繇，变化多端的形态、奔放自如的笔法超过了张僧繇。他在东西两都的寺庙，画了四十多个墙壁，变化的人像奇异诡谲，没有一样相同的。是这类画中被人见到的最好的。京都的兴唐寺皇帝亲自给《金刚经》作注的院子，自己题写的序和经文。慈恩寺塔的前面文殊菩萨和普贤菩萨，西面的降魔、盘龙等图像又有小殿前门的菩萨，景公寺地狱的帝释龙神，永寿寺中的三门两神，在当时精妙绝伦。朱景玄说："有以前的邻人尹姓老人八十多岁，曾经说：'看见吴道子画中门宗庙祭祀的神，圆光放在最后画，一笔就画成了。在当时的街市的老少，一天几百人，竞相守候着观看这一幕。将绳索绑在栏杆上。布施的钱帛和它齐平。等到下笔的时候，观看的人已经像一堵墙一样了。转瞬之间就画成了像圆月一样的圆光，喧闹呼叫的声音，惊动了坊间的人。有的人称他为神人。'"又有景公寺的老僧玄纵说："吴道子画成这个《地狱图》之后，京都的人都来观看，都害怕犯有罪行而行善。东西两市的屠户和卖酒的人，都不卖鱼和肉了。"又开元年间，唐玄宗驾临东都洛阳。吴道子和裴旻、张旭相遇，各自发挥自己的长处。裴旻一曲剑舞，张旭写了一墙书法，吴道子画了一墙画。东都的人，一天之中，看见了"三绝"。又在玄元庙画了《五圣千官》，其中的宫殿和官帽，气势能倾倒君臣，巧妙的构思像大自然本身的孕育。所以员外郎杜甫诗中评价说："妙绝动宫墙。"又在唐玄宗天宝年间，唐玄宗忽然想念蜀中地区嘉陵江周围的山水了，于是用驿马传递公文给吴道子假期，诏令他前去画出众人之中，引吴观之。亦见便惊。语庭光云：“老夫衰丑，何用图之？”因斯叹伏。其画人物佛像鬼神、禽兽山水、台殿草木，皆神妙也，国朝第一。张怀瓘云：“吴生画，张僧繇后身，斯言当矣。”（出唐《画断》）

又开元中，将军裴旻居母丧。诣道子，请于东都天宫寺画神鬼数壁，以资冥助。道子答曰：“废画已久。若将军有意，为吾缠结，舞剑一曲。庶因猛励，获通幽冥。”旻于是脱去缞服，若常时装饰。走马如飞，左旋右抽，掷剑入云。高数十丈，若电光下射。旻引手执鞘承之，剑透室而入。观者数千百人，无不惊栗。道子于是援毫图壁，飒然风起，为天下之壮观。道子平生所画，得意无出于此。（出《独异志》）

又道子访僧请茶。僧不加礼，遂请笔砚。于壁上画驴一头而去。一夜，僧房家具并踏破，被恼乱不可堪。僧知是道子，恳邀到院祈求。乃涂却画处。（出《卢氏杂说》）

又西明慈恩多名画。慈思塔前壁有湿耳狮子趺心花，为时所重。圣善敬爱，亦有古画。圣善木塔院多郑广文画并书。敬爱山亭嘉陵江的形貌。等到回来的时候，唐玄宗问他怎么样了。吴道子上奏说："我没有底稿，就一并把山水记在心中了。"将他派往大同殿去画，嘉陵江三百里的山水，一天就画完了。当时有一位李将军特别擅长画山水，也在大同殿的墙壁上作画，好几个月才结束。唐玄宗说："李思训好几个月的成效，吴道子一天的成就，都非常神妙。"又在大殿里画了五条龙。龙鳞飘逸生动。每次快要下大雨的时候，就会产生云雾。吴道子经常拿着《金刚经》，也因此能够认识自身。天宝年间，有一位杨庭光和他声名一样。一次，杨庭光偷偷地给正在授课的吴道子画像，画好之后当众拿给吴道子看。吴道子一看便大吃一惊。对杨庭光说："我年老又形貌丑陋，哪里需要花费你的心思画出来呢？"也因为这幅画赞赏佩服他。他画人物、佛像、鬼神、禽兽、山水、台殿、草木都是神妙之作。是唐朝的第一人。张怀瓘说："吴道子的画，是张僧繇画法的承继，这句话很恰当啊！"（出《唐画断》）

又：开元年间，将军裴旻在家为母亲守孝。拜访吴道子，请他在东都洛阳的天宫寺画几间墙壁的神鬼图，用来给母亲求取神佛的佑助。吴道子回答说："我荒废绘画已经很长时间了。如果将军您有意这样，替我舞一曲剑。或许因为你的努力，可以通联阴界。"裴旻因此脱掉丧服，换上平常的衣饰。骑马疾行，迅猛如飞，逆时针旋转抽出长剑，把剑抛向空中，高达几十丈，剑光像电光一样直射而下。裴旻伸手拿着剑鞘接着它，剑穿透剑鞘。观看的有几千人，没有不惊讶的。于是吴道子挥毫在墙壁上作画，突然刮起大风，可以称之为世上的壮观景象。吴道子生平所作的画，没有比这幅还称他的心意的。（出《独异志》）

又：吴道子拜访僧人的时候想要一杯茶，僧人没有以礼相待，于是要了笔墨，在墙壁上画了一头驴就离开了。夜里，僧人房间里的家具都被踩破了，他被气得不能承受。僧人知道这是吴道子作的画，恳切地邀请他到寺庙祈求他，于是他把墙壁上的画涂掉了。（出《卢氏杂说》）

又：西明寺和慈恩寺有很多名画。慈恩寺前面的墙壁上有《湿耳狮子趺心花》，被当时的人所看重。圣善寺和敬爱寺，也有古画。圣院有雉尾若真。砂子上有进士房鲁题名处，后有人题诗曰：“姚家新婿是房郎，未解芳颜意欲狂。见说正调穿羽箭，莫教射破寺家墙。”寺西北角有病龙院并吴画。（出《卢氏杂谈》）

冯绍正

唐开元，关辅大旱，京师阙雨尤甚。亟命大臣遍祷于山泽间而无感应。上于龙池，新创一殿。因召少府监冯绍正，令于四壁各图一龙。绍正乃先于西壁画素龙。奇状蜿蜒，如欲振跃。绘事未半，若风云随笔而生。上及从官于壁下观之，鳞甲皆湿，设色未终，有白气若檐庑间出，入于池中。波涛汹涌，雷电随起。侍御数百人皆见白龙自波际，乘云气而上。俄顷阴雨四布，风雨暴作。不终日而甘泽遍于畿内。（出《明皇杂录》）

张 藻

唐张藻衣冠文学，时之名流。松石山水，擅当代名。唯松树特出古今。能用笔，常以手握双管，亦一时齐下。一为生枝，一为枯枝。气傲烟雾，势逾风雨。其槎枿鳞皴之质，随意纵横。生枝则润合春泽，枯枝则干裂秋风。其山水之状，则高低秀绝，咫尺深重。石突欲落，泉喷如吼。其近也逼人而寒，其远也极天之净。图障在人间最多。今宝应寺西院山水松石，具有题记。精巧之迹也。松石山水，并居神品。（出《画断》）

善寺的木塔院，大多是郑广文的绘画和书法。敬爱寺的山亭院有栩栩如生的《雉》。砂子寺的墙壁上有进士房鲁题名的地方，后来有人写了一首诗，内容是："姚家新婿是房郎，未解芳颜意欲狂。见说正调穿羽箭，莫教射破寺家墙。"寺院的西北角有一座病龙院和吴道子的绘画。（出《卢氏杂谈》）

冯绍正

唐代开元年间，关中和三辅地区大旱。京师更加缺乏雨水。唐玄宗紧急命令大臣们在山中和沼泽里到处求雨，但是没有任何反应。唐玄宗在龙池，新建了一座宫殿，因此诏令少府监冯绍正在大殿的四面墙壁上各画一条龙。冯绍正就先在西面的墙壁上画上白龙。它的形状奇特，曲折连绵，就好像要奋飞腾跃一般。还没画到一半，风云就像跟随笔尖生起一般。唐玄宗和跟随的官员在墙壁的下方观看，龙的鳞甲都湿淋淋的，着色还没有结束，有雾气从廊檐间冒出，飘入池水中。顿时波浪翻滚，接着就电闪雷鸣。当时侍奉在唐玄宗身边的几百人都看见白龙从水波中，驾着云雾翻腾而上。过了一会儿乌云就布满天际，刮起了大风，下起了大雨。不到一天京城就下足了雨水。（出《明皇杂录》）

张 藻

唐代的张藻是名门世族，是当时的杰出人士。他所画的松石山水，在当时特别有名。他画的松树非常独特，超过古今所有人物。特别擅长用笔，经常用手握住两支笔，双笔一同作画，一支笔画活生生的树枝，一支笔画干枯的树枝。所画出的作品气韵在烟雾之上，气势胜过风雨。他画的像鳞片般皱皮或有裂痕的树的杈枝，恣意纵横。活生生的树枝像经历过春雨的滋润，干枯的树枝像是在秋风中被吹裂了一样。他所画的山水的形貌，则是高低相间，极为峻峭。微小的区域却给人深广的感觉。石头突出的地方就像要掉落一般，泉水喷涌的地方就像听见了嘶吼。离得近了就会觉得寒气逼人，离得又后士人家有张藻松石障。士人云:“兵部李员外约好画成癖,知而购之。其家弱妻,已练为衣里矣。唯得两幅,双柏一石在焉。嗟惋久之。”(出《名画记》)

陈闳

唐陈闳,会稽人。以能写真人物子女等,本道荐之,玄宗开元中召入供奉。每令写御容,妙绝当时。玄宗射猪鹿兔、按鹰等,并按舞图真容,皆受诏写貌。又太清宫肃宗真容。匪唯龙头凤姿,日角月宇之状。而笔力遒润,风彩英逸,合符应瑞。天假其能也。国朝阎令公之后,一人而已。今咸宜观天尊殿内画上仙图及当时供奉道士等真,皆其踪也。又曾为故吏部侍郎徐画本行经幡二口。有女能织成,妙绝无并。唯写真人神人物子女等,妙品上上。(出《画断》)

韦无忝

唐韦无忝,京兆人也。玄宗朝,以画马异兽擅其名。时称韦画四足,无不妙也。曾见貌外国所献狮子,酷似其真。后狮子放归本国,唯画者在图,时因观览,百兽见之皆惧。又玄宗时猎,一箭中两野猪,诏于玄武北门写貌。传在人间,英妙之极也。夫以百兽之性,有雄毅逸群之骏,有驯扰之良,爪距既殊,毛鬣各异。前辈或状其怒则张口,善则垂头。若展一笔以辨其性情,奋一毛而知远了就会产生到达天边的清净之感。他画的屏风在人世间流传得最多。现在宝应寺西院里的山水松石，都有他的题记。是构思精巧的图画。松石山水，都是神妙之作。（出《画断》）

又：后代的一位读书人家里有张藻画的松石的屏风。这位读书人说："兵部的员外郎李约特别喜欢画，知道后把它买过去了。他的妻子，把它煮过之后漂洗成衣服的衬里了。只剩下双柏一石两幅图了。李约叹息了很长时间。"（出《名画记》）

陈闳

唐代的陈闳，是会稽人士。凭借擅长画人物子女的画像而被本地的道府推荐，唐玄宗在开元年间召请他进入朝中供奉。每次让他画宴请时的画像，都精妙绝伦，冠绝当世。唐玄宗射杀猪、鹿、兔，训鹰等场面和伴乐跳舞的场景，都奉诏画出当时的情形。又在太清宫画唐肃宗的肖像。他的画不只是把皇帝和妃子们的姿容描画出来，还表现出他们的大贵之相。并且笔力遒劲、细腻光滑，人物的风姿神采、英俊超脱，和人事相呼应。是上天借给他的才能。在唐朝阎立本之后，只有他一个人罢了。现在咸宜观天尊殿中壁画上的仙人画像和当时供奉的道士等人的肖像，都是陈闳留下的墨迹啊。又曾经给已经去世的吏部侍郎徐氏画了行进中的两口经幡。他有个女儿会织布，织成的图案精妙绝伦，没有人能够赶得上。他画出的神与人物肖像等，是精妙的上上品。（出《画断》）

韦无忝

唐代的韦无忝，是京兆人。唐玄宗执政时，凭借画马和奇异的怪兽而声名远播。当时的人说韦无忝画的四脚兽，没有不精妙的。曾经奉命摹画过外族人进献的狮子，特别像真的狮子。后来狮子放回了他们国家，只存有它形象的图画，当时凭借它供人们观看。所有动物见了它都害怕。又唐玄宗在狩猎时一箭射中了两头野兽。诏令他在玄武门的北门画出当时的情状，流传到民间，优美极了。动物有它们各自的特点。有勇武刚毅出众超群的野马，有被训化性情温顺的养

其名字，古所未能也，韦公能之。《异兽图》破分，人家往往有之。京都寺观无画处。其画兽等妙品上上。（出《画断》）

卢稜伽

唐卢稜伽，吴道玄弟子也。画迹似吴，但才力有限。颇能细画，咫尺间山水寥廓，物像精备。经变佛事，是其所长。吴生尝于京师画总持寺三门，大获众货。稜伽乃窃画庄严寺三门。锐思开张，颇臻其妙。一日，吴生忽见之，惊叹曰："此子笔力，常时不及我，今乃类我。是子也，精爽尽于此矣。"居一月。稜伽果卒。（出《名画记》）

毕 宏

唐毕宏，大历二年为给事中。画《松石》于左省厅壁，好事者皆诗之。改京兆少尹为右庶子。树石擅名于代。树木改步变古，自宏始也。（出《名画记》）

净域寺

唐大穆皇后宅。寺僧云："三阶院门外，是神尧皇帝射孔雀处。"禅院门内外，《游目记》云：王昭隐画。门西里面和修吉龙王有灵。门内之西，火目药叉及北方天王甚奇猛。门东里面，贤门野叉部落，鬼首蟠蛇，汗烟可惧。东廓树石险怪。高僧亦怪。西廊庙马。爪子的距离都不一样，鬃毛也各有不同。前代人有的描绘它发怒时张大的嘴巴、温顺时垂下的头颅。如果是只画一笔就能够辨别出它的性情、画一根毛就知道它的名字，前代的人没有能够做到的，韦无忝却可以。《异兽图》打破了这种界限。当时的人家几乎都有。京都的寺庙没有画《异兽图》的地方。他画的兽都是精妙绝伦的上上之作。（出《画断》）

卢棱伽

唐代的卢棱伽，是吴道子的弟子。他画画的行迹像吴道子，但是他的能力有限。比较擅长工笔画。在微小区域中山水的轮廓、样貌全都精密详尽。把经文画成佛教徒诵经、祈祷及供养等活动，是他擅长的。吴道子曾经在京城的总持寺画过三道门，获得过很多人的布施。卢棱伽就偷偷画了庄严寺的三道山门。在一张一合之间尽显敏锐的才思，很能达到精妙的程度。一天，吴道子忽然看见它们，惊叹地说："这个孩子的笔力以前不如我，现在已经和我相接近了，这个孩子的精力全部用在这幅画上了。"过了一个月，卢棱伽果然去世了。（出《名画记》）

毕 宏

唐代的毕宏，在大历二年官拜给事中。在门下省厅堂的墙壁上画了一幅《松石》，有许多好事的人都给它题诗。毕宏由京兆少尹改为右庶子。所画的树和石头在唐代享有声名。改变树的画法变成古法，是从毕宏开始的。（出《名画记》）

净域寺

净域寺原来是唐大穆皇后的宅院。寺里的僧人说："三层阶梯的院门外面，是唐高祖李渊射孔雀的地方。"在禅院的门内外，据《游目记》说："王昭隐居在画门西里面，和修吉龙王有情。门内西面，火夜叉和北方天王非常怪异凶猛。门内东面，贤良门第的夜叉部落，鬼

菩萨院门里南壁，皇甫轸画鬼神及雕。鹗势若脱壁。轸与吴道玄同时。吴以其艺逼己，募人杀之。（出《酉阳杂俎》）

资圣寺

资圣寺中门窗间，吴道子画《高僧》，韦述赞，李严书。中三门外，两面上层，不知何人画人物，颇类阎令。寺西廊北隅，扬坦画《近塔天女》。明睇将瞬。团塔院北堂有铁观音高三丈余。观音院两廊《四十二贤圣》，韩幹画，元载赞。东廊北《散马》，不意见者，如将嘶蹀。圣僧中龙树商船和循绝妙。团塔上菩萨，李真画。四面花鸟，边鸾画。当药上菩萨顶上茙葵尤佳。塔中藏千部《法华经》。词人作诸画连句，柏梁体。吴生画勇矛戟攒，出奇骋变势万端。苍苍鬼怪层壁宽，睹之忽忽毛发寒。棱伽效之力所殚，李真、周昉优劣难。活禽生奔推边鸾，花方嫩彩犹未干。韩幹变态如激湍。惜哉壁画势未殚，后人新画何漫汗。（出《酉阳杂俎》）

老君庙

东郡北邙山有玄元观，观南有老君庙。台殿高敞，下瞰伊洛。神仙泥塑之像，皆开元中杨惠之所制。奇巧精严，见者增敬。壁有吴道玄画五圣真容及老子化胡经事，丹青妙绝，古今无比。杜工部诗云："配极玄都闷，凭高禁篽长。守祧严具礼，掌节镇非常。碧瓦初寒外，金茎一气旁。山河扶绣户，日月近雕梁。仙李蟠根大，猗兰弈叶光。世家遗旧史，道德付今王。画手看前辈，吴生远的头，盘旋的蛇，满脸汗烟，让人非常害怕。东边外缘的树木和石头奇异险峻。高僧也非常怪异。西边外缘庙中的菩萨院门的南墙壁上，皇甫轸画了鬼神和雕，鱼鹰的状态就像要离开墙壁一样。皇甫轸和吴道子是同时代的人，吴道子因为他的才艺直逼自己，招募人手把他杀了。”（出《酉阳杂俎》）

资圣寺

资圣寺中门的窗前，有吴道子画的《高僧》，韦述给它写了小赞，李严将它书写出来。中间那道山门外，两面上层不知道是谁画的人物，很像是阎立本的手迹。在寺庙西面檐廊的北角，有扬坦画的《近塔天女》。天女的明眸看着你但只有一瞬。团塔院的北堂有一个高三丈多的观音。观音院两边的走廊有《四十二贤圣》图，是韩幹画的，元载为它写的小赞。东边檐廊北面有一幅《散马》图。没有注意见到的人好像听到它将要嘶叫一样。圣僧中的龙树高僧和商船之间非常和谐。团塔上的菩萨，是李真画的。四面的花鸟是边鸾画的。药上菩萨头上的圆光尤为绝妙。他的中间藏了一千部《法华经》。当时的词人给这些画的写的连句在上面，用的是梁鹄和左伯的书体。原句是：“吴生画勇矛戟攒，出奇骋变势万端。苍苍鬼怪层壁宽，覩之忽忽毛发寒。棱伽效之力所殚，李真周昉优劣难。活禽生奔推边鸾，花方嫩彩犹未干。韩幹变态如急湍。惜哉壁画势未殚，后人新画何漫汗。”（出《酉阳杂俎》）

老君庙

东都的北邙山有一个玄元观。它的南面有一个老君庙。它的楼台殿宇十分高大宽敞，向下可以俯视伊水、洛水。里面的神仙都是开元年间杨惠之所制作的泥塑。塑像奇异新巧、精良整齐，看见的人都会对杨惠之增添一份尊敬。墙壁上有吴道子画的五圣肖像和老子化胡经一事。绘画的精妙绝伦，古今没有一个人能够和他相比。杜甫有诗句说：“配极玄都閟，凭高禁籞长。守祧严具礼，掌节镇非常。碧擅场。森罗回地轴，妙绝动宫墙。五圣联龙衮，千官列雁行。冕旒俱秀发，旌旆尽飞扬。翠柏深留景，红梨迥得霜。风筝吹玉柱，露井冻银床。身退卑周室，经传拱汉皇。谷神如不死，养拙更何乡。”（出《剧谈录》）

金桥图

玄宗封泰山回，车驾次上党。潞之父老，负担壶浆，远近迎谒，上皆亲加存问。受其献馈，锡赉有差。父老有先与上相识者，上悉赐以酒食，与之话旧。故所过村部，必令询访孤老丧疾之家，加吊恤之。父老欣欣然，莫不瞻戴，扣乞驻留焉。及卓驾过金桥，桥在潞州。御路萦转。上见数千里间，旗纛鲜洁，羽卫齐整，谓左右曰：“张说言我勒兵三十万，旌旆经千里间，陕右上党，至于太原。见《后土碑》。真才子也。”左右皆称万岁。上遂召吴道玄、韦无忝、陈闳，令同制《金桥图》。圣容及上所乘照夜白马，陈闳主之。桥梁山水，车舆人物，草树鹰鸟，器丈帷幕，吴道玄主之。狗马驴骡，牛羊橐驼，猫猴猪貀，四足之属，韦无忝主之。图成，时谓“三绝”焉。（出《开天传信记》）

崔圆壁

安禄山之陷两京，王维、郑虔、张通皆处于贼庭。洎克复，俱囚于杨国忠旧宅。崔相国圆因召于私第，令画名画数壁。当时皆以圆勋贵莫二，望其救解。故运思精深，颇极能事。故皆获宽典。至于贬降，必获善地。（出《明皇杂录》）

瓦初寒外，金茎一气旁。山河扶绣户，日月近雕梁。仙李蟠根大，猗兰弈叶光。世家遗旧史，道德付今王。画手看前辈。吴生远擅场。森罗回地轴，妙绝动宫墙。五圣联龙衮，千官列雁行。冕旒俱秀发，旌旗尽飞扬。翠柏深留景，红梨迥得霜。风筝吹玉柱，露井冻银床。身退卑周室，经传拱汉皇。谷神如不死，养拙更何乡。”（出《剧谈录》）

金桥图

唐玄宗封禅泰山回来的路上，车马行走到上党时临时驻扎。潞州的父老乡亲，挑着担子，拿着酒水，从远处和近处前来迎接拜见，唐玄宗都亲自问候。接受他们进奉的礼物，赏赐他们的有一定区别。乡亲之中有以前就和唐玄宗认识的，唐玄宗都赏赐给他们酒和食物，和他们叙旧。所有他经过的村落，一定让人问询拜访孤寡年老有疾病的人家，对他们加以凭吊抚恤。乡亲们都非常高兴，没有不瞻仰爱戴他的，叩头请求他停留在这里。等到唐玄宗的车马经过金桥，桥在潞州。前方的道路迂回婉转，唐玄宗看见几千里的路途中，旗帜鲜艳明亮，军队整齐有序，对左右的人说：“张说说我领兵三十万，旗帜可以绵延千里，从陕西的上党到太原地区。见《后土碑》。真的可以说是才子了。”身旁的人都称：“万岁。”唐玄宗于是诏令吴道子、韦无忝、陈闳，让他们共同绘制《金桥图》。唐玄宗的肖像和他所乘坐的名叫照夜白的骏马，是陈闳来画的。桥梁、山水、车辆、人物、草树、鹰鸟、仪仗、器具，是吴道子画的。狗、马、驴、骡、牛、羊、骆驼、猫、猴、猪、貀这些四只脚的动物，是韦无忝画的。等到图画好了，当时的人称它为“三绝”。（出《开元传信记》）

崔圆壁

安禄山攻陷了东西二京，王维、郑虔、张通都在安禄山的朝廷之中，等到经过战斗而夺回失地的时候，朝廷将他们全部囚禁在杨国忠的旧宅子里。相国崔圆把他们召集到自己的宅院中，让他们画了好几面墙壁的名画。在那时，他们都认为崔圆的功劳没有人能够

比得上，因此希望他能够解救他们。因此他们精心构思，用尽浑身解数。所以都被宽赦了。即使是贬谪，去的地方也是比较好的。（出《明皇杂录》）

卷第二百一十三 画四

保寿寺

保寿寺本高力士宅。天宝九载，舍为寺。初铸钟成，力士设斋庆之，举朝毕至。一击百千。有规其意，连击二十杵。经藏阁规构危巧，二塔火珠授十余斛。河阳从事李涿性好奇古，与僧善，尝俱至此寺观库中旧物。忽于破瓮中得物如被，幅裂污坌，触而尘起。涿徐视之，乃画也。因以州县图三及缣三十换之。令家人装治，大十余幅。访于常侍柳公权，方知张萱所画《石桥图》也。玄宗赐力士，因留寺中。后为鬻画人宗牧言于左军，寻有小使领军卒数十人至宅，宣敕取之。即日进入。帝好古，见之大悦，命张于云韶院。（出《酉阳杂俎》）

先天菩萨

有先天菩萨幢，本起成都妙积寺。开元初，有尼魏八师者常念大悲咒。双流县百姓刘乙名意儿，年十一，自欲事魏尼，尼遣之不去。尝于奥室禅。尝白魏云："先天菩萨见身此地。"遂筛灰于庭。一夕，有巨迹数尺，轮理成就。因谒画工，随意设色，悉不如意。有僧杨法成自言能画。意儿常合掌仰祝，然后指授之，以近十

保寿寺

保寿寺原本是高力士的宅院。天宝九年，施舍它为寺院。刚刚铸成寺钟的时候，高力士为此备办素食庆祝，整个朝廷的官员都到了。敲击一下寺钟需要布施成百上千钱。有猜测到他的用意的人，接连敲击了二十下。保寿寺的藏经阁规模结构高峻而精巧，二塔可以放置火齐珠十几斛。河阳有一位从事叫李涿的天生喜欢珍奇古玩，和寺里的僧人关系非常好，曾经和僧人一起到这座寺院里的仓库中看旧的东西。忽然在一堆破瓦罐中得到一个东西像被子。撕裂的横幅堆满了污秽，碰到就有灰尘浮起。李涿慢慢地审视它，发现它是一幅画。因此用三幅州县图和三十匹细绢布换它，让家里人装裱处理，有十多幅画那么大。带着它去拜访常侍柳公权。才知道是张萱所画的《石桥图》，唐玄宗将它赏赐给高力士，因此留在寺院中。后来被卖画人宗牧告诉了左军。不久就有一个小使者领着几十个小兵到他家，宣读诏书来拿这幅画。当天，就将这幅画进献给唐肃宗。唐肃宗特别喜欢古物，看见这个非常高兴，命人把它挂在云韶院。（出《酉阳杂俎》）

先天菩萨

有一幅先天菩萨图，本来源自于成都的妙积寺。开元初年，有一个名叫魏八师的尼姑经常念大悲咒。双流县有位百姓刘乙名叫意儿，十一岁，想要跟随魏八师。魏八师赶也赶不走他。曾经在内室参禅。告诉魏八师说："先天菩萨将要在这个地方现身。"于是在庭院里筛灰。一天晚上，有大到几尺的巨大脚印，佛菩萨脚掌上的轮形印纹都印下来了。因此拜访画工，让他们随意调配颜色，都不能够让他满稔。工方后素。先天菩萨凡二百四十二首。首如塔势，分臂如蔓。画样十五卷。柳七师者崔宁之甥，分三卷，往上都流行。时魏奉古为长史，进之。后因四月八日赐高力士。今成都者是其次本。（出《酉阳杂俎》）

王宰

唐王宰者家于西蜀。贞之中，韦皋以客礼待之。画山水树石，出于象外。故杜甫赠歌云："十日画一松，五日画一石。能事不受相促迫，王宰始肯留真迹。"又尝于席夔厅见图一障。临江双松一柏，古藤萦绕。上盘半空，下著水面。千枝万叶，交查屈曲，分布不杂。或枯或茂，或垂或直。叶叠千重，枝分四面。精人所难，凡目莫辨。又于兴善寺见画四时屏风，若移造化。风候云物，八节四时，于一座之内，妙之至也。山水松石，并上上品。（出《画断》）

杨炎

杨炎，唐贞元中宰相。气标王韩，文敌扬马。画松石山水，出于人之表。初称处士，谒卢黄门，馆之甚厚。知有丹青之能，意欲求之，未敢发言。杨恳辞去，复苦留之。知其家累洛中，衣食乏少，心所不安。乃潜令人将数百千至洛供给。取其家书回，以示杨公。公感之，未知所报。卢因从容，乃言欲一踪，以子孙宝之，意尚难之。遂月余图一障。松石云物，移动造化，世莫睹之。其迹妙上意。有一位叫杨法成的僧人说他可以画出来。刘意儿多次双手合十抬头祝祷，然后用手指传授他画法，将近十年。完工后才在白绢上画出来。先天菩萨总共有二百四十二个头。头像塔那样排列，分开的手臂像藤蔓一样。总共画了十五个样卷。柳七师，是崔宁的外甥，分到了三卷，带到长安去传播。当时魏奉古官拜长史，将它进献给了皇帝。后来在四月八日这一天将它赐给了高力士。现在在成都的是它的一般刻本。（出《酉阳杂俎》）

王宰

唐代有一个名叫王宰的人，他家住在西蜀。贞元年间，韦皋用对待宾客的礼仪对待他。他所画的山、水、树、石，超乎常法。所以杜甫赠他一首诗说："十日画一松。五日画一石。能事不受相促迫，王宰始肯留真迹。"又曾经在席夔的厅堂中见到屏风上的一幅画。靠近江岸有两棵松树、一棵柏树，古老的藤蔓相互缠绕。上面在半空中盘旋，下面紧贴着水面。千万重枝叶纵横交错，弯弯曲曲，分布均匀。有的枯死，有的繁茂，有的弯曲，有的直挺。叶子多层交叠，树枝向四面延伸。是画技精湛的画家也难以做到的事情，普通人的眼睛不能辨识。又在兴善寺看见屏风上的四时画，就像是将大自然的风景直接移动到屏风上去的。节令气候，风景物象，在一座屏风上面完全表现出来，真的是精妙至极。他所画的山、水、松、石，一并列为上上珍品。（出《画断》）

杨炎

杨炎，是唐代贞元年间的宰相。他的气节，可以当王维、韩愈的榜样；他的文章，可以和扬雄和司马相如匹敌；他所画的松石山水，可以作为别人的表率。刚开始的时候他只是一个处士，曾经拜见过黄门卢侍御，卢虚舟给他的待遇非常优厚。知道他有绘画的才能，想要向他求取一幅画，但却没敢说出来。杨炎恳请告辞回家，卢虚舟一而再再而三地苦苦挽留他。知道他的家属在洛阳，缺衣少食，心里

上品。（出《唐画断》）

顾 况

唐顾况字逋翁。文词之暇，兼攻小笔。尝求知新亭监，人或诘之，谓曰："余要写貌海中山耳。"仍辟画者王默为副。（出《尚书故实》）

周 昉

唐周昉字景玄，京兆人也。节制之后，好属学，画穷丹青之妙。游卿相间，贵公子也。长兄晧善骑射，随哥舒往征吐蕃。收石堡城，以功授执金吾。时德宗修章敬寺，召晧谓曰："卿弟昉善画，朕欲请画章敬寺神，卿特言之。"经数日，帝又请之，方乃下手。初如障蔽，都人观览。寺抵国门，贤愚必至。或有言其妙者，指其瑕者，随日改之。经月余，是非语绝，无不叹其妙。遂下笔成之。为当代第一。

又郭令公女婿赵纵侍郎尝令韩幹写真，众皆称美。后又请昉写真，二人皆有能名。令公尝列二画于座，未能定其优劣。因赵夫人归省，令公问云："此何人？"对曰："赵郎。""何者最似？"云："两画总似，后画者佳。"又问："何以言之？""前画空得赵郎状不安。于是悄悄让人把几百甚至几千钱带到洛阳提供给他的家人，并拿了一封家书带回来给他，他对此非常感动，不知道该如何报答。卢虚舟这时才从容说出想要他画一幅画，让自己的后代收为珍宝，但总是很难说出口。于是一个多月以后，杨炎在一座屏障上画成一幅画，画上的松、石、云、物，就是将自然中的事物移动到屏障上来，世间人从来没见过这样画。他的画可以说是精妙的上上珍品。（出《唐画断》）

顾况

唐代的顾况，字逋翁。在作文写词的闲暇，还致力于学习绘画小作品。曾经请求担任新亭监。有的人追问他，他说："我是想要画海中间的山罢了。"于是就推举画家王默作为副职。（出《尚书故实》）

周昉

唐代的周昉，字景玄，是京兆人。官拜节度使之后，仍然好学，他已经领悟了绘画的精妙。和达官贵人们交游，是一位贵公子。他的大哥周皓擅长骑马射箭，跟随哥舒前往吐蕃征战。收复石堡城，凭借他的功劳被授予执金吾。当时唐德宗在修建章敬寺，诏请周皓，对他说："你的弟弟周昉擅长画画，我想要请他在章敬寺的墙壁上画神，你特地告诉他。"过了好几天，唐德宗又召请周皓，周昉这才下笔作画。一开始像屏风一样，京城的人都能够观看。章敬寺就在皇宫前面，无论贤良的人还是愚钝的人都去看。有说他画得特别精妙的人，也有指出他缺点的人，指出之后，他立即更改。过了一个多月，说画好坏的人没有了。没有人不赞叹画的精妙。于是落笔完成了它，成为了当世第一。

郭子仪的女婿侍郎赵纵曾经让韩幹画肖像，众人都赞叹它的美妙。后来又请周昉画肖像，两个人都有声名。郭子仪曾经将两幅画陈列在一起，不能够判定它们孰优孰劣。正遇上赵夫人回家省亲，郭子仪问她："这个是谁？"回答说："是赵纵。""哪个人画得最貌，后画兼移其神思情性笑言之姿。”令公问：“后画者何人？”乃云：“周昉。”是日定二画之优劣，令送锦彩数百匹。

今上都有观自在菩萨，时人云水月，大云西佛殿前行道僧，广福寺佛殿前面两神，皆殊妙也。后任宣州别驾，于禅定寺画北方天王。常于梦中见其形像。画子女为古今之冠。有《浑侍中宴会图》《刘宣武按舞图》《独孤妃按曲粉本》。又《仲尼问礼图》《降真图》《五星图》《扑蝶图》，兼写诸真人、文宣王十弟子，卷轴至多。贞元末，新罗国有人于江淮，尽以善价收市数十卷。将去，其画佛像真仙人物子女，皆神也。唯鞍马鸟兽，竹石草木，不穷其状也。（出《画断》）

范长寿

唐范长寿善风俗田家景候人物之状。人间多有月令屏风，是其制也。凡山川水石，牛马畜类，屈曲远近，牧放闲野，皆得其妙，各尽其趣。梁张僧繇之次也。僧彦悰《续画品》云：“博瞻繁多，未见其能也。其画并妙品上。”又时号何长寿齐名，次之。（出《画断》）

程修己

唐程修己，其先冀州人，性好学。时周昉任赵州长史，遂师事焉，二十年。凡画之六十病，一一口授，以传其妙。宝历中，修己应明经举，以昉所授付之。太和中，文宗好古重道。以晋明帝像？”回答说：“两幅画都比较像，后一个比较好。”又问她：“你为什么这么说呢？”“前面那幅画只是画出了赵纵的样貌，后面那幅画还把他的思绪、性情、笑容和言语的样子画出来了。”“郭子仪问：“后画的那个人是谁？”她回答道：“周皓。”这天判定了画的好坏，让人送给周皓锦缎几百匹。

现今京城有观自在菩萨，当时的人说是水月观音，大云寺西边的佛殿前的行道僧，广福寺佛殿前面的两个神像，都特别精妙。周昉后来官拜宣州别驾，在禅定寺画北方天王。经常在梦中看见它的形象。画世间男女可以称得上是冠绝古今。有《浑侍中宴会图》《刘宣武按舞图》《独孤妃按曲粉本》，又有《仲尼问礼图》《降真图》《五星图》《扑蝶图》，还有画的各位真人以及孔子十个弟子的肖像，卷轴特别多。在贞元末年，新罗国有人在江淮地区的街市，用高价买来几十卷。等到他将要离去的时候，发现他买的画中的佛像、神仙、男女都变成神人离开了。只有鞍马鸟兽、竹石草木，没有消失它的形态。（出《画断》）

范长寿

唐代人范长寿喜欢画风俗、农家、景物、人物的形貌。人世间有很多有关月令的屏风，都是他绘制的。凡是他画的山川水石、牛马等牲畜，无论曲折远近，是放牧还是散养，都能够画出其中的精妙之处，各自穷尽各自的趣味。居于梁朝张僧繇之下。僧人彦悰的《续画品》说：“我看过很多绘画，没有见过能和他相比的，他的画是精妙珍品。”又当时有一位何长寿，和他齐名，实际上不如他。（出《画断》）

程修己

唐代的程修己，他的祖先是冀州人。生性喜欢学习。当时周昉官拜赵州长史，于是就拜周昉为师，学了二十年。在此期间，周昉将自己总结出的绘画六十病，一个一个口传身授，让他传承自己的全部技卫协画《毛诗图》，草木鸟兽贤士忠臣之象，不得其真。遂召修己图之。皆据经定名，任土采拾。由是冠冕之制，生植之姿，远无不审，幽无不显矣。又尝画竹障于文思殿。帝赐歌云："良工运精思，巧极似有神。临窗乍睹繁阴合，再盼真假殊未分。"当时学士，皆奉诏继和。自贞元后，以艺进身。承恩称旨，一人而已。尤精山水竹石，花鸟人物，古贤功德异兽等，并入妙上品。（出《画断》）

边鸾

唐边鸾，京兆人。攻丹青，最长于花鸟折枝之妙，古所未有。观其下笔轻利，善用色。穷羽毛之变态，奋春华之芳丽。贞元中，新罗国献孔雀，解舞。德宗召于玄武门写貌。一正一背。翠彩生动，金钿遗妍。若运清声，宛应繁节。后以困穷，于泽潞貌五参连根，精妙之极也。近代折枝花，居其首也。折枝花卉蜂蝶并雀等，妙品上。（出《画断》）

张萱

唐张萱，京兆人。尝画贵公子鞍马、屏帷、宫苑子女等，名冠于时。善起草，点簇位置。亭台竹树，花鸟仆使，皆极其态。画《长门怨》，约词摅思，曲尽其旨。即金井梧桐秋叶黄也。粉本画《贵公子夜游图》《宫中七夕乞巧图》《望月图》，皆绡上幽闲多思，意逾于象。其画子女，周昉之难伦也。贵公子鞍马等，妙品上。（出巧。宝历年间，程修己参加明经科，用周昉教他的内容应举。太和年间，唐文宗喜欢古物重视道德规范，认为晋明帝时期的卫协画的《毛诗图》，中间的草木鸟兽、贤士忠臣的画像，没有画出真实形貌。于是召见程修己为其作画。程修己全都根据经书核定名称，根据土地的形貌特征进行采集。因此人物官帽的制式，动植物的姿态、样貌没有不详细的，细微的地方没有不显示的。又曾经在文思殿的屏障上画竹子。皇上给他赐诗说："良工运精思，巧极似有神。临窗乍睹繁阴合，再盼真假殊未分。"当时的学士们，都奉命写诗来应和。从贞元年间以后，他因为绘画的才艺而做官。承受恩典符合圣意的人，也只有他一个人罢了。他尤其擅长画山水竹石、花鸟人物、上古有贤德的人、珍奇异兽等。一起被列入精妙的上乘之作。(出《画断》)

边鸾

唐代的边鸾，是京兆人，致力于研究绘画，花鸟折枝是他最擅长的，这是以前所没有的。观察他的下笔轻盈利落，擅长调色。能画尽羽毛的变换姿态，挥写出春天花朵绽放的各种姿态。贞元年间，新罗国进献孔雀，会跳舞。唐德宗诏令边鸾在玄武门画出它的形貌。一个画正面，一个画背面。翠绿的颜色十分灵动，像被遗漏的华美金饰。发出清脆的鸣叫，像是在用礼仪迎接。后来因为生活穷苦，在泽潞画过五支连根的人参，精彩至极。近代的折枝画，边鸾位居首位。折枝画和蜂蝶雀鸟画，都是精妙绝伦的上乘之作。(出《画断》)

张萱

唐代的张萱，是京兆人。曾经画贵公子、鞍马、屏宫廷男女等，在当时声名显赫。擅长画草图，用笔作点法而簇聚成物象，找位置。他画的亭台竹树、花鸟仆役，都能够准确把握它们的形态。画《长门怨》的时候，根据词的简要表达思考，将所要表达的要旨生动形象地表现出来，就是金井梧桐秋夜黄所要表达的意境。底稿画《贵公子

《画断》)

王墨

唐王墨，不知何许人，名洽。善泼墨，时人谓之“王墨”。多游江湖，善画山水松柏杂树。性疏野好酒，每欲图障，兴酣之后，先已泼墨。或叫或吟，脚蹙手抹。或拂或干，随其形象。为山为石，为水为树，应心随意，倏若造化。图成，云霞澹之，风雨扫之，不见其墨污之迹也。(出《画断》)

李仲和

唐李仲和，渐之子。渐尝任忻州刺史，善画番人马。仲和能继其艺，而笔力不及其父。相国令孤绹，奕代为相，家富图画。即忻州外孙。家有小画人马障，是尤得意者。会宪宗取置禁中，后却赐还。(出《名画记》)

刘商

唐刘商，官至检校礼部郎中汴州观察判官。少年有篇咏高情，攻山水树石。初师张藻，以造真为意。自张贬窜后，惆怅赋诗云：“苔石苍苍临涧水，溪风袅袅动松枝。世间唯有张通会，流向衡阳那得知。”(出《名画记》)

历归真

唐末，江南有道士历归真者，不知何许人也。曾游洪州信果夜游图》《宫中七夕乞巧图》《望月图》，都在生丝上表现出了闲适多情的感觉，意韵超过了形貌。张萱画男女，是周昉难以企及的。贵公子、鞍马等画作，是精妙的艺术珍品。（出《画断》）

王墨

唐代的王墨，不知道是哪里人，名叫王洽。善于泼墨，所以当时的人称他为"王墨"。经常游历四方之地。擅长画山水、松柏、杂树。天性放纵不拘，喜欢喝酒。每次在屏障作画，都是已经喝到尽兴之后，先是泼墨。有时喊叫有时吟唱。手脚进行快速的涂抹。有时拂拭有时让它干燥，都是根据它的形体和表现的意象。画山、石、水、树。随着自己的心意，就像是大自然的造化。图画成了之后，就像是云霞蒸染过，风雨侵扫过一样，看不见墨的痕迹。（出《画断》）

李仲和

唐代的李仲和，是李渐的儿子。李渐曾经官拜忻州刺史，擅长画胡人胡马。李仲和能够继承他的画艺，但笔力不如他的父亲。宰相令狐绹家累世担任宰相，家里有特别多的名画。令狐绹就是李渐的外孙。家中藏有在屏风上的马这样的小品画，是他最为得意的作品。有一段时间被进献给唐宪宗放在宫中，后来又赐还了。（出《名画记》）

刘商

唐代的刘商，做官做到检校礼部郎中汴州观察判官。年少的时候就写过歌颂崇高情操的诗篇。致力于山水树石的绘画学习。一开始拜张藻为老师，把写实作为自己的方向。自从张藻遭到贬谪流放后，他十分愁闷感伤，写了一首诗："苔石苍苍临涧水，溪风袅袅动松枝。世间唯有张通会，流向衡阳哪得知。"（出《名画记》）

厉归真

唐朝末年，江南有一个叫厉归真的道士，不知道是哪里人。曾经观。见三官殿内功德塑像，是玄宗时夹纻，制作甚妙，多被雀鸽粪秽其上。归真遂于殿壁画一鹞，笔迹奇绝。自此雀鸽无复栖止此殿。其画至今尚存。归真尤能画折竹野鹊，后有人传。归真于罗浮山上升。（出《玉堂闲画》）

圣画

云花寺有圣画殿。长安中谓之《七圣画》。初殿宇既制，寺僧召画工，将命施彩饰。会贵其直，不合寺僧祈酬，亦竟去。后数日，有二少年诣寺来谒曰："某善画者也，今闻此寺将命画工，某不敢利其价，愿输功可乎？"寺僧欲先阅其迹。少年曰："某弟兄凡七人，未尝画于长安中，宁有迹乎？"寺僧以为妄，稍难之。少年曰："某既不纳师之直，苟不可师意，即命圬其壁，未为晚也。"寺僧利其无直，遂许之。后一日，七人果至。各挈彩绘，将入其殿。且为僧曰："从此去七日，慎勿启吾之门，亦不劳饮食。盖以畏风日所侵铄也，可以泥锢吾门，无使有纤隙。不然，则不能施其妙矣。"僧从其语。如是凡六日，阒无有闻。僧相语曰："此必他怪也，且不可果其约。"遂相与发其封。户既启，有七鸽翩翩，望空飞去。其殿中彩绘，俨若四隅，唯西北墉未尽其饰焉。后画工来见之，大惊曰："真神妙之笔也。"于是无敢继其色者。（出《宣室志》）

在洪州的兴果观游历，看见三官殿里的功德塑像是唐玄宗时期用脱空法制造的，技艺非常精湛，但大多数塑像身上被鸟雀的粪便污染了。厉归真就在大殿的墙壁上画了一只鹞，笔法奇特精绝。从此以后，鸟雀再也不会在这个大殿栖息。这幅画到现在还存在。厉归真特别擅长画折竹、野鹊。后来有人承继了他的笔法。厉归真在罗浮山上去世。（出《玉堂闲画》）

圣画

云花寺有一座圣画殿，长安城的人叫它《七圣画》。在寺庙的大殿刚刚建成的时候，寺里的僧人招募画工，想要让他们画上建筑物的彩色装饰。恰好遇到画工们要的工钱过贵，超过了寺里僧人化缘得到的钱财。他们全都离去了。这以后过了好几天，有两个少年造访寺庙前来拜谒说："我是擅长绘画的人，现在听说这间寺庙想要招募画工，我不敢在价格上谋利，我想尽我的一份力可以吗？"寺里的僧人想要先看看他们的作品。少年说："我们总共有七个弟兄，从没在长安城中画过画，哪里来的作品呢？"寺里的僧人以为他们在说大话，显得有些为难。少年说："我不收大师的工钱，如果不合大师的心意，就让我们拿抹子把墙壁恢复，也不晚啊。"僧人认为他们不要工钱，有利可图，就答应了他们。过了一天，七个人果然都来了。他们各自带着彩绘，将要进入大殿的时候，对僧人说："从现在开始到第七天，千万不要开门，也不劳烦你准备吃的喝的。是因为怕风和太阳的侵蚀消损。可以用泥土加固门，不让它有细小的缝隙。如果不是这样，我们就无法体现它的精妙之处了。"僧人听从了他的建议。就这样过了六天，寂静得没有任何声音。僧人们相互说："这一定是他们的鬼主意，不能够完成承诺。"于是一起把封门的泥土移走。门已经开启，看见七只鸽子翩然朝空中飞走了，大殿中的彩绘已经快要布满四面墙壁，只有西北角还没有完成。后来的画工见到这个大殿的彩绘，十分惊叹地说："真的是精妙绝伦的画技啊！"就再也没有人敢来接着完成绘色了。（出《宣室志》）

廉广

廉广者，鲁人也。因采药，丁泰山遇风雨，止于大树下。及夜半雨晴，信步而行。俄逢一人，有若隐士。问广曰："君何深夜在此？"仍林下共坐。语移时，忽谓广曰："我能画，可奉君法。"广唯唯。乃曰："我与君一笔，但密藏焉。即随意而画，当通灵。"因怀中取一五色笔以授之。广拜谢讫，此人忽不见。尔后颇有验，但秘其事，不敢轻画。后因至中都县，李令者性好画，又知其事，命广至。饮酒从容问之，广秘而不言。李苦告之，广不得已，乃于壁上画鬼兵百余，状若赴敌。其尉赵知之，亦坚命之。广又于赵廨中壁上，画鬼兵百余，状若拟战。其夕，两处所画之鬼兵俱出战。李及赵既见此异，不敢留，遂皆毁所画鬼兵。广亦惧而逃往下邳。下邳令知其事，又切请广画。广因告曰："余偶夜遇一神灵，传得画法，每不敢下笔。其如往往为妖，幸察之。"其宰不听。谓广曰："画鬼兵即战，画物必不战也。"因命画一龙。广勉而画之。笔才绝，云蒸雾起，飘风倏至，画龙忽乘云而上。致滂沱之雨，连日不止，令忧漂坏邑居。复疑广有妖术，乃收广下狱，穷诘之。广称无妖术。以雨犹未止，令怒甚。广于狱内号泣，追告山神。其夜，梦神人言曰："君当画一大鸟，叱而乘之飞，即免矣。"广及曙，乃密画一大鸟。试叱之，果展翅。广乘之，飞远而去，直至泰山而下。寻复见神，谓广曰："君言泄于人间，固有难厄也。本与君一小笔，欲为君致福，君反自致祸，君当见还。"广乃怀中探笔还之，神寻不见。广因不复能画。下邳画龙，竟为泥壁。（出《大唐奇事》）

廉广

廉广，是鲁地人。因为采集药材，在泰山遇到了下雨，在大树下休息。等到半夜雨停止了，就随意行走。过了一会儿遇见一个人，好像隐士。问廉广说："你为什么深夜在这个地方啊？"还邀请他一起在树下坐着。正说着话，忽然对廉广说："我擅长绘画，可以告诉你方法。"廉广连连恭敬应答。于是说："我赠给你一支笔，但你得把它藏好。即使是随意画出来的，也能够通于神灵。"因此从怀里拿出一个五色笔来给廉广。廉广拜谢之后，这个人忽然不见了。后来发现它很灵验，但因为要为那件事情保密，不敢随意画画。后来到了中都县，县令李氏天生喜欢画画，又知道了他的这件事，命令廉广前往。喝酒的时候从容舒缓地问他。廉广保守秘密，一句话也不说。李县令苦苦哀求他。廉广没有办法，就在墙壁上画了一百多个鬼兵，看情状像是准备到战场和敌人作战。县尉知道了这件事，也强行命令廉广画画，廉广又在赵县尉办公的墙壁上，画了一百多个鬼兵，看情状像是在模拟战争。这天夜里，在两个地方画的鬼兵都出来打仗了。李县令和赵县尉见到这样的事，不敢留墙上的画，于是把廉广所画的鬼兵全部毁了。廉广也害怕地逃到了下邳。下邳的县令知道了这件事，又恳切地请求廉广画画。廉广告诉他："我在夜间偶遇一位神仙，传给我这样的画法，每次都不敢轻易下笔，因为我如果画东西，往往都会变成妖怪，幸好我觉察到这一点。"但是县令并不听信，对廉广说："画鬼兵会立即掀起战争，画死物一定不会打仗。"因此命令他画一条龙。廉广非常勉强地画了一条。才刚刚画完，云雾就兴起了，风忽然就刮过来了。所画的那条龙忽然乘着云彩飞上天空，接着就下起大雨，连着下了好几天也不停止，县令担心雨水会淹没毁坏居民的住所。怀疑廉广会妖术，就把廉广抓进了牢狱，不停地审问他。廉广说自己不会妖术。因为雨还没有停止，县令非常恼怒。廉广在牢狱中悲号哭泣，连忙向山神求救。这天夜里，他梦见神仙说："你应该画一只大鸟，斥责它然后坐着它飞走，就可以免罪了。"廉广等到天亮，就秘密画了一只大鸟，尝试斥责它，果真展开了翅膀，廉广坐着它，向远处飞去了。直到泰山才落下。不久又见到了那个神仙，

范山人

李叔詹常识一范山人，停于私第。时语休咎必中，兼善推步禁咒，止半年，忽谓李曰：“某将去，有一艺，欲以为别。所谓水画也。”乃请后厅上掘地为池方丈，深尺余，泥以麻灰，日汲水满之。候水不耗，具丹青墨砚。先援笔叩齿良久，乃纵毫水上。就视，但见水色浑浑耳。经二日，拓以致绢四幅。食顷，举出观之。古松怪石，人物屋木，无不备也。李惊异，苦诘之，唯言善能禁彩色，不令沉散而已。（出《酉阳杂俎》）

韦叔文

唐进士韦叔文善画马。暇日，偶画二马札绢而未设色。赴举，过华岳庙前。恍然如梦。见庙前人谒己云：“金天王奉召。”叔文不觉下马而入，升殿见王。王曰：“知君有二马甚佳，今将求之，来春改名而第矣。”叔文曰：“己但有所乘者尔。”王曰：“有，试思之。”叔文暗思有二画马，即对曰：“有马，毛色未就。”曰：“可以为惠。”叔文曰：“诺。”出庙，急于店中添色以献之。来春改名而第。（出《闻奇录》）

他对廉广说："你在人间泄露了秘密，所以有这样的灾难。本来给你这一支笔的用意是，想要给你带来福运，你反而给自己带来灾难，你应该把笔还给我。"廉广于是从怀中拿出笔还给了他。神仙不久就不见了。廉广因此不再画画。下邳县画龙的地方，最终回到泥壁的状态。（出《大唐奇事》）

范山人

李叔詹认识一个名叫范山人的人，住在他家。他所说的关于吉凶的话一定会说中。他还会算命和法术，在他家住了半年后，突然对李叔詹说："我将要离开，有一个技艺，想要作为离别的礼物送给你。这就是所谓的水画。"于是让人在后厅的递上挖了一个方圆一丈、一尺多深的池塘。用麻灰涂抹。每天抽水将它灌满。等到水不再损耗，准备好颜料和砚石。先拿笔叩击牙齿很长时间，然后在水上挥毫。靠近去看，只能看见浑浊的水。过了两天，把四幅细绢贴上去。刚刚过了一顿饭的时间，就把它举过头顶让人观看。古松、怪石、人物、房屋、树木，没有不具备的。李叔詹非常惊讶，苦苦追问他，他才说他能够管住颜色，不让它们在水中沉散。

韦叔文

唐代的进士韦叔文善于画马。在一个空闲的时日，偶然画了两匹马但没有涂色。去参加科举，路过华岳庙的前面。恍惚中似乎做了一场梦。看见庙前面的人拜见他，说："奉金天王的诏令请你前去。"韦叔文不知不觉就下马跟随他前去了。登殿拜见金天王。金天王说："我知道你有两匹马非常好，现在我想向你索取，来年的春天，你改名字参加就会高中。"韦叔文说："我只有现在这匹乘坐的马啊！"金天王说："你有，再试着想想。"韦叔文想到自己画的两匹马，立即回答说："有两匹马，但没有涂颜色。"金天王说："可以涂上嘛。"韦叔文说："是。"走出庙门，急忙在旅店中把颜色涂上献给天王。第二年春天改了名字参加，果然高中。（出《闻奇录》）

卷第二百一十四 画五

贯休 楚安 应天三绝 八仙图 黄筌 杂编

贯休

唐沙门贯休，本婺州兰溪人也，能诗善书妙画。王氏建国时，来居蜀中龙华之精舍。因纵笔，用水墨画罗汉一十六身并一佛二大士。巨石萦云，枯松带蔓。其诸古貌，与他人画不同。或曰："梦中所睹，觉后图之。谓之'应梦罗汉'。"门人昙域、昙弗等，甚秘重之。

蜀主曾宣入内，叹其笔迹狂逸，供养经月，却令分付院中。翰林学士欧阳炯亦曾观之，赠以歌曰："西岳高僧名贯休，孤情峭拔凌清秋。天教水墨画罗汉，魁岸古容生笔头。时捎大绢泥高壁，闭目焚香坐禅室。或然梦里见真仪，脱去袈裟点神笔。高抬节腕当空掷，窸窣毫端任狂逸。逡巡便是两三躯，不似画工虚费日。怪石安排嵌复枯，真僧列坐连跏趺。形如瘦鹤精神健，顶似伏犀头骨粗。倚松根，傍岩缝，曲录腰身长欲动。看经弟子拟闻声，瞌睡山童疑有梦。不知夏腊几多年，一手揞颐偏袒肩。口开或若共人语，身定复疑初坐禅。案前卧象低垂鼻，崖畔戏猿斜展臂。芭蕉花里刷轻红，苔藓纹中晕深翠。硬筇杖，矮松床，雪色眉毛一寸长。绳开梵夹两三片，线补衲衣千万行。林间乱叶纷纷堕，一印残香断烟火。皮穿木屐不曾拖，笋织蒲团镇长坐。休公休公，逸艺无人加，声誉喧喧遍海涯。五七字句一千首，大小篆书三十家。唐朝历历多名士，萧子云兼吴道子。若将书画比休公，只恐当时浪生死。休公休公，始自江南来入秦，于今到蜀无交亲。诗名画手皆奇绝，觑你凡人争是人。瓦棺寺里维摩诘，舍卫城中辟支佛。若将此

贯休

唐代的寺庙里有一位叫贯休的和尚，本来是婺州兰溪人，擅长写诗、书法、绘画。王建建立前蜀的时候，来到蜀中，住在龙华寺中。顺着笔势，用水墨画了十六个罗汉像、一个佛像和两个菩萨像。巨大的峰石上萦绕着云雾，枯瘦的松枝上缠绕着藤蔓。他画中各种古朴的形貌，和别人的画有很大的不同。有人说："这是梦中见到的，醒来之后就把所看到的画下来。别人叫他'应梦罗汉'。"他的弟子有昙域、昙弗等人，非常珍视他的这些画。

前蜀的皇帝曾经宣他入朝觐见，感叹他的笔法疏狂清逸，供奉安置了一个月，将他安排到翰林院里。翰林学士欧阳炯曾经细细观察过他，赠给他一首诗说："西岳高僧名贯休，孤情峭拔凌清秋。天教水墨画罗汉，魁岸古容生笔头。时捐大绢泥高壁，闭日焚香坐禅室。或然梦里见真仪，脱去袈裟点神笔。高抬节腕当空掷，窸窣毫端任狂逸。逡巡便是两三躯，不似画工虚费日。怪石安排嵌复枯。真僧列坐连跏趺。形如瘦鹤精神健，顶似伏犀头骨粗。倚松根，傍岩缝，曲录腰身长欲动。看经弟子拟闻声，瞌睡山童疑有梦。不知夏腊几多年，一手搘颐偏袒肩。口开或若共人语，身定复疑初坐禅。案前卧象低垂鼻，岸畔戏猿斜展臂。芭蕉花里刷轻红，苔藓纹中晕深翠。硬筇杖，矮松床，雪色眉毛一寸长。绳开梵夹两三片，线补衲衣千万行。林间乱叶纷纷堕，一印残香断烟火。皮穿木屐不曾拖，笋织蒲团镇长坐。休公休公，逸艺无人加，声誉喧喧遍海涯。五七字句一千首，大小篆书三十家。唐朝历历多名士，萧子云兼吴道子。若将书画比休公，只恐当时浪生死。休公休公，始自江南来入秦，于今到蜀无交亲。诗名画手皆奇绝，觑你凡人争是人。瓦棺寺里维摩诘，舍卫城中辟支佛。若将此画比量看，总在人间为第一。"（出《野人闲话》）

画比量看，总在人间为第一。”（出《野人闲话》）

楚 安

西蜀圣寿寺僧楚安妙画山水，而点缀甚细。至于尺素之上，山川林木，洞府峰峦，寺观烟岚人物，悉皆有之。每画一小团扇，内安姑苏台或画滕王阁，其有千山万水尽在目前。然须一季已来，方就一扇。其时诸王宰辅竞相有请，得之者奉遗甚厚，有不得画者恨恨然。楚安言山僧自以此适意而已。归寂后，有好事者，往往收得其笔踪。或谓之“墨宝”也。（出《野人闲话》）

应天三绝

唐僖宗皇帝翠华西幸之年，有会稽山处士孙位随驾止蜀。位有道术，兼攻书画，皆妙得笔精。曾于应天寺门左壁上画天王一座，部从鬼神。奇怪斯存，笔势狂纵，莫之与京。三十余年无有敌者。景焕其先亦专书画，尝与翰林欧阳学士炯乃忘形之交。一日连骑同游兹寺，偶画右壁天王以对之。渤海在旁观其逸势，复书歌行一篇以纪之。续有草书僧梦龟后至，又请书之于廊壁上。故书画歌行，一日而就。倾城人看，阗咽寺中，成都之人故号为“应天三绝”。

歌行今亦录附曰：“锦城东北黄金地，故迹何人兴此寺。白眉长老重名公，曾识会稽山处士。寺门左壁图天王，威仪部从来何方。鬼神怪异满壁走，当檐飒飒生秋光。我闻天王分理四天下，水精宫殿琉璃瓦。彩仗时驱拂琳装，金鞭频策骐驎马。毗沙大像

楚安

西蜀的圣寿寺有个叫楚安的僧人画的山水画特别好，并且装点得特别细致。在一尺的白绢上，山川树木、洞穴山峰、寺庙道观、烟霭人家，全部都有。每次在一个小团扇上画画的时候，也要在里面安置上姑苏台或者滕王阁，将千山万水全都展现在眼前。但是要一个季节来到，他才会画一个团扇。当时的各位王侯宰相争着邀请他。如果能够得到他的画，酬金会非常丰厚，有的人得不到他的画作就会非常愤恨。楚安说他只是用它来让自己安逸舒适而已。他去世以后，有这个爱好的人，每次收购到他的笔迹，称它为“墨宝”。（出《野人闲话》）

应天三绝

唐僖宗兵败出逃蜀地的那一年，有一位会稽山的处士孙位跟随他去蜀地。孙位会道家法术，还致力于研究书法绘画，都能够领悟其中的精髓。曾经在应天寺庙门的左边墙壁上画了一座天王像，画鬼神作为它的随从。奇异怪诞，笔势狂放不羁，没有人能够和他竞争。三十多年也没有能够和他匹敌的人。景焕最先也专心学习书法绘画，曾经和翰林学士欧阳炯是不拘身份、行迹的知己。一天，他们一起骑马同游这座寺庙，在门的右边墙壁上画上天王和它对应。渤海就在寺庙的近旁，观看它奔腾的势头，再次写了一篇歌行体来纪念。后来有一个擅长草书的僧人梦龟也来了，又请他将那篇歌行体写在墙壁上。所有书法、绘画、诗歌，一天就完成了。全城的人都来观看，寺庙中挤满了成都的人。成都人因此称它为“应天三绝”。

那首歌行现在也附录在这里，全诗是：“锦城东北黄金地，故迹何人兴此寺。白眉长老重名公，曾识会稽山处士。寺门左壁图天王，威仪部从来何方。鬼神怪异满壁走，当檐飒飒生秋光。我闻天王分理四天下，水精宫殿琉璃瓦。采仗时驱拂琳装，金鞭频策骐驎马。毗何光辉，手擎巨塔凌云飞。地神对出宝瓶子，天女倒披金缕衣。唐朝说著名公画，周昉毫端善图写。张僧繇是有神人，吴道子称无敌者。奇哉妙手传孙公，能于此地留神踪。斜窥小鬼怒双目，直倚越狼高半胸。宝冠动总上声。生威容，趋跄左右来倾恭。臂横鹰爪尖纤利，腰缠去声。虎皮斑剥红。飘飘但恐入云中，步骤还疑归海东。蟒蛇拖得浑身堕，精魅搦来双眼空。当时此艺实难有，镇在宝坊称不朽。东边画了空西边，留与后人教敌手。后人见者皆心惊，尽为名公不敢争。谁知未满三十载，或有异人来间生。匡山处士名称朴，头骨高奇连五岳。曾持象简累为官，又有蛇珠常在握。昔年长老遇奇踪，今日门师识景公。兴来便请泥高壁，乱抢去声。笔头如疾风。逡巡队仗何颠逸，散漫奇形皆涌出。交加器械满虚空，两面或然如斗敌。圣王怒色览东西，剑刃一挥皆整齐。腕头狮子咬金甲，脚底夜叉擎络鞮。马头壮健多筋节，乌嘴弯环如屈铁。遍身蛇虺乱纵横，绕颔髑髅干孑裂。眉粗眼竖发如锥，怪异令人不可知。科头巨卒欲生鬼，半面女郎安小儿。况闻此寺初兴置，地脉沉沉当正气。如何请得二山人，下笔咸成千古事。君不见，明皇天宝年，画龙致雨非偶然。包含万象藏心里，变现百端生眼前。后来画品列名贤，唯此二人堪比肩。人间是物皆求得，此样欲于何处传？尝忧壁底生云雾，揭起寺门天上去。”（出《野人闲话》）

八仙图

西蜀道士张素卿，神仙人也。曾于青城山丈人观，绘画五岳四渎真形并十二溪女数堵。笔迹遒健，精彩欲活。见之者心竦神悸，足不能进。实画中之奇绝也。蜀主累遣秘书少监黄筌令取模样。及下山，终不相类。因生日，或有收得素卿所画《八仙》真形八幅，以献孟昶。观古人之形相，见古人之笔妙，欢赏者久之。且沙大像何光辉，手擎巨塔凌云飞。地神对出宝瓶子，天女倒披金缕衣。唐朝说著名公画，周昉毫端善图写。张僧繇是有神人，吴道子称无敌者。奇哉妙手传孙公，能于此地留神踪。斜窥小鬼怒双目，直倚越狼高半胸。宝冠动总上声生威容，趋跄左右来倾恭。臂横鹰爪尖纤利，腰缠去声虎皮斑剥红。飘飘但恐入云中，步骤还疑归海东。蟒蛇拖得浑身堕，精魅搦来双眼空。当时此艺实难有，镇在宝坊称不朽。东边画了空西边，留与后人教敌手。后人见者皆心惊，尽为名公不敢争。谁知未满三十载，或有异人来间生。匡山处士名称朴，头骨高奇连五岳。曾持象简累为官，又有蛇珠常在握。昔年长老遇奇踪，今日门师识景公。兴来便请泥高壁，乱抢去声笔头如疾风。逡巡队仗何颠逸，散漫奇形皆涌出。交加器械满虚空，两面或然如斗敌。圣王怒色览东西，剑刃一挥皆整齐。腕头狮子咬金甲，脚底夜叉擎络鞮。马头壮健多筋节，乌嘴弯环如屈铁。遍身蛇虺乱纵横，绕颔髑髅干子裂。眉粗眼竖发如锥，怪异令人不可知。科头巨卒欲生鬼，半面女郎安小儿。况闻此寺初兴置，地脉沈沈当正气。如何请得二山人，下笔咸成千古事。君不见，明皇天宝年，画龙致雨非偶然。包含万象藏心里，变现百端生眼前。后来画品列名贤，唯此二人堪比肩。人间是物皆求得，此样欲于何处传？尝忧壁底生云雾，揭起寺门天上去。”（出《野人闲话》）

八仙图

西蜀的道士张素卿，是一位神人。曾经在青城山丈人观的好几面墙上画了五岳四渎的真实形貌和十二溪女。他的画笔力劲健，画技出色，栩栩如生。见到画的人会感到害怕，脚都不敢踏进去。这实在是因为画得奇异精绝啊。蜀国国主多次派遣秘书少监黄筌到这里让他摹写画本。等到下山的时候，总是发现它们有很大不同。因为生曰："非神仙之人，无以写神仙之质也。"赐物甚厚。一日，令伪翰林学士欧阳炯次第赞之，又遣水部员外郎黄居宝八分题之。每观其画，叹笔迹之纵逸；览其赞，赏文词之高古；视其书，爱点画之宏壮。顾谓"八仙"不让"三绝"。八仙者，李己、容成、董仲舒、张道陵、严君平、李八百、长寿、葛永璝。（出《野人闲话》）

黄筌

昔吴道子所画一钟馗，衣蓝衫，鞟一足，眇一目，腰一笏，巾裹而蓬发垂鬓。左手捉一鬼，以右手第二指挖鬼眼睛。笔迹遒劲，实有唐之神妙。收得者将献伪蜀主，甚爱重之，常悬于内寝。一日，召黄筌令看之。筌一见，称其绝妙。谢恩讫。昶谓曰："此锺馗若母指掏鬼眼睛，则更校有力。试为我改之。"筌请归私第。数日看之不足。别绡绢素，画一锺馗，以母指掏鬼眼睛。并吴本一时进纳。昶问曰："比令卿改之，何为别画？"筌曰："吴道子所画锺馗，一身之力，气色眼貌，俱在第二指，不在母指，所以不敢辄改。筌今所画，虽不及古人，一身之力，意思并在母指。"昶甚悦，赏筌之能。遂以彩缎银器，旌其别识。（出《野人闲话》）

杂编

敬爱寺复有雉尾病龙，莫知画者谁氏。绘素奇巧，皆入神日，有人收购到张素卿所画的《八仙图》真迹共八幅，把它献给了孟昶。孟昶看到古人所画的肖像，见到古人的精妙笔法，赏玩了很久，并且说：“不是神仙一样的人，没办法画出神仙的精神实质。”回馈给献画人的财物相当丰厚。一天，孟昶让伪朝的翰林学士欧阳炯一个接一个为图写小赞，又派遣水部员外郎黄居宝用八分书在上面书写。每次观看他的画，都赞叹笔法豪迈奔放；再看上面的小赞，赞赏文笔高雅朴拙；再看书法，喜欢书法笔力的雄壮。认为“八仙”不比“三绝”差。八仙：李己、容成、董仲舒、张道陵、严君平、李八百、长寿、葛永璝。（出《野人闲话》）

黄筌

以前，吴道子画的一幅《十指锺馗图》，穿着蓝色的衣服，一只脚裹着皮革，眯着一只眼，一个笏板缠在腰间，头上裹着布巾但两鬓的头发乱蓬蓬地垂了下来。左手捉了一只鬼，用右手的第二个手指剜着鬼的眼睛。他的笔法劲健，确实有唐代的神妙。收购的人把它献给了伪蜀国的皇帝，皇帝特别喜欢、看重它，经常把它悬挂在室内睡觉的地方。一天，召请黄筌去看。黄筌一看，就称赞这幅画精彩绝伦。拜谢结束后，孟昶说：“这个锺馗如果用拇指去掐鬼的眼睛，就会更加有力，请你为我试着改一下。”黄筌请求把它带回到家里。看了好几天也不能下笔。于是另外绷好白绢，画了一个锺馗，用拇指掐鬼的眼睛。和吴道子的版本一同进献。孟昶问他说：“我是让你去修改它，你为什么重新画了一幅？”黄筌说：“吴道子画的锺馗，全身的力气、精气、神色、眼睛、状态都聚集在第二个手指上，不在拇指上。所以我不敢乱改。我现在所画的，虽然比不上古人，但全身的力气和思绪都在拇指上。”孟昶特别开心，赞赏了黄筌的才能。于是用锦缎银器等物什赏赐给他，用来嘉奖他的远见卓识。（出《野人闲话》）

杂编

敬爱寺的墙壁上画有雉尾和病龙，不知道是谁画的。画的特点之迹。雉尾在东廓观音院，天王部从中，绯衣神人抱野鸡一只，遍而观之，势若飞动也。（原缺出处，明抄本作出《尚书谈录》，今见出《剧谈录》。）

国朝李嗣真评画云："顾画屈居第二。"然虎头又伏卫协画《北风图》。此图尝在韩吏部家。张弘靖平康里宅，乃崔司业融旧第。有司业题壁处犹在。（出《尚书故实》）

僧道芬，会稽人。荥阳人郑町，处士梁洽，处士项容。青州处士吴恬，一名汾，字建康。已上并画山水。道芬格高，郑町雅淡，梁洽美秀，项容顽涩。吴恬险巧，有画《山水录》，记平生所画在绢素者凡百余面，传之好事。自云："初梦有神人指授画法。"恬好为顽石，气象深险，能为云雨气象。又有王默，师项容，风颠酒狂。松石虽有高奇，流俗所好。醉后以头髻抵于绢素。王默早年受笔法于台州郑虔。贞元末，于润州殁。举柩若空，时人多言化去。平生大有奇事。顾著作知新亭监时，默请为海中都巡。问其意，云："要见海中山水耳。"为职半年后解去。尔后落笔有奇趣。乃项生弟子耳。彦远从兄监察御史厚，与余具言此事。然余不甚觉默画有奇也。（出《名画记》）

有别画者，与人同游寺。看壁画音声一铺曰："此凉州第几遍。"不信，召乐官奏凉州。至画处，用指更无差异。（出《卢氏杂说》）

故德州王使君椅家有笔一管约一寸，粗于常用笔管，两头各出半寸以来。中间刻《从军行》一铺。人马、毛发、屋木、亭台、远奇异精巧，都是可以进入神妙之作的画作。雉尾在东边的观音院，在天王的随从中，有个红衣神人抱了一只野鸡，把这幅图完整地看一遍，看它的姿态好像要飞起来。（原缺出处，明抄本作出《尚书谈录》，今见出《剧谈录》。）

唐朝的李嗣真评价这幅画说："顾恺之的画只能排在第二。"然而这幅画的虎头又像是卫协画的《北风图》。北风图以前被收藏在韩吏部家中。张弘靖平康里的家宅，是司业崔融的旧宅，崔融题壁的地方还在。（出《尚书故实》）

僧人道芬，是会稽人；郑町，是荥阳人；处士梁洽；处士项容；青州的处士吴恬，又叫吴汾，字建康。以上的人都擅长画山水。道芬的画格调高雅；郑町的画淡雅；梁洽的画俊美秀丽；项容的画僵滞。吴恬的画险奇灵巧，有一幅《山水录》，记录了他生平画在白绢上的画，一共一百余面。流传下来也是一件有益的事情。他自己说："刚刚开始的时候会有人在梦里指导传授他绘画技法。"吴恬喜欢画石头，态势偏僻险要，能显现出云和雨的迹象。又有王默，拜项容作为老师，为人疯癫，纵酒使气。他所画的松石虽然有高雅非凡的格调，却被一般世俗的人喜好。王默酒醉后用头发抵在白绢上画画。他早年的笔法学习的是台州郑虔的。贞元末年，在润州去世。抬的棺材就像是空的一样，当时的人大多说他已经得道飞升了。他的生平有很多奇异的事。顾况在准备上任新亭监的时候，王默请求作为海中都巡。问他有什么用意，他说："想要看见海中的山水。"上任半年以后就解职离去了。他后来画画新奇有趣。是项容的弟子。张彦远的堂兄张厚是监察御史，和我详细说了这些事，但是我不觉得王默的画奇特。（出《名画记》）

还有另外一位画家，和别人一同游览寺院。看见壁画上描述一套演奏音乐，说："这是凉州曲的第几遍。"别人不相信，召集乐官演奏凉州曲。到画上所画的地方，连使用的手指都没有任何差异。（出《卢氏杂说》）

已经去世的德州使君王椅家有一支毛笔，笔管只有一寸长，粗和常用的笔管一样，两端各空出半寸左右。中间刻着一套《从军水，无不精绝。每一事刻《从军行》两句，若“庭前琪树已堪攀，塞外征人殊未还”是也。似非人功。其画迹若粉描，向明方可辨之。云，用鼠牙刻。故崔郎中铤文，有《王氏笔管记》是也。类韩文公《画记》。椅，玄质子，绍孙，高雅博古，善琴阮。余旧宅在东洛归德坊南街，厅屋是杏木梁。西壁有韦旻郎中散马七匹，东壁有张旭草真踪数行。旭世号“张颠”。宅之东果园，《两京新记》是马周旧宅。（出《卢氏杂说》）

荥阳外郎赞宰万年日，有荷校者以贼呼之。言尝给妇人廉市马画。赞责之，命取以视。则古丝烟晦，幅联三四。蛮罽裁缥，斑氂皮轴。赞曰：“是画也。”太尉李公所宝惜，有赞皇图书篆焉。人有七万购献牢盆者，得漕渠横梁梗舶倅职。因出妓于阁，又落民间。言是寇幸其不鉴，以卑价市之。为妓人自他方归所诉，请以所亏价书罪。赞不能决。时延寿里有水墨李处士，以精别画品游公卿门。召之辨之。瞪目三叹云：“韩展之上品也。”黄沙之情已具，丹笔之断尚疑。会有赍籍自禁军来认者。赞以且异奸盗，非愿苛留，因并画径送。后永绝其耗。（出《唐阙史》）

晋以前目所不睹，难以平议。晋以来，厥迹存者，可得而言。顾长康、张僧繇、陆探微，异才间出，是为三祖。后世虽有作者，难可加焉。昔萧武帝博学好古，鸠集图画。令朝臣攻丹青者，详其行》。人、马、毛发、房屋、树木、亭台、远处的水，没有不精妙绝伦的。每一件事刻的是《从军行》中的两句。像“庭前琪树已堪攀，塞外征人殊未还”这样。好像不是人雕刻出来的。它绘画的痕迹像是粉描，向着明亮的地方就可以看出来。说是用老鼠的牙齿刻的。所以郎中崔鋋文写了一篇《王氏笔管记》。和韩愈的《画记》相类似。王倚，是王玄质的儿子，王绍的孙子，生性高雅，博览古今擅长阮琴。我家的旧宅在东都洛阳归德坊的南边，厅屋是杏木做的房梁。西边的墙壁上有郎中韦旻画的七匹散马，东边的墙壁有张旭的草书和楷书的几行真迹。张旭世人称他“张颠”。宅子东边的果园，据《两京新记》记载，是马周的旧宅。（出《卢氏杂说》）

荥阳员外郎赞任万年县县令的时候，因为被别人用贼称呼而颈上戴上了枷锁。说他曾经欺骗一位妇女廉价买了一幅马画。赞责问他，命令他把画拿来看。发现是很旧的绢丝，上面被烟气熏染出的污渍遮蔽，三四幅画联成一幅。用少数民族的丝织品剪裁后裱装的，用斑驳的网的外层做的画轴。赞说：“这是画。”是李太尉所珍视的，有赞皇县的篆文图的印记。有人用七万钱把它买来献给掌管盐政的人，得到漕运上的横梁梗船的副职，因为从家里出去做了妓女，沦落到民间。说是这个盗贼侥幸她无法辨别，用特别低廉的价格就把画买去了。做妓女的人从其他地方回来申诉，请县令凭借她亏损的价格定他的罪。赞无法判断。当时延寿里有一个擅长绘画的李处士，因为精于鉴别字画等级而游走在达官贵人之间。召请他来辨别这幅画。他瞪大眼睛多次惊叹，说：“这是韩展作品中最好的。”牢狱之情已经清楚，但这幅画的来源还有疑问。正逢有人从军队送来籍贯认领这位女子，赞认为他们的状况和奸盗之徒有区别，不愿再羁留，于是把他们和古画一起送走了。后来就再也没有相关的消息了。（出《唐阙史》）

晋朝以前的画家不能亲眼看见，很难对其进行评价。晋朝以来，它们之中还有遗迹存在的，从可以看见的来说。顾恺之、张僧繇、陆探微，有杰出才能的人不断出现，这是被称为三位宗师的。后代虽然有很有作为的人，但是都无法达到他们的高度。以前梁武帝萧衍学名氏，并定品第，藏于秘府，以备阅玩。及侯景之乱，元帝迁都。而王府图书，悉归荆土。洎周师来伐，帝悉焚之。历周隋至国朝，重加购募，稍稍复出。无何，遂盈秘府。长安初，张易之奏召天下名工，修葺图画。潜以同色故帛，令各推所长，共成一事。仍旧缥轴，不得而别也。因而窃换。张氏诛后，为少保薛稷所收。稷败后，悉入岐王。初不奏闻，窃有所虑，因又焚之。于是图画奇迹，荡然无遗矣。（出《谭宾录》）

识渊博，喜欢古物，汇集了名家字画。让朝中擅长绘画的大臣，详细考证出每幅画的作者，给他的书画评定等级，藏在秘密的府库，用来阅读赏玩。等到侯景之乱，梁元帝迁移都城。于是王府中的图书，全都转移到江陵。自从北周的军队来征伐，梁帝把它们全都焚烧了。历经北周到隋朝再到唐朝，重新加以收购募集，又得到一些。没多久，就充实了密府。唐朝初年，张易之奏请召集天下有名的画工，来修复这些图画。暗中让他们用旧的布帛，发挥他们各自的长处，共同仿制一幅图画。仍旧用以前的缥轴，这样别人就无法辨别了。所以偷偷把真迹窃为己有。张氏被杀后，这些画被少保薛稷收藏了。薛稷败露后，全都归于岐王。一开始没有将这些画上奏给朝廷，后来又暗自担心，有所顾虑，因而又把它们全都烧了。于是那些不可多得的名画，全都不存在了。（出《谭宾录》）

卷第二百一十五　算术

郑　玄　真玄兔　曹元理　赵　达　贞观秘记　一　行　邢和璞
满　师　马处谦　袁弘御

郑　玄

汉郑玄在马融门下。三年不相见，高足弟子传授而已。常算浑天不合，问诸弟子，弟子莫能解。或言玄，融召令算，一转便决。众咸骇服。及玄业成辞归，融心忌焉。玄亦疑有追者，乃坐桥下，在水上据屐。融果转式逐之，告左右曰："玄在土下水上而据木，此必死矣。"遂罢追。玄竟以免。一说，郑康成师马融，三载无闻，融鄙而遣还。玄过树阴假寐，见一老父，以刀开腹心。谓曰："子可以学矣。"于是寤而即返。遂精洞典籍。融叹曰："诗书礼乐，皆已东矣。"潜欲杀玄，玄知而窃去。融推式以筭玄，玄当在土木上。躬骑马袭之。玄入一桥下，俯伏柱上。融踟蹰桥侧云："土木之间，此则当矣，有水非也。"从此而归。玄用免焉。（出《异苑》）

又郑康成以永建二年七月戊寅生。玄八九岁能下筭乘除。年十一二随母还家，腊日宴会，同时十许人皆美服盛饰，语言通了。玄独漠然，状如不及。母私督数之。乃曰："此非玄之所志也。"（出《玄列传》）

郑玄

汉代的郑玄拜在马融的门下。三年了都没有见到过师傅，只是他的优秀弟子传授学问罢了。马融曾用浑天仪测算天体位置但是算不对，问各位弟子，弟子们也不能够解决。有些人说郑玄可以解决。马融召请郑玄让他进行计算，一转眼就已经解决。众人都惊讶佩服。等到郑玄学业有成辞学回家的时候，马融心生忌恨。郑玄也怀疑有人追杀他，于是坐在桥下，把木屐摆在水上。马融果然运转卜具追赶他。对身边的人说："郑玄在水之下，土之上，靠着木头，这次他一定会死。"于是他放弃了追赶。郑玄最终得以逃生。另一个说法是郑玄拜马融为老师，三年了什么成就也没有，马融鄙视他，郑玄就辞学回家了。郑玄经过树阴的时候在下面假装睡觉。看见一个老翁，用刀打开他的心，对他说："你是可以学习的。"于是他睡醒了就立即回去了。因此才精通典籍。马融叹息说："诗书礼乐，你都已经精通了。"暗中想要杀了郑玄，郑玄知道后，就偷偷离去了。马融运转卜具来推算郑玄的位置，说郑玄应该在土木之上。亲自骑马去偷袭他。郑玄躲在一座桥下面，趴着藏在桥柱上。马融在桥边来回地走，说："土木的中间，应该是这个地方，但有水应该就不是了。"自此就回去了。郑玄因此躲过了一劫。（出《异苑》）

又：郑玄在永建二年七月戊寅出生。八九岁时能够算乘除法。到十一二岁的时候跟随他的母亲回家。腊月的盛会这一天，在场的十几个人都穿着华丽的衣服，都很擅长说话。只有郑玄非常冷淡，看情况好像是不如他们。他的母亲私下督促责备他。他这才说："这不是我的志向所在。"（出《玄列传》）

真玄兔

汉安定皇甫嵩、真玄兔，曹元理，并善算术，皆成帝时人。真常自算其年寿七十三，于绥和元年正月二十五日晡时死。书其屋壁以记之。二十四日晡时死。其妻曰：“见算时常下一筭。欲以告之，虑脱有旨，故不告，今果先一日也。”真又曰：“北邙青冢上，孤檟之西四丈所，凿之入七尺。吾欲葬此地。”及真死，依言往掘，得古时空椁，即以葬焉。（出《西京杂记》）

曹元理

曹元理尝从真玄兔友人陈广汉。广汉曰：“吾有二囷米，忘其硕数，子为吾计之。”元理以食著十余转曰：“东囷七百四十九石二斗七合，西囷六百九十七石八斗。”遂大署囷门。后出米，西囷六百九十七石七斗九升，中有一鼠，大堪一升，东囷不差圭合。元理后岁复遇广汉，广汉以米数告之。元理以手击床曰：“遂不知鼠之食米，不如剥面皮矣。”广汉为之取酒。鹿脯数脔，元理复筭曰：“甘蔗二十五区，应收一千五百三十六枚。蹲鸱三十七亩，应收六百七十三石。千牛产二百犊。万鸡将五万雏。”羊豕鹅鸭，皆道其数。果蓏殽核，悉知其所。乃曰：“此资业之广，何供具之褊。”广汉惭曰：“有仓卒客，无仓卒主人。”元理曰：“俎上蒸肫一头，厨中荔枝一盘，皆可以为设。”广汉再拜谢罪。入取，尽日为欢。其术后传南季，南季传项滔，项滔传子陆。皆得其分数，而失其立妙焉。（出《西京杂记》）

真玄兔

汉代安定地区的皇甫嵩、真玄兔、曹元理，都很擅长算术，都是汉成帝执政时期的人。真玄兔曾经推算他的寿命是七十三岁，在绥和元年正月二十五日的申时去世。写在他屋子里的墙壁上作为记录。后来他在二十四日申时去世。他的妻子说："你在推算的时候曾经多拨了一个算筹。想要告诉你，但考虑到这可能是你逃脱的一个办法，所以没有告诉你，现在果然提前一天了啊。"真玄兔又对他的妻子说："在北邙山的青塚上的一株老茶树的西面四丈远的地方，挖地七尺，我想要葬在这个地方。"等到真玄兔去世了，依照他的话语前往挖掘，得到古代的一个空椁，就把他葬在了里面。（出《西京杂记》）

曹元理

曹元理曾经跟真玄兔的朋友陈广汉到他家。陈广汉说："我有两个粮仓的米，但忘记有多少了。请你给我计算一下。"曹元理用筷子量了十几圈后说："东面粮仓七百四十九石二斗七合，西面粮仓有六百九十七石八斗。"于是，给粮仓的门贴上封条。后来出米。西仓六百九十七石七斗九升。中间有一个鼠，大约一升。东仓一点也没有差别。曹元理第二年又遇到了陈广汉，陈广汉将米的重量告诉了他。曹元理用手捶击床说："我怎么就没想到老鼠吃了米呢，不如把脸皮剥下来。"陈广汉给他拿了酒和几块鹿肉干。曹元理再次计算说："甘蔗有二十五区，应收一千五百三十六根。蹲鸱有三十七亩，应收六百七十三石。一千头牛生了两百头小牛。一万只鸡将孵出五万只小鸡。"羊、猪、鹅、鸭，都说出它们的数量。肉类蔬果，都知道它们的着落。于是说："你的产业那么大，为什么招待客人的食物这么少？"陈广汉惭愧地说："仓里有储备的时候可以应对突然到来的宾客。仓库里没有储备的时候没遇到能善于巧妙应对这种情况的主人。"曹元理说："俎上蒸一头肫，厨房里还有一盘荔枝，都可以作为招待的东西。"陈广汉再次作揖请求原谅。进入厨房，一整天都尽情欢乐。他的算术后来传给了南季。南季传给了项滔。项滔传给了子陆。但他

赵 达

吴太平二年，长沙大饥，杀人不可胜数。孙权使赵达占之云："天地川泽相通，如人四体，鼻衄灸脚而愈。今余干水口，常暴起一洲，形如鳖，食彼郡风气，可祠而掘之。"权乃遣人祭以太牢，断其背。故老传云，饥遂上。其水在饶州余干县也。（出《洽闻记》）

贞观秘记

唐贞观中秘记云："唐三世后，有女主武王代有天下。"太宗密召李淳风访之。淳风奏言："臣据玄象，推算已定。其人已生在陛下宫内，从今不满四十年，当有天下，诛杀子孙殆尽。"太宗曰："疑似者杀之，何如？"淳风曰："天之所命，必无禳避之法。王者不死，枉及无辜。且据占已长成，在陛下宫内为眷属。更四十年又当衰老，老则仁慈，恐伤陛下子孙不多。今若杀之为仇，更生少壮，必加严毒，为害转甚。"遂止。（出《感定录》）

一 行

沙门一行，俗姓张名遂，郯公公瑾之曾孙。年少出家，以聪敏学行，见重于代。玄宗诏于光大殿改撰历经。后又移就丽正殿，与学士参校。一行乃撰《开元大衍历》一卷，《历议》十卷，《历成》

们都只是学到了分数，没有学到他在算术上的精妙之处。（出《西京杂记》）

赵达

吴国太平二年的时候，长沙遭受了一场大饥荒。饿死的人不计其数。孙权让赵达占卜，赵达说："天地山川是相同的，就像人体的四肢，鼻子流血针灸脚就可以痊愈。现今余干县的水流的出入口，曾经突然形成一座沙洲。形状像一头鳖，破坏了他们郡县的风土气候，可以建造一个祠堂祭祀然后把它挖了。"孙权于是派人用猪、牛、羊进行祭祀，然后挖断了沙洲的脊背。已经去世的老人传说饥荒就这样停止了。挖出的水渠就在余干县。（出《洽闻记》）

贞观秘记

唐朝贞观年间有本秘记说："唐朝三代之后，有女皇帝武王取代李唐王朝而治理天下。"唐太宗暗中派遣李淳风调查这件事。李淳风上奏说："我根据玄学，已经推断出来了。这个人已经在皇宫里了，从现在开始计算，不到四十年，她就会占有天下。将会把所有的子孙都杀光。"唐太宗说："有疑点的人就把她杀了，你觉得怎么样？"李淳风说："这是天命所归，一定没有祭神避祸的方法。能够称王的那个人不仅不会被杀死，还会殃及无辜。并且根据卦象，她已经成年，在皇宫内作为嫔妃，再过四十年就会衰老，衰老的人就会变得仁慈。恐怕不会伤害您太多的子孙。现在如果将她杀了就会结下冤仇，再更换成年轻的人，一定会更加凶猛残酷，那时候造成的伤害就会更加深重。"唐太宗于是停止了这种想法。（出《感定录》）

一行

佛门僧人一行，出家前叫张遂，是郯公张公瑾的曾孙。很小的时候就出家了，因为聪明而有很高的学问品行，被当时的人看重。唐玄宗召请他在光大殿修改撰写历代经典。后来又转移到丽正殿，和十二卷，《历书》二十四卷，《七政长历》三卷。凡五部五十卷。未及奏上而卒。张说奏上之，诏令行用。初，一行造黄道游仪以进。御制《游仪铭》付太史监，将向灵台上，用以测候。分遣太史官大相元太等，驰驿往安南、朗、衮等州，测候日影。同以二分二至之日午时，量日影，皆数年方定。安南极高二十一度六分，冬至日影长七尺九寸三分，春秋二分长二尺九寸三分，夏至日在表南三寸一分；蔚州横野军北极高四十度，冬至日影长一丈五尺八分，春秋二分长六尺六寸二分，夏至影在表北二尺二寸九分。此二所为中土南北之极。朗、衮、太原等州，并差互不同。用句股法算之云："大约南北极，相去才八万余里。"修历人陈玄景亦善算。叹曰："古人云：'以管窥天，以蠡测海。'以为不可得而致也。今以丈尺之术而测天地之大，岂可得哉？若依此而言，则天地岂得为大也。"其后参校一行《历经》，并精密，迄今行用。（出《大唐新语》）

邢和璞

邢和璞好黄老之道，善心筭，作《颍阳书疏》。有叩奇旋入空，或言有草，初未尝睹。段成式见山人郑昉说："崔司马者寄居荆州，与邢有旧。崔病积年且死，心常恃于邢。崔一日觉卧室北墙，有人劚声。命左右视之，都无所见。卧空室之北，家人所居也。如此七日，劚不已。墙忽透，明如一粟。问左右，复不见。经一日，穴大如盘。崔窥之，墙外乃野外耳。有数人荷锹镬，立于穴侧。崔问之：'皆云，邢真人处分开此。司马厄重，倍费功力。'有顷，导驺五六。悉平帻朱衣。辟曰：'真人至。'见邢舆中，白帢各位翰林学士一起参照校勘书籍。一行因此写出了一卷《开元大衍历》，十卷《历议》，十二卷《历成》，二十四卷《历书》，三卷《七政长历》。总共五部五十卷。还没来得及上奏就去世了。张说把它们呈奏给唐玄宗，唐玄宗下令让他通行使用。刚开始的时候，一行制造了黄道游仪进献，唐玄宗因此亲自写了《游仪铭》交给太史监，把它放在灵台上，用来测算时间，并分别派遣太史官大相、元太等，骑马赶往安南州、朗州、衮州等地，测时间和日影。同时在春分秋分、夏至冬至这天的正午时分测量日影，都是好几年才定下来。安南州极高二十一度六分，冬至日影长七尺九寸三分，春秋二分长二尺九寸三分，夏至日在表的南面三寸一分，蔚州横野军北极高四十度，冬至日影长一丈五尺八分，春秋二分长六尺六寸二分，夏至影在表的北面二尺二寸九分。此两个州所在地是中原地区南北的界限。朗州、衮州、太原等地，都不相同。用勾股法计算说："南极和北极，相差才八万里。"修订日历的人陈玄景也擅长算术，感叹地说："古人说：'从竹管孔里张望天空，用贝壳做的瓢来测量海水。'认为是做不到的情况下而导致的想法。现在用尺和丈来测量天地的大小，又怎么能够测算出来呢？如果照这样来算，天地又怎么能算是大呢？"后来他参照校订一行的《历经》，且让它更加精密，到今天仍然在使用。（出《大唐新语》）

邢和璞

邢和璞喜欢研究黄帝、老子的道学，善于心算。写了本《颍阳书疏》。有人说他可以乘着奇异的圈儿飞到空中，有的人说他会占卜，一开始都没有见过。段成式拜见山人郑昉说："有一个寄居在荆州的司马姓崔，和邢和璞是旧交，司马崔氏患病多年将要去世，心里经常依赖邢和璞。有一天他觉得卧室北面的墙发出了被人挖掘的响声。命令身边的人去检视，都没有看见。他住的空房的北面，是家人居住的地方。就这样过了七天，挖掘声没有停止过。墙突然被挖破了，很明显，像一颗板栗。问身边的人，回答还是什么也看不见。又过了一天，墙上的洞已经大得像一个盘子。他从中偷偷观察。墙的外面是垂绥，执五明扇，侍卫数十，去穴数步而止。谓崔曰：'公算尽，仆为公再三论，得延一纪。自此无若也。'”言毕，壁合如旧。旬日病愈。

又曾居终南。好道者多卜筑依之，崔曙年少亦随焉。伐薪汲泉，皆是名士。邢尝谓其徒曰：“三五日有一异客，君等可为予各办一味也。”数日，备诸水陆，遂张筵于一亭。戒无妄窥，众皆闭户，不敢謦欬。邢下山延一客，长五尺，阔三尺，首居其半。绯衣宽博，横执象笏。其睫疏长，色若削瓜。鼓髯大笑，吻角侵耳。与邢剧谈，多非人间事故也。崔曙不耐，因走而过庭。客熟视，顾邢曰：“此非泰山老师耶？”应曰是。客复曰：“更一转则失之千里矣，可惜。”及暮而去，邢命崔曙谓曰：“向客上帝戏臣也，言泰山老师，颇记无？”崔垂泣言：“某实泰山老师后身，不复忆。”

少常听先人言之，房琯太尉祈邢算终身之事，邢言若由东南止西北，禄命卒矣。降魄之处，非馆非寺，非途非署。病起于鱼飧，休材龟兹板。后房自袁州除汉州。罢归，至阆州，舍于紫极宫。适顾工治木，房怪其木理成形，问之，道士称：“数月前，有贾野外了。有好几个人拿着铁锹和镬，在洞的两边站着。他问他们为什么这样。那些人都告诉他，是邢和璞让他们把这个地方挖开，因为他的灾厄深重，所以非常费力。片刻之后，出现五六个导骑，都戴着平巾帽子穿着红色衣服。他们分开说：'邢和璞到了。'看见邢和璞在车中，白色礼服上垂着丝质带子，手拿五明扇，有几十个侍卫，在距离洞穴几步的地方停下了。对他说：'你的寿命已经结束了，我再三和他们理论，他们答应再让你活十二年。从现在开始就不像以前那样有病痛了。'"话刚说完，墙壁恢复得就像以前一样，十几天之后，他的病就痊愈了。

邢和璞曾经在终南山居住。喜欢道学的人大多靠着他选择地域建房定居。崔曙年纪很小的时候就追随他了。砍伐树木、汲取泉水的都是有名的人。邢和璞曾经对他的弟子说："过三五天有一个不寻常的客人，你们每人要替我准备一份佳肴。"过了几天，准备好了各种各样的菜肴，就在一个亭子摆下宴席。邢和璞之前告诉大家不要随意偷看，所有人都关闭门窗，不敢发出一声咳嗽。邢和璞下山邀请了一位客人。身长五尺，宽三尺，头已经占据了身体的一半。身上穿着宽大的红衣，横着拿象牙笏板。他的睫毛特别长，脸是青绿色的。鼓动胡须大笑，嘴角快咧到耳朵了。和邢和璞谈得很热烈，谈的事情大多不是人间的故事。崔曙没有禁受住，因此走出房屋经过庭院。客人仔细端详一会儿，回头对邢和璞说："这不是泰山老师吗？"邢和璞应答道："是。"客人又说："再一转世就和原来差别千里了，真的很可惜啊！"等到傍晚客人离去了，邢和璞让崔曙前来对他说："之前的客人是上天之神宠幸的臣子，说你是泰山老师，你还能记得吗？"崔曙低头哭着说："我确实是泰山老师的转世之身，之前的事情我已经记不得了。"

小时候曾经听祖先说太尉房琯请求邢和璞给他算自己的大限之日，邢和璞说如果他从东南到西北，他的寿命就终止了。他去世的地方，不是馆阁不是寺庙，不是路途不是官衙。他的疾病在吃鱼的时候开始，会葬在以龟兹木材作为材料的棺材里。后来房琯从袁州改迁到汉州。罢官结束，回朝。到阆州的时候，在紫极宫借宿。正好看见客施数断龟兹板，今治为屠苏也。”房始忆邢之言。有顷，刺史具鲙邀房。房叹曰：“邢君神人也。”乃具白于刺史，且以龟兹板为托。其夕，病鲙而终。（出《酉阳杂俎》）

满 师

西京太平坊法寿寺有满师善九宫。大理卿王璿尝问之，师云：“公某月当改官，似是中书门下，甚近玉阶。”璿自谓黄门侍郎未可得也，给舍又已过矣。后果改为金吾将军，常侍玉阶。满公又云：“王鉷一家尽成白骨。”有所克皆验。

马处谦

扶风马处谦病瞽，厥父俾其学易，以求衣食。尝于安陆鬻筮自给。有一人谒筮，谓马生曰：“子之筮未臻其妙。我有秘法，子能从我学之乎？”马生乃随往。郡境有陶仙观，受星算之诀，凡一十七行。因请其爵里，乃云：“胡其姓而恬其名。”诫之曰：“子有官禄，终至五十二岁。幸勿道我行止于王侯之门。”马生得诀，言事甚验。赵匡明弃荆入蜀，因随至成都。王先主尝令杜光庭先生，密问享寿几何。对曰：“主上受元阳之气，四斤八两。”果七十二而崩。四斤八两，即七十二两也。马生官至中郎金紫，亦五十二而殒。（出《北梦琐言》）。

工匠们在做工。房琯很是惊奇木头形成的纹理。询问他们，道士说：“几个月之前，有商人给了几块断了的龟兹板，现在打算把它打造成平屋。”房琯这时想起来邢和璞的话。过了一会儿，刺史准备好了鲙鱼来邀请房琯。房琯惊叹地说：“邢和璞真的是神人啊！”于是把事情的经过全都告诉了刺史，并且嘱托一定要用龟兹板作为棺材板。这天晚上，他因为鲙鱼得病而去世。（出《酉阳杂俎》）

满 师

西京的太平坊法寿寺有一位名叫满师的僧人擅长九宫。大理寺卿王璿曾经征询过他。满师说：“你某个月应该会改任官职，大概是在中书省或门下省，特别接近皇帝。”王璿自己认为黄门侍郎是不太可能的。给事中或中书舍人已经担任过了。后来果然改任执金吾将军，经常站在玉阶前守卫皇上。满师又说：“王鉷一家会变成一堆白骨。”后来遇到凶险事件，果然应验了。

马处谦

扶风的马处谦因为生病双目失明，他的父亲让他学习《周易》，希望他凭借这个能够获得衣服和食物。曾经在安陆卖卦自给自足。有一个人过来看他占卜，对他说：“你的卜卦还没有达到精妙的境界。我这里有神秘的方法，你能跟随我学习吗？”马处谦就跟他走了。安陆郡的境内有一座陶仙观，在这里传授他星算的口诀，总共十七行。他问这个人的官职和家住哪里。回答说：“胡是我的姓，恬是我的名。”告诫他说：“你能够做官享受俸禄，终年五十二岁。请一定不要在王侯公卿面前说出我的行踪。”马处谦得到星算的秘诀后，所说的事情都很灵验。赵匡明离开荆州到蜀地，马处谦也跟随他前往成都。前任蜀王曾经让杜光庭先生秘密问马处谦自己的寿命多长。他回答说：“蜀王身受元阳之气，总共四斤八两。”后来蜀王果然在七十二岁的时候去世了。四斤八两，就是七十二两。马处谦做官做到中郎将，授金紫光禄大夫，也是五十二岁去世的。（出《北梦琐言》）

袁弘御

后唐袁弘御为云中从事，尤精算术。同府令算庭下桐树叶数。即目起量树，去地七尺，围之，取围径之数布算。良久曰：“若干叶。”众不能覆。命撼去二十二叶，复使算。曰：“已少向者二十一叶矣。”审视之，两叶差小，止当一叶耳。节度使张敬达有二玉碗，弘御量其广深，算之曰：“此碗明年五月十六日巳时当破。”敬达闻之曰：“吾敬藏之，能破否？”即命贮大笼，籍以衣絮，镤之库中。至期，库屋梁折，正压其笼，二碗俱碎。太仆少卿薛文美同府亲见。（出《稽神录》）

袁弘御

后唐的袁弘御官拜云中从事，特别擅长算术。同府的人让他推算庭院中的桐树叶的数量。于是立刻测量桐树，距离桐树所在地七尺远，把它围起来，量取所围的半径的数量进行计算。很久之后说："若干叶子。"众人认为这没办法核验，让人摇掉二十二片叶子，再让他计算。说："已经少的有二十一片叶子。"仔细观察它们，两片叶子特别小，只是把它当作一片叶子罢了。节度使张敬达有两个玉碗，袁弘御测量了它的广度和深度，为他推算说："这只碗五月十六日巳时应该会破。"张敬达听完之后说："我现在把它藏起来，还能破吗？"于是即刻命令把它用衣服和棉絮包裹着放在大笼子里，然后藏到仓库里。到限期这一天，仓库的房梁断了，正好压在笼子上，两个玉碗都碎了。同在府中的太仆少卿薛文美亲眼见到。（出《稽神录》）

卷第二百一十六　卜筮一

管辂

管辂洞晓术数。初有妇人亡牛，从卜。曰："可视东丘冢中，牛当悬向上。"既而果得。妇人反疑辂，告官按验，乃知是术数所推。又洛中一人失妻，辂令与担豕人斗于东阳门。豚逸入一舍，突坏其墙，其妇出焉。辂乡里范玄龙苦频失火。辂云："有角巾诸生驾黑牛，从东来，必留之宿。"后果有此生来，玄龙因留之。生急求去，不听，遂宿。主人罢入。生惧图己，乃持刀门外，倚薪假寐。忽有一物，以口吹火。生惊斫之死，而视之则狐也。自是不复有灾。又有人捕鹿，获之，为人所窃。诣辂为卦云："东巷第三家，候无人时，发其屋头第七椽，以瓦著椽下。明日食时，自送还汝也。"其夜盗者父患头痛，亦来自占，辂令归之，病乃愈。又治内吏失物，辂使候人静，于寺门，令指天画地，举手四向。暮果获于故处。（出《异苑》）

又平原太守刘邠取山鸡毛置器中，使辂筮之。辂曰："高岳岩岩，有鸟朱身。羽翼玄黄，鸣不失晨。此山鸡毛也。"（出《异苑》）

管辂

管辂精通术数。当初，有个妇女丢了一头牛，请他占卜。管辂说："可以去看东边山上的坟墓中，你的牛应该向上挂在坟墓的坑道中。"过了不久，果然按照他的方法找到了。这位妇女反而怀疑是管辂从中作梗，将他告到官府进行查验。这才知道管辂使用术数推演出来的。又有一次，洛阳城一人的妻子不见了。管辂让他和挑猪的人在东阳门打斗。猪跑到一家房子里，撞破了墙，他的妻子就从里面走出来了。管辂的乡邻范玄龙非常苦恼自己家里频频失火。管辂说："有一个从东边来的戴着角巾骑着黑牛来的儒生，你一定要留他住宿。"后来果然有这样的一个人过来，范玄龙就挽留他。这个人着急离去，但范玄龙并不理会，儒生只好住下。但主人却不进门睡觉。这个人害怕他们谋害自己，于是拿着刀在门外，靠着木柴架睡。忽然有一个东西，用嘴巴吹火。这个人特别惊惧，把它砍死了。仔细一看，原来是狐狸。从此以后不再有火灾。又有一次，有一个人追捕鹿，捕获之后，被别人偷走了。拜见管辂请他占卜，卦象说："东边巷口的第三家，等到没有人的时候，把他家屋子房梁上第七根椽子掀起来，将瓦片放在它的下面。明天吃饭的时候，他自会把鹿送还给你。"那个半夜偷鹿的人的父亲得了头疼病，也来管辂这里占卜。管辂让他归还鹿。他父亲的病就好了。官衙内丢失了物品，管辂让他们等人静下来的时候在寺庙门前指天画地，向四面举手。傍晚果然在原来的地方找到了。（出《异苑》）

又：平原太守刘邠拿了一根山鸡毛把它放在器具里，让管辂卜卦。管辂说："在高高的山峰上，有一只通身红色的鸟。它的羽毛是黄黑色的，没有一个早晨它不打鸣。这个是山鸡毛。"（出《异苑》）

淳于智

鲍瑗家多丧及病，淳于智为筮之。卦成云："宜入市门数十步，有一人持荆马鞭，便就买取，悬东北桑树上，无病。三年当得财。"如其言。后穿井得钱，及铜器二十万。（出《独异志》）

柳林祖

有日者柳林祖善卜筮。其妻曾病鼠瘘，积年不差，渐困垂命。林祖遂占之，得"颐"之"复"。按卦曰："应得姓石者治之，当获灸鼠而愈也。"既而乡里有一贱家，果姓石。自言能除此病，遂灸病者头上三处。觉佳。俄有一鼠，色黄秀，径前，唅唅然伏而不动。呼犬噬杀之。视鼠头上，有三灸处。病者自差。（出《洞林》）

隗炤

晋隗炤善易，临终谓妻子曰："后虽大荒，勿卖宅。后五年，诏使龚负吾金，以吾所书板告之。"后如其言。妻赍板诣之。使者惘然，沉吟不语。取蓍筮之，卦成曰："妙哉隗生，吾不负金。贤夫自藏金，以待太平。知吾善易，书板寄意。金有五百斤，盛以青瓷，埋在堂屋。去壁一丈，入地九尺。"妻掘之，果得金也。（出《国史补遗》）

淳于智

鲍瑗家中的人很多得病或去世了，淳于智为他占卜。卦象上说：“应当在进入街市门几十步的地方，有一个人拿着荆条作马鞭，你立即买来，把它悬挂在东北面的桑树上，家里会立马没有病痛，三年之后你还会得到一笔钱财。”果然像他说的一样。后来凿井的时候得到一笔钱和铜器，价值二十万钱。（出《独异志》）

柳林祖

有一位凭借占卜谋生的柳林祖擅长卜卦。他的妻子曾经得了鼠瘘病，很多年都没治好。渐渐地危及生命。柳林祖于是给她占卜，得了颐卦的复卦。按卦象上说是：“应该找一位姓石的医生治疗，在捕获被针灸的老鼠之后就可以痊愈了。”过了几天，乡里果然有一户姓石的贫困人家，说能够根除这种病。于是用针灸病人头上三个地方，觉得好多了。过了一会儿出来一只颜色亮黄的老鼠，径直走上前来，非常鲜活，趴在地上一动不动。呼唤小狗前来捕杀，看见老鼠的头上，有三个针灸的地方。生病的妻子也好了。（出《洞林》）

隗炤

晋代的隗照精通《周易》。临死前对他的妻子说：“以后虽然会出现大饥荒，但不要卖了房子。再往后五年，命令姓龚的仆役让他还欠我的金子，把我所写的木板拿给他看就行了。”后来果然像他说的一样。他的妻子拿着他写的木板去造访那位姓龚的仆役。仆役十分迷惑，沉默不说话，拿来蓍草占卜，卦象说：“隗照真的神妙，我不欠你金子，是你自己把金子买起来了，等待太平时候使用。知道我擅长卜卦，写了木板寄达你的心意。金子总共有五百斤，用青瓷盛放，埋在堂屋里，距离墙壁一丈的地方，掘地九尺。”他的妻子依照话语挖掘它，果然得到了金子。（出《国史补遗》）

郭 璞

杨州别驾顾球娣生十年便病，至年五十余。令郭璞筮之，得“大过”之“升”。其辞曰：“大过卦者义不嘉，冢墓枯杨无英华。振动游魂见龙车，身被重累婴天邪。法由斩树杀灵蛇，非己之咎先人瑕。”案卦论之可奈何，球乃访迹其家事。先世曾伐大树，得大蛇杀之，女便病。病后有群鸟数千回翔屋上，人皆怪之，不知何故。有县农行过舍边，仰视，见龙牵车，五色晃烂，甚大非常。有顷遂天。（出《搜神记》）

蔡 铁

宋南郡王义宣在镇，府史蔡铁者善卜。王尝在内斋见一白鼠缘屋梁上，命左右射得之。内函中，命铁卜函中何物。卦成笑曰：“得之矣。”王曰：“状之。”“白色之鼠背明户，弯孤射之，绝其左股。鼠孕五子，三雄二雌。若不见信，剖腹而立知。”王便剖之，皆如铁言。赐万钱。（出《渚宫旧事》）

吴中察声者

后魏末，有吴士至北间，目盲而妙察声。丞相嗣渤海王澄使试之。闻刘桃枝之声曰：“当代贵王侯将相死于其手。然譬如鹰犬，为人所使耳。”闻赵道德之声曰：“亦贵人也。”闻太原公洋之声曰：“当为人主。”闻澄之声，不动。崔暹私掐之，乃缪言：“亦国王也。”王曰：“我家群奴，犹当极贵，况吾身手。”后齐诸王大臣

郭璞

杨州别驾顾球的姐妹十岁就生病了，到现在已经五十岁了。让郭璞为她占卜。卜得“大过”，变卦是“升”。它的卦辞是：“卜出大过卦的人在义上不好，坟墓上的杨树是枯死的，并没有叶子。振动的游魂看见龙车，身体遭受的重病是从小时候开始的，这是因为有人砍伐树木斩杀灵蛇，不是因为她自己的罪过而是先人做错了事。”占卜所说的事情让他不知道怎么办，于是顾球就查访他家的私事。知道祖先曾经砍伐了大棵树木，捕获一条大蛇把它杀了。这个女孩子就生病了。生病后有多达上千只的鸟群在屋顶上来回飞翔，人们都感觉很奇怪，不知道什么原因。有县里的农民经过她家房子，抬头向上看，看见了龙驾着车，五颜六色，十分耀眼，十分庞大，转眼间就不见了。（出《搜神记》）

蔡铁

南宋王义宣在镇守南郡的时候，有位名叫府史的蔡铁善于占卜。王义宣曾经在屋内的书斋看见一个白老鼠在屋梁上爬，让身边的人将它射杀，装在匣子中，让蔡铁占卜猜匣子里是什么。等卦象出来的时候，笑着说：“我已经知道了。”王义宣说：“我描述一下它。”“白色的老鼠背对明亮的窗户，弯弓射杀它，把它的左腿射断了。老鼠肚子中有五个小鼠，三个雌的，两个雄的，如果你不相信，剖开它的腹部你就立刻知道了。”王义宣听了之后就把它剖开了。都和蔡铁说的一样。赏赐了他一万钱。（出《渚宫旧事》）

吴中察声者

后魏末年，有吴地的人来到北间。眼睛瞎了但可以很精确辨识声音来卜测。丞相的子嗣渤海王高澄让他试听。听到刘桃枝的声音说：“现今的王侯将相将死在他的手里。不过，是像鹰犬那样，被人利用的罢了。”听到赵道德的声音说，这也是贵人啊。听到太原公高洋的声音说：“这个会作为君主。”听闻高澄的声音，没有任何动静

赐死，多为桃枝之所拉杀焉。而澄竟有兰京之祸，洋受禅，是为文宣王。（出《三国典略》）

王子贞

唐贞观中，定州鼓城县人魏全家富，母忽然失明。问卜者王子贞，子贞为卜之曰："明年有从东来青衣者，三月一日来疗，必愈。"至时，候见一人着青紬襦，遂邀为重设饮食。其人曰："仆不解医，但解作犁耳，为主人作之。"其持斧绕舍求犁辕，见桑曲枝临井上，遂斫下。其母两眼焕然见物。此曲枝叶盖井之所致也。（出《朝野佥载》）

张璟藏

周郎中裴珪妾赵氏，有美色。曾就张璟藏卜年命。藏曰："夫人目长而慢视，准相书，猪视者淫。妇人目有四白，五夫守宅。夫人终以奸废，宜慎之。"赵笑而去。后果与人奸，没入掖庭。（出《朝野佥载》）

凑州筮者

杜景佺，信都人也，本名元方，垂拱中更为景佺。刚直严正，进士擢第。后为鸾台侍郎平章事。时内史李昭德以刚直下狱，景佺庭称其公清正直。则天怒，以为面欺，左授凑州刺史。初任凑州，会善筮者于路，言其当重入相，得三品而不着紫袍。至是夏了。崔暹偷偷掐他，才违心说了一句："也是国王啊。"高澄说："我家的仆役都非常富贵，更何况是我自己呢。"后齐的各个王侯大臣的死，都是被刘桃之牵连而拉出去杀了的。高澄竟然有兰京之祸。高洋受禅，做了文宣王。（出《三国典略》）

王子贞

唐代贞观年间，定州的鼓城县人魏全家里很富裕，母亲突然失明了。向王子贞问卜。王子贞为他占卜的卦辞说："第二年有从东边来的穿青衣的人，三月一日来这个地方治疗，一定可以治愈。"到了所说的时间，看见一个人穿着青色的粗绸短衣，于是邀请他到家里，以好酒好菜招待，让他为自己的母亲治疗眼疾。这个人说："我不会医术，但我会制造耕犁，替主人家制造一个。"他拿着斧头绕着屋子寻找能够做犁辕的木材，看见桑树弯曲的枝干覆盖在井上，就把它砍下来了。他的母亲两只眼睛突然就看见东西了。这是因为弯曲的枝叶覆盖了井而导致的。（出《朝野佥载》）

张璟藏

周代的郎中裴珪的姬妾赵氏，有美貌的容颜。曾经让张璟藏给她占卜年限和命运。张璟藏说："夫人你的眼睛狭长，眼睛看人不专注。根据相术书来说，像猪眼睛的人性情淫荡。夫人你眼四周露白，将会有五个丈夫守着宅院。夫人你终究会因为奸淫而受到惩处，应该慎重。"赵氏笑了笑，离开了。后来果然和人有不正当关系，被关进了掖庭。（出《朝野佥载》）

凑州筮者

杜景佺，是信都人。本来的名字叫杜元方，垂拱年间更名为杜景佺。性格刚毅忠正，考中进士。后来官拜鸾台侍郎平章事。当时的内史李昭德因为刚毅正直被打入监牢。杜景佺在朝中力挺他的清正廉直。武则天大怒，认为他当面欺诬，把他贬为凑州刺史。刚刚在凑

终，服紫衫而终。（出《御史台记》）

蔡微远

瀛州人安县令张怀礼，沧州弓高令晋行忠，就蔡微远卜。转式讫，谓礼曰："公大亲近，位至方伯。"谓忠曰："公得京官，今年禄尽。宜致仕可也。"二人皆应举。怀礼授左补阙，后至和复二州刺史。行忠授城门郎，至秋而卒。（出《朝野佥载》）

车三

车三者，华阴人，善卜相。进士李蒙宏词及第，入京注官。至华阴，县官令车三见，诳云李益。车云："初不见公食禄。"诸公云："应缘不道实姓名，所以不中。此是李蒙，宏词及第，欲注官去。看得何官？"车云："公意欲作何官？"蒙云："爱华阴县。"车云："得此官在，但见公无此禄。奈何。"众皆不信。及至京，果注华阴县尉授官。相贺于曲江舟上宴会。诸公令蒙作序，日晚序成，史翙先起，于蒙手取序看。裴士南等十余人，又争起看序。其船偏，遂覆没。李蒙、士南等，并被没溺而死。（出《定命录》）

李老

开元中，有一人姓刘不得名。假荫求官，数年未捷。忽一年铨试毕，闻西市有李老善卜，造而问之。老曰："今年官未合成。"

州上任的时候，在路上碰到一个擅长占卜的人，说他应该会重新担任宰相，成为三品官但不穿紫袍。这年夏末，穿着紫色衣衫去世了。（出《御史台记》）

蔡微远

瀛洲人安县县令张怀礼和沧州弓高县县令晋行忠去让蔡微远给自己占卜。蔡微远运转卜具结束后，对张怀礼说："你的父母和你很亲近，你可以做到地方长官。"对晋行忠说："你会到京城做官，今年的官运就会完结。在适当的时候辞去官职就可以了。"两个人都接受举荐了。张怀礼官任左补缺，后来任至州和复州两个地方的刺史。晋行忠官任城门郎，到秋天去世了。（出《朝野佥载》）

车三

华阴人车三，善于占卜。李蒙考中博学宏词科，进士及第。进入京城铨叙官职。到华阴的时候，县官让车三为李蒙占卜。骗车三说李蒙名叫李益。车三说："开始的时候你不会享受到俸禄。"各位官员们都说："应该是因为你不告诉他真实姓名，所以得不到官职。告诉车三这个是李蒙，博学宏词科的进士及第，想要进京铨叙官职。你占卜一下，看会得到什么官职。"车三说："你想要做什么官呢？"李蒙说："我想在华阴县做官。"车三说："有这样一个官让你当，但是见你没有该有的俸禄。怎么办？"大家都不相信。等到到京城的时候，果然授予了他华阴县县尉的官职。在曲江的舟上摆宴相互庆贺。其他人让李蒙给他们作序，傍晚的时候序写好了，史翙先起身，从李蒙手中拿序看。裴士南等十几个人，又争相看序。他们的船因此偏向一边，然后船翻了。李蒙、裴士南等人都被淹死了。（出《定命录》）

李老

开元年间，有一个姓刘但不知道姓名的人。想借祖上的门荫来求取官职，好几年都没有成功，有一年参加完科举考试，听说西市有生曰："有人窃报我，期以必成。何不然也？"老人曰："今年必不成，来岁不求自得矣。"生既不信。果为保所累，被驳。生乃信老人之神也。至明年试毕，自度书判微劣，意其未遂。又问李老，李老曰："勿忧也，君官必成，禄在大梁。得之，复来见我。"果为开封县尉。又重见老人。老人曰："君为官，不必清俭，恣意求取。临满，请为使入城。更为君推之。"生至州，果为刺史委任。生思李老之言，大取财贿。及满，贮积千万。遂谒州将，请充纲使。州将遣部其州租税至京，又见李老。李老曰："公即合迁官。"生曰："某今向秩满后选之，今是何时，岂得更有官也？"老曰："但三日内得官，官亦合在彼郡得之，更相见也。"生疑之，遂去。明日，纳州赋于左藏库，适有凤凰见其处。敕云："先见者与改官。"生即先见，遂迁授浚仪县丞。生益见敬李老，又问为官之方。云："一如前政。"生满岁，又获千万。还乡居数年，又调集，复诣李老。李老曰："今当得一邑，不可妄动也，固宜慎之。"生果授寿春宰。至官未暮，坐脏免。又来问李老。老曰："今当为君言之，不必惭讳。君先代曾为大商，有二千万资，卒于汴州，其财散在人处。故君于此复得之，不为妄取也。故得无尤。此邑之人，不负君财。岂可过求也？"生大伏焉。（出《原化记》）

一个善于占卜的李老先生，就前去拜访征询他。李老说："今年你还是没有选上。"刘生说："有人私下告诉我，这次一定会选成，你怎么说没有呢？"老人说："今年一定选不上，明年你不去刻意追求，就能自然而然得到它。"刘生一点也不相信。果然被保举连累了，被驳回了。这时他才相信李老的神妙。等到第二年科举考试完毕，自认为书法和文理比较差，心里想自己又不能做官了，又去问李老，李老说："不用担心，你今年一定可以做官，做官的地方在大梁，等得到官职了，再来见我。"刘生果然被封为开封县县尉，又再次去拜见老人，老人说："你做官，用不着清廉节俭，可以随意索取。接近此次做官期限的时候，请让我进城再为你推算。"刘生到那个州县的时候，果然被刺史委任为开封县尉。刘生记着李老的话，大肆收取贿赂，等到期限快到的时候，积存了千万钱。就去拜谒州将，请求让他担任纲使，州将派遣他安排他的州县进贡到京城的租税。再次去拜见李老，李老说："你即将改任官职。"刘生说："按照以前来说任期到了之后才会选拔，我现在还没有，现在是什么时候，怎么会让我改任官职？"李老说："只要三天你就能得到官职，官职也是在你要去的州郡得到，那时候再相见吧。"刘生在怀疑他的说法中离开了。第二天，在左藏库缴纳州赋，正好他所在的地方出现了凤凰。唐玄宗下诏令说："先看见凤凰的人给他改任官职。"刘生就是那个先见到凤凰的人，于是授予他浚义县县令。刘生更加尊敬李老了，又问他做官的方法。李老说："就和以前一样。"刘生县令到期后，又得到了千万钱。回到自己的家乡住了好几年，再次被征调做官，再次拜访李老。李老说："你这次应该会得到一个县官，不要轻举妄动，而且应该谨慎对待。"刘生果然被授予寿春县县令，官还没有到期限，就因为贪污案被罢免。再次前来询问李老，李老说："我现在应当可以全部告诉你了，没有什么要隐瞒的了。你的先人曾经是大商人，有两千万的家产，在汴州去世，他的财产散落在当地人的手中，所以你在那个地方再次得到它们，不能称作是不义之财，所以没有任何忧患。寿春县的人，没有亏欠你财产，你怎么能肆意地求取呢？"刘生对李老是深深地拜服。（出《原化记》）

开元中二道士

开元二年，梁州道士梁虚舟以九宫推算张鷟云：“五鬼加年，天罡临命，一生之大厄。”以周易筮之，遇“观”之“涣”，主惊恐。后风行水上，事即散。又安国观道士李若虚不告姓名，暗使推之。云：“此人今年身在天牢，负大辟之罪，乃可以免。不然，病当死，无有救法。”果被御史李全交致其罪，敕令处死。而刑部尚书李日知、左丞张庭珪、崔玄昇、侍郎程行谋咸请之，乃免死，配流岭南。二道士之言，信有征矣。（出《朝野佥载》）

蒋直

天宝十二载，永嘉人蒋直云：“郡城内有白幕，太守李江忽丁忧。”李欲归江北。蒋又云：“公至缙云郡却回。当有一绯一绿一碧人来相推按，然终无事。”后果采访使张愿着绯，大理司直杜乔着绿，判官张璘着碧，来推。遇赦而止。（出《定命录》）

开元中二道士

开元二年，梁州的道士梁虚舟用就功法推算张鷟的命运，说："瘟神侵凌，凶神接近，这是一生中的大灾难。"又用周易推演，看到观卦的变卦涣卦，主要代表惊恐。后者风在水上，恶势离散。又让安国观道士李若虚给他推演命运，没有告诉他姓名。李若虚说："这个人今年要身犯死刑，被关在大牢之中，才可以避免，如果不是这样，他就会得病死亡，没有任何救治的方法。"后果然被御史李全交上奏弹劾，使他有罪，唐玄宗下令将他处死。但是刑部李日知、左丞张庭珪、崔玄升、侍郎程行谋都为他请求皇帝开恩，于是唐玄宗赦免了他的死罪，把他发配到岭南。两位道士的言论，因为有了验证而可以相信。（出《朝野佥载》）

蒋直

天宝十二年，永嘉人蒋直说："郡城里有孝幔，太守李江会突然遭逢母亲的变故。"李江想要回江北，蒋直又说："你到缙云郡就折回。应当会有一位穿红衣、一位穿绿衣、一位穿青衣的人来推究审问你，不过最后会什么事也没有。"后来果然看见穿着红色官服的采访使张愿，穿着绿色官服的大理司直杜乔，穿着青色官服的判官张璘，来审问他。后来，遇上皇帝大赦就停止了。（出《定命录》）

卷第二百一十七　卜筮二

沈　七

有沈七者，越州人，善卜。李丹员外谓之曰："闻消息，李侍郎知政事，某又得给事中，如何？"沈七云："李侍郎即被追，不得社日肉吃，后此无禄。公亦未改，不得给事中。"其时去社才十四日，果有敕追李侍郎。去社两日而上道，至汴卒。李亦不得给事中。（出《定命录》）

又天宝十四年，王诸应举，欲入京。于越州沈七处卜。得纯乾卦，下四位动，变观卦。沈云："公今应举，得此卦，观国之光，利用宾于王，本是嘉兆。然交动，群阴咸阳。下成乾卦，上变至四，又不至五。五是君位，未得利见大人。恐公此行，不至京而回。"果至东京，属安禄山反，奔走却归江东。（出《定命录》）

颍阴日者

陈澍为颍阴太守。属安禄山反，遣县尉姓孙向东京，孙不肯行，陈怒挞之。至东京，遇禄山，请往颍阴取陈澍头。禄山补孙为颍阴太守，赐绯，并领二十余人取澍。澍闻便欲至，薄晚，出城走。录事参军扣马令回。澍忧闷，服痢药托疾。令一日者卜之。曰："从今五日，当有家便，未取公。然有五百车禄在，必亦不死。至七日食时，公无恙矣。然当去此，求住不得。"后五日孙到，陈于是

沈 七

越州有一位叫沈七的人，擅长卜卦。员外李丹对他说：“听说一个消息，李侍郎会担任知政事，我会官任给事中，是这样吗？”沈七说：“李侍郎很快就会被追任，但是却无法吃到祭祀土神的宴席上的肉，这之后没有朝廷的俸禄。你的官职也没有改，不会官拜给事中。”那时候离祭祀土神的日子只有十四天，果然有皇帝追任李侍郎的诏令。距离祭祀土神的日子还有两天的时候他就上路赴职，到汴州的时候去世了。李丹也没有得到给事中的官职。（出《定命录》）

又：天宝十四年，王诸参加科举考试，想要进京。在越州沈七那里占卜。占得纯乾的卦象，下面四个爻变动，变成观卦。沈七说：“你今年参加科举考试，占得这个卦象，观仰王朝的光辉盛治，有利于成为对君主有用的人。这本来是好的征兆。但是产生了交互的变化。下面成了乾卦，上面变成了第四位，又没到第五位。第五是君位，不能够非常顺利地见到君王。恐怕你这次上京，没到京城就要回来。”果然到达洛阳的时候，安禄山就发动叛乱了。唐玄宗出逃，他只好回到江东。（出《定命录》）

颍阴日者

陈澍是颍阴的太守。在安禄山起兵反叛的时候，派遣孙县尉到洛阳去。孙县尉不愿意前去。陈澍非常愤怒，用鞭子打了他。孙县尉到洛阳，见了安禄山后，请求去颍阴取陈澍的项上人头。安禄山将孙县尉补任为颍阴太守，赏他红色官服，并配备二十几人给他，和他一起去取陈澍的项上人头。陈澍听说他即将到来，傍晚的时候，出城逃逸。录事参军将马拉住勒令他回去。陈澍非常忧虑愁闷，吃泻药潜以库物遗诸衙内人。至夜后，伪作敕书。追入京。令向西两驿上，差人逆来。夜半敕书至。明早，召集诸官宣敕。便令手刃就馆中诛杀孙，并手刃二十余人，杀录事参军。其孙尉先令人取妻及女等，夜半齐到，明日平明，尽杀之。令上住知州事，便发入京。以官绢五匹赏卜者。（出《定命录》）

王栖岩

王栖岩自湘川寓江陵鹭白湖，善治易，穷律候阴阳之术。所居桃杏手植成数十列，四藩其宇。时人比董奉。栖岩笑曰："吾独利其花核，祛风导气耳。安取迹古人余事？"每清旦布蓍，为人决事。取资足一日为生，则闭斋治园。大历中，尝有老父持百钱求筮。卦成，参验其年。栖岩惊曰："家去几何？父往矣。不然，将仆于道。"老父出，栖岩顾百钱，乃纸也。因悟其所验之辰，则栖岩甲子。乃叹曰："吾虽少而治易，不自意能幽入鬼鉴。死复何恨？"乃沐浴更新衣，与妻子诀。少时而卒。（出《渚宫旧事》）

假称有病。让一个以占卜为生的人给他测算。那个人说："从今天开始的第五天，应该会家庭平安顺利，无法取到你的项上人头，况且还有五百车的俸禄在，一定不会死的。到第七天吃饭的时候，你就会安然无恙了。但你应该离开这里，这里住不得。"在这以后五天，孙县尉到了，陈澍于是暗中用府库里的财物赠送给各位府衙内的人。到夜里以后，伪造了一份假的诏令，紧跟着派人送往京城，命令他们往西边两个驿站，差人从反方向回来。半夜的时候假的诏令就到了。第二天早晨，召集各位官员宣读诏令，接着就命令在驿馆中把孙县尉和跟随他而来的二十多人杀死，并且杀了那位录事参军。那位孙县尉事先派人去接妻子及儿女等，半夜都到齐了，第二天天刚亮，就把他们全杀了。陈澍让人拟好奏请玄宗保留自己执掌一州行政的权利的奏折，就将它发往京城。用五匹官绢赏赐了占卜的人。（出《定命录》）

王栖岩

王栖岩从湘江寄居到江陵的鹭白湖，擅长研究易经，推究律管候气和阴阳变化的术数。他所居住的地方亲手种植的桃树杏树排列成几十列，排布在屋子的四面。当时的人把他比作董奉。王栖岩笑着说："我只是因为想要利用它们的花和桃核制成祛除风邪、导引气息的药啊。哪是效仿古人不重要的事呢？"他每天清晨烧蓍草占卜，替别人决断事情。如果收取的钱财足以维持一天的生活，他就关门打理庭院了。大历年间，曾经有一位老翁拿一百钱请他占卜。卦象已经形成，查验他的生辰。王栖岩惊讶地说："你家离这里多远？老人家，你已经去世了，如果不是这样的话，你也将在回家的路上去世。"老翁听完就走了，王栖岩看那一百钱，是纸钱，因而想到之前所查验的生辰，就是王栖岩自己的。于是惊叹地说："我虽然小时候就已经研究占卜，但没有想到能够让冥界的鬼来审查自己啊。即使是死了，又有什么遗憾呢？"于是洗澡之后换上新的衣服，和妻子告别。不一会儿就去世了。（出《渚宫旧事》）

路生

赵自勤尝选，访卜于长安县路生。路云："公之官，若非重日，即是重口。"后六月六日又卜。路云："公之官，九日不出，十二日出。"至九日，宰相果索吏部由历，至十二日敕出，为左拾遗。"拾遗"之字，各有一口。又补阙王晃，七月内访卜于路生。路云："九月当入省，官有'礼'字。"时礼部员外陶翰在座，乃曰："公即是仆替人。"九月，陶病请假，敕除王礼部员外。后又令卜，云："必出当为'仓'字官。"果贬温州司仓。既而路生以其二子托晃。晃又问："毕竟当何如？"路云："某所以令儿讬公，其意可知也。"

邹生

武宗朝，宰相李回旧名躔，累举未捷。尝之洛桥，有二术士。一能筮，一能龟。乃先访筮者曰："某欲改名赴举，如之何？"筮者曰："改名甚善。不改，终不成事也。"又访龟者邹生。生曰："君子此行，慎勿易名，名将远布矣。然则成遂之后，二十年终当改名。今则已应玄象，异时方测余言。"将行。又戒之曰："郎君必策荣名，后当重任。接诱后来，勿以白衣为隙。他年必为深衅矣。"长庆二年，李及第。至武宗登极，与上同名，始改为回。从辛丑至庚申，二十年矣。乃曰："筮短龟长，邹生之言中矣。"李公既为丞郎，魏謩为给事。因省会，谓回曰："昔求府解，侍郎为试官。送一百二人，独小生不蒙一解。今日还忝金章，厕诸公之列也。"合坐皆惊此说，欲其逊客。回曰："如今脱却紫衫，称魏秀才，仆为试官，依前不送公。公何以得旧事相让耳。"回乃寻秉独坐之权，三台肃

路生

赵自勤等候选官的时间里，去拜访长安县的路生，让他占卜。路生说："你的官职，不是有两个日，就有两个口。"后来六月初六的时候再次问卜。路生说："你的官职，初九不公布，就十二公布。"等到初九的时候，宰相果然从吏部索要了他做官的履历档案，到十二那天颁布了诏令，官任左拾遗。"拾遗"两个字，各自有一个口。又：王晃在京城等候补缺，七月拜访路生让他替自己占卜。路生说："九月应该会进入三省，你的官职中有'礼'字。"当时的吏部员外陶翰也在场，于是说："你就是替代我的人。"九月，陶翰因病请假告退，诏令任王晃作为礼部员外。后来王晃又让他为自己占卜，路生说："你一定会被降职出任带有'仓'字的官职。"果然，王晃被贬为温州司仓。不久路生将两个孩子托付给王晃。王晃问他："这到底让我做什么？"路生说："我之所以将儿子托付给你，其中的用意可以说是很明白了。"

邹生

唐武宗执政的时候，宰相李回，曾用名李躔，多次应考都没有考中。曾经到洛桥，那里有两个术士，一个能烧蓍草占卜，一个可烧龟甲占卜。于是先拜访能够烧蓍草占卜的那个人说："我想要改个名字去参加科举，这怎么样？"能烧蓍草占卜的人回答："改名字很好啊。如果不改的话，一生都做不成事情。"又拜访能够烧龟甲占卜的邹生。邹生说："你这次去应考，千万不要改名字，你的名字将会传布到很远的地方。然而，当你成名之后，二十年后一定要改名字。如今你已经顺合了天象，等到不一样的时候才能够检验出我所测的话语的真假。"临走的时候，再次告诫他说："你一定会在策书上留下自己的名字，后来会担当重任。接引招纳后进之士，不要和没做官的人产生嫌隙，如果有的话，以后一定会产生深重的祸患。"长庆二年，李躔进士及第。到唐武宗执政的时候位极人臣。因为和皇帝同一个名字，所以改名为李回。从辛丑年到庚申年，二十年了。于是说："烧蓍草的人能力不如烧龟甲的人的能力强，邹生的话语说中了。"李回已经畏。而升相府。后三五年，魏公亦自同州入相，而回累被贬谪。跋涉江湖，喟然叹曰："洛桥先生之诫，吾自取尤耳。然亦命之所牵也。"（出《云溪友议》）

五明道士

长庆之代，邺中有五明道士者不知何许人，善阴阳历数，尤攻卜筮。成德军节度田弘正御下稍宽，而冒于财贿，诛求不息。民众怨咨。时王庭凑为部将，遣使于邺。既至，忽有微恙。数日，求医未能愈。因诣五明，究平生否泰。道士即为卜之，卦成而三钱并舞，良久方定。而六位俱重。道士曰："此卦纯乾，变为坤。坤，土也，地也。大夫将来秉旄不远，兼有土地山河之分。事将集矣，宜速归乎。"庭凑闻其言，遽自掩其耳。是夜，又梦白须翁形容伟异，侍从十余人，皆手持小玉斧。召王公而前，谓曰："患难将及，不可久留。"既觉，庭凑疑惧，即辞魏帅而回。

比及还家，未逾旬，值军民大变。弘正为乱兵所害。士大夫是丞郎，魏謩当时是给事中。一次，三省集会商议事情，魏謩对李回说："当年我参加科考，李侍郎是考官。送到京城考试的总共有一百零二人，只有我一道题都没有回答过。现在我很惭愧地位列高级官员，在各位重臣的行列。"在座的人都非常惊讶于他的这种说法，想让他暂避一下。李辉说："现在你脱去紫色官袍，叫你魏秀才，我还作为考试官，依照前面所说不选送你。你还凭什么用旧事说宽容忍耐的言辞呢？"李回于是找机会独揽大权。三省的官员们都对他十分敬畏，后来他升任宰相。过了三五年，魏謩也从同州升任宰相。但是李回却多次遭到贬谪，奔劳在朝堂之外。李回感叹地说："洛桥的邹生早有告诫，我这是咎由自取啊！然而，这也是命运的牵引。"（出《云溪友议》）

五明道士

长庆年间，邺中地区有一位名叫五明道士的，不知道他是哪里人，擅长阴阳术数和推算岁时节候的方法，特别擅长用烧龟甲和蓍草的方法占卜。成德军节度使田弘正管理部下有些宽纵，并且贪图财物，强取豪夺，没完没了。人们怨声载道。当时王庭凑是军官，被朝廷派遣到邺地。到了以后，突然就身体不适。过了好几天也没有治愈。因此造访五明道士，推究生平的运气好坏。五明道士立即为他占卜，卦象已经显示但是三个铜钱一起旋转，很长时间才停止。六爻都是没有字的。道士说："这个卦象是纯乾，变卦为坤。坤，是土，是地。你不久的将来就会掌握兵权，而且将会主宰分到的一部分山河。事情将会聚合在一起，你应该快点回去。"王庭凑听到他这些言论，特别快地捂住了自己的耳朵。这天夜里，又梦见身形高大、长相奇特的白头老翁，带着十几个侍从，手中都拿着小型玉斧。召请王庭凑上前，对他说："祸患和灾难即将到来，你不能在这里逗留太久。"睡醒之后，王庭凑特别疑惑害怕，立即和魏博节度使田弘正辞别回到朝廷。

等到回到家，还不到十几天，就遭逢牙兵犯上作乱。田弘正被乱军加害。士大夫和将校们共同推举王庭凑作为节度使。王庭凑再将校，共推庭凑。庭凑再三退让，众不听，拥胁而立之。翌日，飞章上奏。朝廷闻之大骇，征兵攻讨。以裴度为元帅。赵人拒命二年，王师不能下。俄而敬宗即世，文皇帝嗣位。诏曰："念彼生灵，久罹涂炭。虽元凶是罪，而赤子何辜。宜一切赦而宥之，就加节制。"仍诏庭凑子元逵入侍。因以寿春公主妻焉。庭凑既立，甚有治声，朝廷称之。在位十三年卒。赠太师。子元逵继立，官至太尉。二十六年薨。长子绍懿立二年，荒淫暴乱，众议废而杀之。立其弟绍鼎。绍鼎立六年卒。子景崇立十三年，官至中书令，爵常山王卒。子镕立，即赵王也。后恣横不道，为下所杀。立四十一年。自庭凑至镕，凡五世六主，一百余年灭。初，庭凑之立也，遣人诣邺，取五明置于府。为营馆舍，号"五明先生院"。公曾从容问曰："某今已忝藩侯，将来禄寿，更为推之。"道人曰："三十年。愿明公竭节勤王，爱民恤物。次则保神啬气，常以清俭为心。必享殊寿。后裔兼有二王，皆公余庆之所致也。《春秋》所谓五世其昌，八世之后，莫之与京。"公曰："幸事已多，素无勋德，此言非所敢望。"因以数百金为寿。道士固辞不受，公亦固与之，载归其室。数日尽施之，一无留焉。二王：景崇封常山王，镕为赵王也。（出《耳目记》）

三推辞不就，众人不理会他，边威胁边把他拥立到节度使的位置上。第二天，向朝廷呈上报告急变的奏章。朝廷听说之后，非常害怕，马上征集军队攻打讨伐。任命裴度作为元帅。身处燕赵之地的王庭凑抗拒皇命两年。唐王朝的军队没有挥师翦除他们。接着唐敬宗去世，唐文宗承继皇位。颁布诏令说："感念你们地区的百姓已经遭受苦难很长时间。这只是元凶的罪过，但是你们是无辜的。应该宽恕你们的一切，就地委任王庭凑作为节度使。"还诏令王庭凑的儿子王元逵入宫侍奉。把寿春公主嫁给他作为妻子。王庭凑已经年届三十，有很好的政绩，朝廷因此对他很是赞誉。在位十三年后去世。朝廷追赠他作为太师。他的儿子王元逵继位之后，做官做到太尉。在位二十六年后去世。他的长子王绍懿继位两年，贪恋女色、纵情享乐，以武力行凶作乱，众人商议把他废除后杀了他，拥立他的弟弟王绍鼎作为节度使，王绍鼎继位六年后去世。他的儿子王景崇在位十三年，做官做到中书令。授予常山王的爵位，去世后，他的儿子王子镕继位，就是赵王。他后来恣意妄为，横行霸道，被部下杀死。在位四十一年。从王庭凑到王镕，总共是五代君王，六位节度使，一百多年后结束。当初王庭凑被拥立，派人造访邺地，把五明道士安置到自己府中。为他建造馆阁房舍，称它为"五明先生院"。王庭凑曾经不慌不忙地问五明道士："我现在已经是位列藩王，想知道将来的官运和年限，请你再次为我推演。"五明道士说："三十年。希望你可以竭尽忠诚辅助皇帝，爱护百姓，爱惜财物。其次是保安精神，保养元气，经常把清廉节俭作为中心，一定会享有很长的寿命。你的后代会有两个人被封王侯，这都是你留给子孙后代的恩泽啊。这就是《春秋》中所提及的五代昌隆，八代之后，就没有它盛大了。"王庭凑说："幸运的事情已经很多了，我向来没有功德，这种话所表达的是我不敢奢望的。"因此送给他几百金并祝福他高寿。五明道士坚决推辞不接受。王庭凑也坚决要送给他，并把金子运送到他住的地方。五明道士几天就把它送完了，一个都没有留。二王是王景崇被封为常山王，王镕被封为赵王。（出《耳目记》）

黄贺

唐昭宗时，有黄贺者，自云巩洛人也。因避地来，涉河游赵，家于常山，以卜筮为业，而言吉凶必效。时赵王镕方在幼冲，而燕军寇北鄙。王方选将拒之。有勇士陈立、刘幹投刺于军门。愿以五百人尝寇，必面缚戎首。王壮而许之。翌日，二夫率师而出，夜击燕垒，大振捷音。燕人骇而奔退。立卒于锋刃之下。幹即凯唱而还。王悦，赐上厩马数匹，金帛称是。俄为阉人所谮曰："此皆陈立之功，非幹之效。"王母何夫人闻之曰："不必身死为君，未若全身为国。"即赐锦衣银带，加钱二十万，擢为中坚尉。初，幹曾诣贺卜。卦成而谓幹曰："是卦也，火水未济，终有立也。九二之动，曳轮贞吉。以正救难，往有功也。变而之晋，明出地中。奋发光扬，恩泽相接。子今行也，利用御戎，大获庆捷。王当有车马之赐。其间小衅，不足忧之。"

行军司马路晏，曾夜适厕，有盗伏焉。晏忽心动，取烛照之。盗即告言："请无惊惧。其禀命有自，察公正直，不忍剚刃。"即匣剑而去。晏由是昼夜警惕，以备不虞。召黄生筮之。卦成贺曰："惕号暮夜，有戎勿恤。察象征辞，人有害公之意。然难已过矣。但守其中正，请释忧心。"晏亦终无患也。又赞皇县尉张师曾卧病经年。日觉危殆，良医不复进药。请贺卜之。卦就，黄生告曰："无妄之疾，勿药有喜。请停理疗五日，必大瘳也。"师果应期而愈。又数十年，师梦白鸟飞翔，坠入云际。既觉，心神恍惚。召贺卜筭之。贺即决卦，惨然而问师曰："朝来寝息，不有梦乎？必若有梦，

黄贺

唐昭宗的时候，有一个人名叫黄贺，说自己是巩洛人。因为躲避战乱而来，渡过江河游历赵地，家住在常山，凭借占卜谋生，并且他说的吉和凶一定会应验。当时的赵王王镕年龄还特别小，这时候燕军侵占北方边境。赵王刚要选出抵抗侵犯的大将。就有勇士陈立、刘幹在军门投递名帖，愿意用五百人尝试抵御贼寇，一定会当面把敌军首领绑回来。赵王赞美了他们并且允许了。第二天，这两个人统帅军队出战，在夜间袭击燕国军营，取得了很大的胜利。燕国人大为惊骇，狂奔而逃，陈立死在锋利的刀刃之下。刘幹就高唱凯歌领兵回营了。赵王非常高兴，赐给他好几匹御马和黄金布帛用来表示肯定。不久刘幹被宦官诬陷说："这都是陈立的功劳，不是他的才能。"赵王的母亲何夫人听了之后说："不一定死了才说是为君王效劳，倒不如留着健全的身躯报效国家。"立刻赏赐了刘幹华贵的官服和银色的绶带，加上二十万钱，把他升为中坚尉。一开始刘幹曾经拜访黄贺请他为自己占卜。卦象显示后对刘幹说："这个卦，水不能救济火，但最终会做成事。艮卦移动，用力拽着车轮向前走，只要所行的是正道，就能得到吉祥之果。用正义救治苦难，去做的话就会有功德。变到晋卦，光明出现在地面。奋发向上，荣宠褒扬，会接连得到恩宠。你发出的号令得以执行，利用抵御外敌的时机，获得很大的胜利。赵王应当会赐给你车马。这中间小的挑衅，不足以让你担忧。"

行军司马路宴，曾经有一次夜里上厕所，有一个大盗埋伏在那里。路宴忽然心中一动，拿了蜡烛照那个大盗。大盗立即跟他说："请不要害怕，我奉命自有原因，但是我发现你处事公正，待人正直，不忍心杀你。"说完把剑放回剑鞘就离开了。路宴因此日夜警惕，以防备预料不到的事情。召请黄贺为他烧蓍草占卜。卦象显示之后黄贺说："警示而预防夜间有征战，不要担忧。检视卦象显现的卦辞，别人有加害你的意思，但是灾难已经过去了。只要你继续坚守忠诚正直，就请放下你的忧虑。"路宴也是一生都没有忧患。又：赞皇县县尉张师曾经得病躺在床上很多年。渐渐觉得危及生命，医术高明的医生也不再给他开药方。请求黄贺给他占卜。卦象显示之后，其飞禽之象乎？且雷震山上，鸟堕云间，声迹两消，不可复见。愿加保爱。乐天委命而已。”张竟不起，时年七十一也。

又有段诲者，任藁城镇将。曾夜宿邮亭，马断缰而逸，数日不知所适。使人诣肆而筮之。贺曰：“据卦睽也。初九动者，应有亡失之事。无乃丧马乎？勿逐自复，必有絷而送之者也。”回未及舍，已有边鄙恶少，牵而还之。贺所占卜，皆此类也。时人谓之“易圣公”。刘岩曾诣之，生谓曰：“君他日必成伟器，然勿以春日为恨。”初不晓其意，及老悟。盖迟迟之谓也。（出《耳目记》）

邓州卜者

有书生住邓州。尝游郡南，数月不返。其家诣卜者占之。卜者观卦曰：“甚异。吾未能了，可重祝。”祝毕，拂龟改灼。复曰：“君所卜行人，兆中如病非病，如死非死。逾年自至矣。”果半稔，书生归云：“游某山深洞，入值物蛰。如中疾，四支不能动，昏昏若半醉。见一物自明入穴中，却返。良久又至，直附身，引颈临口鼻。细视之，乃巨龟也。十息顷方去。”书生酌其时日。其家卜时吉焉。（出《酉阳杂俎》）

黄贺告诉他说："这是必然会得的疾病，如果不用药会有惊喜。请停止治疗五天，一定会病愈。"张师的病果然在到期限那一天好了。又过了几十年，张师梦见白鸟在天空飞翔，落到云里面了。睡醒之后，神志变得恍惚。召请黄贺为他占卜。黄贺立即排卦，神情惨淡地问张师说："早晚休息的时候，做过梦吗？如果做过梦，是梦到飞禽的影像吗？并且是山上在打雷，鸟儿坠落到云中间，声音和踪迹都消失了，不能再看见了。愿你更加保重爱惜自己，乐观看待，把命运交给上天吧。"张师此后竟然一病不起，当时是七十一岁。

又有一个名叫段诲的人，担任藁城的镇将。曾经夜间睡在邮亭中，马儿挣断了缰绳跑了，几天了也不知道它去哪里了。让人到街市找人占卜。黄贺说："根据卦象来说是睽卦。动爻是初九，应该是有丢失的事情出现。莫非是丢马了？不用去找它，它自己会回来的。一定会有人拉着马的缰绳为你送回来的。"还没有到家，边境一个顽劣的少年已经牵马还给他了。黄贺所卜的卦象，都是这一类的。当时的人叫他"易圣公"。刘岩曾经拜访过他。黄贺说："你他日一定会成为一个有用的人，但是不要把春日当作遗憾。"刚开始不知道他什么意思，等到老了才幡然醒悟。原来是指自己大器晚成。（出《耳目记》）

邓州卜者

有一位书生住在邓州，曾经游历郡南，好几个月都没有返回。他的家人前去拜谒占卜的人为他卜卦。占卜的人看了卦象以后说："非常奇怪，我没有能够看出来，再重新祝祷一下。"祝祷完毕，拂拭龟甲上的灰尘重新烧灼，又说："你所占卜的行人，在卦辞征兆中像病了又没病，像死了又没死。过了今年，他自己会回来的。"果然，半年过去了，书生回来说："我游赏某一个山洞的时候，进入时恰巧被东西蛰了，就像得了病一样，手脚都不能动，昏昏沉沉得像喝醉了一样。看见一个东西从明亮的地方进入洞穴中，又返回去了。过了很长时间又回来了，一直到我身体附近，伸长脖颈贴着嘴和鼻子。仔细地审视，发现是一只巨大的乌龟。停留大约喘息十次的时间才离去。"书生推测了一下这件事发生的时间，是他家人请人给他占卜的时候。（出《酉阳杂俎》）

卷第二百一十八　医一

华佗

魏华佗善医。尝有郡守病甚，佗过之。郡守令佗诊候，佗退，谓其子曰："使君病有异于常，积淤血在腹中。当极怒呕血，即能去疾。不尔无生矣。子能尽言家君平昔之愆，吾疏而责之。"其子曰："若获愈，何谓不言？"于是具以父从来所为乖误者，尽示佗。佗留书责骂之。父大怒，发吏捕佗。佗不至，遂呕黑血升余，其疾乃平。又有女子极美丽，过时不嫁。以右膝常患一疮，脓水不绝。华佗过。其父问之，佗曰："使人乘马，牵一栗色狗走三十里，归而热截右足，柱疮上。"俄有一赤蛇从疮出，而入犬足中，其疾遂平。（出《独异志》）

又后汉末，有人得心腹瘕病，昼夜切痛。临终，敕其子曰："吾气绝后，可剖视之。"其子不忍违言，剖之，得一铜枪，容数合许。后华佗闻其病而解之。因出巾箱中药，以投枪，枪即成酒焉。（出《志怪》）

张仲景

何颙妙有知人之鉴。初郡张仲景总角造颙。颙谓曰："君用思精密，而韵不能高，将为良医矣。"仲景后果有奇术。王仲宣年

华 佗

魏朝的华佗擅长医学。曾经有郡守病得非常厉害，华佗去探望他。郡守让华佗诊治，华佗退下的时候，对他的儿子说："郡守的病和常人不一样，他的肚子里有瘀血堆积。应当让他特别生气，气到吐血，他的病就立马能够治愈。如果不这样的话，他就活不成了。你能说出所有你父亲平时做错的事吗？我分条陈述来斥责他。"他的儿子说："如果能治愈，有什么不能说的呢？"于是他把他父亲从前所做的错事全都说给华佗。华佗留了一封责骂郡守的信。郡守特别生气，派遣官吏逮捕华佗。华佗没有被逮到，于是他吐了一升多黑血，然后他的病就好了。又有一位特别美貌的女子，已经过了适嫁的年龄还没有嫁出去。因为他的右边膝盖曾经长了一个疮，不停地往外流脓。华佗经过的时候，女子的父亲问他治疗的方法，华佗说："让人骑着马，牵着一条栗色的小狗走三十里路，回来的时候趁热截断狗的右脚，把它立在疮口上。"过了一会儿有一条红色的蛇从疮口中钻出来，钻到小狗脚里去了，女子的病就好了。（出《独异志》）

又：东汉末年的时候，有人得了腹中结块的病，白天夜晚都十分疼痛。临死前，告诉他的孩子："等我气绝身亡后，可以剖开我的腹部看看。"他的孩子不忍心违背他的话，将其剖开了，得到一个铜枪头，约有三分之一升。后来华佗听说了，就去了解。看完后拿出箱子中的药，把它放在枪上，枪就化成了酒。（出《志怪》）

张仲景

何颙有非常高的鉴别人的能力。起初张仲景特别小的时候拜访何颙。何颙告诉他说："你思考问题严密细致，但文辞气韵不高，将十七时过仲景，仲景谓之曰：“君体有病，宜服五石汤。若不治，年及三十，当眉落。”仲宣以其赊远不治。后至三十，果觉眉落。其精如比，世咸叹颙之知人。（出《小说》）

吴太医

吴孙和宠邓夫人。尝醉舞如意，误伤邓颊，血流，娇惋弥苦。命太医合药。言得白獭髓、杂玉与虎魄屑，当灭此痕。和以百金购得白獭，乃合膏。虎魄太多，及差，痕不灭，左颊有赤点如痣。（出《酉阳杂俎》）

句骊客

魏时有句骊客善用针。取寸发，斩为十余段，以针贯取之，言发中虚也。其妙如此。（出《酉阳杂俎》）

范光禄

有范光禄者得病，两脚并肿，不能饮食。忽有一人，不自通名，径入斋中。坐于光禄之侧。光禄谓曰：“先不识君，那得见诣？”答云：“佛使我来理君病也。”光禄遂废衣示之。因出针针肿上。倏忽之间，顿针两脚及膀胱百余下，出黄脓水三升许而去。至明日，并无针伤而患渐愈。（出《齐谐录》）

来会是一名良医。”张仲景后来果然有超凡的医术。王仲宣在十七岁那年探访张仲景，张仲景对他说：“你的身体有病，应该服用五石汤。如果不加以治疗，等到三十岁的时候，你的眉毛就会掉落。”王仲宣认为自己离三十岁还远而没有治疗。后来到了三十岁，果然发现眉毛掉了。张仲景医术的精妙已经到了这个地步。世人都赞叹何颙高超的识人的本领。（出《小说》）

吴太医

吴孙和特别宠爱邓夫人。曾经喝醉后挥舞玉如意，不小心伤到了邓夫人的脸颊，流了点儿血，娇声叹惋很是痛苦。命令太医配药。说要白獭髓、杂玉与琥珀屑相混合，可以平复这条疤痕。吴孙和用一百金买到了白獭，把它们合成膏药。因为琥珀太多，等到伤好得差不多的时候，那个疤痕没有抹掉，左脸颊上有一个红色的斑点，像痣一样。（出《酉阳杂俎》）

句骊客

魏朝的时候有一个名叫句骊客的人擅长使用针。取一寸头发，斩成十几段用针穿起来，说头发是中空的。真的是很高妙。（出《酉阳杂俎》）

范光禄

有一个名叫范光禄的人的病了，两个脚都肿了，不能吃饭。忽然有一个人，没有通报名字就直接进入了他的书斋，坐在范光禄的身侧。范光禄对他说：“事先并不认识你，你怎么到这里来了？”回答说：“是佛让我来治你的病的。”范光禄就脱掉衣服给他看。于是他拿出针刺在范光禄肿胀的地方。忽然之间，就在两脚和膀胱的地方刺了一百多下，出了三升多的脓水就离开了。等到第二天，并没有看见针刺伤的地方，但是病却渐渐地好了。（出《齐谐录》）

徐文伯

宋徐文伯尝与宋少帝出乐游苑门，逢妇人有娠。帝亦善诊候，诊之曰："是女也。"问文伯，伯曰："一男一女，男在左边，青黑色，形小于女。"帝性急，令剖之。文伯恻然曰："臣请针之，必落。"便针足太阴，补手阳明。胎应针而落，果效如言。文伯有学行，不屈公卿，不以医自业，为张融所善，历位泰山太守。文伯祖熙之好黄老，隐于秦望山。有道士过乞饮，留一胡芦子曰："君子孙宜以此道术救世，当得二千石。"熙开视之，乃扁鹊《医经》一卷。因精学之，遂名振海内。仕至濮阳太守。子秋夫为射阳令，尝有鬼呻吟，声甚凄苦。秋夫问曰："汝是鬼也，何所须？"鬼曰："我姓斛斯，家在东阳。患腰痛而死。虽为鬼，疼痛犹不可忍。闻君善术，愿见救济。"秋夫曰："汝是鬼，无形，云何措治？"鬼曰："君但缚刍作人，按孔穴针之。"秋夫如其言，为针四处，又针肩井三处，设祭而埋之。明日，见一人来谢曰："蒙君疗疾，复为设祭，除饥解疾，感惠实多。"忽然不见。当代服其通灵。（出《谈薮》）

又宋明帝宫人患腰疼牵心，发即气绝。众医以为肉症。徐文伯曰："此发瘕也。"以油灌之，则吐物如发。稍稍引之，长三尺，头已成蛇。能动，悬柱上，水滴尽，一发而已。病即愈。（出《谈薮》）

徐文伯

宋代的徐文伯曾经和宋少帝一同出了乐游苑的门，正好碰见一个怀孕的妇女。宋少帝也非常擅长看病，诊断之后说："是个女孩。"问徐文伯，徐文伯说："一个男孩一个女孩，男孩在左边，是青黑色，形体小于女孩。"宋文帝性情急躁，命令左右把她的肚子剖开。徐文伯非常不忍，说："我请求对她进行针灸，一定会让她落胎。"于是就用针刺太阴穴，并在手阳明穴再补刺一针，胎儿随着针落下，果然和徐文伯说的一样。徐文伯有学问品行，不屈从于高官，不把医生作为自己的职业，被张融赏识，官至泰山太守。徐文伯的祖先徐熙喜欢道学，在秦望山隐居。有道士经过讨一口茶喝，后来留下一个葫芦说："你的孙子适合用这种道术救济世人，应当得到两千石。"徐熙把它打开，发现是一卷扁鹊的医经。因为潜心研究，所以名震四海。做官做到濮阳太守。他的儿子徐秋夫是射阳县县令。有一次听见鬼在呻吟，急促的声音中充满痛苦的意味。徐秋夫问他："你是鬼，为什么必须到这里来呢？"鬼说："我姓斛斯，家住在东阳。因为患了腰痛病而去世。虽然已经是鬼，但那种疼痛感仍然不能够忍受。听说你特别擅长医术，希望得到你的救治。"徐秋夫说："你是鬼，没有形体，你说该用什么方法救治呢？"鬼说："你只要拿草扎成人的形体，按照人身上的经穴对着稻草人施针就行。"徐秋夫按照他说的去做了，在其身上扎了四个地方，又扎了肩井穴的三个地方，为其陈设祭品，把它埋了。第二天，看见一个人来拜谢说："多亏你替我治疗，还为我陈设祭品，让我免受饥饿还解除病痛，实在是太感谢你了。"说完突然就不见了，当时的人对他可以通灵这件事特别拜服。（出《谈薮》）

又：宋明帝的宫女患了腰痛病，连带着心也痛，只要病发就会晕过去。各位御医认为是肉症。徐文伯说："这是发症。"于是把油从她嘴里灌进去，她吐出来的东西像头发一样。稍微牵引一下它，长总共三尺，它的头已经变成蛇形，可以动弹。悬挂在竹子上，等水滴尽了，发现是一根头发而已。她的病立刻就好了。（出《谈薮》）

徐嗣伯

徐嗣伯字德绍，善清言，精于医术。曾有一妪，患滞淤，积年不差。嗣伯为之诊疾曰："此尸注也，当须死人枕煮服之可愈。"于是就古冢中得一枕，枕以半边腐缺，服之即差。后秣陵人张景年十五，腹胀面黄，众医不疗。以问嗣伯，嗣伯曰："此石蛔耳，当以死人枕煮服之。"依语，煮枕以服之，得大利，出蛔虫，头坚如石者五六升许，病即差。后沈僧翼眼痛，又多见鬼物。以问之，嗣伯曰："邪气入肝，可觅死人枕煮服之。竟，可埋枕于故处。"如其言又愈。王晏知而问之曰："三病不同，而皆用死人枕疗之，俱差何也？"答曰："尸注者，鬼气也。伏而未起，故令人沉滞。得死人枕促之，魂气飞越，不复附体，故尸注可差。石蛔者，医疗既僻。蛔虫转坚，世间药不能除，所以须鬼物驱之，然后可散也。夫邪气入肝，故使眼痛而见魍魉。应须邪物以钓其气，因而去之，所以令埋于故处也。"晏深叹其神妙。（出《南史》）

腹瘕病

昔有一人，与奴同时得腹瘕病。奴既死，令剖腹视之，得一白鳖。乃试以诸药浇灌之，并内药于腹中，悉无损动，乃系鳖于床脚。忽有一客来看之。乘一白马，既而马溺溅鳖。鳖乃惶骇，疾走避之。既系之，不得去，乃缩藏头颈足焉。病者察之，谓其子曰："吾病或可以救矣。"乃试以白马溺灌鳖，须臾消成水焉。病者

徐嗣伯

徐嗣伯，字德绍，擅长竞谈玄理，擅长医术。曾经有一个老妇人，患有经络血脉阻塞不通的病，很多年都没治好。徐嗣伯为他诊断之后说：“这是肺结核，用死人的枕头煮完之后喝了它就可以治愈了。”于是在古枕中得到一个枕头，枕头的一半已经腐烂缺失，煮食服用后就病愈了。后来有一个秣陵人张景，十五岁，腹部胀满，脸色泛黄，各位医生都无法治疗。因此来求问徐嗣伯，徐嗣伯说：“这个是石蛔虫，应该用死人的枕头煮水喝下去。”依照他所说的，把煮枕头水喝下去，去大解，解出了蛔虫，它的头坚硬得像石头一样，差不多有五六升，之后他的病立马就好了。后来一个姓沈的僧人眼睛痛，还常常能看见鬼。因此来向徐嗣伯求问，徐嗣伯说：“这是邪气进入肝脏，可以找死人枕头煮水后喝下去。用完后，再把枕头埋到原来的地方。”按照他所说的又治愈了。王晏知道这些事情后问他说：“三种病症是不一样的，但你都用死人枕头煮水服用的药方去治疗，这中间到底差别在哪里呢？”回答说：“尸疰，是鬼气。蛰伏在身体里没有离开，所以让人身体感到不灵活。用死人枕头催促它，那么它的魂灵就会飞起，不再依附在身体上了，所以可以治愈尸疰。石蛔虫，医疗会让它变得更加不常见，蛔虫变得更加坚硬，世上的药物不能根除，所以需要用鬼的物件来驱逐它，然后它就可以散落了。邪气进入肝脏，所以让眼睛疼并且看见鬼。应该用邪物把它的气钓出来，因而可以祛除邪气，所以让他把枕头埋回原来的地方。”王晏深深叹服于徐嗣伯医术的神奇精妙。（出《南史》）

腹瘕病

曾经有一个人，和他的奴仆同时得了腹瘕病。他的奴仆不久就死了，让人把腹部剖开后查，看到一只白鳖。就尝试用各种药浇灌它，还把药放在白鳖的肚子里，都没有任何的破损变化，于是把白鳖拴在床脚。忽然有一个客人来探望他，骑着一匹白马，接着马尿溅到了白鳖。白鳖惊慌害怕。跑着来躲避。但是因为被拴住了，不能离开，

遂顿服升余白马溺，病即豁然除愈。（出《续搜神记》）

李子豫

许永为豫州刺史，镇历阳。其弟得病，心腹坚痛。居一夜，忽闻屏风后有鬼言："何不速杀之？明日，李子豫当以赤丸打汝，汝即死矣。"及旦，遂使人迎子豫。既至，病者忽闻腹中有呻吟之声。子豫遂于巾箱中出八毒赤丸与服之。须臾，腹中雷鸣绞转。大利。所病即愈。（出《续搜神记》）

徐之才

北齐右仆射徐之才善医术。时有人患脚跟踵痛，诸医莫能识之。窥之曰："蛤精疾也。得之当由乘船入海，垂脚水中。"疾者曰："实曾如此。"为割之，得蛤子二个，如榆荚。（出《太原故事》）

甄 权

甄权精究医术，为天下最。年一百三岁，唐太宗幸其宅，拜朝散大夫。（出《谭宾录》）

孙思邈

唐邓王元裕，高祖第十八子也。好学，善谈名理，与典签卢照邻为布衣之交。常称曰："寡人之相如也。"照邻范阳人，为新都尉，因染恶疾，居于阳翟之具茨山，著释《疾文》及《五悲》。雅就把它的头、脖颈、脚全都缩到甲壳里了。生病的那个人看到这一幕，对他的儿子说："我的病或许有救了。"便试着用白马的尿浇灌白鳖，不一会儿它就化成了水。生病的人立马喝了一升多白马尿，他的病突然就好了。（出《续搜神记》）

李子豫

许永是豫州刺史，镇守历阳县。他的弟弟得了一种病，有坚硬的东西让心和腹部都非常疼痛。有一天夜里，忽然听到屏风后面有鬼说话："为什么不快点杀了他？明天李子豫就会用红色的小丸子击打你，你就会死了。"等到天亮的时候，就让人去迎接李子豫。过了一会儿他就到了，病人忽然听到肚子里有呻吟的声音。李子豫便从药箱中拿出八毒赤丸让他服用。过了一会儿，他的肚子在巨响中痉挛。大解后，他的病立即就好了。（出《续搜神记》）

徐之才

北齐的右仆射徐之才擅长医术。当时有人得了一种脚跟肿痛的病，很多医生都不能辨识。徐之才看过之后说："这是蛤蜊精所导致的疼痛，因为你乘船进入大海，把脚放在海水中才得的病。"患病的人说："我曾经确实这样做过。"徐之才替他把肿痛的地方割开，得到两个蛤蜊，像榆荚一样。（出《太原故事》）

甄　权

甄权致力于研究医术，称得上天下第一。享年一百三十岁，唐太宗曾经到他家探望他，拜封他为朝散大夫。（出《谭宾录》）

孙思邈

唐朝的邓王李元裕，是唐高祖的第十八个儿子。喜欢学习，擅长辨析事物名和理的是非同异。和典签卢照邻是平民之间的友谊。李元裕经常说："卢照邻，和我是一类人啊。"卢照邻是范阳人，是新有骚人之风，竟自沉于颍水而死。照邻寓居于京城鄱阳公主之废府。显庆三年，诏征太白山隐士孙思邈。亦居此府。思貌华原人，年九十余，而视听不衰。照邻自伤年才强仕，沉疾困备，乃作《病梨树赋》，以伤其禀受之不同。词甚美丽。思邈既有推步导养之术。照邻与当时知名之士宋令文、孟诜，皆执师资之礼。

尝问思貌曰："名医愈疾。其道何也？"思邈曰："吾闻善言天者，必质于人。善言人者，必本于天。故天有四时五形，日月相推，寒暑迭代，其转运也。和而为雨，怒而为风，散而为露，乱而为雾，凝而为霜雪，张而为虹霓，此天之常数也。人有四肢五脏，一觉一寐，呼吸吐纳，精气往来。流而为荣卫，彰而为气色，发而为音声，此亦人之常数也。阳用其精，阴用其形。天人之所同也。及其失也，蒸则为热，否则生寒，结而为瘤赘，隔而为痈疽，奔而为喘乏，竭而为焦枯。诊发乎面，变动乎形。推此以及天地，亦如之。故五纬盈缩，星辰错行，日月薄蚀，彗孛流飞。此天地之危诊也。寒暑不时，此天地之蒸否也。石立土踊，此天地之瘤赘也。山崩地陷，此天地之痈疽也。奔风暴雨，此天地之喘乏也。雨泽不降，川泽涸竭，此天地之焦枯也。良医导之以药石，救之以针灸。圣人和之以至德，辅之以人事。故体有可消之疾，天有可消之灾。通乎数也。"照邻曰："人事如何？"思邈曰："胆欲大而心欲小，智欲圆而行欲方。"照邻曰："何谓也？"思邈曰："心为五脏之君，君以恭顺为主，故心欲小。胆为五脏之将，将以果决为务，故胆欲大。智者动象天，故欲圆。仁者静象地，故欲方。《诗》曰：'如临深渊，如履薄冰，为小心也。赳赳武夫，公侯干城，为大胆也。'《传》曰：'不为利回，不为义疚，仁之方也。'《易》曰：'见都县县尉，因为得了不容易治好的病，住在阳翟的具茨山写了《释疾文》和《五悲》。很有文人的风范，最后自己沉入颍水淹死了。卢照龄寄居在京城鄱阳公主一座废弃的宅院中，显庆三年的时候，诏令征请太白山的隐士孙思邈，也在这个宅院居住。孙思邈是华原人，已经九十多岁了，但是视力和听力都没有衰退。卢照邻因此自我感伤年龄才刚满四十岁，就被恶疾纠缠得十分疲惫，就写了《病梨树赋》，用来感怀他和孙思邈受于自然的体性和气质的不同，所写的文辞十分优美。孙思邈本来已经有推算天象、摄生养性的方法，卢照邻和当时的名士宋令文、孟诜都拿着礼物要拜请他作为老师。

卢照邻曾经问孙思邈说："名医能够治愈疾病，这是什么道理呢？"孙思邈说："我听说精通天道的人，一定是从人身上的本质得到的。善于谈论人事的，一定是从天道本身特质出发的。所以天道有四季和五行，太阳和月亮相互推进，寒冷和炎热交互替代，这是天道的转变和运行。合就转化成雨，动就旋转成风，散开就降落成露，乱就腾起为雾，凝结就变成霜雪，伸展就成为虹彩，这是天道的一定的重复规律。人有四肢和五脏，一睡一醒，呼气吐气，精神和气力的来去。流动就成为气血，彰显就变成气色，激发就变成声音，这也是人道的重复规律，阳用人的精神，阴用人的形体，这是天道和人道相同的地方。等到它违背了规律，熏蒸就会发热，否则就会产生寒气，凝结就会变成瘤赘，阻隔就会成为痈疽，奔涌就会产生气喘困乏，耗竭就会焦枯。诊断是从表面出发，检视内部的运动变化。以此出发推导到天地，也是和这个一样。所以金、木、水、火、土五星的大小变化，星辰运行中的差错，日食和月食现象，彗星的陨落，这是天道中的危急现象。寒冷和炎热没有按照时序，这是天地的冷热失衡。石头竖立，尘土跳起，这是天地的瘤赘。山体崩裂大地塌陷，这是天地的痈疽。疾风暴雨，这是天地的气喘困乏。天不下雨，河湖枯竭，这是天地的焦枯。良医通过药石疏导，用针灸救治。国君人臣用最高尚的道德理顺天意民心，用最大的努力解决具体问题。所以身体上才会有可以消除的疾病，天地之间有可以消解的灾难。这些全都是气数。"卢照邻说："怎么去做人应该做的最大的努力？"

几而作，不俟终日，智之圆也。’”照邻又问：“养性之道，其要何也？”思邈曰：“天道有盈缺，人事多屯厄。苟不自慎而能济于厄者，未之有也。故养性之士，先知自慎。自慎者，恒以忧畏为本。《经》曰：‘人不畏威，天威至矣。’忧畏者，死生之门，存亡之由，祸福之本，吉凶之源。故士无忧畏则仁义不立，农无忧畏则稼穑不滋，工无忧畏则规矩不设，商无忧畏则货殖不盈，子无忧畏则孝敬不笃，父无忧畏则慈爱不著，臣无忧畏则勋庸不建，君无忧畏则社稷不安。故养性者，失其忧畏则心乱而不理，形躁而不宁，神散而气越，志荡而意昏。应生者死，应存者亡，应成者败，应吉者凶。夫忧畏者，其犹水火不可暂忘也。人无忧畏，子弟为勍敌，妻妾为寇仇。是故太上畏道，其次畏天，其次畏物，其次畏人，其次畏身。忧于身者，不拘于人。畏于己者，不制于彼。慎于小者，不惧于大。戒于近者，不惧于远。能知此者，水行蛟龙不能害，陆行虎兕不能伤。五兵不能及，疫疠不能染。谗贼不能谤，毒螫不加害。知此则人事毕矣。”

孙思邈说：“胆量要大，但心思要缜密，智谋要周全，行为要端正。”卢照邻说：“什么意思呢？”孙思邈说：“心是五脏的君主。统治应该以恭敬顺从为主，所以心思应该缜密。胆是五脏的将军。统兵应该把果断坚决作为自己的追求，所以胆量要大。有智慧的人思考起来像天，所以要周全。有仁心的人沉静时像地，所以要端正。《诗经》上说：‘就像靠近很深的水潭，就像走在薄薄的冰上，这就是小心。健壮威武的军人，做了公爵侯爵的将领，要像盾牌的城墙一样保卫国家。这就是大胆。’《左传》说：‘不为谋取利益而违背原则，不因做事非义而感到内疚，这就是行为端正。’《周易》说：‘发现一点苗头就立刻采取措施，不会整天等待，这就是思虑周全。’”卢照邻又问：“修养心性的方法，它的要点又是什么呢？”孙思邈说：“天象有圆满有亏损，人间世事有很多困苦。自己不谨慎处理还能度过困苦的，从没有这样的人。所以修养心性的人，首先就知道自己处事要谨慎，能够处事谨慎的人，常常把忧虑和害怕看作根本。《道德经》中说：‘人民不畏惧统治者的权威，那人民的反抗斗争就会到了。’忧虑和害怕，是生与死的门户，是存和亡的缘由，是福和祸的根本，是吉和凶的源头。所以书生没有忧虑和害怕就不会存在仁义，农民没有忧虑和害怕就不能种出庄稼，工匠没有忧虑和害怕就无法设立规矩，商人没有忧虑和害怕就不能够盈利，子女没有忧虑和害怕就不能够至诚至真地孝敬父母，父亲没有忧虑和害怕就不会有显著的慈爱，臣子没有忧虑和害怕就不能够建立功勋，君主没有忧虑和害怕就不能够有安定的社会。所以修养心性的人，失去了忧虑和害怕就会心思烦乱不安定，行事急躁而不镇定，神思散乱而声气冲犯，神志摇荡而心意迷乱。应该能生的会死，应该能存在的消亡了，应该成功的失败了，应该吉利的变成凶险了。忧虑和害怕，它们就像水和火一样不能够片刻忘记。人如果没有忧虑和害怕，子侄辈会变成强敌，妻妾会变成仇敌。因此最高的是敬畏自然规律，其次是敬畏天，其次是敬畏物，其次是敬畏人，其次是敬畏自身。对自身产生忧虑就不会遭受别人的灌输，敬畏自己的人，就不会被别人制衡。对待细微的东西谨慎的，就不会害怕大的考验。对眼前产生警惕之心，就不会思邈寻授承务郎，直尚药局。以永淳初卒，遗令薄葬。不设冥器，祭祀无牲牢。死经月余，颜色不变。举尸就木，如空衣焉。撰《千金方》三十卷行于代。（出《谭宾录》）

许裔宗

许裔宗名医若神。人谓之曰："何不著书，以贻将来？"裔宗曰："医乃意也，在人思虑。又脉候幽玄，甚难别。意之所解，口莫能宣。古之名手，唯是别脉。脉既精别，然后识病。病之于药，有正相当者。唯须用一味，直攻彼病，即立可愈。今不能别脉，莫识病原，以情亿度，多安药味。譬之于猎，不知兔处，多发人马，空广遮围。或冀一人偶然逢也。以此疗病，不亦疏乎？脉之深趣，既不可言，故不能著述。"（出《谭宾录》）

秦鸣鹤

唐高宗苦风眩，头目不能视。召侍医秦鸣鹤诊之。秦曰："风毒上攻，若刺头出少血，愈矣。"天后自帘中怒曰："此可斩也。天子头上，岂是出血处耶？"鸣鹤叩头请命。上曰："医人议病，理不加罪。且吾头重闷，殆不能忍，出血未必不佳。朕意决矣。"命刺之。鸣鹤刺百会及脑户出血。上曰："吾眼明矣。"言未毕，后自害怕长远。能够知道这些的人，在水中航行，蛟龙也不能侵害他，在陆地行走，老虎和犀牛也不能伤害他。各种战争不能波及，瘟疫和瘴疠不能侵染，奸馋小人不能诽谤，毒虫不能加害。知道这些，那么人世间的事情就能够全明白了。”

孙思邈不久就被授予承务郎的职位，一直升到尚药局。在永春初年去世，遗言是让家人们薄葬，不摆放冥器，祭祀的时候没有猪羊牛等家畜家禽。去世已经一个多月了，颜色都没有变过。抬着他的尸体放入棺材，就像放进空的衣服一样。写了三十卷《千金方》流传后世。（出《谭宾录》）

许裔宗

徐裔宗是非常有名的医生，医术高超得就像神仙一样。别人问他：“为什么不写一本医书，将来留给子孙后代？”徐裔宗说：“医就是‘意’，如何医人，在人的心智，并且脉象症候又是特别玄妙的，非常难辨别。人的思想解读出来的，无法通过嘴巴表达出来。自古以来的名家，只有诊断脉象是和别人不同的，能够精确诊断出脉象就能够识别出疾病。探病入药，有正适合的。只需要用一味药，直接攻克疾病，就能够痊愈。现在的人不能够诊断出脉象，就不能够认识病的根源，用病情去揣度病源，多用几味药。用打猎来比喻，不知道兔子在哪个地方，多安排人马，广泛遮挡围捕，有时寄希望于一个人能够偶然遇见。用这种方法来治病，不是太大意了吗？脉象的玄奥，是不能够用语言表达的，所以不能写成医书。”（出《谭宾录》）

秦鸣鹤

唐高宗深受风眩病的折磨，非常痛苦，头晕目眩，不能看清事物。诏令御医秦鸣鹤为他诊断。秦鸣鹤说：“这是风热上冲导致的，如果用针刺头部出一点血，就可以痊愈了。”武皇后在帘幕后怒斥说：“这可以直接问斩了，皇帝的头部，怎么能是出血的地方呢？”秦鸣鹤磕头请求饶恕。唐高宗说：“医生谈论病情，按理来说是不应该

帘中顶礼以谢之曰："此天赐我师也。"躬负缯宝以遗之。（出《谭宾录》）

卢元钦

泉州有客卢元钦染大风，唯鼻根未倒。属五月五日，官取蚺蛇胆欲进，或言肉可治风，遂取一截蛇肉食之。三五日顿渐可，百日平复。（出《朝野佥载》）

又商州有人患大风，家人恶之，山中为起茅舍。有乌蛇坠酒罂中，病人不知，饮酒渐差。罂底见蛇骨，方知其由也。（出《朝野佥载》）

周允元

则天时，凤阁侍郎周允元朝罢入阁。太平公主唤一医人自光政门入，见一鬼撮允元头，二鬼持棒随其后，直出景运门。医白公主，公主奏之。上令给使觇问。在阁无事，食讫还房，午后如厕。长参典怪其久，思往候之。允元踣面于厕上，目直视不语，口中涎落。给使奏之。上问医曰："此可得几时？"对曰："缓者三日，急者一日。"上与锦被覆之，并床舁送宅。止夜半而卒。上自为诗以悼之。（出《朝野佥载》）

治罪的。况且我感觉脑袋沉闷，已经快不能忍受了，出点儿血不一定就不是好事，我已经下定决心了。”命令秦鸣鹤刺他的头部。秦鸣鹤拿针刺百会穴和脑户穴，出了一点儿血。唐高宗这时说：“我的眼睛已经能看清楚了。”话还没说完，武皇后从帘幕后行大礼拜谢他说：“这是上天赐给我的医师啊！”后来亲自赠送绢帛、宝物给秦鸣鹤。（出《谭宾录》）

卢元钦

泉州有位叫卢元钦的旅客染上了马蜂，只有鼻根还没有溃烂。当时正是五月初五，医师正拿蛇胆给他吃，有人说蛇肉可以医治麻风，于是割取一段蛇肉给他吃，三五天之后，病情逐渐好转，一百天之后就痊愈了。（出《朝野佥载》）

又：商州有人得了麻风病，家里人特别嫌弃他，在山里给他盖了一间茅草屋。有一条乌梢蛇掉进了酒坛里，病人不知道，喝酒之后病渐渐痊愈了。在坛底看见蛇的骨头的时候，才知道自己病好的缘由。（出《朝野佥载》）

周允元

武则天执政的时候，凤阁侍郎周允元上朝结束时进入凤阁。太平公主诏令一位御医从光政门进入，看见一只鬼在摘取周允元的头，两个鬼拿着棒子在他的后面，直接出了景运门。御医告诉了公主，公主上奏武则天，武则天让供使役的人去观察问询。周允元在阁中没有什么事，吃完了就回房间了，中午之后去了厕所。长参典奇怪他去了那么长时间，考虑着去厕所等候他，看见周允元跌倒了，面对着厕所，眼睛直看向前面不说话，嘴巴里的口水直往下滴。供使役的人据此上奏。武则天问御医：“这样还能活多长时间？”御医回答说：“慢的话两三天，快的话只有一天。”武则天给他盖上锦被，派人连床抬回他的住处，到半夜就去世了。武则天亲自写了一首诗悼念他。（出《朝野佥载》）

杨玄亮

久视年中，襄州人杨玄亮年二十余，于虔州汶山观佣力。昼梦见天尊云："我堂舍破坏，汝为我修造，遣汝能医一切病。"寤而说之。试疗无不愈者。赣县里正背有肿，大如拳。亮以刀割之，数日平复。疗病日获十千。造天尊堂成，疗病渐渐无效。（出《朝野佥载》）

赵玄景

如意年中，洛州人赵玄景病卒，五日而苏，云，见一僧与一木长尺余，教曰："人有病者，汝以此木拄之即愈。"玄景得见机上尺，乃是僧所与者。试将疗病，拄之立差。门庭每日数百人。御史马知己以其聚众，追之禁左台。病者满于台门。则天闻之，召入内。宫人病，拄之即愈。放出，任救病百姓。数月以后，得钱七百余贯。后渐无验，遂绝。（出《朝野佥载》）

张文仲

洛州有士人患应病，语即喉中应之。以问善医张文仲。张经夜思之，乃得一法。即取《本草》，令读之。皆应，至其所畏者，即不言。仲乃录取药，合和为丸。服之，应时而止。一云，问医苏澄云。（出《朝野佥载》）

杨玄亮

久视年间，有一位叫杨玄亮的二十多岁的襄州人，在虔州汶山观受雇出卖劳动力。白天梦见天尊说："我的观堂已经破败不堪，你帮我修造，我让你能医治一切疾病。"杨玄亮醒了之后非常开心。试着给别人治疗，没有治愈不了的。赣县的里正背部有肿瘤，大得像拳头一样。杨玄亮用刀把它割了，几天后就恢复了。治疗伤病一天收获十千钱。等到天尊的观堂造成了，治疗病痛也渐渐无效了。（出《朝野佥载》）

赵玄景

如意年间，洛州人赵玄景生病去世了，五天之后又活过来了。他说："我看见一个僧人，他给了我一根一尺多长的木头，告诉我说：'如果碰见生病的人，你就用这根木头触碰一下就好了。'"赵玄景看见案几上有一个木头，就是僧人赠给他的。试着用它治病，触碰一下病人，病人立马就痊愈了。他家的庭院每天都有几百人等候治病。御史马知己纠集一伙人要闹事，把他抓不起来关在左台。生病的人又把左台的门前占满了。武则天听说了这件事，把他召入宫中。宫里一旦有人生病了，触碰他一下就病愈了。就把他放出来了，任由他救治百姓。几个月以后，得到七百多贯钱。后来渐渐不灵验了，也就没人来找他了。（出《朝野佥载》）

张文仲

洛州有个书生得了一种应声病，说话的时候喉咙就会应一声。来求问名医张文仲。张文仲思考了一夜，才得到一种方法。立即拿来《本草》，让书生读这本书。书生所读到的地方都会回应一声，读到所害怕的药名时就没有应声了。张文仲便根据它的反应把这些药名抄录下来，然后拿药，把它们配制成一个药丸。书生把它喝下去之后，回应声就没有了。还有人说，书生是找苏澄云医生看的病。（出《朝野佥载》）

郝公景

郝公景于泰山采药，经市过。有见鬼者，怪群鬼见公景，皆走避之。遂取药和为杀鬼丸，有病患者，服之差。（出《朝野佥载》）

崔 务

定州人崔务坠马折足。医令取铜末，和酒服之，遂痊平。及亡后十余年，改葬，视其胫骨折处，铜末束之。（出《朝野佥载》）

郝公景

郝公景在泰山采集药材，途径集市。有一个可以见到鬼的人，非常奇怪鬼见到郝公景，都逃跑了。于是这个人向郝公景讨要他采集的草药，把它们合成杀鬼丸，有生病的人，吃了它就痊愈了。（出《朝野佥载》）

崔务

定州人崔务从马上跌下来，摔断了脚。医生让他拿铜的粉末和酒搅和在一起服用，于是他的脚就痊愈了。在他死后十多年迁葬，看他的脚断裂的地方，是铜的粉末固定的。（出《朝野佥载》）

卷第二百一十九　医二

周　广　白　岑　张万福　王彦伯　李祐妇　元　颃　梁　革
梁　新　赵　鄂　高　骈　田令孜　于　遘　颜　燧

周　广

开元中，有名医纪明者，吴人也。尝授秘诀于隐士周广。观人颜色谈笑，便知疾深浅。言之精译，不待诊候。上闻其名，征至京师。令于掖庭中召有疾者，俾周验焉。有宫人，每日昃则笑歌啼号，若中狂疾，而又足不能及地。周视之曰："此必因食且饱，而大促力，顷复仆于地而然也。"周乃饮以云母汤。既已，令熟寐，寐觉，乃失所苦。问之，乃言："尝因大华宫主载诞三日，宫中大陈歌吹。某乃主讴者，惧其声不能清。且常食豚蹄羹，遂饱。而当筵歌数曲。曲罢，觉胸中甚热，戏于砌台乘高而下。未及其半，复有后来者所激，因仆于地。久而方苏而病狂，因兹足不能及地也。"上大异之。

有黄门奉使，自交广而至，拜舞于殿下。周顾谓曰："此人腹中有蛟龙，明日当产一子，则不可活也。"上惊问黄门曰："卿有疾否？"乃曰："臣驰马大庾岭，时当大热，既困且渴，因于路傍饮野水，遂腹中坚痞如石。"周即以消石雄黄，煮而饮之。立吐一物，不数寸，其大如指。细视之，鳞甲备具，投之以水，俄顷长数尺。周遽以苦酒沃之，复如故形。以器覆之。明日，器中已生一龙矣。上深加礼焉，欲授以官爵。周固请还吴中。上不违其意，遂令还乡。水部员外刘复为周作传，叙述甚详。（出《明皇杂录》）

周广

开元年间，有一位名医叫纪明，是吴地人。曾经传授隐士周广医术的秘诀。观察人的脸色和听他们的谈笑，就知道疾病是重是轻。他所说的内容十分精准详细，不用查病候脉，诊断病情。唐玄宗听说了他的声名，把他召到京城。让人在掖庭中召集有疾病的人，让周广检验。有一位宫女，每次到太阳偏西的时候就又笑又哭、又唱又叫，像得了狂病一样。而且脚还不能落地。周广看了之后说："这一定是因为吃得过于饱胀，紧接着又做了重活，不多久又跌倒在地才致使她这样。"周广便让她喝下云母汤。喝完之后，让她熟睡，睡醒了，就结束了以前的苦痛。问她为什么这样，她说："曾经因为大华宫主用了三天庆祝诞辰，宫中举办了非常大型的歌舞。我是他们之中的主唱，害怕声音不够清亮，就常常吃猪蹄来使它变得更好，所以吃得很饱。然后就在筵席中唱了好几首，唱完了，觉得胸中非常热，在台上嬉戏，从高处跳下去。还没到一半，又被后来的人撞了，所以摔倒在地上，很久以后才醒过来，然后就得了这个狂病，脚不能站在地上。"唐玄宗对此感到十分惊讶。

有一位黄门奉使，从交广二州来到京城，在大殿之下行礼参拜。周广看完之后说："这个人肚子里有蛟龙，明天应该会生下一个孩子，不及时治疗就不能活下去了。"唐玄宗很吃惊地对黄门说："你生病了吗？"黄门回答说："我在大庾岭纵马奔驰，当时正是特别热的时候，我又困又渴，在路边喝了生水，于是肚子胀得和石头一样硬。"周广用硝石和雄黄给他煮水喝，立马吐了一个东西出来，没有几寸，大得和手指一样。细细观察它，鳞和甲都有，把它放到水里，一会儿就有几尺长。周广迅速用苦酒浇灌它，又再次变回了原先的形状，用器物把它盖起来。第二天，器具中已经长出一条龙了。唐玄宗

白岑

白岑曾遇异人传发背方，其验十全。岑卖弄以求利。后为淮南小将，节度高适胁取之。其方然不甚效。岑至九江为虎所食，驿吏于囊中乃得真本。太原王昇之写以传布。（出《国史补》）

张万福

柳芳为郎中，子登疾重。时名医张万福初除泗州，与芳故旧，芳贺之，具言子病。惟持故人一顾也。张诘旦候芳，芳遽引视登。遥见登顶曰："有此顶骨，何忧也？"因诊脉五六息。复曰："不错，寿且逾八十。"乃留芳数十字。谓登曰："不服此亦得。"后登为庶子，年至九十。（出《酉阳杂俎》）

王彦伯

荆人道士王彦伯天性善医，尤别脉。断人生死寿夭，百不差一。裴胄尚书有子，忽暴中病。众医拱手。或说彦伯，遽迎使视之。候脉良久，曰："都无疾。"乃煮散数味，入口而愈。裴问其状，彦伯曰："中无鳃鲤鱼毒也。"其子实因鲙得病。裴初不信，乃鲙鲤鱼无鳃者，令左右食之。其疾悉同，始大惊异焉。（出《酉阳杂俎》）

对他更加厚待了，想要给他官做。周广坚决请辞回吴地。唐玄宗没有违背他的意愿，就让他回家了。水部员外郎刘复给周广写传记，叙述得非常详细。（出《明皇杂录》）

白岑

白岑曾经遇到一个奇人传授给他发于背部的病的药方，药方的效果是十治十愈。白岑为了获得利益，拿着药方处处显摆，后来白岑做了淮南地区的一个小官，节度使高适胁迫他把药方交出来，但是他的药方已经不如从前那么有效用了。白岑到九江的时候被老虎吃了，驿馆的小吏在他的背包中得到了真的药方。太原的王升之抄下它并且把它传播出去了。（出《国史补》）

张万福

柳芳是郎中，他的儿子柳登病得很重。当时的名医张万福刚刚升职到泗州做官，和柳芳是故交旧友，柳芳前往祝贺他，把儿子的病情详细告诉了他。只希望靠着老朋友的医术能够治好儿子的病情。张万福第二天一早就等候柳芳前来，柳芳迅速地领他去给柳登看诊。很远就看见柳登的头骨，说："有这样的头骨，你还担心什么呢？"接着看了一会儿脉象。再次说："不错，可以活到八十多岁。"于是留给柳芳几十字的药方。对柳登说："你不喝这个药也可以。"后来柳登成为普通百姓，活到了九十岁。（出《酉阳杂俎》）

王彦伯

荆州有一个叫王彦伯的道士，天生就擅长医术，尤其是诊断脉象，判别人的生、死、年寿、夭折都完全正确。裴胄有一个儿子，突然得了急病。众位医生都无法治疗。有人提到了王彦伯，裴胄连忙请来了他给儿子看病。看了很长时间的脉象，说："哪里都没有病。"于是煮了好几味散药，刚喝完就治愈了。裴胄问他的病情，王彦伯说："他中了无鳃鲤鱼的毒。"他的儿子确实是因为吃鱼得病的。裴胄一开始又彦伯自言："医道将行。"列三四灶，煮药于庭。老幼塞门而请。彦伯指曰："热者饮此，寒者饮此，风者饮此，气者饮此。"各负钱帛来酬，无不效者。（出《国史补》）

李祐妇

李祐为淮西将。元和十三年，送款归国。裴度破吴元济，入其城。官军有剥妇人衣至裸体者。祐有新妇姜氏，怀孕五月矣，为乱卒所劫，以刀划其腹。姜氏气绝踣地。祐归见之，腹开尺余，因脱衣襦裹之，一夕复苏，傅以神药而平。满十月，产一子。朝廷以祐归国功，授一子官。子曰行修，年三十余，为南海节度。罢归，卒于道。（出《独异志》）

元 颃

唐时京城有医人忘其姓名。元颃中表间，有一妇人从夫南中，曾误食一虫。常疑之，由是成疾，频疗不损，请看之。医者知其所患。乃请主人姨奶中谨密者一人，预戒之曰："今以药吐泻，但以盘盂盛之。当吐之时，但言有一小虾蟆走去。然切不得令病者知是诳绐也。"其奶仆遵之，此疾永除。又有一少年，眼中常见一小镜子。俾医工赵卿诊之。与少年期，来晨以鱼鲙奉候。少年及期赴之。延于内，且令从容。候客退后方接。俄而设台子，止施一瓯芥醋，更无他味，卿亦未出。迨禺中，久候不至。少年饥甚，且闻醋香，不免轻啜之，逡巡又啜之。觉胸中豁然，眼花不见，因竭

不相信，于是切了无鳃鲤鱼，让左右的人吃。他们的病都一样，他这才感到非常惊讶。（出《酉阳杂俎》）

又：王彦伯自言自语道："我要开始行医了。"于是，他在庭院中摆放了三四个炉灶，开始煎药。男女老幼纷纷上门来请他。王彦伯指点着说道："得了热病的服这个药，得了寒病的服这个药，得了邪风病的服这个药，得了气病的服这个药。"人们都拿着钱和布来给他酬劳。服过他的药的患者，没有不见疗效的。（出《国史补》）

李祐妇

李祐是淮西将军。元和十三年的时候，押送钱粮回到京城。裴度打败了吴元济，入城的官兵中有把妇女的衣服脱掉甚至脱光的。李祐有新娶的妻子姜氏，怀孕已经五个月了，被乱兵劫持，用刀划开了她的腹部。姜氏气息停止后倒在地上。李祐回来之后看到妻子的腹部被剖开一尺多长，于是脱掉衣服裹在她身上，一夜就醒过来了，用神药敷在她的伤口上，伤口就痊愈了。怀孕满十月之后，生下一个儿子。朝廷因为李祐送粮食回朝廷有功业，给他的儿子一个官做。他的儿子叫李行修，三十多岁，是海南节度使。后来辞官回家，在路途中去世了。（出《独异志》）

元　颃

唐代的时候，京城有一个医生，不知道叫什么名字。元颃的亲戚里，有一个妇女跟随她的丈夫到南中地区，曾经错吞下一条虫子。因此经常疑神疑鬼，所以得了一种病，时常治疗也没有任何效果。请那位医生为她看病。医生知道她得病的原因，就让她的奶妈中一个处理事情比较谨慎周密的人，预先告诉她说："我现在用药让她呕吐，你用盘盂装着，当她呕吐的时候，你只要说有一个小蛤蟆跑了。但是一定不能让她知道这是骗她的。"奶妈遵照他所说的去做了，所以她的病也就永远治愈了。又有一个少年，眼里经常能看见一个小镜子。让医生赵卿给他诊断，赵卿和少年相互约定，第二天早晨等他并用生鱼片来侍奉他。少年到时间就赶赴约定地点。赵卿把他邀瓯啜之。赵卿知之，方出。少年以啜醋惭谢。卿曰：“郎君先因吃鲙太多，酱醋不快。又有鱼鳞在胸中，所以眼花。适来所备酱醋，只欲郎君因饥以啜之。果愈此疾。烹鲜之会，乃权诈也。请退谋朝餐。”他妙多斯类也。（出《北梦琐言》）

梁革

金吾骑曹梁革得和扁之术。太和初，为宛陵巡官。按察使于敖有青衣曰莲子，念之甚厚。一旦以笑语获罪，斥出货焉，市吏定直曰七百缗。从事御史崔某者闻而召焉，请革评其脉。革诊其臂曰：“二十春无疾之人也。”崔喜留之，送其直于敖。敖以常深念也，一怒而逐之，售于不识者斯已矣。闻崔宠之不悦，形于颜色。然已去之，难复召矣，常贮于怀。未一年，莲子暴死。革方有外邮之事，回见城门，逢柩车，崔人有执绋者，问其所葬，曰：“莲子也。”呼载归，而奔告崔曰：“莲子非死，盖尸蹶耳。向者革入郭，遇其柩，载归而往请苏之。”崔怒革之初言，悲莲子之遽夭。勃然曰：“匹夫也，妄惑诸侯，遂齿簪裾之列。汝谓二十春无疾者，一年而死。今既葬矣，召其柩而归，脱不能生，何以相见？”革曰：“此固非死，盖尸蹶耳。苟不能生之，是革术不仁于天下，何如就死以谢过言。”乃令破棺出之。遂刺其心及脐下各数处，凿去一齿，以药一刀圭于口中。衣以单衣，卧空床上，以练素缚其手足，有微火于床下。曰：“此火衰，莲子生矣。且戒其徒，煮葱粥伺焉。其请进自己的内宅，并且让他心情镇定。等到客人回去后才接见他。不一会儿摆了一个桌台，只是放了一盆芥醋，就没有其他东西了，赵卿也没有出现。等到将近中午，等了很久赵卿也没有来。少年特别饿，并且闻到醋的香味，忍不住轻轻喝了一小口。过了一会儿又喝了一小口。觉得胸中突然变得开阔，眼花的情形也不见了，因此把一小盆都喝了。赵卿知道了这个情形，就出现了。少年因为喝醋而惭愧谢罪。赵卿说："你因为之前吃了太多生鱼片，酱油和醋不能快速达到效果。又因为鱼鳞在胸中堵塞，所以眼睛会昏花。之前所准备的酱醋，只是想让你因为饿而喝醋。果然治好了这个病。烹饪鱼的约定，其实是骗你的权宜之计。请你回去吃早饭吧。"他身上发生过很多这类事。(出《北梦琐言》)

梁革

执金吾的骑曹梁革有良医的品行和与扁鹊的医术，太和初年，官任宛陵巡官。按察使于敖府上有一个婢女叫莲子的，特别惦记他。有一次她因为说了句话而获罪，于敖斥责她并要把她放在市集上交易出去，市集上的小吏给她定价七百缗。从事御史崔某听说后把她召请来，请梁革给她诊脉。梁革诊看了莲子的手臂后说："她是二十年没有疾病的人。"崔某特别开心，把她留下了，把她所值的价钱送给于敖。于敖常怀念她，特别愤怒的情形下才赶走了她，卖给他不认识的人也就罢了。听说崔默宠爱她，他非常不开心，已经表现在脸上了，然而她已经离去了，很难再召请回来了，因此于敖经常把这件事惦记在心里。没有到一年，莲子突然死了。梁革去城外的驿站有事，回来到城门的时候，碰见装有灵柩的车，崔家有送殡的人，梁革问要下葬的人是谁，回答说："是莲子。"梁革大声喊叫着让他们把灵柩用车拉回去，跑着向崔某说："莲子不是死了，只是状如昏死。之前我入城的时候，遇到她的灵柩，把她带回来，请让我复活她吧。"崔某对梁革当年的话十分生气，悲伤于莲子的突然离世，不禁勃然大怒，说："你这家伙！用嗔妄之语迷惑诸侯，好趁机和达官贵人同一序列。你说莲子二十年没有疾病，结果一年就去世了。现今已经将她下气通若狂者，慎勿令起，逡巡自定。定而困，困即解其缚，以葱粥灌之，遂活矣。正狂令起，非吾之所知也。”言竟，复入府谓崔曰：“莲子即生矣。”崔大释其怒，留坐厅事。俄而莲子起坐言笑。界吏报敖，敖飞牍于崔，莲子复生，乃何术也。仍与革偕归。入门则莲子来迎矣，敖大奇之。且夫莲子事崔也，非素意，因劝以与革。崔亦恶其无齿，又重敖，遂与革。革得之，以神药傅齿，未逾月而齿生如故。太和壬子岁，调金吾骑曹，与莲子偕在辇下。其年秋，高损之以其元舅为天官，即日与相闻，故熟其事而言之。（出《续异录》）

梁新 赵鄂

唐崔铉镇渚宫，有富商船居，中夜暴亡，待晓，气犹未绝。邻房有武陵医工梁新闻之。乃与诊视曰：“此乃食毒也。三两日非外食耶？”仆夫曰：“主翁少出舫，亦不食于他人。”梁新曰：“寻常嗜食何物？”仆夫曰：“好食竹鸡，每年不下数百只。近买竹鸡，并将充馔。”梁新曰：“竹鸡吃半夏，必是半夏毒也。”命捣姜捩葬，竟然呼请将灵柩载运回来，灵肉已经分离无法复生，我们又该怎么相见呢？”梁革说：“这并非是死，只是状如昏死。如果不能够将她复生，使我的医术不能够行惠施利，用恩德救济天下，我立刻就用死来向你谢罪如何？”于是他让人把棺材打开，把莲子抬出来，然后在她的心和肚脐下各自刺了好几个地方，把她的牙敲掉一颗，把少量的药灌进她的嘴巴里。只让她穿着单薄的衣服，睡在空床上，用白布把她的手和脚绑着，在床下生着小火。说：“等这火灭了，莲子就复活了。记住，火不要太旺。煮好葱粥守候着。她的气息运行猛烈得像要发狂时候，一定不要让她起来，过了一会儿自然就安定了。安定之后她就会发困，发困就把她身上的束缚解开，把葱粥喂给她吃，那么她就会活了。如果在她气息运行正猛的时候让她起身，这不是我能够了解应该怎么做的。”说完之后，再次进入府中对崔某说：“莲子即将再次复活了。”崔某的怒气已经消解得差不多了，把他留在客厅里招待。过了片刻莲子已经能够起身说笑了，界吏把这件事情禀告了于敖，于敖飞书给崔某，问莲子复生，使用的是什么方法，还和梁革一起回来。进门的时候莲子前来迎接，于敖大为惊奇。莲子侍奉崔某，并不是她的本意。因此劝说把她送给梁革。崔某也讨厌她没有牙齿，又把她重新还给了于敖，于敖便把她送给梁革，梁革用神药敷在她的牙齿上，还没到一个月，牙齿就生长得和以前一样了。太和壬子年，把他调到执金吾骑曹，和莲子都在车辇下面，这一年秋天，高损之任用他的大舅作为礼部官员，当日就告诉了他，所以非常熟悉他的事情而将它说出去。（出《续异录》）

梁新　赵鄂

唐代的崔铉镇守渚宫，有一位富商的船停在这儿，半夜突然死亡，等到天亮的时候，气息还没有断绝。附近房间里有一位武陵的医师梁新听说了这件事，就给他诊脉说：“这是食物中毒的症状。最近的两三天吃的都不是外面的饭吗？”仆役说：“主人很少下船，也不和其他人一起吃饭。”梁新问：“平常爱吃什么呢？”仆役说：“喜欢吃竹鸡，每年都不少于几百只。最近买了竹鸡，而且把竹鸡当作了汁，折齿而灌，由是而苏。崔闻而异之，召至，安慰称奖。资以仆马钱帛入京，致书于朝士，声名大振。仕至尚药奉御。有一朝士诣之，梁曰："何不早见示？风疾已深矣。请速归，处置家事，委顺而已。"朝士闻而惶遽告退，策马而归。时有鄜州马医赵鄂者，新到京都。于通衢自榜姓名，云攻医术。此朝士下马告之，赵鄂亦言疾危，与梁生之说同。谓曰："即有一法，请官人剩吃消梨，不限多少。咀龁不及，捩汁而饮。或希万一。"此朝士又策马而归。以书筒质消梨，马上旋龁。行到家，旬日唯吃消梨，烦觉爽朗，其恙不作。却访赵生感谢，又访梁奉御，且言得赵生所教。梁公惊异，且曰："大国必有一人相继者。"遂召赵生，资以仆马钱帛，广为延誉，官至太仆卿。（出《北梦琐言》）

又省郎张廷之有疾，诣赵鄂。才诊脉，说其疾宜服生姜酒一盏，地黄酒一杯。仍谒梁新，所说并同，皆言过此即卒。自饮此酒后，所疾寻平。他日为时相坚虐一杯，诉之不及，其夕乃卒。时论为之二妙。（出《闻奇录》）

高骈

江淮州郡，火令最严，犯者无赦。盖多竹屋，或不慎之，动则千百间立成煨烬。高骈镇维扬之岁，有术士之家延火，烧数千户。主者录之，即付于法。临刃，谓监刑者曰："某之愆尤，一死何菜品。”梁新说：“竹鸡吃半夏。中的毒一定是半夏。”命令仆役把姜捣碎，过滤出汁水，把牙齿敲落灌进去，因此活了过来。崔铉听说这件事情，大为惊异，召请他前来，安抚称赞。用仆人车马、钱财绢帛资助他进京，写信给朝中做官的人推荐他，梁新因此声名远播，做官做到尚药奉御。有一个朝官前来拜访他。梁新说：“为什么不早点来看病？风疾已经非常重了。请您快点回家，处理家里的事情，顺应自然吧。”朝官听说之后特别惊恐连忙告辞，骑马回家。当时有一位叫赵鄂的鄜州马医，最近才来到京城，在大道上写自己的名字，说非常擅长医术。这位朝官跳下马把病情说给他听，赵鄂也说他的病情非常严重，和梁新的说法一样。对他说：“有一个办法，请您尽管吃香水梨，不限制数量，来不及咀嚼，就过滤汁水来喝。也许会有一点希望。”这位朝官又打马回家，用盛书信的筒作抵押买香水梨，在马上就吃了。回到家后，十几天只吃香水梨，一改以往的烦闷，觉得清爽了，他的病也没有再发作了。于是回到京城大道上去拜谢赵鄂，又去拜访梁新，并且说自己被赵鄂教吃香水梨的事情。梁新非常惊诧，说：“这么大一个国家一定要有一个人继承他的官位。”于是召请赵鄂，用仆人车马、钱财绢帛资助他，广泛地宣传、扩大他的声名，赵鄂做官做到太仆卿。（出《北梦琐言》）

又：中书省官吏张廷之身体有病，前去拜访赵鄂。刚刚看到脉象，就说他的病适合服用一盏生姜酒、一杯地黄酒。他还去拜谒梁新，他们说的一样，都说超过这两种酒就会立刻死亡。自从喝了这两种酒后，他的病不久就痊愈了。后来他升任宰相时不够坚定喝了一杯，什么都来不及说，当晚就死了。当时的人称这两位医生为两位妙手。（出《闻奇录》）

高骈

江淮的州郡，禁火令是最为严苛的，犯了禁火令的人是没有任何赦免的可能的。原因是江淮地区大多是竹子盖的房子，如果不谨慎对待，就会有成千上百的屋子立刻化为灰烬。高骈镇守江淮一带的时候，有一位术士的家着火了，烧了上千户人家。把主犯带来，立即依以塞责。然某有薄技，可以传授一人，俾其救济后人，死无所恨矣。”时骈延待方术之士，恒如饥渴。监行者即缓之，驰白于骈。骈召入，亲问之。曰：“某无他术，唯善医大风。”骈曰：“可以核之。”对曰：“但于福田院选一最剧者，可以试之。”遂如言。乃置患者于密室中，饮以乳香酒数升，则懵然无知，以利刀开其脑缝，挑出虫可盈掬，长仅二寸。然以膏药封其疮，别与药服之，而更节其饮食动息之候。旬余，疮尽愈。才一月，眉须已生，肌肉光净，如不患者。骈礼术士为上客。（出《玉堂闲话》）

田令孜

长安完盛日，有一家于西市卖饮子。用寻常之药，不过数味，亦不闲方脉，无问是何疾苦，百文售一服。千种之疾，入口而愈。常于宽宅中，置大锅镬，日夜锉斫煎煮，给之不暇。人无远近，皆来取之，门市骈罗，喧阗京国，至有赍金守门，五七日间，未获给付者。获利甚极。时田令孜有疾，海内医工召遍。至于国师待诏，了无其征。忽见亲知白田曰：“西市饮子，何访试之。”令孜曰：“可。”遂遣仆人，驰乘往取之。仆人得药，鞭马而回。将及近坊，马蹶而覆之。仆既惧其严难，不复取云。遂诣一染坊，丐得池脚一瓶子，以给其主。既服之，其病立愈。田亦只知病愈，不知药之所来，遂赏药家甚厚。饮子之家，声价转高。此盖福医也。近年，邺都有张福医者亦然。积货甚广，以此有名，为番王挈归塞外矣。（出《玉堂闲语》）

法惩处。临刑前，对监斩的人说："我犯的罪过，只是杀死我怎么能弥补我的过失呢？但是我有一些小方法，可以传给一个人，让他救济以后的人，我就死而无憾了。"当时高骈接待术士，他希望见到术士的心情如饥似渴。监斩的人立刻延缓执行，策马飞奔把他说的话告诉了高骈。高骈把他请来，亲自询问他。术士说："我没有其他方术，只是善于医治麻风。"高骈说："可以核验一下。"术士回答说："在福田院挑选一个病得最厉害的，可以拿他来试验一下。"高骈按照他所说的办。就把患者放在密室里，让他喝了计生乳香酒，之后他就昏昏然，什么也不知道了。术士用锋利的刀刃打开他的脑缝，调出能够捧在手心的长两寸的小虫，然后用膏药把他的疮口封起来，另外开了药给他吃，而且让他注意控制饮食，运动和休息都要有规律。过了十几天，他的疮疤就好了。才一个月，美貌和胡须就长出来了，肌肤光洁明净，就像没有得过麻风病一样。高骈用上宾的礼仪对待术士。（出《玉堂闲话》）

田令孜

长安完全恢复了以前的盛世景象。有一个在西市卖汤药的人家。他所用的药都是很平常的，只不过几味，也没有时间诊脉，也不问是什么疾病，有什么痛苦，一服药一百文。各种各样的疾病，喝完之后就治愈了。他家的大宅子里，经常放一口大锅，每天每夜都在磨粉、轧药、煎药、煮药，即使是这样，还是供给不够。人们不论远近，都来他这里拿药，他门口的人们排列相接，整个长安城一片喧闹杂乱，他们甚至拿钱雇佣别人守门，有的人等了五到七天，还没有得到汤药，他家赚了很多的钱。当时田令孜有病，全国的医生都召请了，御医都请了，还是没有判断出病是什么。忽然听见他的身边人对他说："西市的汤药，您不妨试一下。"田令孜说："可以。"于是派遣仆人，策马前往取药。仆人得到汤药以后，立马骑马回来。快要到牌坊附近的时候，马儿跌倒把药洒了。仆人很害怕他的严厉，没有再跑回去取药。于是来到了一个染坊，求得一瓶染料残液，把这个交给了他的主人。田令孜服用了之后，他的病立马痊愈了。田令孜只知道他的病好

于遘

近朝中书舍人于遘，尝中蛊毒，医治无门。遂长告，渐欲远适寻医。一日，策杖坐于中门之外。忽有钉铰匠见之。问曰："何苦而羸薾如是？"于即为陈之。匠曰："某亦曾中此，遇良工，为某钤出一蛇而愈。某亦传得其术。"遘欣然，且祈之。彼曰："此细事耳，来早请勿食，某当至矣。"翊日果至。请遘于舍檐下，向明张口，执钤俟之。及欲夹之，差跌而失。则又约以来日。经宿复至。定意伺之，一夹而中。其蛇已及二寸许，赤色，粗如钗股矣。遽命火焚之。遘遂愈。复累除官，至紫微而卒。其匠亦不受赠遗。但云："某有誓救人。"唯饮数觞而别。（出《玉堂闲话》）

颜燧

京城及诸州郡阛阓中，有医人能出蛊毒者，目前之验甚多。人皆惑之，以为一时幻术，膏肓之患，即不可去。郎中颜燧者，家有一女使抱此疾，常觉心肝有物唼食，痛苦不可忍。累年后瘦瘁，皮骨相连，胫如枯木。偶闻有善医者，于市中聚众甚多，看疗此病。颜试召之。医生见曰："此是蛇蛊也，立可出之。"于是先令炽炭一二十斤，然后以药饵之。良久，医工秉小钤子于傍。于时觉咽喉了，却不知道他的药从何而来的，便重赏了药商，卖汤药的那一家，因此声名更高。这就是有福气的医生。近些年，邺城有一个叫张福医的人也是这样。积蓄的财物特别多，因为这个特别有名，后来被番王带去塞外了。（出《玉堂闲语》）

于遘

近来朝中有一个叫于遘的中书舍人，曾经中了蛊毒。医生们没有治疗的方法。于是于遘请了长假，想要走得更远去寻求能够治好自己的医生。一天，拄着拐杖坐在第二个门外。一个钉铰匠忽然见到他，问他说：“为什么会如此愁苦而瘦弱呢？”于遘即刻把自己的情况告诉了他。钉铰匠说：“我也曾经中过这样的蛊毒，遇见了一个好的医生，替我用钳刀夹出一条蛇，然后我就痊愈了。我也被传授了这样的方法。”于遘非常开心，并且请求他帮助自己。钉铰匠说：“这是小事，你明天早晨不要吃饭，我必定会来。”第二天果然来了，他请于遘到屋檐下面，向着光亮的地方张开嘴，拿着钳刀等着蛇，等到将要夹蛇的时候，因为差点跌倒而失去了机会。就又约定第二天再来。经过一夜再次来到这儿，集中心神等待它，一夹就夹中了。他身体里的蛇已经长到两寸长了，红色，粗得像头上的发钗一样了。钉铰匠急速命令他把蛇烧了，于遘于是病愈了。后来多次升官，升到中书令后去世了。那个钉铰匠也不接受他的馈赠，只是说：“我发过誓要救人。”喝了几杯酒就和他辞别了。（出《玉堂闲话》）

颜燧

京城和各个州郡的街市里，有一位医生可以驱逐蛊毒，亲眼看见的人很多。别人都很疑惑，以为这只是一时的迷幻别人的把戏，病入膏肓的患者，是不能够治疗痊愈的。当时有一个名叫颜燧的郎中，他家有一个女仆患了这样的疾病，经常觉得有东西在咬食自己的心肝，痛苦得不能忍受。几年后瘦弱憔悴得已经是皮包骨头了，她的小腿像干枯的树木。偶然听说了有一位良医，在集市上有很多人聚集间有物动者，死而复苏。少顷，令开口，钳出一蛇子长五七寸，急投于炽炭中燔之。燔蛇屈曲，移时而成烬，其臭气彻于亲邻。自是疾平，永无啮心之苦耳。则知活变起虢肉徐甲之骨，信不虚矣。（出《玉堂闲话》）

在那里，专门看这样的病。颜燧尝试着把他召请来。医生见到之后说："这是蛇蛊，立马就可以把它驱逐出来。"于是先让人烧一二十斤炭，然后用药物作为饵料。过了很久，医生用手拿着小钳刀站在旁边，在这个时候女仆觉得咽喉中有东西在蠕动，又活了过来。过了一会儿，让她张开嘴，用钳刀勾出一个长五到七寸的小蛇，很快地把它扔到炽热的木炭上焚烧它。被焚烧的蛇变得扭曲，不一会儿就变成灰烬，它所散发出来的臭气扩散到周围的邻居家。从此以后病就好了，再也没有被咬食心肝的痛苦了。由此知道徐甲死而复生的事是真实发生的了。（出《玉堂闲话》）

卷第二百二十　医三

申光逊

近代曹州观察判官申光逊，言本家桂林。有官人孙仲敖，寓居于桂，交广人也。申往谒之，延于卧内。冠簪相见曰："非慵于巾栉也，盖患脑痛尔。"即命醇酒升余。以辛辣物洎胡椒干姜等屑仅半杯，以温酒调。又于枕函中，取一黑漆筒，如今之笙项，安于鼻窍，吸之至尽，方就枕，有汗出表，其疾立愈，盖鼻饮蛮獠之类也。（出《玉堂闲话》）

孙光宪

火烧疮无出醋泥，甚验。孙光宪尝家人作煎饼，一婢抱玄子拥炉，不觉落火炭之上，遽以醋泥傅之，至晓不痛，亦无瘢痕。是知俗说不厌多闻。（出《北梦琐言》）

渔人妻

瓜村有渔人妻得劳疾，转相染著，死者数人。或云："取病者生钉棺中弃之，其病可绝。"顷之，其女病，即生钉棺中，流之于江。至金山，有渔人见而异之，引之至岸。开视之，见女子犹活，

申光逊

近年来有一个叫申光逊的曹州观察判官，说他的老家在桂林。有一个官人叫孙仲敖，在桂林寄居，是交广一代的人。申光逊前去拜访他，孙仲敖把他请到卧室里。二位仕宦相见后，孙仲敖说："并不是我懒得梳洗，而是因为我的脑袋特别痛。"申光逊立即命人倒醇酒一升多。又准备胡椒、干姜等辛辣物的粉末大约半杯，用温酒调和。又在枕匣中取出一个黑漆筒，就像现在的笙管，把它放在鼻子中，将它们吸干净，刚刚躺在枕头上，就有汗从身体表面出来，他的病立刻就好了，这大概是南方少数民族用鼻饮治疗的方法。（出《玉堂闲话》）

孙光宪

治疗被火烧的疮疤的方法没有比醋泥的效果更好的，非常灵验。孙光宪曾经给家人制作煎饼，一个婢女抱着玄孙簇拥在炉火旁取暖，不小心火炭落在身上，孙光宪立马用醋泥敷在烧伤处，等到天亮就不痛了，也没有留下疮疤。自此知道民间的药方知道得越多越好。（出《北梦琐言》）

渔人妻

瓜村有个渔人的妻子得了肺结核，因为互相传染，死了好几个人。有人说："找一个生病的人活着的时候钉在棺材中把他丢弃，这种病就可以断绝了。"不久，他的女儿生病了，就把她活着钉在棺材

因取置渔舍。每多得鳗鳖鱼以食之，久之病愈。遂为渔人之妻，今尚无恙。（出《稽神录》）

陈寨

陈寨者，泉州晋江巫也，善禁祝之术。为人治疾，多愈者。有漳州逆旅苏猛，其子病狂，人莫能疗，乃往请陈。陈至，苏氏子见之，戟手大骂。寨曰："此疾入心矣。"乃立坛于堂中，戒人无得窃视。至夜，乃取苏氏子，劈为两片，悬堂之东壁，其心悬北檐下。寨方在堂中作法，所悬之心，遂为犬食。寨求之不得，惊惧，乃持刀宛转于地，出门而去。主人弗知，谓其作法耳。食顷，乃持心而入，内于病者之腹。被发连叱，其腹遂合。苏氏子既悟，但连呼"递铺，递铺"。家人莫之测。乃其日去家数里，有驿吏手持官文书，死于道傍。初南中驿路，二十里置一递铺。驿吏持符牒，以次传授。欲近前铺，辄连呼以警之。乃寨取驿吏之心而活苏氏。苏遂愈如故。（出《稽神录》）

陶俊

江南吉州刺史张曜卿，有傔力者陶俊性谨直。尝从军征江西，为飞石所中，因有腰足之疾，恒扶杖而行。张命守舟于广陵之江口。因至白沙市，避雨于酒肆。同立者甚众。有二书生过于前，中，让她漂流到江里面。漂流到金山的时候，有个渔人见到之后非常惊异，引到岸边，打开之后查看，看见里面的女子仍然活着，就把她安置在渔屋中，每次都打很多的鳗鱼和黑鱼让她吃，时间长了病就好了，于是她就嫁给渔人当他的妻子了，到现在也没再生过病。（出《稽神录》）

陈寨

陈寨，是泉州晋江的巫师。擅长法术，替别人看病，大多都治愈了。有一位漳州旅店的店主名叫苏猛，他的儿子生病后发狂了，别人不能够治疗，于是他前来拜请陈寨前去治病。陈寨到了那里，苏猛的儿子看见他，用手指着他大骂。陈寨说："这个病已经进入心脏了。"就在堂中设立道坛，告诫别人不能偷看。等到这天夜里，才将苏猛的儿子劈成两半，悬挂在厅堂的东墙，把他的心挂在厅堂北面的廊檐下。陈寨在厅堂中作法，所悬挂的心，因为掉落被狗吃了，陈寨来不及救，特别害怕，便拿着刀在地上转动了几次，就出门离开了。主人还不知道，认为他还在施法。吃完了一顿饭的时间，陈寨就拿着心回来了，把他放在病人的腹部里面。披散着头发接连大喝了几声，他的腹部就愈合了。苏猛的儿子醒来后只是连连叫着"递铺，递铺"。家里的人都不明白他什么意思。就在这天，在离他家几里的地方，有一个驿馆的小吏手里拿着官方符牒，死在了道路的一旁。一开始南中的官驿道路，二十里会设置一个递铺，驿馆的小吏会拿着符牒，按照顺序传递。将要到前面的驿站的时候，就连喊"递铺"来让人警觉。陈寨是拿了驿馆小吏的心来复活苏猛的儿子。苏猛儿子就恢复如初了。（出《稽神录》）

陶俊

江南的吉州刺史张曜卿，有一个名叫陶俊的仆人性情严谨耿直。曾经跟随军队征战江西，被飞石击中，所以腰上和脚上都有伤病，总是要依靠拐杖行走。张曜卿命令他在广陵的江口守住船。趁机到独顾俊。相与言曰："此人好心，宜为疗其疾。"即呼俊，与药二丸曰："服此即愈。"乃去。俊归舟吞之。良久，觉腹中痛楚甚，顷之痛止，疾亦多差。操篙理缆，尤觉轻健。白沙去城八十里，一日往复，不以为劳。后访二书生，竟不复见。（出《稽神录》）

张易

江南刑部郎中张易少居菑川。病热，困惙且甚。恍惚见一神人长可数寸，立于枕前，持药三丸曰："吞此可愈。"易受而亟吞之，二丸嗛之，一丸落席有声。因自起求之不得，家人惊问何为，具述所见，病因即愈。尔日出入里巷，了无所苦。（出《稽神录》）

广陵木工

广陵有木工，因病，手足皆拳缩，不能复执斤斧。扶踊行乞，至后土庙前，遇一道士。长而黑色，神采甚异。呼问其疾，因与药数丸曰："饵此当愈，旦日平明，复会于此。"木工辞曰："某不能行，家去此远，明日虽晚，尚未能至也。"道士曰："尔无忧，但早至此。"遂别去。木工既归，饵其药。顷之，手足痛甚，中夜乃止，因即得寐。五更而寤，觉手足甚轻，因下床，趋走如故。即驰诣后土庙前。久之，乃见道士倚杖而立。再拜陈谢。道士曰："吾授尔方，可救人疾苦。无为木匠耳。"遂再拜受之。因问其名居，曰："吾在紫极宫，有事可访吾也。"遂去。木匠得方，用以治疾，无不了白沙市，在酒家避雨，和他一样站着的人很多。有两个书生从他们面前经过，看见了陶俊，小声说："这个人心地很好，应该给他把病治好。"立即叫陶俊过去，给了他两个药丸说："吃了这个你就会痊愈了。"然后就离开了。陶俊回到船上把药吃了。很久之后，觉得腹部非常疼痛，又立马结束了痛楚，他的病也差不多痊愈了。操纵船篙整理缆绳，尤其觉得轻快。白沙距离城池八十里，往返只用了一天，陶俊也不觉得劳累。后来想拜访两位书生，最终也没有再见到他们。（出《稽神录》）

张易

江南的刑部郎中张易年少的时候住在菑川。有一次生病发热，特别困乏。精神恍惚的时候看见一个身长大概几寸的神人，在枕头前站着。拿着三粒药说："把它们吞下去你的病就痊愈了。"张易急忙接过来吞掉了，两粒药含在嘴里，一粒落在席上发出了声音。因此起身寻找，但没有找到。他的家里人惊讶地问他在干什么，他把他所见到的详细地告诉了家人，他的病很快就好了，这天他在里巷来去，一点儿痛苦也没有。（出《稽神录》）

广陵木工

广陵有一个木工，因为生病了，手脚都蜷缩着，不能再拿斧头了。扶着特制的鞋子在街上乞讨，到街后面的土地庙前，遇到了一位道士。道士有着高大的身形，面色黝黑，神采和常人特别不一样。召唤乞丐前去问他是什么病，接着给他几粒药说："吃下这个应当就能痊愈，明天天亮的时候，再在这里见面。"木工推辞说："我不能走，家离这里很远，明天即使是很晚，我也到不了这里。"道士说："你不要苦恼这个，只要早早到这里就行。"于是和他分别了。木工回家后，吞了道士给他的药。过了一会儿，手脚都特别疼，等到半夜才停止，因此他很快睡着了。五更天的时候醒来，觉得手和脚都特别轻，于是翻身下床，快走和慢走都像以前一样。立即快跑到后街的土庙愈者。至紫极宫访之，竟不复见。后有妇人久疾，亦遇一道士，与药而差。言其容貌，亦木工所见也。广陵寻乱，木工竟不知所之。（出《稽神录》）

飞蛊

江岭之间有飞蛊，其来也有声，不见形，如鸟鸣啾啾唧唧然。中人即为痢，便血，医药多不差。旬日间必不救。（出《朝野佥载》）

菌毒

岭南风俗，多为毒药。令老奴食冶葛死，埋之。土堆上生菌子，其正当腹上，食之立死。手足额上生者，当日死。旁自外者，数日死。渐远者，或一月两月。全远者，或二年三年。无得活者。惟有陈怀卿家药能解之。或有以菌药涂马鞭头马控上，拂著手即毒，拭著口即死。（出《朝野佥载》）

田承肇

王蜀将田承肇常领骑军戍于凤翔。因引骑潜出，解鞍憩于林木之下。面前忽见方圆数尺静地中，有小树子一茎高数尺。并无柯叶，挺然而立，尤甚光滑。肇就之玩弄，以手上下摩娑。顷刻间，手指如中毒药，苦不禁。于是鞭马归营。至，臂膊已粗于桶。时有面前。很久之后，才看见道士拄着拐杖在那里，木工再三拜谢，道士说："我传给你的药方可以救人于痛苦之中，你不要再当木匠了。"木工便再次拜谢他并接受了他的药方。接着问道士的名字，住在哪里。道士说："我在紫极宫，有事的时候可以来拜访我。"随后就离开了。木匠得到了药方，用它来治疗疾病，没有治愈不了的。木匠到紫极宫去拜访道士，最终也没有看见。后来有一位妇女生病很久了，也遇见一位道士，给了她药也痊愈了。说他的样貌和木工见到的那个一样。广陵不久发生战乱，木工最终也不知去哪里了。（出《稽神录》）

飞 蛊

长江和岭南之间的区域有飞蛊，飞来时有声音，却看不见踪迹，和鸟发出的唧唧啾啾的鸣叫声一样。中飞蛊的人就会得痢疾，便中带血，药石基本治不好。十几天后就一定救不回来。（出《朝野佥载》）

菌 毒

岭南的风尚，大多数是制作毒药。让老奴吃下冶葛，死后把他埋了。他所埋的土堆上会生出菌子，如果生长在腹部，吃过之后立马就会死；生长在手脚和额头上的，吃完之后当天就会死；生长在旁边的，几天就会死；再远一点的，一两个月会死；特别远的，两年或三年会死。吃完没有可以活着的。只有陈怀卿家的药能够解它的毒。有的人会用这种菌子的毒涂在马鞭头、马控上，碰到手就会中毒，碰着嘴立刻就会死。（出《朝野佥载》）

田承肇

前蜀将领田承肇曾经带领骑兵驻守凤翔。有一次带领骑兵偷偷出外执行任务，把马鞍解下在树林中休息的时候，面前忽然出现方圆几尺的干净的土地上，有一棵高几尺的小树，并没有树叶，直挺挺地竖立在那儿，特别光滑。田承肇顺手抚摸它，用手上下拂拭。转村妪善禁，居在深山中。急使人召得，已将不救。妪曰：“此是胎生七寸蛇戏处，喷毒在树木间。扪者树枝立合，致卒。”肇曰：“是也。”急使人就彼劚之。果获二蛇，长六七寸。毙之。妪遂禁勒。自膊间趁，渐渐下至于腕，又并趁入食指，尽食指一节，趁之不出，蹙成一毬子许肉丸。遂以利刀断此一节，所患方除。其断下一节，巨如一气毬也。（出《玉堂闲话》）

蛇毒

赵延禧云：“遭恶蛇虺所螫处，帖之艾炷，当上灸之，立差。不然即死。凡蛇啮即当啮处灸之，引去毒气，即止。”（原缺出处，今见《玉堂闲话》）

冶葛鸩

冶葛食之立死。有冶葛处，即有白藤花，能解冶葛毒。鸩鸟食水之处，即有犀牛，犀牛不濯角其水，物食之必死。为鸩食蛇之故。（出《朝野佥载》）

杂说药

医书言虎中药箭，食清泥。野猪中药箭，豗荠苨而食。雉被鹰伤，以地黄叶帖之。又礜石可以害鼠。张鹭曾试之，鼠中毒如醉，亦不识人，犹知取泥汁饮之，须臾平复。鸟兽虫物，犹知解毒，何况人乎！被蚕啮者，以甲虫末傅之；被马咬者，烧鞭鞘灰涂之。盖取其相服也。蜘蛛啮者，雄黄末傅之；筋断须续者，取旋覆眼间，手指像中了毒药一样，痛苦不止。于是他策马回到军营。等他到的时候，胳膊已经比木桶还粗了。当时有个村里的老妇擅长法术，居住在深山之中。连忙派人召请她过来，等她到的时候，田承肇已经快要救不活了。老妇说："这是胎生七寸蛇嬉戏的地方，在树木之间喷毒。摸到它就像树枝一样，它的毒性会立马导致人死亡。"田承肇说："是这样。"连忙让人在那个地方挖掘。果然挖到了两条蛇，长约六七寸，立马击毙了它。老妇人就开始施法，从胳膊中间驱赶，渐渐往下到手腕的地方，又一起赶到手指，到手指的尽头的那一节，赶不出来。收成一个小肉丸。就用锋利的刀把那一节砍断，他的病患才除去，他断掉的那一节，大得像一个气球。（出《玉堂闲话》）

蛇毒

赵延禧说："遭到毒蛇虺咬伤的地方，贴上艾炷，立刻进行炙烤，就会马上病愈。如果不这样，就会立刻死亡。凡是蛇咬的地方就立马在咬伤的地方进行艾炙，把毒气引走就行了。"（原缺出处，今见《玉堂闲话》）

冶葛鸩

冶葛如果服食的话，立马就会丧命。有冶葛的地方，就会有白藤花，能治疗冶葛的毒。鸩鸟喝水的地方，就会有犀牛，犀牛不洗犀牛角的地方，其他生物喝了水之后一定会死亡，这是因为鸩鸟吃蛇的原因。（出《朝野佥载》）

杂说药

医书上说："老虎中了药箭，吃清泥；野猪中了药箭，用嘴拱荠苨并且吃它；野鸡被老鹰伤了，用地黄叶贴在受伤的地方。又礜石可以毒害老鼠。有个叫张鷟的人曾经做过实验，老鼠中毒后就像喝醉了一样，也不认识人，还知道汲取泥水喝，过了一会儿就恢复了。鸟、兽、虫、物都知道解毒，更何况人呢！被蚕咬了，用甲虫末敷在上面；被

根绞取汁，以筋相对，以汁涂而封之，即相续如故。蜀儿奴逃走，多刻筋，以此续之，百不失一。（出《朝野佥载》）

异疾

绛州僧

永徽中，绛州有一僧病噎，都不下食。如此数年，临命终，告其弟子云："吾气绝之后，便可开吾胸喉，视有何物，欲知其根本。"言终而卒。弟子依其言开视，胸中得一物，形似鱼而有两头，遍体悉是肉鳞。弟子致钵中，跳跃不止。戏以诸味致钵中，虽不见食，须臾，悉化成水。又以诸毒药内之，皆随销化。时夏中蓝熟，寺众于水次作靛，有一僧往，因以少靛致钵中，此虫恇惧，绕钵驰走，须臾化成水。世传以靛水疗噎疾。（出《广五行记》）

崔　爽

永徽中，有崔爽者。每食生鱼，三斗乃足。于后饥，作鲙未成，爽忍饥不禁，遂吐一物，状如虾蟆。自此之后，不复能食鲙矣。（出《朝野佥载》）

马咬了，把鞭鞘烧成灰涂在上面。大概是取自它们相克的特性。被蜘蛛咬了的，用雄黄末敷在上面；筋骨断了需要重新接上的，拿旋覆根绞出汁水，把断了的筋骨接在一起，用汁水涂在上面把它封起来，就可以把它们续在一起，像以前一样了。”蜀地的奴隶逃走了，有很多人伤了筋骨，用这个方法来接续，没有不成功的。（出《朝野佥载》）

异疾

绛州僧

永徽年间，绛州有一个僧人得了噎病，吃什么都咽不下去，这样过了很多年，等到快要去世的时候，告诉他的弟子说：“等我去世后，如果你想要知道我得噎病终究是什么导致的，就可以把我的胸和喉打开，看一下有什么物体。”说完这番话他就去世了。他的弟子依照他所说的把他的胸膛和咽喉处打开，胸中得到一个物体，形状像条鱼还有两个头，肉鳞裹满了全身。他的弟子把它放在钵中，它还在不停地跳跃。弟子像玩一样把各种食物放在钵子里，虽然看不见它吃，但过了一会儿，就全化成水了。又把各种毒药放在它的内部，都随时消溶了。当时正是夏天，蓝草已经长好，僧人们在水边依次制作靛蓝，有一位僧人前往，因为带了一点靛蓝到钵子里，这只虫特别害怕，绕着钵子快速奔跑，过了一会儿就化成了水。于是，世代相传用蓝草的水治疗噎病。（出《广五行记》）

崔 爽

永徽年间，有一个叫崔爽的人，每次吃生鱼片，吃三斗才够。后来有一次饿了，没有制作成生鱼片，崔爽没有忍住饥饿就直接把鱼吃了，于是嘴巴里吐出一样东西，形状像蛤蟆一样。从此以后，他不再能吃生鱼片了。（出《朝野佥载》）

刘录事

和州刘录事者，大历中罢官，居和州旁县。食兼数人，尤能食鲙，尝言鲙味未尝果腹。邑客乃网鱼百余斤，会于野庭，观其下箸。刘初食鲙数碟，忽似小哽，因咯出一骨珠子大如豆。乃置于茶瓯中，以碟覆之。食未半，怪覆瓯碟倾侧。举视之，向骨珠子已长数寸如人状。座客竞观之，随视而长，顷刻长及人。遂捽刘，因相殴流血。良久各散走，一循厅之西，一转厅之左，俱乃后门，相触，翕成一人，乃刘也。神已痴矣，半日方能语。访其所以，皆不省之。刘自是恶鲙。（出《酉阳杂俎》）

句容佐史

句容县佐史能啖鲙至数十斤，恒食不饱。县令闻其善啖，乃出百斤，史快食至尽。因觉气闷，久之，吐出一物，状如麻鞋底。县令命洗出，安鲙所，鲙悉成水。累问医人术士，莫能名之。令小吏持往扬州卖之，冀有识者。诫之："若有买者，但高举其价，看至几钱。"其人至扬州，四五日，有胡求买。初起一千，累增其价。到三百贯文，胡辄还之。初无酬酢。人谓胡曰："是句容县令家物，君必买之，当相随去。"胡因随至句容。县令问此是何物，胡云："此是销鱼之精，亦能销人腹中块病。人有患者，以一片如指端，绳系之，置病所，其块即销。我本国太子，少患此病，父求愈病者，赏之千金。君若见卖，当获大利。"令竟卖半与之。（出《广异记》）

刘录事

和州有一位刘录事，在大历年间辞官，住在和州旁县。他的饭量和几个人一样大，尤其能吃生鱼片，曾经说生鱼片从来没有让他有吃饱的感觉。居住在城里的人就捕了几百斤的鱼，人们在殿堂前空旷的庭院汇集，看刘录事吃饭。刘录事一开始吃了好几碟生鱼片，忽然就像被噎住了似的，咯出一个像豆粒一样大的骨珠子。于是把它放在茶瓯中，用碟子盖住。还没吃到一半，他很奇怪茶瓯上的碟子为什么倾斜到一边去了。他把碟子拿起来看，之前的骨珠子已经长到几寸大了，形状像人。在座的客人竞相去看，骨珠子便随着人们的目光长大，不一会儿就长到和人一样大了。便上前揪住刘录事，接着两个人互相斗殴，打出了血。打了很长时间各自离开，一个沿着大厅往西去，一个走过大厅往左转，都是到了后门，两个人接触的时候，合成了一个人，就是刘录事。他的神志已经痴呆了，过了半天才能言语。问他为什么这样，他都已经记不得了。刘录事从此以后就厌恶生鱼片了。（出《酉阳杂俎》）

句容佐史

句容县的佐史能够吃几十斤生鱼片，但永远吃不饱。县令听说他擅长吃生鱼片，就拿来一百斤让他吃，佐史很快就把它吃完了。因此觉得气闷，很久之后，吐出来一个东西，形状像麻鞋底。县令命令别人把它洗出来，放在生鱼片所在的地方，生鱼片都变成了水。多次问医生和道士，没有人能够知道它的名称。让县衙中的小官把它带到扬州城去卖，希望有人能够认识它。县令告诫他说：“如果有人来买的话，只管调升它的价格，看能够卖到多少钱。”那个人到了扬州，四五天后，有个胡人央求着要购买。刚开始的时候要一千钱，然后连续不断地加价，到最后要三百贯，胡人立即还价，一开始没有应对。那个小官对胡人说：“这是句容县令家的东西，你一定要买的话，就要跟我前去。”胡人因此跟随他一起到句容。县令问他这是什么东西，胡人说：“这是能够消溶鱼的精灵，也能消溶人腹部的

崔融

唐国子司业知制诰崔融病百余日，腹中虫蚀极痛不能忍。有一物如守宫，从下部出，须臾而卒。（出《朝野佥载》）

刁俊朝

安康伶人刁俊朝，其妻巴妪项瘿者。初微若鸡卵，渐巨如三四升瓶盎。积五年，大如数斛之鼎，重不能行。其中有琴瑟笙磬埙篪之响，细而听之，若合音律，泠泠可乐。积数年，瘿外生小穴如针芒者，不知几亿。每天欲雨，则穴中吹白烟，霏霏如丝缕。渐高布散，结为屯云，雨则立降。其家少长惧之，咸请远送岩穴。俊朝恋恋不能已，因谓妻曰："吾迫以众议，将不能庇于伉俪。送君于无人之境，如何？"妻曰："吾此疾诚可憎恶。送之亦死，拆之亦死。君当为我决拆之，看有何物。"俊朝即磨淬利刃，挥挑将及妻前。瘿中轩然有声，遂四分披裂。有一大猱，跳跃蹋而去。即以帛絮裹之，虽瘿疾顿愈，而冥然大渐矣。明日，有黄冠扣门曰："吾乃昨日瘿中走出之猱也。吾本猕猴之精，解致风雨。无何与汉江鬼愁潭老蛟还往，常与觇船舸将至，俾他覆之，以求舟中馔粮，以养孙息。昨者太一诛蛟，搜索党与，故借君夫人蝤蛴之领，以匿性命。虽分不相干，然为累亦甚矣。今于凤凰山神处，求得少许灵膏，请君涂之，幸当立愈。"俊朝如其言涂之，随手疮合。俊朝因留黄冠，烹鸡设食。食讫，贳酒欲饮，黄冠因啭喉高歌，又为丝匏块病。如果有人得了这个病，用指头顶端那么大一片，将绳子系在上面，放在生病的地方，那块状物就会消溶。我原本是一国的太子，小的时候得了这个病，父亲悬赏一千金币寻求能治这个病的人。你如果拿它去卖，一定能够获得很大的利润。”县令最后卖了一半给他。（出《广异记》）

崔 融

唐朝的子司业知制诰崔融已经病了一百多天了，肚子中有虫蚀咬，痛到不能忍受。有一个像壁虎一样的东西从下面泄出，过了一会儿就死了。（出《朝野佥载》）

刁俊朝

安康有一个名叫刁俊朝的艺人，他的妻子巴氏脖子上长了瘤。一开始像鸡蛋一样小，渐渐长得像三四升的容器那么大。长了五年，大得像能容几十斗的鼎一样，重到她不能行走。那个瘤中间会有琴、瑟、笙、磬、埙、篪的响声，仔细听它，就像能够合得上声律一样，声音清越。又过了好几年，肿瘤外生长的小穴像针芒一样，不知道数量有多少亿，每次到天快要下雨的时候，她颈部的小穴就会吹送白烟，盛密的样子如丝如缕。渐渐升高的时候飘散开来，结成一团乌云，雨就立即降下来了。他家中的所有人都特别害怕她，都请求把她送到远远的洞穴。刁俊朝对他的妻子恋恋不舍，对他的妻子说：“我被众人的意见所逼迫，不能够因为夫妻关系而庇佑你了，要把你送到没有人的地方去，你对此怎么看？”妻子说：“我的这个病确实是让人憎恨。送走的结果是死，把瘤切掉也是死，夫君你替我把它切掉，看看里面有什么东西。”刁俊朝立即把刀磨到非常锋利，挥刀将要挑送到他妻子的面前。瘤中突然出现了高昂的声音，那个瘤就应声四分五裂。出现了一个大的猱，跳跃着跑远了。刁俊朝立刻用棉絮和布帛把它裹住，虽然瘤病立刻就好了，但妻子渐渐昏迷了。第二天，有一个戴黄色冠帽的人敲门，说：“我是昨天从瘤中跑出去的猱，我本来是

琼玉之音，罔不铿锵可爱。既而辞去，莫知所诣。时大定中也。（出《续玄怪录》）

李 生

天宝中，有陇西李生自白衣调选桂州参军。既至任，以热病旬余。觉左乳痛不可忍，及视之，隆若痈肿之状。即召医验其脉，医者曰："脏腑无他，若臆中有物，以喙攻其乳，乳痛而痈不可为也。"又旬余，病甚。一日痈溃，有一雉，自左乳中突而飞出，不知所止。是夕李生卒。（出《宣室志》）

魏 淑

大历中，元察为邛州刺史。而州城将有魏淑者，肤体洪壮，年方四十，亲老妻少。而忽中异疾，无所酸苦，但饮食日损，身体日销耳。医生术士，拱手无措。寒暑未周，即如婴孩焉，不复能行坐语言。其母与妻，更相提抱。遇淑之生日，家人召僧致斋。其妻乃以钗股挟之以哺，须臾，能尽一小瓯。自是日加所食，身亦渐长，不半岁，乃复其初。察则授与故职，趋驱气力，且无少异。后十余年，捍蛮，战死于陈。（出《集异记》）

猕猴精，通晓如何招风布雨。不知道什么原因和汉江鬼愁潭的老蛟相互往来，经常偷看船只快要来的时候，就把它掀翻，求取船之中的干粮，来养活自己的子孙。昨天太一诛杀老蛟，搜寻他它的党羽，所以暂借你夫人的钵子，用来躲藏以求保命。虽然和你们没有任何关系，但是你们被我连累了很多。现在我在凤凰山的神灵那里，求来了一些灵药，请你给夫人涂上去，应该立马会痊愈。”刁俊朝和他希望的那样涂上去了，疮疤立马就愈合了。刁俊朝因此留下猱，杀鸡招待。吃完了以后，赊酒后正要喝，那只猱就引吭高歌，又奏出丝匏琼玉的声音，没有不铿锵有力、悦耳动听的。过了一会儿就告辞离开了，没有人知道它去哪里了。这时是大定年间。（出《续玄怪录》）

李生

天宝年间，陇西有一位李生从平民选调成桂州参军。等到他上任的时候，因为已经得了十几天热病，觉得左乳疼痛到不可忍受，等到他看的时候，已经肿成了块状，立即召请医生查验他的脉象。医生说：“脏腑没有其他异样，好像胸中有东西，用嘴巴攻击乳房，左乳会疼痛但痈疽的地方不能动。”又过了十几天，病得更加厉害了。有一天，痈疽淡了，从左乳里面突然飞出一只野鸡，不知道它去哪里了。这天晚上李生就去世了。（出《宣室志》）

魏淑

大历年间，元察官任邛州刺史。州城的邛州的守城之将里有个叫魏淑的。身体健壮，年龄刚到四十，父母年事已高，但妻子颇为年少。魏淑忽然得了不一般的病，没什么酸痛苦楚的地方，但是吃得越来越少了，身体渐渐消瘦。医生和道士，都束手无策。还没到一年，就像个婴儿一样了，不再能走路、坐下和说话了。他的母亲和妻子，更是相互提着抱着他。在魏淑生日那一天，家里人召请僧人，摆上斋菜，他的妻子就用头钗辅助给他喂食，过了一会儿，能吃一小碗了。从今以后每天都吃得更多，身体也一天天长高，没到半年，就恢

皇甫及

皇甫及者，其父为太原少尹，甚钟爱之。及生如常儿，至咸通壬辰岁，年十四矣，忽感异病。非有切肌彻骨之苦，但暴长耳。逾时而身越七尺，带兼数围，长啜大嚼，复三倍于昔矣。明年秋，无疾而逝。（出《三水小牍》）

王 布

永贞年，东市百姓王布知书，藏钱千万，商旅多宾之。有女年十四五，艳丽聪悟。鼻两孔各垂息肉，如皂荚子，其根细如麻綖，长寸许，触之痛入心髓。其父破钱数百万治之，不差。忽一日，有梵僧乞食，因问布："知君女有异疾，可一见，吾能止之。"布被问大喜。即见其女，僧乃取药色正白，吹其鼻中。少顷摘去之，出少黄水，都无所苦。布赏之百金，梵僧曰："吾修道之人，不受厚施，唯乞此塞肉。"遂珍重而去，势疾如飞。布亦意其贤圣也。计僧去五六坊，复有一少年，美如冠玉，骑白马，遂扣其门曰："适有胡僧到无？"布遽延入，具述胡僧事。其人吁嗟不悦曰："马小蹶足，竟后此僧。"布惊异，诘其故。曰："上帝失乐神二人，近知藏于君女鼻中。我天人也，奉命来取，不意此僧先取之，当获谴矣。"布方作礼，举手而失。（出《酉阳杂俎》）

复得和以前一样了。元察就继续授任他以前的官职，无论是快跑还是骑马或是力气，和以前没有任何差别。后来的十几年，抵抗蛮夷，在陈地战死。（出《集异记》）

皇甫及

皇甫及，他的父亲是太原少尹，特别喜欢他。皇甫及生下来的时候和正常的孩子一样，到咸通壬辰年时，十四岁了，忽然感染了特殊的病情。并不是有什么像切除肌肤或进入骨髓的疼痛，只是长得特别快。过了不多会儿就身长超过了七尺，腰带增加了好几围，特别能吃喝，是以往的三倍。第二年秋天，没有病就去世了。（出《三水小牍》）

王　布

永贞年间，东市有一位有文化的百姓叫王布，家里有千万钱财，来往的商客们大多对他很有礼貌。他有个女儿，十四五岁，聪明美丽。她鼻子的两边都垂挂了息肉，像皂荚子一般大，它的根像麻线一样细，长大约一寸，碰到它就会痛彻心扉。父亲花了一百万给她治病，都没有见到效果。有一天，有一个印度僧人来化缘，因此对王布说："知道你女儿有特殊的疾病，可以让我看一看，我能够让这种痛停止。"王布听到僧人这么说，非常开心，立即让僧人见他的女儿，僧人于是拿了正白色的药，吹入她的鼻子中，过了一会儿把息肉摘取，出了一点点黄色的水，没有任何痛苦。王布赏了他一百金，印度僧人说："我们修道的人，不接受丰厚的布施，我只请求您把这个息肉给我。"于是郑重地收起它飞速地离开了。王布也猜测他是圣贤，估计着他已经走过了五六条街后，又有一个少年，长得非常美丽，骑着白马，敲他的门问："刚才有没有一个异域僧人到这里？"王布立马把他请了进来，十分详细地叙述了僧人的事情。这位少年不高兴地叹息着说："我的马儿跑得慢，竟然落在这个僧人的后面。"王布感到十分惊讶，问他其中的缘故。他说："天帝丢了两位乐神，最近知道

侯又玄

荆州处士侯又玄，尝出郊，厕于荒冢上。及下，跌伤其肘，疮甚。行数百步，逢一老人。问何所若也，又玄具言，且见其肘。老人言："偶有良药，可封之，十日不开，必愈。"又玄如其言，及解视，一臂遂落。又玄兄弟五六人互病，病必出血月余。又玄见兄两臂，忽病疮六七处。小者如榆钱，大者如钱，皆成人面。

又江表尝有商人，左臂有疮，悉如人面，亦无他苦。商人戏滴酒口中，其面亦赤。以物食之，凡物必食。食多，觉膊内肉涨起，疑胃在其中也。或不食之，则一臂瘠焉。有善医者，教其历试诸药。金石草木悉试之，至贝母，其疮乃聚眉闭口。商人喜曰："此药必治也。"因以小苇筒毁其口，灌之。数日成痂。遂愈。（出《酉阳杂俎》）

李言吉

金州防御使崔尧封有亲外甥李言吉者。左目上脸忽痒，而生一小疮。渐长大如鸭卵，其根如弦。恒压其目不能开，尧封每患之。他日饮之酒，令大醉，遂剖去之。言吉不知觉也，赘既破，中有黄雀，鸣噪而去。（出《闻奇录》）

藏在你女儿的鼻子中间。我是天上的人，奉天帝的命令来拿，没想到竟被这个僧人先拿到了，我要受罚了。”王布这才作揖行礼，刚举手的时候，少年就消失了。（出《酉阳杂俎》）

侯又玄

荆州有位处士叫侯又玄，曾经去郊外，在一个荒凉的坟墓上解手。等到他下来的时候，把他的手肘跌伤了，伤得比较重。往前走了几百步，看见一位老人。老人问他为什么会变成这样，侯又玄把刚刚发生的事情全都告诉了他，并且让老人看了他的手肘。老人说："正好碰到我有好药，可以把它包起来，只要十天不打开，就一定会痊愈。"侯又玄像他所说的那样，等到解开看的时候，一个手臂掉落下去了。侯又玄的五六个兄弟也都接连得病了，得病一定会出一个多月的血。侯又玄看见兄长的两只手臂，忽然长出来六七处病疮。小的像榆钱一般，大的像钱币一样，都长着像人的脸。

又：江南曾经有一位商人，左边手臂上有疮，都像人的脸，也没有其他的痛苦。商人玩笑般在它的嘴里滴了几滴酒，它的脸也红了。用东西投喂它，只要是东西它都吃。吃多了，就会觉得胳膊里的肉发胀，怀疑它的胃在胳膊里。如果不给它吃，一个手臂就会瘦下来。有擅长治病的人，让他试遍了各种药，金石草木都试了，试到贝母的时候，他手臂上的疮就皱着眉头，紧闭它的嘴巴。商人非常欣喜地说："这个药一定能治好。"因此用小的苇管戳破它的嘴巴，把贝母灌进去，几天后结痂，于是就痊愈了。（出《酉阳杂俎》）

李言吉

金州的防御使崔尧封有个叫李言吉的外甥，左边的眼睛以上的脸部忽然非常痒，接着生了一个小的疮疤，渐渐长得像一个鸭蛋那样大，它的根像弦一样，常常压得他的眼睛不能睁开。崔尧封每次都感到忧虑。有一天喝了酒，让李言吉喝到大醉，接着把他头上的东西割掉了，李言吉没有任何感觉，赘疣被剖开后，中间飞出一只黄雀，鸣

蒯亮

处士蒯亮，言其所知额角患瘤。医为割之，得一黑石棋子。巨斧击之，终不伤缺。复有足胫生瘤者。因至亲家，为猘犬所齰，正啮其瘤。其中得针百余枚，皆可用，疾亦愈。（出《稽神录》）

叫着离开了。(出《闻奇录》)

蒯亮

处士蒯亮说他所知道的一个人头上长了一个瘤，医生给他割开之后得到一个黑石的棋子。拿巨斧砍它，最后都没有任何破损。还有一个脚上长了一个瘤的人，因为去他的亲家家里，被疯狗咬了，正好咬在他的瘤上面。在瘤中间得到一百多枚针，都可以用，他的病也好了。(出《稽神录》)

卷第二百二十一　相一

袁天纲　张冏藏　张柬之　陆景融　程行谌　魏元忠

袁天纲

袁天纲，蜀郡成都人。父玑、梁州司仓。祖嵩，周朝历犍为、蒲阳二郡守、车骑将军。曾祖达，梁朝江黄二州刺史，周朝历天水、怀仁二郡守。天纲少孤贫，好道艺，精于相术。唐武德年中为火井令，贞观六年秩满入京。太宗召见，谓天纲曰："巴蜀古有严君平，朕今有尔，自顾何如？"对曰："彼不逢时，臣遇圣主，臣当胜也。"

隋大业末，窦轨客游剑南德阳县，与天纲同宿。以贫苦问命，天纲曰："公额上伏犀贯玉枕，辅角又成就。从今十年，后必富贵，为圣朝良佐。右辅角起，兼复明净，当于梁益二州分野，大振功名。"轨曰："诚如此言，不敢忘德。"初为益州行台仆射，既至，召天纲谓曰："前于德阳县相见，岂忘也？"深礼之，更请为审。天纲瞻之良久曰："骨法成就，不异往时。然目色赤贯童子，语浮面赤，为将多杀人，愿深自诫。"后果多行杀戮。武德九年，轨被征诣京，谓天纲曰："更得何官。"对曰："面上佳人，坐位不动。辅角右畔光泽，更有喜色。至京必蒙圣恩，还来此任。"其年果重授益州都督。

袁天纲

袁天纲是蜀郡成都人士。父亲袁玑是梁州司仓。北周时，祖父袁嵩被委任做蒲阳蒲江二个郡的郡守和车骑将车。武周时，曾祖父袁达先后被委任做天水怀仁二个郡县的郡守。袁天纲年少时期孤苦贫寒，爱好是钻研学问与技能，通晓占卜的知识。唐高祖武德时期，他被委任做火井令，贞观六年任职年限已够，进入京都。唐太宗召他前来觐见，对袁天纲说："巴蜀地区之前出过严君平这样的能人，如今朕有你，你如何看待这件事？"袁天纲回复："严君平没有碰到好时候，而我碰上了您这样圣明的君主，我理当比他强。"

隋朝大业晚期，窦轨外出游历至剑南德阳县，和袁天纲在一处住宿。窦轨那时贫穷困难，想询问袁天纲自己以后的命运，袁天纲说："你的额头至发际的骨骼突起，连贯通至玉枕穴，下巴又有显贵之相。从今日起十年内，必定拥有荣华富贵，做当朝贤能的辅佐之臣。下巴右侧凸出，并且还明朗洁净，应该去梁州、益州地区，大显身手，获取功名。"窦轨说："倘若果真如你所言，你的恩德不敢忘记。"窦轨刚刚去益州的时候，被委任行台仆射，刚就职，便请来袁天纲说："之前在德阳县与您相逢，哪里能忘怀。"他用最深的礼仪对待袁天纲，再次请他为自己看相。袁天纲观察他的面相很久，说道："你的骨相与之前别无二致。但是你的眼睛瞳仁泛红，言语急躁，面部发红，担任将军恐怕要杀许多人，希望你可以深刻警戒自己。"后来他果真经常做杀戮之事。武德九年，窦轨被征募，抵达京都，对袁天纲说："这次进京我还能做什么官职。"袁天纲回复："你面相美好，坐在位置上淡定从容，下巴右边具有光彩，显出欣喜的神色。抵达京都必定可以蒙受圣主的恩德，仍旧会回到益州就任。"就在那年，窦轨果真被委以重任，授予益州都督一职。

天纲初至洛阳，在清化坊安置。朝野归凑，人物常满。是时杜淹、王珪、韦挺三人来见，天纲谓淹曰："兰台成就，学堂宽广。"谓珪曰："公法令成就，天地相临。从今十年，当得五品要职。"谓挺曰："公面似大兽之面，文角成就，必得贵人携接。初为武官。"复语杜淹曰："二十年外，终恐三贤同被责黜，暂去即还。"淹寻迁侍御史，武德中为天策府兵曹文学馆学士。王珪为隐太子中允。韦挺自隋末，隐太子引之为率更。武德六年，俱配流隽州。淹等至益州，见天纲泣曰："袁公前于洛阳之言，皆如高旨。今日形势如此，更为一看。"天纲曰："公等骨法，大胜往时。不久即回，终当俱享荣贵。"至九年六月，俱追入。又过益州，造天纲。天纲曰："杜公至京，既得三品要职，年寿非天纲所知。王韦二公，在后当得三品，兼有寿。然晚途皆不深遂，韦公尤甚。"及淹至京，拜御史大夫，检校吏部尚书。赠天纲诗曰："伊吕深可慕，松乔定是虚。系风终不得，脱屣欲安如。且珍绔素美，当与薜萝疏。既逢杨得意，非复久闲居。"王珪寻为侍中，出为同州刺史。韦挺历蒙州刺史，并卒于官，皆如天纲之言。

贞观中，敕追诣九成宫。于时中书舍人岑文本，令视之。天纲曰："舍人学堂成就，眉复过目，文才振于海内。头有生骨，犹未大成。后视之全无三品，前视三品可得。然四体虚弱，骨肉不相称，得三品，恐是损寿之征。"后文本官至中书令，寻卒。房玄龄与李审素同见天纲，房曰："李恃才傲物。君先相得何官？"天纲云："五品未见，若六品已下清要官有之。"李不复问，云："视房袁天纲刚到洛阳，安置在清化坊。朝廷的官员聚集在他家里，时常人满为患。那时杜淹、王珪、韦挺三人前来会见他，袁天纲对杜淹说："杜兰台面部宽阔，一生颇有成就。"对王珪说："您前额的天庭和下巴的地阁相对，丰满无缺，面相颇具贵气。自今日起，十年内必定可以任五品显要的职位。"对韦挺说："您的面相如同祥兽的面相，纹理额角明朗宽阔，必然可以或得到贵人的扶持。最初担任武官。"又对杜淹说："二十年之后，恐怕三位贤者会一同被责备贬退，然而只是暂时被贬，不久后便可以回来，官复原职。"没多久杜淹任职调动，做侍御史。武德中年，被委任天策府兵曹馆学士。王珪被委任隐太子中允。在隋朝末期，韦挺受李世民推荐，担任率更。武德六年，三人均被发配，放逐至隽州。杜淹三人抵达益州，看到袁天纲痛哭流涕着说："之前袁公在洛阳所说的语言，都如同高旨一一应验。今天流落至此，更应该为我们占卜一番。"袁天纲说："三位官人的骨相比之前更好。很快就可以回去，最终会一同安享富贵。"到武德九年的六月，三人均被重新征召回京。再次途径益州，前往拜访袁天纲。他说："杜官人抵达京都，便会被委任三品要职，寿命我无法占卜得知。王官人和韦官人后期便可以官至三品，且延年益寿。但是晚年的人生都不是很顺遂，尤其是韦官人。"等到杜淹抵达京都，官拜御史大夫，监察吏部。他赠予袁天纲一首诗："伊吕深可慕，松乔定是虚。系风终不得，脱屣欲安如。且珍绔素美，当与薜萝疏。既逢杨得意，非复久闲居。"不久后王珪被委任侍中，外出担任同州刺史一职，韦挺连任几届蒙州刺史后，死于任上，发生的事情与袁天纲所说的话一样。

贞观中年，唐太宗下旨在九成宫召见袁天纲。那时中书舍人岑文本让他为自己看面相。袁天纲说："中书舍人您面部宽阔，眉尾划过眼尾，文采响振四海之内。头部的骨相看似不会有太大功名。从后面的骨相看，也没有做三品官吏的命数，从前面骨相看，却有三品官的命数。只是您身体空虚薄弱，骨肉不均匀，若是做了三品官，唯恐会有折损寿命的迹象。"之后岑文本升迁做中书令，没多久便去世了。房玄龄与李审素一同面见袁天纲，房玄龄说："李审素倚仗自己公得何官？”天纲云：“此人大富贵，公若欲得五品，即求此人。”李不之信。后房公为宰相，李为起居舍人卒。高宗闻往言，令房赠五品官，房奏赠谏议大夫。申公高士廉为天纲曰：“君后更得何官？”天纲曰：“自知相禄已绝，不合更有，恐今年四月大厄。”不过四月而卒也。蒲州刺史蒋俨，幼时，天纲为占曰：“此子当累年幽禁。后大富贵，从某官位至刺史。年八十三。其年八月五日午时禄终。”俨后征辽东，没贼，囚于地阱七年。高丽平定归，得官一如天纲所言，至蒲州刺史。八十三，谓家人曰：“袁公言我八月五日禄绝，其死矣。”设酒馔，与亲故为别。果有敕至，放致任，遂停禄。后数年卒。李义府侨居于蜀，天纲见而奇之曰：“此郎贵极人臣，但寿不长耳。”因请舍之，讬其子谓李曰：“此子七品相，愿公提挈之。”义府许诺。因问天纲寿几何，对曰：“五十二外，非所知也。”义府后为安抚使李大亮、侍中刘洎等连荐之。召见，试令《詠乌》。立成。其诗曰：“日里扬朝彩，琴中伴夜啼。上林多少树，不借一枝栖。”太宗深赏之曰：“我将全树借汝，岂但一枝。”自门下典仪，超拜监察御史。其后寿位，皆如天纲之言。

赞皇公李峤幼有清才，昆弟五人，皆年不过三十而卒，唯峤已长成矣。母忧之益切，诣天纲。天纲曰：“郎君神气清秀，而寿的才能，轻视他人。你先为他相面，看他可以做到几品官。”袁天纲说：“做不了五品官，六品以下的要职倒是有可能性。”李审素不再询问自己的命数，说：“看房玄龄可以做几品官。”袁天纲说：“房公有富贵双全的面相，李公若是想做五品官，便去请求房公吧。”李审素不相信袁天纲的话。之后房玄龄官至丞相，李审素为起居舍人，并在就职期间去世。唐高宗听闻之前袁天纲给他两看相说过的话，下旨让房玄龄赠予他五品官，房玄龄上奏唐高宗，赠予他谏议大夫一职。申公高士廉询问袁天纲：“你认为自己之后能做几品官。”他说：“我了解我的官运已然走到尽头，不会再胜任更高的官位了，恐怕今年四月会出现严重的厄运。”然而四月没结束，袁天纲便死了。蒲州刺史蒋俨年幼时期，袁天纲为他占卜说：“这孩子未来会承受连年的牢狱之灾。过后便可安享荣华，受某位官人扶持，可官至刺史。可以活到八十三岁，那年八月五日的中午便没有俸禄了。”蒋俨年后来征战辽东，被贼人抓捕，被拘禁于地牢七年。平息了高丽国的战乱才回国，获得的官职也如袁天纲说的，官至蒲州刺史。八十三岁那年，蒋俨年对家人说：“袁公预知我在八月五日那天终止俸禄，那便是死亡吧。”然后便摆设酒宴，辞别亲人故交。果真有圣旨抵达家中，罢职流放，停止发放俸禄。几年后便死去了。李义府在蜀郡寄居，袁天纲看着他，好奇地说：“这位郎君能做地位很高的大臣，只是没有长寿的命数。”袁天纲因此邀请他住在家里，将儿子拜托给他，对他说：“我的儿子有做七品官的命数，希望你可以提携他。”李义府允诺于袁天纲。于是询问袁天纲自己有多长的寿命，他回复说：“五十二岁后，我便无法预知了。”李义府后来受安抚使李大亮、侍中刘洎等官员的接连引荐。被唐太宗召见，考验他，让他做一首《咏乌》诗。李义府立刻便做出了诗，诗里写道：“日里扬朝采，琴中伴夜啼。上林多少树，不借一枝栖。”唐太宗十分欣赏他说：“我把整棵树借你作诗，怎么能只是一枝呢。”在宫门的典礼仪式中，越级擢升为监察御史。后来担任的官位，都像袁天纲说的那样。

赞皇公李峤年少时期便具备杰出的才智，家中兄弟五个都活不到三十岁便去世了，只是李峤健康长大。母亲对儿子身体的担忧日苦不永，恐不出三十。”其母大以为戚。峤时名振，咸望贵达，闻此言不信。其母又请袁生，致馔诊视。云：“定矣。”又请同于书斋连榻而坐寝。袁登床稳睡，李独不寝。至五更忽睡，袁适觉，视李峤无喘息，以手候之，鼻下气绝。初大惊怪，良久侦候，其出入息乃在耳中。抚而告之曰：“得矣。”遂起贺其母曰：“数候之，皆不得。今方见之矣，郎君必大贵寿。是龟息也，贵寿而不富耳。”后果如其言。则天朝拜相，而家常贫。是时帝数幸宰相宅，见峤卧青絁帐。帝叹曰：“国相如是，乖大国之体。”赐御用绣罗帐焉。峤寝其中，达晓不安，觉体生疾。遂自奏曰：“臣少被相人云，不当华。故寝不安焉。”帝叹息久之，任意用旧者。峤身体短小，鼻口都无厚相，时意不以重禄待之。其在润州也，充使宣州山采银。时妄传其暴亡，举朝伤叹。冬官侍郎张询古，峤之从舅也。闻之甚忧，使诸亲访候其实。适会南使云：“亡实矣。”询古潸然涕泗，朝士多相慰者。时有一人，称善骨法，颇得袁天纲之术，朝贵多窃问之。其人曰：“久知李舍人禄位稍薄。”诸人竦听。其人又曰：“李舍人虽有才华，而仪冠耳目鼻口，略无成就者。顷见其加朝散，已忧之矣。”众皆然之。峤竟三秉衡轴，极人臣之贵。然则峤之相难知，而天纲得之。

益加剧，便拜访袁天纲询问。袁天纲说："李郎君神采焕发，清朗俊秀，只是没有长寿的命数，怕是不到三十便会死去。"母亲十分悲痛。李峤那时名声大震，家人都期盼他尊贵通达，听闻他的话不肯相信。母亲再次邀请袁天纲，摆设美食珍馐，请他为儿子认真观相。袁天纲说："命数已定。"母亲又邀请他前往书斋，与儿子同床共寝。袁天纲上床后便安稳地睡着了，只是李峤不睡觉。五更天的时候，突然睡着了，袁天纲恰好觉醒，观察发现李峤没有气息了，将手放在鼻子下面试探，已然没有呼吸了。开始袁天纲非常惊喜，仔细观察许久，李峤的气息出现在耳朵里。拍醒李峤告知他："我知道为什么了。"然后起床恭贺李峤的母亲说："数次观察他的面相，都得不到结果。如今才发现问题所在，李郎君一定可以尊贵长寿。他可以像乌龟一样呼吸，只是地位尊贵，寿命绵长，家中却不富裕。"之后果真像他所说。武后时期官至宰相，然而家里依旧贫寒。那时皇帝多次临幸宰相的宅院，看到李峤睡觉的床上吊着粗制丝绸的帷帐。皇帝叹息地说："国家的宰相家境如此，有失国家颜面。"便赏赐给他绫罗材质的帷帐。李峤睡在绫罗帐内，直到天亮都没有安稳地睡着，感觉身子患了疾病一样。便自行启禀皇帝："少年时期为我面相的人说，不可过于奢侈。因此无法睡得安心。"皇帝为此感叹了很长时间，随他的意思使用之前的帷帐。李峤身材矮小，鼻子、唇部都不是福泽深厚的面相，依照当时人的思想不能用厚重的俸禄对待他。李峤在润州就职期间，被委任宣州山采银。那时凭空散播出他暴毙而亡的消息，满朝文武百官为此非常伤感哀叹。冬官侍郎张询古是李峤的舅舅，听闻这个消息甚为忧心，劳烦亲属前往拜访问候，探查实情。正逢南方使者到此，他说："李峤死亡的消息是真的。"张询古伤心得眼泪直流，朝廷官吏们纷纷前来慰问。那时有一位自称擅长看骨相的人，对袁天纲的面相之术颇有领悟，朝中权贵都暗地里向他询问李峤的事情。那人回答说："很早便知晓李峤官运不济之事。"众人恭恭敬敬继续往下听。那人又说："李峤尽管才华横溢，只是面相上，耳朵、眼睛、鼻子、嘴巴各个部位均没有优越之处。前不久李峤升任朝散大夫，已然忧心至此。"众人听后，都认为他说得对。之后又陕州刺史王当有女，集州县文武官，令天纲拣婿。天纲曰："此无贵婿，唯识果毅姚某者，有贵子。可嫁之。中必得力，当从其言嫁之。"时人咸笑焉，乃元崇也。时年二十三，好猎，都未知书。常诣一亲表饮，遇相者谓之曰："公后富贵。"言讫而去。姚追而问之，相者曰："公甚贵，为宰相。"归以告其母，母劝令读书。崇遂割放鹰鹞，折节勤学。以挽郎入仕，竟位至宰相。天纲有子客师，传其父业，所言亦验。客师官为廪牺令。显庆中，与贾文通同供奉。高宗以银合合一鼠，令诸术数人射之，皆言有一鼠。客师亦曰鼠也，然入一出四。其鼠入合中，已生三子，果有四矣。客师尝与一书生同过江。登舟，遍视舟中人颜色，谓同侣曰："不可速也。"遂相引登岸。私语曰："吾见舟中数十人，皆鼻下黑气，大厄不久。岂可知而从之，但少留。"舟未发间，忽见一丈夫。神色高朗，跛一足，负担驱驴登舟。客师见此人，仍谓侣曰："可以行矣，贵人在内，吾侪无忧矣。"登舟而发，至中流，风涛忽起，危惧虽甚，终济焉。询驱驴丈夫，乃是娄师德也。后位至纳言焉。（出《定命录》）

李峤竟然多次身居重要的职位，地位尊贵，在众位官员之上。因此众人都说通过李峤的面相无法预知他的命数，但是袁天纲可以看得出来。

还有一件事，陕州刺史王当有一位女儿，聚集整个州县的文武官员，让袁天纲帮忙挑选女婿。袁天纲说："这里没有合适的好女婿，只是可以看出这里有一位果断而坚毅的姓姚之人，家中有一位面相尊贵的公子。你的女儿可以嫁与他。选择他必定可以得到他的助力。"王当听从他的话将女儿嫁与那位公子。那时人全都笑话他，那位公子是姚元崇，时年23岁，爱好捕猎，从来没有读过书本。时常去一位表亲家中喝酒，他偶遇一位看相之人，对他说："公子未来一定会大富大贵。"讲完话便离开了。姚元崇上前追问，看相之人说："公子的面相颇为尊贵，可以做宰相。"他回家后将事情告知母亲，母亲便劝慰他去读书习字。姚元崇便不再出门猎捕猛禽，改变平时的爱好习惯，努力学习。以挽郎的官位进入仕途，后来竟然官至宰相。袁天纲的儿子袁客师传承父亲的事业，他所说的话都会应验。袁客师的官职为廪牺令。显庆时期，袁客师与贾文通一起在御前伺候皇上。唐高宗将一只老鼠装入银盒里，下令让精通术数的众人猜测其中是什么，大家都说有一只老鼠。袁客师也说其中有一只老鼠，然而放进去的时候是一只老鼠，但那只老鼠被放入银盒里后，产下三只老鼠崽，打开盒子发现，果真有四只老鼠。袁客师以前和一位书生一起渡江。他登船后，将船客的脸色全部打量了一番，对身旁的同行人说："不可急于登船。"他们便互相牵引着上岸。暗自言语："我看到几十位船客鼻子下方都显露出黑气，很快便会有大灾难。我既然知晓大难，怎么还会跟着上船，但是可以在此处停留片刻。"还没开船之时，突然看到一名男子眼神豁达明净，瘸着一条腿，背着东西，驱赶驴子登船。袁客师看到那人登船后，便对同行者说："可以上船了，贵人在船上，我们无须担心了。"登船后，船便出发了，行至江中，江面突然起了风浪，尽管形势危险，让人恐惧，但最终成功渡江。询问驱赶驴子的男子的名讳，正是娄师德。他后来官位做到了纳言。（出《定命录》）

张冏藏

张冏藏善相，与袁天纲齐名。有河东裴某，年五十三为三卫。当夏季番，入京至浐水西店买饭。同坐有一老人谓裴曰："贵人。"裴因对曰："某今年五十三，尚为三卫，岂望官爵，老父奈何谓仆为贵人？"老父笑曰："君自不知耳，从今二十五日，得三品官。"言毕便别。乃张冏藏也。裴至京，当番已二十一日，属太宗气疾发动。良医名药，进服皆不效，坐卧寝食不安。有召三卫已上，朝士已下，皆令进方。裴随例进一方，乳煎荜拨而服，其疾便愈。敕付中书，使与一五品官。宰相逡巡，未敢进拟。数日，太宗气疾又发，又服荜拨差。因问前三卫得何官，中书云："未审与五品文官武官。"太宗怒曰："治一拨乱天子得活，何不与官？向若治宰相病可，必当日得官。"其日，特恩与三品正员京官，拜鸿胪卿。累迁至本州刺史。

刘仁轨，尉氏人。年七八岁时，冏藏过其门见焉。谓其父母曰："此童子骨法甚奇，当有贵禄。宜保养教诲之。"后仁轨为陈仓尉，冏藏时被流剑南，经岐州过。冯长命为歧州刺史，令看判司已下，无人至五品者。出逢仁轨，凛然变色。却谓冯使君曰："得贵人也。"遂细看之，后至仆射。谓之曰："仆二十年前，于尉氏见一小儿，其骨法与公相类，当时不问姓名，不知谁耳。"轨笑曰："尉氏小儿，仁轨是也。"冏藏曰："公不离四品，若犯大罪，即三品已上。"后从给事中出为青州刺史，知海运，遭风失船，被河间公李义府谮之。差御史袁异式推之，大理断死，特敕免死除名。于

张冏藏

张冏藏善于看相，名气与袁天纲相当。河东地区有一位姓裴的人，五十三岁的时候终于当上了三卫。那年夏季交替时期，他进入京城，抵达浐水西店购买吃食。一位老人和他同席而坐，对裴某人说："您是贵人呐。"裴某人便回复说："我如今五十三岁，只是一名三卫，岂敢奢望官职爵位，老人家为何称我为贵人。"老人笑笑说："您自然不知晓，从今日起，过二十五日，就可以做三品官。"言毕便与他告别了。此人便是张冏藏。裴某抵达京都后，时间已经过了二十一天，正巧碰上唐太宗的呼吸疾病发作。前来诊病的高明医生开出很多灵丹妙药，服用后都没有效果，医生们整日忧愁不安，吃不下饭，睡不着觉。皇上下旨，命令职位在三卫以上，朝士以下的官吏们呈上治病良方。裴某按照旨意呈上一张药方，以荜拨做药，用牛奶煎制服用，皇上的呼吸疾病便痊愈了。太宗下旨吩咐中书令，让他担任一名五品官。宰相拿不定主意，不敢草拟任命书禀告皇帝。几日后，唐太宗又突发呼吸疾病，然后服用荜拨治愈了疾病。于是问到那名三卫得了什么官职？中书令说："尚未确定委任五品文官还是五品武官。"唐太宗愤怒地说："治愈一名治理国家有功的皇帝，为何不委任他为官？如果是治愈了宰相的病症，必定当日就能做官。"于是那天皇帝特地恩典裴某担任三品正员京官一职，官职为鸿胪卿。数次升迁做了本州刺史。

刘仁轨是尉氏人氏。七八岁那一年，张冏藏路过他家门口看到了刘仁轨。对他的双亲说："这位孩童面相清奇，应该官运亨通。应该悉心教导他。"之后刘仁轨担任陈仓尉，当时张冏藏被放逐至剑南地区，从岐州路过。冯长命时任岐州刺史，下令让他为判司以下的官员相面，但是其中没有可以做五品官的人。出来碰到刘仁轨，神情陡然庄重起来。对冯长命说："遇到了贵人。"便细致观察刘仁轨，之后他便升职做了仆射。张冏藏对刘仁轨说："我二十年前在尉氏遇到一名孩童，那个孩子的骨相和你的骨相很相似，那时未询问名讳，不清楚那个孩子是谁。"刘仁轨笑着回答："尉氏的那名孩童便是我仁轨呐。"张冏藏说："你至少是四品官，如果触犯大罪过，便可辽东效力，入为大司宪，竟位至左仆射。

卢嘉玚有庄田在许州，与表丈人河清张某邻近。张任监察御史，丁忧。及终制，携嘉玚同诣张冏藏，其时嘉玚年尚龆龀，张入见冏藏。立嘉玚于中门外。张谓冏藏曰："服终欲见宰执，不知何如？"冏藏曰："侍御且得本官。纵迁，不过省郎。"言毕，冏藏相送出门。忽见嘉玚。谓张曰："侍御官爵不及此儿，此儿甚贵而寿，典十郡以上。"后嘉玚历十郡守，寿至八十。

魏齐公元忠少时，曾谒冏藏，冏藏待之甚薄。就质通塞，亦不答也。公大怒曰："仆不远千里裹粮，非徒行耳，必谓明公有以见教。而含木舌，不尽勤勤之意耶。且穷通贫贱，自属苍苍，何预公焉。"因拂衣而去。冏藏遽起言曰："君之相禄，正在怒中。后当位极人臣。"高敬言为雍州法曹，冏藏书之云："从此得刑部员外郎中给事中果州刺史。经十年，即任刑部侍郎、吏部侍郎。二年患风，改虢州刺史。为某乙本部，年七十三。"及为给事中，当直，则天顾问高士廉云："高敬言卿何亲？"士廉云："是臣侄。"后则天问敬言，敬言云："臣贯山东，士廉勋贵，与臣同宗，非臣近属。"则天向士廉说之，士廉云："敬言甚无景行，臣曾嗔责伊，乃不认臣。"则天怪怒，乃出为果州刺史。士廉公主犹在，敬言辞去，公主怒而不见。遂更不得改。经九年，公主士廉皆亡，后朝廷知屈，以胜任三品以上官位。”之后刘仁轨担任给事中时，出京担任青州刺史，掌管海路运输的事务，出海时遭遇狂风失去船只，此事便被河间公李义府进谏朝廷。朝廷吩咐御史袁异式推理此案，大理寺决断后，对刘仁轨处以死刑，皇帝特地下旨赦免其死罪，将其从官员名册中去掉。之后刘仁轨前往辽东做事，之后再次进入朝堂担任大司宪，最终官职升至左仆射。

卢嘉瑒在许州有一处庄子，和河清地区的表丈人张某是邻居。张某担任监察御史时期，遭遇父母丧事，归家行孝。三年丧期满后，张某领着卢嘉瑒一起拜访张冏藏，那时卢嘉瑒尚且少年，张某进房间会见张冏藏，卢嘉瑒则站在中门外等候。张某对张冏藏说：“丧期结束后想会见朝中大臣，不知此事如何？”张冏藏说：“回去为陛下效力的话，可以得到之前的官位。纵使有升官的机会，也只是做中枢省官吏。”言罢，张冏藏将他送出中门。突然看到门外的卢嘉瑒。对张某说：“你的官运还比不上这位孩童，他面相尊贵，且寿命绵长，可以做十几个郡的主管。”果真之后卢嘉瑒担任过十个郡县的长官，并活到了八十岁。

齐国公元忠以前在年幼时期，拜谒过张冏藏，张冏藏对他的招待异常淡薄。于是魏元忠质询张冏藏自己人生境遇的顺逆，他也不做回复。魏元忠非常生气地说：“我千里迢迢自带粮食，并非空手而来，觉得你必然可以对我未来的命数有所见地。然而你紧闭嘴巴，什么都不肯说，你的态度一点也不诚恳啊。再者人一生的穷困或通达自然由上天命定，你又如何能预先知晓呢。”说完便生气地走了。张冏藏赶快站起来说道：“官人的面相只有在生气的时候才会显现。您未来必然能位高权重。”高敬言就职雍州法曹期间，张冏藏寄信给他，写道：“从此时开始，未来你将依次就任刑部员外郎中、给事中、果州刺史。十年后便可升任做刑部侍郎、吏部侍郎。二年后会得风疾，调任虢州刺史。你生命的尽头在七十三岁那年。”等他担任给事中时，他当值的时候，武黄询问高士廉：“高敬言和你有什么亲近的关系？”高士廉回答：“他是我的侄子。”然后武皇询问高敬言，他回答：“臣的原籍在山东，高士廉是勋贵之家，与我同属一家族，并非追入为刑部侍郎。至吏部侍郎。忽患风，则天命与一近小州养疾，遂除虢州刺史，卒年七十三。皆如冏藏之言。姚元崇、李迥秀、杜景佺三人，因选同诣冏藏。冏藏云："公三人并得宰相，然姚最富贵，出入数度为相。"后皆如言（出《定命录》）

张柬之

张柬之任青城县丞，已六十三矣。有善相者云："后当位极人臣。"从莫之信。后应制策被落。则天怪中第人少，令于所落人中更拣。有司奏一人策好，缘书写不中程律，故退。则天览之，以为奇才。召入，问策中事，特异之。既收上第，拜王屋县尉。后至宰相，封汉阳王（出《定命录》）

陆景融

陆景融为新郑令。有客谓之曰："公从今三十年，当为此州刺史，然于法曹厅上坐。"陆公不信。时陆公记法曹厅有桐树。后果三十年为郑州刺史，所坐厅前有桐树。因而问之，乃云："此厅本是法曹厅，往年刺史嫌宅窄，遂通法曹厅为刺史厅。"方知言应。

血缘近的亲属。”武皇向高士廉提起此事，高士廉说：“高敬言着实不具备崇高的操行，我以前斥责他，他便不承认我们的关系了。”武皇尤为生气，将高敬言外迁任果州刺史。那时高士廉、太平公主仍然尚存，高敬言便告辞离去，太平公主更是愤怒地不愿意看到高敬言。因此外迁的旨意更无从改变。九年后，太平公主、高士廉相继离世，之后武皇了解到他的冤屈，让他返回朝堂做刑部侍郎，然后做了吏部侍郎。突然有一日得了疾病，武皇吩咐他去附近的小县城休养疾病，便调任他做虢州刺史，终年七十三岁。后来的经历和张冏藏信里写的完全一样。姚元崇、李迥秀、杜景佺三人，因为选拔之事一起前往拜谒张冏藏。张冏藏说：“三位官人都会被委任宰相，但是姚官人官运最佳，可以数次做宰相。”后来发生的事情和张冏藏所说的一致。（出《定命录》）

张柬之

张柬之担任青城县丞的时候，已经六十三岁。有一位善于相面的术士说：“你日后应当位高权重。”从来没有人信过这句话。之后张柬之参加科举考试落选。武皇斥责中第人数过少，下令官员从落选榜单中再次拣择人才。甄选部门启奏武皇，有一位参加选举的人对策如流，只是由于笔触不符合书写规范，因此落选。武皇阅览了他的对策，觉得此人是才能出众之人。便将张柬之召进宫中，询问他对策中的具体情况，他的答复特别优异。于是选中张柬之做当年科举选拔的榜首，授予他王屋县尉一职，之后官拜宰相，受封汉阳王。（出《定命录》）

陆景融

陆景融担任新郑令的时候。有一位客卿对他说：“官人您从今日算起，三十年内，便可以担任这个州县的刺史，只是会在法曹厅处理公务。”陆景融不相信他说的话。那时陆景融记得法曹厅前有一棵桐树。果真三十年后，做了郑州刺史，因为看到处理事务的厅前

（出《定命录》）

程行谌

程行谌年六十任陈留县尉，同僚以其年高位卑，尝侮之。后有一老人造谒，因言其官寿。俄而县官皆至，仍相侮狎。老人云："诸君官寿，皆不如程公。程公从今已后，有三十一政官，年九十已上。官至御史大夫，乃仆射有厄。"皆不之信。于时行谌妹夫新授绛州一县令，妹欲赴夫任，令老人占其善恶。老人见云："夫人婿今已病，去绛州八十里，必有凶信。"其妹忧闷便发，去州八十里，凶问果至。程公后为御史大夫，九十余卒。后赠仆射右相，果如所言。（出《定命录》）

魏元忠

相国魏元忠，与礼部尚书郑惟忠，皆宋人。咸负材器，少相友善。年将三十，而名未立。有善相者见之，异礼相接。自谓曰："古人称方以类聚，信乎？魏公当位极人臣，声名烜赫。执心忠謇，直谅不回，必作栋干，为国元辅。贵则贵矣，然命多蹇剥，时有忧惧，皆是登相位以前事，不足为虞。但可当事便行，闻言则应。"谓郑公曰："足下金章紫绶，命禄无涯。既入三品，亦升八座。官无贬黜，寿复遐长。"元忠复请曰："禄始何岁？秩终何地？"对曰："今年若献书，禄斯进矣。罢相之后，出巡江徼，秩将终矣。"遂以其年，于凉宫上书陈事。久无进止，粮尽却归。路逢故人，惠以果真有一棵桐树，于是询问相关人员，那人回复："这个厅堂原本是法曹厅，上一任刺史嫌弃宅院狭窄，便将法曹厅打通，当作刺史的厅堂。"这时他才知晓那位术士的预知果然成真了。（出《定命录》）

程行谌

六十岁的程行谌担任陈留县尉一职，同事们时常由于他年事已高却官位卑微，欺负程行谌。之后一位老人家拜访他，说话间提及他的官爵与寿命。不久县衙的官吏们都到了，仍旧如平常般相继欺负他。老人家说道："诸位官人们的官爵与寿命都比不上程官人。程官人从今日起，往后走，可以担任三十一次掌军政的官吏，寿命在九十以上。做官做到御史大夫，就职仆射期间会有重大灾难。"在场的众人都不相信他的话。那时候程行谌的妹夫刚被授予绛州某县县令一职，妹妹想同丈夫一起前往上任，请老人家占卜此行的安危。老人看了程妹妹后说："夫人您的夫婿现在已然患病，行至距离绛州还有八十里的地方的时候，必然会有不好的消息。"程妹妹怀着忧愁郁闷的心情还是出发了，在距离绛州还有八十里时，不好的事情果然发生了。程行谌之后官位做到御史大夫，九十多岁时离世。离世后，被追封仆射右相，事情果真如老人家所说。（出《定命录》）

魏元忠

相国魏元忠和礼部尚书郑惟忠同是宋国人。两人都颇具才能与见识，年少时期友爱和睦。即将三十而立的年岁，却还未建立功名。有一位善于相面的术士看到两人，用不同的礼仪迎接两人。先对魏元忠道："前人说，相同命运的人必定会相聚，你们相信吗？魏公未来定能身居高位，权倾朝野。官人你做官心志坚定，忠心无私，刚直坦率，必然可以做担当国家重任的人，就任国家元辅。然而地位尊贵是尊贵，命运却时常波折，常常有忧愁恐惧的事情发生，都是成为相国前可能出现的情况，不值得忧虑担心。只是面对事情就要去处理，听到话便需做回应。"对郑惟忠说道："官人你未来高官显爵，缣帛，却至凉宫，已有恩敕召入。拜校书，后迁中丞大夫。中间忤旨犯权，累遭谴责，下狱穷问。每欲引决，辄忆相者之言，复自宽解。但益骯脏言事，未尝屈其志而抑其辞，终免于祸，而登宰辅焉。自仆射窜谪于南郡，江行数日，病困。乃曰："吾终此乎。"果卒。（出《定命录》）

有享不完的福运。不仅可以做三品官，还可以升迁至八大高官之一。官途中不存在被罢免官职的情况，寿命也很长。”魏元忠再次讨教术士说：“我的官运何时开启？官场生涯何时终止？”术士回复：“倘若今年你奉上书札，官运便开始了。罢免宰相官职后，你在江徼出外巡行的时候，官场生涯便终止了。”魏元忠便在那一年在凉宫奉上书札向朝廷提出对国事的看法。很长时间里毫无消息，带来的粮食吃完后，便准备回家。归家途中遇到老朋友，将丝织品赠予他，刚刚回到凉宫，便已经有召他进宫的诏书下来。他就做了校书，之后升迁为中丞大夫，任职中丞大夫期间忤逆圣旨，冒犯权贵之人，数次受到谴责，追究责任后，有了牢狱之灾。每次有自杀的想法时，便回想到术士的话，又自己给自己宽心。但仍旧正直地议论政事，从来没有因此委曲己意而奉承别人，委婉表达自己的言论，终于避免了灾难，升迁做了相国。后来在仆射的位置上被贬官放逐至南郡，在江上走了好几天，为疾病所困扰。于是魏元忠说道：“我的命要在此终结了吗？”果真在这里离世了。（出《定命录》）

卷第二百二十二　相二

裴光庭

姚元崇，开元初为中书令。有善相者来见，元崇令密于朝堂。目诸官后当为宰辅者，见裴光庭白之。时光庭为武官，姚公命至宅与语，复使相者于堂中垂帘重审焉。光庭既去，相者曰："定矣。"姚公曰："宰相者，所以佐天成化，非其人莫可居之。向者与裴君言，非应务之士，词学又寡，宁有其禄乎？"相者曰："公之所云者才也，仆之所述者命也。才与命固不同焉。"姚默然不信。后裴公果为宰相数年，及在庙堂，亦称名相。（出《定命录》）

安禄山

玄宗御勤政楼，下设百戏，坐安禄山于东间观看。肃宗谏曰："历观今古，无臣下与君上同坐阅戏者。"玄宗曰："渠有异相，我欲禳之故耳。"又尝与之夜晏，禄山醉卧，化为一猪而龙头。左右遽告，帝曰："渠猪龙，无能为也。"终不杀之。禄山初为韩公张仁愿帐下走使之吏，仁愿常令禄山洗脚。仁愿脚下有黑子，禄山因洗而窃窥之。仁愿顾笑曰："黑子吾贵相也，汝独窃视之，岂汝亦有之乎？"禄山曰："某贱人也，不幸两足皆有之。比将军者色黑而加大，竟不知其何祥也。"仁愿观而异之，益亲厚之。约为义

裴光庭

开元初年，姚元崇担任中书令一职。有一位擅长相面的术士前来会见他，姚元崇请他在朝堂里隐蔽着。观察众位官吏中，哪一位官吏未来可以胜任宰相的职责，术士看到裴光庭便禀告姚元崇，称裴光庭有此能力。裴光庭当时担任武官，姚元崇吩咐裴光庭来家里谈话，便又让术士来到厅堂里，放下帘子再次观察裴光庭。裴光庭离开后，术士说："我很确定他一定可以。"姚元崇说："身为宰相，需要辅助天子完成基业，不具备这种能力的人无法坐在宰相的位置上。刚刚我与裴光庭聊天，他并非可以处理政务的贤士，学问浅薄，如何可以有宰相的俸禄呢？"术士说："您刚刚所说的是成为一位宰相所需要的才学，我所阐述的是谁有成为宰相的命数。才学与命数固然是不一样的。"姚元崇沉默着不言语，仍旧不相信术士所说。裴光庭后来果真做了几年宰相，即使放眼整个朝廷，也可以称得上是有名的宰相。（出《定命录》）

安禄山

唐玄宗驾车抵达勤政楼，还在勤政楼下设置了许多杂技、乐舞表演，与安禄山一起坐在东边的房间观赏表演。唐肃宗李亨劝谏说："纵观古今，没有臣子和皇帝一起坐着观赏表演的记录。"唐玄宗说："安禄山有一张不同寻常的脸，我靠近他是因为想用他驱除妖邪。"并且唐玄宗以前晚上与他设宴饮酒时，安禄山醉醺醺地卧倒在地，化作一头猪，然而有着龙头。周围的人赶快去禀告玄宗，他说："安禄山是一只猪龙，成不了什么事。"最终没有杀掉他。安禄山最初是韩公张仁愿手下的使唤官吏，张仁愿常常吩咐安禄山为他洗

儿，而加宠荐焉。（出《定命录》）

孙思邈

孙思邈年百余岁，善医术。谓高仲舒曰：“君有贵相，当数政刺史。若为齐州刺史，邈有一儿作尉，事使君，虽合得杖，君当忆老人言，愿放之。”后果如其言，已剥其衣讫，忽记忆，遂放。（出《定命录》）

孙 生

有孙生者不载其名，善相人。因至睦州，郡守令遍相僚吏。时房琯为司户，崔涣为万年尉，贬桐庐县丞。孙生曰：“此二公位至台辅。然房，神器大宝，合在掌握中。崔后为杭州刺史，某虽不睹，然尚蒙其恩惠。”既后房以赍册文，自蜀至灵武授肃宗。崔果为杭州，下车访生，则已亡殁旬日矣。因署其子为牙将，以彩帛赠恤其家。（出《广德神异录》）

脚。张仁愿脚底有一颗黑色的痣，安禄山就在洗脚的时候，悄悄窥看那颗痣。张仁愿看着他的眼神，笑着说：“黑痣属于我尊贵的象征，你格外关注黑痣，难不成你也有黑痣吗？”安禄山说：“我是地位低下的人，然而恰巧我两只脚底都有黑痣。并且比将军的黑痣颜色更黑、更大，终究不清楚是什么吉祥的寓意。”张仁愿看到他脚底的黑痣，颇为奇特，对待他更佳亲厚。两人约定让安禄山做张仁愿的义子，愈发宠爱他，并且在朝堂上竭力引荐他。（出《定命录》）

孙思邈

孙思邈的寿命有一百多岁，对医术颇有见地。孙思邈对高仲舒说：“官人你有富贵的面相，应当可以数次就任做刺史。倘若是做齐州刺史，我的一个儿子在你的辖区做尉官，供你差遣，有一日他犯了错，尽管理应处以杖责，希望你可以回想起我今日的话，放他一马。”后来事情果真像孙思邈所说，当时孙思邈的儿子已然被剥除衣物，突然回想起孙思邈的话，便放了他，免除了杖责。（出《定命录》）

孙　生

有一名孙姓书生，并没记录其名讳，只知道他是一位善于相面的术士。有一日，他有事抵达睦州，睦州郡守吩咐他逐一为他属下的官吏看相。那时房琯作为司户，崔涣作为万年县丞，之后被贬为桐庐县的县丞。孙姓书生说：“二位都能官至三公宰辅。只是房官人的风流神韵及奇珍异宝都可以掌握其中。崔官人后来可以做杭州刺史，尽管我无法预知以后的事情，还是可以蒙受房官人的恩情的。”自那天后，房琯携带册文，从蜀地前往灵武，在唐肃宗那里就任。崔涣果真做了杭州刺史，前往杭州就职的途中造访孙姓书生，但是他已然离世了十天。因此崔涣安排孙姓书生的儿子做自己手下的军官，将彩色丝织品赠予孙家作为抚恤。（出《广德神异录》）

衡相

开元中有相者不知姓名，自言衡山来，人谓之衡相。在京舍宣平里。时李林甫为太子谕德，往见之。入门，则郑少微、严杲已在中庭。相者引坐，谓李公曰："自仆至此，见人众矣，未有如公贵者也。且国家以刑法为重，则公典司寇之职。朝廷以铨管为先，则公居冢宰之任。然又秉丹青之笔，当节制之选。加以列茅分土，穷荣极盛，主恩绸缪，又望浃洽。兼南省之官，秩增数四，握中枢之务，载盈二九，搢绅仰威，黎度赡惠，将古所未有也。"顾严郑曰："预闻此者，非不幸也。公二人宜加礼奉，否则悔吝生矣。"时严郑各负才名，李尤声誉未达。二公有辚轹之心，及闻相者言，以为其不然。唯唯而起，更不复问。李因辞去。后李公拜中书，郑时已为刑部侍郎。因述往事，谓郑曰："曩者宣平相人，咸以荒唐之说，乃微有中者。"无何，郑出为岐州刺使，与所亲话其事。未期，又贬为万州司马。严自郎中，亦牧远郡。（出《定命录》）

又

李林甫少孤，为元氏姨所育，住在伊川。时林甫年十岁，与诸儿戏于路旁。有老父叹而目焉，人问之。老父曰："富贵诚不自知。"指李公曰："此童后当为中书令，凡二十年。所叹与凡小戏谁辨也。"（出《定命录》）

衡相

开元期间，有一名不清楚名讳的人，善于相面，由于自称从衡山而来，因此百姓们称他为衡相。他的居住地在京都宣平。那时李林甫就任太子谕德一职，前往会见他。进他家门后，就看见郑少微、严杲已经出现在厅堂里。衡相带他坐在厅堂中，对李林甫说：“从我抵达此地，看到过许多人，没有人有像你这般尊贵的面相。倘若国家将刑法作为重心，你便可以胜任掌管国家法典的刑事职位。倘若朝廷将人才选拔作为首要任务，那么你便可以胜任冢宰，为国家甄选贤士。然而你还手执记录功勋的名册，是指挥管辖的人选。按照功勋列出名次，分封土地，所享的尊荣无可匹敌，君主的恩德情深意长，还期盼与你更为亲厚。同时就任尚书省官职，俸禄增加了数次，手握朝廷要务，十八岁人生已然非常圆满，官员们都敬慕你的威名，百姓们将数度接受你提供的恩德，那是古今从来没有出现过的。”衡相看向郑少微、严杲说道：“预先听闻这个事情，并非是不幸的事情。你们二人理应以更崇敬的礼仪待他，否则会抱憾一生。”那时候郑少微、严杲已经享有较大的才名，李林甫尚且默默无名。二位官人有胜过李林甫的心思，等听完衡相的话，觉得他说的不对。恭敬地起身行礼，却不再询问他面相之事。李林甫也告别离开。李林甫后来官拜中书令，郑少微那时已然任职刑部侍郎。于是讲述起从前的事情来，对郑少微说：“从前在宣平相面的术士，讲的话都十分荒唐，言语中没有几句应验的话。”不多时，郑少微外调任歧州刺史，同他的亲属说起此事。不足一年后，郑少微又降级做了万州司马。严杲也在郎中任职期间，被外派至偏远郡县为官。（出《定命录》）

又

又李林甫年幼时便成了孤儿，是他姨娘元氏养育了他，居于伊川。那时李林甫年十岁，和孩童们在路旁嬉戏。一位老人家看着他叹息，有人询问他原因。老人家说：“这个小孩有富贵之相，然而自己却不知晓。”指向李林甫说：“这个孩童未来二十年可以担任中书

马禄师

武功马禄师善相，长安主簿萧璿与县尉李峤、李全昌同诣求决。马生云："三人俱贵达。大李少府，位极人臣，声名振耀，南省官无不虚任，三入中书。小李少府，亦有清资，得五品以上要官，位终卿监。萧主簿中年湮沉，晚达亦大富贵。从今后十年，家有大难，兄弟并流，唯公与一弟获全。又十年之后，方却得官。遇大李少府在朝堂日，当得引用。小李少府入省官时，为其断割。"后璿离长安任，作秘书郎。则天既贵，皇后王氏破灭。萧璿是其外姻，举家流窜。兄弟六人，配向岭南。唯璿与弟瑗，配辽东。无何有处置流移使出，岭南者俱死，唯辽东者获全。兄弟二人，因亡命十余年。至神龙初，方蒙洗涤。其时李峤作相，于街中忽逢璿。使人问是萧秘书耶，因谓之曰："公岂忘武功马生之言乎。"于是擢用。时小李少府作刑部员外，判还其家。萧公竟历中外清要，位至崇班，三品官十余政。（出《定命录》）

李含章

崔圆微时，欲举进士。于魏县见市令李含章云："君合武出身，官更不停，直至宰相。"开元二十三年，应将帅举科。又于河南府充乡贡进士。其日正于福唐观试，遇敕下，便于试场中唤将。拜

令。他与平凡的孩童共同嬉戏，如何能辨出他的未来如此富贵呢，我叹息的便是这里。”（出《定命录》）

马禄师

来自武功的马禄师善于相面，长安主簿萧璿与县尉李峤、李全昌共同造访请他为自己相面。马禄师说：“三位官人都是显贵通达的面相。李峤官人能做大臣中官位最高的一级，声名显赫，光宗耀祖，尚书省的官位都是没有什么含金量的职位，三次入职中书省。李全昌官人也有清高可贵的面相，可以做五品以上的重要官职，最终能担任卿监。肖主簿中年时期便被埋没了才能，等到晚年才能有盛大的富贵。从今日起十年内，你家里会有大劫难，兄弟们都被放逐，唯独你与一个弟弟得以保全。再经历十年，才能入朝为官。碰到李峤官人在朝堂任职，便可以受到他的引荐，得以为官。李全昌官人在裁减冗官的时候，断送你的官运。”而后萧璿远离长安外出为官，担任秘书郎。武皇掌权之时，皇后王氏一族覆灭。萧璿身为王氏的亲戚，一家人到处流窜，兄弟六人被发配岭南地区。唯独萧璿和弟弟肖瑗被发配至辽东地区。被流放的人没有地方可以安置，发配至岭南地区的家人都离世了，唯独发配至辽东地区的人得以保全。两个兄弟亡命天涯十多年。等到神龙初期，方才得以洗刷冤屈。那时李峤身居宰相，突然在街道上与萧璿重逢。吩咐手下问询，方知晓是萧璿，因此对他说：“你如何能忘记武功县马禄师的预言。”于是萧璿便被他选拔任用。那时李全昌担任刑部员外，判处他罢免官职，回归家中。萧璿先后担任朝堂内外的重要职位，官至崇班，十几次就职三品官职。（出《定命录》）

李含章

当时崔圆微想要考取进士。在魏县看到市令李含章说：“您应该是武将出身，官职不断更换，直至升迁为宰相。”开元二十三年，崔圆微参加将帅选举考试。接着在河南府衙担任乡贡进士。那日崔圆执戟参谋河西军事。应制时，与越州剡县尉窦公衡同场并坐，亲见其事。后官更不停，不逾二十年，拜中书令赵国公，实食封五百户。又圆微当作司勋员外，释服往见会昌寺克慎师。师笑云："人皆自台入省，公乃自省入台。从此常合在枪槊中行，后当大贵。"无何为刑部员外兼侍御使，充剑南节度留后。入剑门后，每行常有兵戈。未逾一年，便致勋业。崔初入蜀，常于亲知自说如此。（出《定命录》）

尚衡

御史中丞尚衡童幼之时游戏，曾脱其碧衫，唯著紫衫。有善相者见之曰："此儿已后，当亦脱碧著紫矣。"后衡为濮阳丞，遇安禄山反，守节不受贼官。将军某乙使衡将绯衣鱼袋，差摄一官，衡不肯受曰："吾当脱碧著紫，此非吾衣。"曾未旬月，有敕命改官赐紫。于是脱碧著紫。衡自又云："当做七十政。"今历十余政，已为中丞大夫矣。（出《定命录》）

柳芳

柳芳尝应进士举，累岁不及第。诣朝士宴，坐客八九人皆朱绂，亦有畿赤官。芳最居坐末，又衣服粗故，客咸轻焉。有善相者，众情属之，独谓芳曰："柳子合无兄弟姐妹，无庄田资产，孑然一身，羁旅辛苦甚多。后二年当及第，后禄位不歇。一座之客，寿微恰好在福唐地区观察考试，正逢君主降下旨意，出于便宜，在考试场地选举将帅，崔圆微被选上担任执戟参谋河西军事一职。接受君主旨意时，与越州剡县尉窦公衡同场并列坐着，目睹了此事。而后更是不断升任官职，不超过二十年，便官至中书令赵国公，事实上封赏五百户食邑的租赋收入。然后崔圆微担任司勋员外一职，穿着和尚的衣服，去见会昌寺的克慎禅师。克慎禅师笑道："别人都是自御史台去中书省，然而你从中书省进御史台。从此后你便经常行走在刀枪剑戟里了，而后必定可以大富大贵。"不多时，他便担任刑部员外，兼任侍御史，充当剑南节度留后，统管剑南地区军务。进入剑门后，每每出外时常遭遇战争。不满一年，就功名成就。崔圆微刚刚进入蜀地时，时常在亲戚朋友面前提及这些事情。（出《定命录》）

尚衡

御史中丞尚衡孩童时期游戏的时候，曾经脱掉自己青绿色的衣衫，身上只留一件紫色衣衫。有一名善于相面的术士看到他后，说："这位孩童未来应当能够脱下绿色服饰，身着紫色服饰。"尚衡之后做了濮阳县令，遭受安禄山造反，他忠于职守，坚决不接受贼人为他安排的官职。一位将军令人将绯红色朝服和鱼袋赠予尚衡，授予他一个代理官位，尚衡不愿意接受，说道："我理当脱下绿色服饰，身着紫色服饰，这件衣服并非我的服饰。"之后不足一月，接受君王的诏令，调任官职，赏赐紫色朝服。于是实现脱碧着紫。尚衡又自称："我应该被任职七十次。"如今尚衡已被任职十多次，官至中丞大夫。（出《定命录》）

柳芳

柳芳以前参加过进士科考试，连续几年没有考中进士。有一日，前往参与官员们的设宴，在座的十之八九均是身处要职的官员，其中也包含京都管辖县区的官员。柳芳在最末尾处坐着，并且身着粗布衣衫，宾客们都轻视他。宴席间有一名善于相面的人，众人都十分命官禄，皆不如君。”诸客都不之信。后二年果及第，历校书郎畿尉丞，游索于梁宋间。遇太常博士有阙，工部侍郎韦述知其才，通明谱第，又识古今仪注，遂举之于宰辅，恩敕除太常博士。时同座客，亡者已六七人矣。（出《定命录》）

陈昭

仆射房琯、相国崔涣并曾贬任睦歙州官。时有婺州人陈昭见之云：“后二公并为宰相，然崔公为一大使，来江南。”及至德初，上皇入蜀，房崔二公，同时拜相。崔后为选补使，巡按江东。至苏杭间，崔公自说。（出《定命录》）

卢齐卿

卢齐卿有知人之鉴。年六七岁时性慢率，诸叔父每令一奴人随后。至十五六好夜起，于后园空庭中坐。奴见火炬甚多，侍卫亦众，有人持伞盖盖之。以告叔父，叔父以为妖精怪媚。有巫者教以艾灸在手中心。袁天纲见之，大惊异曰：“此人本合知三世事，缘灸掌损，遂遗灭却两世事，只知当世事。”从此每有所论，无不中者。官至秘书监。张嘉贞之任宰相也，有人诉之。自虑左贬，命齐卿视焉。不为决定，因其入朝，乃书笏上作“台”字，令张见之。张以为不离台座，及敕出，贬台州刺史。张守珪，河北人，事县尉梁万顷。万顷令捉马，失衣襟，遂挞一顿。因此发愤从军，为幽州钟情他。然而他独独对柳芳说："柳先生应该没有兄弟姐妹，也没有田地财富，孤零零一人，寄居他乡，经历很多磨难。之后两年应当可以考取进士了，再然后官运便不会停歇。在座的所有宾客，不管是寿命，抑或是官运，均比不上你。"众位宾客都不相信。之后两年柳芳果真考取了进士，分别就职校书郎、京都辖区县丞，在商丘与梁国之间游走。一次际遇下，太常博士一职空出来了，工部侍郎韦述清楚他的才能，熟知宗族事务，并且了解由古至今的礼仪法度，便向宰辅引荐了他，君主下令，任命他为太常博士。那时同在宴席间的宾客，十之六七已然离世。（出《定命录》）

陈 昭

仆射房琯、相国崔涣以前一起被贬黜，分别担任睦州、歙州的州官。那时候，有一位名叫陈昭的婺州人看见两人说："二位官人后来都能做宰相，然而崔官人将作为重要的使者，前往江南。"等到至德初期，唐玄宗进入蜀地，房琯、崔涣二人同时担任宰相。崔涣之后担任选补使（为缺额官位选拔人才），巡行按察江东地区。巡游到苏杭地区时，自己讲出了这件往事。（出《定命录》）

卢齐卿

卢齐卿具备看出人的品行才能的眼力。他在六七岁时，性情随便，他每次出门众位叔叔们都要派一名仆从跟随他。等到十五六岁时，经常在夜里起床，坐在屋后幽静的庭院里。一天晚上，仆从看到出现了很多火把，身旁站着许多侍从，也有侍从手里拿着伞盖为他撑伞。仆从便将此事告知叔叔们，叔叔们觉得卢齐卿被妖魔鬼怪媚惑。有擅长巫术的人指点他们，在卢齐卿的手掌心进行艾灸。袁天纲看到后，大吃一惊说："这个人原来可以了解三世尘世之事，由于艾灸对他的手掌心造成了损伤，于是不自觉消除了两世的记忆，如今只能知晓今世事了。"从那天起，但凡卢齐卿所言之事，全部都应验了。之后卢齐卿担任秘书监，张嘉贞担任宰相，有人同张嘉贞说起卢一果毅。齐卿常引对坐云："公后当富贵，秉节钺。"守珪踧踖，不意如此。下阶拜。卢公未离幽州，而守珪为将军节度矣。梁万顷为河南县尉，初考满。守珪唤与相见，万顷甚惧，守珪都不恨之。谓曰："向者不因公责怒，某亦不发愤自达。"乃遗其财物，使疗病。（出《定命录》）

梁十二

有梁十二者名知人。至宋州，刺史司马诠作书，荐与苏州刺史李无言云："梁十二今之管辂。"李无言遣日暮引入宅，无言乃著黄衣衫，令一客著紫，替作无言，与相抵对。梁子谓客云："向闻公语声，未有官禄。又闻黄衣语，乃是三品。今章服不同，岂看未审。"无言信之，乃以实对云："某昨有事，恐被宣尉使恶奏，君视如何？"梁云："公即合改得上州刺史。"后果改为睦州刺使，无言赠钱二百贯。梁子云："公至彼州，必得重厄。某为公作一法禳之，公当须嗔责某乙。云是妄语人，鞭背十下，仍不得令妻子知也。"无言再三不可，梁子再三以请，无言闵默而从之。明早，李公当衙决梁子十下，小苍头走报其妻。无言入门，妻云："何以打梁子？"无言恨云："忘却他不遣家内知。"俄而梁子叩铃，请见无言曰："公何以遣妻子知，厄不免矣。公既强与某二百千文，有一事以报公德。公厄虽不免，然令公得二千贯，以充家资，取之必无齐卿的过往。他忧虑自己被贬黜，请卢齐卿为他看看情况。卢齐卿不为此事给出答案，由于张嘉贞将进入朝堂，便在朝笏上写出“台”字，让他看台字。张嘉贞认为这是不离开宰相之位的意思，等到君王诏命一出，方知是被贬为台州刺史。张守珪是河北人氏，在县丞梁万顷手下做事。梁万顷命他去捉马儿的时候，衣襟掉了下来，梁万顷便将他鞭打一顿。张守珪因为此事，发愤图强，投身军队，成为幽州地区的一位果毅校尉。卢齐卿时常拉着他，面对面坐着说：“你未来一定可以大富大贵，手握重权。”张守珪听完后，格外踌躇，没想以后会怎样。走下阶梯行拜礼。卢齐卿还没有从幽州离开，张守珪便做了将军节度使。梁万顷任职河南县尉，第一次任期已满。张守珪招来梁万顷见面，梁万顷十分害怕，然而张守珪却不曾埋怨他。对梁万顷说：“倘若从前你没有严厉斥责我，我也不会努力奋斗的。”于是将钱财与物品赠予梁万顷，让梁万顷去治愈病患。（出《定命录》）

梁十二

有一位能鉴察人的品行才能的人，名字叫作梁十二。抵达宋州后，刺史司马诠写信给苏州刺史李无言，向他引荐梁十二。信里说：“梁十二就是现世的管辂。”李无言遣人在傍晚时候将梁十二带入家宅里，于是李无言身穿黄色衣衫，命一名食客身穿紫色衣衫，假扮李无言与梁十二相互答对。梁十二对食客说：“刚才听闻您谈话的声音，没有当官的命数。然后听闻黄色衣衫的人谈话，正是三品官的命数。如今你们的服饰不一样，我如何可以鉴别出来呢。”李无言相信了梁十二的能力，便如实回答他：“昨日我发生了一些事情，唯恐被宣尉使上奏，造谣我，你觉得要怎么做？”梁十二说：“官人你即将改任更高级别的州县刺史。”后来李无言果真调任睦州刺史，他将二百贯银钱赠予梁十二。梁十二说：“您抵达睦州后，必定出现大劫难。我为您做一场法事消除灾祸，您应当怪罪我。说我是满嘴谎言的人，用鞭子抽打背部十下，并且不能让你的妇人知晓此事。”李无言一次又一次的拒绝，梁十二一次又一次的请他同意，李无言忧郁着不说话，顺从他的想法。第二天清晨，李无言在县衙里当众判决梁事。”无言在州，果取得二千贯钱而死。梁十二又谓丹徒主簿卢惟雅云：“从此得通事舍人。”如其言。后于京见之。云：“至某年，财物庄宅合破散，公当与某五十千文，某教公一言即免。”卢不之信，不与是钱。至某年，卢果因蒱博赌赛，庄宅等并尽。（出《定命录》）

冯七

进士李汤赴选，欲求索。入京至汴州，有日者冯七谓之曰：“今年得留，东南三千里外授一尉。”李不信曰：“某以四选得留，官不合恶。校书正字，虽一两资，亦望得之，奈何一尉。”冯曰：“君但记之，从此更作一县尉，即骑马不住矣。”又问李君婚未，李云：“未婚，有一姨母在家。”冯曰：“君从今便不复与相见矣。”李到京，选得留。属禄山之乱，不愿作京官，欲与校正，不受。自索湖州乌程县尉。经一年，廉使奏为丹阳尉，遂充判官，因乘官马不住。离乱之后，道路隔绝，果与姨母不复相见。（出《定命录》）

十二鞭打十下，李家奴仆奔走告诉他的夫人。李无言进家门后，夫人说："是什么原因要鞭打梁十二？"李无言说："我忘记梁十二提醒我，不能让家眷知晓的。"不久后，梁十二叩响家门的铃铛，请求会见李无言，说："您为何让夫人知晓此事，这下大劫难无法避免了。您既然强行赠予我二千贯钱，我有一件事情告诉你，以回答您的恩惠。尽管您的大劫难无法避免，然而能助你得到二千贯钱，用来充盈家产，收取它并不会发生什么坏事。"李无言在睦州果真收获了二千贯钱，便离世了。梁十二又对丹徒主簿卢惟雅说："从今以后你能做通事舍人。"然后事情果然如他所说。之后在京都看到卢惟雅。梁十二说："等到某年，你的金钱物品与宅院都会被挥霍掉，您如果赠予我五十千文，我送您一番话，便可免除灾祸。"卢惟雅不相信梁十二，不赠予他银钱。等到某年，卢惟雅果真由于赌博比赛失去了家中所有的财物与宅院。（出《定命录》）

冯　七

进士李汤前往京都参与考试，想寻求官职。进京途中路过汴州，有一名叫冯七的相士对他说："今年你便可以被留下，将在东南方向三千里的地方做一名武官。"李汤不相信地问道："我四次参加考试被留下做候选，尽管不能指摘官位。即便只是校书正字，仅有很少的俸禄，也期盼能得到这个官职，如何只是一介武官。"冯七说："官人只要记住，从此改任一个县城的县尉，不断骑马在奔走。"然后询问李汤是否成婚，李汤说："尚未成婚，家中有一位姨母。"冯七说："你今后无法再和姨妈相见了。"李汤抵达京都，果真选上他，留下任用。然而正好碰上安禄山造反，不想就任京都的官职，官府想让他做校正，他不接受。自己向官府索要了湖州乌程县尉的职位。一年后，观察使禀告上峰，将他改任为丹阳县尉，然后调任判官，于是骑马不断奔走。战事过后，道路闭塞，果真再也没有和姨妈见面。（出《定命录》）

马 生

天宝十四年，赵自勤合入考。有东阳县瞽者马生相谓云："足下必不动，纵去亦却来。于此禄尚未尽，后至三品，著紫。"又云："自六品即登三品。"自勤其年累不入考。至冬，有敕赐紫。乾元二年九月，马生又来。自勤初诳云："庞仓曹家唤。"至则捏自勤头骨云："合是五品，与赵使君骨法相似。"所言年寿并官政多少，与前时所说并同也。（出《定命录》）

马生

天宝十四年，赵自勤符合条件进京考试。有一位姓马的书生，来自东阳县，双目失明，对赵自勤说："官人你千万别去，纵然去了也要回来。您在此处的官运尚未完结，之后能做三品官，身着紫色朝服。"接着说："可以从六品官位直升至三品。"那一年赵自勤就真的没有入京考试。冬季来临后，君主下旨，赐予他紫色朝服。"乾元二年九月，马姓书生又来见他。最初赵自勤欺瞒他说："我是庞仓曹家的奴仆。"马姓书生上前捏着赵自勤的头骨说："理当是五品官，和赵使君头骨相似。"然后说出他的寿命及官运，和从前所述完全相同。（出《定命录》）

卷第二百二十三　相三

桑道茂

李西平晟之为将军也，尝谒桑道茂。茂云："将军异日为京兆尹，慎少杀人。"西平曰："武夫岂有京兆尹之望？"后兴元收复，西平兼京尹。时桑公在俘囚之中，当断之际，告西平公："忘少杀人之言耶。"西平释之。（出《传载》）

韦夏卿

韦献公夏卿有知人之鉴，人不知也。因退朝，于街中逢再从弟执谊，从弟渠牟、舟。三人皆第二十四，并为郎官。簇马良久，献公曰："今日逢三二十四郎，辄欲题目之。"语执谊曰："汝必为宰相，善保其末耳。"语渠牟曰："弟当别承主上恩，而速贵为公卿。"语舟曰："三人之中，弟最长远。而位极旄钺。"由是竟如言。（出《传载》）

骆山人

王庭凑始生于恒山西南三十里石邑别墅。当生之后，常有鸠数十，朝集庭树，暮宿檐户之下。有里人路德播异之。及长骈胁，善阴符鬼谷之书。历居戎职，颇得士心。以长庆元年春二月曾使河阳，回及沇水。酒困，寝于道。忽有一人荷策而过，熟视之曰："贵

桑道茂

李西平即李晟，作为一名将军的时候，曾经造访桑道茂。桑道茂说：“他日将军可以做京兆尹，一定要谨慎，要少杀人。”李西平说：“我一名武士如何能有做京兆尹的希望。”之后李西平夺回兴元，同时担任京兆尹一职。那时桑道茂作为俘虏的一员，在上断头台的时候，告知李西平：“你忘了要少杀人的言语了吗？”李西平听完便将他放了。（出《传载》）

韦夏卿

韦献公韦夏卿具备看出人的品行才能的眼力，他人不清楚此事。有一天，君臣朝见结束后，回程街道上碰到再从堂弟韦执谊及堂弟韦渠牟、韦舟。三人中第名次均为二十四，一起被委任为郎官。三人骑马簇拥在一起，韦夏卿说：“今日碰到三位名次为二十四的郎官，于是想评价你们三人。”韦夏卿对韦执谊说：“你必然能做宰相，注意妥善保全晚年名节。”韦夏卿对韦渠牟说：“堂弟你理当承受其他君主的恩情，能速速官至公卿。”韦夏卿对韦舟说：“三人里堂弟你的官运最为长久，可以手握军务，位极人臣。”最终事情竟然都如韦夏卿所说。（出《传载》）

骆山人

王庭凑在恒山西南方向三十里地的石邑县别墅里出生。当王庭凑出生后，清晨时常出现几十只斑鸠在厅堂前的树上集聚，夜里在家中屋檐下睡着。有一位同乡人路德播对此十分诧异。等他长大，肌肉强健，爱好《阴符》和《鬼谷子》之类的书籍。屡次就任军官，当列士，非常人。”有从者窦载英寤，以告庭凑。庭凑驰数里及之，致敬而问。自云：“济源骆山人。向见君鼻中之气，左如龙而右如虎，龙虎气交，当王于今年秋。子孙相继，满一百年。吾相人多矣，未见有如此者。”复云：“家之庭合有大树，树及于堂，是兆也。”庭凑既归。遇田弘正之难。中夜，有军士叩门，伪呼官称。庭凑股栗欲逃，载英曰：“骆山人之言时至矣。”是夜七月二十七日也，庭凑意乃安。及为留后，他日归其别墅，视家庭之树，婆娑然暗北舍矣。墅西有飞龙山神，庭凑往祭之。将及其门百步，见一人被衣冠，折腰于庭凑。庭凑问左右，皆不见。及入庙，神乃侧坐，众皆异之。因令面东起宇，今尚存焉。寻以德播为上宾，载英列为首校。访骆山人，久而方获。待以函丈之礼，乃别构一亭。去则悬榻，号“骆氏亭”，报畴昔也。（出《唐年补录》）

李 生

杜悰通贵日久。门下有术士李生，悰待之厚。悰任西川节度使，马埴罢黔南赴阙，取路至西川。李术士一见埴，谓悰曰：“受深得军士们的爱戴。长庆元年春天二月的时候，曾经前往河阳地区，回程路上抵达了沇水。饮酒过多，神志迷乱，在路旁睡着。有一个人突然背着书册从街道路过，认真观察王庭凑说道："他的面相十分尊贵，可以做天子上士，并非普通人。"王庭凑旁边的侍从窦载英醒过来后，将此事告知王庭凑。王庭凑车马疾行数里追赶那人，向他恭敬行礼后，询问他之前的话。那人自称："我是济源骆山人士。方才观察您鼻子里的气息，左鼻孔气息与龙相似，右鼻孔气息与虎相似，龙与虎的气息交融，您应该能在今年秋季称王。子孙绵延，可以活一百年。我观察过许多人的面相，从来没见过有如此面相的人。"又说："你家中庭院里有一株大树，树形庞大到与庭院相连，这便是预兆。"王庭凑便回了家。碰上田弘正遭受灾难。当日夜里，有一位敲门的军士，假装说自己是官府的人。王庭凑听到后，双腿发颤，意欲逃窜，窦载英说："济源骆山人士说的称王时辰来了。"那晚是七月二十七日，王庭凑的内心才安定下来。等王庭凑就职留后以后没多久，便返回石邑县别墅，观察家里庭院的大树，枝叶婆娑，将北边的屋舍都掩盖住了。别墅西边有一座飞龙山神的祭祀地，王庭凑便去祭奠山神。距离山神庙门还有一百步的时候，王庭凑看到一个人，身着锦服，头戴帽子，向王庭凑鞠躬。王庭凑询问周围的人，都说看不到那个人。等到进入山神庙里，飞龙山神呈现侧向坐着的状态，众人都觉得很诧异。便吩咐人在东面建起屋宇，到现在屋宇还存在。不久后，王庭凑将路德播当做尊贵的宾客，将窦载英升级做军校头领。并且到处寻找相面的济源骆山人士，很长时间后才得到他的消息。以师长礼仪对待他，还特地为他建造一座亭子。那人告别他后，便把平日悬起的床放下来挽留他，挽留不成，便将亭子起名"骆氏亭"，回报骆山人过去的恩情。（出《唐年补录》）

李生

杜悰通达显贵有很久一段日子了。他门庭之下有一名叫作李生的术士，杜悰对他十分亲厚。杜悰就职西川节度使时期，马植被罢免黔南中丞一职，回到京都，途中经过西川。李生术士一看到马植，对杜相公恩久，思有以效答，今有所报矣。黔中马中丞非常人也，相公当厚遇之。”悰未之信也。李生一日密言于悰曰：“相公将有甚祸，非马中丞不能救，乞厚结之。”悰始惊信。发日，厚币赠之。仍令邸吏为埴于阙下买宅，生生之费无阙焉。埴至阙方知，感悰不知其旨。寻除光禄卿，报状至蜀。悰谓李生曰：“贵人至阙也，作光禄勋矣。”术士曰：“姑待之。”稍进大理卿，又迁刑部侍郎，充盐铁使。悰始惊忧。俄而作相。懿安皇后宣宗幽崩，悰懿安子婿也。忽一日，内榜子索检责宰臣元载故事，埴谕旨。翌日，延英上前，万端营救。素辩博，能回上意，事遂寝。（出《前定录》）

王锷

王锷为辛杲下偏裨，杲时帅长沙。一旦击球，驰骋既酣。锷向天呵气，气高数丈，若匹练上冲。杲谓其妻曰：“此极贵相。”遂以女妻之。锷终为将相。（出《独异志》）。

窦易直

窦相易直，幼时名秘。家贫，就业村学。其教授叟有道术，而人不知。一日近暮，风雪暴至。学童悉归家不得，而宿于漏屋之中。寒争附火，唯窦公寝于榻，夜深方觉。叟抚公令起曰：“窦秘，君后为人臣，贵寿至极，勉励自爱也。”及德宗幸奉天日，公方举进士，亦随驾而西。乘一蹇驴至开远门，人稠路隘，其扉将阖。

悰说：“蒙受李官人的恩情许久，一直思考如何回报你，现在总算能回报你了。来自黔中的马埴中丞并非普通人，杜相公理当厚待他。”杜悰没有相信李生。有一天，李生悄悄告知杜悰说：“杜相公即将大祸临头，只有马中丞可以救你，希望你与他密切往来。”杜悰开始很惊讶，方才相信了他。当日杜悰便赠予他许多银钱。还命令驻京官吏在京都为他购置宅院，马埴的生活花销便有了着落。马埴抵达京都才了解他做的事情，对杜悰颇为感谢，然而不清楚他的目的。不久后马埴便升任光禄卿，官府的任命消息抵达蜀地后。杜悰对李生说：“马埴抵达京都后，担任光禄大夫一职。”李生术士说：“姑且等等。”随即便升级做了大理卿，接着又升迁至刑部侍郎，担当盐铁使。杜悰方才开始惊慌。没多久便做了宰相。然后懿安皇后与唐宣宗心生嫌隙，突然离世，杜悰是懿安皇后的女婿。突然有一日，君王模仿宰相元载的故事，想要处死杜悰，马埴听说了处死杜悰的诏令。次日，前往拜见君王，使用各种方法援救杜悰。他素来知识广博，能说会道，最终让君王收回旨意，事情方才停歇。（出《前定录》）

王锷

王锷是辛杲麾下的一名将佐，当时辛杲在长沙地区做统帅。有一日清晨，辛杲去打球，骑马打球正在酣畅之时。王锷朝着天上哈出气，气息有几丈高，如同白绢一般朝着天上冲去。于是辛杲将事情告知夫人，说道：“这是极其尊贵的预兆。”便将女儿嫁与他做夫人。王锷最终官至宰相。（出《独异志》）

窦易直

宰相窦易直年少时期名为窦秘。窦秘家中贫困，在村里的学堂学习。教导窦秘的老先生对道术颇有研究，然而他人不清楚。有一日夜色将晚，暴风雪来临。学堂的孩子们没办法回家，便睡在简陋的房屋里。天气寒冷，众人靠近火堆取暖，唯独窦易直睡在床榻上，深夜方才醒来。老先生轻拍窦易直，吩咐他起床，说道：“窦秘，你公惧势不可进。闻一人叱驴，兼捶其后，得疾驰而出。顾见一黑衣卒，呼公曰："秀才，已后莫忘闾情。"及升朝，访得其子，提挈累至吏中荣达。（出《因话录》）

李潼

韦处厚在开州也，尝有李潼、崔冲二进士来谒，留连月余日。会有过客西川军将某者能相术，于席上言："李潼三日内有虎厄。"后三日，处厚与诸客游山寺，自上方抵下方，日已暮矣。李先下，崔冲后来。冲大呼李云："待冲来，待冲来。"李闻待冲来声，谓虎至。颠蹶，坠下出趾。绝而复苏，数日方愈。及军将回，谓李曰："君厄过矣。"（出《传载》）

贾餗

贾餗布衣时，谒滑台节度使贾耽。从餗宗党分，更喜其人文甚宏赡，由是益所延纳。忽一日，宾客大会。有善相者在耽座下，又餗退而相者曰："向来贾公子神气俊逸，当位极人臣。然惜哉，是执政之时，朝庭微变。若当此际，诸公宜早避焉。"耽颔之，以至动容。及太和末，餗秉钧衡。有知者潜匿于山谷间，十有三四矣。（出《杜阳编》）

未来可以做君王的臣子，官运与寿命都十分尊贵，希望你发愤图强，好生对待自己。”等到唐德宗登基的时候，窦易直才能考取进士，还跟随帝王左右向西行进。窦易直骑着一匹行走缓慢的驴子抵达开远门，百姓很多，道路却很狭窄，城门即将关闭。窦易直害怕当前的路况，不再前进。听闻有人大声吆喝驴子，还捶打驴子的后面，驴子便飞奔着跑出去了。窦易直转身看到一名身着黑色服饰的士卒，向窦易直喊着说：“书生，之后别忘记今日城门的恩情。”等他入朝做官，寻访当年那位士卒的儿子，不停扶持他，屡次升官，位高显达。（出《因话录》）

李潼

韦处厚在开州的时候，有一天，李潼、崔冲两位进士前往拜谒韦处厚，在家中逗留了一月多。恰好碰到一位经过韦处厚家的客人，他是一位西川军中的主将，并且擅长相面之术，在筵席间说道：“三日内李潼会被老虎伤害。”到第三天的时候，韦处厚和众位宾客游历山寺，自山顶走向山脚，天色已经黑了。李潼第一个从山顶下来，崔冲在他后边。崔冲大声喊李潼：“等着我，等着我。”李潼听到崔冲等着我的声音，以为他在说老虎来了。步伐混乱间，跌落山脚。被吓晕过去后，不久后转醒，几天后方才痊愈。等到西川军主将归来，对李潼说：“你度过了灾祸。”（出《传载》）

贾竦

贾竦还是布衣的时候，曾经前往拜谒滑台节度使贾耽。由于贾竦和贾耽同族的情谊，并且贾耽欣赏贾竦的文采，学识丰富，于是更加厚待贾竦，为他引荐。突然有一日，贾耽大肆宴请客人，在他座位下方坐着一名善于相面的术士，贾竦离去后，术士说：“贾公子从来都是神采焕发，风流俊逸，可以做大臣中地位最高的人。但是很遗憾的是，他掌管政事的时候，朝堂形势产生一些变动。如果到了那时候，诸位大人理当提前避祸。”贾耽点头示意，情绪较为波动。等到

娄千宝

浙东李褒闻婺女娄千宝、吕元芳二人有异术，发使召之。既到，李公便令止从事厅。从事问曰：“府主八座，更作何官？”元芳对曰：“适见尚书，但前浙东观察使，恐无别拜。”千宝所述亦尔。从事默然罢问。及再见李公，公曰：“仆他日何如？”二术士曰：“稽山竦翠，湖柳垂阴。尚书画鹢百艘，正堪游观。昔人所谓人生一世，若轻尘之著草，何论异日之荣悴。荣悴定分，莫敢面陈。”因问幕下诸公。元芳曰：“崔副使刍言，李推官正范，器度相似。但作省郎，止于郡守。团练李判官服古，自此大醉不过数场，何论官矣。观察判官任轂，止于小谏，不换朱衣。杨损支使评事，虽骨体清瘦，幕中诸宾，福寿皆不如。卢判官纁，虽即状貌光泽，若比团练李判官，在世日月稍久，寿亦不如。副使与杨李三人，禄秩区分矣。”二术士所言，咸未之信，默以证焉。是后李服古不过五日而逝。诚大醉不过数场也。李尚书及诸从事，验其所说，敬之如神。

时罗郎中绍权赴任明州，窦弘余少卿常之子也。赴台州。李公于席上，问台明二使君如何。娄千宝曰：“窦使君必当再醉望海亭；罗使君此去，便应求道四明山，不游尘世矣。”后窦少卿罢

太和晚年，贾悚把持国家政务重任，三四成清楚术士当年言语的人都在山谷间隐匿着。（出《杜阳编》）

娄千宝

浙东地区巡察使李褒听闻娄千宝、吕元芳两位女子具备特别的本事，遣使者叫来她们。两人到了以后，李褒便让她们在办事厅停歇。身边属下询问两位女子：“府邸主人已然官至八坐，还可以做什么官？”吕元芳答复：“方才碰到李官人，仍旧就任于浙东观察使，恐怕不能被委任其他官位。”娄千宝所说的话也是如此。随从官员沉默后，没有继续询问。等到再次与李官人相见，李褒说：“我未来运势如何。”两位术士说：“会稽山耸立翠绿，湖边的柳树枝叶覆盖形成阴影。李尚书您有几百艘装饰华美的游船，恰好可以载着你游玩观赏美景。过去人说人这一辈子如同飞尘与地上的小草一般不值一提，何苦要讨论他日的盛衰。人一生的盛衰早已命中注定，没有人有勇气当面告知你。”李褒便询问麾下的诸位幕僚的命数。吕元芳说：“副使崔刍言和正推官李范的才具风度相似。只可以官至侍从官，最终停在郡守的官位上。团练判官李服古，从今日开始，醉酒不超过几场便会死去，如何谈论他的官位。观察判官任轂，最终停在小谏官上，无法更换红色朝服。支使评事杨损，尽管他骨架躯体消瘦，然而您门下的诸位幕僚，官运与寿命都不如他。判官卢纁，尽管如今面色光彩照人，如果和团练判官李服古进行对比，官运稍微久一些，只是寿命比不上他。观察副使崔刍言、杨损、李范三人俸禄的级别是有所差异的。”在场的众人都没有相信二名术士说的话，都闭口不语，只等未来证实真假。从那天起不到五天，李服古便离世了。果真只有几场喝酒的时间。李褒及其众位幕僚验证了两位术士所言不假，把她们像神仙一般尊敬厚待。

当时罗绍权郎中前往明州就职，窦弘余少卿窦常的儿子。前往台州就职。宴席间，李褒询问两位术士，去明州和台州的两人以后会怎么样。娄千宝说：“窦弘余使君必然再次喝醉在望海亭，罗绍权使君这次离开，应该会前往四明山追求得道，不在人世间游荡了。”窦弘郡，再之府庭，是重醉也。罗郎中没于海岛，故以学道为名，知其不还也。李尚书归义兴，未几物故，是无他拜。卢缥巡官校理，明年逝于宛陵使幕，比李服古官稍久矣，为少年也。任縠判官才为补阙，休官归圃田，是不至朱紫也。崔刍言郎中止于吴兴郡。李范郎中止于九江。二公皆自南宫出为名郡，是乃禄秩相参。独杨损尚书三十来年，两为给事，再任京尹，防御三峰，青州节度使，年逾耳顺，官历藩垣。浙东同院诸公，福寿悉不如也。皆依娄李二生所说焉。杜胜给事在杭州之日，问千宝："己为宰相之事何如？"曰："如筮得震卦，有声而无形也。当此之时，或阴人所谮也，若领大镇，必忧悒成疾，可以修禳之。"后杜公为度支侍郎，有直上之望，草麻待宣。府吏已上于杜公门构板屋，将布沙堤。忽有东门骠骑，奏以小疵，而承旨以蒋伸侍郎拜相。杜出镇天平，忧悒不乐去，其失望也。乃叹曰："金华娄山人之言果应矣。"欲令招千宝、元芳。又曰："娄吕二生，孤云野鹤，不知栖宿何处。"杜尚书寻亦终于郓州。锺离侑少詹，昔岁闲居东越，睹斯异术。每求之二生，不可得也。（出《云溪友议》）

余以后被罢免官职，返程路上，再次来到李褒办公处，果然又喝酒了。罗郎中在海岛上沉没，娄千宝是知晓罗郎中回不来了，因此称他去求仙问道了。李褒返回义兴的时候，并没有物是人非的感觉，也没有再做其他官位。卢缠调任巡官校理，来年在宛陵节度使幕客的任期中逝世，相比于李服古，多做了一段时间的官，逝世的时候仍旧还是少年。任毂判官方才担任空缺官职，就辞去官职，回归田园，因此并未穿上红色或紫色的朝服，即并未显贵通达。崔刍言郎中的官位终止于吴兴郡守。李范郎中的官位终止于九江郡守。二位官人都是通过进士考试被选拔，担任过有名郡县的官职，因此俸禄等级没有太大差别。三十年来，唯独杨损尚书两次担任给事中，接着被委任京兆尹一职，在华州地区防御外敌，之后就任青州节度使，六十多岁的时候，屡次被委任国家要职。当年同在浙东地区的其他幕客，官运与福寿都比不上杨损。娄千宝、吕元芳二位术士的预言都一一应验。给事中杜胜就职杭州的时候，前往询问娄千宝："我能不能成为宰相？"娄千宝说："倘若卜卦时是震卦，意为有相关消息，但最终没有成真。如果是这种情况，可能是被阴险的小人中伤，倘若派你前往重镇驻守，你必然会闷闷不乐，便会患病，可以通过祭祷来解除灾难。"杜胜之后被委任度支侍郎，有直登高位的可能，已然草拟好诏令只等宣读了。官吏已经进入杜胜家门，按照宰相规制修剪房子，即将给家里铺沙面大路的时候，突然东城门有一位骠骑将军，将他的小缺点上奏给君王，于是君王下令，由侍郎蒋伸接受宰相的任命。杜胜出京为官，镇守天平，怀着闷闷不乐的心情去就职，颇为失望。于是感叹说："金华娄千宝术士的预言果然成真了。"杜胜想派人找来娄千宝、吕元芳。又自说自话："娄千宝、吕元芳二位术士，如空中独自飘动的浮云，旷野任意漫游的仙鹤，飘散不定，不清楚寄居在什么地方啊。"不久后，杜胜在郓州离世。太子少詹事钟离侑，早年在东越无所事事的时候，亲眼看到二位术士的本事。每当想请求二位术士为他占卜的时候，都没能请出她们。（出《云溪友议》）

丁 重

处士丁重善相人。驸马于悰方判盐铁，频有宰弼之耗。时路岩秉钧持权，与之不协。一旦重至新昌私第，值于公适至。路曰：“某与之宾朋，处士垂箔细看，此人终作宰相否。”备陈饮馔，留连数刻。既去，问之曰：“所见何如？”重曰：“入相必矣，兼在旬月之内。”岩笑曰：“见是贵戚，复作盐铁使耳。”重曰：“不然，请问于之恩泽，何如宣宗朝郑都尉？”岩曰：“又安可比乎。”重曰：“郑为宣宗注意者久，而竟不为相。岂将人事可以斟酌？某比不熟识于侍郎，今日见之，观其骨状，真为贵人。其次风仪秀整，礼貌谦抑。如百斛重器，所贮尚空其半，安使不益于禄位哉。苟逾月不居廊庙，某无复更至门下。”岩曰：“处士之言，可谓远矣。”其后浃旬，于果登台铉。岩每见朝贤，大为称赏。由兹声动京邑，车马造门甚众。凡有所说，其言皆验。后居终南山中，好事者亦至其所。（出《剧谈录》）

夏侯生

广南刘仆射崇龟常有台辅之望，必谓罢镇，便期直上。罗浮处士夏侯生有道，崇龟重之，因问将来之事。夏生言其不入相，发后三千里，有不测之事。洎归阙，至中路，得疾而终。刘山甫亦蒙夏生言，示五年行止。事无不验，盖饮啄之有分也。（出《北梦琐言》）

丁重

隐居山林的丁重善于为他人相面。驸马于悰方才主理盐铁事务，便频繁传出讯息，称他可以成为宰相。路岩当时掌管朝堂政事，同于悰不对付。有一日，丁重抵达路岩在新昌的私人宅邸，恰好看到于悰到达此地。路岩说："我和于悰是朋友，请你放下帘子认真观察，这个人最终可不可以成为宰相。"便吩咐人备下丰盛的酒食，让丁重在那待了很长时间。于悰离开后，路岩询问他："你观察后，结果如何？"丁重说："他必然会成为宰相，而且就是一月内的事情。"路岩笑了笑，说："他既然是帝王的亲戚，仍旧做盐铁使吧。"丁重说："并非如此，想询问您，帝王授予驸马的恩情和宣宗皇帝授予驸马郑颢的恩情比怎么样？"路岩说："这如何能相提并论。"丁重说："玄宗皇帝关注郑颢了许久，然而最终没有委任宰相一职。如何是人情世事能够评判的吗？原本我与于侍郎并不相识，如今与他相见，认真观察他的骨相，确实是一位面相尊贵的人。其次驸马风度翩翩，俊秀严整，言行谦逊恭敬。如同可以放很多斛的重要器物，即能成大器，其中的储藏空间刚刚过半，如何能不升他的官职啊。倘若一个月后，没有身居要职，我将不再来您家中相面。"路岩说："你说这话就有些疏远了。"十天后，于悰果真做了宰辅重臣。路岩每次看到朝中大臣，都对丁重赞赏有加。于是乎丁重擅长相面的消息响彻京都，驾着马车、骑马来找他的人非常多。只要是丁重所说的预言都十分灵验。其后丁重住在终南山中，有求于他的人还会去那里找他。（出《剧谈录》）

夏侯生

广南仆射刘崇龟时常期盼自己能做宰相，他觉得自己定要辞掉当前官位，便有可能青云直上。罗浮那里有一位隐士，名叫夏侯生，有相面的才能，刘崇龟颇为倚重他，就询问他自己未来的命数。夏侯生说他无法担任宰相，启程行走三千里后，便会有祸患的事情发生。等到刘崇龟返回京都，半路中因病离世。刘山甫也向夏侯生看相，请

薛少尹

荆南节度判司空董，与京兆杜无隐，即滑台杜慆常侍之子，洎蜀人梁震俱称进士。谒成中令，欲希荐送。有薛少尹者，自蜀沿流至渚宫。三贤常访之。一日，薛亚谓董曰："阁下与京兆，勿议求名，必无所遂，杜亦不寿。唯大贤忽为人絷维，官至朱紫。如梁秀才者此举必捷，然登第后，一命不沾也。"后皆如其言。梁公却思归蜀，重到渚宫。江路梗纷，未及西泝。淮师寇江陵，渤海王邀致府衙。俾草檄书，欲辟于府幕。坚以不仕为志，渤海敬诺之。二纪依栖，竟麻衣也。薛尹之言果验。（出《北梦琐言》）

周玄豹

后唐周玄豹，燕人。少为僧，其师有知人之鉴。从游十年，不惮辛苦，遂传其秘，还乡归俗。卢程为道士，与同志三人谒之。玄豹退谓人曰："适二君子，明年花发，俱为故人。唯彼道士，他年甚贵。"来岁，二人果卒。卢果登庸，后归晋阳。张承业俾明宗易服，列于诸校之下。以他人请之，曰："此非也。"玄豹指明宗于末缀曰："骨法非常，此为内衙太保乎。"或问前程，唯云末后为镇帅。明宗夏皇后方事中栉，有时忤旨，大犯槚楚。玄豹曰："此人有藩侯夫人之位，当生贵子。"其言果验。凡言吉凶，莫不神中，

示他自己未来五年的祸福。预言的事情无不应验，大概人一生可以获得的东西都是命中注定的。（出《北梦琐言》）

薛少尹

董某人为荆南节度使，担任司空一职，和滑台常侍杜慆的儿子——京兆尹杜无隐，及蜀地人士梁震均是进士。三人一同造访成中令，期盼他们能被引荐升职。有一名薛姓少尹，从蜀地沿着河流抵达江陵县。董杜梁三名贤者时常造访他。有一日，薛少尹对董某人说："足下不要再和京兆尹杜无隐商议谋求功名的事了，必然无法实现心愿的，并且杜无隐不是长寿的命。唯有才德超群的人，突然受人器重，才有可能做高级官员。像是梁秀才这样的人参与此次科举必能考中，只是中第后，无法得到什么官职。"之后发生的事情都如同薛少尹所说。梁震怀念家乡，回到蜀地的路上，再次抵达江陵县。江边道路阻塞纷乱，梁震还没来得及西行回到蜀地。淮军侵略江陵县，渤海王将梁震请到自己办事的府衙处。让他草拟征讨淮军的文书，想要招募他成为府衙幕客。梁震坚定得表达了他不愿为官的意志，渤海王对他的行为十分尊重，允诺不再招募他。很久之后当梁震两次来到渤海王府衙，一直是以一个平民的身份出现。薛少尹当年的预言果真灵验。（出《北梦琐言》）

周玄豹

后唐周玄豹是燕地人士。年幼的时候做了僧人，他的师傅具备能看出人的品行才能的能力。十年间周玄豹跟着师傅四处游历，不怕吃苦，师傅便教授给周玄豹自己的知人能力，然后他恢复普通人的身份，返回家里。卢程是一名道士，他与志趣相投的两位朋友携手拜谒周玄豹。周玄豹告别他们后，对其他人说："刚刚那两位君子，明年花开的时候便是离世的人了。唯独那位道士，未来的命数颇为尊贵。"来年，那两位朋友果真离世了。卢程果真被选拔任用，之后他返回晋阳。张承业请唐明宗更换校尉的服饰，与众多校尉排成一事多不载。明宗自镇帅入，谓侍臣曰："周玄豹昔曾言联事。颇有征。可诏北京津置赴阙。"赵凤曰："袁许之事，玄豹所长。若诏至辇下，即争问吉凶，恐近妖惑。"乃合就赐金帛，官至光禄卿，年至八十而终。（出《北梦琐言》）

程逊

晋太常卿程逊足下有龟文，尝招相者视之。相者告曰："君终有沈溺之厄。"其后使于浙右，竟葬于海鱼之腹。常谓《李固传》云，固足履龟纹，而位至三公，卒无水害。同事而异应也。（出《玉堂闲话》）

列。用其他人的名字将周玄豹请来，他说："这个人不是校尉。"周玄豹指着站在队伍后面的唐明宗说："这个人骨相非常人所有，这不就是内衙的太保？"又询问这些校尉的前程怎么样，他说唯独站在队尾的人可以做镇守将领。唐明宗的夏皇后方才伺候梳妆的时候，某些时候忤逆了明宗的想法，惹恼明宗，受到笞打。周玄豹看着夏皇后说："这位能担当藩侯夫人的位置，可以产下尊贵的儿子。"后来他的预言果然灵验。只要周玄豹预言人的祸福，没有不灵验得到，此类事情过于繁多，便不逐个记载了。唐明宗从镇守将领到登上大宝，对侍奉他的近臣说："昔日周玄豹预言我的事情。颇为灵验。可以下达诏令，让他走北京太原之路抵达京都来见我。"赵凤说："袁天纲、许负所能做到的事情正是周玄豹擅长的事情。倘若下令将他招到君主旁边，很多人便会争相向他询问自己的祸福，担忧会像迷惑的言语一样，导致朝局不稳。"因此唐明宗便赐予周玄豹黄金和丝绸等钱物，官职做到光禄大夫，活到八十岁去世了。(出《北梦琐言》)

程逊

晋朝太常卿程逊生来脚底便有象形文字的胎记，曾经找来术士给他看相。术士告知程逊："官人最终会出现溺亡的灾祸。"程逊后来被派遣就职浙右地区，最后成为海鱼的食物，葬于海里。有人说在《李固传》里记录道，李固的脚底有象形文字的胎记，但是他却官至三公，死前从未遭受水患。相同的胎记，却是不同的际遇。(出《玉堂闲话》)

卷第二百二十四　相四

王正君相妇人

汉王莽姑正君许嫁，至期当行时，夫辄死。如此者再。乃献之赵王，未取又薨。后又与正君父稚君善者过相正君曰："贵为天下母。"是时宣帝世，元帝为太子。稚君乃因魏郡尉纳之太子，太子幸之，生子。宣帝崩，太子立正君为皇后，上为太子。元帝崩，太子立，是为成帝。正君为皇太后，竟为天下母。（出《论衡》）

黄　霸

黄霸为阳夏游徼，与善相者同车俱行。见一妇人年十七八，相者指之曰："此妇人当大富，为封侯者夫人。"公止车，审视之。相者曰："今此妇人不富贵，卜书不用也。"次公问之，乃其傍里人巫家子也，即娶为妻。其后次公果大富贵，位至丞相，封为列侯。（出《论衡》）

卖馅媪

唐马周字宾王，少孤贫，明诗传。落魄不事产业，不为州里所重。补博州助教，日饮酒。刺史达奚怒，屡加咎责。周乃拂衣南游

王正君相妇人

西汉王莽的姑母王正君已经许配人家，待嫁，等到进行婚礼的日子，丈夫便离世了。如此的状况之后再次发生。于是将王正君送给了赵王。还没娶进门，赵王也去世了。之后王正君的父亲王稚君有一位交往密切的朋友，看过王正君的面相后说："这个女子尊贵到可以做国母。"当时正处汉宣帝登基之时，太子是汉元帝。由于王稚君担任魏郡尉的身份，王正君被太子求娶，太子对王正君颇为疼爱，她产下一个儿子。汉宣帝驾崩后，太子登基，将王正君立为皇后，儿子被立为太子。汉元帝驾崩后，太子登基，即为汉成帝。王正君便是皇太后，果然做了国母。（出《论衡》）

黄霸

黄霸在阳夏地区做负责巡查盗贼的小官员，有一天，黄霸和一名善于相面的术士同坐一辆马车出行。路上看到一位十七八岁的妇人，术士指着妇人说："这位妇人未来可以非常尊贵，能做公侯夫人。"黄霸叫停马车，认真观察妇人。术士说："倘若这名妇人未来没有富贵，我便不再为人相面。"黄霸问那名妇人的家庭，她说她是附近乡县里擅长巫术的家庭的女子，黄霸随即便娶她为妻。黄霸后来果真极其富贵，官至宰相，受封做了列侯。（出《论衡》）

卖䭔媪

马周是唐朝人士，字宾王，年幼时期孤苦贫寒，熟读《诗》《传》等书籍。家贫落魄，没有产业需要打理，不受同州的乡亲尊重。后来曹汴之境。因酒后忤浚仪令崔贤，又遇责辱。西至新丰，宿旅次。主人唯供设诸商贩人，而不顾周。周遂命酒一斗，独酌。所饮余者，便脱靴洗足，主人窃奇之。因至京，停于卖䭔媪肆。数日，祈觅一馆客处，媪乃引致于中郎将常何之家。媪之初卖䭔也，李淳风、袁天纲尝遇而异之。皆窃云："此妇人大贵，何以在此。"马公寻娶为妻。后有诏，文武五品官已上，各上封事。周陈便宜二十条事，遣何奏之。乃请置街鼓，乃文武官绯紫碧绿等服色，并城门左右出入，事皆合旨。太宗怪而问何所见，何对曰："乃臣家客马周所为也。"召见与语，命直门下省。仍令房玄龄试经及策，拜儒林郎，守监察御史。以常何举得其人，赐帛百匹。周后转给事中中书舍人，有机辩，能敷奏。深识事端，动无不中。岑文本见之曰："吾见马君，令人忘倦。然鸢肩火色，腾上必速，但恐不能久耳。"数年内，官至宰相，其媪亦为妇人。后为吏部尚书，病消渴，弥年不瘳。年四十八而卒。追赠右仆射高唐公。（出《定命录》）

补缺了博州助教一职后，还是每天饮酒作乐。刺史达奚非常愤怒，屡次斥责马周。马周就脱下官服，去南边曹州、汴州游玩了。由于醉酒后冒犯了浚仪县丞崔贤，再次受到责备。往西边走，抵达新丰时，在客栈住宿。客栈主人唯独对商贩之流摆设酒食，而不顾及马周。马周便叫人给他上一壶酒，一人独自饮酒。一壶酒没有喝完，便褪下鞋子，用酒洗脚，客栈主人看到后私下觉得奇怪。等抵达京都后，在售卖馅饼的妇人的店铺中投宿。几日后，他希望能找到一处地方做幕僚，妇人便将他带到中郎将常何家里。馅饼妇人最开始售卖馅饼的时候，李淳风、袁天纲之前都碰到她，观看她面相后，觉得非常奇怪。都偷偷讨论："这位妇人是大富大贵的面相，为什么在此地售卖馅饼。"没多久，马周便娶她为妻。之后君王颁布诏令，五品以上的文官或武官各自呈上密封的奏章。马周为了便利民生，提出二十条有用的意见，让常何奏请君王。奏章上希望在街旁安置警夜鼓，认为文武官员应身着绯红、紫、青绿色的朝服，上朝时从城门的旁边进出，这些措施与君王的意见不谋而合。唐太宗觉得很怪异，询问常何这些意见从何而来，常何回复："这些意见是我家中幕僚马周写出来的。"于是皇上招来马周与他谈话，下令让马周直接去门下省做官。还吩咐房玄龄测试他经书知识及策对能力，之后马周被委任儒林郎一职，暂理监察御史的职务。由于是常何引荐了马周这样的人才，皇帝因此赐予常何一百匹丝织品。马周后来调任给事中、中书舍人等职位，聪慧且能言善辩，还可以向君主奏请事务。能深入了解事情缘由，每一次施行措施都没有不有效的情况。岑文本看到马周说："我看到马周先生，让我忘怀身体的疲累。然而他的肩膀像鹰飞扬一般上耸着，又像火之腾焰，面呈红光，他应该很快会青云直上，但是恐怕无法长远。"果然马周短短几年便做了宰相，卖馅饼的妇人也成为宰相夫人。之后他做了吏部尚书，得了消渴之症，好几年都没有痊愈。四十八岁便离世了。君王追封马周为右仆射高唐公。（出《定命录》）

苏氏女

苏某，信都富人，有女十人，为择良婿。张文成往见焉，苏曰："此虽有才，不能富贵。幸得五品，即当死矣。"魏知古时已及第，然未有官。苏云："此虽形质黑小，然必当贵。"遂以长女嫁之。其女发长七尺，黑光如漆，诸妹皆不及。有相者云："此女富，不啮宿食。"诸妹笑知古曰："只是贫汉得米旋煮，故无宿饭。"其后魏为宰相，每食，一物已上官供。（出《定命录》）

武后

武士彟之为利州都督也。敕召袁天纲诣京师，途经利州。士彟使相其妻杨氏，天纲曰："夫人骨法非常，必生贵子。"遍召其子，令相元庆、元爽。曰："可至刺史。终亦屯否。"见韩国夫人，曰："此女夫贵，然不利其夫。"武后时衣男子之服，乳母抱于怀中。天纲大惊曰："此郎君男子，神彩奥澈，不易知。"遂令后试行床下，天纲大惊曰："日角龙颜，龙睛凤颈。伏牺之相，贵人之极也。"更转侧视之，又惊曰："若是女，当为天下主也。"（出《谭宾录》）

李淳风

武后之召入宫，李淳风奏云："后宫有天子气。"太宗召宫人阅之，令百人为一队。问淳风，淳风云："在某队中。"太宗又分

苏氏女

苏某是信都地区的富豪，有十位女儿，他想为十位女儿选择好夫婿。张文成前往苏家求亲，苏某说："尽管你很有文采，然而没有富贵的面相。侥幸可以做五品官，随即便会离世。"当时魏知古已经考中进士，却还没有做官。苏某说："你尽管身材短小，皮肤黝黑，然而将来必然可以尊贵。"他便将长女许配给魏知古。长女头发长七尺，像漆一般黝黑油亮，众位妹妹们都比不上她。有一位擅长面相的人说："这个女子面相富贵，未来不会食用隔夜饭菜。"众位妹妹和魏知古开玩笑说："由于丈夫贫困，只能煮先买的米，因此才不存在隔夜饭啊。"魏知古之后官至宰相，每次吃饭，一种食物外的食物都是官府提供的。（出《定命录》）

武　后

武士彟就任利州都督一职。君王颁布诏书请袁天纲进入京都，路过利州的时候。武士彟请他为自己的妇人杨氏相面，袁天纲说："您夫人并非寻常人的面相，必然可以产下尊贵的儿子。"于是武士彟将儿子们召集起来，请袁天纲给儿子武元庆、武元爽看面相。袁天纲说："二位公子能担任刺史。只是最终会遭受艰难。"他见过韩国夫人后，说道："这位女子的丈夫颇为尊贵，只是夫人的运势会对丈夫有害。"当年武后身穿男子服饰，被乳母在怀里抱着。袁天纲大吃一惊说："这位郎君如果是男子，神采飞扬，眼神清透，不能轻易被预知运势。"便请武后下床尝试行走，袁天纲非常震惊说："额头隆起，外形如同太阳一般，眼珠如龙，脖子如凤，属于伏羲的面相，是贵人们最尊贵的那一类。"接着袁天纲转到侧面观察她，又诧异地说："倘若是女子，必当作天下的主人。"（出《谭宾录》）

李淳风

武后被召进宫的时候，李淳风启奏唐太宗："后宫有天子气息产生。"唐太宗聚集所有的宫人让李淳风观察，下令一百人组成一队。

为二队，淳风云：“在某队中，请陛下自拣择。”太宗不识，欲尽杀之。淳风谏不可：“陛下若留，虽皇祚暂缺，而社稷延长。陛下若杀之，当变为男子，即损灭皇族无遗矣。”太宗遂止。（出《定命录》）

杨贵妃

贵妃杨氏之在蜀也，有野人张见之云：“当大富贵，何以在此。”或问至三品夫人否？张云：“不是。”“一品否？”曰：“不是。”“然则皇后耶？”曰：“亦不是，然贵盛与皇后同。”见杨国忠，云：“公亦富贵位，当秉天下权势数年。”后皆如其说。（出《定命录》）

姜 皎僧善相

姜皎之未贵也，好弋猎。猎还入门，见僧。姜曰：“何物道人在此。”僧云：“乞饭。”姜公令取肉食与之。僧食讫而去，其肉并在。姜公使人追问，僧云：“公大富贵。”姜曰：“如何得富贵？”僧曰：“见真人即富贵矣。”姜曰：“何时得见真人？”僧举目看曰：“今日即见真人。”姜手臂一鹞子，直二十千。与僧相随骑马出城，偶逢上皇亦猎，时为临淄王。见鹞子识之曰：“此是某之鹞子否？”姜云是。因相随猎。俄而失僧所在。后有女巫至，姜问云：“汝且看今日有何人来？”女巫曰：“今日天子来。”姜笑曰：“天子在宫里坐，岂来看我耶。”俄有叩门者云：“三郎来。”姜出见，乃上皇。自此倍加恭谨，钱马所须，无敢惜者。后上皇出潞府，百然后询问李淳风天子气息在什么地方，李淳风说："在某个队列中。"唐太宗便又将那一队列分成两只队列，李淳风回答："在某个队列中，劳烦陛下亲自选择出来。"唐太宗无法辨别，想把这一队列的人都杀死。李淳风进言说不行："陛下若是留下此人，尽管皇权暂时旁落，但是江山社稷却能绵延久长。陛下若是杀了那人，应当会出现一名男人来扰乱社稷，便会损伤江山，皇族便会覆灭。"唐太宗便没有了杀害那人的想法。（出《定命录》）

杨贵妃

贵妃杨氏在蜀地的时候，有一位隐居山林的张姓隐士看见贵妃后说道："你是大富大贵的面相，为什么在此地。"有人问可以成为三品夫人吗？张姓隐士说："不能。""一品夫人呢？"张姓隐士说："不能。""那能做皇后吗？"张姓隐士说："也不能，但是她高贵显赫与皇后别无二致。"接着他看见杨国忠，说："先生的面相也颇为尊贵，应当可以手握朝廷要务多年。"后来发生的事情果真如他所说。杨氏成为贵妃，杨国忠就职宰相。（出《定命录》）

姜　皎僧善相

姜皎尚未富贵之前，爱好射猎。有一天，他射猎结束，刚刚走进家门，就看到一名僧人。姜皎说："僧人你到这里想要什么。"僧人说："乞讨饭食。"姜皎吩咐人取来肉类食物赠予僧人，僧人吃完便走了，然而那肉食还在原处。姜皎遣人去追问缘由，僧人说："官人以后必然颇为富贵。"姜皎说："如何可以获取富贵？"僧人说："看见真人即说明你得到了富贵。"姜皎说："能看到真人的时间是什么时候？"僧人抬起双眼看向姜皎说："今日便可以看到真人。"姜皎手臂上站着一只雀鹰，价值二十千银钱。姜皎跟着僧人骑马出了城门，偶然碰到皇上在射猎，当时唐玄宗只是临淄王。看到雀鹰认出来了，说："这是你的雀鹰吗？"姜皎说："是的。"便随着临淄王一起射猎。不久后失去了僧人的踪迹。之后来了一位女巫师，姜皎问她："你官亲旧尽送，唯不见姜。上皇怪之。行至渭北，于路侧，独见姜公供帐，盛相待。上皇忻然与别，便定君臣之分。后姜果富贵。（出《定命录》）

常衮

常衮之在福建也，有僧某者善占色，言事若神。衮惜其僧老，命弟子就其术。僧云："此事天性，非可造次为传。某尝于君左右，见一人可教。"遍招，得小吏黄彻焉。衮命就学。老僧遂于暗室中，致五色彩于架，令自取之。曰："世人皆用眼力不尽，但熟看之，旬日后，依稀认其白者。后半岁，看五色。即洞然而得矣。"命之曰："以若暗中之视五彩，回之白昼占人。"因传其方诀，且言后代当无加也。李吉甫云："黄彻之占，袁许之亚也。"（出《传载》）

刘禹锡

宾客刘禹锡为屯田员外郎。时事稍异，旦夕有腾趠之势。知姑且观察观察，今天来了些什么人？”女巫师说：“今日有天子到访。”姜皎笑了笑说道：“天子待在宫廷里，哪里会来看望我？”不久后，来敲门的人说：“三郎到了。”姜皎出门相见，便是之前一同射猎的临淄王。从那天起，姜皎愈发恭敬谨慎的对待临淄王，只要是他需要的东西，无论是银钱还是马匹，都毫不吝啬的赠予他。唐玄宗后来从潞州离去，许多官员和亲属朋友全都来送别，只是没看到姜皎。唐玄宗内心责怪姜皎不来送他。等唐玄宗行至渭水北边的路边，唯独看到姜皎搭起帐幕，用盛大的仪式送别他，唐玄宗愉快地与姜皎告别，由此便形成了君臣两人的情分。姜皎后来因为与唐玄宗的情分颇为富贵。（出《定命录》）

常衮

常衮在福建的时候，有一位善于观察面相的和尚，预测事情像神仙一样灵验。常衮叹息和尚已然老迈，请他收徒弟，学习他的相面之术。和尚说：“这类术法是天生的，并非可以随意传给他人。我曾经观察官人周围的人，看到有一位能教的人。”于是常衮将自己周围的人全部聚集起来，和尚挑选出一名小官吏，名叫黄彻。常衮便吩咐他学习和尚的相面之术。黄彻跟着老和尚来到暗室里，在架子上摆放着五色色彩的丝织品，命令黄彻亲自取来丝织品仔细观察。和尚说：“普通人都没有完全施展自己的视力，然而反复观察它的话，十天后，便能依稀看出白色来。之后半年，你便能辨认出五种色彩了。懂得其中玄机后便具备相面之术了。”吩咐黄彻说：“倘若你可以在暗处区别五种色彩，归家后还能在白日里根据面相，便能占卜人的吉凶了。”和尚随之将相面的诀窍授予他，还言明后人里没有能超越他的人。李吉甫说：“黄彻的相面之术，只比袁天纲、许负差稍许。”（出《传载》）

刘禹锡

太子宾客刘禹锡就职屯田员外郎。朝廷形势稍微产生异动，转一僧术数极精，寓直日，邀之致省。方欲问命，报韦秀才在门。公不得已且见，令僧坐帘下。韦秀才献卷已，略省之，意气殊旷。韦觉之，乃去。却与僧语，僧不得已，吁叹良久，乃曰："某欲言，员外必不惬，如何？"公曰："但言之。"僧曰："员外后迁，乃本行正郎也。然须待适来韦秀才知印处置。"公大怒，揖出之。不旬日贬官。韦秀才乃处厚相也，后二十余年，在中书，为转屯田郎中。（出《幽闲鼓吹》）

郑朗

郑朗相公初举，遇一僧善色。谓曰："郎君贵极人臣，然无进士及第之分。若及第，则一生厄塞。"既而状元及第，贺客盈门，唯此僧不至。及重试退黜，唁者甚众，而此僧独贺曰："富贵在里。"既而竟如年卜。（出《摭言》）

令狐绹门僧

令狐赵公绹在相位，马举为泽潞小将。因奏事到宅，会公有一门僧，善声色。偶窥之，谓公曰："适有一军将参见相公，是何人？"公以举名语之，僧曰："窃视此人，他日当与相公为方镇交代。"公曰："此边方小将，纵有军功，不过塞垣一镇。奈何与老夫交代？"僧曰："相公第更召与语，贫道为细看。"公然之。既去，瞬间便会拥有平步青云的权势。刘禹锡了解到，有一名精通相面的和尚，有一天恰好碰到和尚当值，邀请和尚前来府衙。正打算询问自己的命数，随从报告来说，韦秀才已经在门外等候。刘禹锡无可奈何，只能先去见韦秀才，请和尚在窗帘后面坐着等候。韦秀才奉上亲自书写的文书，刘禹锡简略地查看一番，注意力不集中。韦秀才察觉到刘禹锡的态度后便离去了。刘禹锡返回和尚处，与和尚交谈，和尚迫于无奈，叹息很长时间后，才开口说："我想说的话，必定会使刘员外您不愉快，怎么办？"刘禹锡说："但说无妨。"和尚说："刘员外您之后会升任做屯田员外郎的正职，只是需要等刚刚求见的韦秀才主持事务，才能安排你的官职。"刘禹锡非常生气，对和尚行礼后，便请和尚出门了。不足十天，刘禹锡被贬官职。韦秀才便是未来的宰相韦处厚，往后数20年，韦处厚担任中书令一职，便为刘禹锡颁发升任屯田郎中的文书。（出《幽闲鼓吹》）

郑朗

宰相郑朗初次参与科举的时候，碰见一名善于观察人面相的和尚。和尚对郑朗说："郎君可以做大臣中地位最高的人，只是你没有通过进士考试的机遇。如果你考中进士，一辈子便会时运不济。"没多久，郑朗以状元的身份考中进士，家中坐满了来恭喜郑朗中第的宾客，唯独和尚并未前来祝贺。等到复试废除他状元的称号，前来慰问他的人有很多，唯有那位和尚恭喜他说："富贵便在此处。"不久后，居然真的像和尚当年卜算的那般。（出《摭言》）

令狐绹门僧

赵国公令狐绹就任宰相一职的期间，马举担任泽潞镇的小武官。有一天，由于有公事上奏抵达赵国公的宅院，恰好看到赵国公家中的一名门僧，善于观察人的面相、声线、气色等情况，算得那人的运势。门僧偶然窥探马举一会，门僧对赵国公说："刚刚有一名军官参见您，那是谁？"赵国公将马举的名讳告知他，门僧说："我偷僧曰："今日看更亲切，并恐是扬汴。"公于是稍接之矣。咸通九年，公镇维扬，举破庞勋有功。先是懿宗面许，功成，与卿扬州。既而难于爽信，却除举淮南行军司马。公闻之，既处分所司。排比迎新使。群下皆曰："此一行军耳。"公乃以其事白之。果如所言。（出《摭言》）

僧处弘

僧处弘习禅于武当山。王建微时贩鹾于均房间，仍行小窃，号曰贼王八。处弘见而勉之曰："子他日位极人臣，何不从戎，别图功业。而夜游昼伏，沾贼之号乎？"建感之，投忠武军，后建在蜀。弘拥门徒入蜀。为构精舍以安之，即弘觉禅院也。江西锺傳微时亦以贩鹾为事，遇上蓝和尚教其作贼而克洪井。自是加敬，至于军府大事，此僧皆得参之也。（出《北梦琐言》）

范氏尼

天宝中，有范氏尼，乃衣冠流也，知人休咎。鲁公颜真卿妻党之亲也。鲁公尉于醴泉，因诣范氏尼问命曰："某欲就制科，再乞偷察看那人的面相，未来赵国公镇守一方的事务将会由他接替。”赵国公说：“他只是边疆的小武官，纵使身负军功加持，官位也不能超过边塞地区的总兵一职。如何可以接替老夫的官职？”门僧说：“请官人再次将他招来，与他谈话，让我认真察看一番。”赵国公应允了门僧的提议。等到马举离开后，门僧说：“今天观察更细致了，并且唯恐是在扬州或汴州接替您的官职。”赵国公将马举接来府中，好生对待。咸通九年，赵国公驻扎在扬州，马举打败庞勋建立了军功。之前唐懿宗当面允诺，战争胜利后，委任他做扬州节度使。不久后无法失信于他，便免去他之前的官职，任命赵国公为淮南行军司马。赵国公听闻任命后，随后便开始安排与下任节度使做接替工作。并且部署欢迎新任节度使的事情。赵国公属下们都说：“此时便要出发上任吗？”赵国公便将门僧的话告知大家。后来发生的事情果真如门僧所说的一般。（出《摭言》）

僧处弘

处弘和尚在武当山修习禅道。王建还没有通达的时候，在均房地区买卖盐，还做偷偷摸摸的事情，他外号叫贼王八。处弘和尚见到王建后，鼓励他说：“你未来能做大臣中位置最高的那一个，为何不从军，另外谋取功名。何苦要过晚上游荡，白日躲藏的生活，还要被人叫作贼王八呢？”王建听后颇为感悟，投身忠武军，之后王建在蜀地为王。处弘和尚带着门徒进入蜀地。王建为他们修剪精美的禅院安顿他们，便是弘觉禅院。来自江西地区的钟傅还未通达的时候，也将买卖盐当作营生，碰见上蓝和尚，教导他做了贼人，最终在洪井地区被抓获。王建听闻消息后，对处弘和尚愈发崇敬，就连军政要事，处弘和尚也可以参与。（出《北梦琐言》）

范氏尼

天宝中期，有一名范姓道姑，是一位穿着讲究的人，能预知人的祸福。是鲁郡公颜真卿的夫人妻族的亲属。颜真卿担任醴泉县尉师姨一言。”范氏曰：“颜郎事必成。自后一两月必朝拜，但半年内。慎勿与外国人争竞，恐有谴谪。”公又曰：“某官阶尽，得及五品否？”范笑曰：“邻于一品，颜郎所望，何其卑耶！”鲁公曰：“官阶尽，得五品，身着绯衣，带银鱼，儿子补斋郎，某之望满也。”范尼指坐上紫丝布食单曰：“颜郎衫色如此，其功业名节称是。寿过七十。已后不要苦问。”鲁公再三穷诘，范尼曰：“颜郎聪明过人，问事不必到底。”逾月大酺。鲁公是日登制科高等，授长安尉。不数月，迁监察御史，因押班。中有喧哗无度者，命吏录奏次，即歌舒翰也。翰有新破石堡城之功，因泣诉玄宗。玄宗坐鲁公以轻侮功臣，贬蒲州司仓。验其事迹，历历如见。及鲁公为太师，奉使于蔡州。乃叹曰：“范师姨之言，吾命悬于贼必矣！”（出《戎幕闲谈》）

任之良

任之良应进士举，不第，至关东店憩食。遇一道士亦从西来，同主人歇。之良与语，问所从来。云：“今合有身名称意，何不却入京？”任子辞以无资粮，到京且无居处。道士遂资钱物，并与一贴，令向肃明观本院中停。之良至京，诣观安置。偶见一道士读经，谓良曰：“太上老君二月十五日生。”因上表，请以玄元皇帝生日燃灯。上皇览表依行，仍令中书召试，使与一官。李林甫拒，乃的时候，造访范姓道姑询问自己的运势，说："我想参与科举，请求道姑再为我观察一番。"范姓道姑说："颜郎君所求之事必能实现。从今天起，一两月内必然可以进入仕途，只是半年内，注意别与外国人有争执，唯恐被谴责或免官。"鲁郡公再次询问："我的官运在哪个官阶上终止，我可以做五品官吗？"范尼姑微笑答复："你的官职与一品官相邻，颜郎君的期盼值为什么如此低！"颜真卿说："我的官职可以做到五品。穿上绯红色朝服，佩上银鱼袋，儿子替补做个太常斋郎，这便是我最满足的希望了。"范姓道姑指向所坐位置上，紫色丝织品制成的布食单说："颜郎君穿的朝服便是这种颜色，您的功勋与名誉都与此相当。阳寿超越七十。之后别再苦苦询问。"鲁郡公屡次深究，范姓道姑说："颜郎君天资聪颖，询问事情没必要寻根究底。"一月后，便是举国欢庆的日子。在那天鲁郡公通过科举考试，并且获得了高等，被委任长安尉一职。没过几个月，升迁做了监察御史，因此在上朝时站在领班的位置。上朝过程中出现了一位大声叫嚷不加节制的人，他吩咐记录的官吏多次参奏他，那人的名字叫歌舒翰。歌舒翰由于刚刚攻克破石堡城有功劳，便痛哭流涕，向玄宗皇帝倾诉自己被参奏的事情。唐玄宗对鲁郡公判处侮辱功臣的罪责，将他贬为了蒲州司仓。正是验证了范姓道姑说的事情，一幕幕重现在鲁郡公眼前。等到鲁郡公成为太师，遵旨访问蔡州。鲁郡公有所感触，说："范道姑说得很对，我的命数必然掌握在存心不良的人身上。"（出《戎幕闲谈》）

任之良

任之良参与进士考试，没有中第，抵达关东店小憩、吃食物。碰到一名同样从西面来的道士，同关东店老板歇息。任之良和道士聊天，询问他来自哪里。道士说："如今官人正处于声誉和名望都合乎心意的时候，为何不返回京都？"任之良说告别京都是由于没有粮食和银钱，抵达京都却没有居住地。道士便馈赠给任之良钱财和物品，并赠予任之良一张名帖，吩咐他去肃明观本院里歇脚。任之良抵达京都后，抵达肃明观本院安顿好。无意间碰到一位正在阅读

与别敕出身。（出《定命录》）

殷九霞

张侍郎某为河阳乌重裔从事，同幕皆是名辈。有道流殷九霞来自青城山，有知人之鉴。乌公问己年寿官禄，九霞曰："司徒贵任蕃服，所望者秉持钧轴，封建茅土。唯在保守庸勋，苞贮二义。享福隆厚，殊不可涯。"既而遍问宾僚，九霞曰："其间必有台辅。"时乌公重一裴副使，应声曰："裴中丞是宰相否？"九霞曰："若以目前人事言之，当如尊旨。以某所观，即不在此。"时夏侯相孜为馆驿巡官，且形质低粹。乌因戏曰："莫是夏侯巡官？"对曰："司徒所言是矣。"乌公抚掌而笑曰："尊师莫错否？"九霞曰："某山野之人，早修直道，无意于名宦金玉。盖以所见，任真而道耳。"乌公曰："如此则非某所知也。然其次贵达者为谁？"曰："张支使虽不居廊庙，履历清途，亦至荣显。"既出，遂造张侍郎所居，从容谓曰："支使神骨清爽，气韵高迈。若以绂冕累身，止于三二十年居于世俗。傥能摆脱嚣俗，相随学道，即二十年内白日上升。某之此行，非有尘虑，实亦寻访修真之士耳。然阅人甚多，无如支使者。"张以其言意浮阔，但唯唯然。将去复来，情甚恳至。审知张意不回，颇甚嗟惜。因留药数粒，并黄纸书一缄而别云："药服之可以无疾，书纪宦途所得，每一迁转，密自启之。书穷之辰。当自相忆。"其后谯公显赫令名，再居台铉。张果践朝列，出入台省，佩服朱紫，廉察数州。书载之言，靡不祥悉。年及三纪，时为户部侍郎。纸之所存，盖亦无几。虽名位通显，而齿发衰退。

经书的道士，他对任之良说："太上老君出生于二月十五日。"任之良便呈上奏章，希望可以在太上老君生辰点灯庆祝。唐玄宗阅览奏章后，照他说的意见施行，还命令中书令将他招来测试他的能力，让他担任某个官职。然而李林甫并未遵守唐玄宗的命令，竟然将官位授予另一位科举考试中选者。（出《定命录》）

殷九霞

侍郎张某是河阳县尉乌重裔从事，同僚均是有名望的人。有一位从青城山来的道士，名字叫殷九霞，具备能看出人的品行才能的眼力。乌重裔询问殷九霞他的寿命与官运如何，殷九霞说："司徒已然贵为一县之首，所期盼的便是手握权柄，封侯加爵，有自己的封地。你只需维持住自己的功名，积累道义。将可以享受无边的深厚福泽。"接着询问所有同僚的运势，殷九霞："同僚之中必定有人可以成为宰相。"那时殷九霞十分重视裴副使，随即问道："裴中丞是那位能做宰相的人吗？"殷九霞说："倘若凭借目前的人情世事来说，理当如您的想法一般。然而依我所观察到的，便并非如此。"那时期宰相夏侯孜就任官驿巡官，形象气质不够。乌重裔便开玩笑说："或许是夏侯巡官？"殷九霞答复："司徒说的是正确的。"乌重裔鼓掌大笑说："莫非尊师说错了吧？"殷九霞说："我是隐居山林的人，很早便修习道术，对功名钱财不感兴趣。仅仅是将我看到的，不加修饰地表达出来。"乌重裔说："这样的话便并非我能预知的了。然而仅次于他，尊贵通达的人是哪位？"殷九霞说："尽管张支使不在朝堂做官，官途也颇为清贵，最终也可以荣华显贵。"随即从乌重裔处出来，便造访张侍郎的居住地，淡然对张侍郎说："张支使风骨纯净，气韵超逸。倘若因为官途累及自身，那么在尘世活二三十年便会离世。倘若可以脱离喧嚣的世俗，和我一起学习道法，二十年内便可以飞升成仙。我今天来，不是有了俗念，着实是想寻求可以学道修行的人。只是观察过太多人，没有如同张支使这般具备修道者气质的人。"张支使觉得殷九霞的言语和意思太过浮夸，只是恭敬的说"是"。殷九霞刚刚告别又折返来找他，情真意切。仔细观察后，明

每以道流之事，话于亲知，追想其风，莫能及也。（出《剧谈录》）

相手板庾道敏

宋山阳王休祐屡以言话忤颜。有庾道敏者善相手板。休祐以手板讬言他人者，庾曰：“此板乃贵，然使人多忤。”休祐以褚渊详密，乃换其手板。别日，褚于帝前称下官，帝甚不悦。（出《酉阳杂俎》）

李参军

唐李参军者善相笏，知休咎必验，皆呼为“李相笏”。盐铁院官陆遵以笏视之。云：“评事郎君见到。”陆遵笑曰：“是子侄否？”曰：“是评事郎君。”陆君曰：“足下失声名矣，某且无儿。”乃更将出帘下看：“必有错。”陆君甚薄之，以为诈。陆君先有歌姬在任处，其月有妊，分娩果男子也。（原缺出处，明抄本作出《逸史》）

白无法让张支使回心转意，嗟叹不已。便放下几颗药，连同一本黄纸书，与张支使告别，说：“吃了这个药就能保你一生平安，黄纸书上会记录为官生涯中所担任的官职，每次官职一更换，你便秘密开启那本书查阅，当书中所言都看完的时候。就回想一下今日我所说的。”夏侯孜后来盛名煊赫，然后官至三公。张支使果真就任朝堂官员，往来于中书、门下、尚书三省，身着朱紫官服，考察多处州县。黄纸书中的记录，没有不详尽的。活到三十六岁那年，担任户部侍郎。黄纸书就没有多少了。尽管张支使已然通达显贵，然而牙齿掉光了，头发也花白。每次向亲朋好友讲述殷九霞劝他修道的事情的时候，追忆他当时的风韵，无法与之相提并论。（出《剧谈录》）

相手板庾道敏

宋朝时期，来自山阳地区的王休祐由于言语不当惹怒君王。有一名善于通过官员手中的手板观察人得到命数的人，名字叫作庾道敏。王休祐拿着自己的手板，假称是他人的，让庾道敏预测吉凶，庾道敏说：“此手板颇为尊贵，然而会令主人时常冒犯他人。”由于褚渊为人周详缜密，于是王休祐与他交换了手板。之后的某一天，褚渊拿着王休祐的手板，在君王面前自称下官。君王颇为不悦。（出《酉阳杂俎》）

李参军

唐朝时期，有一名善于相看手板的李参军，每次预知他人的祸福，必定会应验，众人都叫他“李相笏”。盐铁院出身的陆遵让李参军查看自己的手板，请他为自己预知祸福。李参军说：“陆评事即将看到自己的郎君了。”陆遵笑着问：“那位郎君是我的侄子吗？”李参军说：“是陆评事的儿子。”陆遵说：“足下恐怕要丧失声誉了，陆某并无儿子。”于是李参军撩开帘子，认真察看手板说：“这其中必然有误会。”陆遵待他甚为淡薄，觉得他在欺骗自己。陆遵在就职地区与一位歌姬关系密切，那时歌姬已然怀孕，果真分娩出一位儿子。（原缺出处，明抄本作出《逸史》）

龙复本

开成中，有龙复本者无目，善听声揣骨。每言休咎，无不必中。凡有象简竹笏，以手捻之，必知官禄年寿。宋祁补阙有盛名于世，缙绅之士无不倾属。屈指翘足，期于贵达。时永乐萧相寘亦居谏署，同日诣之，授以所持竹笏。复本执萧公笏良久，置于案上曰："宰相笏。"次至宋补阙者曰："长官笏。"宋闻之不乐。萧曰："无凭之言，安足介意。"经月余，同列于中书候见宰相。时李朱崖方秉钧轴，威镇朝野。未见间，伫立闲谈。互有谐谑。顷之丞相遽出，宋以手板障面，笑未已。朱崖目之，回顾左右曰："宋补阙笑某何事？"闻之者莫不心寒股栗。未旬曰，出为清河县令。岁余，遂终所任。其后萧公扬历清途，自浙西观察使入判户部，非久遂居廊庙。俱如复本之言也。（出《剧谈录》）

龙复本

唐文宗开成时期，有一名瞎眼的人，名字叫龙复本，善于摸人的骨骼，听人的声音预测人的运势。每一回为人预测祸福，没有说得不对的时候。不论是象笏，还是竹制手板，只要捏一捏，必能知晓主人的官运与寿命。补缺宋祁在世间有很高的名望，士大夫之流没有人不倾心于他的。一伸指一抬脚的功夫就有尊贵通达的希望。那时候来自永乐的萧相置也就职于谏官官署，两人同一天去拜访龙复本，将自己手中的手板拿给龙复本观察。龙复本握着萧相置的手板观察了很久，将手板放置在桌子上说："此为宰相的手板。"接着握着补缺宋祁的手板说："这是高官的手板。"宋祁听闻后，十分不开心。萧相置说："毫无凭证的话，哪里值得介意。"一月后，两人一起就职中书省，等着面见宰相。那时候李朱崖方才就职宰相，执掌政权，威名震慑朝堂所有官员。还没见到宰相的时候，两人站立着闲谈。彼此间说着诙谐的玩笑话。不久后，忽然宰相出来了，宋祁用手板遮蔽面部，笑声没来得及停止。李朱崖看到他了，转身询问周围的随从："宋补缺因为什么事嘲笑我？"听到这话后，没有不觉得害怕、腿部打颤的人。不过十日，宋祁被外派就任清河县令。仅仅一年多的时间，便在就任期间离世。之后萧相置仕途顺利，步步高升，从浙西观察使的官位上调任户部，没有多长时间，便官至宰相。发生的事情都如同龙复本说的那般。（出《剧谈录》）

卷第二百二十五　伎巧一

因祇国

周成王五年，有因祇国去王都九万里，来献女功一人。善工巧，体貌轻洁。披纤罗绣縠之衣，长袖修裾，风至则结其衿带，恐飘飖不能自止也。其人善织，以五色丝内口中，引而结之，则成文锦。其国人又献云昆锦，文似云从山岳中出也；有列堞锦，文似云霞覆城雉楼堞也。有杂珠锦，文似贯珮珠也；有篆文锦，文似大篆之文也；有列明锦，文似罗列灯烛也；幅皆广三尺。其国丈夫，皆勤于耕稼。一日锄十顷之地。又贡嘉禾，一茎盈车。故时俗四言诗曰："力耕十顷，能致嘉颖。"（出《拾遗录》）

葛　由

葛由，蜀羌人。能刻木为羊卖之。一旦乘羊入蜀城，蜀之豪贵，或随之上绥山。绥山高峻，在峨眉之西。随者皆得道，不复还。故里语曰："得绥山一桃，虽不能仙，亦足以豪。"山下多立祠焉。（出《法苑珠林》）

因祇国

周成王五年，因祇国与京都相距九万里，进京后，献上一名织女，她善于编织技术，体态纤瘦，容貌纯洁。身穿薄透、皱纱的绣衣，衣袖宽大，起风了就会让衣带成结，身体随风飘舞摆动，唯恐无法自己停下。那个人善于织布，放五色彩线进衣物中，来回牵引便可以打成漂亮的结扣制成有花纹的彩锦。因祇国再次献上云昆锦，云昆锦上的纹理像是从山里飘出的云彩；有一种列堞锦，纹理像是飘在城墙上面的彩霞。有一种杂珠锦，纹理串好的珠子；有一种篆文锦，纹理像是大篆的笔迹；有一种列明锦，纹理像是按规律分布的灯火；锦缎的尺寸均是三尺。因祇国男子都勤劳耕种庄家。一天可以耕作千亩地。又向朝廷进贡了生长健壮的庄稼，一株庄稼便能将车放满。因此世上有一首诗写道："力耕十顷，能致嘉颖。"（出《拾遗录》）

葛由

葛由是来自蜀地羌族的人，可以把木头雕刻成羊的样子，然后售卖羊木雕。有一日，葛由乘着羊形态的木头马车进入蜀城，蜀城里的部分豪强富贵跟着马车爬上绥山。绥山高耸陡峭，位于峨眉山西部。跟着马车走的人都飞升成仙，不再归家。因此俗语说："如果可以获得绥山的仙桃，虽然无法飞升成仙，但也完全能够做富豪！"绥山脚下修葺了很多祠社。（出《法苑珠林》）

鲁般

鲁般，敦煌人，莫详年代。巧侔造化。于凉州造浮图，作木鸢，每击楔三下，乘之以归。无何。其妻有妊，父母诘之，妻具说其故。其父后伺得鸢，楔十余下，乘之，遂至吴会。吴人以为妖，遂杀之，般又为木鸢乘之。遂获父尸。怨吴人杀其父，于肃州城南，作一木仙人，举手指东南，吴地大旱三年。卜曰，般所为也。赍物巨千谢之。般为断其一手，其月吴中大雨。国初，土人尚祈祷其木仙，六国时。公输班亦为木鸢，以窥宋城。（出《酉阳杂俎》）

弓人

宋景公造弓，九年乃成而进之。弓人归家，三日而卒。盖匠者心力尽于此弓矣。后公登兽圈之台，用此弓射之，矢越西霸之山，彭城之东，余劲中石饮羽焉。（出《淮南子》）

燕巧人

燕王征巧术人，请以棘之端为沐母猴。母猴成，巧人曰："人主欲观之，必半岁不入宫，不饮酒食肉。而霁日出，视之宴阴之间，而棘刺之母猴，乃可见矣。"燕王恩养，不能观也。（出《艺文类聚》）

鲁般

鲁般是敦煌人士，没有详细记载他的生平。鲁般心思细腻，具备创造能力。鲁般在凉州地界上修葺佛塔的时候，创作出一只木制的鸢形飞行器，每次击打三下木片，便可以发动它，坐上鸢形飞行器归家。没有出过事情。鲁般的夫人怀有身孕，父母质问她，夫人详细说出事情缘由。鲁般的父亲后来伺机得到鸢形飞行器，击打了十几下木片，便坐着它飞起来了，最终抵达会稽郡县。吴国人觉得鲁般的父亲是妖魔。便将他杀害了，鲁般又做出一只鸢形飞行器，坐着它来到会稽郡县，便发现了父亲的尸身。鲁般憎恨吴国人杀害父亲，在肃州城的南边做出一个木制的仙人，让仙人的手抬起来，指向东南处的吴国，吴国的土地连续三年旱灾。相士卜算后说："旱灾是鲁般造成的。"吴国人便携带数量众多的财物，对鲁般道歉。鲁般斩断仙人指方向的手指，当月吴国地区便降下暴雨。王朝建立早期，本国人还朝着木仙人做过祷告，战国时期公输班也制作了一只鸢形飞行器，目的是窥探宋国城池的动向。（出《酉阳杂俎》）

弓人

宋景公命令制弓的人制造弓箭，花了九年的时间才成功，便给宋景公呈上做好的弓箭。制弓的人回到家中，三天就离世了。大概是制弓的人将心思和力气都放在弓箭制作上了。宋景公后来踏上圈养野兽的台子，用制成的弓箭射击野兽，箭矢穿越西霸山，最终停在彭城东面，弓箭射击的余劲射中石头，弓箭尾部的箭羽也消失了。（出《淮南子》）

燕巧人

燕王招募精于术法的人，请术者使用棘刺顶端刻画正在沐浴的母猴子。母猴子制作完成后，术者说："君王如果看了它，一定要在半年内不进后宫，不能喝酒吃肉。并且要在雨雪停止的日子里拿出来，在阴影处便能看到棘刺顶端制作的母猴子了。"燕王供养着艺

云明台

始皇起云明台，穷四方之珍木，天下巧工。南得烟丘碧树，郦水燃沙，贲都朱泥，云冈素竹；东得葱峦锦柏，缥檖龙杉，寒河星柘，岏山云梓；西得漏海浮金，浪渊羽璧，条章霞桑，沈唐员筹；北得冥阜干漆，阴坂文梓，褰流黑魄，暗海香琼。珍异是集。有二人皆虚腾椽木，运斤斧于云中。子时起功，至午时已毕。秦人皆言之子午台也，亦言于子午之地。各起一台。二说有疑。（出《拾遗录》）

淫渊浦

日南之南，有淫泉之浦。言其水浸淫从地而出，以成渊，故曰“淫泉”也。或言此泉甘软，男女饮之则淫。其水小处可滥觞褰涉，大处可方舟沿泝，随流屈直。其水激石之声，似人之歌笑，闻者令人淫动，故俗为之“淫泉”。时有凫雁，色如金，群飞戏于沙濑。罗者得之，乃真金凫也。昔秦破郦山之坟，行野者见金凫向南面，飞至淫泉。宝鼎元年，张善为日南太守。郡民有得金凫，以献太守张善。善博识多通，考其年月，既是秦始皇墓金凫也。昔始皇为冢，敛天下瑰异，生殉工人。倾远方奇宝于冢中。为江海川渎及列山岳之形。以沙棠沉檀为舟楫，金银为凫雁，以琉璃杂宝为龟鱼。又于海中作玉象鲸鱼衔火珠为星，以代膏烛。光出冢间，精灵之伟也。皆生埋巧匠于冢里。又列灯烛如皎日焉。先所埋工匠于冢内，至被开时皆不死。巧人于冢里，琢石为龙凤仙人之像，及作碑辞赞。汉初发此冢，验诸史传，皆无列仙龙凤之制，则知生埋匠者之所作也。后人更写此碑文，而辞多怨酷之言，乃谓“怨碑”。

人，却不能看到母猴。（出《艺文类聚》）

云明台

秦始皇修葺云明台的时候，将四面八方的珍稀木质都用尽了，请到了全国的技艺高超的工匠。从南部地区获得烟丘碧树、郦水燃沙、贲都朱砂、云冈素竹；从东部地区获得葱峦锦柏、缥檖龙杉、寒河星柘、岏山云梓；从西部地区获得漏海的轻质金属，浪渊羽璧、条章霞桑、沈唐员筹；从北部地区获得冥阜乾漆、阴坂文梓、褰流黑、暗海香琼。聚齐了珍贵奇特的物品。修葺过程中，有两位工匠都凭空跳跃到椽木上，运用斧头在云层里干活。从子时开始干活，到第二天午时就造好了。秦朝人都说那是“子午地”，也有人说是在子午两地分别建起一座台子。两种说法都存有疑惑之处。（出《拾遗录》）

淫渊浦

日南郡南部的江里流入淫泉水。大家都说淫泉水是从地底蔓延上来的，汇成一处深水潭，因此被称为“淫泉”。也有一种说法淫泉甘甜柔软，不论男人女人，饮用后都会变得放荡。淫泉水水流较窄的地方是起点，提起衣摆就能走过去，水流湍急的地区能让两船并行而过，沿着水流方向行驶，有时候蜿蜒，有时候笔直。水流激荡拍打石头的响声像是人在欢乐的唱歌，听闻声音后，令人产生欲念，心思萌动，因此世俗将它叫作“淫泉”。那时出现一群野鸭，身体是金色的，成群飞入沙滩或水里玩耍。猎人便将它们抓获，发现居然是真正的金铸野鸭。昔日秦朝时期，有人破坏了骊山陵寝，在荒山野地路过的人看到金铸野鸭飞往南边，最终飞到淫泉。宝鼎元年，张善就任日南郡郡守一职。有一位郡县百姓抓获金野鸭，便送与太守张善。张善学识广博，见多识广，推敲金野鸭所出现的年份，恰好是秦始皇陵墓的野鸭。昔日秦始皇构筑自己的皇陵的时候，收集全天下瑰丽奇异的宝物，将工人殉葬。陵寝中全都是从远方收集的珍异难得的宝物。陵寝中造出江河湖海以及高山的雄伟壮阔之景。用

《史记》略而不录矣。(出《拾遗录》)

新丰

高祖既作新丰，并移旧社。街巷栋宇，物色如旧。士女老幼，相携路首，各知其室。放犬羊鸡鸭于通衢望途，亦竟识其家。匠人朝宽所为也。移者皆喜其似而怜之，故竞加赏赠，月余致累百金。(出《西京杂记》)

张衡

后汉张衡字平子，造候风地动仪。以精铜铸之，圆径八尺，盖合隆起，形如酒樽，饰以篆文及山龟鸟兽之状。中有都柱，傍行八道，施关发机。外八龙首，各衔铜丸，下有蟾蜍，张口承之。其牙机巧制，皆隐在樽中，覆盖周密无际。如有地震，则樽动机发，龙吐丸而蟾蜍衔之。震动激扬，伺者因此觉知。一龙发机，而七首沙棠沉檀之类的优质木头做出一艘船，用金银制作野鸭与大雁，使用琉璃和各种颜色的珍宝制作乌龟与鱼类。还在海里刻画玉像，鱼儿含着火齐珠作为星星，作为蜡烛的替代品存在。光芒照亮了整个陵寝，精致灵秀，雄壮宏大。他将技艺精巧的工人全部活埋进陵寝中。并且依次排列油灯或蜡烛，就像是闪耀的太阳。之前被活埋的工人，等到陵墓被开启后，都没有去世。并且他们在陵寝中将石头雕刻成龙凤仙人的石像，人们便制作石碑，石碑上极尽赞美之词。汉朝初期挖掘这个陵寝的时候，查阅了各类历史记载，都没有记载用龙凤仙人做陵墓陪葬品，才清楚制作龙凤仙人的是被活埋的工人。后人重新撰写石碑上的碑文，大多是怨恨秦始皇残暴的言语，于是称之为“怨碑”。《史记》中忽略了这段历史，没有做相关记载。（出《拾遗录》）

新丰

汉高祖七年，太上皇思念故乡新丰，汉高祖便吩咐人在骊邑修建出一个与丰县街道完全一样的新城池，把它叫作新丰，并将丰县百姓也转移到了此处。此处的街道巷尾、房屋楼宇，景色如同旧时的丰县。不论是男人、女人、老人、儿童，都相互携手走向街道里，各自都清楚自己家在哪里。将狗羊鸡鸭丢到四通八达的大道上，也都竞相往自己家跑。这些都是工匠朝宽建造的。转移到此处的百姓都十分惊喜与自己家太相似了，颇为怜惜，因此争相成倍地送给朝宽各种物品，一月多朝宽便积累了百金。（出《西京杂记》）

张衡

后汉张衡，字平子，创造出候风地动仪。候风地动仪是以精炼铜作为材料铸造的，圆的直径有八尺长，大概合并向上突起，像是酒樽的样子，酒樽上装饰着篆文，还画有山龟鸟兽等样子。候风地动仪中含有一根中央铜柱，用八根柱子与之连接作为机关。外面制作出八颗龙首，龙首口中衔着铜丸，下方有一只蟾蜍，张大嘴巴呈现接住不动，寻其方面，乃知震动之所在。仪之合契若神，自书典所记，未之有也。曾一龙发机而地不动。京师学者，初咸怪其无征。数日驿至，果地动。于是皆服其神妙。（出《后汉书》）

王肃

王肃造逐鼠丸。以铜为之，昼夜自转。（出《酉阳杂俎》）

凌云台

凌云台楼观极精巧。先称平众材，轻重当宜，然后造构。乃无锱铢相负揭。台虽高峻，恒随风摇动，而终无崩殒。魏明帝登台，惧其势危，别以大材扶持之，楼即便颓坏。论者谓轻重力偏故也。（出《世说》）

陈思王

魏陈思王有神思，为鸭头构浮于九曲酒池。王意有所劝，鸭头则回向之。又为鹊尾杓，柄长而直，王意有所到处，于樽上旋之，鹊则指之。

铜丸的姿势。制作出互相拨动的齿轮机件，都隐没在酒樽里，盖上酒樽后，严丝合缝。倘若发生地震，酒樽便会发动机关，龙首吐出铜丸，蟾蜍就会接住它。如果震动的频率非常快，查看它的人便会清楚情况。一只龙首发动机关，其余七个龙首不动的话，寻着发动机关的龙首的方向，便能知晓地震的具体位置。候风地动仪的预测神乎其神，典籍史书中记载说，从没出现过这样准确的地动仪。曾经地动仪的一只龙首发动机关，而指的方向没有地震。京都学者们都怪怨地动仪预测不灵验了。过了几天，驿吏传来消息，果真那个方向出现地震。百姓们便都相信地动仪的神奇巧妙。（出《后汉书》）

王肃

王肃制作驱赶老鼠的弹丸，是由铜制作而成的，这个弹丸不分白天黑夜，一直转动着。（出《酉阳杂俎》）

凌云台

凌云台这个建筑物修建时构思颇为巧妙。首先称量所有木材，使其分配均衡，轻重适宜，接着修剪构造。于是便不会出现因微小重量对楼梯产生负担的情况。凌云台尽管高耸险峻，一直跟着风的方向摇摆，然而始终没有出现崩塌损坏的情况。魏明帝曹叡想踏上凌云台，因为害怕它危险的地势，就另外加上粗壮的木材维持住楼体，楼体随即便颓倾坍坏。议论此事的人说倒塌的原因是轻重不平衡，力量有所偏移。（出《世说》）

陈思王

魏国的陈思王想法颇为奇妙，他将勺子尾部做成鸭头的模样，让它漂浮在九曲酒池中。每当陈思王想劝哪个人喝酒，鸭头便会指向那个人。然后还将勺子的尾部做成鹊尾模样，把柄很长且笔直，陈思王内心念着想去的方向，只要将勺子放在酒杯上转动，鹊尾便指向那个方向。

吴夫人

吴主赵夫人，赵达之妹也。善画，巧妙无双。能于指间，以彩丝织为云龙虬凤之锦。大则盈尺，小则方寸，宫中谓之“机绝”。孙权常叹魏蜀未夷，军旅之隙，思得善画者，使图作山川地势军阵之像。达乃进其妹。权使写九州江湖方岳之势，夫人曰：“丹青之色，甚易歇灭，不可久宝。妾能刺秀。”列万国于方帛之上，写以五岳河海城邑行阵之形，乃进于吴主。时人谓之“针绝”。虽棘刺木猴，云梯飞鸢，无过此丽也。权居昭阳宫，倦暑，乃褰紫绡之帷。夫人曰：“此不足贵也。”权使夫人指其意思焉，答曰：“妾欲穷虑尽思，能使下绢帷而清风自入，视外无有蔽碍。列侍者飘然自凉。若驭风而行也。”权称善。夫人乃析发，以神胶续之。神胶出郁夷国，接弓弩之断弦者。百断百续，乃织为罗縠。累月而成，裁之为幔。内外视之，飘飘如烟气轻动，而房内自凉。时权尚在军旅，常以此幔自随，以为征幕。舒之则广纵数丈，卷之则可内于枕中。时人谓之“丝绝”。故吴有三绝，四海无俦其妙。后有贪宠求媚者，言夫人多耀于人主，因而致退黜。虽见疑坠，犹存录其巧工。及吴亡，不知所在。（出《王子年拾遗记》）

吴夫人

孙权有一位赵姓夫人，是赵达的妹妹。善于作画，画作构思巧妙，独一无二。她可以指间翻飞，用彩色丝线编织出腾云之龙、在天上盘踞的凤凰这类图案的锦缎。这些锦缎尺寸大的超过一尺，尺寸小的仅仅一寸，宫里称她为“机绝”。孙权时常叹息魏、蜀两地尚未平定，在军旅生涯的间隙，想要获得一名善于作画的人，让他画像中包含山川地势，方便军队排兵布阵。赵达便将妹妹赵氏送与孙权。孙权吩咐她画出九州内的山川湖海的地势图，赵夫人说：“丹青的色彩很轻易便会褪色，无法长期储存。我擅长刺绣的技艺。”便将所有国家的疆土地势在方形的布帛上绣出来，布帛上仍旧绣着山川河流、城池及军事布阵的情况，将布帛送与孙权。当时的人称她为“针绝”。尽管千人有棘刺的木猴、公输班制作的云梯，精巧的纸鸢，然而都抵不过它的绚丽。孙权居住在昭阳宫，夏天的暑气使他变得倦怠，于是揭起紫绡制成的帷帐。赵夫人：“这个不足以让人觉得珍贵。”孙权请夫人阐述话里的含义，赵夫人答复：“我用尽心思想到一个好主意，使得帷帐放下的时候，清风便自己进来了，观看外面却发现并没有阻碍。站着的侍从也会很轻松闲适，自发的凉快起来。就像是乘着风走路一样。”孙权称赞这个主意很妙。赵夫人便捋出几缕发丝，使用神胶连接发丝。神胶出自郁夷国，用于黏合断弦的弓箭。不管断裂几次，都可以重新黏合好，赵夫人用它缝制疏细的丝织品。几个月才缝制成功，裁剪丝织品做好帷帐。不管是从里面还是外面观察它，如同云烟雾气一般缓慢飘动，并且房间里自此变得十分凉快。孙权当时还在军队里，身边时常带着这种帷帐，把它当作幕帐，将帷帐打开则长宽均有几丈长，将帷帐卷好便能在枕头里放着。当时百姓称她为“丝绝”。因此吴国有了三绝，全国各处不存在与他们相提并论的宝贝。之后出现贪图宠爱，讨好孙权的人说赵夫人时常在孙权面前夸耀自己的技能，因此导致孙权废除了赵夫人。尽管孙权对赵夫人产生猜疑，但是她巧妙的工艺仍旧被留存记录了下来。等到吴国消亡，便不清楚她在何处了。（出《王子年拾遗记》）

区 纯

大兴中，衡阳区纯作鼠市。四方丈余，开四门，门有木人。纵四五鼠于中，欲出门，木人辄以椎椎之。（出《晋阳秋》）

水芝欹器

西魏文帝造二欹器。其一为二仙人，共持一钵，同处一盘。盖有山，山有香气。别有一仙人持一金瓶，以临器上，以水灌山。则出于瓶而注于器，烟气通发山中，谓之“仙人欹器”也。其一为二荷，同处一盘，相去盈尺。中有芙蓉，下垂器上，以水注芙蓉而盈于器。又为凫雁蟾蜍以饰之，谓之“水芝欹器”。二盘各有一床一钵，钵圆而床方。中有人焉，言三才之象也。器如觥形，满则平。溢则倾。置之前殿，以警满盈焉。（原缺出处，明抄本作出《三国典略》）

兰陵王

北齐兰陵王有巧思，为舞胡子。王意欲所劝，胡子则捧盏以揖之。人莫知其所由也。（出《朝野佥载》）

僧灵昭

北齐有沙门灵昭甚有巧思，武成帝令于山亭造流杯池。船每至帝前，引手取杯，船即自住。上有木小儿抚掌，遂于丝竹相应。

区纯

晋元帝大兴中期，来自衡阳的百姓区纯制作出一种机巧的饲养老鼠的器具。这个器具四面有一丈多长，四扇门都呈现打开的状态，每扇门里有一只木人。将四五只老鼠放入其中，老鼠想出门的时候，木人便拿出槌子槌打老鼠。（出《晋阳秋》）

水芝欹器

西魏文帝打造出两只倾斜易覆的盛水器，一只盛水器的形态是两位神仙共同手拿一个盛放东西的陶制器具，一起处在盘子里。盘子里有一座山，山间飘着浓香的气息。另外一只盛水器里，一位神仙手拿一只金色的瓶子，于盛水器高处屹立，浇水灌溉山体。从瓶子里流出的水进入了盛水器里，雾气遍布山里，称之为“仙人欹器”。其中一个盘子里摆着两只莲花，两者有一尺多远。中间镶嵌着一朵芙蓉花，在盛水器上呈现垂落的姿态，水流通过芙蓉花流入盛水器中装满。用野鸭、大雁、蟾蜍来装点盛水器，称之为“水芝欹器”。两只盘子里分别有一张床和一只陶制器具，陶制器具呈现圆形，床的形状是方形。其中有一个人，称他象征着天、地、人。盛水器与酒器的外观相似，水满了便是水平的，溢水了便呈现倾倒状态。将其在宫里前殿里放着，以此警诫人们物盛到极点就会衰落（月满则亏的道理）。（原缺出处，明抄本作出《三国典略》）

兰陵王

北齐兰陵王心思奇妙，打造出一个正在跳舞的胡族男人。每当兰陵王想让哪一位饮酒，胡族男人便会端着酒杯朝着那人拱手行礼。没人清楚其中的缘由。（出《朝野佥载》）

僧灵昭

北齐有一名和尚，名字叫灵昭，心思颇为灵巧，武成帝下令在山间的亭子里修建流杯池。流杯池完工后，载着酒杯的船儿每次抵达饮讫放杯，便有木人刺还。上饮若不尽，船终不去。未几，灵昭忽拊心，疑有刀刺，须臾吐血而终。

七宝镜台

胡太后使灵昭造七宝镜台。合有三十六室，别有一妇人，手各执锁。才下一关，三十六户一时自闭。若抽此关，诸门咸启，妇人各出户前。（出《皇览》）

武成帝跟前的时候，武成帝伸出手拿出酒杯，船儿便自动停下。船上有一位木质的孩童，他正在鼓掌，是为了符合丝竹的音乐。喝完酒杯的酒，便将被子放下，木质孩童就会拿好酒杯放回去。倘若武成帝没有喝完酒，船始终不会离开。没多久，突然和尚拍打着胸部，像是有刀子在刺他的胸口，顷刻间他便吐血身亡。

七宝镜台

胡太后下令让灵昭打造七宝镜台。七宝镜台总共三十六间房间，房间里分别有一名妇人，手里分别握着一把钥匙。仅仅需要发动钥匙，三十六间房间会同一时间关闭房门。倘若从机关中抽出钥匙，所有门便会全部打开，妇人便会各自走到家门前。（出《皇览》）

卷第二百二十六　伎巧二

水饰图经

炀帝别敕学士杜宝修《水饰图经》十五卷，新成。以三月上巳日，会群臣于曲水，以观水饰。

有神龟负八卦出河，进于伏牺；黄龙负图出河；玄龟衔符出洛；太鲈鱼衔箓图出翠妫之水，并授黄帝；黄帝斋于玄扈，凤鸟降于洛上；丹甲灵龟衔书出洛授苍颉；尧与舜坐舟于河，凤凰负图；赤龙载图出河，并授尧；龙马衔甲文出河授舜；尧与舜游河，值五老人；尧见四子于汾水之阳；舜渔于雷泽；陶于河滨；黄龙负黄符玺图出河授舜；舜与百工相和而歌，鱼跃于水；白面长人而鱼身，捧河图授禹，舞而入河；禹治水，应龙以尾画地，导决水之所出；凿龙门疏河，禹过江，黄龙负舟；玄夷苍水使者授禹《山海经》，遇两神女于泉上；帝天乙观洛，黄鱼双跃，化为黑玉赤文；姜嫄于河滨履巨人之迹，弃后稷于寒冰之上，鸟以翼荐而履之；王坐灵沼，于牣鱼跃；太子发度河，赤文白鱼跃入王舟；武王渡孟津，操黄钺以麾阳侯之波；成王举舜礼，荣光幕河；穆天子奏钧天乐于玄池，猎于澡津，获玄貉白狐；觞西王母于瑶池之上，过九江，鼋龟为梁；涂脩国献昭王青凤丹鹄，饮于洛溪；王子晋吹笙于伊水，凤凰降；秦始皇入海，见海神；汉高祖隐芒砀山泽，上有紫云；武帝泛楼船于汾河，游昆明池，去大鱼之钩游洛，水神上明珠及龙髓；汉桓帝游河，值青牛自河而出；曹瞒浴焦水，击水蛟；魏文帝

水饰图经

隋炀帝特地吩咐学士杜宝编撰一共十五卷的《水饰图经》，近日刚刚完工。三月三日，隋炀帝宴请众位大臣，流觞取饮，相与为乐，邀请大臣们同他欣赏依据《水饰图经》中提到的用水力机械操纵的木偶。

神龟从河中游来，为伏羲呈上背着的八卦图；还有黄龙从河中探出头来背负着宝图；元龟含着祥瑞出现在水面；大鲈鱼叼着预测灾殃与幸福的文字，出现在翠妫水面上，并赠予皇帝；皇帝在玄扈山吃斋念佛，凤鸟从高处降落至洛水之上；身负红色外壳的灵龟嘴含书籍游出水面，将书籍赠予仓颉；尧舜两位皇帝共同乘舟在河上游玩，凤凰身负八卦图，赤龙载着八卦图冲出水面，呈上八卦图于尧帝；龙头马身的神兽将嘴里含着的甲文赠予舜帝；尧帝和舜帝在河边游玩，有五位老人；在汾水的北面尧帝会见王仉、齿缺、被衣、许由四位公子；舜帝在雷泽之地钓鱼；尧帝则在小河边；黄龙身负符箓舆图游出水面，将符箓舆图赠予舜帝，舜帝和匠人们相互应和着唱歌，鱼儿跃出水面；人鱼面容白皙，身材修长，双手托着河图赠予大禹，跳舞着进入河里；大禹治理水患，翼龙甩着尾巴在地面上划动，引导着洪水流入海里。大禹挖凿龙门峡疏通河水，翼龙背着小船里的大禹游向江的那边；东夷君长、苍水使者前来，将《山海经》赠予大禹，于泉水处碰到两位仙女；成汤帝在洛水处观赏，两尾黄鱼双双跳至船中，化为黑玉上的祥瑞图像；帝喾正妃姜嫄于河旁踩过巨人的足迹后便产下后稷，后来在寒冰上后稷又被抛弃，鸟儿挥着翅膀，将草席铺在后稷身上；周文王在灵沼水边坐着，发现许多鱼儿争相跃出水面；周朝太子乘舟过河，带有祥瑞花纹的白鱼跳跃着上了太子兴师，临河不济；杜预造河桥成，晋武帝临会，举酒劝预；五马浮渡江，一马化为龙；仙人酌醴泉之水；金人乘金船；苍文玄龟衔书出洛，青龙负书出河，并进于周公；吕望钓磻溪得玉璜，又钓卞溪获大鲤鱼，腹中得兵钤；齐桓公问愚公名；楚王渡江得萍实；秦昭王宴于河曲，金人捧水心剑造之；吴大帝临钓台望葛玄；刘备乘马渡檀溪；澹台子羽过江，两龙夹舟；淄丘䜣与水神战；周处斩蛟；屈原遇渔父；卞随投颍水；许由洗耳；赵简子值津吏女；孔子值河浴女子；秋胡妻赴水；孔愉放龟；庄惠观鱼；郑弘樵径还风。赵炳张盖过江；阳谷女子浴日；屈原沉汨罗水；巨灵开山；长鲸吞舟。若此等总七十二势，皆刻木为之。或乘舟，或乘山，或乘平洲，或乘盘石，或乘宫殿。木人长二尺许，衣以绮罗，装以金碧。及作杂禽兽鱼鸟，皆能运动如生，随曲水而行。

的大船里；周武王抵达孟津渡口，手里握着黄金的长柄斧子指挥军队，平息神阳侯引起的风波；周成王举办舜礼仪式，幕河之上升起五色的祥瑞云气；周穆公于玄池地区奏响钧天广乐，在滠津地区打猎，抓获白色狐狸、深黑色貉子等寓意吉祥的动物；在瑶池之上同西王母畅饮，渡过九江的时候，鼋龟以身体作为桥梁，助其渡河；涂脩国将青鸟、丹红色天鹅进献给周昭王，周昭王在洛溪地区饮酒庆祝；王子晋在伊河处奏响笙歌，凤凰闻声降临；秦始皇进入海域面见海神；汉高祖在芒山、砀山的山林沼泽处隐居，空中出现紫色的云彩，此为祥瑞之兆；汉武帝在汾河地区坐着楼船游赏，在昆明池处游玩，在洛水游玩，大鱼咬住钩子被钓了上来，水神赠予他明珠与龙脑；汉桓帝去黄河游历，正好碰到从河里游出一头青牛；曹阿瞒于淮水地区洗浴，击败水中的蛟龙；魏文帝举兵出征，行军到河边，江水暴涨无法渡河；杜预成功在富平津地区建起桥梁，晋武帝领着百官们，前往庆祝，举起酒杯，祝贺杜预。晋怀帝永嘉时期，司马睿、司马绎、司马兼、司马祐、司马宗五位司马姓诸侯游泳渡过长江，司马睿登基做了晋元帝；神仙们斟酒对酌甜美的泉水；黄金船只上载着金人；大乌龟身上有着深青色花纹，嘴含天书从洛河水面出现，苍龙身负天书浮出黄河水面，并把天书赠予周公；姜太公吕尚在磻溪水边钓鱼，钓到了玉璧，接着又在下溪地区钓到了一只大鲤鱼，在鲤鱼肚子中获得了兵法书籍；齐桓公在愚公谷打猎，偶遇愚公询问其名讳；楚昭王渡江后获得了甘美的水果（即吉祥之物）；秦昭王在河流弯曲的地方设下宴席，金人托着水心剑造访，并将水心剑赠予秦昭王；吴主孙权前往钓台看望太极仙翁葛玄；刘备骑着马匹从檀溪渡过，才躲过了追杀他的刘表；孔夫子的徒弟洪台子羽正准备渡过江面，江里游出两只龙夹住船只送他过江；淄丘䜣和水神大战；在周地斩杀蛟龙；屈原在江边碰到了打鱼的老人家；卞随不肯接受汤赠予他的天下，认为受到污辱，投入稠水而死；许由不愿听到尧帝委任他做九州长的消息，就于颍水处清洗耳朵；赵简子碰到津吏女；孔夫子在河边碰到了一位女子，她正在河里洗浴；由于秋胡夫人没有辨认出多年回家的丈夫秋胡，内心惭愧，跳水而死；孔愉经过余不亭，看到有人又间以妓航，与水饰相次，亦作十二航。航长一丈阔六尺。木人奏音声，击磬撞钟，弹筝鼓瑟，皆得成曲。及为百戏，跳剑舞轮，升竿掷绳，皆如生无异。其妓航水饰，亦雕装奇妙。周旋曲池，同以水机使之。奇幻之异，出于意表。又作小舸子长八尺，七艘。木人长二尺许，乘此船以行酒。每一船，一人擎酒杯立于船头，一人捧酒钵次立，一人掌船在船后，二人荡桨在中央，绕曲水池。回曲之处，各坐侍宴宾客。其行酒船，随岸而行，行疾于水饰。水饰行绕池一匝，酒船得三遍，乃得同止。酒船每到坐客之处即停住，擎酒木人于船头伸手。遇酒，客取酒饮讫。还杯，木人受杯，回身向酒钵之人取勺斟酒满杯。船依式自行，每到坐客处，例皆如前法。

在捉龟，将龟买了下来，放回溪水中，后来孔愉被封为余不亭侯；庄子与惠施观鱼，就是否知晓鱼儿是否欢乐之事做出探讨；少年时期郑弘太尉在山中砍柴的时候，受到神仙帮助，借着风力送他回家。赵炳张盖过江；女子在旸谷沐浴阳光；屈原跳入汨罗江赴死；巨灵使出咆哮之力分开华山与首阳山，并且将洪水引入海中，避免百姓土地受灾；大鲸鱼吞掉在海里行驶的船只，有七十二种利用水力控制的机械器物，这些器物均是木头雕琢制成。有的乘着船，有的乘着山，有的乘水中陆地，有的乘着盘石，有的乘着宫殿。上面的木人高约二尺左右，穿着绫罗绸缎做的衣裳，戴着金钗翡翠之类的首饰。同时上面还放置了一些鸟、兽、虫、鱼，这些动物都像真的一样可以活动，还能跟着水的流动同时运行。

里面还有小船载乘歌妓舞女，与里面的水力机械玩具互相穿插开来，同样也是十二只。船长一丈六尺宽。上面有木人表演音乐，有的木人击磬撞钟，有的木人弹筝鼓瑟，全都符合乐律成曲调。还有的木人表演各种百戏杂技，有的在跳剑舞，有的在爬竿掷绳，全都像真人一样表演。这十二只载有歌妓舞女小船的装饰，也雕刻得十分精巧奇妙，全都围绕着曲池运行，同样也是水力机关让它们自动行走的。奇异玄幻程度，出乎人们意料。又制造了七只小游艇，上面放置着高二尺左右的木人，乘着船为人斟酒。每只小游艇上面，都有一个木人拿着酒杯站在船头，另有一个木人手捧酒钵站在后面，还有一个木人在船后面撑篙，另外二个木人在船中间划桨，船只围绕着弯弯的水池。遇到拐弯之处，全都坐着宾客。这些斟酒所用的船，都是沿着岸边而行，比载着各种传说故事的玩具船行进的要快很多。玩具船绕池一圈，斟酒船差不多可以绕池三圈，两种船才能遇到同时停下来。斟酒船，每次行进到有宾客的岸边都会自动停下，手里拿着酒杯的木人在船头伸手，将斟满酒的酒杯递给客人。客人喝酒后将空的酒杯还回来给木人。木人接过来空酒杯后，转过身从捧着酒钵木人那边拿过来木杓，将空的酒杯再次斟满。斟酒船就这样按照顺序走走停停，经过有客人坐的地方，就会和前面一样将酒杯递过去。

此并约岸水中安机，如斯之妙，皆出自黄衮之思。宝时奉敕撰《水饰图经》，及检校良工图画。既成奏进，敕遣宝共黄衰相知。于苑内造此水饰，故得委悉见之。衮之巧性，今古罕俦。（出《大业拾遗记》）

观文殿

隋炀帝令造观文殿。前两厢为书堂，各十二间。堂前通为阁道。承殿，每一间十二宝厨。前设方五香重床，亦装以金玉。春夏铺九曲象簟，秋设凤绫花褥，冬则加绵装须弥毡。帝幸书堂，或观书，其十二间内，南北通为闪电窗。零笼相望，雕刻之工，穷奇极之妙。金铺玉题，绮井华榱，辉映溢目。每三间开一方户，户垂锦幔。上有二飞仙，当户地口施机。舆驾将至，则有宫人擎香炉，在舆前行。去户一丈，脚践机发，仙人乃下阁，捧幔而升，阁扇即开，书厨亦启，若自然，皆一机之力。舆驾出，垂闭复常。诸房入户，式样如一。其所撰之书，属辞比事，条贯有序，文略理畅，互相明发。及抄写真正，文字之间，无点窜之误。装翦华净，可谓冠绝今古，旷世之名宝。自汉已来讫乎梁，文人才子，诸所撰著，无能及者。其新书之名，多是帝自制，每进一书，必加赏赐。（出《大业拾遗记》）

斟酒船和环岸水中的各种水力机械玩具安装的，都十分的精巧奇妙，这些都是出自黄衮的设计构思。杜宝奉命撰写《水饰图经》，还有负责后续的检查校对技艺高超工匠们绘制的图纸。编纂好之后马上送报给皇上，皇上让杜宝跟黄衮见面。黄衮在御苑内制造出这些水力玩具与斟酒船，所以笔者才能全部记录并亲眼见到这些物品。黄衮的心思奇巧，古往今来都很少有人可以与之相媲美。（出《大业拾遗记》）

观文殿

隋炀帝下令建造观文殿。观文殿前殿两侧作为书堂，各有十二间。观文殿堂前通向大殿的木造长廊。每一间都放置十二架珍贵的书橱。前面设置了一张五香木重床，床上的装饰都是黄金、玉石。春天和夏天铺九曲象牙凉席，秋天铺风绫花褥，冬天铺设外罩绵罩制作而成的须弥毡。隋炀帝经常会过来书堂，或者是来看书，这里面的十二间藏书室，全都南北相通安装着玲珑相望的闪电窗，雕刻的工艺十分精致绝妙，世间没有比它再精致玄妙的东西了。黄金做成的门环和玉石装饰椽头。天花板上都装饰着花纹藻井，富丽堂皇的装修耀眼夺目，流光溢彩。其中每三间屋子设置一个方形的门，门上悬挂着彩锦门帘。门上面放置两个飞仙，门下面也安装个机关。皇帝要来看书的时候，会有宫人手拿着香炉，走在皇帝座驾的前面。在距离书馆门一丈远的地方停下，用脚踏机关触发按钮，门上的两个仙人会徐徐降落到地面，手捧着门帘再升起来，书堂的门就会自动打开，书橱也会自动打开，这都是一个按钮发挥的作用。皇帝的座驾离开宫殿之后，所有门窗门帘都会自动关闭恢复如常。各间书堂的门窗，都是同一个款式的。这里面撰写的书，都是撰文记事之类，条理分明井然有序，文笔通顺锋利明白豁达，相互之间可以互相启发。至于抄写的书籍，用的都是真笔楷书，文字之间，没有一点错误。装裱华丽洁净，可以说是古往今来从没有过的，是当代的旷世之宝。自汉朝以来到南北朝时的梁朝，文人墨客，他们所撰写的著作书籍中，都没有可以和这些与之相提并论的。这些新书的书名，都是隋炀帝亲自

刘 交

幽州人刘交，戴长竿高七十尺，自擎上下。有女十二甚端正，于竿置定，跨盘独立，见者不忍，女无惧色。后竟还扑杀。（出《朝野佥载》）

张 崇

唐巧人张崇者能作灰画腰带铰具。每一胯，大如钱。灰画烧之，见火即隐起。作龙鱼鸟兽之形，莫不悉备。（出《朝野佥载》）

十二辰车

则天如意中，海州进一匠，造十二辰车。回辕正南，则午门开，马头人出。四方回转，不爽毫厘。又作木火通，铁盏盛火，辗转不翻。（出《朝野佥载》）

铜 樽

韩王元嘉有一铜樽，背上贮酒而一足倚。满则正立，不满则倾。又为铜鸠，毡上摩之热则鸣，如真鸠之声。（出《朝野佥载》）

写的。每次有人进献一本新书，隋炀帝都会多加赏赐。（出《大业拾遗记》）

刘交

幽州人刘交，头上可以戴一只高七十尺的竹竿，自己可以让竹竿上下活动。竹竿上面站立着十二个端庄美丽的女孩，在竹竿上面站定，可以攀爬跨越，单脚站立，观看的人都十分不忍担心会掉下来，竹竿上的女孩毫无惧色。后来还是有女孩从上面掉下来摔死了。（出《朝野佥载》）

张崇

唐朝时期有个能工巧匠叫张崇可以制作灰画腰带扣卡。每一环扣，都像铜钱那么大。灰画用火烧之后，见火的地方会渐渐凸起。最终变成鱼、龙、鸟兽等各种图案，其他图案应有尽有。（出《朝野佥载》）

十二辰车

唐朝武则天如意年间，海州进献了一位匠人，可以制造出十二时辰车。十二时辰车车辕转到正南时，午门就会自动打开，会有驾车的马和人头从里面探身出来。十二时辰车是围着东、南、西、北四个方位旋转的，时辰不差分毫。海州匠人还会制作木火通，木火通是用铁盘盛火，辗转时火也不会从盘里面翻出来。（出《朝野佥载》）

铜樽

韩王元嘉有一只盛酒的铜樽，上面盛酒下面有一只脚站在那儿。酒樽盛满酒后会立的十分端正，没有盛满就会倾斜过来。韩王元嘉还有一只铜鸠，将它在毡上摩擦发热就会发出鸠鸣一样的响声，和真的鸠鸣声音一模一样。（出《朝野佥载》）

殷文亮

洛州殷文亮曾为县令，性巧好酒。刻木为人，衣以缯彩。酌酒行觞，皆有次第。又作妓女，唱歌吹笙，皆能应节。饮不尽，即木小儿不肯把；饮未竟，则木妓女歌管连催，此亦莫测其神妙也。（出《朝野佥载》）

杨务廉

将作大匠杨务廉甚有巧思。常于沁州市内刻木作僧，手执一碗，自能行乞。碗中钱满，关键忽发，自然作声云布施。市人竞观，欲其作声。施省日盈数千矣。（出《朝野佥载》）

王 琚

郴州刺史王琚刻木为獭，沉于水中取鱼。引首而出，盖獭口中安饵为转关，以石缒之则沉，鱼取其饵，关即发，口合则衔鱼，石发则浮出。（出《朝野佥载》）

薛昚惑

薛昚惑者善投壶。龙跃隼飞，矫无遗箭。置壶于背后，却反矢以投之，百发百中。（出《朝野佥载》）

殷文亮

洛州有个叫殷文亮的人曾经是县令，他心思巧妙又喜欢喝酒。殷文亮自己雕刻了一个木人，身上穿着粗丝彩衣。每每到宴会喝酒的时候，小木人都会很有秩序的为人敬酒。殷文亮还制作了一个妓女木头人，这个木头人可以唱歌还会吹笙，吹的还都符合音乐节拍。如果酒杯里面的酒没有喝完，木头人就不会再去斟酒。如果酒没有喝尽兴，木质妓女还会连唱带吹地催促你赶紧喝酒。这两个木制人，谁都没有猜出来其中的机关奥妙。（出《朝野佥载》）

杨务廉

将作有位技艺高超的能人巧匠叫杨务廉，他十分擅长发明奇妙的设计。他之前在沁州市内雕刻过一个木头僧人，僧人手里端着木碗，自动向路人乞讨。等到木碗中的钱盛满后，机关就会触发，僧人就会自己说布施。全沁州市的人都争相观看，想听木头僧人说话的声音。这个木头僧人一天下来可以行乞到好几千文钱。（出《朝野佥载》）

王　琚

郴州刺史王琚用木头雕刻了一只木獭，将木獭沉到水里面捕鱼。木獭捕到鱼后伸着头浮出水面，木獭嘴里面放着的诱饵连接着转动的机关，用绳子绑着一块石头沉入水中，水中的鱼来吃诱饵，就会触发机关，木獭的嘴就会闭上将鱼衔在口中，这时候绑着的石头就会脱离沉下去，木獭便会衔着鱼从水面浮出。（出《朝野佥载》）

薛昚惑

有个叫薛昚惑的人十分擅长玩投壶的游戏。投壶用的箭签在他手里就像龙腾鹰飞一样直接投出，手法迅速没有投不中的时候。薛昚惑还可以将壶背在身后，身体反着将箭签投过去，同样也是百投百中。（出《朝野佥载》）

马待封

开元初修法驾，东海马待封能穷伎巧。于是指南车、记里鼓、相风鸟等，待封皆改修，其巧逾于古。待封又为皇后造妆具，中立镜台，台下两层，皆有门户。后将栉沐，启镜奁后，台下开门，有木妇人手执中栉至。后取已，木人即还。至于面脂妆粉，眉黛髻花，应所用物，皆木人执。继至，取毕即还，门户复闭。如是供给皆木人。后既妆罢，诸门皆阖，乃持去。其妆台金银彩画，木妇人衣服装饰，穷极精妙焉。待封既造卤簿，又为后帝造妆台，如是数年。敕但给其用，竟不拜官，待封耻之。又奏请造欹器酒山扑满等物，许之。皆以白银造作。其酒山扑满中，机关运动。或四面开定，以纳风气。风气转动，有阴阳向背。则使其外泉流吐纳，以挹杯斝。酒使出入，皆若自然。巧逾造化矣。既成奏之。即属宫中有事，竟不召见。待封恨其数奇，于是变姓名，隐于西河山中。

至开元末，待封从晋州来。自称道者吴赐也。常绝粒。与崔邑令李劲造酒山、朴满、欹器等。酒山立于盘中，其盘径四尺五寸，下有大龟承盘，机运皆在龟腹内。盘中立山，山高三尺，峰峦殊妙。盘以木为之，布漆其外，龟及山皆漆布脱空，彩画其外。山中虚，受酒

马待封

唐玄宗开元初年宫里修理皇上外出要用的法驾，东海郡有个叫马待封的人懂各种机关技巧。他将外出用的指南车、记录行程里数的记里鼓、标明风向的相风鸟等东西，全都进行了新的改造，改造的技巧比古人的更加精妙。马待封又为皇后制作了一个梳妆台，梳妆台中间立着镜台，台下两层，全都有门。皇后需要梳洗打扮的时候，打开装镜子的匣子，台子下面的门会自动打开，从里面出来一个木制妇人手里拿着毛巾、梳子等东西出来。皇后接过这些东西，木制女人又重新回去。还有其他的如涂面脂、定妆粉、描眉笔、髻花等梳妆需要用的东西，全都由木制妇人送出来。全都送完之后，木制妇人重新返回镜台之中，台下门就会全部自动关好。像梳妆打扮需要的东西，全部都由木制妇人完成。皇后化好妆之后，每个门都会关好，让人将梳妆台撤走即可。这个梳妆台的装饰品都是黄金、白银还有彩色的绘画，木制妇人的衣物服饰打扮，都制作得十分精妙。马待封在宫中制作了所有皇帝皇后大臣们外出需要用的仪仗，还为皇后另外制作了梳妆台，如此做了好几年时间。但是唐玄宗只是让人照顾他的饮食起居，并没有授予他官职，马待封觉得被羞辱到。就又上奏皇上请求为他制作倾器酒山和蓄钱罐等奇巧的物品，皇上批准了。马待封制作的这些器具全都用白银制作。其中酒山、蓄钱罐，都可以用机关操作。酒山可以从四面打开，以此来藏风纳气。风在里面转动机关，又分为阴阳两面向背。这样酒山外面就有酒像泉水一样流淌出来，用酒杯接酒，斟酒的仆人出入，全都是自动的。这全都是由机关控制的巧夺天工之法。马待封将器具制作成功后上奏皇上。皇上推说宫中有事，竟然没有召见马待封。马待封痛恨自己生不逢时，于是改变姓名，隐居在西河山中。

到了唐开元末年，马待封从晋州来到长安。自称道士吴赐。他经常辟谷修炼长生不老之术。马待封跟崔邑的邑令李劲一同制作酒山、蓄钱瓦器和倾器等物品。马待封制作的酒山放在一只圆盘里面，圆盘直径四尺五寸长，盘下有一只大龟负责承托，所有机关都在大龟的肚子里面。圆盘中间伫立一座酒山，酒山高约三尺，山峰制作的十三斗。绕山皆列酒池，池外复有山围之。池中尽生荷，花及叶皆锻铁为之。花开叶舒，以代盘叶，设脯醢珍果佐酒之物于花叶中。山南半腹有龙，藏半身于山，开口吐酒。龙下大荷叶中，有杯承之，杯受四合。龙吐酒八分而止，当饮者即取之。饮酒若迟，山顶有重阁，阁门即开，有催酒人具衣冠执板而出。于是归盏于叶，龙复注之，酒使乃还，阁门即闭。如复迟者，使出如初。直至终宴，终无差失。山四面东西皆有龙吐酒。虽覆酒于池，池内有穴，潜引池中酒纳于山中。比席阑终饮，池中酒亦无遗矣。欹器二，在酒山左右，龙注酒其中。虚则欹，中则平，满则覆。则鲁庙所谓侑坐之器也。君子以诫盈满，孔子观之以诫焉。杜预造欹器不成，前史所载。若吴赐也，造之如常器耳。（出《纪闻》）

分精妙绝伦。圆盘使用木头制作的，在外面涂上漆，大龟与酒山都是漆布脱空成壳，在外面涂上各种颜色然后画成真龟、真山状。酒山中间部分为空，可盛酒三斗。环绕酒山排列着酒池，酒池外面还有山围着。酒池中间全部都是荷花，荷花和叶子都是用铁做成的。荷花已经开放，荷叶也舒展着，荷叶代替盘子使用，在里面盛上肉脯、肉酱及各种下酒的水果蔬菜。酒山南侧山腰位置有一条龙，龙半个身子藏在酒山中。龙口张开可以吐出来酒。龙口下面大荷叶里面，放着酒杯，荷叶四周都是这样的酒杯。龙口吐酒盛到八分满就停止，喝酒的人立即取杯饮酒。如果喝的慢没来得及，酒山顶上有个双层阁楼。阁楼门会自动打开，里面有穿着衣服戴着帽子的催酒机器人拿着板子走出来。就将酒杯重新放回到荷叶上面，让龙口重新给酒杯斟满酒，催酒机器人才自动又回到双层阁楼里面，阁楼的门随之关闭。如果再次有人喝慢了，酒使又会重新出来监督喝酒。如此重复到酒宴结束，都不会有任何差错。酒山的四面东西方向都会有龙口吐酒。虽然有的时候也会将酒吐在酒池里面，但是酒池里面是有暗穴的，可以重新将酒池里面的酒引流到酒山里面。直到酒宴结束酒也喝完了，酒池里面的酒都不会留下一点迹象。倾斜盛酒器之二，是在酒山两侧左右，布置会自动倾斜的酒杯，龙口会向里面注酒。杯子里面如果没有盛酒，酒杯会呈倾斜状；杯子盛上半杯酒时，杯子会比较平正；等酒盛满之后，杯子就会自动倾翻，将酒重新倒入酒池里面。这是孔庙中所谓的陪坐之礼。道德修养高的君子，不会喝满杯盈出的酒，孔夫子会在一旁观察加以警示。古人杜预想要制造这种倾斜盛酒器并没有成功，之前的史书有过记载。如果是吴赐道士，制作这种器皿那就太过简单了。（出《纪闻》）

卷第二百二十七 伎巧三绝艺附

伎巧

华清池

玄宗于华清宫新广一池，制度宏丽。安禄山于范阳以白玉石为鱼龙凤雁，仍为石梁及石莲花献。雕镌巧妙，殆非人工。上大悦，命于池中，仍以石梁横亘其上，而下莲花出于水际。上因幸华清宫，至其所。解衣将入，而鱼龙凤雁皆若奋鳞举翼，状欲飞动。上甚恐，遽命撤去，去之而莲花石梁尚存。又尝于宫中置长汤池数十间，屋宇环回。甃以文石。为银镂漆船及檀香水船，致于其中。至楫棹皆饰以珠玉。又于汤池中，垒瑟瑟及檀香木为山，状瀛洲方丈。（出《谭宾录》）

重明枕

元和八年，大轸国贡重明枕、神锦衾。云其国在海东南三万里，当轸宿之位，故曰“大轸国”，合丘禺藁山，“合丘禺藁山”，见

伎巧

华清池

唐玄宗在华清宫一处新建了一座浴池，规模宏大美丽。安禄山在范阳用白玉石让工匠们雕刻鱼、龙、凤凰、大雁，又雕刻了石梁和石莲一起进献。这些东西雕刻的十分精妙逼真，完全不像是人工可以做出来的。唐玄宗十分开心，命人将鱼、龙、凤凰、大雁与石莲花全部都放进浴池里面，依旧将石梁横放在浴池之上，下面的石莲花刚好可以露出水面。唐玄宗于是亲临华清宫，来到新建的这座浴池。脱下衣服准备进入浴池里面，浴池里面白玉石做成的鱼、龙、凤凰、大雁全都像是在振动鳞片展翅飞翔，感觉像是要跳跃出来。唐玄宗非常惊恐，赶紧让人将这些东西从浴池搬走，只有石莲花与石梁还留在原先的地方。唐玄宗之前还在华清宫中建造了一座有几十间屋子的长温池，屋子之间环绕相通。温池岸边用的是有纹彩的卵石装饰而成。还有用白银制作的漆船和檀香水船，都放置在温池里。船上长短船桨全都是用珍珠和美玉当作装饰。又在温池中，用碧色宝石和檀香木垒成了小山，形状模仿的是传说中东海瀛洲和方丈两座仙山。（出《谭宾录》）

重明枕

唐宪宗元和八年年间，大轸国使者向唐宪宗进献重明枕与神锦被。使者说他们国家远在东海南边三万里的位置，正好是朱雀七星

《山海经》。重明枕长一尺二寸，高六寸。洁白逾于水精。中有楼台之状，四方有十道士持香执简，循环无已，谓之“行道真人”。其楼台瓦木丹青，真人簪帔，无不悉具，通莹焉如水睹物。神锦衾，水蚕丝所织，方二尺，厚一寸。其上龙文凤彩，殆非人工。其国以五色石甃池塘，采大柘叶。饲蚕于池中。始生如蚊睫，游泳其间。及长可五六寸。池中有挺荷，虽惊风疾吹不能动，大者可阔三四尺。而蚕经十五日，即跳入荷中，以成其茧。形如方斗，自然五色。国人缲之，以织神锦。亦谓之“灵泉丝”。上始览锦衾，与嫔御大笑曰：“此不足以为婴儿绷褯，曷能为我被耶？”使者曰：“此锦之丝，水蚕也，得水即舒。水火相返，遇火则缩。”遂于上前，令四官张之，以水一喷，即方二丈，五色焕烂，逾于向时。上叹曰：“本乎天者亲上，本乎地者亲下。不亦然哉！”则却令以火逼之，须臾如故。（出《杜阳编》）

韩志和

穆宗朝，有飞龙士韩志和，本倭国人也。善雕木，作鸾、鹤、鸦、鹊之状，饮啄悲鸣，与真无异。以关捩置于腹内，发之则凌空奋翼，可高百尺，至一二百步外，方始却下。兼刻木猫儿以捕雀中最末一星宿轸的位置所在，所以国家叫“大轸国”，国内有丘禺、藁山。“合丘禺藁山”，见于《山海经》。重明枕长一尺二寸，高六寸。光洁透亮程度远超水晶。枕头中间有楼台的形状，楼台四方有十个道士手里拿着香与手板，在枕头里面循环走动一刻不停，被称之为“行道真人”。枕头里面楼台的房瓦、木檐上面绘制的图案，还有真人头上戴的簪子和身上帔衣，全都看得一清二楚，透明程度就像透过水看东西一样。神锦被是用水蚕丝织成。二尺见方，一寸厚。被子上面呈现出来五彩的龙、凤等图案，都不是人工可以制作而成的。大轸国有五色纹石堆砌而成的池塘，采来大柘叶。在池塘的水里面饲养蚕。这种蚕刚生出来的时候就像蛟虫的眼睫毛一样小，它们在池水里面游泳。等长到五六寸的时候。池塘里面养着挺拔的荷叶，就算遇到狂风吹刮也不会倒，荷叶最宽大的地方约三四尺。水蚕生出来十五天后自己跳到荷叶上，在荷叶上结茧。水蚕的茧形状像方斗，自然呈现五色。大轸国里面有人用这种蚕茧缫成丝，然后织成神锦。这种水蚕丝又被称之为“灵泉丝”。唐宪宗看到神锦被时，笑着对身边的嫔妃宫女们说：“就这么大一点都不能做包住婴儿的小棉被，怎么能当我的被子呢？”大轸国的使臣说：“这条神锦被，是用水蚕丝制作而成的，遇到水就会舒张变大。水火不容，遇到火就会变成原本大小。”于是使臣走到唐宪宗面前，让四位宫人扯住神锦被的四个角，用水喷过去，神锦被立马舒展变成二丈见方的大小，五彩夺目，比刚开始亮了许多。唐宪宗看到赞叹道：“这来源于上天的就亲近于天，来源于大地的就亲近土地。可不就是这个道理吗？”又命人用火将神锦被炙烤，没过一会神锦被就恢复到原来的大小。（出《杜阳编》）

韩志和

唐穆宗在位期间，有个飞龙士叫韩志和，是日本国人士。韩志和十分擅长木雕，他雕刻的木鸾、木鹤、木鸦、木鹊等物，喝水啄食悲鸣，和真的鸟儿并没有区别。韩志和将机关放置在这些鸟的肚腹中，开关启动后鸟儿可以凌空振翅飞行，最高可达一百尺，飞到一两百步鼠，飞龙使异其机巧。奏之，上睹而悦之。志和更雕踏床高数尺，其上饰之以金银彩绘，谓之见龙床。置之则不见龙形，踏之则鳞鬣爪角俱出。始进，上以足履之，而龙夭矫若得云雨。上恐畏，遂令撤去。志和伏于上前，称臣愚昧，而致有惊忤圣躬。臣愿别进薄伎，以娱陛下耳目，以赎死罪。上笑曰："所解何伎，试为我出。"志和于怀中将出一桐木合方数寸。其中有物名蝇虎子，数不啻一二百焉。其形皆赤，云以丹砂啖之故也。乃分为五队，令舞《梁州》。上召国乐，以举其曲。而虎子盘回宛转，无不中节，每遇致词处，则隐隐如蝇声。及曲终，累累而退，若有尊卑等级。志和臂虎子于指上，猎蝇于数步之内，如鹞擒雀，罕有不获者。上嘉其伎小有可观，即赐以杂彩银器。而志和出宫门，悉转施于人。

不逾年，竟不知志和所在。上于殿前种千叶牡丹，及花始开，香气袭人。一朵千叶，大而且红。上每睹芳盛，叹人间未有。自是宫中每夜，即有黄白蝴蝶万数。飞集于花间，辉光照耀，达曙方去。宫人竞以罗巾扑之，无有不获者。上令张网于宫中，遂得数百。于殿内纵嫔御追捉，以为娱乐。迟明视之，则皆金玉也。其状工巧，无以为比。而内人争用丝缕绊其脚，以为首饰，夜则光起于妆奁中。其夜开宝厨，视金屑玉屑藏内，将有化为蝶者，宫中方觉焉。（出《杜阳编》）

外才会落下来。韩志和雕刻的木猫还可以捉到雀鼠，韩志和将这些奇巧的技能上报穆宗皇帝，皇上看了后十分高兴。韩志和还会雕刻高好几尺的踏床，床上装饰的都是金银和彩绘图案，这种床被称作见龙床。放在那边看不到龙形，踏上去就会有龙的头角鳞片还有龙须都会显露出来。刚将踏床献给皇帝的时候，皇上用脚踏上去，龙就在里面显露出来娇妞着就像得到了云雨一样。皇上十分恐惧，下令让人将踏床撤出去。韩志和知道后跪伏在皇上面前，口称自己愚昧无知，才惊扰到皇上的圣体。他请求再进献另外一种雕虫小技，用来娱乐皇上的身心，来免除自己的死罪。皇上笑着说："你解围的有什么技能，给我试出来看看。"韩志和起身从怀里面取出一只几寸见方的桐木盒。盒子里面装着很多蝇虎子，大概有一二百只的样子。颜色都是朱红色的，他解释说是因为喂食朱砂导致的。韩志和将盒子里面的蝇虎子分列成五队，让它们表演《梁州》。穆宗皇帝下令招来宫中国乐师，前来为它们伴奏。蝇虎子在伴奏中盘回宛转地舞蹈，动作全部符合拍子，每每遇到需要致辞说话的地方，就隐隐约约地发出蝇蝇声。等曲子演奏完毕，蝇虎子十分有秩序地返回盒中，隐约像是它们之间也划分了等级一样。韩志和将蝇虎子放置在手指上，几步内猎获苍蝇就像鹰捉鸟雀一样简单，几乎没有抓不到的时候。穆宗皇帝奖赏韩志和说虽然都是小技巧，但是观赏性很高，赏赐给他各种样式的彩锦布匹和银器。韩志和出了宫门后，将赏赐之物转手送给了旁人。

不到一年时间，就不知道韩志和去了哪里。穆宗皇帝在大殿前面种植了千叶牡丹，等到花开季节，牡丹香气袭人。一朵花千片叶，花朵大而红的艳丽。皇上每次看到牡丹花的惊艳，都感叹人间从未有过。从这以后宫里面每夜，都有上万只黄、白蝴蝶。飞翔在牡丹花丛间，蝴蝶自身还闪着耀眼的光芒，在皇宫照耀直到天亮才离开。宫里的嫔妃、宫女都争相用手帕扑蝴蝶，全都扑到了。穆宗皇帝让宫人在宫内结网，一次可以抓到好几百只蝴蝶。放在宫殿中让嫔妃们互相追逐，用来娱乐心情。到天亮一看，捉到的蝴蝶都是用黄金、白玉制作而成的。制作精巧的程度，无与伦比。宫中的人都争抢着用丝

绝艺

督君谟

隋末有督君谟善闭目而射，志其目则中目。志其口则中口。有王灵智者学射于君谟。以为曲尽其妙，欲射杀君谟，独擅其美。君谟志一短刀，箭来辄截之。惟有一矢，君谟张口承之。遂啮其镝而笑曰："汝学射三年，未教汝啮镞法。"《列子》：具蝇古之善射者，弟子名飞卫，巧过于师。纪昌又学射于飞卫，以徵角之弧，朔逢之簳，射贯虱心。既尽飞卫之术，计天下敌己，一人而已。乃谋杀飞卫。相遇于野，二人交射，矢锋相触，坠地而尘不扬。飞卫之矢先穷，纪遗一矢。既发，飞卫以棘棘之端捍之，而无差焉。于是二子泣而投弓，请为父子。刻背为誓，不得告术于人。《孟子》曰："逢蒙学射于羿，尽羿之道。惟羿为愈己，于是杀羿。"（出《酉阳杂俎》）

线将蝴蝶的脚系上，用来当作装饰，到了晚上蝴蝶会从首饰匣中发出亮光。晚上宫人们打开装宝物的橱柜，看到的都是黄金和玉器的残渣，还有快要制作完成的蝴蝶。宫人们才醒悟过来，原来宫中的黄蝴蝶，白蝴蝶，都是韩志和用宫中的黄金、玉石制作而成的。（出《杜阳编》）

绝艺

督君谟

隋朝末年时期有个叫督君谟的人擅长闭着眼睛射箭，想射中眼睛就可以射中眼睛。想射中口就可以射中口。有个叫王灵智的人跟着督君谟学习射箭，他觉得自己已经将督君谟的全部绝技学到了，想要将督君谟射死，自己成为天下第一。督君谟手持一柄短刀，将王灵智射过来的箭全都用刀截断。只有最后一支箭，督君谟张开嘴接住了。然后咬着箭头对王灵智笑着说："你跟我学了三年射箭，以为将我所有的绝技都学到了，其实我还没有教过你用牙齿咬住箭头的技巧呢。"《列子》记载，具蝇古擅长射箭，他的弟子叫飞卫，射箭的技术要高过师父具蝇古。有个叫纪昌的人又跟着飞卫学习射箭，他用征角作为弓，用朔逢作竿，可以直接射穿虱子的心。纪昌已经将飞卫射箭的技艺全部都学会了，他觉得天底下可以与自己相匹敌的，只有自己的师父一个人。于是准备谋杀飞卫。师徒二人在野外相遇，相互对射，箭镞相撞，坠到地上连尘土都没有扬起来，飞卫的箭先射完了，纪昌最后还剩下一只。朝着飞卫射去。飞卫用棘刺的尖端接住纪昌射过来的箭，毫无偏差。于是两人痛哭流涕地扔掉手中的弓，请求成为父子关系。并且刻背发下誓言，谁都不可以将射箭的绝技告诉他人。《孟子》上记载说："逢蒙跟羿学习射箭，将羿的射箭技艺全部都学会之后。觉得只有师父羿比自己厉害，于是将羿射杀了。"（出《酉阳杂俎》）

李钦瑶

天宝末，有骑将李钦瑶者，弓矢绝伦。以劳累官至郡守，兼御史大夫。至德中，隶临淮，与史思明相持与陕西。晨朝合战，临淮布阵徐进。去敌尚十许里，忽有一狐起于军前，踉跄而趋，若导引者。临淮不怿曰："越王轼怒蛙，盖激励官军士耳。狐乃持疑妖邪之物，岂有前阵哉。"即付钦瑶以三矢，令取狐焉。钦瑶受命而驰，适有浅芜三二十亩，狐奔入其中。钦瑶逐之，欻有野雉惊起马足，径入云霄。钦瑶翻身仰射，一发而坠。然后鸣鞭逐狐，十步之内，拾矢又中。于是携二物以复命焉。举军欢呼，声振山谷。时回鹘列骑置阵于北原，其首领仅一二百辈。弃军飞马而来，争捧钦瑶，似为神异。仍谓曰："尔非回鹘之甥。不然，何能弧矢之妙，乃得如此哉。"（出《集异记》）

苏州游僧

苏州重玄寺阁一角忽垫，计其扶荐之功，当用钱数千贯。有游僧曰："不足劳人，请得一夫，斫木为楔，可以正之。"寺主从焉。游僧每食讫，辄取楔数十，执柯登阁，敲椓其间。未旬日，阁柱悉正。旧说圣善寺阁常贮醋十瓮，恐为蛟龙所伏，以致雷电。（出《国史补》）

李钦瑶

唐玄宗天宝末年，有个叫李钦瑶的骑兵将领，射箭的技巧无人能比。因为战功而连续升迁到郡守，然后兼任御史大夫。唐肃宗至德年间，李钦瑶隶属于临淮军，在陕西跟史思明对峙。一天早上两军交战，临淮军布好阵列徐徐前进。距离敌军还有十几里的地方，忽然有一只狐狸出现在军队前面，踉踉跄跄的往前跑，好像是引导领路。临淮军统帅不高兴地说："越王勾践出兵讨伐吴军的时候遇到鼓足气的蛤蟆表达敬意，是为了鼓舞士兵。狐狸本身就是妖邪之物，怎么可以让它站在军队前面呢。"即刻交给李钦瑶三只箭，下令让他前去将狐狸射杀。李钦瑶受命趋马往前追去，遇到一片浅草地大约二三十亩大小，狐狸跑着进到草地里面，李钦瑶追上去，忽然有一只野鸡在马蹄旁边惊叫飞起，直接飞到空中。李钦瑶翻身仰射，一发射中野鸡坠地。然后继续鸣鞭催马去追狐狸，距离狐狸十步之内，张弓又一箭射中狐狸。于是李钦瑶提着一狐一鸡回来向主帅复命。军中士兵看到如此情景，全军将士一起欢呼，声音震动山谷。当时对面的回鹘骑兵正在北面原野上列阵，他们的首领大概有一二百个。全部扔下军队飞马跑过来，争相抱住李钦瑶，觉得他就像是神人。对李钦瑶说："你肯定是回鹘的外甥。不然，你射箭怎么可以这么厉害精妙，肯定是这样的。"（出《集异记》）

苏州游僧

苏州重玄寺阁楼的一角忽然下陷，寺里的僧人初步预算将它扶正后，大约需要花费几千贯钱。有位游方的僧人说："不需要动用太多人力，只要请一个人过来，帮我将木头砍作木楔，就可以将下陷的地方扶正。"寺里方丈听从了他的建议。游方僧人每天吃完饭后，就拿着几十个木楔，带着一把斧子登上阁楼，在里面敲敲打打。不过十天时间，用这种钉楔扶正的方法就将阁楼的柱子弄好了。旧时候还有一种说法是，圣善寺阁楼里面常常贮藏着十瓮醋，说是怕有蛟龙蛰伏阁楼里面，引来雷电。（出《国史补》）

江西人

江西人有善展竹，数节可成器。又有人熊葫芦，云翻葫芦易于翻鞠。（出《酉阳杂俎》）

僧灵鉴

贞元末，阆州僧灵鉴善弹，常自为弹丸，其弹丸方。用洞庭沙岸下土三斤，炭末三两，资末一两，榆皮半两，泔淀二勺，紫矿二两，细沙三分，藤纸五张，渴搨汁丰合，九味和捣三杵，齐丸之，阴干。郑汇为刺史时，有当家名寅，读书善饮酒，汇甚重之。寅常与灵鉴较角放弹。寅指一树节，相去数十步。曰："中之获五千。"寅自一发而中之，弹丸反射而不破。灵鉴控弦，百发百中，皆节陷而丸碎焉。（出《酉阳杂俎》）

张 芬

张芬曾为韦皋行军，曲艺过人。力举七尺碑，定双轮水硙。常于福感寺趯鞠，高及半塔。弹弓力五斗。常拣向阳巨笋，织竹笼之。随长旋培，常留寸许。度竹笼高四尺，然后放长。秋深，方去笼伐之。一尺十节，其色如金，用成弓焉。每涂墙方丈，弹成"天下太平"字。字体端研，如人摸成。（出《酉阳杂俎》）

江西人

江西人里面有擅长用展竹制作竹器的，几节竹子就可以做成一个竹器。有一个叫熊葫芦的人，他说翻制一个葫芦就像翻蹴鞠一样简单。（出《酉阳杂俎》）

僧灵鉴

唐德宗贞元末年年间，阆州有个僧人叫灵鉴十分擅长弹丸，灵鉴和尚经常自制弹丸，他制作的弹丸是方形的。弹丸的用料配方是：洞庭湖沙岸下的土三斤，炭末三两，资末一两，榆树皮半两，淘米水沉淀物二勺，紫矿树脂二两，细沙三分，藤纸五张，渴鼠汁半盒，将这九种原料全都放在一起捣三千杵，就可以做成弹丸，阴干即可。郑汇任阆州刺史时，当家做事的人叫寅。此人喜欢读书很能饮酒，郑汇十分器重他。寅有一次跟灵鉴和尚比赛弹丸。寅指着一个树节说，离两人差不多几十步远。说道："弹中这个树节的人可以赢五千文钱。"寅率先弹一发射中了树节，弹丸反弹回来后没有丝毫破损。灵鉴和尚拉弓控弦，百发百中，射出去的弹丸全部都陷入树节中碎掉了。（出《酉阳杂俎》）

张　芬

张芬曾经担任韦皋的行军司马，他有些特殊的才艺在身上。他能将七尺长的石碑举起，可以拉住双轮水磨让它停止转动。有一次张芬在福感寺蹴鞠，一脚将球踢到了塔身的一半位置高。张芬能用五斗力的弹弓。弹弓制作的方法是每年春季挑选向阳生长的巨笋，用编织好的竹笼罩起。随着笋往上生长而时刻培土，始终保留在土外约一寸位置。等到竹笼差不多有四尺高的时候，就可以放心让竹笋自然生长。到了深秋时分，挪去竹笼然后把竹笋砍下来。竹子一尺长差不多有十个节，颜色像金子一样金黄色，用这种竹子制作成弓。张芬经常在墙壁上涂成一丈大小的白地，用弹弓弹出"天下太平"四个字。字体端正工整，就像人手写出来的一样。（出《酉阳杂俎》）

河北将军

建中初，有河北将军姓夏，弯弓数百斤。常于毬场中，累钱十余，走马，以击鞠杖击之。一击一钱飞起，高六七丈，其妙如此。又于新泥墙安棘刺数十，取烂豆，相去一丈，掷豆贯于刺上，百不差一。又能走马书一纸。（出《酉阳杂俎》）

西蜀客

又张芬在韦皋幕中，有一客于宴席上，以箸碗中绿豆击蝇，十不失一。一座惊笑。芬曰："无费吾豆。"遂指起蝇，拈其后脚，略无脱者。（出《酉阳杂俎》）

陟屺寺僧

荆州陟屺寺僧那照善射，每言照射之法。凡光长而摇者鹿；贴地而明灭者兔；低而不动者虎。又言夜格虎时，必见三虎并来。狭者虎威，当刺其中者。虎死，威乃入地，得之可却百邪。虎初死，记其头所藉处，候月黑夜掘之。欲掘时，必有虎来吼掷前后，不足畏，此虎之鬼也。深二尺，当得物如琥珀，盖虎目光沦入地所为也。（出《酉阳杂俎》）

河北将军

唐德宗建中初年，有个河北将军姓夏，他可以拉动几百斤的弯弓。夏将军有次在球场上，将十几枚铜钱垒在一起，然后骑马过来，用击球的拐杖击铜钱。每次只击飞一枚铜钱，铜钱飞出去高达六七丈远，他这个功夫十分绝妙。夏将军还可以在新抹的泥墙上插上几十株刺棘，取一些煮烂的豆子，在距离一丈远的地方，将烂豆子投掷在墙上的棘刺中，百发百中分毫不差。夏将军还可以在奔跑的马上面写字。（出《酉阳杂俎》）

西蜀客

张芬在韦皋帐下担任幕僚的时候，宴席上有一位从西蜀而来的客人，用筹碗中的绿豆击中苍蝇，十击全中。满座客人全都惊讶哄笑。张芬说："不要这样浪费我的豆子。"说着用手指去捉苍蝇，全部都掐住苍蝇后脚，没有一个可以逃脱。（出《酉阳杂俎》）

陟屺寺僧

荆州陟屺寺有个叫那照的僧人擅长射箭，他可以根据夜间野兽眼睛发出的光判断是什么动物。僧人判断的方式是：凡是眼睛里面的光长且摇动的就是鹿；凡是贴着地面而又时亮时灭就是野兔；凡是光低又不动的就是老虎。僧人又说：晚上和老虎打斗，一定会看见有三只老虎向你扑来。这是因为距离太近老虎跳跃疾跑造成的，这时候应该刺中间的一个。老虎死后，虎威就进入地里，得到虎威可避各种妖邪。老虎刚死的时候，要记得虎头所枕的地方。等到晚上没有月亮的时候去挖掘。准备挖掘的时候，肯定会有老虎在你的额头前后大声吼叫，不要害怕，这只是老虎的魂魄而已。挖掘二尺深，就可以得到一个像琥珀的东西，这就是老虎死之后目光掉入地里形成的虎威，（出《酉阳杂俎》）

卷第二百二十八　博戏

弈棋

羊玄保

宋文帝善奕棋，常与太平羊玄保棋。玄保戏赌得宣城太守，当敕除以为虚受。（出《谈薮》）

王积薪

玄宗南狩，百司奔赴行在，翰林善棋者王积薪从焉。蜀道隘狭。每行旅止息，道中之邮亭人舍，多为尊官有力之所先。积薪栖无所入，因沿溪深远，寓宿于山中孤姥之家。但有妇姑，皆阖户，止给水火。才暝，妇姑皆阖户而休。积薪栖于檐下，夜阑不寝。忽闻堂内姑谓妇曰："良宵无以适兴，与子围棋一赌可乎？"妇曰："诺。"积薪私心奇之：堂内素无灯烛，又妇姑各在东西室。积薪乃附耳门扉。俄闻妇曰："起东五南九置子矣。"姑应曰："东五南十置子矣。"姑又曰："起西八南十二置子矣。"姑又应曰："西九南十置子矣。"每置一子，皆良久思唯。夜将尽四更，积薪一一密记，其下止三十六。忽闻姑曰："子已败矣，吾止胜九枰耳。"妇亦甘焉。积薪迟明，具衣冠请问。孤姥曰："尔可率己之意而按局置

弈棋

羊玄保

宋文帝喜欢下围棋，经常跟太平人羊玄保下棋对弈。羊玄保开玩笑说我如果赢了想当宣城太守。对局结束果然羊玄保赢了，宋文帝就给了他宣城太守的虚职。(出《谈薮》)

王积薪

唐玄宗南巡巴蜀狩猎，朝中百官全都跟随前往，翰林院擅长下围棋的王积薪也一同随行前往。巴蜀道路狭窄险峻。每到一个地方就要停下来歇息，路上的邮亭馆舍，大部分都是官位显贵的人首先使用。王积薪没有找到地方休息，只能沿着溪流往远处去寻找住处，晚上借住在山中孤寡老人家中。家中只有婆媳两个人，屋里面都关着门，只给他喝的水和取暖的火。天色刚黑，婆婆和媳妇就将门都关上准备休息。王积薪独自栖息在房间外面的房檐下，夜很深了都还没睡着。忽然听到屋子里面的儿媳对婆婆说："天气这么好的晚上也没事做，我们两个下盘围棋如何？"婆婆回答说："好的。"王积薪听了以后感觉十分奇怪：房间里面没有烛火照明，婆媳二人又各在东屋和西屋，这怎么下棋呢。于是王积薪将耳朵贴在门缝上面偷听。过了一会儿听到婆婆说："起东五南九置一子。"媳妇回答说：

子焉。”积薪即出囊中局，尽平生之秘妙而布子。未及十数，孤姥顾谓妇曰：“是子可教以常势耳。”妇乃指示攻守杀夺救应防拒之法，其意甚略。积薪即更求其说，孤老笑曰：“止此亦无敌于人间矣。”积薪虔谢而别。行十数步，再诣，则失向来之室闾矣。自是积薪之艺，绝无其伦。即布所记妇姑对敌之势，罄竭心力，较其九枰之胜，终不得也。因名“邓艾开蜀势”，至今棋图有焉，而世人终莫得而解矣。（出《集异记》）

一 行

一行本不解奕棋，因会燕公宅，观王积薪棋一局，遂与之敌。笑谓燕公曰：“此但争先耳。若念贫道四句乘除语，则人人为国手。”晋罗什与人棋，拾敌死子，空处如龙凤形。或言王积薪对玄宗棋，局毕，悉持出。（出《酉阳杂俎》）

韦延祐

韦延祐围棋，与李士秀敌手。士秀惜其名，不肯先。宁输延祐

“东五南十二置一子。”婆婆又说：“起西八南十置一子。”媳妇说：“在西九南十置一子。”婆媳两人每次下一子，都要思考良久。很快四更天就过去了，王积薪暗暗记下所有棋子，只记下了三十六子。忽然听到婆婆说：“你已经输了，我胜了你九子。”屋里面的媳妇也认输了。天亮后王积薪整理衣冠戴上帽子，叩门请教棋局。婆婆说：“你可以按照你的思路摆一盘棋让我看看。”王积薪从行李里面拿出棋盘与棋子来，将他平生所学最精妙的棋阵摆上去。还没有摆到十几个棋子，婆婆就对媳妇说：“这位先生你可以教他几个下棋常用的招式。”媳妇便指导王积薪攻、守、杀、夺、救应、防拒等基础招式，说的都比较简单。王积薪想要学习更为深奥一点的招式，婆婆笑着说：“你只要学会这些招式世间都没有人可以赢过你了。”王积薪真心道谢然后告辞离开。走了十多步出去，又返回去想找找两人，怎么找都找不到之前的人家。从这以后王积薪的棋艺，在世间再没有敌手。他复盘摆上婆媳二人下的那盘棋，用尽全副身心想布出胜九子的局势，最终都没有成功。因此他把这局棋命名为“邓艾开蜀势”，此棋局至今仍有棋谱存世，当今世人谁也没办法解这局棋。（出《集异记》）

一　行

一行和尚原先并不会下围棋，只因有次在燕国公家中，看了王积薪一局棋之后，就跟王积薪下了一局棋。一行和尚笑着对燕国公说：“下围棋就是为了争先而已。如果按照贫僧的四句乘除口诀来思考下棋，那么每个人都能成为围棋国手了。”晋朝人罗什跟人下围棋，捡取对方死子，棋子空出来的地方刚好呈现龙凤形状。还有人说王积薪同唐玄宗下棋对弈，一局结束，将唐玄宗所下的棋子都围成死子全都捡了出去。（出《酉阳杂俎》）

韦延祐

韦延祐喜欢下围棋，有次和李士秀对弈。李士秀顾惜自己的名

筹，终饶两路。延祐本应明经举，道过大梁。其护戎知其善棋。表进之。遂因言江淮足棋人，就中弈棋明经者多解。（出《嘉话录》）

日本王子

大中中，日本国王子来朝，献宝器音乐。上设百戏珍馔以礼焉。王子善围棋，上敕待诏顾师言对手。王子出楸玉棋局，冷暖玉棋子。云：“本国之东三万里，有集真岛，岛上有凝霞台，台上有手谭池，池中出玉子。不由制度，自然黑白分明。冬温夏冷，故谓之‘冷暖玉’。更产如楸玉，状类楸木。琢之为棋局，光洁可鉴。”及师言与之敌手，至三十三下，胜负未决。师言惧辱君命，而汗手凝思，方敢落指。即谓之镇神头，乃是解两征势也。王子瞪目缩臂，已伏不胜。回话鸿胪曰：“待诏第几手耶？”鸿胪诡对曰：“第三手也。”师言实称国手。王子曰：“愿见第一。”曰：“王子胜第三，方得见第二，胜第二，得见第一。今欲躁见第一，其可得乎？”王子掩局而吁曰：“小国之第一，不如大国之第三。信矣！”今好事者，尚有顾师言“三十三下镇神头图”。（出《杜阳编》）

声，不肯占先手。宁愿输给他几个子，最终让韦延祐两路。韦延祐本来是要去参加明经科考试的，路过大梁的时候。他的随从知道他喜欢下围棋。就告诉他，江淮一带有很多下棋高手，这一带报名参加明经考试的举子，凡是下围棋比较厉害的人大多数都被选中解送入京了。（出《嘉话录》）

日本王子

唐宣宗大中年间，日本国王子前来唐朝参拜，进献各类宝器和音乐。唐宣宗命人安排各种杂技和丰富的宴席来招待日本国王子。日本王子擅长下围棋，皇上下令让顾师言与日本王子对弈。日本王子取出自带的楸玉棋盘，还有冷暖玉棋子。说："这是我们日本国东南三万里的海上，有一个集真岛，岛上有座凝霞台，台上有手谭池，池子里面生产一种玉子。不用任何加工制作，自然形成黑色和白色两种颜色。冬暖夏凉，因此称之为'冷暖玉'。这座岛上还盛产一种叫如楸玉的树，外形就和楸树差不多。用这种楸玉雕刻而成的棋盘，光可鉴人。"顾师言跟日本王子下棋对弈，下到第三十三手的时候，还尚未分出胜负。顾师言害怕输给日本王子辱没了皇上的君令，握棋子的手都出汗了，思考良久，才落下棋子。这一手棋被后人称为"镇神头"，是化解两方杀子相持不下局面的重要一手。日本王子瞪着双眼缩着手臂，望着棋局显然已经认输了。日本王子问招待的鸿胪卿说："顾待诏在大唐围棋国手中排名第几？"鸿胪卿谎称道："排名第三。"真实情况顾师言是国手第一名。日本王子说："可以见下国手第一名吗？"鸿胪卿说："王子赢了第三名，才能见第二名。赢了第二名，才能见第一名。现在就想见到第一名，您觉得可以吗？"日本王子双手按着棋盘感叹地说："小国家的第一名，不及大国第三名，果真如此啊。"直到现在有些喜欢收藏的人，还收藏着顾师言"三十三手镇神头图"的棋谱。（出《杜阳编》）

弹棋

汉成帝

汉成帝好蹙鞠，群臣以蹙鞠劳体，非尊者所宜。帝曰：“朕好之，可择似而不劳者奏之。”刘向奏弹棋以献，上悦。赐之青羔裘紫丝屦，服以朝觐。（出《小说》）

魏文帝

弹棋，魏宫内用装棋戏也。文帝为之特妙，用手巾角拂之，无不中者。有客自云能，帝使为之。客著葛巾角低头拂棋，妙殆逾于帝。（出《世说》）

又文帝尝云：“予于他戏弄之事，少所喜，唯弹棋略尽其妙。少时尝为之赋。昔京师妙工有二焉，合卿侯东方世安、张公子，常恨不得与之对也。”今弹棋用棋二十四色，色别贵贱。又魏戏法。先立一棋与局中，余者间白黑圆绕之，十八筹成都。（出《世说》）

藏 钩

旧言藏钩起于钩弋，盖依辛氏《三秦记》云：“汉武钩弋夫人手拳，时人效之，目为藏钩也。”殷敬《顺敬训》曰：“弫与抠同，众人分曹，手藏物，探取之。又令藏钩，乘一人，则来往于两朋，谓之诫鸱。”《风土记》曰：“藏钩之戏，分二曹以较胜负。若人偶则敌对；若奇，则使一人为游附。或属上曹，或属下曹，为飞鸟。”又令为此戏，必于正月。据《风土记》，在腊祭后也。庾阐《藏钩赋》

弹棋

汉成帝

汉成帝喜欢蹴鞠，朝中群臣觉得踢球会损伤龙体，不是九五之尊适合去做的。汉成帝问："我喜欢蹴鞠，那你们如果有相似的运动又不会疲劳身体的可以上奏给我。"刘向将弹棋推荐给汉成帝，皇上十分高兴。赏赐给他黑羔皮衣和紫色丝织品制作的鞋，他穿上衣服和鞋子来朝见皇上。（出《小说》）

魏文帝

弹棋，是三国时期曹魏宫内用的妆奁戏。魏文帝玩弹棋特别厉害，用手巾角拂棋子，没有弹不中的。有位客人自称也会玩弹棋。魏文帝让他过来弹弹看。这位客人用头上戴的葛巾低头拂棋子，每次必中，高超的技艺完全赶超魏文帝。（出《世说》）

还有记载魏文帝曾经说过："我对其他的游戏，很少有喜爱的，只有弹棋玩的稍微好一点。小的时候我曾经为弹棋这个游戏撰写过一篇赋。当年京城中有两个玩弹棋很好的高手，他们是东方世安和张公子，这二人分别是公卿和王侯，我很遗憾不能常常与他们对弹。"现在的弹棋用的是二十四色棋子，用颜色来分别棋子的贵贱。又言，魏文帝时期弹棋的玩法，先立一枚棋子在局中间，其余黑白相间的棋子绕着中间这枚棋子围成一个圆，十八筹成都。（出《世说》）

藏钩

旧时有人说藏钩这种游戏起源于汉武帝的皇妃钩弋。依据辛氏《三秦记》中的记载："汉武帝的妃子钩弋夫人手指卷曲不能伸直，当时的人看到争相模仿，被当作是藏钩。"般敬《顺敬训》里面说："彄与抠相同，玩的人分成一对或者一组，手里面藏着东西，让对方猜在那只手上，又叫藏钩。如果分成一对或者一组后，最后剩下一个人，就来往于两组之间，称之为诚鸱。"《风土记》记载说："藏钩

云："予以腊后，命中外以行钩为戏矣。"（出《酉阳杂俎》）

桓玄

殷仲堪与桓玄共藏钩，一朋百筹。桓朋欲不胜，唯余虎探在。顾恺之为殷仲堪参军，属病疾在廨。桓遣信，请顾起病，令射取虎探。即来，坐定。语顾云："君可取钩。"顾答云："赏百匹布，顾即取得钩。"桓朋遂胜。（出《渚宫故事》）

高映

旧说，藏彄令人生离，或言占语有征也。举人高映，善意彄。殷成式常于荆州藏钩，每曹五十余人，十中其九。同曹钩亦知其处，当时疑有他术。访之，映言但意举止辞色，若察因视盗也。（出《酉阳杂俎》）

石旻

山人石旻尤妙打彄。与张又新兄弟善。暇夜会客，因试其意彄，注之必中。张遂置钩于巾襞中，旻良久笑曰："尽张空拳。"有这种游戏，是分为两组竞赛比出胜负的。如果参加的人数正好是偶数，那就自动分成敌对的两组。如果参加的人数是奇数，那就让多出来的这个人做游附。或者属于上边那组，抑或属于下边那组，这个人又称为飞鸟。”还有种说法，玩这个游戏，一定要在正月玩。根据《风土记》记载，玩这个游戏要在腊月祭祀之后。庾阐撰写的《藏钩赋》记载说：“必须在腊祭之后，才允许宫内外各处玩藏钩的游戏。”（出《酉阳杂俎》）

桓玄

殷仲堪和桓玄一起玩藏钩的游戏，一个人是一百个筹码。桓玄马上就要输了，对方只有虎探一个人还在没有被猜中。当时顾恺之在殷仲堪手下担任参军，刚好身体生病在官衙休息。桓玄遣人送信告诉他，请顾恺之带病过来，猜虎探哪只手里面藏着钩。顾恺之过来，刚坐定。桓玄对他说：“你猜猜虎探哪只手藏着钩？”顾恺之回答说：“你答应赏我一百匹布，我就能猜中。”桓玄这组最终取得了胜利。（出《渚宫故事》）

高映

以前有一种说法，玩藏钩会让人在活着的时候与亲人离别，还有一种说法是藏钩这个名字有某种不祥的预兆。举人高映，十分擅长猜钩。殷成式一次在荆州跟高映玩藏钩游戏，每组有五十多个人，高映猜十次有九次都能猜中。同组钩藏在哪里他也同样知道，当时玩的人都觉得高映有别的法术。问高映，他回答说我主要靠的是察言观色进行判断，就像审察罪犯和寻找偷盗的人一样。（出《酉阳杂俎》）

石旻

有个叫石旻的山中隐士十分擅长猜钩。他跟张又新兄弟关系很好。一次晚上闲来无事和宾客们一起玩藏钩，张又新兄弟想试一下顷眼钩，在张君幞头左翅中，其妙如此。旻后居扬州，段成式因识之。曾祈其术，石谓成式可先画人首数十，遣胡越异貌，辩其相当授。疑其见始，竟不及画。（出《酉阳杂俎》）

杂戏

武帝时，郭舍人善投壶。以竹为矢，不用棘也。古之投壶，取中而不求还，故实小豆于中，恶其矢跃而出也。郭舍人则激矢令还，一矢百余反，谓之为“骁”。言如博之羿棋，于辈中为骁杰也。每为武帝投壶，辄赐金帛。（出《西京杂记》）

小戏中，于耍局一枰，各布五子，角迟速。名“蹙融”。段成式读座右方，为之“蹙戎”。（出《酉阳杂俎》）

贞元中，董叔儒进博局并经一卷，颇有新意，不行于时。洛阳令崔师本又好为古文“樗蒱”。其法：三分其子三百六十，限以二关，人执六马，其骰五枚。分上为黑，下为白。黑者刻二为犊，白者刻二为雉。掷之，全黑乃为卢，其彩十六；二雉三黑为雉，其彩十四；二犊三白为犊，其彩十；全白为白，其彩八；四者贵彩也。开为十二；塞为十一；塔为五；秃为四；枭为二；撅为三。二六者杂采也。贵彩得连掷，得打马，得过关，余彩则否。新加进六两彩。（出石旻是不是真的可以凭借意念猜钩，每次下的赌注石旻都可以猜出来。张家兄弟就将钩藏在头上戴的帽子翅里，石旻想了好长时间说：“全部都是空拳并没有藏在手中。”石旻慢慢用眼睛观察，然后说在张君帽子上面的左翅中。石旻猜钩就是这么的精妙。后来石旻移居扬州，段成式因此与他相识。段成式曾经祈求石旻将如何猜钩的方法传授给他。石旻对段成式说：“你先画几十个人的画像，需要找北方和南方少数民族里相貌较为奇特的人，能分辨出这些画像后我就将猜钩的秘法传授给你。”段式成怀疑石旻是在诓骗他，最后竟然没有画人头像。（出《酉阳杂俎》）

杂戏

汉武帝时期，郭舍人擅长玩投壶游戏。他投壶是用竹子制作的筹箭，而不是用棘筹箭。古人玩投壶，只看有没有投中并不看有没有返回来，所以都是用小豆为筹投壶，并不喜欢筹箭投中壶后又跳出来的。郭舍人则是用力投筹箭使其返跳回来，投一支筹箭可以往返跳一百多次，这种箭筹称之为“骁”。说起来就像玩弈棋一样。郭舍人在玩骁投壶的人里面属于个中翘楚。每次为汉武帝投壶，都可以得到皇上赏赐给他的黄金丝帛等物品。（出《西京杂记》）

小的游戏中，有一种是布棋在一个棋盘上，双方各摆五子，比赛快慢。名字叫餮融。段成式在他撰写的《读座右方》中，称其为“餮戎”。（出《酉阳杂俎》）

唐德宗贞无年间，董叔儒进献了一个棋盘和相关玩法的书籍一本，这种玩法十分新奇，当时并没有流行出来。洛阳县令崔师本特别喜欢玩古代文献中记载的“樗捕”游戏。这种游戏的玩法是：将三百六十子分成三等份，然后设置二道关口，每人手持有六匹马，其中有骰子五枚。骰子上面为黑色，下面为白色。黑色这一面刻二犊，白色这一面刻二雉。掷骰子。五枚骰子全都是黑面在上叫作卢，得到十六彩。二支白色三支黑色叫雉，得到十四彩。二支黑色三支白色叫犊，得到十彩。五支骰子全部都是白面在上的叫白，得到八彩。上面

《国史补》）

贞元中，有杜劝好长行。皆有佳名，各记有轻妙。夏中用者为冷子，取其似蕉葛之轻健而名之。（出《嘉话录》）

今之博戏，有长行最盛。其具有局有子，子黑黄各十五，掷采之骰有二。其法生于握槊，变于双六。天后尝梦双六不胜，狄梁公言宫中无子是也。后人新意，长行出焉。又有小双六、围透、大点、小点、游谈、凤翼之名，然无如长行也。临险易者，喻时事焉。适变通者，方易象焉。王公大人，颇或耽玩，至于废庆吊，忘寝食。及博徒用之，于是强名争胜，谓之撩零。假借分画，谓之囊家。囊家什一而取，谓之乞头。有通宵而战者，有破产而输者。其工者近有谭镐、崔师本首出。围棋次于长行，其工者近有韦延祐、杨芃首出。如弹棋之戏甚古，法虽设，鲜有为之。其工者近有吉达。高越首出焉。（出《国史补》）

四样都是贵彩。开的是十二彩，塞的是十一彩，塔的是五彩，秃的是四彩，枭的是二彩，撅的是三彩。二六彩是杂彩。掷得贵彩的可以连续掷，需要打马，可以过关，其余的杂彩就不能连续掷，也不可以打马，不能过关了。新加进六两彩。（出《国史补》）

唐德宗贞元年间，有个叫杜劝的人十分喜欢长行。各种样式的长行都有很好听的名字，轻便巧妙。夏季用的长行叫作冷子，是用一种轻纱制作而成的，因为这种轻纱象蕉布一样轻盈且十分结实。（出《嘉话录》）

现在所有的博彩游戏，其中长行最为盛行。这种博彩游戏有棋盘有棋子，棋子有黑色和黄色各十五枚，掷彩的骰子分为两枚。这种玩法是由根据槊，双陆变幻而来的。武则天有一次做梦梦见玩双陆没有获胜。梁国公狄仁杰说是暗喻宫中没有立太子的原因。后来的人别出心裁，发展出了长行这种博彩游戏。还有小双陆、围透、大点、小点、游谈、翼凤等五花八门的博彩种类，但是盛行程度都不如长行。以勤俭节约自省的人，用它来比喻时事政治。灵活多变通达的人，用它来观察世风之间的变化。王公显贵中，很多都沉溺于长行赌博之中，有时候一些大的庆典、丧事都不去参加，甚至到了吃饭、睡觉都没时间的地步。还有那些赌徒们，全都争强斗胜，称之为“赌博争胜”。还有些依靠安排他人赌局而分钱的人，被称为“设赌抽头取利者”。这些设赌博提取抽成的人，赢钱的人赢十他取其一，被称为“乞头”。有些人通宵达旦玩赌博游戏，也有人输的倾家荡产。玩长行的翘楚中，近代有谭镐、师本并列第一。玩围棋的仅次于长行，也十分流行。玩围棋的翘楚中，韦延祐、杨芃可以并列第一。还有弹棋这种博戏，由于它十分古老，玩的方法虽然都知道，但很少有人会去玩。玩弹棋的翘楚中，近代的吉达、高越可以并列成第一。（出《国史补》）

卷第二百二十九　器玩一

周穆王

周穆王时，西戎献玉杯，光照一室。置杯于中庭，明日水满。杯香而甘美，斯仙人之器也。（出《十洲记》）

周灵王

周灵王二十三年起昆阳台。渠胥国来献玉骆驼高五尺，琥珀凤凰高六尺，火齐镜高三尺，暗中视物如昼，向镜则闻影应声。周人见之如神。灵王末，不知所之。（出《王子年拾遗记》）

王子乔

王子乔墓在京陵，战国时，有人盗发之。都无见，惟有一剑悬在圹中。欲取而剑作龙虎之声，遂不敢近。俄而径飞上天。《神仙经》云："真人去世，多以剑代。五百年后，剑亦能灵化。"此其验也。（出《世说》）

方丈山

方丈山一名峦稚。东有龙场千里，玉瑶为林。龙常斗此处，

周穆王

周穆王时期，西戎国上贡了一只玉杯，玉杯发出的光可以照亮整间屋子。将玉杯放置在中庭，第二天就会有满满一杯水。杯子里面的水甘甜而美味，这玉杯真是仙人用的器皿呀。（出《十洲记》）

周灵王

周灵王二十三年时期成功修建昆阳台。有渠胥国使臣前来朝贺进献一尊五尺高的玉石骆驼，一只六尺高的琥珀凤凰，还有一枚三尺高的火齐镜，在黑暗中看东西就像在白天一样清楚，对着镜子说话里面会有影子回应。周朝人将这面火齐镜当成神镜。周灵王死后，这些宝物就不知所踪了。（出《王子年拾遗记》）

王子乔

周灵王时期太子乔的陵墓在周室皇陵内安葬。战国时，有盗墓人将陵墓掘开。什么东西都没有看到，只有一柄宝剑悬挂在墓室里面。盗墓人想将宝剑取走，但宝剑立马发出龙吟虎啸般的声音，盗墓人惊恐不敢再去取。过了一会宝剑径自朝天上飞去。《神仙经》里面记载："真人仙逝之后，很多会用宝剑来代替自己葬入墓穴。五百年之后，代替下葬的宝剑也可以得到飞升成灵物的。"王子乔墓中宝剑就是很好的证明。（出《世说》）

方丈山

方丈山还有个名字叫峦稚。山东面有龙场约数千里，龙场上生长

膏血如流水。膏色黑者，著地坚凝如漆，而有紫光，可为宝器。（出《王子年拾遗记》）

昆吾山

昆吾山，其下多赤金，色如火。昔黄帝伐蚩尤，陈兵于此地。掘深百丈，犹未及泉，惟见火光如星。地中多丹，炼石为铜。铜色青而利，泉色赤。山草木皆劲利，土亦刚而精。至越王句践，使工人以白牛马祠昆吾之神。采金铸之，以成八剑。一名掩日，以之指日则光昼暗。金阴物也，阴盛则阳灭。二名断水，以之画水，开而即不合。三名转魄，以之指月，则蟾兔为之侧转。四名悬翦，飞鸟游虫，遇触其刃，如斩截焉。五名惊鲵，以之泛海，则鲸鲵为之深入。六名灭魂，挟之夜行，不逢魑魅。七名却邪，有妖魅者，见之则止。八名真刚，以之切玉断金，如刻削土木矣。以应八方之气铸之者。（出《王子年拾遗记》）

汉太上皇

汉太上皇微时，常佩一刀长三尺。上有铭，其字虽难识，疑是殷高宗伐鬼方时，作此物也。太上皇游丰沛山泽中，穷谷里有人欧冶铸。上皇息其傍，问曰：“此铸何器？”工人笑而答曰：“为天子铸剑，勿泄言。”上皇谓为戏言，了无疑色。工曰：“今所铸铁，钢着玉瑶林。龙常常在这里打斗，膏血像水一样流下来。膏血流在地上呈黑色，凝固后像漆一样坚固，泛着紫光，可以用来做宝器。（出《王子年拾遗记》）

昆吾山

昆吾山，山体下埋藏着数量丰富的赤金，颜色如火。从前黄帝讨伐蚩尤，在此地驻扎军队。向地下深挖数百丈深，都没有挖到泉水，只见挖掘出来的东西闪闪发光就像火星一样。昆吾山地下有很多丹矿，丹矿石可以炼出铜。铜是青色的而且十分锋利，山中的泉水都是红色的。山上的树木草丛都十分刚劲挺拔而且锋利，山上的土也都刚硬且精良。到了越王勾践时期，他派工匠带着白牛、白马上山祭祀昆吾神。然后开采山中的矿石加以冶炼制造，铸成八柄宝剑。第一柄宝剑叫掩日，用它指着太阳，太阳光马上就会变得晦暗。金属阴物，阴盛则阳灭。第二柄宝剑叫断水，用它划水，水会被立即划开合不起来。第三柄宝剑叫转魄，用它指着月亮，月亮上的金蟾和玉兔都会跟随它转动。第四柄宝剑叫悬翦，飞鸟游虫接触到宝剑，即刻就会被折成两段。第五柄宝剑叫惊鲵，用它搅动海水，海里的巨鲸大鲵都会恐惧得钻进深海。第六柄宝剑叫灭魂，拿着它行走夜路，各类鬼魅精怪都会躲得远远的。第七柄宝剑叫却邪，去到有妖魅鬼怪的地方，将宝剑放置在那儿，妖魅鬼怪立刻就会消失不见。第八柄宝剑叫真刚，用它来切断玉石金子，就像刻木削土一样简单。这八柄宝剑在制造过程中，工匠们都感应到了是由八方精气锻造而成的。（出《王子年拾遗记》）

汉太上皇

汉太上皇刘邦父亲未显贵时，身边经常佩带一把长三尺的刀。刀上面刻有铭文，铭文的字已经无法辨认，怀疑刀有可能是殷商时期高宗征伐鬼方国时铸造的。有次太上皇游历丰沛山泽中，看到山谷里面有人在冶炼锻造器具。太上皇在旁边靠着休息，问道：“你们在砺难成。若得翁腰间佩刀，杂而冶之，即成神器，可以克定天下。星精为辅佐，以歼三猾。水衰火盛，此为异兆也。”上皇曰：“余有此物，名为匕首，其利难俦。水断虬龙，陆斩虎兕。魑魅魍魉，莫难逢之。削玉镌金，其刃不卷。”工人曰：“若不得此匕首以和铸，虽欧冶专精，越工砥锷，终为鄙器。”上皇即解腰间匕首，以投于炉中。俄而烟焰冲天，日为之昼暗。及乎剑成，杀三牲衅祭之。铸工问上皇：“何时得此匕首？”曰：“秦昭襄王之时，余行，逢一野人于路。授余云：‘殷时灵物，世世相传。’上有古书，记其年月。”及剑成，工人视之，其铭面存，叶前疑也。工人即持剑授上皇，上皇以赐高祖。高祖长佩于身，以歼三猾。及天下已定，授吕后，藏于宝库之中。守藏者见白气如云，出于户外，如龙蛇，改其库名曰“灵金藏”。及诸吕擅权，白气亦灭。及惠帝即位，以此库贮禁兵器，改曰“灵金内府”。（出《王子年拾遗记》）

又汉帝相传以秦王子婴所奉白玉玺，高祖斩白蛇剑。剑上皆用七采珠九华玉以为饰，杂厕五色琉璃为剑匣。剑在室中，其光景犹照于外，与挺剑不殊。十二年一加磨砻，刃上常若霜雪。开匣铸造什么东西？”工匠们笑着回答道：“我们是在为天子铸剑，不可以对别人说的。”太上皇觉得是玩笑话，并没有惊讶的样子。工匠们说：“我们现在使用的铸铁，怎么铸造都很难直接做成剑。如果将老人家腰间佩的这把刀放到炉子里面一起锻造，打造出来的剑肯定是神器，可以用来平定天下。这把剑是用天上星宿的精气为辅助，可以歼灭世间祸乱。水衰火盛，这是难得的异兆呀！”太上皇说：“我的这把刀，叫作匕首。它的锋利是任何刀剑都没有办法相提并论的。在水里面可以斩断蛟龙，在陆地可以杀死猛虎犀牛。任何魑魅魍魉都无法阻挡。还可以削玉刻金，它的刀刃也不会有一点弯曲。”工匠们说：“如果不能用你这把匕首和炉中的东西一起冶炼，就算打造的器物多精致，让最优秀的越工磨刀，最终也只会做成一件寻常之物。”太上皇听到之后立马将腰间的匕首解下来，投进正在燃烧的炉火之中。过了一会炉中烟火冲天，天上的太阳也随之黯淡无光。等到宝剑铸造而成，工匠们宰杀猪、牛、羊三牲用来祭祀。工匠们问太上皇说：“老人家这把匕首是怎么得到的？”太上皇说：“昭襄王时期，有次我出行在外，在路上碰到一个野人。他将这把刀送给我说：‘这是殷商时期的灵物，愿你可以将刀世世代代的流传下去。’刀上面刻着古代铭文，记载了这把刀铸造的时间。”等到剑制作完成，工匠们将新铸造的宝剑拿起来详细观看，匕首上的铭文依然存在，和以前的并无不同。工匠们即刻将这把宝剑授给太上皇，后来太上皇将这把宝剑传授给了汉高祖刘邦。刘邦用这把宝剑平定天下，建立汉朝。天下安定后，刘邦将这把宝剑传授给吕后。吕后将宝剑藏在宝库中。守护库房的士兵看见一道白气如云，直接从库房里面冲上天，形状好似龙蛇，因此将库房名字改为“灵金藏”。到了诸吕独揽大权时，白气也就消失了。等到了汉惠帝登基，将这座库房用来专门存放宫中御用武器，改名为“灵金内府”。（出《王子年拾遗记》）

又：相传汉帝将秦王子婴进献的白玉玺和高祖斩白蛇用的宝剑，世代相传。宝剑上镶嵌的都是七彩宝珠和九华玉作为装饰，然后用五色琉璃掺杂在一起镶嵌剑匣。这把宝剑放在室内会自动发光，光亮一直延伸到室外，就像刺剑一样。这把宝剑十二年磨一次，剑刃

板鞘，辄有风气，光彩射人。（出《酉阳杂俎》）

汉武帝

孙氏《应瑞图》云：“神鼎者文质精也。知吉凶，知存亡。能轻能重，能息能行。不灼自沸，不汲自满，中生五味。王者兴则出，衰则去。”《说苑》云：“孝武时，汾阴人得宝鼎，献之甘泉宫，群臣毕贺。上寿曰：‘陛下得周鼎。’侍中吾丘寿王曰：‘非周鼎。’上召问之：‘有说则生，无说则死。’寿王对曰：‘周德者，始于天授，成于文武，显于周公。德泽上畅于天，下漏三泉。上天报应，鼎为周出。今汉继周，德□显行，六合和同，至陛下之身而逾盛，天瑞并至。昔秦始皇亲求鼎于彭城而不得，天昭有德，神宝自至。此天所以遗汉，乃汉鼎，非周鼎也。’上曰：‘善。’”魏文帝《典论》亦云：“墨子曰，昔夏后启使飞廉折金，以精神于昆吾。使翁乙灼自若之龟，鼎成。四定而方，不灼自烹，不举自灭，不迁自行。”《拾遗录》云：“周末大乱，九鼎飞入天池。”《末世书论》云：“入泗水，声转谬焉。”（出《小说》）

上常年布着一层霜雪的东西。打开剑匣板鞘，立马会有一股寒气迎面而来，且光彩射人。（出《酉阳杂俎》）

汉武帝

孙氏《应瑞图》上说：“神鼎纹理的制作十分精致。神鼎可以用来预兆吉凶，预知生死。能够变轻也能变重，能自己停止也能自行行动。不用烧火里面的水就可以自行沸腾，不用往里面放水，就能有满满的水，还可以自动生出酸甜苦辣咸五种味道。当世间有明君出现的时候，神鼎就会出现。当国家衰败，就会自动藏匿起来。”《说苑》上说：“汉武帝时期，汾阴人得到这只宝鼎，将宝鼎献给甘泉宫，文武百官前来祝贺。寿王说：‘皇上得到的宝鼎是周鼎。’侍中吾丘说：‘这不是周鼎。’皇上召见他说：‘你说出来为什么不是周鼎，我就让你活着，如果说不出来，我就处死你。’寿王回答说：‘周朝的德政，是上天传授开始的，由周文王和周武王将德政做成功，然后周公将它发扬光大。周朝的德政上达天听，下通三泉。这是上天的旨意，所以宝鼎在周朝时期已经出现在人间。现在我们汉朝高祖继周朝之后，德政显著，天下六合归一，陛下继位之后国运更加昌盛，各种吉兆同时出现。之前秦始皇亲自去彭城求宝鼎都没有得到，现在上天显灵要送给有德的君王，宝鼎就出现了。这是上天赠予大汉的，所以这个宝鼎是汉鼎，并不是周鼎。’汉武帝听了说：‘说得很对。’”魏文帝《典论》上说：“墨子说，从前，夏后启派大臣飞廉到昆吾山掘采金矿石，这种精神将昆吾神感动然后他采到了矿石。夏后启让翁乙用神龟为柴，冶炼铸成宝鼎。这只宝鼎是方形下面有四足。不用烧火就可以自动烹煮东西，不用特意从火上移开火就会自行熄灭，不用搬动就可以自己移动。”《拾遗录》上说：“周朝末年天下大乱，九只宝鼎飞走后落入天池。”《末世书论》里面记载：“宝鼎落入泗水时，落下时声音悲戚。”（出《小说》）

轻玉磬

汉武帝起招仙阁于甘泉宫西，其上悬浮金轻玉之磬。浮金者，自浮水上。轻玉者，其质贞明而轻也。（出《洞冥记》）

李夫人

汉武帝过李夫人，就取玉簪搔头。自此宫人搔头皆用玉，为之贵焉。夫以象牙为篦，赐李夫人。（出《小说》）

吉光裘

汉武帝时，西成献吉光裘。入水数日不濡，入火不焦。元凤不道之时服此裘，以视朝焉。（出《十洲记》）

西毒国

汉武帝时，西毒国献连环羁。皆以白玉作之，玛瑙石为勒，白光琉璃为鞍。安在暗室中，尝照十余丈，其光如昼。（出《西京杂记》）

桂 宫

汉武帝为七宝床、杂宝案、杂宝屏风、杂宝帐，设于桂宫。时人谓之“四宝宫”。（出《西京杂记》）

西胡渠王

汉武帝冢里，先有玉箱瑶杖各一，是西胡渠王所献。帝平素常玩之。后有人扶风郿市买得二物，帝左右识而认之。说卖者形

轻玉磬

汉武帝建造了一座招仙阁位于甘泉宫西侧，招仙阁上面悬挂着浮金轻玉磬。浮金的意思，是说它可以自浮在水上。轻玉的意思，是说它的材质十分通透又比普通的玉石轻。（出《洞冥记》）

李夫人

汉武帝十分喜欢李夫人，就用玉簪给她簪头发。从这之后后宫嫔妃梳理头发都用玉饰，觉得这是彰显身份高贵的一种标志。汉武帝又用象牙让工匠制成篦梳，将它赏赐给李夫人。（出《小说》）

吉光裘

汉武帝时期，西成国进献宝物吉光裘。放在水中好几天都不会浸湿，放在火上炙烤也不会焦。汉武帝不知有这么神奇，偶尔会穿着吉光裘上朝。（出《十洲记》）

西毒国

汉武帝时期，西毒国进献连环马络头。整个马络头都是用白玉石制作而成的，用玛瑙制作的勒嚼，用白光琉璃制作的马鞍。将马络头放置在暗室之中，可以照亮十多丈远的地方，发出的光亮照的室内就像白天一样。（出《西京杂记》）

桂　宫

汉武帝命人制作了七宝床、各类珠宝镶嵌的宝案、宝屏风、宝帐，将它们陈设在桂宫。时人称桂宫为“四宝宫”。（出《西京杂记》）

西胡渠王

汉武帝陵墓中，最初的随葬物品有玉箱与瑶石手杖各一件。这些东西原本是西胡渠王进献而来。汉武帝经常拿在手中把玩。后来

状，乃帝也。（出《异苑》）

汉宣帝

汉彩女常以七月七日夜，穿七针于开襟楼，俱以习之。宣帝被收，系郡邸狱。臂上犹带史良娣合采婉转丝绳，系身毒国宝镜一枚，大如八铢钱。旧传此镜照见妖魅，得佩之者，为天神所福，故宣帝从危获济。及即大位，每持此镜，感咽移辰。常以琥珀笥盛之，缄以戚里织成。一曰斜纹织成。宣帝崩，不知所在。（出《西京杂记》）

刘表

刘表跨有南土，子弟骄贵，并好酒。为三爵：大曰伯雅受七升，次曰仲雅受六升，次曰季雅受五升。（出《魏文典论》）

有人在扶风郡市上买到了这两件宝物，皇帝身边的人认出这两件宝物是汉武帝的随葬品。根据买家描述的卖家模样，他们觉得卖家就是汉武帝本人。（出《异苑》）

汉宣帝

汉朝的宫女经常在七月七日当天晚上，在开襟楼穿七针，后来的人将这个当作仪式传承下来。汉宣帝被捕，收监在郡中王府私狱中。在狱中他的胳臂上还带着女史良娣和采婉缠制作的丝绳，绳上系着身毒国进献的宝镜一枚，大约八铢钱大小。从前的人说这面镜子可以照见妖魅，佩戴镜子的人，能得到天神的保佑，所以汉宣帝最后从危难中被救出来。等到汉宣帝登基成为皇帝，每次拿着这面宝镜，都感慨万千，差点流泪不能自已。汉宣帝经常将这面宝镜装在一个方形琥珀匣中，用戚里编织的丝绳系好。也有一种说法是说用丝织的斜纹绳子系好。汉宣帝驾崩后，这面宝镜也不知所踪。（出《西京杂记》）

刘表

刘表盘踞荆州时期还同时管辖了长江以南好多地方，刘表的子侄们十分骄奢豪横，且都喜欢饮酒。刘表有三只珍贵的酒杯：大一点的叫伯雅，可以盛七升酒；第二大的叫仲雅，可以盛六升酒；最小的一只叫季雅，可以盛五升酒。（出《魏文典论》）

卷第二百三十　器玩二

苏威　王度

苏威

隋仆射苏威有镜殊精好。日月蚀既，镜亦昏黑无所见。威以左右所污，不以为意。他日，月蚀半缺，其镜亦半昏如之，于是始宝藏之。后柜中有声如雷，寻之乃镜声，无何而子夔死。后又有声而威败。其后不知所在。（出《传记》）

王度

隋汾阴侯生，天下奇士也。王度常以师礼事之。临终，赠度以古镜曰：“持此则百邪远人。”度受而宝之。镜横径八寸，鼻作麒麟蹲伏之象。绕鼻列四方，龟龙凤虎，依方陈布。四方外又设八卦，卦外置十二辰位而具畜焉。辰畜之外，又置二十四字，周绕轮廓。文体似隶，点画无缺，而非字书所有也。侯生云：“二十四气之象形。”承日照之，则背上文画，墨入影内，纤毫无失。举而扣之，清音徐引，竟日方绝。嗟乎，此则非凡镜之所同也，宜其见赏高贤，自称灵物。侯生常云：“昔者吾闻黄帝铸十五镜。其第一横径一尺五寸，法满月之数也。以其相差，各校一寸。此第八镜也。”虽岁祀攸远，图书寂寞，而高人所述，不可诬矣。昔杨氏纳环，累代延庆。张公丧剑，其身亦终。今度遭世扰攘，居常郁快。王室如毁，生涯何地。宝镜复去，哀哉！今具其异迹，列之于哀哉后。数千载之下，倘有得者，知其所由耳。

苏威

隋朝有个叫苏威的仆射有一面长相奇特制作十分精致的镜子。日全蚀或者月全蚀的情况下，镜子里面也是一片黑暗看不见东西。苏威以为是左右的人将它弄脏没有清理，并没有在意。有一天，遇到月半蚀的情况，看到镜子里面同样也是一半昏暗，这才知道此镜子十分特殊，将它藏起来。后来柜子里面发出雷鸣般的声响，打开柜子看到是镜子发出的声音，过了不久，他的儿子苏夔就无缘无故死了。再后来镜子又发出一次同样的声响，苏威败落。从此之后镜子就不知所踪了。（出《传记》）

王度

隋朝汾阴有个侯姓人士，是天下少有的能人异士。王度之前用对待老师的礼节侍奉他。侯生临终之际，赠送给王度一面古镜说："你拿着这面镜子，所有妖怪邪祟都会远离你。"王度接收古镜并郑重的珍藏起来。这面古镜宽约八寸，镜鼻是麒麟蹲伏的样子。围绕镜鼻周围分为四个方位，分别是龟、龙、凤、虎，按照四方位排列。四方之外设置了八卦。八卦之外分别有十二时辰属相排列。十二时辰之外，又设置了二十四字，围绕古镜一周排列。古镜字体很像隶书，笔画也没有缺失，但是这二十四个字在书中并没有记载。侯生说过："镜子后面的二十四个字对应的是二十四节气。"将镜子对着太阳去看，背面的文字和图画，全部都会倒映过来，没有丝毫的缺失。将镜子举起来叩响，会发出清新徐缓的声音，第二天声音才消失。唉，这面古镜绝对不是平常镜子可以比较的，只有高尚贤明的人可以鉴赏它，当然可以称之为灵物。侯生生前说过："我之前听说黄帝铸造了十五面镜子。第一面镜子的宽度约是一尺五寸，用来效法满月的大业七年五月，度自御史罢归河东，适遇侯生卒而得此镜。至其年六月，度归长安。至长乐坡，宿于主人程雄家。雄新受寄一婢，颇甚端丽，名曰“鹦鹉”。度既税驾，将整冠履，引镜自照。鹦鹉遥见，既便叩首流血云：“不敢住。”度因召主人问其故，雄云：“两月前，有一客携此婢从东来。时婢病甚，客便寄留，云还日当取。比不复来，不知其婢由也。”度疑精魅，引镜逼之。便云：“乞命。”即变形。度即掩镜曰：“汝先自叙，然后变形，当舍汝命。”婢再拜自陈云：“某是华山府君庙前长松下千岁老狸，大行变惑，罪合至死。遂为府君捕逐，逃于河渭之间。为下邽陈思恭义女，蒙养甚厚，嫁鹦鹉与同乡人柴华。鹦鹉与华意不相惬，逃而东出韩城县。为行人李无傲所执，无傲，粗暴丈夫也，遂将鹦鹉游行数岁。昨随至此，忽尔见留。不意遭逢天镜，隐形无路。”度又谓曰：“汝本老狸，变形为人，岂不害人也？”婢曰：“变形事人，非有害也。但逃匿幻惑，神道所恶，自当至死耳。”度又谓曰：“欲舍汝可乎？”鹦鹉曰：“辱公厚赐，岂敢忘德。然天镜一照，不可逃形。但久为人形，羞复故体。愿缄于匣，许尽醉而终。”度又谓曰：“缄镜于匣，汝不逃乎？”鹦鹉笑曰：“公适有美言，尚许相舍。缄镜而走，岂不终恩。但天镜一临，窜迹无路，惟希数刻之命，以尽一生之欢耳。”度登时为匣镜，又为致酒。悉召雄家邻里，与宴谑，婢数据。以这个差距，后面的更增加一寸。所以这面古镜是第八面镜子。”虽然时间距现在已经十分遥远，古镜上的文字和图画并不能诉说来历，然而像侯生这样的高人所述的来历，不能不相信的。早年间，杨家将杨玉环送到皇宫，世代得以兴盛。张公因为失去一柄剑，自己的身体也随即与剑死。此时，王度正在遭逢世事无常的烦忧，经常闷闷不乐。整个王家可能会因为这个被毁掉，那何处才是可以赖以生存的地方呢？侯生送的宝镜到时候同样会失去的。唉，现在只能将宝镜所经历的奇异之事记载下来。等到几千年之后，如果有人可以得到宝镜，也能知道宝镜的来历。

隋炀帝大业七年五月，王度将御史之职辞任回到河东，恰好碰到侯生辞世得到这面古镜。到同年六月，王度重新回到长安。途经长乐坡，夜晚在程雄家借宿。程雄家新来了一个他人暂时寄养的婢女，长相十分端庄美丽，名字叫鹦鹉。晚上王度准备脱衣服睡觉，拿起古镜自顾自地照了照。鹦鹉远远地看见，连忙磕头直到流血，说自己不敢再住在这里。王度将程雄叫过来问这是怎么回事？程雄说：“两个月前，有一个客人带着这个婢女从东边来。当时婢女病的十分严重，客人便将她留下来住，说归来的时候将她带走。但是客人一去不复返，这个婢女的来历也一无所知。”王度怀疑婢女是妖怪变的，取出古镜逼着她现身。婢女连连说道：“请您饶命。”然后现出原形。王度随即将古镜遮挡住说：“你先将自己的来历说清楚，然后再现原形，我就放过你一命。”婢女再次拜谢讲述道：“我本来是华山府君庙前长松树下一只千年老狸，经常变幻人形迷惑人类，合该死罪。于是被府君追捕，逃到了河渭一带，后来被下邽陈思恭收为义女，承蒙他厚爱，将我嫁给同乡的柴华做妻子。但是我和柴华相处并不和谐，从柴家逃出来往东刚走出韩城县。就被行人李无傲捉走，李无傲是个十分粗俗凶暴的男人，他胁迫我与他四处流浪很多年。之前走到这里，忽然将我留下自己走了。没想到突然遭遇宝镜，使我没有办法再将原形隐藏。”王度又问：“你本来是老狸，幻化成人形后，不会再祸害无辜人吗？”婢女说：“我变成人形后，侍奉人从来没有过祸害之心。但是我之前从华山府君那边逃跑后躲起来，再变顷大醉。奋衣起舞而歌曰："宝镜宝镜，哀哉予命。自我离形，于今几姓。生虽可乐，死必不伤。何为眷恋，守此一方。"歌讫再拜，化为老狸而死，一座惊叹。

大业八年，四月一日，太阳亏。度时在台直，昼卧厅阁。觉日渐昏，诸吏告度以日蚀甚。整衣时，引镜出，自觉镜亦昏昧，无复光色。度以宝镜之作，合于阴阳光景之妙。不然，岂合以太阳失曜而宝镜亦无光乎？叹怪未已。俄而光彩出，日亦渐明。比及日复，镜亦精朗如故。自此之后，每日月薄蚀，镜亦昏昧。

其年八月十五日，友人薛侠者获一铜剑长四尺。剑连于靶，靶盘龙凤之状，左文如火焰，右文如水波。光彩灼烁，非常物也。侠持过度曰："此剑侠常试之，每月十五日天地清朗，置之暗室，自然有光，傍照数丈，侠持之有日月矣。明公好奇爱古，如饥如渴，愿与君今夕一试。"度喜甚。其夜果遇天地清霁，密闭一室，无复脱隙，与侠同宿。度亦出宝镜，置于座侧。俄而镜上吐光，明幻成人形祸害他人是神道不允许的，那样我必死无疑。”王度又问：“我想放过你一命可以吗？”婢女说：“多谢恩人的赏赐，不敢忘记您的大恩大德。但是被天镜照到，再也不能逃脱原形了。我已经长时间成为人形，对于原形十分羞耻。希望恩人可以将天镜暂时收进匣子中，赏我一顿酒让我大醉死去吧。”王度说道：“我将古镜收到匣子里面，你不会逃走吗？”鹦鹉笑着说：“恩人刚才已经说放我一命了，您将镜子收回匣子中我逃走了，那不是辜负了您的大恩大德吗？而且只要天镜一照，我就会无处可逃的。现在我只想用仅剩的时间，用来享受一生最后的欢愉。”王度立马将宝镜放回到匣子中，亲自为鹦鹉斟酒。并将程雄的家人和邻居都召唤过来，一起开宴会嬉戏玩耍，婢女没一会就喝得大醉。扬起衣袖翩翩起舞唱歌道：“宝镜宝镜，呜呼哀哉，这都是我的命。自从我抛弃原形，到现在已经改过一次姓氏了。虽然活着是一件快乐的事，但死去也没有什么值得伤心的了。人间并没有值得眷恋的了，享受此时的快乐就可以了。”鹦鹉唱完歌后再次拜谢，化作一只老狸死去，在座所有人都惊叹不已。

大业八年四月一日，日蚀。王度当时正在御史台值班，白天在厅阁的床上躺着。察觉到天色慢慢变得昏暗，属下官吏告诉王度日蚀十分严重。王度起身整理衣冠，拿出古镜查看，发觉古镜中也变得昏暗无比，没有之前的光彩。王度觉得制作古镜的时候，一定是按照阴阳光体变化的奥妙制作。不然，怎么会太阳失去光亮宝镜也没有光彩了呢？王度感叹思忖其中古怪。过了一会，古镜里面重新出现光彩，外面的天空也渐渐明亮起来。等太阳完全出来后，宝镜也恢复光彩如常。自此之后，每到日蚀、月蚀的时候，古镜也会变得昏暗无光。

同年八月十五，王度一位朋友叫薛侠的，得到一把铜剑长约四尺。剑和剑柄相连，剑柄形成盘龙凤形状，左边的纹理形状像火焰，右边的纹理形状像水波。光彩夺目，不是寻常之物。薛侠带着宝剑到王度这里说：“这把宝剑我曾经做过实验，每月十五天地晴朗的时候，将宝剑放在暗室中，自然就会有光，光亮可以照到几丈远，我得到它已经有些时日了。知道你爱好这些古物，如饥似渴的，现在我将它带过来今晚和你一起实验下。”王度十分欣喜。当天晚上天气果照一室。相视如昼。剑横其侧，无复光彩。侠大惊曰：“请内镜于匣。”度从其言。然后剑刀吐光，不过一二尺耳。侠抚剑叹曰：“天下神物，亦有相伏之理也。”是后每至月望，则出镜于暗室，光尝照数丈。若月影入室，则无光也。岂太阳太阴之耀，不可敌也乎。

其年冬，兼著作郎。奉诏撰国史，欲为苏绰立传。度家有奴曰豹生年七十矣，本苏氏部曲。颇涉史传，略解属文。见度传草，因悲不自胜。度问其故，谓度曰：“豹生常受苏公厚遇，今见苏公言验，是以悲耳。郎君所有宝镜，是苏公友人河南苗季子所遗苏公者，苏公爱之甚。苏公临亡之岁，戚戚不乐。常召苗生谓曰：‘自度死日不久，不知此镜当入谁手。今欲以蓍筮一卦，先生幸观之也。’便顾豹生取蓍，苏公自揲布卦。卦讫。苏公曰：‘我死十余年，我家当失此镜，不知所在。然天地神物，动静有征。今河汾之间，往往有宝气与卦兆相合，镜其往彼乎。’季子曰：‘亦为人所得乎？’苏公又详其卦云：‘先入侯家，复归王氏。过此以往，莫知所之也。’”豹生言讫涕泣。度问苏氏，果云旧有此镜。苏公薨后，亦失所在，如豹生之言。故度为苏公传，亦具言其事于末篇。论苏公蓍筮绝伦，默而独用，谓此也。

然十分清明，王度和薛侠在同一间密室，密室没有任何光线。王度取出宝镜，放置在座位旁边。过了会镜子上吐出光亮，将整间密室全部照亮。两个人就像在白天一样对视。薛侠带来的宝剑放在宝镜的旁边，没有一丝从前的光亮。薛侠大惊说道：“请将宝镜收回到匣子里面。”王度按照他说的做。这时宝剑才吐出光亮，不过只有一二尺罢了。薛侠抚摸着宝剑说：“天下神奇的宝物，同样也有相伏的道理。”从此之后，每到十五月圆之夜，王度都会将宝镜放置在暗室之中，宝镜发出的光亮可以照亮几丈远的地方。如果是光影进到室内，宝镜就没有光。这应该就是太阳光和月亮光的光辉，没有什么可以与之匹敌。

同年冬天，王度兼任著作郎，奉圣上的命令撰写国史，想为苏绰编写传记。王度家有个七十多岁的老仆人叫豹生，是原先苏绰的家兵。豹生读过很多史书和传记，略通文墨。他读了王度写的《苏绰传》稿子，悲从中来。王度问他为什么伤心，豹生说：“苏公曾经十分厚待于我，今天看到苏公生前说的话灵验，所以感到伤心。君现在手上有的这面宝镜，是原先苏公朋友河南季苗子送给他的，苏公生前十分喜欢。苏公临死的时候，经常闷闷不乐。有次请季苗子来到家中，对他说：‘我觉得自己离死亡不远了，不知这面镜子最终会落到谁人手中。我现在想用蓍草算上一卦，有幸让先生在旁观看。’于是吩咐豹生取来蓍草，苏公自己占卜。卦成，苏公说：‘我死后过十几年，我们家应该会遗失这面宝镜，不知遗失在何处。然而这天地之间的神奇宝物，动静都有预兆。现在看河泒之间，经常有宝气和卦象的预兆比较吻合，宝镜难不成是去到那边了吗。’季苗子问：‘后来是被他人得到了吗？’苏公又仔细看了看卦象说：‘应当是先到了王侯之家，又归于王氏。从这之后，就不知道它的踪迹了。’”豹生说完后痛哭流涕。王度后来询问苏家的后人，果然说曾经有过一面宝镜。苏公死后，就不知所踪了，和豹生说的相符。所以王度在为苏公做传的时候，如实的将这件事记载在了篇末的地方。里面还说苏公用蓍草占卜的技巧惊艳，很神秘，只有自己知道，外人从未知道过，就是说的这件事。

大业九年正月朔旦，有一胡僧行乞而至度家。弟勣出见之，觉其神彩不俗，更邀入室，而为具食。坐语良久，胡僧谓勣曰："檀越家似有绝世宝镜也，可得见耶？"勣曰："法师何以得知之？"僧曰："贫道受明录秘术，颇识宝气。檀越宅上，每日常有碧光连日，绛气属月，此宝镜气也。贫道见之两年矣。今择良日，故欲一观。"勣出之，僧跪捧欣跃。又谓勣曰："此镜有数种灵相，皆当未见。但以金膏涂之，珠粉拭之，举以照日，必影彻墙壁。"僧又叹息曰："更作法试，应照见腑脏，所恨卒无药耳。但以金烟薰之，玉水洗之，复以金膏珠粉，如法拭之，藏之泥中，亦不晦矣。"遂留金烟玉水等法，行之无不获验。而胡僧遂不复见。

其年秋，度出兼芮城令。令厅前有一枣树围可数丈，不知几百年矣。前后令至，皆祠谒此树，否则殃祸立及也。度以为妖由人兴，淫祀宜绝。县吏皆叩头请度，度不得已，为之以祀。然阴念此树当有精魅所托，人不能除，养成其势，乃密悬此镜于树之间。其夜二鼓许，闻其厅前磊落有声，若雷霆者。遂起视之，则风雨晦暝，缠绕此树。雷光晃耀，忽上忽下。至明，有一大蛇，紫鳞赤尾，绿头白角，额上有王字。身被数疮，死于树。度便下收镜，命吏出蛇，焚于县门外。仍掘树，树心有一穴，于地渐大，有巨蛇蟠泊之迹，既而坟之，妖怪遂绝。

大业九年正月初一，有一胡僧行乞到王度家中。王度的弟弟王勣负责接待僧人，觉得僧人面貌不俗，不似平常行乞之人，便将他邀请到家中，摆上饭菜请他食用。两个人坐着说了很久的话，胡僧对王勣说："施主家中似乎有绝世的宝镜，贫僧可以见见吗？"王勣说："法师怎么知道我家中有宝镜的？"僧人回答说："贫道之前学过明录秘术，颇识宝气。施主家中，每日都有碧光连着太阳，绛气属月，这一看就是宝镜之气。贫僧看见这宝气已经有两年了。今日挑了个良辰吉日，想要看一下神奇的宝物。"王勣将宝镜拿出来，僧人跪着欢欣的接过来。然后对王勣说："这面宝镜上面有很多种灵相，都是从未见过的。你可以用金膏涂在上面，再用珠粉擦拭，将宝镜举起来照着太阳，透过来的光影必定可以穿透墙壁。"僧人叹息道又说："可以换一种方法，就能照见人体的五脏六腑，遗憾的是这种药已经没有了。但是可以用金烟熏它，然后再用玉水洗干净，之后再用金膏珠粉，像之前一样涂抹，就算是将宝镜藏在泥土中，也不会变得晦暗无光。"说完便留下金烟和玉水等物品，之后按照胡僧的方式实验，全部都灵验了。然而胡僧也就再也没见到。

同年秋天，王度出外兼任芮城县令。县衙大厅前面有一颗粗好几丈的枣树，不知已经生长了几百年。王度之前的县令，都会祭祀这颗枣树，不祭祀的就会立马引来祸患。王度觉得应该是有妖怪利用人的邪念在作祟，不合礼仪的祭祀应该废除。但是县里的官吏全都磕头让他祭祀，王度没有办法，只好祭祀枣树。然而心里却在暗暗地想这颗枣树应该是妖怪成精，这里的人不能除去，养成了祭祀的习惯，于是悄悄将宝镜悬挂在枣树上。当天晚上刚到二更时分，王度就听到前厅枣树有噼啪作响的声音，就像是打雷一样。于是起身查看，只见外面风雨交加晦暗不明，风雨缠绕着枣树。电闪雷鸣，忽上忽下。等到天亮，王度出门看到一条很大的蛇，紫色的鳞片，红色的尾巴，绿色脑袋上面有着白色的角，额头上隐约有个王字。大蛇身上千疮百孔，死在树下。王度将宝镜收起来，命人将蛇抬出去，在县城门外焚烧。又叫来人将枣树挖出来，树心下面有一个洞穴，进入地底后逐渐宽大，洞穴里面有巨蛇蟠曲停留的遗迹，王度命人将洞穴封其年冬。度以御史带芮城令。持节河北道，开仓粮，赈给陕东。时天下大饥，百姓疾病，蒲陕之间，疠疫尤甚。有河北人张龙驹，为度下小吏。其家良贱数十口，一时遇疾。度悯之，赍此入其家，使龙驹持镜夜照。诸病者见镜，皆惊起云："见龙驹持一月来相照，光阴所及，如冰著体，冷彻腑脏。"即时热定，至晚并愈。以为无害于镜，而所济于众。令密持此镜，遍巡百姓。其夜，镜于匣中冷然自鸣，声甚彻远，良久乃止。度心独怪。明早，龙驹来谓度曰："龙驹昨忽梦一人，龙头蛇身，朱冠紫服。谓龙驹：'我即镜精也，名曰紫珍。常有德于君家，故来相托，为我谢王公。百姓有罪，天与之疾，奈何使我反天救物？且病至后月，当渐愈，无为我苦。'"度感其灵怪，因此志之。至后月，病果渐愈，如其言也。

大业十年，度弟勣，自六合丞弃官归。又将遍游山水，以为长往之策。度止之曰："今天下向乱，盗贼充斥，欲安之乎？且吾与汝同气，未尝远别。此行也，似将高蹈。昔尚子平游五岳，不知所之。汝若追踵前贤，吾所不堪也。"便涕泣对勣。勣曰："意已决矣，必不可留。兄今之达人，当无所不体。孔子曰：'匹夫不夺其志矣。'人生百年，忽同过隙。得情则乐，失志则悲。安遂其欲，圣人之义也。"度不得已，与之决别。勣曰："此别也，亦有所求。兄所宝镜，非尘俗物也。勣将抗志云路，栖踪烟霞，欲兄以此为赠。"度曰："吾何惜于汝也。"即以与之。勣得镜遂行，不言所适。

填，自此之后妖怪就消失无踪。

同年冬天，王度以御史兼芮城令的职责。带着印信前往河北一带，开仓放粮，赈济陕东的灾民。当时天下发生大饥荒，百姓病痛缠身，蒲州、陕西一带，灾情瘟疫最为严重。有个河北人叫张龙驹，是王度手下的一个小吏。家中老弱病幼共有几十口人，全部染上瘟疫。王度十分怜悯下属，将宝镜借给他带回家，张龙驹带着宝镜连夜对着染了瘟疫的家人照。感染瘟疫的家人照了镜子，全都十分惊恐地说："张龙驹手中拿了一轮弯月来照我们，光亮照到的地方，就像寒冰附体，五脏六腑都冻透了。"过了一会又热起来，当天晚上病都痊愈了。王度知道宝镜的功效后觉得对宝镜并没有什么伤害，还可以帮助百姓祛除瘟疫，就命人秘密的拿着镜子，挨家挨户的帮百姓照镜子。有天夜里，宝镜在匣子中发出清澈激昂的声音，声音传出去很远，很久才停下来。王度心中十分奇怪。第二天早上，张龙驹过来对王度说："昨天晚上我梦到一个人，龙头蛇身，红色的帽子紫色的衣服。他对我说，我是宝镜中的精灵，叫作紫珍。之前对你家有过恩德，所以来托你感谢王公，并告诉王公：百姓有罪，所以上天用瘟疫来惩罚他们。怎么能让我违法天意来拯救人类呢？而且百姓的病下个月就可以痊愈了，不要再让我辛苦劳累了。"王度觉得宝镜十分灵验和奇怪，将这件事也记载了下来。到了第二个月，瘟疫果然慢慢退散了，和宝镜精灵说的一模一样。

大业十年，王度的弟弟王勣，辞去六合县丞的官职回到家中。想要出门游历名山大川，以此作为以后的长期打算。王度制止他说："现在天下越来越多的战乱，满大街都是强盗，你觉得这时候出门安全吗？而且我和你是亲兄弟，从来都没有分开过。你这次远行，好像是要走很远的地方。从前尚子平游历五岳，最后不知所踪。你想要学习前辈贤人游历在名山大川间，不知道你的行踪，这是我不能接受的。"说完泣不成声，不能自已。王勣说："我想要出门远行的想法已经决定了，哥哥不要再过多挽留。兄长是豁达之人，这些事情你应该都可以理解的。孔子说：'旁人不要随便打消他人的志向和远景。'人生在世不过百年，匆匆忙忙如白驹过隙。得到了想要的就会至大业十三年夏六月，始归长安，以镜归。谓度曰：“此镜真宝物也。辞兄之后，先游嵩山少室。降石梁，坐玉坛。属日暮，遇一嵌岩。有一石堂可容三五人，勣栖息止焉。月夜二更后，有两人。一貌胡，须眉皓而瘦，称山公。一面阔，白须眉长，黑而矮，称毛生。谓勣曰：‘何人斯居也？’勣曰：‘寻幽探穴访奇者。’二人坐，与勣谈久，往往有异义出于言外。勣疑其精怪，引手潜后，开匣取镜。镜光出而二人失声俯伏。矮者化为龟，胡者化为猿。悬镜至晓，二身俱殒。龟身带绿毛，猿身带白毛。即入箕山，渡颍水。历太和，视玉井。井傍有池，水湛然绿色。问樵夫，曰：‘此灵湫耳，村闾每八节祭之，以祈福佑。若一祭有阙，即池水出黑云大雹，浸堤坏阜。’勣引镜照之，池水沸涌，有雷如震。忽尔池水腾出，池中不遗涓滴。可行二百余步，水落于地。有一鱼，可长丈余，粗细大于臂。首红额白，身作青黄间色，无鳞有涎，龙形蛇角。嘴尖，状如鲟鱼，动而有光。在于泥水，困而不能远去。勣谓鲛也，失水而无能为耳。刃而为炙，甚膏有味，以充数朝口腹。遂出于宋汴。汴主人张琦家有女子患。入夜，哀痛之声，实不堪忍。勣问其故，病来已经年岁，白日即安，夜常如此。勣停一宿，及闻女子声，遂开镜照之。痛者曰：‘戴冠郎被杀。’其病者床下，有大雄鸡死矣，乃是主人七八岁老鸡也。

高兴，没有得到就会伤心。所以让他随着自己的愿望远行，这是先贤圣人说的道理呀。”王度实在没有办法，只能和弟弟告别。王勣走的时候说：“此经一别，弟弟同样也有所求。兄长的宝镜，并不是凡尘俗物。弟弟这次出门可能会行走在云中之路，在荒郊野外露宿，无时无刻都有危险，想让兄长将宝镜赠送与我。”王度说：“我怎么会舍不得将宝镜给你呢。”说完就将宝镜送给弟弟。王勣得到宝镜后便辞行离开，走的时候并没有说去了哪里。

到了大业十三年夏季六月时分，王勣才回到长安，将宝镜还给王度。对王度说：“这个宝镜真是稀世珍宝。和兄长辞别之后，我先是去了嵩山少林寺。出了寺院下山，有时从陡峭的石崖爬下去，有时坐在仙境一样的地方休息。等到太阳快要落山，遇到一个嵌在石头里面的石屋。屋子里面可以容纳三五个人，我想在这间石屋里面休息。当天晚上天空晴朗，过了二更后，忽然有两个人走进石屋。其中一个长得像胡人，眉毛花白面容清瘦，自称为山公。一个是宽脸，白须眉长，生的又黑又矮，自称为毛公。这两个人问我：‘你是何人怎么住在这里？’我回答说：‘我一个寻幽猎奇的旅人。’这二人坐下，和我谈了很久，说话的时候经常有神奇的事情说出来。我怀疑他们是妖怪，悄悄将手伸到背后，从匣子里面将镜子取出来。镜子的光芒吐出后二人失声跪伏在地上。矮的人变成一个乌龟，高一点的变成一个毛猿。我将宝镜悬挂在他们头顶一直到天亮，两个都死去了。乌龟身上带着绿毛，猿身上长着白毛。从这之后，我又游历了箕山，渡过了颍水。游历太和，观赏了玉井。玉井旁边有一个水池，水池里面的水是清澈的绿色。我问樵夫这个叫什么，樵夫说：‘这个池子叫灵湫，村民们会在每年立春、立夏、立秋、立冬、春分、夏至、秋分、冬至八个节气，前来祭拜祈福。如果缺少以此祭祀，就会从池水中涌出大量黑云冰雹，冲毁堤坝毁坏房屋。’我将宝镜取出来照着池中的水，池水翻涌，雷声阵阵。忽然池水直接腾空而出，池中一滴不剩。池水行进了二百多部落在地面。水中有一条鱼，长约一丈多，差不多胳膊粗细。红色脑袋白色额头，身体是青黄相间的颜色，没有鳞片有黏液，身体像龙，角像蛇，嘴巴尖尖，形状像鲟鱼，动来动去亮闪闪的。

游江南。将渡广陵扬子江，忽暗云覆水，黑风波涌，舟子失容，虑有覆没。勣携镜上舟，照江中数步，明朗彻底，风云四敛，波涛遂息。须臾之间，达济天堑。跻摄山，趋芳岭。或攀绝顶，或入深洞。逢其群鸟环人而噪，数熊当路而蹲，以镜挥之，熊鸟奔骇。是时利涉浙江，遇潮出海。涛声振吼，数百里而闻。舟人曰：'涛既近，未可渡南。若不回舟，吾辈必葬鱼腹。'勣出镜照，江波不进，屹如云立。四面江水豁开五十余步，水渐清浅，黿鼍散走。举帆翩翩，直入南浦。然后却视，涛波洪涌，高数十丈，而至所渡之所也。遂登天台，周览洞壑。夜行佩之山谷，去身百步，四面光彻，纤微皆见。林间宿鸟，惊而乱飞。

还履会稽。逢异人张始鸾，授勣《周髀》《九章》及'明堂、六甲'之事。与陈永同归，更游豫章。见道士许藏秘，云是旌阳七代孙，有咒登刀履火之术，说妖怪之次。更言丰城县仓督李慎家躺在泥水中不能离开。我觉得这就是古人说的鲛鱼，离开水就什么能耐都没有了。我让村民将它杀死做成菜肴，吃着十分美味，连着吃了好多天。然后我又到了宋汴。宋汴的主人张琦家有个生病的女孩。到了晚上，女孩子喊叫不已，实在不忍心听下去。我问主人女孩得了什么病？主人说女孩病了有一年了，白天一切都好，到了晚上就常常这样一直叫到天亮。我在张家住了一晚上，晚上听到女孩的叫声后，打开匣子拿出镜子照她。女孩喊道：'戴冠郎被杀死了。'我看到生病女孩的床底下，有一只死了很久的大雄鸡，正是主人家养了七八年的老公鸡。

然后我又游历江南，准备从广陵渡过扬子江。忽然天昏地暗水不停涨，黑风汹涌，船工惊恐失色，害怕巨浪撞击会让船倾覆。我拿着镜子登上船，往江里面照过去几步远，江面上里面风平云静，清清朗朗，波涛停息。这一切都是顷刻之间的变化。之后我到达长江天堑，攀登摄山，在芳岭漫游。有时攀登绝顶，有时深探洞穴。偶尔遇到群鸟围着聒噪不止，或者遇上几头熊蹲在大路中间拦路，只要手持宝镜挥过去，群鸟和熊都会惊恐离开。后来一路平安的来到浙江，正遇上涨潮时间顺着钱塘江准备出海。涛声阵阵浪花翻涌，传到几百里内都能听到。掌船的船夫说：'潮水已经到眼前了，不能再往南边去。如果现在不回头，我们肯定会葬身鱼腹的。'我取出宝镜照着江面，潮水就像云一样伫立，不再往前进。四面江水中间豁然开出一个五十余步的口子，水渐渐清晰，水里面的鱼、鳖、虾、蟹四处逃散。我们乘坐的船扬着帆，一直驶向了南浦。然而我往后看去，依旧波涛汹涌，高达数十丈，跟着我们一直到终点的地方。然后我登上天台上，游览了周边山上的洞穴。夜晚带着宝镜绕着山谷行走，百步之内，亮得就像白天一样，一丝一毫的东西都可以看到。在林间睡觉的鸟儿，惊恐地四处乱飞。

从天台山回到会稽。遇到张始鸾异士，他传授给我《周髀》《九章》和“明堂、六甲”等秘术技巧。后来和陈水一起回来，再次游历豫章，遇见道士许藏秘，他说自己是旌阳县令许逊的第七代孙。他会登刀山、趟火海的咒语，说到妖怪的事情。他着重说了丰城县仓督有三女遭魅病，人莫能识，藏秘疗之无效。勣故人曰赵丹有才器，任丰城县尉，勣因过之。丹命祇承人指勣停处，勣谓曰：'欲得仓督李敬慎家居止。'丹遽命敬为主礼。勣问其故，敬曰：'三女同居堂内阁子，每至日晚，即靓妆炫服。黄昏后，即归所居阁子，灭灯烛。听之，窃与人言笑声，及至晓眠。非唤不觉，日日渐瘦，不能下食。制之不令妆梳，即欲自缢投井。无奈之何？'勣谓敬曰：'引示阁子之处。'其阁东有窗，恐其门闭固而难启，遂昼日先刻断窗棂四条，却以物支柱之如旧。至日暮，敬报勣曰：'妆梳入阁矣。'至一更，听之，言笑自然。勣拔窗棂子，持镜入阁照之。三女叫云：'杀我婿也。'初不见一物，县镜至明，有一鼠狼。首尾长一尺三四寸，身无毛齿。有一老鼠，亦无毛齿，其肥大可重五斤。又有守宫，大如人手。身披鳞甲，焕烂五色，头上有两角，长可半寸，尾长五寸已上，尾头一寸色白，并于壁孔前死矣。从此疾愈。

其后寻真至庐山，婆娑数月。或栖息长林，或露宿草莽。虎豹接尾，豺狼连迹。举镜视之，莫不窜伏。庐山处士苏宾，奇识之士也。洞明易道，藏往知来。谓勣曰：'天下神物，必不久居人间。今宇宙丧乱，他乡未必可止。吾子此镜尚在，足下卫，幸速归家乡也。'勣然其言，即时北归，便游河北。夜梦镜谓勣曰：'我蒙卿兄厚礼，今当舍人间远去，欲得一别，卿请早归长安也。'勣梦中许之。及晓，独居思之，恍恍发悸。即时西首秦路。今既见兄，勣李敬慎家中有三个女儿遭遇邪魅生病，没有人可以识别出是什么妖怪，许藏秘亲自去也没有解决。我之前有个朋友叫赵丹，很有才华，任丰城县县尉，我便过去看望他。赵丹让下人过来问我住哪里？我说想住在仓督李敬慎家中。于是赵丹命李敬慎作为主要接待之人。到李家后我问他女儿生病的原因，李敬慎说：'我三个女儿一起住在堂内的一间屋子里面，每天到了晚上，三个姐妹都盛装打扮。黄昏后，三姐妹回到居住的房子，熄灭灯火。在外面听着，她们在屋子里面像是在与什么人谈笑打闹，一直到第二天清晨。除非去呼唤她们才会醒过来，姐妹三个日渐消瘦，茶饭不思。如果制止她们梳妆打扮，就要自杀投井来吵闹。真的什么办法都没有了。'我对李敬慎说：'请将我领到姐妹三个居住的房子。'李敬慎将我带过去房子旁边，看到屋子东边有一个窗户。我担心到了晚上姐妹三个将门闩锁死打不开，就在白天的时候先将四根窗格子折断，用东西支撑住就像没有折断一样。到了傍晚，李敬慎告诉我说姐妹三个已经打扮好进到房子里面了。到了一更时分，我在窗户外面听，里面谈笑风生。我拔断窗格子，手持宝镜进到屋子里面照过去。三个女儿同时喊道：'杀我夫婿啦！'刚开始什么东西都看不到，我将宝镜悬挂在房间里面到天明，屋子里面有一只黄鼠狼。黄鼠狼头尾长约一吃三寸，身上没有毛发和牙齿。有一只老鼠，同样没有毛发和牙齿，身体肥大重达五斤。还有一只壁虎，长得像人手那么大，身上有鳞甲，五彩斑斓，头上有两只角，长约半寸，尾巴长有五寸多，头尾各有白色一寸。三个东西并排窝在壁孔前面死掉。自此之后李家三个女儿再也没有犯过病。

离开丰城之后我到了庐山寻访真人，在庐山徘徊停留几个月。有时栖息在树林里面，有时露宿在荒野之中。每次遇到豺狼虎豹互相争夺地盘，或者豺狼成群结队，举着宝镜照过去，全部都惊慌四处逃散。庐山上面有个叫黄宾的隐士，是天下真正的奇人异士。他精通《易经》，将过去的事情记载下来，可以预知未来的事情。他对我说：'天下神奇的珍贵宝物，必然不会一直留在人间。现在世间战乱不断，别的地方不一定非要再去。你趁着宝镜还在身边，可以用来自保，还是赶紧回家去吧。'我听从他的劝说，即刻北上归家，游历到不负诺矣，终恐此灵物亦非兄所有。”数月，勣还河东。

大业十三年七月十五日，匣中悲鸣，其声纤远，俄而渐大，若龙咆虎吼，良久乃定。开匣视之，即失镜矣。（出《异闻集》）

河北。晚上梦到宝镜精灵对我说：‘我承蒙你兄长厚待，现在到了离开人间的时机，想要与你兄长再见一面后告别，请你早日返回长安归家吧。’我在梦里面答应它了。到了天亮，一个人坐着想梦里的事情，恍恍惚惚地发怔。立马启程踏上返回陕西的大路。现在终于见到兄长了，我也算是没有辜负梦中的承诺。不过，这面宝镜最终应该还是会离开兄长的。”王勣在长安城待了几个月，最后回到河东。

隋炀帝大业十三年七月十五日，宝镜在匣中悲伤自鸣，声音纤细遥远，不一会渐渐变大，就像龙咆虎啸一般，过了很长时间才停住声音。王度打开镜匣看过去，宝镜已经不见踪影了。（出《异闻集》）